桃源行

东方绪 著

中国文联出版社

图书在版编目（CIP）数据

桃源行／东方绪著. -- 北京：中国文联出版社，
2024.1

ISBN 978-7-5190-5305-5

Ⅰ.①桃… Ⅱ.①东… Ⅲ.①长篇小说—中国—当代
Ⅳ.①I247.5

中国国家版本馆 CIP 数据核字（2024）第 010760 号

著　　者　东方绪
责任编辑　胡　笋
责任校对　乔宇佳
装帧设计　中联华文

出版发行　中国文联出版社有限公司
地　　址　北京市朝阳区农展馆南里 10 号　　　　　邮编　100125
电　　话　010－85923025（发行部）　　　　　010－85923091（总编室）
经　　销　全国新华书店等
印　　刷　三河市华东印刷有限公司

开　　本　710 毫米×1000 毫米　　1/16
印　　张　25
字　　数　383 千字
版　　次　2024 年 1 月第 1 版第 1 次印刷
定　　价　99.00 元

序

在中国文学史上，"神话"一词由来已久。鲁迅先生在《中国小说史略》中提到神话是小说的"本根"，顾颉刚先生则系统阐述了昆仑、蓬莱两大体系的融合和形成，茅盾先生、闻一多先生对于神话的发展演变也有深入研究和著述。即便是我国四大名著亦不同程度都有神话内容的掺入，《西游记》更是神话类型的代表。

学界通常将神话分为创世神话、始祖神话、洪水神话、战争神话和发明创造神话五类。创世神话是基于天地万物的由来衍生的许多神话传说，诸如盘古开天辟地、女娲团泥造人等，为人们所津津乐道。始祖神话无外乎我们人类祖先的由来，由于认知观和自身所处时代的限制，人们往往无法给出合理的解释，因而演变出一系列的始祖神话传说。洪水神话中最为传奇的便是大禹治水、划定九州，正式开拓中原腹地的版图。

战争神话中最著名的当数黄帝大战蚩尤，将氏族部落之间的征伐，演变为声势浩大的族群战争，同时增加了一些瑰丽奇特、想象无穷的神话色彩，从而丰富了神话类别，更延展到神话小说的领域，使之蔚然成风，延续至今。

《桃源行》同样亦描写创世神话、始祖神话、洪水神话、战争神话及发明创造神话的相关情节。天地是怎么来的？最普遍的认知是由盘古开天辟地形成的，但从今人的目光来看，自然是无稽之谈，只是古人想象出来的产物。电影《超体》里有关于地球最初形成的特效画面，很好地展现了天地产生之初的样貌。

虚空何谈石来补？女娲补天是讹传！同样，女娲补天只是创世神话中最著名的一篇罢了，人类的始祖也非女娲。按照达尔文进化论，人类是由猿进化而来，而著名神话学家袁珂先生也曾有盘古黑猿变人一说。而依照神话论，最早出现的神，便是盘古，故而，小说《桃源行》中最大的神当数盘古老祖，是由黑猿变化而来。

洪水神话，较有知名度的便是淮涡水神无支祈，有传吴承恩创作《西游记》孙悟空的原型，便是无支祈这一神话人物。无支祈原本是猿族首领，因被人族入侵，蒙大神梁父相助，并传他通天彻地之能，后来兴起淮涡之水，水淹沿岸的村庄乡县，大禹治水经过，命太阳神之子降伏无支祈，看押于八角琉璃井中。此段正是洪水神话中的一支。

上古甚至夏商周时期，战争不断，诸侯国并起，虽然中央集权凸显，但征伐夺势已为常态，上至中天宫昊天大帝、蓬莱都东华帝君、西昆仑金母九光元女的三足鼎立，下至国城候都、族群部落的冲突杀伐，均体现了战争神话的一面。

发明创造神话有通明天尊的九穗禾，可以变化粮食种生黄粟；天孙的云锦和田婆针，助积翠仙子以金莲大阵，斗败敖放、毙杀鲤鱼大将；等等。

说到古典文学尤其是小说，五四以前的旧体文学样式，基本都算是古典小说。古典小说对于现代的读者而言，便是词义拗口、古朴难懂，在阅读时会产生一定的障碍，影响阅读的愉悦感，同时古体的诗词歌赋贯穿通篇，这在四大名著中尤为常见。在故事情节编排和人物塑造及主题传达上，亦较隐晦，比之今人小说有明显的不同，这也是古今小说迥异之处。

"神话"一词最早源于希腊语，古籍并无记载，它是古人想象力的延伸和体现，是人定胜天的信念和执着，常用于文学创作中。而神话小说的定义，在文学界，尚无统一的界定。较早的多以神话传说编纂成故事、传说、札记等，流传民间，后来又分散衍化成不同的文学样式，直到明清时期《西游记》《封神演义》的出现，方形成气候，广为流传，不过彼时还只是被定义为古典神魔小说。今天要说的"新古典"神话小说，很大程度便是在这两部作品的基础和传承中，进行变革和创新。

所谓"新古典"，就是在古典的基础上，除保留古朴的语境以外，尽可能按当代通俗小说的笔法来创作，不至于晦涩拗口，难以理解，基本成为该作固有的叙述形式，贯穿全书，古朴、典雅而富有韵致，给人一种复古的感觉和意境，形成独有的新古典神话小说的门类，从而达到形式上的创新。故事元素和内容也基本承袭了神话的独特风格，其中蕴含的无穷的想象力，和平凡世界中那些光怪陆离的现象，无不是对神话的传承和演绎，从而发扬中华文化的独特魅力。

值得一提的是，新古典神话小说这个类型，采用白话文进行描写，强化了代入感，使古代社会更具真实感，也区别于时下的玄幻、魔幻以及穿越一类的网络小说，真正做到了原汁原味地发扬继承最原始的古代神话风貌。

中国神话体系庞杂烦冗，学界一直存在争议，好在其只是作为人们口口相传的神话故事和传说，不能用科学或者历史观来衡量它，所以更大程度上只是作为娱乐性的文学创作，无须细究。

在小说领域，自然以西游体系和封神体系流传于世，还有一部非小说的南朝梁陶弘景的《真灵位业图》，都有具体的仙神划分。

自古以来，最著名的神话传说是盘古开天辟地，最为大家所熟知的神话名词是"一气化三清"，而《桃源行》则沿用了不为大家所熟知的晋代葛洪《枕中书》里的观点，并结合了最为有名的神话学说的几大块，在小说创作中构建了一个崭新的神话体系。

从先后高低上分，盘古既然能开天辟地，自然便成为上古第一大神，造就人神众生。其后，元始天王与太元圣母生东王公与西王母，主宰三界的男仙女仙，天上地下所有的男仙女仙修行得道，皆需要得到东王公、西王母的准许。而主宰中原九州天官神职的则是昊天上帝，其势力庞大，并且拥有一统三界的神权，同东王公、西王母形成三足鼎立之势。同时太上老君的道门从中平衡阴阳正邪之气，其地位比之前面三位更是有过之而无不及。由此就不难划分中国神话体系的所有归属了，除了上古正神女娲、三清四帝，以及出自《云笈七签》、站在对立面的大神梵气天尊以外，其他所有的男仙女仙都属于东王公、西王母一派。至于鸿钧老祖、菩提祖师、如来佛祖，这些都是封神、西游的文学创作，就无须在"桃源"体系划分了。如此，中国神话体系就显得明了多了。关于本书具体的创作研究专著，详见拙作"中国神话研究丛书"——《桃源笔记》。是为序。

目录

第一行　东柳氏显圣

着青裙，过天门，拜木公，谒金母。

也不知哪朝哪代哪年哪月，神州大地流传起这么一句歌谣，最初出自一对垂髫小儿之口，世人均不明歌谣之所指，唯有卓识异能之人识得。其时天下诸侯国并立，部族冲突杀伐，兵燹战乱周而复始，百姓苦不堪言，人间多出一些求仙问道，以期脱离苦海的民众。而方外神仙之地，又派系林立，盘根错节，尤其是歌谣中所提及的，凡人求仙问道，首关即是天门，天门系天帝昊天上帝所治的中天山钧天台南天门，天帝统管下地九州各界神灵，治地甚广。

木公东王公居于东海蓬莱都，号东华帝君；金母执掌昆仑山，与东王公共理阴阳二气，统管所有的男仙女仙。尚有大罗仙山老君一气化三清，创立道门，左右平衡天地正邪之气。

老君所在的玄都大罗山，常年仙雾缭绕，凡人之不可至。每百年之期，九州动荡，战祸频仍之时，老君便骑青牛，入凡尘授道收徒，每每仅度化一人，乃凡人几世都修不来的福分。

这日，老君化身凡人，衣着破烂，骑青牛经过一个叫东柳庄的地方，四下寻访有缘之人。谁知庄上之人均鼠目寸光、嫌贫爱富，见老君形容落魄，无一人理会。老君行约数日，竟无有遇一机缘之人。

此时，正值仲秋时节，万物萧索，秋雨不绝，天地间凭增些许的寂寥和冷清。庄东有一参天巨柳，枝繁叶茂，秋雨吹打，竟不见有丝毫败落之象。

老君骑青牛经过，见巨柳下一个七八岁孩童，身体单薄瘦弱，正藏身于

1

树下洞开的豁口内，全身上下冷得瑟瑟发抖。一双圆溜溜的大眼睛，直勾勾地盯着老君青牛背后显露在褡裢外的酥梨，一脸眼馋之色。

秋雨滴答，打在柳梢上，伴随秋风哗啦作响。老君全身显露在天空之下，雨点泻落，竟无一滴洒落在身，青牛坐骑亦然。老君骑青牛稍事停留，目光打量孩童一眼，催牛前行。

这孩童见老君骑牛离开，不禁一咂嘴，起身挂上木棍，从巨柳下的树洞跟出，目光兀自盯着牛背后的酥梨，垂涎不舍。

老君察觉，轻笑一声，头也不回，一手轻拍牛首，青牛四蹄起落，加速奔走。孩童火急火燎，大步疾追。

这孩童虽年幼，但腿脚轻灵，赤足奔跑，丝毫不见气馁。他身上衣服破烂，腰间悬挂一只葫芦，脸面脏污，脚趾沾满泥泞，想是平日乞讨惯了，常被富户家的恶犬追咬，脚力练得异常矫健。

老君骑青牛越奔越快。孩童大步紧追，越追越急。约莫追了数里地，这孩童始终不即不离地跟随在后。老君颇感诧异，终于在东柳庄外的十里驿亭停下。

孩童在后面站定，扶着树枝，大口大口喘气。

老君笑呵呵地回望点头，伸手虚空一指，牛背后的一颗酥梨飞向孩童。孩童抢过酥梨便是一阵狼吞虎咽，吃罢意犹未尽，兀自注视着牛背上的布袋，眼巴巴地看向老君。

老君笑道："你这娃儿跟了一路了，也不嫌累！告诉我，你叫什么名字？家住哪里？"

孩童摇头道："我一生下来爹娘就死了，是吃百家饭长大的，也不知自己姓甚名谁，只在这庄上一带乞讨为生。累了困了，就在庄东头的大柳树里藏身，那里便是我的家！"

老君垂首点头道："你既在东柳下成长，我就赐你东柳氏为姓。看你小小年纪，如此可怜，又锲而不舍，就传你些本事。我这里有灵宝赤书五气玄天可以糊口救万民的玉锦真文，也有白日飞升，坐道修行的术数，不知你愿意学哪个？"

东柳氏犹豫半晌，一知半解道："我愿意学糊口救万民的玉锦真文。"

老君垂首点头："既如此，那就明日在此等候，届时自会传你。"

东柳氏跪下拜谢，再抬头时，老君及青牛已不知去向。

次日，东柳氏早早来到十里驿亭，耐心等候。谁知左等右等，直至夜幕降临，仍不见老君的身影。东柳氏终等不及，垂头丧气地往回踱去。东柳庄外，天已黑尽，但见长草林立，星月俱无，忽闻庄西头人声鼎沸，火光点点，有一群人高挑火把，叫喊吆喝着远远奔来。

东柳氏正诧异间，陡闻猛兽咆哮嘶吼声传来，极目远眺，只见火把明耀之下，一只体长约七尺的黑豹飞步疾奔，突然一个腾挪转身，朝两名手执标枪、滑铲的民夫扑袭而去。两民夫惊愕之中，慌忙举滑铲刺去，不料黑豹中途一个躲闪，后尾猛地一甩，坚硬如铁的豹尾登时将两人抽翻在地。两人同时闷哼一声，被黑豹扑倒在地。众人大惊之下，有几支标枪甩手飞出，一同扎向跌落在地的黑豹。只听黑豹一声惨叫，豹尾被一只标枪钉在地上。

有人得意大叫："哈哈，这下它可逃不了啦！"

众人一齐冲上，一通乱扎乱刺。黑豹在咆哮嘶吼中，猛地甩动豹尾，挣脱开地上的标枪，拖着血淋淋的尾巴，飞速逃脱，直奔东柳氏而来。及至到了跟前，东柳氏才看清黑豹的身影。

东柳氏"啊呀"一声叫，转身就往回跑。黑豹看见东柳氏，猛地一个起跳，飞身跃到他面前三丈开外，刺溜一下，径直蹿到东柳氏栖身的巨柳树上，迅速没入茂密的树丛间。

东柳氏正怔忡不定，众人已一窝蜂奔上前来，齐声呼喝："跑哪去了，跑哪里去了呢？"

带头之人是这东柳庄的庄主，生得五大三粗，浓眉大眼，威风凛凛，身披虎皮大袄，手执一柄三股钢叉，另一只手执着火把，一声令下，命人四散搜寻。有几人高挑火把，将东柳氏及身后的巨柳团团围住。庄主走近，斜瞥了东柳氏一眼，举火把朝柳树丛间照看，随后恶狠狠道："小乞丐！有没有见过一只黑豹从这里逃走？"

东柳氏一颗小脑袋摇得拨浪鼓似的，战战兢兢，不敢言语。

这时，四下搜寻而回的人禀报道："庄主，不见那黑豹的踪影！"

那庄主满脸丧气道："又给它逃了！下次无论如何也要把这孽畜给宰了。

我们走!"

众人愤恨离去。东柳氏吁了口气,刚一转身,黑豹已然自柳树间扑翻跃下。月光透过云层倾泻而下,亮闪闪地照映在东柳氏和黑豹身上。

黑豹对着东柳氏龇牙咧嘴。东柳氏吃惊害怕,不禁连连后退。黑豹低吼一声,快步奔出几步,又回头注视东柳氏一眼,掉头消失在溶溶夜色之中。

东柳氏钻回树洞内,里面一丈见方,别无长物。他和身躺在一张破旧的草席之上,想起日间所遇,内心久久不能平静。眼见月上梢头,正自睡意袭来,忽见外面光亮大起,光芒照射进来,恍如白昼。东柳氏一骨碌坐起,步出树外,就见一道白光从巨柳树梢,倾泻而下。老君身披鹤氅袖袍,从天而降,缓缓飞落至东柳氏跟前,笑呵呵道:"东柳氏,我来传真文于你,务要勤加默习,他日修行期满,自会成就圣人之躯,保你遇难成祥,救你于危难之中,万不可大意丢弃,否则修行将毁于一旦。切记切记!"

自此以后,老君常来教诲,自识文断字经书学问至默诵玉锦真文。东柳氏一直居树洞而不出,勤加修习和参悟,渐而有神异之功俱显。起先腹中不饥,绝炊断谷,百日不食,继而耳聪目慧,能洞察天地万物。有一日黄昏,正自修习不辍,却听外面人声嘈杂,东柳氏不得已收起玉锦真文,出去察看。来到外间,正有东柳庄上的人黑压压聚拢一处,纷纷朝东柳氏这边戟指议论。东柳氏诧异之间,这才发觉自己所居的巨柳不知何时已然高约百丈,树冠延展方圆数里开外,郁郁葱葱,笼罩着整个东柳庄上方。

原来老君所授东柳氏的玉锦真文乃玄天五气所化,具有先天之功,可以滋养万物。东柳氏身处巨柳藤根之内,成日默诵真文,每精进一步,巨柳便长高数丈,如此反复,已然结于云气之端,覆盖一方。东柳庄一带众人见巨柳疯长,以为大凶之兆,聚众前来探视。

先前那庄主近前环视巨柳,随即一挥手:"来人,把这棵柳树砍了!"

有人答应一声,不一会儿持斧前来。东柳氏一见要砍伐自己栖居的巨柳,顿时慌了手脚,叫道:"你们不能砍我的家!"

庄主斜睨了东柳氏一眼,冷笑道:"小乞丐,让开!"

东柳氏毫不畏惧,伸展双臂拦在树前。那庄主一回手,从腰间解下一只皮鞭,噼啪一声响,狠狠抽打在东柳氏身上。谁知东柳氏幼小的身躯只是轻微一震，却并未感到丝毫疼痛。

庄主大为诧异，叫道："果然有古怪！来人，把这妖孩给我拉走！"

有人不由分说，一把将东柳氏提将起来。东柳氏大喊大叫，拼命挣扎。持斧的几人快步上前，便要砍伐柳树。猛听山岗震动，先前那只黑豹腾空跃下，一个轻巧的甩尾，登时将抓东柳氏的人，扫倒在地。

众人发一声喊，同时举起滑铲标枪，齐来围攻黑豹。

东柳氏奔向巨柳，那黑豹四面受敌，几下虚扑猛扫，吓退众人，倏忽蹿出，将东柳氏顶到背上，低声咆哮一声，飞身跳上巨柳。东柳氏惊慌中抓住黑豹颈前的鬃毛。那黑豹飞速上得枝干，往树顶攀爬跳跃而去，身形灵巧异常。

众人一起围上，却没有一人敢上树去追。

那庄主叫道："给我把树砍倒了！"

一名老者近前忙阻止道："不可，如果砍倒树身，树冠砸下来，岂不是连我们整个东柳庄都砸毁了吗？"

庄主道："那你有何妙计？"

老者摇头道："这老树突然无缘无故长这般高，想必有异象发生，我们不可轻举妄动！"

庄主道："然则那黑豹再次现身，倘若不将其宰杀了，恐怕我们东柳庄将永无宁日！传我的命令，召集弓箭射手，准备绳索长矛，上树擒杀黑豹！"

树下众人准备围杀之际，黑豹驮着东柳氏已攀上柳树顶梢。

东柳氏从黑豹背上爬将下来，在一根粗壮的枝干上站定，看到黑豹威猛黝黑的躯体，忍不住畏怯后退。

黑豹调转头，见东柳氏面露惊惧之色，轻叹一声，东柳氏竟分明听得黑豹嘴里发出人语："孩子，不要害怕，我是你在这个世上唯一的亲人，不会加害于你！"

东柳氏惊诧道："你是我的亲人？我自小父母就不在了，在这世上怎么会有亲人？"

黑豹道："不，你是有父母的！人生于世，每个人都有自己的生身父母，只是你不知道罢了。"

东柳氏近前一步，激动道："你知道我的父母？"

黑豹点头，慢慢转过身，对着夜空的明月，缓缓道："你母亲原是东夷族受人敬仰的守山女神，保佑着一方平安，而你父亲则是重黎族的首领。有一年，你父闻东夷族辛夷山有容颜绝美的守山女神，于是不顾族人反对，执意越境前往辛夷山，借狩猎之名得遇你母亲，而我那时是你母亲骑行的坐骑。你父亲乍见你母亲，为你母亲惊为天人的容貌所吸引，欲加亲近。你母亲既遇生人，惊惶躲避，怎奈你父亲率队穷追不舍。我载着你母亲突围逃走，一众族人纷纷骑马射箭，便要射杀你母亲，你父亲忙出声喝止。众族人见你母亲骑着我这只黑豹奔行，以为山鬼，回归族中报族老得知，族老深信不疑，又见你父亲回到部落后，魂不守舍，想是为山鬼所惑，出言警示。怎奈你父亲自见你母亲后，便一见倾心。后来多次前往辛夷山中，寻觅你母亲。你母亲身为山神，自然不愿相见。不想你父亲锲而不舍，连番进山寻访，茶饭不思以至形销骨立。你母亲心生不忍，并为其诚意所动，终于有一天现身相见，不再拒却。从此一来二去，两人开始互生情愫，后来便怀上了你。

"对于你父母这段恋情，我是执意反对的，担心你母亲因徇儿女之情而废天条律令，然我只是一乘坐骑，百般规劝亦是无用！当时，重黎族推行内婚制，况且你父与族中一望户的女儿已有婚约，后来族人坐实你父与山鬼结私情而犯族规，被抓上囚车，准备处以极刑。你母亲闻讯要去相救，不料半途突然临盆，生下了你。你母亲身为山神，因与凡尘部落之人苟合生子，为天帝得知，被除去神职，贬为凡人。后来东夷族族人得知昔日万人敬仰的守山女神，居然与外族之人苟合，便派人缉拿你母亲。你母亲临危之际，不顾自身安危，嘱托我前去营救你父亲。当我赶到时，还是迟了一步，可怜你父亲已为刀斧手所斩，我也险些命丧重黎族族人的乱箭之下。我逃脱后，得知你母亲被东夷族的族人押解到辛夷山准备处死。处死当日，族长及众族人声言你母亲亵渎神灵，触犯族规大忌并生下孽种，实难可留，便要一齐将你母子二人溺死。我奋不顾身，将你救下，可惜最后还是没能救下你母亲，她终被东夷族族人处死。

"我叼着襁褓中的你，逃到一处荒山野外的窝巢下寄养。当时你刚出生不久，亟待哺乳，于是我趁黑潜到东柳庄庄上，一番寻找，终于捕获到一位刚生下孩子不久的妇人，叼着她带回窝巢。那妇人起先异常害怕，后来知我意图，便喂食于你，我也经常去庄上偷来吃食给她。日复一日，你开始逐渐长大。有一年，我的行迹和窝巢暴露，被东柳庄的人寻到，齐来捕杀。后来才知道，原来当日我掳掠的妇人竟是东柳庄庄主的女人。那女人最后一次被救回家中，不知为何，害病而死。那庄主一怒之下，迁怒于我，于是发动全庄人围剿于我。

"我担心你的安危，于是在你日渐成长可以独自生活之后，带你来到东柳庄外的这棵柳树下栖身。这么多年，我一直徘徊在东柳庄附近，远远守护你的安危。直到上次我受那庄主的寻仇追杀，逃到这里，与你相见，幸亏得你掩护相救，方躲过一灾。我见你已经长大，要待相认，只是苦于无法言说！没想到这几日下来，不知你从哪位仙人处学得异能，可以听懂我们的兽语，我才得将你父母的身世告诉于你！"

东柳氏乍闻父母生前悲惨的遭遇，正自惊惶伤心，五味杂陈，那黑豹突然双目犹如喷火，咆哮道："孩子，你记住，杀你父亲的是重黎族族人，害你母亲者是东夷族族人，等你长大了，一定要杀光这两族之人，为你父母报仇！"

黑豹咆哮之际，嗖嗖几支冷箭疾射而至，钉在一侧枝干之上。不知何时，几名庄丁已从树下爬上偷袭。黑豹怒吼一声，腾身跃下，几个起落，便将几名手执大弩弯弓蓄势待发的庄丁扑翻跌下，惨叫之声此起彼伏。

那庄主在树下，见攀爬上树的人手相继跌落惨死，怒不可遏，叫道："快，给我放火烧树！"不知何时，巨柳之下，已堆满密密匝匝的柴火和干草，有人擎火把近前，引燃干柴，顿时大火熊熊，火苗飞蹿。同时，有弓箭手弯弓搭箭，一丛丛带火的火镝，冲天射出，一齐朝飞扑下来的黑豹招呼而去。

黑豹猝不及防，被几支火镝射中，嘶吼中从半树腰跌落。东柳氏在树上方看得真切，哭叫道："不！"话音未落，黑豹已坠入熊熊火焰之中。火团外围，那庄主带头举起一柄长枪，同几名体格魁伟的庄丁，一齐将黑豹钉在火海当中。黑豹挣扎惨嚎，昂首朝树上方的东柳氏嘶吼："替我们报仇！"它声声嘶吼，在庄人的眼里只不过是野兽临死之际的最后咆哮，而在东柳氏眼里却是最亲的"人"在壮烈赴死之际，对世人仇恨的呐喊。

东柳氏目睹黑豹惨死，悲从中来，泪如雨下，偏又无法相救。他痛哭之中，夜空突然霹雳电闪，雷鸣轰隆，继而大雨倾盆。这一哭，雨连下三日三夜，方才止歇。

巨柳之下，雨水将余烬冲刷得干干净净，虽连黑豹的骨灰也未曾留下，但它忠心救主的光辉事迹早已传扬开来。巨柳被大火焚烧，除了树桩有烟熏火燎的痕迹之外，整个树身依旧郁郁葱葱，枝繁叶茂，并且越发挺拔俊秀。

在此后的几十年里，巨柳巍然屹立，树冠直插云霄。东柳氏已从当日的幼童变成一位耄耋老者，他自从修习老君的玉锦真文以来，已臻圣仙，服食长寿酥梨之后，越发长寿。巨柳半树腰，悬建有一木屋，长年坐落于烟雾缭绕的树杈之间。东柳氏常睡卧其中，引来慕道之人朝拜听讲，时而巡游各地，教授经书学问，传扬老君的真文以化解世人的恶念和仇恨，于是便得了一个"柳房先生"的称号。

自从得知自己身世及父母双双惨亡的前尘旧事之后，黑豹临死之前报仇雪恨的遗言，一直回响在东柳氏耳边。自从他修习老君的玉锦真文后，便豁然开通，超然物外，一种悲天悯人感化世人解除仇恨的执念和精神，开始在他多年走访各地之中，传遍天下。但时局艰危，战祸四起，人心的恶毒，已根深蒂固。东柳氏传播济世真文更是阻力重重，收效甚微。

在他所在之地，重黎族和东夷族作为东柳氏父系和母系同出一脉的两大部族，常年因争权夺势，勾斗不休。有一年，东夷族和重黎族征战不止，各自伤亡惨重。东柳氏不忍两族之人刀兵相见，意图前去劝谏。不料适逢洪水侵袭，东夷族和重黎族正处在洪口之上。洪水所过之处，天昏地暗，不但族人房屋被淹，就连鸟兽生灵亦无法幸免。东夷族和重黎族两族族人，携家带口，赶在洪水到来之前，没命地奔逃。东柳氏赶到时，适逢洪峰过境，眼看两族之人便要被洪水吞没，危急之中，东柳氏不假思索，自怀中取出老君所授的玉锦真文卷轴，随手扔出。默念真文之下，那卷轴飞在空中，一道光芒直冲向洪水，光芒所过之处，洪涛之中顿时分开百顷之地。东夷族、重黎族族人以及沿途飞逃的鸟兽，齐来破开洪水之地躲避，见前方高处有北戎山头可以容身，于是一齐奔到山顶，回望下方，洪水已开始逐渐退去，众人竟皆安然无恙。正在两族族长额手称庆之际，东柳氏走上前道："东柳氏拜见两位族长！"

东夷族族长和重黎族族长对视一眼，却并不还礼，只上下打量着。有族人认出东柳氏，叫道："他就是东柳庄的那位柳房先生！"

东夷族族长不屑道："我说这位柳房先生，你不在东柳庄待着，来此作甚？"

东柳氏躬身道："我是来劝和的。"

重黎族族长诧异道："劝和？"

东柳庄点头道："多年以来，东夷族和重黎族常为部落划界和各自疆域争斗不休，以致两族族人长年陷于战乱之中，生灵涂炭，如今又加上天灾不断，洪水频发，倘若稍有差池，天灾战祸便会使两族部落尽皆覆灭，置族人于危亡之中！想东夷族和重黎族建立之初，同为邻邦，倘若能团结和睦，互不侵犯，哪怕有天灾降临，也可一同防范和抵御，如此不但可保两族人的平安，亦可免于整个族群倾覆之危，如之幸甚！"

重黎族族长冷哼一声，道："你既身在东夷族，想必是他们派来的说客吧？你认为我会上你们东夷族的当吗？"

东夷族族长亦怒喝道："谁叫你来做说客了？我们跟重黎族乃世仇，岂能凭你一番话就能被规劝？闪开！"

东柳氏道："我虽是在东夷族部落长大，但重黎族亦是我的亲系族落，只希望两族族人能和睦共处，不要再互相残杀了。"

重黎族族长诧异地看看东柳氏，道："你是我们重黎族的亲系？本族长怎么不知？别是有什么阴谋诡计吧？"

这时，有重黎族族老站出，上下打量东柳氏，低声对重黎族族长道："此人看起来似曾相识，长得倒是很像我们前任族长。"

重黎族族长心下一凛，看向族老。

对面的东夷族族长亦是心中一动，回头询问身后的族老，道："听闻我们东夷族当年有传，说是辛夷山山神与外族族长苟合生子，可有此事？"

族老垂首道："确有此事！"

东夷族族长道："那孽种后来呢？"

族老道："被一只黑豹叼走了，当年我是亲眼所见！啊，是了，后来听东

9

柳庄庄人谈及，说有一黑豹驮着一个孩童跳到东柳庄外的巨柳上，那孩童再也没有下来，莫非此人就是当年辛夷山山神跟重黎族那个族长所生的孽种？"

东夷族和重黎族两边猜度之际，东柳氏正声道："实不相瞒，我的生父就是当年的重黎族族长，而我母亲是东夷族辛夷山神女，我身上流淌着东夷族和重黎族的血脉，故而希望两族之间，永罢刀兵，和睦相处！"此言一出，众人议论纷纷，东夷族族长首先道："好啊，原来你就是被黑豹救走的那个孽种！当年你母亲身为我们东夷族的山神，跟外族之人苟合，真是丢尽了我们东夷族的脸面，你今日居然还敢前来劝和？来人，把这孽种拿下！"

有几名族人壮汉上前，同时将东柳氏拿住。

东夷族族长道："按东夷族族规，凡触犯族规者，连坐三族，有败坏辱没宗族者，一律杖毙！来人，即刻用刑。"不由分说，立时有人执扁杖近前，准备刑责，忽有东夷族年老的族人纷纷跪下，道："求族长开恩，念柳房先生多年走访教化之恩，从轻发落！"

东夷族族长见跪下之人不在少数，当下也不便发作，道："既然有人求情，就免东柳氏一死，但他身在东柳庄却心在外，四方游说，蛊惑人心混淆视听，就施以笞刑，断其一腿，看他以后还如何四处走动，妖言惑众？"

东夷族族长一声令下，东柳氏便被摁倒在地，行刑之人举起扁杖，就朝东柳氏左腿招呼。东柳氏惨叫一声，腿骨已被杖裂。

这时，重黎族族长冲上前叫道："此人好歹也是我们前任重黎族族长的血亲，你东夷族竟敢率先用刑，委实不把我重黎族放在眼里！来人，给我杀！"一言不合，两族人又纠斗一起，相互厮杀。

东柳氏违背老君的叮嘱之言，掷玉锦真文以救众人，没了真文的护持，便沦为普通人，年老体衰，被东夷族族长下令施以笞刑，他只觉左腿钻心的疼痛，随即只觉喉咙一甜，口吐鲜血，不久便没了气息。

时间又过了几十年，肉身已经死去的东柳氏虽经年受日头暴晒，尸体却完好无损，鸟兽均不相侵。有一年，东夷族和重黎族新的族长继任，终于罢兵修好，以北戎之阿为界，各取山头一半作为边界属地。两族族人欲待烧山开荒，种植粮食，同时从山下引燃杂草，火借风势，直烧向东柳氏尸体所在的山头。岂知火烧到半山腰距离东柳氏百步开外，突然熄灭。两族族长闻报甚是诧异，一起前去察看，发现不远处东柳氏的尸身。两族族长对视一眼，同时命族人取木架火，将尸身放置其上。有族人认出东柳氏，纷纷跪拜乞求："族长，此人乃东柳庄巨柳之上的柳房先生，不知何时死在此处，念他多年的教化之恩，请族长妥为安葬！"

重黎族族长一怔，随即笑道："莫非是多年前我们重黎族族长和山鬼所生的孽种？这可更不能留了。"

东夷族族长道："身为我们东夷族的人，死则死耳，便就地火化，倒也干净。"

两族族人不由分说，点燃木柴。有人听闻北戎山头正在焚烧柳房先生，一同前来，跪拜磕首，哭叫哀悼。

两族族长听闻有人哭噪，不厌其烦，带领各族之人分头离开。不久，火堆中突然火光大起，青烟袅袅之中，东柳氏的尸身横飞而起，竟凌空悬于青烟之上，光芒闪耀。

留下膜拜的众人见状惊叫道："柳房先生显圣啦！柳房先生显圣啦！"一时间叩拜叫喊声大作。

第二行　通关天门劫

东柳氏凌空飞起，在不远处的青峰山山头坠下。老君正骑着青牛，笑呵呵地盯着东柳氏。东柳氏恢复知觉，苏醒过来，刚要起身，忽察觉左腿不听使唤，正不知如何是好，却发现老君站在面前，忙匍匐在地，道："多谢先师起死回生之恩！"

老君道："东柳氏，你忘记我之叮嘱，甘愿舍弃护身真文，以德报怨，救害你父母又焚你尸身的两族族人于洪水之中，致使身体伤残，从而退仙一阶，沦为凡人，百年修行前功尽弃，委实可惜！"

东柳氏躬身道："先师训诫的是！只是舍我一人而救两族族人于洪灾之中，我死而无怨。今番又蒙先师相救，学生感激不尽！"

老君颔首笑道："难得你如此圣贤，我便再指你一条仙路。此去东方百余里有座中天山，那里便是你寻仙求道的开始！你只要保持身残心不残的执念，不畏艰险，多集福报，广纳贤士，他日必可恢复如初，进阶圣仙之列。"

东柳氏大喜，正要细问，老君已然骑青牛腾空飞入云端之中，唯有歌谣声飘荡在空际。东柳氏听得明白，喃喃念道："着青裙，过天门，拜木公，谒金母。"他恍然顿悟，低声叫道："中天山，天门？！"

东柳氏受老君解救和指引，当日便挂拐跛足，回转东柳庄，却找不到当年那棵巨柳，找人一打听，才知已物是人非。自从他失去真文，身死之后，他栖居东柳庄多年的巨柳，一日之间亦枯死崩坏。东柳庄的人看见，纷纷前来以板斧将巨柳砍倒。巨柳轰然倒下，被众人抬回当柴火烧了。东柳氏感伤之余，再无留恋，当即准备齐整，一瘸一拐，徒步前往中天山。有膜拜景仰的男女，纷纷归附随行，一同前往求仙寻道。沿途多历艰辛，已耄耋之年的东柳氏以伤残之身，苦心操劳众人的衣食起居，致使染上风寒，积劳成疾，勉强抵达中天山，眼看天门在望，谁知天地之间却发生了一件大事，使得东柳氏携众人的求仙之路，横生变故。

中天山，因雄峙于天地九州的中央，又称帝丘山，乃是天帝昊天的都城帝宫。帝宫坐落于钧天台之上，方圆甚广，周边常年云雾缭绕，如建于云端之中，故称天宫。中天宫又分紫薇宫、宝华馆、光明殿、四方城等宫馆殿城数余座。天门，正在钧天台的南面，又叫南天门。天门是凡尘四方所有修仙之人升仙的必经之路。进入天门，受天帝分封仙箓，再去蓬莱都拜木公、昆仑山谒金母，男仙归木公东王公、女仙归金母一同管治，修仙之序方成。

通往天门的乃是引天梯，由中天山的下方直通天际。阶梯长达十余里，沿途风雪漫道，电闪雷鸣，凶险万端，又有凶禽异鸟扑袭，皆是凡人求仙者不可易与的玄关大劫。

东柳氏拄着拐杖，带头引领随他来的百十余之众，步入天梯。攀登之初，风雷未现，云雨不兴，待得到了半山腰，众人早气喘吁吁，力不能支。正在他们停下歇息之时，突然风起云涌，罡风如刀子一般，疾旋狂舞，众男女身上的青裙长衫，猎猎拂动。

东柳氏叫道："不好，大家快往上走，不要停。"众人被万丈山巅的阵风刮得睁不开眼，紧紧抓住前人的肩膀和衣袖，一步一步，拾级而上。

队伍最尾一瘦弱男子，手上抓住前排人的衣袖，"刺啦"一声，袖口断裂，瘦弱男子在惊叫声中，被狂风刮飞，坠入一边山巅断崖处的乱云之中。与此同时，长长的队伍中先后有人被狂风卷走，不断有惨叫声传来，队形顿时一阵混乱。

东柳氏高声喊叫："大家抓紧喽，冲过这阵风团，我们就安全啦！"

众人同时紧紧抓住前方之人的衣袖和肩膀，加紧向台阶迈进。突然间风势减弱，视野昏沉的前方，雪花飞舞，有风雷之声呼啸而至，众人身上同时蒙上一层层霜雪。

一名女子只觉寒冷难当，脚下刚停住，整个身体瞬间凝固在原地，化为晶莹剔透的冰雕。身后一人惊愕之下，停步不前，随后亦被冻在原地，化为冰人。

东柳氏惊叫道："大家脚下不要停！"

众人战战兢兢，脚下一刻不敢停留。队伍歪歪扭扭，不断移动，终于离开苦寒之地。

也不知过了多久，风停雪藏，天光初霁。众人登上天阶，来到一处平地，一切恢复如初。众人脸上刚露出笑容，额手称庆之际，只听扑棱棱声响，鸟声怪唳，有十几只高头大鸟，振翅飞来。一对利爪抓起队伍中瘦小的男女，振翅飞向石阶两边的悬崖之中。

大鸟不断扑袭，众人举起随身的包袱衣物，奋力回击。东柳氏拄着拐杖左躲右闪之际，忽见到不远处高大雄伟的天门，便带头冲上。身后众人一边反击，一边跟进。

天门外，身着华丽青衣的求仙之士们，零零散散地走近天门，在一侧镶有"功舍司"篆体黄旗下的阊门神前，恭敬地捧上各类珍珠玛瑙，奇珍之物，献给神官。神官接过，不住地点头："进去吧！"

天门两侧，有神兵把守放行。东柳氏与众人摆脱大鸟的扑袭，将近天门，同时停住，面露喜色。

一儒生喜道："真是皇天不负有心人，终于让我们来到天门了！"众人在欢喜中齐声称道。东柳氏骨瘦如柴，黝黑闪亮的脸庞挤出一丝笑意，道："让女眷先过，大家按顺序跟上。"

儒生和一名年轻貌美的妇人站在最前排，妇人第一个迈出，回望身后儒生，一脸笑意。儒生站立一旁，回以微笑。队伍中不断有女子笑着跟上。

年轻妇人走到天门外，被一天兵拦住，道："进献天官的宝物献上来！"

妇人一愣："什么宝物？"

天兵斜视一眼，道："没有宝物，还过什么天门？你以为成仙入道就这么容易？快快退回！"

妇人正不知如何是好，一名天官把眼瞧向妇人的脸，笑眯眯叫道："放那佳人进来吧！"

天兵忙答应着，对妇人道："天官大人开恩，进去吧！"

妇人大喜，莲步翩翩，跨过天门金槛。这时，帝使手捧黄榜，带领四名天兵玉女，跨出天门。阍门神和众天兵同时参礼道："见过帝使！"

天帝使者手执黄榜："奉天帝旨意，即刻起关闭天门，门外求仙者速速返回！"说罢转回天门内。阍门神同天官同时一愣，连忙畏畏缩缩跟进。天兵分两边同时缓缓闭合天门。门内的妇人大惊失色，要待上前，被一旁看守的两名天兵拦下。天门外求仙的众人一阵骚动。

儒生眼见天门便要闭合，忙冲上前叫道："夫人！"横刺里，两柄长戟横架过来，将儒生拦住。儒生拼命挣扎，被两名天兵拦在当前，欲进不得。

天门内的妇人嘶声叫嚷道："夫君！"门内一神将神情焦躁，一扬手将妇人从即将闭合的天门扔出，重重砸在门外那儒生身上，两人同时滚倒在地。

高大巨伟的天门夹带着轰隆隆的巨响，缓缓闭合，挡住西边投射过来的红彤彤的日光。天门外顿时一片昏暗。

东柳氏受老君指点，携同一些求仙寻道的男女远行天门，眼看便要大功告成，可以升仙入道了，谁知天帝竟关闭天门，追寻仙径的门路顿时被堵死，以致功败垂成。一时间所有人悲愤填膺，心若死灰。

众人遍寻不得下天门的道路，在昏暗中胡乱摸索叫嚷，东柳氏叫道："大家别慌，以我腰间的草绳为引，排成一队，循序下山。"众人依言，纷纷抓紧他腰间不断放长的草绳，在其带领下有条不紊地往山下而去。

天帝为何关闭天门？这还得从数日前发生在东海蓬莱都的百年神仙会说起。

蓬莱都坐落于东海，有三岛十洲及宫殿玉宇数十座。三岛十洲分别是上岛蓬莱、方丈、瀛洲三洲；中岛美蓉、阆苑、瑶池三洲；下岛赤城、玄关、桃源三洲和中央紫府洲。紫府洲太帝宫苍龙殿，是东王公朝见群仙之地。按照惯例，每百年便要在苍龙殿召开一次神仙大会。

这届神仙大会，照旧由东王公主持，一旁辅助的是金母九光元女和底下所率的女仙。到会的男仙有甫山翁、通明天尊、紫庭真人、宝历菩萨、白英君、无英君、蔡伯瑶、龙人宫主、灵海帝君、东城王君等；女仙有云华夫人、九龙圣母、王子登、许真君、无生老母、祖元君等。宫外门首一左一右有青鸾、鸣凤两位仙童驻守，殿外海神禺猇率兵护卫。

东王公朗声道:"各位仙师,今日乃百年一界的神仙大会,有一事需昭告天下。观我东海三岛十洲,人才济济、仙人辈出,唯有桃源一洲,无人问津,缺乏管治,而中原九州之地又连年战乱,百姓困苦。故此这届神仙会,相邀列位,共谋度化中原九州的百姓和贤士,同赴桃源洲安身立命,解民于水火,不知列位仙师意下如何?"

众仙闻言交头接耳,一齐点头。

这时,殿外青鸾、鸣凤一齐走进,躬身奏拜道:"启禀王父!天帝使者求见!"

东王公和九光元女对视一眼,道:"请!"

天帝使者走进,躬拜道:"参见帝君、娘娘!我王因宫中事务繁忙,特遣本使前来,参加本届的神仙大会。不想路上耽搁,来迟一步,还请帝君、娘娘恕罪!"

东王公不动声色道:"赐座!"

天帝使者在殿下男仙下首处坐下。

九光元女接着道:"度中原九州之人,虽利天利民,功德无量,然九州距离东海有万里之遥,要度这些凡人百姓,谈何容易?首先须寻一位带头之人,此人需有五行元气,不生混沌之心,至贤至德,方可!"

东王公和殿上的男仙女仙同时点头。天帝使者在下侧眉头深锁,冷笑不已。

不久,帝使返回中天,天帝正在后宫观赏歌舞。但闻仙音袅袅,歌舞翩跹。十几名仙女正扭动身姿,欢乐起舞。帝使从一侧走近,来到天帝昊天的龙榻旁,低声耳语。

昊天一边享受歌舞,一边轻声哼唱,闻奏赫然坐起,道:"什么?竟有此事?"他从惊愕中慢慢回过神,一挥衣袖,命殿中仙女退下,沉声道,"天上地下都知道,除了东海蓬莱都和昆仑墟以外,皆属本王的治地和管辖,他东王公怎么能从本王的治下,度人招贤?也太不把我昊天放在眼里了!"

帝使添油加醋道:"是啊!王上,方才我在返回途中,看见有王公所派的小童,四处招摇,唱什么'着青裙,过天门',想是已经大开玄门,招仙入道了。此举显然是在网罗羽翼,培植他蓬莱都的势力。王上索性即刻关闭天门,让那些企图求仙问道的凡人无仙路可循，天门未过，看他们怎么'拜木公，谒金母'?"

昊天垂首沉吟，神色间显露自得之色，道："就按你说的办，速去安排。"使者接令自退，前往殿外钧天台传旨。

天帝关闭天门一事，很快惊动了东海蓬莱都太帝宫的东王公和金母九光元女。随行侍女王子登近前奏道："启禀金母、王公，天帝命人关闭天门，致使神州大地地倾西南，洪水泛滥，生灵此刻正遭受着一场大灾难！"

九光元女沉吟道："近日神仙大会，各路神仙一应均来与会，唯有天帝未至，仅派使者前来。如今又突然关闭天门，致使人间陷入一场浩劫，莫非是为此次神仙大会商议的东行桃源洲之事而来？"

东王公道："我等与昊天均属同门，盘古仙祖自造就人神众生以来，先父元始天王和先母太元圣母一再训诫我们要团结和睦，共来管制这男女仙道和人世之事。此次神仙大会商议桃源行一事，乃是造福万民苍生的善举，他怎能从中作梗，关闭天门，平生事端呢？"

九光元女道："我前往中天走一遭，问明事由，好从中劝和。"东王公点头道："我去玄都玉京七宝山一趟，恭请先父先母示下。"

话毕，九光元女便协同随侍，和东王公离开东海，分两处自去。

及至九光元女到得中天山，暮色昏沉，命随侍擎出渠胥广齐镜，顿时晃如白昼，照亮前方。八匹天马紫云辇，依中天山盘山而建的引天道一路驰骋。

九光元女乘紫云辇前往钧天台，早早有使者禀报天帝。昊天在大殿闻得九光元女将至，连忙率领众仙班朝神前去接辇。钧天台大殿彩灯通明，昊天及九光元女二人落座宝华馆，分左右坐定。

昊天道："未知王妹今日来我钧天台所为何事？"

九光元女道："王兄日间无故关闭天门，致使下地洪水成灾，生灵涂炭，不知是何缘由？"

昊天心中一凛，冷笑道："不瞒你说，下地神州乃本王管治之地，东王公以行桃源之意，来掠取我治下子民，为他所用，这分明是不把本王放在眼里。故而关闭天门，以示惩戒。"

九光元女道："然而桃源行乃是顺天应人、造福黎民之举。如今下地神州战乱多发，王公拯救万民脱离苦海，安置于太平之地，岂不是好事一件？"

昊天冷笑："本王属下治地是苦海，他王公治下就是太平盛世？既如此，本王这苦海之地，他王公就请不要染指，各自而治，相立而安，否则就是入侵犯地，休怪本王翻脸无情。关闭天门只是小惩大诫，希望王公他好自为之！"

昊天说到这里，随即面露温情之色，笑道，"王妹乃是昆仑得道的女仙之首，希望不要掺和进来，以免损害你我之间的私交情谊！"

九光元女起身道："可是你关闭天门，不但对付的是王公，连我也一并牵连！不但男仙求道无门，就是我这女仙之路也一并堵死。长此而往，我昆仑仙脉后继无人，恐怕也要遭受其害。"

昊天笑道："看在王妹的份儿上，我可以重开天门，不过希望王妹不要再介入进来，尤其是不要跟东王公沆瀣一气，站到我这边来，可好？"

昊天说着话，满脸笑意地凑近，道："王妹乃是女仙之首，本王乃是昊天大帝，如果你我联亲结盟……"

九光元女闻言大怒道："休要再说了，你既不听劝，也不要用这样的言语来羞辱于我。告辞！"金光一闪，九光元女愤然离去。

昊天被言语奚落，面色铁青。帝使走进，察言观色，正要说话，昊天已气急败坏道："真是气煞本王了！速去扯开玄上幡，召集各班仙卿来朝议事，我要让他们这桃源行寸步难行！"

九光元女出得钧天台，愤意难平，连夜下得中天山，并命随侍女仙先行返回昆仑，自己却在山下化去真身，变作一名凡间女子，闲游散心。一路沿府道而行，不时有部族交战和官兵杀伐的情景，尸横遍野，血流成河，满目尽是凄惨荒凉的景象。

九光元女皱眉寻思："昊天乃此间上界的天帝，自管一方水土，王公从此地迁徙人口，也确有不适之处。不过百姓是无辜的，如今此地如此惨状，实属他治地不利之过！"

九光元女一面行路，一面思量。未几，来到一处空旷之地，豁然可见不远的城郭之外，一座恢宏壮观的庙宇呈现眼前，自忖道："前方是何去处，竟有如此气象？"未至跟前，便远远听得丝竹管笙之声不绝于耳。及至到得跟前，但见成群结队的百姓抬着猪肉黍酒，吹打弹唱，前往庙前进香叩拜。九光元女诧异抬头，只见庙宇之上一块匾额上书三个大字：金母庙。

九光元女奇道："此处何时多出来一座我的庙宇？"再往庙下一观，东柳氏早已带领众人下山，一行人正不知去往何处，忽有当地乡亲齐往金母庙朝拜，于是跟随其后，跪前求拜。

东柳氏当先匍匐大拜。身后众人一齐同拜，满脸虔诚。但见东柳氏祈福道："恭请大慈大悲的金母娘娘，我等一心求仙寻道，费尽心思，遭受莫大的苦难才来到天门。不曾想天门关闭，我等无有去处，还请娘娘能指一明路，我等必会感谢大恩大德！"

众人跟着一齐叩拜，声动云天。

九光元女慈善心大起，闪身不见，随后就见金母庙屋顶一道金光闪耀，九光元女显露法身，悬空而立，周身霞光缭绕，瑞霭氤氲。但见她头戴太真晨缨宝冠，高挽太华髻，身穿黄金褡襫，腰间灵光飞绶之下佩带一把分光剑，脚踩玄璃凤文靴，仪态万方，天姿俏丽。

众人见金母显灵，一起叩拜："拜见金母娘娘！"

九光元女悬空而立于庙顶之上，道："难得你们如此虔诚，我就给大家指一条明路。茫茫东海，有一仙洲，名曰桃源洲，不过距此万里之遥，沿途多狼虫虎豹，凶险万端，可有人愿意带领大家同去？"

众人闻言面面相觑，竟无人敢应。

东柳氏开口道："启告娘娘，老朽东柳氏愿意同往。只是我年纪老迈，时日无多，虽有心带大家，怕是无力抵达！"

九光元女点头道："这位老先生带大家同行，不知可有心存异议的吗？"人群沉默片刻，有人开口道："娘娘，东柳氏至贤至德，我等是非常赞成的，可是他如今已年老体衰，又瘸了一腿，倘若带领我们去东海，恐怕不大便利，何年何月才能到达娘娘所说的那桃源洲？"

九光元女点头沉吟："东柳氏，我指你一求药的去处，距此不远有个西河之地，你前往那里寻些仙药，可令你延年益寿，百病尽除，你可愿去？"

东柳氏尚未回答，便有几人嚷嚷道："我也愿去，我也愿去，既有延年益寿的仙药，谁不想得？既得仙药，便可担此大任，带领大家一同去那桃源洲！"此言一出，立时招致众人的反对，其中一长者道："启告娘娘，东柳氏乃是圣贤至德之人，早些年，我等均称他'柳房先生'，此番前往天门求仙寻道，多亏他一路带领，照顾大家周全。我等只受柳房先生的统领，其他人一概不受！"

"对，一概不受！一概不受！"一时间众人齐声呼喊，同来拥戴东柳氏。

东柳氏面现隐忧道："承蒙大家的抬爱和眷顾，然而我的身体百病缠身，是一天不如一天，恐怕难担大任！"

九光元女道："东柳氏，我指给你的仙药，不但能祛病延年，还能容颜永驻，不过寻得寻不得药，就要看你的造化了。另外还有一点，此行须三日返还，否则这东去仙洲之路，恐怕将无法成行！"

东柳氏闻言道："既蒙娘娘指点，又得大家力荐，老朽愿求得仙药，带领大家同往桃源洲！"说罢躬身跪拜，众人随即一齐拜谢，尽皆不胜欢喜。

九光元女替东王公寻得桃源行的人选，遂隐身遁去，同东王公相会于东海之畔。此一带众仙神如句芒、东海神使、苍帝神君、南田山刘真人等闻知东王公、九光元女仙降，皆前来拜谒，守候在侧。

九光元女道："王公从玄都归来，可有收获？"

原来东王公当日抵达玄都玉京七宝山上宫，拜见元始天王和太元圣母，将桃源行以及昊天关闭天门诸事一一禀告。

元始天王老态龙钟，却精神矍铄，竖着长眉道："昊天私自关闭天门，破坏修仙道法，乃是逆天而行！本上需重新修改朝仙应道之法，以告天下修行之人。"

太元圣母却阻止道："既然要行使桃源行的大任，天门关闭，也未尝不是一件好事！王儿乃群仙之首，可以令行禁止，无须玄都的准许，但凡助桃源之行路上有功者，皆可免除朝见天门之序和一切修行，直接晋级入道成仙。"

元始天王点头称妙。东王公遂施礼称谢，又自拜谒了中宫的太上真人、金阙老君以及下宫的九天真皇、三天真王，这才离开玄都，与金母在东海畔相会。

九光元女听闻东王公一番讲述，喜道："如此甚好。今日我从中天而来，倒是收获颇丰。"遂又将金母庙所遇之事讲给东王公。

東王公道："这个自称'东柳氏'的人，究竟如何？倘若真能堪此大任，倒省却了我一番周折，你我可以试他一试。"东王公说着话，和九光元女对视一眼，一同看看不远处守候的众仙，彼此心照不宣。

第三行　寻药甫山翁

东柳氏辞别金母庙众人，只身往西河方向而去。秃鹫在天空振翅鸣叫。荒草林立，饿殍遍野。他孤身一人，拄着拐杖，身影单薄，踽踽独行。

一支飞箭射来，正从东柳氏面前飞过，扎在一旁的矮杨树上。东柳氏大惊失色，张皇四顾。眼前不远处，箭镞嗖嗖，有两队人马相隔数丈开外，交战互射。乱箭过后，双方拉开阵仗，队伍交错，兵刃相见，冲杀之声大作。

东柳氏忙寻掩体躲藏。

两队人马交锋厮杀，蹄声缭乱，一方不敌溃逃，一方追杀而去。须臾，一切归于平静。他瑟缩着拄拐走出，眼见四下一地的尸体，不觉心惊胆战，仓皇逃离。到得城郭之外，迎面走来一位肩挎粗布褡裢，留一撮小胡须的游方郎中。东柳氏拦住去路，道："请问这一带可有售卖仙药，能使人延年益寿，消除病灾的仙人吗？"

游方郎中斜眼瞧了他一眼，道："我胡中要知道此处有卖仙药的，还用自己出来现世，替他人治病？自己服用罢了。仙药没有，倒是有几味草头方，你要不要？"

东柳氏苦笑道："小老儿年迈，老眼昏花，痼疾缠身，恐怕一般的草头方也无济于事。多谢了。"

东柳氏辞别胡郎中胡中，约莫走了两里地，来到西河畔，再也走不动了，坐在一块大石之上歇息。刚刚坐定，忽闻身后鞭声清响，循声望去，但见西河岸旁边的一块树林空地上，一名少女正挥舞蒲鞭，不断笞打跪在地上的一位白发苍苍的老人，声色俱厉。那老人唯唯诺诺，不敢出声，耷拉着脑袋任凭少女训斥。

东柳氏大怒而起，叫道："真是岂有此理，居然有儿女如此对待亲长的！伦理纲常竟毫无顾忌！"他气呼呼、颤巍巍、一瘸一拐地上前，大声呵斥道，"你这丫头休要无理！怎么可以对老人家如此欺侮？看他这把年纪，年老昏迈，你作为女儿怎可这样对待生身之父呢？枉费他含辛茹苦，将你养育成人，你就是如此来孝敬老人家的吗？"

那少女怒道："你是何人，竟来管我家事？走开！"说着举起蒲鞭，又是狠狠一记打在老人身上。东柳氏气急败坏叫道："真是无法无天了！"眼看少女蒲鞭又至，连忙拦在老人面前，道，"有我在此，不容你忤逆猖狂。"

不料身后老人却伸手推开东柳氏，一脸虔诚悔过，道："你不用拦着，小老儿甘愿受责罚。"

东柳氏怒道："再有什么过错，也万万没有女儿笞打老父之理！无论如何，我也不会让你再受鞭笞之苦。"

少女皱眉道："老身教训逆子，你却来管甚闲事？"

东柳氏闻言诧异错愕之极。

少女道："我乃此一带修行之人，人称西河少女，早年拜先师甫山翁学道，炼得容颜永驻的仙药，因芳年服食，故才一直保留当日的容貌，如今累世已有百年。地上跪拜的是我的孩儿白头公，今已七十有六，眼看一天比一天年老，头眼昏花、背驼腿虚，我作为母亲，实心不忍，故而拜启先师，索得一粒仙药，不曾想他悲观厌世，不愿以仙药延寿而苟活于世，死活不肯就服，还将仙药捣毁了。我一气之下，鞭笞于他，有何不可？"

东柳氏闻言恍然大悟，心道："此处果然有仙药可寻，看来娘娘所言非虚！"忙道："然则令先师今在何处？可否赐告去处？"

西河少女斜眼道："我方才见你义正词严，还道你乃圣德至贤之人，不想也是为这仙药而来！先师闭关已久，要索取仙药，恐怕难上加难，你还是从哪里来，回哪里去吧！"

东柳氏意志坚定道："再难我也要面见于他。烦请仙姑指点门路，老朽感激不尽！"于是将九光元女指点他前来寻药的原委道来。西河少女沉思片刻，道："你既受娘娘指点，说不得我便带你去先师西河山修行之处走一遭了。"回头对地上跪拜不起的白头公道："你在此好好反省，等我回来再来处置。"

说罢，引领东柳氏往西河山方向而去。

甫山翁在西河山务子洞修行，距西河畔二三十里地。东柳氏老迈体弱，又瘸又拐，西河少女便在路间集市替东柳氏买了一辆驴车，不料东柳氏一坐上去，那黑驴便不停地尥蹶子腾跳不止，一连更换几匹坐骑，状况百出。最后换作马车，西河少女举鞭驱赶时，那马仰首长嘶，竟然变作一匹木马定在原地，乘行不得。她一脸诧异道："真是奇哉怪也！"四处巡查，却什么亦未发觉。

西河少女当下搀扶东柳氏又自步行许里，忽闻人声大作，远远只见一位少妇怀抱一个尚在襁褓之中的婴儿，没命地飞步狂奔。身后有一群道士，手执宝剑，足不点地，从后追上，蓦地一个鹞子翻身，纷纷腾空落地，将那少妇围在中间。

一名道士不由分说，将手中宝剑挥出，刺中那少妇脖颈，顿时鲜血长流。少妇缓缓倒地，将怀中的孩子紧紧护在胸前。那道士还欲出剑结果了那妇人怀中的婴孩，只见一条长鞭横扫而至，将道士手中宝剑击飞。众道士吃了一惊，有人大声道："何方神圣，敢来阻止我地仙门除敌？"

西河少女收鞭上前，怒道："你们也算修道之人，居然对妇孺下此杀手！休要废话，且吃我一鞭！"

西河少女手中弱柳鞭挥手而出，瞬间变化出数十条长鞭，分袭而去。众道士使出浑身解数，挥舞手中宝剑奋力招架，渐渐不敌，纷纷丢开兵器，转身飞逃。众道士奔行如飞，去得也快，一瞬间便逃得无影无踪。

西河少女击退众道士，得意扬扬，放声大笑。

东柳氏近前查看那妇人，见其已然毙命，一脸惋惜和怜恤之色，放下手中拐杖，吃力地抱起妇人怀中啼哭不止的婴孩。

西河少女上前道："怎么，你要抱养这孩子，一起面见家师？"

东柳氏道："这孩子无人抚养，孤苦伶仃，难道我们要将他弃之不顾？"

西河少女道："可是你年老体弱，尚还需要人照顾，如今又添这婴孩，什么时候才能到西河山呢？"

东柳氏不管不顾，抱着婴孩要待走出，谁知没了拐杖，登时摔倒在地。

西河少女叹息道："似你这等只顾抚孤而不识大体，恐怕以后少不得苦头吃了！我就纳闷，娘娘怎么会对你委以重任？"不屑之下，也无可奈何，只得抱过孩子，将拐杖扔给东柳氏，继续上路。

也不知路上走了多久，来到西河山脚下的西河郡市集外，天已垂暮。那婴孩离开母亲怀抱，路上一直啼哭不止，西河少女手忙脚乱，无以应对。

东柳氏看见甚是诧异，笑道："怎么看起来，你就像没有带过孩子似的！"

西河少女闻言竟脸上一红，左顾右盼，远远见一户人家，烛光闪耀，便道："你在市集口等一等，我去寻户人家，如有妇人看家，就将孩子寄养出去，索性给她些钱财就是。"

东柳氏点头，看着西河少女抱孩子走远。东柳氏在市集口等候不久，未见西河少女赶回，渐觉有些困乏，正自守在门墩上打盹，忽闻市集内脚步声响，当前一个管家模样的人，手执画像，带着几名兵丁上前，看看东柳氏，然后对照画像，喜道："请问是东柳氏老先生吗？"

东柳氏睁开眼，诧异道："你是何人，怎知道老朽的名号？"

管家笑道："果真是你！我乃西河郡郡侯管家，奉我们侯爷之命，请老先生前往府上，担任我们郡主的授业老师。尚请老先生移驾。"

东柳氏纳罕道："老朽已经多年不授学了，你家侯爷如何知晓我的前身故事？再者老朽此刻有要事在身，恐不能前随府上差事。"

一名随来的兵将呵斥道："你这老儿，我们郡侯请你入府教我们郡主读书，那是瞧得起你！从此荣华富贵，金银钱财，享之不尽。多少饱学经书的名门儒士尚求之不得，你却在此推三阻四，真是好不知事。"不由分说，便挟持着东柳氏，掉头便走。

东柳氏被押进郡府，直来大厅面见西河郡郡侯。旁边郡主在座相陪。

西河郡郡侯铁青着脸，道："听管家说你不愿意教授我儿读书？"

东柳氏急切道："不是不愿意，委实是老朽有要事在身，不能留在府上听任。"

西河郡郡侯喝道："不愿意？那可由不得你！来人啊！给我拿下，押进大牢！"

西河郡郡主忙道："父王，且慢！让孩儿好生求求先生！"

西河郡郡侯点头起身道："就依你，大家都退去吧！"说罢和众府丁家将离开。

西河郡郡主欠身一礼，道："学生拜见先生！"

东柳氏忙道："郡主先且住口，老朽不才，实难应允做你的教书先生。"

西河郡郡主明眸皓齿，仪态万方，近前道："怎么，以我的天资和身份，难道不能做先生的学生吗？"

东柳氏道："实是老朽年老昏迈，才薄识浅，无法堪当此任！"

西河郡郡主笑道："在我们这郡府上不但有数不尽的金银和厚禄，还有世人穷其一生也难以觅得到的长生仙药，只要你愿意留在府上，不但荣华富贵唾手可得，即便不老长生，也是轻而易举。"说罢转身从一侧端过用红布掩盖的玉盘，笑吟吟地来到东柳氏面前，揭开盖布，满室瞬间金光灿灿，满满一盘金银。打开宝盒，光彩流转，盒内现出一颗玛瑙大小的仙丹。

东柳氏看都不看一眼，决然道："实难从命！"

郡主收起玉盘，怒道："你既不知好歹，就按父王之命，关你进大牢，看你怎么出去。来人！"

东柳氏言辞决绝，被府中家将连夜押进大牢。西河少女安顿好所救的婴孩，返回市集口不见东柳氏的踪影，待进集市大街寻找，却发现西河郡入口黄光缭绕，近身不得。西河少女无论使何种手段都无法近身。这么在当地耗了许久，晚间歇在市集外的农户之家，询问当家的老妇人，道："老人家，今日随我来的一位朋友在这西河郡市集口无端失踪，不知这西河郡可有什么妖物作祟吗？"

那老妇人诧异道："西河郡市集口？姑娘可不是在说玩笑话吧！这里哪里有什么市集，西河郡离此尚还有十数里地了。"

西河少女闻言大是惊异，次日出去看时，眼前一马平川，空旷无人，果然未见市集的存在。西河少女纳罕之余，又在当地守候多时，直到当夜，睡梦正酣，忽听耳旁有人大声道："西河少女，时日已到，可以接东柳氏出来了。"

西河少女从梦中惊醒，飞速冲出，四下奔走，果然发现东柳氏横卧在一处空地里，形销骨立，奄奄一息。西河少女连忙将他扶起，带到那家农户屋中就寝。

东柳氏一直到天亮方醒转，渐渐有了一丝活气。他一起身，径直叫道："饿死我了，饿死我了！"那老妇人在旁闻言，忙煮来早粥给他食下，东柳氏方才回过神来，身体逐渐恢复。

西河少女忙问来龙去脉。

东柳氏道："我是被此处郡侯请到府上，给郡主当教书先生，怎奈我有求药大事在身，执意不允，便被家丁拿住，关进大牢。也不知过了多久，腹中饥渴难耐，实在撑不住就被人送了出去。后来醒转，便到了此处。"

西河少女暗自揣度："想是有仙人在此，等我面见师父再做道理。"

当日，西河少女带领东柳氏来到西河山务子洞外，远远看见一群求药之人分排跪在洞口，等候甫山翁的垂见。

东柳氏看到这番光景，问道："他们都是来求取仙药的？"

西河少女点头道："你以为仙药是这么好求的吗？"

东柳氏环顾四周，抬眼看去，但见山腰间洞穴开处，仙气缭绕。洞口上方显露出三个金光篆体大字——"务子洞"，往右侧看时，一块金光闪烁的木牌垂挂山壁之上，木牌上刻着几行篆体小字，走近细看，遂念道："告求药者书，本门有四舍四不舍，帝王将侯者，不舍。欺心媚主者，不舍。富贵钱财者，不舍。无良善心者，不舍。孤寡贫弱者，舍。至贤至德者，舍。孝老爱幼者，舍。忠孝仁义者，舍。"

东柳氏念罢，正自思量，忽有人拍拍他腿脚，道："怎么，你竟然也找到这里了？"东柳氏低头看向地上跪拜之人，却是之前的郎中胡中。

东柳氏道："原来你早到了，却诓我不知求药之地！"

胡中笑道："我确实不知，实是当日见你相貌不凡，故而一路偷偷跟随，听到你跟仙姑讲话，这才先你一步，赶到此处。"正说着话，忽见洞门打开，有一仙童走出，远远朝西河少女道："师姐，师父请你进见！"

西河少女笑道："师父竟然知道我来拜见了。"当即带东柳氏走向洞去。

洞外众人齐声道："烦请仙童引荐仙师，拜赐仙药。"

那仙童指指木牌道："你等均属四不舍之列，还是快快下山吧！等积德行善、品行圆满再来拜见。"言罢，径直进洞去了。

西河少女当先走进，洞口有一株奇形怪状、约一人高的指佞草，弯曲的根茎突然伸直，茎尖前端一颗莲蓬对着西河少女连连点动。东柳氏拄拐走上，指佞草对着他左右摇曳，随后慢慢低垂不动。

东柳氏一脸惊异，打量一眼指佞草，跟随进洞。

胡中见东柳氏入洞，忙起身赶上，叫道："老先生，也带我进去啊！"踏前几步，洞口指佞草根茎直起，左右摇摆，随即一下颤抖，茎尖巨大的莲蓬，连着根茎倏忽变大伸长，撞向胡中。胡中猝不及防被击中，重重摔落在地，叫痛不已。跪拜在地的其他人一齐露出惊惧之色。

东柳氏跟随西河少女进洞，洞中别有一番景象：穹庐似的洞顶奇石林立，钟灵毓秀，仙雾缭绕。一条台阶蜿蜒而上，道旁七盏琉璃灯悬壁而立，光亮通透。白鹤栖息于泉水钟乳之上。七彩莲花金光照耀，洞室生辉。上得台阶，见眼前一开阔处，云霞灿烂，高处一法坛之上，甫山翁盘膝而坐，闻得东柳氏近前，睁眼打量。

西河少女施礼道："徒儿拜见师父。"

甫山翁微笑点头。

东柳氏稽首道："东柳氏拜见仙师！"

甫山翁道："你是何方人士，从哪里来，又到哪里去？"

东柳氏道："我乃东柳庄人氏，受金母娘娘指引，前来仙师洞府求取治病延年的仙药。"

甫山翁垂首点头道："你既蒙金母指引，我就赐你一粒延年益寿、体轻身健的九转回颜丹。"

东柳氏躬身道："多谢仙师。"

甫山翁眉头转处，又道："我这里还有九曲明珠一串，与九转回颜丹相辅相成，内外双修。只是前次因在神仙大会返回的路上，失手掉落，九珠不能连缀，以至失去驻颜去病的效用，不知你可有法子将这九珠重新连起？"

东柳氏迟疑道："这……"

甫山翁对西河少女道："徒儿，去璇室取出九珠，倘若东柳氏能重连九珠，就连九转回颜丹一同赐予他，送他下山。"

西河少女躬身道："是。"

西河少女带东柳氏来到一间石屋，将九曲明珠放在石几之上。东柳氏凑前细看，但见石几上放着九颗玲珑通透的明珠，每颗明珠中间均有小眼，细如银针，旁边是一条长长的丝线。他蹲在石几前一筹莫展，呆呆出神。

西河少女一言不发，在一旁来回踱步等候。一日忽忽而过，东柳氏仍无连珠之法，不觉眉头紧锁。

西河少女急道："这都半天过去了，眼看今日便是跟娘娘约定的返回之期，倘若再耽搁时日，恐怕迟则生变！"

东柳氏神思疲倦，依靠在墙角，眉头紧锁。西河少女有心帮助，也是无法堪破连缀九珠之法。就在东柳氏一筹莫展，几近崩溃之际，他忽然发现墙角有红蚁聚集，正搬动蚁卵攀爬，忽而神光一闪，喜道："我有办法了！"

西河少女大喜近前，忙问其法。东柳氏连缀九珠之法，是以松脂涂于丝间，系于红蚁的腿上，拢火放烟，驱赶红蚁从九珠之间拉丝爬过，从而串起九珠。

西河少女依照东柳氏所嘱，好一番周折，才将九珠串好。霎时之间，只见金光闪耀，满室生辉，东柳氏不禁长长舒了口气，脸上露出欣慰之色。西河少女亦为他高兴，随后将九曲明珠交给东柳氏贴身携带，领其前往后山丹房，从仙童手中接取九转回颜丹，就着山中清泉，给东柳氏服下，并护送下山，复返回禀报甫山翁，又将日间所遇之事一一道出，以释心中疑惑。

甫山翁闻言，掐指推算，半晌才点头道："金母娘娘指引求药之道，乃是考验他的执念；夜间引他前往郡侯府求教之事，乃是王公金母的安排，考验他对于富贵财色的诱惑，有无自持之能。那侯爷乃是王公，郡主乃是金母，管家是刘真人，家将是东海神使等仙使所变。至于西河郡市集更是幻象所生，皆为王公金母掩人耳目之法。"

西河少女道："然则，路间所救的婴孩又是怎么回事呢？"

甫山翁掐指再算，半晌开口道："那婴孩乃是剑仙之祖玄清子降世，路间追杀那妇人的乃是地仙门门人，地仙门镇元子与玄清子之父赤城子有百世之仇。至于结仇的缘由，实是因年代久远，为师道行不够，尚推算不出。"

西河少女道："师父真乃奇能，未亲临而知诸事。还请师父收留，再传大法。"

甫山翁道："东柳氏乃不世之圣贤，东行桃源之圣主，你既能知遇于他，可见自有机缘，当可随他同去，助其行使桃源行之大任，今后功业绝不在为师之下。"

西河少女皱眉道："还圣贤了，我怎么一点儿都看不出？以后要让他行使桃源行的大任，可不知何时才能圆满！看着就让人着急。"

甫山翁笑道："他虽然左腿已瘸，但德行匪浅，此行倘能功成圆满，必能成就圣仙，只是需要数番磨难而已！"

西河少女当即垂首道："谨遵师父法旨！"西河少女拜别甫山翁，下山前去追赶东柳氏。

东柳氏得服仙药以及九曲明珠在身，果然神形大变，发首乌黑，一对八彩眉棱角分明，神采奕奕，面色红润，腰身笔挺，除了腿脚不灵便，还需拄拐前行，全身上下已全然不同。在他身旁有一人正贴身跟随，却是胡中。只见他盯着东柳氏脸面不断打量，啧啧称奇，脸露惊喜之色："务子洞里果然有回颜驻容的仙药啊！先生，你是怎么做到的？带着我吧！也教我些仙方。"

东柳氏脚下不停，笑道："你要跟着那就自管跟来，不过仙方却是没有！"

胡中摇头道："胡某不信！横竖在这里待不下去，就跟着先生，以后混个仙方或者仙药也不错！"

西河少女赶上时，见东柳氏容颜大变，亦不免多看了他一眼，道："先生，我有话要说！"

东柳氏转身回头道："多谢仙姑一路引领护送，使我有缘寻得去疾回颜之法！请受我一拜！"

西河少女忙道："如蒙不弃，今后愿追随先生，任由差遣。"

东柳氏忙道："仙姑本领高强，如有相助，实是我的福分！"

西河少女点头道："我去看看我那年迈的孩儿，如若可以，我也欲带他一起，以免他落单。"

于是东柳氏和西河少女、胡中以及西河少女之子白头公，一同返回金母庙。到得金母庙时，却见空无一人。

东柳氏诧异道："奇怪，他们人呢？"

正在这时，远远有民众喊嚷道："走走，过去看看，天老爷要杀人啦！"

东柳氏忙和西河少女、白头公、胡中跟上前去，到得一处开阔的广场，但见十余名兵将将广场围得严严实实。广场中央百余名青衣民众被五花大绑，一齐跪在地上，竟是之前留守在金母庙的众人。前方不远处一处高台上，一名朱衣大髯先行官模样的红脸雷公，坐在五方案几上，喝道："时辰已到，速将这帮反民就地正法，行刑！"

数十名兵将分排而立，举起斧、钺砍下，立时便有一排人被斩。

东柳氏见状登时吓得面无血色，慌乱大叫道："住手！快住手！"

那红脸雷公看看东柳氏，叫道："哪里来的瘌子，竟敢阻拦你雷公爷爷？"说罢飞身而起，大口一开，一道闪电迸射而出，击向东柳氏面门。西河少女弱柳鞭适时飞至，缠住东柳氏的腰身，倏忽拉到一旁，躲过红脸雷公的电击。

西河少女回头对白头公和胡中道："快带先生去金母庙，这里由我应付。"

两人闻言左右夹持东柳氏，仓皇离开。

红脸雷公大怒，张开血盆大口咆哮开来。瞬时雷电齐发，天地震动，当先便有人被雷电击中，倒地不起。

西河少女大怒："看我借来西河之水灭你！"

西河少女手中弱柳鞭，蓦地暴长三千尺，如巨橼弯曲，硕大无朋，搅动西河之水，水柱从天而起，倾泻而下，浪头翻涌扑向雷公及斧钺手。数十条小浪分泼而出，浪花裹挟着被绑缚的剩余青衣民众，将其安稳地冲向金母庙，水退浪散。

西河少女伺机收了神通，与东柳氏等人在金母庙会合。

红脸雷公一团怒火，被西河水一激，立时七窍生烟，浑身湿透，不禁咆哮吼叫起来，率领斧钺手急遑遑追上。

到得金母庙，但听梵声阵阵，九光元女携玄灵之曲，带领随侍女仙从天而降。俄而雷鼓轰鸣，海神禺猇、东海神使、苍帝神君等东海诸仙齐临。随后金光闪耀，东王公携左右仙童青鸾、鸣凤，脚踩彩光祥云，落在东柳氏等人面前。

众人齐声跪拜："恭迎王公金母仙降！"

东王公笑呵呵道："都起来吧！"

红脸雷公带斧钺手看见，也齐来拜谒。

红脸雷公拜罢，却义正词严道："启禀王公金母，本神乃是奉天帝之命，诛斩反民，职责所在，还请王公金母不要阻拦。"

东王公笑道："他们如何是反民，说来听听。"

红脸雷公迟疑道："这……本神只是奉命行事，并无须知晓缘由。"

东王公道："如此不分青红皂白，不明缘由是非，实可谓愚忠之举。还是回原籍去吧！休要再来纠扰。"

东王公手指捻处，施展云篛手之法，从云间采撷一朵棉絮云团，弹指之间，棉絮云团飞出，顿时将红脸雷公及斧钺手紧紧包裹，任凭其如何挣扎，均无法得脱。

东王公一扬手："去吧！"那红脸雷公和手下被云团裹挟着向远处飘荡而去。

九光元女笑盈盈地从庙顶飘落，走过来道："真是可喜可贺，如今桃源之行已然初步成行，今日可当大祭开拔之礼了。"

东王公点头道："东柳氏听命。"

东柳氏忙道："东柳氏得令。"

东王公道："你乃当今之贤士，人中之圣公，今历经连番考验，可受命东行桃源洲之托，带领今世沉沦苦海之百姓，前往我飘云世界求取祥和安身之所。他日功成，自当领导一方臣民，福泽不尽，世代延绵。万勿辜负所托。"

东柳氏道："弟子谨记。"

东王公道："我这有《桃源入行图》一卷，不但可以辨识地界、指引前路，且具有挪移乾坤之功，倘若途中遇有无法渡过的劫难，可请出此图，虔诚叩拜，便可解决你所遇之难处。不过切记此图只能使一次，不可轻用！尚有一道五行令旗，危急时可助你防身保命，一并赐予你。"东王公大袖伸出，将两件宝物取出。

东柳氏恭敬接过，道："谢王公！"

东王公又对身旁的左右仙童道："青鸾、鸣凤，从即日起，你们两人留在东柳氏身边，一路保护他的安危周全。"

青鸾、鸣凤齐声道："谨遵王父法旨。"

东王公又对西河少女以及青衣民众道："从即日起，凡跟随东柳氏抵达桃源洲者，道者可位列上仙，册封仙籍，民者可永享繁华盛世。"

众人闻言齐声拜谢。

东王公和九光元女目睹诸事既定，相视一笑。随后，但见两道金光一闪，已不见东王公和九光元女的身影。

东柳氏带领众人齐声朝拜："恭送王公金母。"

东柳氏道："现下即行大祭开拔之礼。"

众人在东柳氏的安排下，按队列而立。

东海礼官，吹奏大号，气势威严，声震云天。

东柳氏执香对天而立，案上供奉天地及道神累祖排位，率众拜天地神灵。开拔之礼既成，便与东海列仙班辞别，带领众人踏上东行桃源洲的迢迢路途。

第四行　险阻流沙渡

东柳氏带领百十人之众，在青鸾、鸣凤左右护持之下，同西河少女、白头公母子二人以及胡中胡郎中一行队伍，离开金母庙，迤逦向东。半日光景，来到一渡口时，为湍急的河流所阻。但见河道九曲回环，蜿蜒开去，一眼望不到尽头，水势汹涌，暗流涌动，拦住东行的去路。鸣凤近前，见河岸竖立一石碑，其上刻着"瓠子河流沙渡"六个篆体字样，不觉眉头紧皱。

东柳氏眺望对岸，面有难色，身后的胡中忽然叫道："快看，那边有座桥！"东柳氏闻言大喜，率众前往河岸一处狭窄的渡口，准备过桥，突然间天昏地暗，一团乌云黑山压顶般悄然逼近，随后电闪雷鸣，风雨大作。这阵风雨来得迅疾无比，众人猝不及防，忙四散开去，找寻避雨之处。

瓢泼大雨中，东柳氏嘶声喊叫道："大家就近找地方躲雨，切莫走散喽。"他虽有命令，但众人眼见大雨倾盆，哪里肯听，不管不顾，各自跑远，寻找避雨之地，队形早已散乱不堪，唯有青鸾、鸣凤、西河少女、胡中、白头公等二三十人，聚集在一处。

西河少女叫道："先找地方躲雨，一会儿雨停了再召集大家重整队伍！"青鸾、鸣凤闻言点头，搀着行动不便的东柳氏便要前往远处树荫下躲避，正在这时，猛听一阵地动山摇的声响，但见高约数十丈的浪涛从远处呼啸而来，径直漫淹过河堤，瞬间便将渡口的那座木桥冲毁，且余势未消，裹挟着泥沙、夹杂着怒号的风声，一个浪头连着一个浪头，朝众人这边拍打过来。先前四散奔逃避雨的人众，刚奔出不久，便遭遇洪流，登时被卷入大浪中，不见踪影。

东柳氏目睹随来的众人被洪涛吞没，心惊胆战之下，不觉悲痛万分，捶胸顿足，嘶声叫喊，与此同时，洪流已翻涌到跟前，众人登时没入水中，纷纷如落汤鸡一般，拼命在水浪中扑腾挣扎。青鸾、鸣凤两人托着东柳氏，从浪涛中飞身而起，落到洪涛之中一处凸出的土丘上。西河少女紧随其后，抓紧白头公亦从水中跃起，在东柳氏、青鸾、鸣凤身旁落定。

东柳氏猛吸一口气，嘴中呛出一口浑水，又咳又喘之下，眼见四周已被滔滔洪流淹没，沦为一片汪泽。而水中胡中等十余人，兀自在拼命挣扎，扑腾不止，随着连绵起伏的波浪，浮浮沉沉，口中有一声没一声地连喊救命。

东柳氏声嘶力竭道："快，快救他们！"

青鸾、鸣凤迟疑着互视一眼，却只守在东柳氏身边，无动于衷。

东柳氏诧异道："怎么，你们？"

鸣凤道："先生，我们只是奉命保护你，至余其他人，不在我们保护之列！"东柳氏惊惶之下，顾不得许多，回头急道："仙姑，快救救他们！"

西河少女忙走上前来，抖落手中的弱柳鞭，叫道："变！"弱柳鞭立时粗大如椽，延伸弯曲数十丈开外。众人慌乱中，同时扑腾着游近，抱住弱柳鞭，这才稳住身体。饶是如此，还是有几名百姓，被洪水卷挟而去，不知所踪。

西河少女将胡中等人从翻滚的浪涛中拉出，他们死里逃生，趴在地上，不停咳嗽，早已全身虚脱。东柳氏关切地查看众人，眼见他们皆无事，这才略略宽心。目视眼前的滔滔洪水，奔腾翻滚，不禁陷入长时间的悲凉之中。手中的拐杖亦脱手倒地，瘦弱的身躯摇摇欲坠。他们此行刚刚上路，便遭遇大雨和洪水，随来一百余人，转眼之间，便有大半被水浪卷走，仅幸存为数不多的二三十人。

大雨骤停，大团大团的乌云聚集在众人头顶，忽闻云端雷鸣声响，传来一阵大笑之声。东柳氏众人仰望头顶，却不见半点人影。鸣凤道："鸾妹，你看顾好先生，我上天瞧瞧！"说罢离地而起，戟指一点，脚下立时变化出一顶逐飙飞轮车。只见他站在飞轮车上，叫声："起！"逐飙飞轮车底下巨大的陀螺飞火轮疾速转动，腾空而起。鸣凤脚踏飞轮车，穿过厚重浓密的云层，飞上云端，但见湛蓝的晴空之上，雷部苟元帅、风师箕伯、雨师玄冥、云师丰隆和洪涛神阳候五位天神正悬在云端，放声大笑。

鸣凤大叫一声，双手多出一对分光血刃剑，喝道："哪路毛神，在此作祟？"

但见雷部苟元帅朱唇如丹，目似电镜，右手持槌，在左手的震天鼓上重重一击，轰隆一声雷裂之声，响彻霄宇。鸣凤掩耳皱眉，只听苟元帅喝叫道："你这娃娃，不识得你家雷公爷爷！吾乃天帝册封的雷部正神苟元帅。前日，本部先锋霹雳雷公奉命羁押监斩尔等东行之人，被王公打回原籍。今日流沙渡木桥既毁，看你等如何过得了下地的流沙渡！"

苟元帅说罢再度猛击震天鼓，大笑中同风师、云师、雨师和洪涛神一同飞身离去。

鸣凤驾着烛飙飞轮车飞身而下，禀报道："先生，原来是中天宫的几位天神在此兴风作浪，降下大雨！"

东柳氏惊诧道："中天宫天神？我等与他们并无瓜葛和过节，却为何无端发难？"

鸣凤迟疑着看看青鸾，道："这个不知，不过以后可得加倍小心，说不定他们仍会前来与我们为难，万不可大意了。"

东柳氏哀叹道："想不到我等刚东行半日，便遇上这等灾祸，往后还不知有多少劫难在等着我们了。"

鸣凤、青鸾神情肃穆，垂手不言。

洪水来势凶猛，退得也急。前方的瓠子河已显露出来，但河床被流沙裹挟的河水冲击之后，泥沙俱下，越发显得河水浑浊湍急。

胡中凑前道："圣公，方才来的路旁，有座庙宇，我们何不去那边夜宿？此刻大家都被水淋透，如不及时取暖，恐怕会有风寒之虞！"

东柳氏点头道："你先领大家前往，我去河岸看看，随后就来！"说罢转身行去，鸣凤、青鸾随后跟上。

东柳氏拄拐走到近处，河岸狭窄的渡口，水流湍急，几乎要漫过堤坝。水浪翻涌的河中，浮木翻滚，随波逐流。东柳氏凝视着对岸间隔数丈的渡口，眉头紧锁，叹道："如此宽阔的河面，倘若临时搭建横木平桥，恐非易事！如今洪水裹挟泥沙而来，岸口又是斜坡，竖柱更加艰难！桥若不成，东行之路便会受阻，前往桃源洲的大任便无法完成，这可如何是好！"

当晚，东柳氏在流沙渡数里地开外的雷神庙落宿。雷神庙坐落在一处山坳之下，庙宇巍峨，庙堂数十丈见方，正中一尊雷公雕塑赫然挺立，高大魁梧，目光如电，俯视前方。

东柳氏命青鸾和西河少女携女眷入内歇息，男眷则在庙外露营而卧。篝火燃烧着，红光闪烁，东柳氏对着火光，从怀中取出东王公所赐的《桃源入行图》，打开图卷，霎时间金光闪耀，仔细端详之下，只见这《桃源入行图》乃是一张长约一尺、宽约十寸的青色云锦图卷，之上以丹血绘制线条粗疏的地图和密密麻麻的文字。字迹清晰可见，地图轮廓分明。山河经纬之间，金光连着图形线条缭绕闪烁，经久不灭。

东柳氏仔细查看摩挲，道："王公所赐的《桃源入行图》果真巧夺天工，奇异之极！"

鸣凤凑近道："先生，此图可需妥为保存，咱们东行路上可全靠它了。尤其是东海地界，海域广大，岛屿众多，其间多有险地恶水，稍有差池，就会迷失方向，无法前进。如非这张《桃源入行图》指引，是万难抵达的。"

东柳氏点头，又取出五行令旗端详着，自忖道："这小小的一面旗子，真能助我防身保命？"

庙堂内，众女眷以年轻的女子居多，青鸾安排众人睡下后，见西河少女在一角落盘膝打坐，便凑上前去，道："日间见姐姐变化蒲鞭救护众人，足见法力高深，未知师承何门？"

西河少女睁眼看看青鸾，笑道："你叫我姐姐？我现下已有一百余岁，应该是老婆婆喽！老身早年及笄之时，跟先师甫山翁学道，得了些容颜永驻的仙药，方致如此。你乃王公座下的玉女仙童，不知师出何门？"

青鸾道："先师白元君，外面的鸣凤师兄师承无英君，我们同时学艺下山，被荐举在王父座下，做了守宫童子。如非此次东行桃源洲被委派在先生身边，恐怕尚无缘跟姐姐相识！"

西河少女闻言大惊道："学道之人有传，若见白元君，得寿三千岁；如见无英君，得寿万万岁。仙童真是好机缘，我这个姐姐可就更不敢当了！你是怎么拜到这位仙师门下，还做了王公的守宫童子的？真是让人羡煞！"

青鸾摇头一笑，道："说来话长，我和鸣凤师兄打小长在凤雏国，不但同年同月同日生，而且两家还是世交，情意深重。6岁那年，我们两家聚在一处，举行世交之礼，突闻门外喊叫声大起，出去一打探，才知是邻近的麒麟国率兵大举入侵我们凤雏国，并进行惨无人道的血腥屠城。两家父母大惊之下，为保全各自的骨肉免于被屠杀，世伯抱着我俩来到院落的枯井前，将我俩同时放进竹篮里，吊入井中藏身。后来只听井上方鸡飞狗跳，人们的惨叫声不断传来，我俩又惊又怕，我忍不住便要哭出声来，鸣凤师兄一把捂住我的嘴，我才没发出声响。我俩躲在黑漆漆的井下，也不知道过了多久，忽见眼前有白光闪烁，我俩同时被白光吸引，从竹篮中走出，这才发现井下有好大一片空地。一位长须老者从明晃晃的光芒中走出，告诉我俩，他乃此地的地仙井龙公，说我们有凤鸾之资，与道门渊源很深，是特意来指引度化，收我们做童子的。那时候，我俩什么都不懂，那井龙公只是让我俩闭紧双目，然后就听耳边风声异响，很快来到一座宫殿之外。井龙公告诉我俩，此处是他修行的地方，叫'井龙宫'，此后便让我们守在他的座前，并教授我俩一些学问和道门修行之法。

"很快，到了我们16岁的时候，井龙公将我们叫到跟前，说是乾元山上仙大道君正举行童子会，邀请三山五岳的地仙门人选送童男童女，成功入选者，可进阶洞仙，成为他们的门人，并传授仙家法术。后来我和鸣凤师兄从数万人的竞选中，脱颖而出。鸣凤师兄拜无英君为师，我则拜在白元君门下，本来是一件很开心的事，只是想到以后要和师兄两地分开，又不由得很是恋恋不舍。我俩分开学艺，也不知过了多少年，在修行之中，一直保持着童子之身，样貌也未发生任何变化。

"有一年，鸣凤师兄突然来找我，说他虽然久处深山，勤修仙术，但心中一直想前往麒麟国，为当年被屠杀的父母世伯报仇。我见到鸣凤师兄很是高兴，只是对于复仇一事，却犯了难。虽然对于当年父母世伯被屠杀，我也很难过伤心，但斯人已逝，当年的仇恨又是因凤雏国和麒麟国两国之间的战争而起，事情都过了这么多年，现下前去报仇，也是于事无补！何况师门有严格门规，不准门人寻仇滋事，杀伐生灵，我劝师兄还是好好考虑考虑。师兄思索再三，在我的规劝下，不得已回转师门，但对父母被杀却一直耿耿于怀。岂知不久，无英君师伯看出师兄仇杀之心未泯，担心生出祸端，便将师兄举荐到远在东海的王父那里。我得到消息，不愿跟师兄长久地分开，索性也央求师父，同去王父那里，一起做了守宫童子。

"谁知到了王父的蓬莱都我才知道，那里等级律法更加严厉，不像在师门仙山那样无拘无束。后来得知，王父虽然规矩严苛，但蓬莱是多少修仙之人梦寐以求的地方，可遇而不可求，我和师兄便心安理得，做个守宫童子。但自从到了蓬莱都，我就十分郁闷，因为不但不能跟师兄经常往来，行止也极为约束，何况守宫童子这一仙职，也是地位极低，长此下去，闷也闷死了。终于有一天，王父将我俩叫到跟前，说是让我俩护送东行桃源洲的人，倘若功成，便可由守宫仙童升为三岛十洲的上仙，我俩一听自然高兴，遂和师兄跟着王父一齐下界。临行前王父不但传了我们一些法宝兵器，还嘱托我俩三条律令，然后就被派到先生身边，护送东行了。"

西河少女听罢，连连点头，道："原来如此！这样一来，我这个姐姐可就更不敢当了！"

青鸾道："休要说那些千年万年的虚岁了。道无先后，能者居之。姐姐能有如此道术，亦是十分难得。今后东行桃源洲，还要多仰仗姐姐了。"西河少女忙道："岂敢岂敢！"

两人互识寒暄的当口，庙内庙外众人遭逢大难得劫后余生，均已困乏入睡。一夜无话，到得次日清晨，东柳氏早早起身，重新编排队伍，又在人群中选出行路带队、看灶做饭的三人来，分别是行路使余迁、看粮使范堇和灶管佟伯雄，选定之后，又问道："咱们的口粮还有多少？"

范堇皱眉道："圣公，昨日洪水冲袭，随行所带的谷米均被洪水卷走，颗粒无剩！"佟伯雄亦道："是啊！圣公，携带的锅鼎也随波漂走，路无粮草灶台，如何果腹？！"

东柳氏沉吟片刻，对行路使余迁道："行路使，你和看粮使、灶管二人带几人速去周边巡查，看看能否采集些吃食。"余迁、范堇和佟伯雄三人领命而去。东柳氏又命众人原地休息待命，只带上鸣凤和四名壮汉前往流沙渡，筹谋渡河之法。

几人刚到河岸，忽闻河中远远传来一阵低沉悠远的歌声。放眼望去，只见河中央一位头戴斗笠、身披蓑衣的艄公，正倚立于一只芭蕉船上，轻轻划动手中之桨，高声而歌：

> 渺渺莽莽（兮）瓠上河，九曲回旋（兮）流沙狂。
>
> 东渡的人儿（兮）燎慌慌，莫如河公（兮）悠惘惘。
>
> 道余悠（兮）何所虑？望君廉扈（兮）莫彷徨。

东柳氏闻罢，面露喜色，道："这下我等渡河有望矣！"随即高声道，"船家，这边来！"那舟肖公闻言将芭蕉船停靠在岸，道："先生是在唤老夫吗？"

东柳氏忙道："船家，老朽东柳氏，今欲前往东海桃源洲安身，未知船家可否载我等一行人渡河？"

那舟肖公忙放下桨，上下打量众人，施礼道："小老儿河上公，拜见先生。你们既要渡河，那就且上船来。"

当下，东柳氏命鸣凤带上随来的四名壮汉上船。

河上公道："小老儿先渡他们过河，随后再调回船头迎接。"说话间手上摇橹划桨，芭蕉船缓缓划向对岸。不料船身到了河中央，突然一股怪风伴随疾风骤雨卷挟而下，浪花翻滚，硬生生将船身驱回岸边。鸣凤和河上公大为惊异。河上公再度调转船头，芭蕉船未能划行几丈远，河中怪风又起，船身再次被风吹浪打，逼回河岸。

河上公连声道："奇哉怪也！老夫行船多年，还是首次得见如此怪风！"鸣凤祭起手中分光血刃剑，四下张望道："河公，你再划船，我就不信船到不了对岸。"鸣凤伫立船头，执剑在手，四下巡视。这阵怪风来得奇诡之极，河上公划船甫入水中，便有风吼浪涌之声凭空而起。

原来在河对岸，驻守着一位邪神，乃是堵山天愚神，奉天帝旨意，半路阻拦东柳氏众人东渡。只见那天愚神右手执丝线，口中喷水喷向地上的一只金盆，盆中一只竹编小船被丝线所系，在其连线的右手拉扯之下，木舟自盆中缓缓移向边沿。这边施法拉扯，那端河上公的芭蕉船便被逼回岸边。

鸣凤见对岸东南方黑气上涌，心下一凛，祭起分光血刃剑，朝黑气缭绕之处，直刺而出，同时大叫道："着！"话音未了，天愚神面前的金盆突然电光一闪，嘶的一声响，手中丝线断裂，天愚神一个趔趄，退后几步，面露怒色，跟着大喝一声，袖袍对着金盆一挥，狂风起处，水中河上公的芭蕉船，凭空飞翻而起。鸣凤首先飞身跃向河岸，河上公和四位壮汉大叫着跌落水中。

芭蕉船倒扣入水，随即沉没。河上公和四位大汉神情狼狈，游上河岸。

东柳氏见船覆入水，渡河已无可能，只好带领几人退回雷神庙。

人还未到，却闻鼓掌欢笑之声远远传来。只见庙门外开阔地，男男女女围拢而坐，拊掌欢呼。场中央青鸾身披五彩千羽衣，头上霞彩蝴蝶髻斜插装点着一朵夕颜花。油黑发亮的青丝，直披至肩，齐整合度。整个人在低空，翩翩起舞，翱翔盘旋。洁白的曳地长裙随风飘摆，映衬着她曼妙的身姿，显得异常绚丽动人。

东柳氏忽见此情此景，不觉心驰神摇。他自从带领众人奔赴天门，劬劳多苦，东行桃源洲之始更是连遭厄难，本来惆怅满腹，忧思深虑，如今目睹青鸾这段飞天之舞，顿感一股清新之气直抵心房，一时间不禁斗志昂扬，信心满怀。

青鸾乍见东柳氏回来，忙飞身落地，隐去身上的千羽衣，将发髻的夕颜花摘下，握在掌心，跪倒在地，低眉敛额，道："先生！"再不敢言语，神情肃穆，浑无方才的灵动曼妙之气。

东柳氏扶起青鸾，笑道："青鸾，不必拘礼。你和鸣凤乃是王公身边的仙童玉女，不但守卫我的安危，同样也要保护大家的安危，有道众生平等，人命为大，以后不可坐视旁观！从今日起，亦可以言行不禁。大家同在一处，不畏艰难险阻，前往桃源洲，为的就是追求真道乐土，能使人人平等快乐！这也是我们此行的真正意义所在。"

青鸾、鸣凤一同道："多谢先生教诲，我俩记住了！"青鸾随即嫣然一笑，从身后端上一盏鲜嫩的瓠瓜，道："先生，方才我们在周边寻得一些瓠瓜，你尝尝！"

东柳氏道："先给大家吃吧！"说罢走出。青鸾转身，跟鸣凤对视了一眼，两人同时舒了口气。

河上公快步上前，道："先生，我家还有一些米谷杂粮，可以接济大家。"东柳氏闻言大喜，随即又道："不可不可！我等拿了你家的口粮，你的家人却又怎生是好？"

河上公道："先生有所不知，我一世孤苦，举目无亲，一直以打渔和行舟渡人为生，哪有什么家人！诸位既是前往东海桃源洲安身，可否带上小老儿一起同去？"

东柳氏道："河公意欲随我等一起同去，想必亦为虔诚向道之人，我等东行桃源洲自是广纳各方贤能异士。"

河上公连忙叩谢。

东柳氏搀扶起河上公，命他协同行路使余迁、看粮使范堇、灶管佟伯雄三人前往十余里外的茅家庄取谷米和锅灶，顺便带些夜明灯一类的路间常用之物，回来时还索得一辆可以运送物品的跷车和一匹骏马。

东柳氏正自诧异，便见河上公牵马上前，道："圣公，这是我从市集买的一匹骏马，见你左腿多有不便，以后骑上它省得你费脚力！"

众人也一齐称是，谁知东柳氏却连连摇头，道："不可不可，我乃大家的首领，岂能独享骑乘，理应和大家同甘共苦，一应平等才是！"不管众人如何规劝，东柳氏始终严词拒绝，只让人牵了去驮带行李物品，又检视了得来的粮食，足够众人多日果腹，遂命灶管佟伯雄生火做饭。吃食解决了，但渡河之策一直毫无头绪。

当晚，众人依然歇宿雷神庙。东柳氏昏昏沉沉入睡之时，忽觉身边冷风阵阵，迷迷糊糊中但见一位龙角人面的神人，轻飘飘飞至。东柳氏起身坐起，惊问道："你是何人？"

那神人笑道："我乃此庙的雷神，前来传你渡河的法儿。"

东柳氏大喜道："什么法儿？还请赐告！"

雷神笑道："如要湍渡平桥起，当需木龙血染桩！切记切记！"要待再询问时，那雷神已然隐去。东柳氏蓦地从熟睡中惊醒，原来是黄粱一梦。

东柳氏坐起身，一脸疑惑不解，心下揣测："如要湍渡平桥起，当需木龙血染桩？"苦思一夜无解，次日，东柳氏将梦中雷神托告的隐语告诉众人，大家均摇头不已。

鸣凤自语道："当需木龙血染桩？木龙？先生，看来雷神告诉我们的渡河之法，当是与这个木龙有关。"

青鸾道："这四海九州之内，不曾听说有个木龙。"

东柳氏沉吟半晌，忽然道："对了，早前随先师学道，曾听人说，在洞庭湖彼岸的阳石山有位豢龙的云阳先生，他定然知晓这木龙的来历。"说着取出

《桃源入行图》，指出方位，对鸣凤道："如此只能劳烦鸣凤去一趟了。早去早回！"

鸣凤点头道："是，先生！鸾妹，你看护好先生，同大家在此等候，我去去就回。"

鸣凤站在庙门外，脚踏逐飙飞轮车，腾空而去。东柳氏和众百姓见状，均目瞪口呆，同时露出惊诧之色。

云阳先生所在的阳石山乃豢龙之所，人迹之不能至。鸣凤驱乘逐飙飞轮车向西南飞去，半日光景，越过洞庭湖上方不久，已至阳石山地界。远远就见阳石山上空龙麟之属翱翔于天际，见鸣凤飞近，立时有龙啸之声，响彻云天，应龙展翼前来拦住鸣凤的去路。

鸣凤猝不及防，收势不住，急忙趋避。应龙调转巨大身躯，见鸣凤冲向阳石山，立时振翻长啸。霎时之间，几条火龙腾空而起，龙须振赫，对着冲阵而来的鸣凤，张颌喷火。

鸣凤见状大惊，脚下飞轮车灵翔翼动，飞速巧妙地避开火芒。一时之间，阳石山万龙均被惊动，但见有角之虬龙，有鳞之蛟龙，无角之螭龙和展翼飞翔之应龙，自阳石山下的五花树丛中飞腾而起，一齐围攻鸣凤这位不速之客。

鸣凤叫苦不迭，正自懊恼，忽闻下地清啸一声，群龙闻声纷纷退去。鸣凤低头俯视，只见阳石山巅站着一位白衣长袍的秀士，高声道："何人擅闯我阳石山禁地？"

鸣凤忙驱车降落，来到那秀士身前，稽首道："东王公座下童子鸣凤拜见云阳先生。"

云阳先生道："原来是王公的仙童趋降，有失远迎！"

鸣凤道："先生言重了。小童今日前来，有一事需求先生指点。"

云阳先生诧异道："哦，何事？"

鸣凤道："小童奉王父之命，护送东柳氏和众百姓前往桃源洲，路途被阻流沙渡，需搭桥通行。夜间有雷神托梦，留下一渡桥的隐语，故来请教！"

云阳先生道："数日之前，东海神仙会王公普告天下，寻求得道的圣贤之士，度凡人前往桃源洲安身立命，实乃利天利民之举，莫非这带头的圣贤乃是这东柳氏不成？"

鸣凤点头道："正是！先生，那位雷神托传的隐语中有句'当需木龙血染桩'，这木龙究竟何指？"

云阳先生沉吟道："三皇之时，我奉轩辕黄帝之命，在此豢养群龙，并加以管束约制，确实未曾听说龙麟瑞兽之中，有所谓的木龙！既是雷神托告，何不亲问这位尊神呢？"

鸣凤道："雷神既托梦于我家先生，定是不愿直告其实，想必得费我们些周折罢了。"

云阳先生摇头道："委实不知！仙童可去别处探问。"

鸣凤大失所望，道："既如此，多谢先生，小童告辞！"说罢，鸣凤正欲离开，却被云阳先生叫住道："对了，我记起一事来，昔日鳞虫之长瑞兽龙生九子，其中第六子叫霸下，生而未成变龙龟，在九龙山修炼，自号木龙王。据闻他好水而善震桥柱，莫非雷神所指的是霸下不成？"

鸣凤闻言大喜："多谢先生指点。未知这九龙山在何处呢？"

云阳先生沉吟道："霸下所在的九龙山在……豫州西北方，仙童可以去那走一遭。"当下，鸣凤辞别云阳先生，驱动逐飙飞轮车，前往九龙山。

第五行　求拜九龙山

　　鸣凤到得山下，但闻流水潺潺，叮咚作响，一条溪流自幽深的山洞奔涌而出，清澈见底。鸣凤飞行半日，不觉口渴，凑近泉水边，掬水解饮。忽闻有人叫喝道："谁人在此偷喝圣水？"

　　鸣凤循声瞧去，只见一位赤膊上阵，身穿虎皮大氅的老者，手拿钢叉，对着鸣凤怒目而视。他身后有一名老妇同声附和，叫道："你这小孩，怎生进入我等仙家地界，速速离去！"

　　鸣凤忙道："小童东华帝君座下守宫童子，有事求见木龙王！无意冒犯，只是一路口渴，故才饮些泉水解渴，还望恕罪。"

　　这对老夫老妇互望一眼，一齐躬身施礼，道："原来是王公座下仙童驾临，有失远迎！我俩乃是这九龙山守山的山公、山姆，有眼不识仙童！"

　　鸣凤道："还请山公带小童面见木龙王。"

　　山公稍加迟疑，当前领路，带鸣凤来到九龙洞之上的木龙洞，禀报木龙王。

　　木龙王闻报东王公仙童趋降，不敢怠慢，出洞接迎。鸣凤甫到洞口，木龙王已笑脸迎上，道："仙童请洞内上坐。"鸣凤上下打量着木龙王，只见他生得肤色黝黑，额头龙角峥嵘，身披黑色大氅，腰束熊黑毛绒，身躯魁伟高大，唯独腰身佝偻，背脊微驼，双目神光烁烁。

　　鸣凤随木龙王落座，起身道："大王，小童奉王父之命，护送当世圣贤东柳氏东行桃源洲，被阻流沙渡，得雷神指点，来见大王，好助我等一干人众搭桥过河。"

　　木龙王奇道："搭桥过河实属易事，何致仙童大驾光临，求本王相助？"

鸣凤道："大王有所不知，此次东行护送的都是些凡人百姓，遵照王父法旨，仙家法术不能施加于凡人，而流沙渡两岸又泥沙聚集，竖柱搭桥恐非易事，故请大王亲临，助我等渡河东行。"

木龙王道："这……"正自迟疑，忽见洞口有人招手道："六弟，出来一下！"当即赔笑道："仙童，稍待。"说罢走出洞外，就见龙山九圣其余八兄弟一同迎上。这八兄弟分别是：

老大黄龙王囚牛，身披赭黄衣，头角镀金鳞，星眉疏朗，风度翩翩，俨然一副秀士模样，喜弹琴奏乐，附庸风雅。

老二啸龙王睚眦，身挂黑鳞铠甲，腰悬斩金切玉刀，粗眉阔口，面相凶恶，最是好杀凶残。

老三望龙王嘲风，面堂黧黑，眉头高挑，双目金睛发亮，身穿乾坤锦绣袍，身材高大，不怒自威，一副天不怕地不怕的模样，平生最爱登高涉险，以视四方。

老四海龙王蒲牢，身材矮小，上身着碧青短打褂，下束皂角齐膝裤，须髯鸱张，急眉赤眼，性情暴躁，但生性怯懦。

老五师龙王金猊，脑门阔达，四方长脸，大腹便便，身披赤罗袍，性情四平八稳，不急不躁。

老七青龙王狴犴，虎头蛇尾，身披斑斓锦绣袍，面相威严。

老八毕龙王椒图，红须绛帻，腰束虎头皮囊，佩一面青铜镜，目似铜铃。

老九火龙王螭吻，头戴峨冠，身着流霞袍，鼻直口阔，嘴大如杯盘。

众龙子兄弟相貌各异。老四海龙王蒲牢首先道："六弟，千万别答应他，否则必将大祸临头！"

木龙王诧异道："此话怎讲？"

老九火龙王螭吻生性好望，亦附和道："是啊！六哥。昨日小弟飞临九龙山顶，观望四方，见东方风云变幻，想是天帝兴兵，阻拦东行之人。如若此时插手，恐怕会惹来无妄之灾！"

老大黄龙王道："老九所言不差。前日我听母亲提及，她老人家参加东海神仙会归来，言谈之中透露此届神仙会，天帝未至，只是派使者前往，恐怕两方已生嫌隙。如今王公安排谋划的桃源洲之行，天帝势必要从中作梗。六弟此刻如相助东海蓬莱都，天帝得知，断然不会放过我等。"

老二啸龙王眦眦，好杀成性，火冒三丈道："天帝怎的？倘若他敢因此事降罪于我等，我眦眦一定要杀他个片甲不留！"

木龙王闻言，顿时陷于踌躇之中，在当地来回踱步。

老三望龙王嘲风生性险恶，阴笑道："六弟，我这里有一法，可以既回绝那仙童，也可不至于得罪天帝！"

其余八圣一同围上道："什么办法，快讲！"

望龙王嘲风阴笑道："这样，不妨设计刁难，让他们带头的那老儿亲来九龙山，一路三磕九拜地爬上山请六弟。倘若不允，那就不是咱们失信了，自叫他知难而退，岂不妙哉？"

其余八圣听闻后连声叫好，木龙王亦下定决心，走回洞内，朝鸣凤连连拱手道："仙童，不是本王不答应，只是……需东柳氏亲自前来，三叩九拜，以诚心见示，如此方能竖柱成功，否则便不灵验了。"

鸣凤大叫道："什么，三叩九拜来请？"

木龙王意念坚定道："对，三叩九拜来请。"

鸣凤大急道："可是……可是，唉，三叩九拜来请，原也应得，只是我家先生左腿已瘸，恐怕无法做到！"

木龙王笑道："那可就怨不得本王了。"

鸣凤心下恼怒，本欲发作，随后强忍怒气，愤愤而去。

其余八圣见鸣凤离开，一起上前，看看木龙王，同时放声大笑。

鸣凤气愤难当，飞身回到雷神庙，见庙门口有壮汉吭哧吭哧抬着巨大的木柱，前往流沙渡渡口，不见东柳氏，当即驱动逐飙飞轮车来到渡口。此刻，东柳氏正神情怅然，望着河水湍急的渡口。旁边横七竖八堆地放着数十根被砍伐下来的木桩。

青鸾见鸣凤归来，笑着迎上道："鸣凤哥哥，怎么样？"

鸣凤叹息摇头，东柳氏亦闻言近前，喜道："鸣凤，你回来了。可解得这渡河之法？"

鸣凤道："先生，我此行原已打问清楚，原来那木龙乃是九龙山的龙山九圣之一，最善竖柱搭桥，只是……只是他要先生亲自前往，三叩九拜去请！"

青鸾首先叫道："什么？让先生三叩九拜去请？这木龙王也太托大了！"

东柳氏闻言一怔，随即道："为了能让大家渡河东行，要我三叩九拜去求那木龙王，原也应该，只是九龙山距此路途遥远，我一介凡人，何年何月才能到得那里！"

鸣凤道："先生去九龙山，倒不是难事，可是你腿脚不便，恐怕……"

东柳氏道："不妨事，鸣凤，你若有手段，现下就送我前去！一定请木龙王来此，为大家搭桥渡河，早到东海。"

青鸾道："先生，别去，你好歹奉的是王父的差，岂能给区区一个地仙叩拜！"

鸣凤也道："是啊！先生，纵然无法带大家渡河，还可以沿着这条河一路向南，走到河尽头再折转往东南，也能到达东海！"

东柳氏摇头一笑，决然道："这条河漫无尽头，不知何年何月才能绕过！鸣凤，快送我去！"

鸣凤无法，只得变出逐飙飞轮车，搀扶东柳氏站上，戟指驱动，同青鸾一起飞身而起，送东柳氏前往九龙山。

龙山九圣闻得东柳氏前来，大感意外，原本是想故意刁难，能让他知难而退，免得夹在东王公和天帝之间，不好决处，不想东柳氏果真亲至，一时无法，九兄弟随即商议，一同来到九龙山狭长的阶梯上方，接应东柳氏、青鸾、鸣凤三人。

啸龙王睚眦高声道："东柳氏，你只要从这台阶下，三叩九拜地爬上台阶，我六弟便立刻随你前去，助你们竖柱搭桥，否则就请自便，我们龙山九圣绝不强人所难！"

东柳氏忙道："在下愿意，请大王务必一助！"说罢，将手中的拄拐放倒在地，颤颤悠悠地跪在最底下的第一个台阶之上。

青鸾、鸣凤一齐叫道："先生！"

东柳氏轻轻一摆手，开始叩拜着往台阶上爬去。他左腿残瘸，行动不便，弯腰磕头，每每挪动一个台阶，全靠右腿支撑，便显得异常吃力，而站起礼拜，则更加艰难。台阶爬到一半，右腿下衣已然被磨破，点点血痕浸染了石阶。中途适逢大雨，雨水流淌，一道道血水沿着台阶，直泻而下。

雨水漫天洒落，鸣凤满脸怜惜和不忍，青鸾更是急得直掉眼泪。两人一同冲上，守在东柳氏身边，正待搀扶，均被筋疲力尽的东柳氏摆手拒却。而台阶之上的龙山九圣，则一齐注视着东柳氏，怜悯有之，讥笑有之。

很快，当东柳氏爬到台阶之上，三叩九拜终于礼罢，雨也停歇。东柳氏勉力支撑，颤声道："大王，这……这下，可以随我前去，搭……搭桥了吗？"说罢委顿在地，青鸾、鸣凤一起扑上，齐来救治。

木龙王低叹一声，道："难得你如此坚持，实在难得，本王这就随你走一遭！"

青鸾、鸣凤护持东柳氏返回之际，木龙王欲待辞别其余八圣，却被啸龙王叫住道："六弟，还是想清楚了！"

木龙王道："这也无法，我们既已答应东柳氏，何况他又如此诚心，可不能言而无信！"

海龙王蒲牢道："六弟，三思而行！天帝势大，不可轻为啊！"

正在弟兄九人争论不休，决断不下之时，有童子高声通报："圣母到！"

九兄弟急忙前去迎接，只见雍容华贵、秀丽端庄的九龙圣母，带着两名玉女走近。九兄弟一齐叩拜道："孩儿拜见母亲！"

九龙圣母道："孩儿们都起来吧！"

黄龙王欲待将方才之事禀告，九龙圣母却摆手道："不用说了，此事我已知晓。王公和金母的蓬莱都、昆仑墟两方同气连枝，此次桃源行一事，在神仙大会之上，众多上仙祖师均是赞成的。而我们九龙山虽是方外之地，但仍归金母管治，我们没有不相助之理。霸下我儿，你速前往助他们渡河东去，切记，千万不得插手和久留！"

木龙王躬身应诺："是，母亲大人。"

九龙圣母叮嘱毕，即行离开。而这木龙王却将母亲的谆谆告诫抛之脑后，启程不久，其他八兄弟亦悄然尾随而去。

东柳氏回转瓠子河，在青鸾、鸣凤的救治下，慢慢恢复过来，不多时，木龙王霸下腾空而下。鸣凤喜道："前来助我们渡河的木龙王到了。"

东柳氏挣扎着起身迎接，道："东柳氏拜见木龙王！"

木龙王忙道："免礼，本王来助你一助！"

东柳氏再三言谢，领木龙王到得渡口。木龙王正要施法竖柱立桥，忽闻半空中风声呼啸，雷声滚滚，雷部天神苟元帅立在半空，叫道："何方小仙，敢来与天帝为敌，插手中天之事？识相的快快离开！否则定将你劈为齑粉。"话音未落，就见苟元帅率领风师、云师、雨师以及天愚神、洪涛神阳候杀气腾腾，从天而降。

鸣凤、青鸾见状，同时守在东柳氏左右，严阵以待。木龙王站在双方中间，不知所措。

流沙渡河岸，双方剑拔弩张，大战一触即发，而河岸之外的一座山巅之上，龙山九圣其余八兄弟却正悠然自得，在高处观战。老九火龙王拍手鼓掌，笑道："这下可有热闹瞧了。"

老二啸龙王摩拳擦掌，叫道："老大，我们要不要下去大战他三百回合！多日未沾血腥，我的斩金切玉刀恐怕早就馋疯了。"

老八毕龙王一直闭口不言，此刻却开口道："即便下去，我们该帮哪一方呢？"

啸龙王叫嚷道："不妥不妥，六弟还在下面了，万一天帝的那些天神，埋怨六弟蹚这趟浑水，迁怒之下，对他下手，那我可得下去给六弟助阵了。"

老七青龙王狴犴道："咱们谁都别下去，母亲大人临走前可是交代过的。谁要鼓动咱们兄弟下去，我定要告诉母亲重重责罚，看她老人家不抽了谁的龙筋！"

睚眦嘴角一撇，气呼呼道："咱们是龙吗？还抽谁的龙筋，我看要责罚，就拔掉谁的鬃毛！"

青龙王狴犴双目圆睁，怒道："你……"

老大黄龙王囚牛道："好啦！二弟和七弟就不要斗嘴了。天帝和王公两边可都不敢得罪，咱们还是静观其变吧！"

众兄弟说话之间，流沙渡河畔各天神在苟元帅一声令下中，已然兵戎相见。

苟元帅觑将过去，向木龙王霸下叫道："本帅先将你拿下，看你如何助他们渡河。"说着擎出闪电镜，对着木龙王照将过去。

木龙王识得厉害，发一声喊，就地一个打滚，一道闪电击在地上，登时满地一片焦土。木龙王堪堪躲过电击，苟元帅跟着第二道电光袭来，木龙王躲闪不及，慌忙就地匍匐，摇身变作一只大龙龟。电光击在龟壳之上，火光乱迸。木龙王显出真身，站起抚摸后背，龇牙咧嘴道："哎哟，痛死我啦！"

山巅之上，睢眦见状叫道："不好，六弟要吃亏！我不能见自家兄弟陷于危难而不救！"说罢抽出斩金切玉刀，腾身飞下。

苟元帅冷冷道："本帅道是什么怪物了，原来是只龙龟！我要将你打回原形。"举镜再照，蓦地，只听半空中有人叫道："休伤我六弟的性命！"睢眦飞到木龙王身前，举刀迎着电光挡来，"咣"的一声大响，电光击打在刀身之上，睢眦只是轻轻一抖，斩金切玉刀丝毫无损。

苟元帅大惊，身后风师和天愚神同时挺身出击。风师打开罡风袋，天愚神抖开大袖袍，顿时狂风大作，东柳氏连同在场的壮汉及随来的百姓，同时被大风卷飞。

鸣凤和青鸾同时惊叫："先生！"

青鸾毫不犹豫，从怀中取出一件法宝——五彩蚕丝网扔出，此网乃是东海员峤山上的冰蚕做茧之丝编制而成，入水不濡，入火不焦，最是柔韧不过。五彩蚕丝网抢在众人之先，瞬间结成一面大网，将飞出的东柳氏众人网罗在内，安然救下。

青鸾收回五彩蚕丝网，蓦地拔地而起，在空中甩出丝网，兜头向风师和天愚神投下，二人大叫着被五彩蚕丝网捆了个结结实实，脱身不得。

苟元帅大惊，举起闪电镜对着悬空的青鸾照射而去。青鸾花容失色，一个倒栽葱，翻身落地。

鸣凤扶着东柳氏近前，关切道："鸾妹，你没事吧！"

青鸾摇头。东柳氏急道："我们快走！"

洪涛神叫道："哪里走！"施法兴起瓠河之水，水柱漫天朝众人狂卷而去。

这时，师龙王金猊从天而降，赶来相助。只见他左手指日，右手画弧，手中多出一面铜镜，名为盗火镜，乃是天皇傷江昔日盗天火之用。日光照射在盗火镜上，顿时化作熊熊大火，从盗火镜中喷涌而出，将洪涛神的水柱尽数蒸尽烧干，火焰中蓝烟飞腾，将洪涛神呛得咳嗽不止！

啸龙王睢眦喜道："五弟，你也来了。"

师龙王埋怨道："二哥，六弟，我们还是尽早离开这是非之地！不可多待！"

木龙王道："两位哥哥先走，我随后就回。"

师龙王摇头叹息，一伸手拽起啸龙王睚眦，飞身而去。

半天工夫，东柳氏这边多出两名帮手，他正自惊喜不已，却见两人又匆匆离去，不觉大失所望，叫道："我们快离开这里！"

青鸾收回五彩蚕丝网，正欲退去，却听云师喝叫道："你们是走不了了。"只见他一挥云师旗，霎时之间，方圆十里云雾弥漫，白茫茫一片，目难视物。

鸣凤和青鸾伸手摸索之间，却察觉东柳氏不在身边，愣神的当口，听见东柳氏大叫，被云师施法以云索拽了过去。但见云索如一条长龙漫卷缠绕，裹挟着东柳氏，眼看他就要落在云师之手。突然间祥光缭绕，仙风阵阵，方圆十里弥漫的云雾飞速散去，场中已多出一位仙风道骨、身穿九宫八卦仙衣的中年道人，他将东柳氏稳稳接住，那条云索亦慢慢消失。

云师惊诧地凝望着这中年道人，道："何方神圣？报上名来！"

那中年道士道："报名可不敢，不过小道却是来报恩的，并无意冒犯众位天神。"

这时，西河少女亦从雷神庙闻讯赶来，手执弱柳鞭，守在东柳氏身后。

雷部苟元帅见几番较量下，自己这边并没有讨到半点便宜，如今对方又接连出现法力高强的帮手，当即一挥手，同风师、云师、雨师、洪涛神、天愚神闪身而去。

东柳氏长长舒了口气，向那中年道人拱手道："多谢道长相救，不知尊姓大名？"

那中年道人道："贫道赤城子，前几日拙荆被恶人追杀，褓褓幼子幸蒙恩公相救，故一路追寻，当面拜谢救子之恩。"

东柳氏犹疑之间，想起前几日求药的路上，确实救过一个婴儿，喜道："那孩子原来是道长的爱子，实是料想不到！"

赤城子道："我那孩儿是贫道出家之前，与俗家荆眷所生。后来进入道门，被仇敌追杀，如非恩公相救，我那孩儿恐怕也要和拙荆一起惨遭毒手。请受贫道一拜！"

东柳氏忙扶起赤城子，道："道长不可，方才的性命亦蒙道长所救，怎敢堪此大礼。"正说着话，木龙王却在旁有些不耐其烦，对鸣凤道："我说仙童，咱们这渡河之桥还要不要立？完事本王还要回九龙山呢。"

东柳氏忙道："有劳木龙王了。"又对赤城子道，"道长稍待！"赤城子微微欠身。

东柳氏众人一起来到流沙渡。只见木龙王鼓腹吹气，叫声："起！"就见流沙渡岸堤之下，两根粗壮木桩自行立起，扎进沙地之中。承受重压的巨木矗立于松软的泥沙上摇摇欲坠，却见木龙王不慌不忙，张开大嘴，"噗"的一下，从嘴中喷出两股鲜血，尽数喷洒在树桩之上。木桩顿时如千斤之坠，稳稳矗立在泥沙之中，纹丝不动。

东柳氏等人看得目瞪口呆，皆面露喜色。

木龙王又施展法力，将另两根木柱扎到对面的沙地之下，如法炮制。多名壮汉见两岸木柱既立，齐力抬过数根砍削齐整的树桩，对准河对岸放倒，不偏不倚，正巧架落在彼岸的木柱之上。

木龙王收了法力，长长舒了口气，睁开双目道："木桥已成，本王也该告辞了。"

东柳氏和众人大喜，一起拜谢："多谢木龙王！"

木龙王飞身而起，同其余八兄弟在山巅会合，回转九龙山。

木龙王霸下相助东柳氏渡河东行之事后来被天帝查知，天帝下旨降罪，并连同其他八人一并牵连。于是人间便有了霸下驮碑震桥柱、螭吻今作屋上头、蒲牢叫吼钟上钮、睚眦好杀于刀缳、嘲风好险殿台上、狻猊蹲于狱门前、椒图好闭门铺首、金猊好烟香炉沿、囚牛龙首立胡琴之说。①

木桥既成，东柳氏带领众人悉数渡河，渡河之后，已是傍晚时分，众人就地露宿休息。东柳氏和赤城子互有相救之恩，一见如故，当晚谈而论道，甚是投机，更以兄长相称，于是东柳氏便有相留之意，言辞恳切，道："贤弟，此次我等东行桃源洲，追寻极道乐土，乃顺天应人、普度众生，希望贤弟能和我等一起前往桃源洲，安身立命，省却了人世间那些恩怨仇杀，岂不

---

① 凡此种种，版本颇多，在此仅作神话附会之说，无须深究。

是好事？"

赤城子道："多谢兄长美意，能和兄长一起追寻极道乐土，自是求之不得。然而小弟俗尘之事未了，尚不能追随兄长一同前往。只盼他日有缘，还有相聚之日！"

东柳氏一声长叹，从怀中取出《桃源入行图》，道："既如此，这张《桃源入行图》可留予贤弟，如俗事了结，他日可以按照此图寻访桃源洲，届时愚兄在那里相候。据闻东海桃源洲洲岛仙山众多，如非此图，要想寻得桃源洲所在，堪比登天。"

赤城子忙道："不可不可！此图乃是兄长前往桃源洲最重要的物件，小弟如何使得？再说，这关乎兄长东行的大事，小弟更是不敢相留！"

东柳氏沉吟不决，鸣凤凑近道："先生，你忘了，这张图干系甚大，关乎我们桃源洲之行，怎可因一时义气，轻易许人？"

东柳氏道："童儿，可有什么好办法？"

西河少女从后面凑上道："我倒有一法！"

东柳氏大喜道："什么办法？仙姑快说来听听。"

西河少女自从引领东柳氏寻药，见其行事拖泥带水，又多为人称赞其圣德，一直不以为意，虽受师父指引，随东柳氏东行桃源洲，但从一开始的路间所见，并未见得他有过人之处，带来的一百号人，刚刚启程便折了一大半，便越发瞧不上他。在雷神庙随同儿子白头公将养之下，便暗自揣测，倒想看看，在东柳氏带领之下，这流沙渡众人将如何得过。随后，青鸾自九龙山归来，借间隙的工夫，将东柳氏为请木龙王前来，三拜九叩地爬上石阶，终搭桥渡众人过河之事，讲给西河少女，这才使得西河少女刮目相看，略略有些信服，当即道："我儿自幼精于画工，可照此图，仿效复制一张，送与你这位兄长。如此，既能留他以期他日相见，又能不妨碍我们东行，岂不两全其美？"

东柳氏点头称善，叫来白头公叮嘱几句。白头公接过东柳氏手中的图卷，仔细查看了半晌，道："此图依照昔日轩辕黄帝大战蚩尤，金母派遣九天玄女下界时所赐的河图仿制而成，极难复制。好在老朽平日精于画工，倒可试他一试。不过我看此图似乎是以云锦所绣，做工极其精妙，此刻要想复制一模一样的图来，万无可能，我只能用羊皮卷代替了。"当即拿过包裹，从里面翻出一张羊皮，又从河上公那里找来银针，走到东柳氏面前道，"圣公，给我一晚时间，明日做好交付圣公。"

东柳氏道："有劳了！"

次日，众人一觉醒来，只见白头公伏在一块大石之上，双手血迹斑斑，身旁已多出一张以针砭绘制而成的羊皮卷《桃源入行图》。西河少女一直守候在侧，一夜未睡，一脸疼爱地将白头公扶起；东柳氏亦是通宵相陪，和西河少女一起，从身上扯下袍袖，替白头公包上左边不断滴血的手。

白头公看到图样相似的两张图，疲倦的脸上不禁露出一丝微笑，道："成了，终于成了！"东柳氏眼睛湿润，备受感动，当下将羊皮卷《桃源入行图》交给赤城子，两人依依惜别，共同期望他日还有重聚之时。

拜别赤城子，东柳氏率领众人，依照日升的方向，一路向东，不几日，便来到黄河岸口。

东柳氏遥望黄河岸口，道："倘若径直向东，势必要跨越黄河，然而黄河两岸遥遥相对，狂涛骇浪，一泻千里，比起瓠上河流沙渡自是有过之而无不及。我等姑且向北前进，从北边绕过黄河，然后再向东进发。"

正在这时，白头公从后面颤悠悠地冲上来道："错了，错了！圣公。我们有可能一开始就走错方向了。"

东柳氏惊诧道："如何错了？"

白头公道："我等只知道向东便是东海，却不知东海并不是朝东就能抵达。昨夜我在仿制《桃源入行图》时，仔细观察了地图的方位路线，总感觉哪里不对。方才在路上突然有所顿悟，如今已到黄河边上，更是让我有了确切的方向。前往东海需向东南方，一直向东是渤海，不是我们要去的东海！不妨拿《桃源入行图》指给圣公看。"

东柳氏忙从怀中取出《桃源入行图》，同众人细加对照，顿时大吃一惊："果然是方向错了。都怪我！只知前行赶路，却粗心大意，竟将方向弄错了。"

白头公道："这也不能完全怪圣公，如非我昨夜仿制《桃源入行图》，亦无法察觉其中奥秘！"

东柳氏当下传令改道，顺黄河岸又走了数日，却始终为黄河所阻，不得已折转往西南进发，择机改道而去。

第六行　驱魅凤陵州

东柳氏众人一路风餐露宿，不几日来到一个叫凤陵州的地方。遂觉酷暑难耐，一连数日都是烈日当头，无风无雨亦无云，虽是四五月天气，却奇热难当，所过之处大地干裂，赤地千里。众人纷纷宽衣解带，除去身上衣物，顶着烈日步行，又渴又饿，很多人体力不支，晕倒在地。

东柳氏见状，大吃一惊，忙让胡郎中回头查看。

看粮使范堇和灶管佟伯雄分来上报。范堇道："圣公，我等带的口粮已经所剩无几，大家饥渴难耐，看情形是支撑不了多久了。"佟伯雄亦道："是啊！圣公！无米下炊，这可如何赶路？"

东柳氏眉头一蹙，正自为难之际，忽闻远处人声鼎沸，传来"吼哈吼哈"之声。众人循声望去，只见尘土飞扬之中，一大群赤膊光脚的当地百姓围成一个方阵，乌泱泱朝这边跑步前来。

东柳氏走前几步，拦住为首的一名长者，询问道："老丈，你们这是要去哪里？当地可有什么吃食吗？"

那长者扫视了东柳氏和众人一眼，道："怎么，你们是逃荒过来的吗？"随即叹息道，"哪有什么吃食！最近半月来，我们凤陵州一带，连日无雨，奇热难当，庄稼数日之内全部枯死。老朽在这凤陵州生活了几十年，从没见过这样的天气！这不，我们前往那边的高坡，设坛求雨。"说罢率众离去。

东柳氏心生怜悯之情，叫过鸣凤、青鸾道："你看他们，虽是本地乡民，但跟我们一般无二，依然遭受着饥饿和苦难。两位仙童，可有什么方法助他们求雨，以解这凤陵州百姓之苦？"

鸣凤道："此地大旱，要想为民求雨，只能请雨师布雨。然则我们刚与雨师进行过一场大战，要想请他下降甘霖，怕是无望！"

青鸾也道："说不定这里久旱无雨，是那雨师有意为之。你说巧不巧，我们刚到此地，就遭遇大旱，这里面定有蹊跷。"

河上公在后面道："先不管求雨不求雨，我们如今水尽粮绝，在这不毛之地，却该如何是好？"

胡中从后面走近道："对，先解决大伙的伙食，求雨之事容后再议。我刚查看了大家的状况，昏倒的人大抵是腹中饥饿，气血生化无源，加之溽热伤风，使得血虚晕厥所致。"

东柳氏沉吟思索着筹粮之策，忽而喜道："有了，常听闻荆州通明山通明天尊，座下有一宝物名叫"九穗禾"，撒种于地，见风就长，即种即食，最是神异不过，可借来一用！"

青鸾道："先生，我去借吧！他老人家跟我师父白英君乃是故交。"

东柳氏闻言大喜，道："那真是再好不过了。青鸾，有劳你去一趟了。"

鸣凤道："鸾妹，让我去吧！你在这里照看先生。"

青鸾摇头道："师兄，还是我去吧！天尊识得我，也好及早借得九穗禾。"说罢，青鸾身形一抖，身上多出一件千羽衣，状如蜻蜓之翼，灵动间霞光阵阵。只见她双翼振动，人顿时离地而起，径直往荆州通明山飞去。

东柳氏下令众人找阴凉地原地待命，他则在鸣凤陪同下，四处查看。但见四下低洼不平，寸草不生，一棵干枯灼焦的大树之上，孤零零地蹲着一只白头乌鸦，四下张望，咕呱而鸣。忽然间，只听不远处传来一声低沉的虎啸之声，那只白头乌鸦扑棱一下，振翅飞离树梢，呱呱几声，疾速飞远。

东柳氏众人大吃一惊，一齐循声望去，只见树后低凹之处，慢慢显露出一只斑斓猛虎，嘴中叼着一只黄羊，慢悠悠地踱来。

东柳氏吓得猛然后退，鸣凤立即抢到跟前，手上变出分光血刃剑，纵身一跃，落在老虎身前，双剑虚空挥舞，那老虎为鸣凤的气势所摄，立即丢下口中黄羊，掉头就走。鸣凤大笑道："看来这只大虫还是怕我的！"

胡中从后奔出，喜道："啊呀，真是上天送来的美食啊！圣公，这只黄羊正好供咱们享用！"说着正要去捡拾，却见自一旁疾奔而来一个面目俊朗，20岁左右，青冠长袍，衣着粗鄙简陋的少年，抱起黄羊便跑。

胡中大怒道："岂有此理，敢跟我们抢肉吃！"正要上前抢夺，却被东柳氏喊住道："胡郎中，还是算了，肉既已为这少年所得，我们就不能去夺取了。任他去吧！"胡中及众人无法，只能眼睁睁看着少年跑远。

这少年名叫费无长，乃凤陵州一介寒士，在邑郊外的一座山下，有着一间独门独户、寒酸破落的宅院和几顷薄田。前几日，即将收割的庄稼，数日之间，被烈日烤焦。眼见家中断粮绝炊，不觉悲从中来，放声大哭。这一日，正当他哭得眼睛红肿，嗓子嘶哑之际，院子一棵槐树上，有一只白头鸦飞落枝头，呱呱而鸣，只听那白头鸦叫道：

费无长，费无长，南山有个虎驮羊，尔食肉，我食肠，当亟取之勿彷徨。

这费无长平生孤苦，无有起家糊口的营生，唯独怀有解语之术，乃伯益之徒孙，能通晓鸟兽禽语，模仿鸟鸣与其交谈，故有"解语公子"的称号。他听到这只白头鸦高声鸣叫，神情大喜，连忙飞步奔到南山坡下，从东柳氏等人的眼皮底下抱回黄羊，回转家中，找来牛刀分解其肉。那只白头鸦不停地在窗外喊叫道："你食肉，我食肠！你食肉，我食肠……"

费无长贪婪地笑道："我才不给你了，我要把黄羊肉囤起来全部吃掉，可够我吃些时日的了。"说着话，用刀将黄羊的肠脏割下，却并未给白头鸦投食。

白头鸦一个劲儿叫嚷："你食肉，我食肠！你食肉，我食肠！"

费无长面露烦躁之色，拿起一块剔干净的羊骨，便朝白头鸦砸去。白头鸦尖叫一声，几根羽毛掉落，振翅飞到院子的柿树之上。

费无长得意一笑，将洗剥干净的羊肉，拿到灶间生火煮熟，美美地大吃一顿，并将剩余的黄羊肉屯藏起来。

院子的白头鸦一直在树枝上鸣叫不止，那费无长装作若无其事的样子，置之不理，斜斜倚靠在屋檐下的竹椅上，优哉游哉地闭目养神。那白头鸦呱呱几声鸣叫，"扑棱"一声振翅飞走。不久，又自飞回，高声鸣叫：

费无长，费无长，北山有只野香獐，尔食肉，我食肠，当亟取之莫回望。

费无长闻之大喜，依白头鸦所指，前往北山，远远看见有一群人围在一起，对着地上指指点点。费无长担心众人抢走香獐，人未到跟前，便高声叫喊道："大家莫要争执，是我击死的！"话音未了，从人群中挤出两名差役，有一人叫道："我正愁找寻不到凶手，原来是你所为，走，跟我们去见官！"

众人散开之下，这才看见地上的哪里是什么香獐，而是一具死尸。费无长见状，叫苦不迭："冤枉啊冤枉！鸟雀害我也！"大叫中被两名差役押走，直来见凤陵州长吏。

那长吏闻报立即坐堂审问："下者何人？为何击死人命？"

费无长哭喊道："那人不是小民所杀，小民冤枉啊！"

长吏神情威严道："既非你所为，为何却要招认是你击死呢？"

费无长哭笑不得："我是……我是受那鸟雀蒙骗，无意错认的。"

长吏闻言大喝道："简直一派胡言！再不如实招来，即行收监听判！"

费无长大急道："大人，真是冤枉，委实是受那鸟雀蒙骗，不敢有半点胡言。"

长吏冷笑一声，道："那好，你是如何被鸟雀蒙骗的？如实讲来！"

费无长于是将白头鸦两次禽语的经过上告长吏，那长吏闻言不禁哈哈大笑，强忍怒气，低沉着嗓音道："今日堂外不断有乌鸦聒噪，甚是烦人，你随我出去，倒是听听它们叫嚷些什么？如若断得不准，小心你的脑袋！"说罢吩咐手下差役，"速去勘验北山下死者的尸体，是因何而死，速来报我。"随后差人押着费无长，出得堂外。只见一棵枯坏的大槐树之上，一群乌鸦正聚在一起，鸣叫不已。

费无长侧耳倾听，半晌才道："它们说是西乡有一车黄粟倾覆在地，商量着一起前去抢夺！"

长吏不敢怠慢，带数名差役，押解费无长疾往西乡而去。到得跟前，只见西南道上，果见有一车黄粟倾覆在地，有人往车上装抬。

长吏一脸诧异和惊喜之色，暗忖："老百姓是从哪里得到这许多粮食？"当即叫过身边一名差役，低声耳语，随后面露阴骛之色。那差役快速离开，随即又有一名差役来报："大人，我等勘验过尸体，死者系饥饿所致，并无他杀的痕迹。"

长吏闻言，命人放了费无长。

费无长得脱牢狱之灾，正自庆幸，忽见东边天空飞来一大群乌鸦，有一只白头鸦王，正是之前指引接济自己黄羊的那只白头鸦。只见群鸦在白头鸦王的带领之下，扑向另一边跷车上装载的几麻袋粮食。这些粮食，正是青鸾从通明山借来的九穗禾所生。

彼时，青鸾振臂飞翔，也不知过了多久，来到通明山下。忽闻半空异响，一个童子飞身而下，喝道："何人闯我通明山？"青鸾一愣，向来人打量了一眼，道："你又是何人？怎么看起来眼生？昔日我随王父拜谒天尊，怎没见到过你？"

那童子一怔，随即笑道："我是新来的，故而你不知晓。"

青鸾诧异道："新来的？彩霞呢？"

童子道："彩霞？你是说通明天尊的彩霞童子吧！她……她随天尊前往元始天尊处听道去了。你是有事来拜见天尊吗？他不在山中，你还是回去吧！"

青鸾闻言甚是诧异，自忖道："天尊不在？现下也不是元始天尊讲道的日子啊？"正在疑虑，忽闻头顶有丹雀盘旋急鸣，青鸾闻声大喜道："谁道天尊不在？他的随身丹雀就在头顶！"

童子抬头叫道："你这扁毛畜生，偏在这时出现！"手中突然多出一杆火龙枪，端起枪头，对着天空一指，一股火焰飞喷而出，那丹雀怪叫一声，尾巴着火，几根羽毛带着火团疾坠而下。

青鸾发现情势不对，双手一伸，已多出一对日月宝莲钩，叫道："何方神圣，还不现身？早觉得你有问题！"

童子大笑一声，摇身变作一华服少年，只见他手执火龙枪，道："倒被你识破了。休要废话，看枪！"

华服少年火龙枪疾刺而出，青鸾举双钩相迎。"咣当"一声响，青鸾日月宝莲钩横生架住华服少年的火龙枪。火龙枪霎时之间如有万钧之力，压得青鸾双钩往下直沉。青鸾银牙一咬，苦力支撑。

华服少年笑道："好丫头，还挺能撑的！"右手执枪，抓枪尾的左手忽然张开，一使法力，枪头一股火焰喷出，青鸾大叫中撤钩躲闪，堪堪躲过。饶是如此，头上几绺青丝已被火焰烧燎，一张粉面顿时黑一块白一块，显得甚是狼狈。

华服少年见状，哈哈大笑。青鸾又羞又恼，手中日钩飞出，极速旋转，削向华服少年头颈。华服少年迎枪来拦，将日钩兜在火龙枪头，嗖嗖直转，正欲出言调戏，蓦见得另一侧月钩夹带风雷之声呼啸而至。华服少年慌忙躲避，月钩自肩头一划而过，撞上了一块大石，"咚"的一声巨响，山石崩裂。

华服少年忍痛捂着肩头，大惊之下，青鸾已召回双钩，蓄势再战。华服少年大怒，手提火龙枪，大喝道："好你个丫头，不给你点颜色瞧瞧，你不知道我的厉害！"火龙枪对着青鸾，催动枪头，一团熊熊烈火飞卷而去，遍地飞涌。

青鸾急忙掣开千羽衣腾空而起，逃向通明山顶。

华服少年目视青鸾逃走，一脸诡异地冷笑一声，随即化作一个火团飞上。

青鸾飞身落到洞口，见无人看守，叫道："彩霞，彩霞？"半天不闻动静。青鸾诧异道："奇怪？她到哪去了？洞门也不知道守？"正要走进，洞外一拐角巨石下，人影一闪，通明天尊走来，道："青鸾，你怎么来了？"

青鸾大喜道："拜见师叔！彩霞呢？"

通明天尊一笑："她去后山了。怎么，你来我通明山，有何要事？"

青鸾躬身道："师叔，我是来借您老人家的九穗禾的！"

通明天尊故作惊讶道："九穗禾？你借它做什么？"

青鸾道："我们东行途经凤陵州，遭逢大旱，路上无有粮食充饥，故求师叔的九穗禾一用。"

通明天尊道："九穗禾乃仙家宝贝，恐怕不能随意借人，你还是回去另想他法吧！"

青鸾见通明天尊转身要走，忙跪下急道："师叔，求你了。你如不借，师侄就长跪不走。"

通明天尊一愣，沉吟着转身，从怀中取出九穗禾，道："难得你如此诚心，这九穗禾你就拿去吧！"

青鸾大喜起身，接过九穗禾，端详一眼，随即叩拜道："多谢师叔！"说罢振动千羽衣飞身而去。

青鸾带着借来的九穗禾飞身返回。东柳氏、鸣凤、西河少女等众人欣喜迎上。

青鸾晃晃手中的九穗禾，喜道："先生，九穗禾借来了。"

东柳氏大喜之下，随即一脸怀疑道："这小小九穗禾真能变出粮食？"

青鸾道："九穗禾乃是通灵的宝物，自有化腐朽为神奇之功。待我试它一试。"

众人闻言散开，青鸾举九穗禾在手，随即神色一愣："糟糕，我竟忘了问天尊运用九穗禾之法了。"

鸣凤道："鸾妹，听闻九穗禾落地生根，见风就长，你且将九穗禾扔在地上，想必会自然生长，我在旁边再放一阵风。"

青鸾点头，一扬手，九穗禾飞出扎在地上。鸣凤双掌推开，一股风应手吹去。九穗禾被风一吹，栽倒在地，立时变成一株蒿草。

众人同时大吃一惊。

东柳氏叫道："这九穗禾是假的，青鸾，你是怎样借的这九穗禾？路上可有遇到什么异常之事？"

青鸾眉头一蹙，将前往借九穗禾的经过说与东柳氏及众人。众人听完青鸾讲述，低头沉思。

东柳氏沉吟道："九穗禾既然是假的，天尊想必也是有人冒充，定是你说的那个手执长枪的少年捣的鬼。"

青鸾道："先生、师兄，我得重回通明山一探究竟，何人有如此道行，竟敢来冒充？"

正说着话，忽闻有人放声笑道："不用去了，九穗禾你是借不到了。"

众人循声望去，却见一位身材窈窕，打扮得花枝招展的丽人，身着盛服，手执火龙枪，率领十余名天兵天将，飞身而下。

青鸾变出日月宝莲钩，叫道："你究竟是何方神圣？"

那丽人笑道："我乃旱魃是也，奉天帝旨意，降大旱于凤陵州，为的就是拦阻你等东行。"

青鸾恍然道："通明山下的童子以及那少年是你变的？"

旱魃笑道："不错！通明天尊也是我所变。"

鸣凤叫道："你有何本事，敢来冒充天尊，阻止我们东行？"

旱魃冷哼一声道："我有千变万化之功、万里飞火之术，能驱云，擅捣火。你俩乳臭未干，还是从哪里来，复回哪里去。否则惹得姑奶奶不高兴，放一把火，将你们全部烧死。"

青鸾冷眼道："你为何冒充天尊，给我假的九穗禾？"

旱魃道："前番我假冒童子，前去拦阻你，不想被识破，后来我又变成通明天尊，假意拒绝你的请求，没想到你锲而不舍，非要跪下来求我，不得已，我只好借地上的蒿草，偷偷变作九穗禾给你。我没见过那宝物，也就随便一变，谁料你还当真了。这下生不出粮食了，还不乖乖回去，省得你们跟着这帮凡人活活渴死饿死！我也好回中天向天帝交旨。"说罢嘻嘻直笑。

青鸾羞红了脸，挥舞双钩杀去。

旱魃一举火云枪，一团烈火喷涌而出，霎时便漫天遍野，朝众人烧去。有人身上着火，就地惨叫打滚。青鸾被火焰逼退，和鸣凤护持东柳氏、西河少女、白头公同时跳出火场。

东柳氏急叫："快救火！"没着火的人闻言纷纷前去甩打衣服扑救，火势丝毫不减，越烧越旺。旱魃在一旁放声大笑。

正在这时，忽听一个苍老洪朗的声音道："休得放肆！"清风徐徐，但见场中的火焰纷纷回缩，自着火之人的身上没入大地之中。

众人抬头，通明天尊正站在一座高丘之上，仙风道骨，神情威严。

旱魃惊叫道："通明天尊？"举起火云枪，一道火龙径朝通明天尊喷去。

通明天尊一挥袖袍，火龙回缩，沿着枪头被逼回。枪身火红如炭，旱魃双手"滋滋"直冒青烟，大叫一声，火云枪掉落在地。她惊惶之下，手上变出火符，向通明天尊扔去，同时叫道："定！"

通明天尊吹口仙气，火符四散折回，却将旱魃身后的天兵定住。

旱魃花容失色，捡起火云枪，叫声："解！"众天兵身形一动，跟随旱魃闪身不见。

东柳氏众人一齐迎上，参拜道："拜见天尊！"

通明天尊颔首道："旱魃趁我不在，在通明山捣鬼，如今在此间降下大旱，涂炭生灵，我来助你们一臂之力。"话音未落，便闻鸟翅拍打之声传来，一只丹雀衔着九穗禾飞来，停在众人头顶。

众人一齐仰头凝望，但见那丹雀停在半空，喙角张开，九穗禾闪烁着耀眼的光芒，轻飘飘坠下，落地见风即长。霎时之间，九穗禾根茎纷纷拔地而起，慢慢变化出一丛丛的黄粟，粟穗硕大，将禾秆压得弯起了腰。

通明天尊从腰间取出一只风囊，扔向半空，囊口大张，万千粟穗一齐飞起，被风囊收了进去。风囊在空中不断撑开，囊筒越鼓越大，须臾之间，所种的粟禾尽数收入囊中。囊口调转过来，无数黄粟粒从风囊中涌泻而下，撒落在地。黄粟粒越聚越多，足足有一个小山头之多，风囊才慢慢变小收拢。风囊泄尽，飞到通明天尊手里。

众人看得目瞪口呆，半天才回过神，尽皆大喜。

通明天尊招手道："青鸾，你过来，我传你一个驱魃降雨的口诀。"

青鸾飞身落下，通明天尊低声将口诀念罢，接着道，"等会儿你可找来当地百姓，按我所授传给他们，此地旱灾自会解除"。

青鸾拱手道："多谢师叔。"

金光一闪，通明天尊消失不见。

东柳氏众人躬身齐道："多谢天尊。"

在场之人除了东柳氏众人以外，尚有许多当地的百姓，乍见凭空生出如此之多的黄粟，大喜之下，立即有人敲锣召集当地民众，纷纷拿着麻袋、推独轮车前来抢粮，装载上车，合力往回推运。

看粮使范堇见状，生怕百姓将黄粟抢光，急忙带人推来跶车和袋子，装了满满一车。

正在这时，空中咕呱鸦鸣，一群乌鸦在一只白头鸦王的率领下，一齐扑袭而来。此刻，范堇已将剩余的黄粟装了几袋子上车，正准备往回运，忽见鸦群黑压压而至，十余只为一伍，衔起麻袋，飞升上天，但终因力量不够，悬在半空。

蓦见东南方一道光芒倾泻而下，一股力量从底部托起装着黄粟的袋子。群鸦翅膀振动，终于叼起装有黄粟的麻袋，飞向远处。

青鸾鸣凤抬眼顺着光芒照射之处瞧去，只见旱魃去而复返，正率领天兵悬在半空，相助群鸦夺粮。青鸾心下暗忖："原来是她在暗中捣鬼！"眼看群鸦要将麻袋叼走，一边的鸣凤早已掣出分光血刃剑，正待冲杀群鸦。这时，费无长从一边奔来道："不要伤害这些乌鸦！我来说服它们！"

东柳氏诧异道："你说服它们？"东柳氏认出费无长是先前抢取黄羊的那

少年。

费无长点头道："那群鸦之中，有只鸦王，之前曾对我有接济之恩。希望你们不要伤害他们。"

费无长当即嗫嘴模仿鸦鸣之声。为首那白头鸦王听到费无长的鸣叫，在空中带头停下，咕呱而鸣。

东柳氏道："鸦王说的什么？"

费无长道："我说，多谢它之前指引接济黄羊的恩情。它说不必相谢，它也是看我孤苦贫饥，方才接济于我。"

费无长接着鸣叫，那鸦王回以鸣叫。

东柳氏问道："你们说的什么？"

费无长道："我告诉它，让它们不要抢粮，因为它们将会有危险。大家为了黄粟会伤害它们的。它说天下大旱，已经没有吃的可以找寻了，不抢粮食它们都会死掉的。"

东柳氏道："那你告诉它，天旱是因为有天帝派旱魃为祸人间，我们马上就可以战胜她，以解此地旱灾！"

费无长当即按东柳氏之言，咕呱几声。那白头鸦王听罢半晌不再鸣叫。

众人一起凝望空中鸦群中那只带头的白头鸦王。须臾，只听那鸦王一声鸣叫，群鸦纷纷丢下粮袋，绕着周遭盘旋飞舞。

费无长舒了口气，脸上露出舒心的微笑。

半空中，旱魃见群鸦放弃抢夺黄粟，恼羞成怒，率领天兵从天而降。手中火龙枪催动一团火焰，喷射而出，火苗飞蹿，径直烧向跷车上的黄粟。

东柳氏大叫道："保护粟谷！"

火苗未至，蓦听得蒲鞭劲疾之声响起，西河少女挥舞弱柳鞭，鞭身缠紧整个跷车，使力甩出，跷车连同车上的黄粟被拽到一边，稳稳落地。火苗扑空，顿时在地上炸了开去，火花四溅。

旱魃大怒，执枪再度扑向跷车。西河少女飞身上前，弱柳鞭迎上招架。鸣凤要待上前相助，却被几名天兵缠住，斗在一起。

青鸾知道旱魃的厉害，见先前求雨的那位长者躲在一边，忙上前道："老人家！我传你一个去除旱灾求降甘霖的口诀，你记好了。然后召集大伙一起求雨，念动口诀，此地旱灾即会解除。"当下将口诀和方法一一告之。

那长者听罢将信将疑，带领一干当地的百姓，再度前去求雨。

在这当口，鸣凤已将所来的天兵制服，和青鸾一起援助西河少女，齐斗旱魃。四人展开一场大战，斗了数百回合，难分高下。但见旱魃火龙枪四下翻飞，喷射而出的火龙咆哮飞舞，三人惧于其烈火的厉害，四下游走，不敢直撄其锋。

众人躲在一边观望。东柳氏见三人合力都无法取胜，不禁忧心如焚。

那边厢，那长者带领数十名当地百姓，依照青鸾所授之法，人人头戴树枝编就的枝条，手执杨柳，边走边做打击之状，对着祭坛雩祭求雨。只听那长者口中念念有词："众姓降香，祷告上苍，女魃肆虐，赤子遭殃，赐赦律令，遣彼北方。雨师布阵，龙王喷洮。普降甘霖，年丰岁穰。"

这边念动口诀，那边旱魃的火龙枪火焰突然收拢，火势减弱。旱魃大吃一惊，手上稍慢，被西河少女的弱柳鞭扫中，"啪"的一声响，旱魃被抽打出数十丈之外，随后天空乌云四合，遮天蔽日。

青鸾、鸣凤、西河少女三人见状精神振奋，齐齐攻向旱魃。旱魃惊慌失措，使出浑身解数，左挡右冲，疲于应战，一时间手忙脚乱，狼狈万分。

但听空中一声炸雷响起，随即下起瓢泼大雨。地上众人见天降大雨，顿时狂喜大叫，在雨中欢呼跳跃。

旱魃见大势已去，慌忙救下手下的兵将，落荒而逃。一场持续多日的旱灾就此迎刃而解。

众人皆喜上眉梢，东柳氏朝躲在一旁的费无长招手，拿过一袋黄粟，递给费无长，道："多谢小哥方才以鸟语之术，劝退鸦群，这袋谷子权当相助之恩。"

费无长接过，躬身拜谢，转身而去。

那长者带领众人一齐走近，躬身朝青鸾拜谢："多谢仙童传授的口诀，使此地降下甘雨，消除了旱灾。"说着又向东柳氏众人一齐跪拜。

东柳氏搀扶起那长者，道："老丈快起来，实不敢当！"

那长者起身环顾道："先生，你们带这么多人是要去哪里？看起来也不像逃荒的！"

东柳氏道："我等是要前往东海桃源洲安身立命，寻求安身之所。途经凤陵州，不想遭逢大旱，今旱灾已解，我们也要上路了。"

那长者道："天快要黑了，先生不妨同我们去乡间歇息一晚，明日再赶路也不迟。"

东柳氏迟疑一下，道："也好，如此有劳老丈了。"

众人跟随那长者来到村落，灶管佟伯雄找空地埋锅造饭，和当地乡民同饮同食，气氛融洽。

有汉子快步近前，拱手对那长者禀报道："长公，州府长吏带人在布令台下口头告示，让我们去那里集合。"

那长者忙起身朝东柳氏道："先生，你们先在此休息，小老儿去去就回。"说罢带人匆匆离开。

布令台前，当地乡民乌压压聚集在高台之下，那长者带人站在头排，望着台上。高台正中央，有差役一通击鼓。州府长吏摆摆手，高声道："今日本官亲见有乡民不知从何处得来很多粮谷，按凤陵州律令，均需全部上交。待本官查实之后，再行定夺。故而限你们明日一早，全部将粮谷交到州府上。逾期不交者，当以抗粮论处。"

底下闻言哗然一片，长吏却带领十余名差役离开了。长吏带人走开几步，突然停步，叫道："慢着，要想让那些乡民乖乖交出抢来的粮食，恐怕不太容易。你速召集所有差人兵勇，明日若有不交粮的，全部缉捕，有反抗者，杀无赦。"身旁一差役躬身领命而去。

次日一早，东柳氏辞别那长者及众百姓，刚走出二里地，那长者便率众追上，远远叫道："等一等！"

东柳氏回头，只见他们一百来号乡民，拖家带口，一齐涌上。费无长也在其中。

那长者奔到近前，同众人一齐跪倒。

东柳氏忙搀扶起，诧异道："你们这是？"

那长者道："先生，你们前往东海也带上我们吧！世间的恶官和苛政比这旱灾更是有过之而无不及！你们不知道，那州府恶官在你们刚走，便派人勒令我们交出所得的粮食，否则便要拉我们下大狱！这一场旱灾下来，我们一点存粮都没剩下，好几日都没吃到半点东西，好不容易得来些粮食，还被那恶官要求交公。没有粮食可叫我们一乡父老怎么活啊？与其在这纷乱险恶的世道苟延残喘，还不如跟随你们一起，另寻生路。"

众乡民一齐道："是啊是啊，请收留我们吧。"

费无长亦愤愤不平道："前日我得来的黄羊肉，也被那恶官派人搜刮了去，我前往州府讨要理论，却被差役一顿痛打。这还罢了，更加可恨的是，我的那一间茅房宅院，也被狗官派人一把火烧了，这分明是不给我们留活路啊！如今无家可归，就请带上我们一起吧。"

东柳氏心生怜悯道："既然各位愿意追随，我也没有拒绝之理。不过此去东海桃源洲，路途凶险，倘若有惧怕的，现在回去还来得及。"

那长者和费无长齐声道："我们不怕，愿意追随！"

东柳氏点头，对费无长道："公子日间解语之术，神乎其技，尔后东行路上就跟随在前，听命差遣。"

费无长揖手应是。

东柳氏又对那长者道："老丈既愿意追随，我就赐你一个凤陵长的职务，负责统管随来百姓的吃穿住行。"

凤陵长忙领命谢过。

就这样，东柳氏的队伍，由折戟后的二三十号人，又增加了数百人。一路风雨同行，继续前进。

第七行　解疫迷津口

路上非止一日，渐行渐次荒凉。云雾低垂，鸟兽踪绝，四下出奇地静。众人水囊中的水均已喝尽，便在一处城郭郊外停止前进，修整队伍。灶管佟伯雄命人前往附近寻找水井山泉，准备埋锅，起水造饭。

鸣凤见郊野荒凉寂寥、杳无人烟，便叮嘱分头取水的人，不要走远了。众人答应着结伴一南一北而去。未几，往南去的几人在一处山脚下，发现一眼甘泉，便装满随身携带的所有水囊，当先返回。往北前去取水之人，却迟迟不见回来。他们一行寻找了约莫一个时辰，在城郊的一处汲水亭发现一口石井，当即上前，用绳索绑缚木桶，打上来满满的两桶井水，两人一组，以木棍抬着离开，却未发现在石井数丈开外，横躺着几名行人的死尸，似已死去多日。

打水回来，佟伯雄命人将携带来的大锅巨鼎抬出，早有百姓帮忙捡拾柴火，生火造饭。很快，几顶大锅中黄粟粥熬制停当。佟伯雄命大家按顺序排队打饭。多数没有带碗筷，只能四处折树枝替代筷子或等别人吃罢方才接手食粥。

青鸾给东柳氏端来一碗黄粟粥，东柳氏道："给没吃的乡亲吧，我不饿！"只喝了些打回来的泉水。当日喝足饭饱，已是傍晚时分，夜色早早拉下帷幕。众人燃起篝火，有序分开，铺设干柴，席卷而卧，并有壮汉轮值守夜。

入夜，众人赶了一天的路程，早已困乏入睡。青鸾、鸣凤守在东柳氏身旁，盘膝而坐，闭目而眠。在距离他们数十丈外，篝火的火光渐渐暗淡下来，守夜的壮汉不觉神思困乏，执守在外围连连打着哈欠。

夜，静得可怕。蟋蟀虫鸣之声亦无。忽然间，篝火的火苗扑簌簌被一股怪风吹灭。漆黑的夜色，星月无光。只见空旷的树林之中，五个巨大的黑影结成一排，联袂相携，在树林空隙之间，不断打着转御空飞来，到得众人宿营之外轻飘飘落地。这五人一色的黑衣，青面獠牙，貌相奇丑，中间一人双眸圆睁，直鼓出眼眶之外，滴溜溜打着转，四下巡视。他两边的四人除了相貌丑陋以外，双目皆瞽，所有行动及动作均需中间那位发出指令，故称五瞽怪，一人独视怪也。

这独视怪双目从转动中定睛下来，径直越过守卫，飘落至外面一排熟睡的男丁头顶上方。独视怪从最先的男丁开始，慢慢俯下身，鼻翼翕张，对着一名迎面熟睡的男丁嗅了过去。那男丁顿时身子一动，脸上变得乌黑发亮。

嗅完外围的男丁，五瞽怪最边上的一怪，鼻翼翕动，不禁向不远处的女眷连连吸气。中间的独视怪眼球翻转，身形一动，携带四人飞向女眷。独视怪俯身下探，在堪堪接近一名年轻美貌的女子时停下，却不急于吸气，头颅"咯咯"转动，以使正对其面，为其美色所动，发光的双目盯着她垂涎欲滴。那女子正自熟睡，忽从梦中惊醒，一睁眼看到独视怪丑陋可怖的脸面近距离正对视自己，登时魂飞天外，一声尖叫，翻身滚到一旁，起身大叫："鬼啊！"

五瞽怪同时一愣，独视怪右手臂一动，与其相连的二怪身形飞舞。外围一怪臂膀伸出，从后抓向女子。蓦然之间，一条蒲鞭极速而至，缠住外围一怪的手臂，一甩之间，五瞽怪同时被甩飞出去。

西河少女大叫道："什么人！"已飞步前来。

五瞽怪见行迹败露，飞身而起，联袂快速旋转，遁身远去。

东柳氏、青鸾、鸣凤同时被惊醒。青鸾飞步上前，道："姐姐，发生何事？"

西河少女沉吟道："方才有怪物袭营！看情形似乎是传说中的五瞽怪！"

这时，东柳氏在鸣凤的陪同下亦走上前来。

东柳氏问道："五瞽怪是何物？"

鸣凤道："没听说有个五瞽怪的！"

西河少女道："仙童久居东海，自是不知。这五瞽怪乃是世间之异类！每遇大疫之年，便会出来作怪！一怪嗅人面，即感瘟疫，五怪齐嗅则人死！"

东柳氏大吃一惊，道："瘟疫？快快查看大家有没有异状！"

正在这时，胡中匆匆走来，向东柳氏禀告道："圣公，刚刚检视队伍，有很多人脸色发白，似乎中了瘟疫！"

东柳氏急忙查看，果然众人有大多数面色惨白，昏昏欲睡！

胡中道："从患疾的人看来，似乎症状不尽相同，不过合而言之，均属瘟疫之症！"

东柳氏忧心忡忡道："我等一路行来，并没有见到过一个外人，怎么会遇到瘟疫呢？"

鸣凤道："此次所遇，实是奇哉怪也！不但没有见到过路人，就是鸟禽野兽都没见一个。方才又有怪物出现，看来这瘟疫来得甚是怪异！"

胡中忽然叫道："水？难道日间我们打回来的水有问题？"当即传来白天打水的几人。几人均摇头不已。

东柳氏一脸隐忧道："路遇瘟疫，这可如何是好？！"

胡中道："快排查所有人。凡患有疫疾者，立即跟大家隔开。还要扯些衣布，蒙其口鼻，大家保持一定的间距！"当下众人一番摸排检视，十之有八均出现疫症。没有身患瘟疫的当是喝了没有感染的甘泉。

当晚，队伍一分为二，东柳氏一边不断宽言安抚大家，一边询问胡中解疫之法。疫疾来得太过突然，胡中医术有限，亦无应对之策。青鸾、鸣凤和西河少女虽然身怀法力，但对于人间之疫，一时之间也是束手无策。

次日，东柳氏众人又自走了几里地，眼前豁然开朗。但见一处三岔路口蜿蜒开去，远处城郭在氤氲的雾气之中若隐若现。

东柳氏面露欣喜之色，忽感一阵眩晕。青鸾鸣凤大吃一惊，齐声道："先生，你怎么了？"

东柳氏打起精神，勉力站直。青鸾见他这般光景，犹疑道："先生，你该不是也染上瘟疫了吧？"

鸣凤道："快叫胡郎中！"却见西河少女从队伍后面近前道："胡郎中似乎也染上了瘟疫，整个队伍除了我们几个，其他人都没能幸免。先生如何了？"

青鸾道："先生看样子也染上了。"西河少女查看道："先生之前曾吃过本门的九转回颜丹，又得先师所赐的九曲明珠护身，凡尘之间的疫疾是伤害不了他的。"

东柳氏道："我没事！快想想解除瘟疫之法！"

鸣凤一抬头，忽然发现在三岔口的路边大石之上，坐着一个黑大汉，一动不动地在路口蹲守。鸣凤忙道："那里有人。"

东柳氏喜道："我们快过去打探一下，问问此地究竟为何瘟疫肆虐！"便率先带着众人一起近前。

那黑大汉忽见东柳氏众人上前，大感意外，随即站起，喝道："前方不可通行，来者速速返回。"

东柳氏道："敢问壮士，此地是何地，为何不能通行？"

那黑大汉斜睨东柳氏一眼，道："你等是何人？"

东柳氏道："我们是赶路的过客，须过此地，还请壮士行个方便。"

那黑大汉道："此间名为迷津口，乃东乡、南间、北郭三地必经之路。因近日此地闹瘟疫，故而不准许往来的路人通过。"

东柳氏一笑，道："壮士看样子又非官家，如何来拦阻路人？"

那大汉闻言怒道："不许过就不许过，废什么话？"不由分说，走到路旁，双臂张开，对着一棵参天古木，一发力，顿时连根拔起，将巨大的树身横生推倒，拦住了去路，然后径直坐回大石上，对东柳氏众人不理不睬。

这黑大汉名叫鄂崇虎，乃是北郭县人氏，自幼不好读书，却臂力过人，成年时体力越发强壮，生性质朴耿直，喜打抱不平。某日，有同县恶人名唤王仓，欺压邻里，闻鄂崇虎之名，前来滋事挑衅。崇虎力大无穷，王仓以人多之势，兀自无法取胜，溃败而逃。后欲报复置鄂崇虎于死地，当夜入民室强淫其妻女，并栽赃嫁祸于鄂崇虎。县公不分青红皂白，枉法致其入狱。鄂崇虎气愤难平，蛮力发作，破狱而出，毁物伤人，并寻得王仓下处，将其砍杀，逃出县府。至迷津口，于田垄间偶遇身着五色长袍的五位秀士，其中一黄袍秀士笑道："你身犯人命官司，且休走。"分从其他四人手中拿过大箱小箧及玉册竹编文书，塞给鄂崇虎。

鄂崇虎像着了魔一般，浑不自主接过众物，双手抱住，竟觉有千钧之重，随五人来到东乡后土庙门前。有头戴玉冠的小吏出迎道："拜见五疫使者！"

黄衣秀士道："请通传句龙土正，五疫使者奉天帝之命，将在此间行疫，请土正奏准。"小吏闻言即行入内，半晌出来道："不准！五疫使者请退！"

鄂崇虎又随五疫使者来到南闾一大祠，抬头一看，上书"舆鬼祠"，刚到门口，祠主舆鬼便已带小吏迎出，道："拜见五疫使者。"

黄衣秀士从鄂崇虎怀中拿过玉册文书道："天帝有命，即在此方行疫，请随同布施。接玉册圣旨及赏赐！"

舆鬼躬身接旨，命手下小吏从鄂崇虎怀抱中拿下箱箧之物，然后恭请五疫使者入内。鄂崇虎见五人进祠堂，长舒了口气，急忙抽身离开，心想："这五人和那舆鬼也忒可恶了！"他气不过，当晚悄悄潜入舆鬼祠，在附近收集柴火，将舆鬼祠围得严严实实，然后放一把火引燃柴火，祠堂顿时大火熊熊。其时，舆鬼及其小吏随五疫使者在迷津口北郭、南闾布疫，唯独后土句龙所在的东乡未敢行疫。事罢，舆鬼返回，却发现其大祠已被焚烧，化为灰烬，怒不可遏，立即带小吏追拿鄂崇虎。

鄂崇虎虽力大无穷，但终是凡人，很快被舆鬼和吏兵追上拦住。

舆鬼大骂道："你个剥了皮的，烧我祠庙，我要将你生吞活剥了！"说罢摇身一变，变作一个头巨如山、口大如瓮的怪物，张开血盆大口慢慢靠近，蓄势待发。但见月光之下，那怪物的影子越拉越长，巨大阴影将不断后退的鄂崇虎逐渐吞没，眼看就要活吞鄂崇虎，忽见一个如龙眼大的珠子朝舆鬼飞来，通体闪闪发光，光芒四射。舆鬼铜铃般的眼睛被光芒晃得睁不开，随后就见一位手执灵寿杖、头首皤然、杖上方镌刻有一只乌鸡状椐槚木雕的老者走近。

舆鬼怪声大叫道："乌鸡公，你来作甚？"

乌鸡公道："前来收服于你。"说罢手一伸，半空中珠子飞到手中。乌鸡公对鄂崇虎道，"来，把珠子吞在嘴里！"

鄂崇虎正待说话，那珠子已飞进鄂崇虎口中。他顿时感到一股巨大的力量在四肢乱蹿。

舆鬼大叫道："我跟你们拼了！"一颗大脑袋便疾探而出，前来袭击乌鸡公。乌鸡公手中灵寿杖左拦右挡，左击右冲，同舆鬼斗得难分难解。

鄂崇虎一伸手抄起一块巨石，举在头顶，径直扔向舆鬼。舆鬼猝不及防，顿时被巨石压住，无法动弹。手下的小吏见状发一声喊，逃之夭夭。

乌鸡公见状哈哈大笑。

鄂崇虎取出口中珠子，道："你是何人？"

乌鸡公道："我乃地仙乌鸡公，来助你一臂之力。今五疫使者已在此地布下瘟疫，生灵涂炭。方才赐给你的乃是一颗力珠，每有事之时吞入口中，即力大无边，可以移山倒海、摧枯拉朽。我再赐你一颗辟疫香，闻之即可解疫疾。"当下从梐檀雕刻的乌鸡口中，倒出一颗香丸，递给鄂崇虎。

乌鸡公交代完毕，神情严肃道："你速去迷津口死守，不日，五疫使者将率领十万鬼厉疫兵在此间行疫，返回时经过迷津口，可设法将其拦截，破除其疫，到时自有高人异士助你。"

鄂崇虎忙道："是，仙公！"

鄂崇虎来到迷津口，守候多日，未能等到五疫使者，却与东柳氏众人不期而遇。鸣凤见他如此蛮横，便欲发作，却被东柳氏拦阻道："此人力大非凡，不可造次。咱们先在此处安顿宿营，好及早筹谋解疫之法。"

鄂崇虎独自守候着，约莫晌午时分，只见从南闾北郭两个方向，五疫使者分头会合，手中各提两个竹笼，结伴而来。黄袍使者一抬眼看到迷津口的鄂崇虎，神情一愣，随即大笑道："这愣小子怎么在此，正好帮我们担负竹笼！"五人相视大笑。

鄂崇虎戟指道："五疫使者，哪里走？！"

黄袍使者笑道："愣小子倒知道我等来历。接着！"话音未了，就见两只竹笼脱手飞来。鄂崇虎口含力珠，一使力稳稳将竹笼接在手中。

五疫使者一愣，叫道："好小子！"又有八只竹笼尽数飞来，鄂崇虎双手并用，上下翻飞，一股脑将八只竹笼依次高高摞起，随后发一声喊，举起拦道的大树，将巨大的树干横扫向五疫使者。

五人见状大感意外，轻飘飘飞身躲开。其中的绿袍侍者手拿扇子，挥扇而出，叫了声："着！"一股狂风扫至，鄂崇虎整个人登时被远远甩出，重重落地。饶是鄂崇虎身强体壮，被这扇子一扇，也只觉三魂七魄少了两魂六魄，浑身冰冷异常。

五疫使者同声大笑，齐甩袍袖，十只竹笼尽数飞回手中。

黄袍使者道："走吧！这小子不知好歹，他不拿还是我们自己拿吧！"说罢，正要离开，却听有人叫道："慢着！"

鸣凤当先奔来，西河少女后至，一齐拦住五人去路。

黄袍使者笑道："你这娃娃又是谁？"

鸣凤道："我乃东华帝君座下守宫童子鸣凤！"

五疫使者一愣，随即只见那黄袍使者道："原来是东行之人到了。来得正好，我等乃天帝差派下界的五疫使者，奉命在此处布疫。如今布疫已成，看你们如何过得了这迷津口！"

五疫使者说罢，要待离去，却见西河少女踏前一步，叫道："且休走，留下竹笼！"弱柳鞭抖落之间，鞭头如灵蛇摆动，穿过竹笼间隙，瞬间将十只竹笼串起，五疫使者正待夺回，鸣凤已祭起分光血刃剑横扫而至。

五疫使者见势不妙，同时放手，退出数丈之外。

黄袍使者道："今日不是我们较量的时候！走！"

五疫使者同时飞身而去。

东柳氏在青鸾的陪护下走来，见到满地的竹笼，问道："这些竹笼都是些什么？"

西河少女道："这是五疫使者的锁棺笼，布疫之后，将患疫之人的精气装在此笼中。凡拘役之人，无有活者。"

东柳氏奇道："五疫使者？"

西河少女道："五疫使者乃是天帝所派，在此布疫就是为了阻拦我等东行！"

东柳氏闻言沉默不语。

鸣凤近前细看，果见每只竹笼装满数百具黑色的棺椁，层层叠叠，满满当当。西河少女道："此地百姓的精气恐怕俱在此笼，我们快打开竹笼和棺椁，将他们放出。等解疫之后，所患疫疾之人即会痊愈。"

当下鸣凤和西河少女打开竹笼，将棺椁一一打开，就见一道道青气从棺内冲出，四散飘走。

这时，鄂崇虎挣扎着近前道："多谢两位相助！适才多有得罪！"

鸣凤道："壮士言重了。你没事吧？"

鄂崇虎摇头道："没事！只是全身略微有些寒意。"

西河少女道："你中了五瘟的疫蛊扇，此扇乃是其行瘟布疫的法器，被之扇到，立中疫疾，脸面生疮、五体发寒。但看你的情形似乎没什么事！真是奇了。"

鄂崇虎一怔，随即道："是了，定是我身上的辟疫香起了效用。"

鸣凤忙道："辟疫香？"

鄂崇虎从怀中掏出一颗香丸，道："此香丸乃仙人乌鸡公所赐，说是闻者可以消除疫疾。"

鸣凤大喜道："真是太好了。壮士，此珠可以借我们解疫疾吗？"

鄂崇虎道："看两位方才的身手，想必是乌鸡公所言能相助破疫的高人异士了。"

当下，鸣凤带鄂崇虎，以其辟疫香为众人解了疫疾，皆大欢喜。

众人来到迷津口，东柳氏询问一旁的鄂崇虎，道："壮士，此间既然有瘟疫为害，该如何助当地百姓破除呢？也好使我等早日通过此地！"

鄂崇虎摇头道："辟疫香效用有限，而东乡、南闾和北郭三地又分布甚广，恐无法全部顾及！"

鸣凤突然对着东乡的方向叫道："你们看，那边田垄有乡民在耕作！他们似乎不曾感染瘟疫！这可真是奇了。"

鄂崇虎突然想起什么，喜道："对了，日间我随五疫使者前往东乡后土庙，那五疫使者求见后土庙土正布施行疫，被土正拒绝。如今独东乡安然无事，我们何不请求该乡土正，以解其他两地的瘟疫呢？"

东柳氏道："如此甚好！我这就前去求教。"说罢命西河少女留守看顾众人，自己则带青鸾、鸣凤二人，随鄂崇虎来到后土庙门外。有小吏出迎道："门外可是东行桃源洲的东柳氏？土正有请。"

东柳氏闻言，整整衣冠，和青鸾、鸣凤走进庙中，鄂崇虎则留在庙外等候。

进得庙去，但见大殿香烟缭绕，正座法坛之上，句龙宝相威严，正巍然而坐。

东柳氏躬身道："东柳氏拜见土正仙官！"

句龙点头道："东柳氏，你率众东行如今走了多少日呢？"

东柳氏道："粗粗算来已有月余，不过虽是这些时日，沿途的劫难和困阻却着实非少。如今方到此间，就逢大疫，幸有仙人托以异士解了我等之疾。然此地之疫尚未解除，余不忍生灵遭殃，故而拜求土正仙官，赐教解疫之法，以救芸芸众生。"

句龙点头道："要解此地疫疾并不难，我这就派人随你前去。"

当晚，东柳氏众人在句龙所派庙使小吏的指点下，分在南闾、北郭之间以十岁到十二岁的黄门弟子百二十余为侲子，均戴赤巾，着黑衣，手执大鼗，并有蒙倛之木偶，持火把绕巷奔走，送疫出城郭之外，将火炬投入沟渠水池之中。每户家宅则在太岁宫方外，挖地三尺，以沙子填埋，并浇酒注满。

见东乡北郭众人大张旗鼓地驱疫解瘟，五疫使者率领三千疫兵赶来，却被守候在迷津口的青鸾、鸣凤、西河少女拦下，引发了一场大战。

五疫使者显了法身，黄袍使者手执玉笏并一只狼牙棒，青袍使者持一把短剑，红袍使者抱一火壶，黑袍使者持一对铁锤，白衣使者手摇一把团扇，并有身披铁甲的疫兵，一齐气势汹汹地冲杀上来。

这边鸣凤扯开分光血刃剑、青鸾手执日月宝莲钩，西河少女挥舞弱柳鞭，均是以一敌二，杀得难分难解。

鸣凤一边挥舞分光血刃剑，一边大叫："大家再坚持时日，只需两地布法驱疫完毕，咱们就可以大获全胜。"

三人苦力独撑之际，南闾北郭的鄂崇虎，已在角角落落撒满石灰，并火燎烟熏，烟雾很快遍布两地。霎时之间，但见蒙倛之木偶，"砰"的一声大响，烟雾散开之中，蒙倛显露法身，双目闪光，身披朱衣玄裳，率百隶兵甲，破空而出。侲子手中的大鼗摇得喤喤直响，蒙倛已然扑向城郭之外，前去相助正自苦斗的青鸾、鸣凤、西河少女三人。

蒙倛挥舞长戈，冲杀而来。又见半空火光冲天，一群青耕鸟及火鸡携带熊熊烈火扑袭而至，巨喙大张，火苗飞蹿，将众鬼厉疫兵烧得嗷嗷大叫，却是乌鸡公所放，以助东柳氏战胜五疫使者。

蒙倛长戈飞舞，横扫而至，势不可当。五疫使者见状立即跳出圈外，带领残兵败将遁身逃走。

城郭之上，东柳氏指挥鄂崇虎率领百二十侲子，和头戴皮倛的手下壮汉，见五疫使者大败而逃，当即挥舞手中白旗，侲子手中的蒙倛木偶，火光熄灭，城郭外蒙倛及其百隶甲兵顿时消失不见。

迷津口，众人集聚在一起，齐声欢呼。乌鸡公收了火鸡，笑而隐去。

东柳氏见鄂崇虎行事干练，勇武过人，不禁有招纳收拢之意，道："壮士，多谢相助大家驱除疫疾，大败五疫使者，不如随我等一起东行桃源洲，寻找安身立命之地可好？"

鄂崇虎凛然道："多蒙抬爱，不过天下自有不平事，哪里有蛮恶奸害之事，哪里就有我鄂崇虎。我愿扫尽天下奸佞凶恶之徒，恐怕实难从命！"说罢，一拱手，大踏步转身离去。

东柳氏凝望鄂崇虎远走的背影，轻叹一声，当即整装队伍，继续踏上东行之路。

第八行　大战幽明界

东柳氏率众一行向东南进发，又走了几日，已远离人烟出没之地，来到一座黑黢黢的大山脚下。众人艰难跋涉，进入一片乱石嶙峋的坡地。一团黑压压的云团盘旋飞舞，四散开来，遮天蔽日。渐行渐近，虽是正午时分，天光却越发昏暗，竟如夜晚一般。

众人退无可退，只得一往无前，深入乌云黑雾之间，已至坡底。但见草木俱无，道旁怪石如铁，黑黢黢通体冰凉。山侧左右，白骨随处可见，森森然不时有磷火闪耀。

东柳氏战战兢兢道："咱们这是到了何方地界呢？怎的如此诡异！"

鸣凤道："管他呢，有路咱就只管行进。或许穿过这团云雾，就可以见到天光了。"

约莫又行了几里，眼前显露出一丝蓝莹莹的光亮。一块石碑赫然立在道旁，鸣凤近前察看，只见石碑上刻着三个血红的大字——幽明界！

鸣凤诧异道："奇怪，怎么到了幽明界呢？"

忽听青鸾急叫："师兄，你看他们！"

鸣凤闻言转回，与东柳氏、青鸾一齐看向随来的男女，所有人均神情木讷，眼眶脸面蒙着一层黑气，行尸走肉般跟随在后。

东柳氏大吃一惊，道："这，这是怎么呢？"

西河少女从队伍最后飞步上前，道："此地阴气强盛之极，大家似乎都为阴气所侵，恐怕不能再前进了。"

东柳氏道："我也觉得奇怪至极！此时若退回去，我们前行的路又从哪走呢？"

鸣凤道："此处乃是幽明界，不知怎的，我们如何会走到这里！"

几人齐声道："幽明界！"

西河少女道："那不是幽都后土的管地吗，怎么会到了他的治地？那可是凡人万难到达之地啊！"

青鸾道："我们带着这些凡人百姓，要想度过此地，恐无可能。你看他们哪里禁得住此间的阴气侵扰，倘若再走一程，只怕他们都难活命！"

东柳氏道："如若不继续前行，东行之路便会就此阻断，却如何是好？"说话之间，他突然脸色发黑，嘴唇青紫，鸣凤在一旁看见，不觉大吃一惊，急道："先生……先生你怎么了？"

西河少女忙道："咱们快往回退！越往后阴气越弱，这样先生和大家就不会有事！"

青鸾鸣凤无法，当即搀扶东柳氏掉头往回走。众人返回里许，这才恢复如初。东柳氏缓过神来，诧异问道："我们怎么又退回到这里了呢？"

鸣凤道："先生，你和大家先留守于此，我去前方打探一番。"

鸣凤飞身来到幽明界的界碑旁，只见前方阴雾惨惨，冷气飕飕，透着蓝幽幽的光亮，深邃而空洞。鸣凤刚越过幽明界，刹那间，无数火团从四面八方呼啸而来。鸣凤左躲右闪，身形灵动，火团无法近身，亦无法摆脱。鸣凤一合掌，身体周边忽然多出一道白光，火团触及被弹了回去。只见他直身而起，在半空中飞快旋转，御空而行，很快飞离火光乱蹿之地。

刚一落脚，顿时雷声低鸣，无数披头散发、貌相恐怖的男女鬼头颅分别从四面八方飞来，纷纷大张嘴巴咬向鸣凤。鸣凤揫出分光血刃剑，挥舞之间，光芒普照，万千头颅在白光笼罩之下，惨叫着消失了去。鸣凤正自得意，陡闻血腥之气冲袭而来，一道血污结成一道幕墙，漫天罩下，鸣凤匆忙之间，大叫道："遁地！"人顿时没入地下。血污洒落在地，红烟滋滋直冒。

鸣凤从另一端地下，冲天而起，立在半空，就见一个庞大而细长，身体拧成麻花、头上有两个尖角的怪物，急冲而至，撞将过来。鸣凤急切间，双剑同时刺出，堪堪刺中对方两角。

那怪物身形庞大而有力，顶着鸣凤的双剑直往幽明界的界碑方向冲去。瞬间万千女鬼男鬼的头颅又再次撕咬过来。

鸣凤急忙撤剑而走，身形拔高，双脚对着那怪物背上狠狠踹了一脚。那怪物嚎叫中重重摔落在地。鸣凤身形一纵，已然站到前方透着光亮刻有"幽门"二字的拱门之上。

那怪物背身站起，身形抖了抖，慢慢显出一个身形肥壮如牛、广肩厚背的凶神来。那凶神转过身，一张面孔更是狰狞可怖，三眼冒着血红的光芒，哈哈狂笑道："东华帝君座下仙童果然有些道行！不过任你再厉害，要想带着那些凡夫俗子通过这幽明界，恐怕堪比登天！"

鸣凤道："你是哪路尊神？为何阻拦我等！"

那凶神道："我乃幽都土伯是也！"

鸣凤诧异道："幽都土伯？你怎么会在这里？"

土伯神情凶恶，一指地上，道："此处就是幽明界！我看你等如何过得去！"

且不说鸣凤正自满腹疑团诧异揣测，却说东柳氏、青鸾等人在幽明界外等候，半天不见鸣凤转回，正自焦灼之时，忽见头顶黄光闪烁，迎头上空之中，两位赤巾朱服、黑须大髯的黑袍恶神，正自押着一个年轻的道士，从上方飞行经过。那年轻道士一脸苦闷，眼神一低，忽见下方东柳氏等人，立时大喜急叫："救命啊！救命！"

东柳氏闻言抬头看去，立时惊异道："他们这是……为何押着一个道士？"

青鸾亦大感意外，道："应该是幽都拘拿凡人的直符二使！奇怪，他们怎么会经过这里？"

那道士眼看就要飞离众人头顶，更是大声哭喊。东柳氏道："那道士喊救命了。青鸾，快去救人！"

青鸾道："先生，救不得！此乃幽都司命例行公事，我们不能干涉！自来生死乃凡界诸人之常数。世人一切的罪愆福祸，皆受幽都的管制和施行！这直符二使应是拘拿犯恶之人，我们不可多事。"

东柳氏道："然而我和那道士也算同门，你看他凄惶惶哭喊救命，一定是负有冤屈，不然也不至于如此！快，救人！"

青鸾无法，只得飞身而上，在半空拦住直符二神的去路，叫道："两位神差，且慢！"

一神惊异道："你是何方神圣，既知我俩是神差，为何还拦阻？"

青鸾道："请两位神差放了这位道士！"

另一神怒道："放肆，居然敢拦截幽都司之重犯。"手一伸，变出一支齐眉棒，直击青鸾面门。

青鸾不慌不忙，闪身避开，身子倏忽近前，伸张右臂，顿时从直符神手中抢过那年轻道士，飞身落下，来到东柳氏身前。

直符二神飞身落下，叫喝道："你们究竟是什么人？敢从我们手底截拿犯人？"

青鸾道："我乃东华帝君座下守宫童女青鸾。"

直符二神大吃一惊，互望一眼。其中一神道："原来是王公座下仙童！失礼失礼！只是我等拘押的是幽都司钦定的犯人，仙童不该从中作梗！"

青鸾狡黠地笑道："只准你们幽都干涉我们蓬莱都，就不允许我蓬莱都干涉你们幽都？"

直符二神诧异道："仙童这话从何说起？"

青鸾道："此处既是幽明界，为何你们司命要设此界拦阻我等东去？"

直符二神茫然摇头，一神道："小神实是不知！我们二人自雍州押解此人，本欲押送他回幽都复命，没想到被仙童截下，还请归还人犯。"

那道士摇头道："仙童救我！我不是犯人，我乃修道之人，已服丹修行多年，怎么会入幽都司的拘校簿？实在冤枉！"

东柳氏道："你有何冤情，尽可说来听听！"

原来这道士名叫柳僮，雍州周原人氏，生来聪颖过人，刚生下来不久，有终南道仙，三过其门，见柳僮道："此儿若修道，定是蓬莱真仙，道行不可限量！"

弥月之礼，柳父邀终南道仙赴宴，谁知对方问了柳僮的姓名及生辰，不觉掐指沉吟，连连皱眉道："孩子在成人礼之前，倒无灾无难，只是之后呢却有一大灾，无法避免。"

柳父忙道："道仙，那、那如何是好？"

终南道仙道："令郎与道门相近，却与红尘无缘，我这里有点心痣之法，可去凶化吉。"

柳父大喜道："求道仙施法，救小儿一救！"

终南道仙点头，走近婴孩，戟指施法，一点红光从他指尖射出，点在婴孩的眉心正中。众人回望之间，婴孩的眉心已多出一点红痣，鲜艳夺目。

众人一齐相顾赞叹。

终南道仙道："有点心痣相护，往后柳僮定当化险为夷！灾凶过后，点心痣自会消散。"

柳父喜道："来人，加摆宴席，我要重金酬谢道仙对小儿的解救之恩。"

终南道仙笑道："不必了，他日有缘，我自会跟令郎相见。告辞！"说罢闪身遁去。

众人一齐朝天稽首叩拜。

成人之后，柳僮不慕红尘，一心向道。有一年，父母同临镇孟家为柳僮结了一门亲，并带柳僮入府下了聘礼。但自从那位终南道仙给柳僮施了趋吉避凶的点心痣之后，虽无灾无难，但却似乎封存了柳僮对于红尘之中的那些男女之情。不久他便逃避婚约，并留下辞别之言，离家出走，前往终南山寻得终南道仙修行所在的地肺山金光洞，从此一学就是三年。

一日，正值春花烂漫的季节，终南道仙将柳僮叫到跟前说道："徒儿，你随为师学道三载，已粗通阴阳内修之术，但仅学得这些还不够！当年，为师在参加你弥月之礼时，曾言道你将有大灾降临，那就是每一个凡人所要经历的生死之劫。要去除生死，还必须精善金石之道。"

柳僮诧异道："金石之道？"

终南道仙颔首道："金石之道，为师只能言传，却不能身教，还需你自行参研方可。"

自那以后，柳僮辞师下山，多方寻求金石之道，常日钻研，竟也炼得一些八石神丹，服食之后，周遭渐有黄光聚顶，身轻体健。某一日，游行之际，路遇直符二神。一神差道："我乃幽都直符二使，前来追摄于你，不知你有何道行，顶有黄光护体，一时无法近身拘拿！"

柳僮道："我乃修道初成之人，阳寿未尽，二使怎地前来缉拿于我？"

另一神差道："拘校簿有你的名讳，我等只管拿人。你虽初见道行，但终究未超脱三界之外。岂不闻修道有云，一阴一阳谓之道，一金一石谓之丹。你只服石，未食金，只得其阳，未知其阴，终是难超生死之难！快随我走吧！"当下押解柳僮前往幽都，途经幽明界。柳僮心知二使一定是误拘于己，心有不甘，故此向东柳氏众人求救。

东柳氏听闻柳僮的一番讲述，情真意切，当即道："二位仙差，既然这位道士喊冤，定是有所错传，何不去幽都校查准确了，再行拘人。"

直符二神互视一眼，当即道："既如此，我等返回查验后再行定夺。"二神说罢，一闪身往东北方而去。

青鸾大奇："此间不是幽都幽明界吗？为何去往别处？"当即又问柳僮道："道长，你方才随二使从前方上空经过，敢问前路可是幽明界？"

柳僮诧异道："幽明界？我是被二使从雍州押解而来，太山幽都尚还未到！"

青鸾大奇："难道这里幽明界是假的？我也深感奇怪，怎么会走到幽都来了。"

正在这时，鸣凤从幽明界飞身返回。

青鸾大喜道："师兄，怎样？"

鸣凤道："前方幽明界，有土伯把守，并布有阴火万鬼之阵。我们带着这些凡尘之人，恐怕很难通行。"

东柳氏大惊道："这可如何是好？"

青鸾道："先生、师兄，我怀疑是那土伯故布疑阵，此间名为幽明界，但绝非后土所管辖的幽都所在。"于是将直符二神押解柳僮，被自己救下，并将柳僮讲述的经过告诉鸣凤。鸣凤恍然道："你是说此间的幽明界是假的，乃是土伯故意设计的，来阻拦我们东行，好让我们知难而退！"

青鸾点头称是。

鸣凤道："方才我前去打探，土伯摆设的阴火万鬼之阵，虽然阻挡不了我们，但先生和随来的乡亲却均是凡人，要想过这幽明界，恐是万难！"

东柳氏道："可有让大家一同度过此阵的万全之法吗？"

鸣凤道："这幽明界阴气强盛，凡人阳气不足，故而无法抵挡。如要安然通过，就要服食一些起阳却阴的丹丸，方不被阴气侵袭。"

柳僮在旁道："仙童，我身上带有多年炼制的八石神丹，不知可以助众位抵御此间的阴气吗？"

鸣凤大喜道："那真是再好不过。"

柳僮从身上取出一个巴掌大小的盒子，随即看向众人，皱眉道："只是数量有限，无法让所有人都能服食！"

鸣凤道："无妨，快叫胡郎中，在众人之中筛选阳气不足者，服下此丹。其余之人我自有办法！"

当下，胡中一一检视众人，发现阳气不足者大都是些老弱妇孺、形销骨立先天不足者，让他们服食下八石神丹。鸣凤又道："先生，王父之前给你的五行旗，此刻可以派上用场了。此五行旗具有先天变化之能，驱邪避凶，无有敢挡者！等会儿先生、我和青鸾以及仙姑、柳僮把守幽明界，分别挥动五行旗，五行旗招展挥舞，可以自结光罩，保护大家顺利通过。阴火万鬼之阵看似厉害，但众人服食了八石神丹，黄光聚顶，万邪难侵。其余没有服丹之人均阳气中足，只需凝住心神，心无旁骛，自会安然出阵。"

东柳氏沉吟道："倘若心神未能守住，将会怎样？"

鸣凤道："此处幽明界，乃凡人之一劫，同时也是对本身求道的一种考验。如心念不坚为外魔所侵，恐怕将会魂飞魄散，归于幽冥。"

东柳氏沉默半晌，当即召集众人，再三叮嘱道："各位乡亲，我们即将和大家一起冲闯这幽明界，一会儿无论发生什么，切记千万不要睁眼，守住心神，直到过了此阵。列位当中，有同我一起同甘共苦、远行天门的患难之交，也有跟随我等东行不久、志同道合的贤士。大家一路追从，历经磨难，都平安顺利地过来了，希望此次也能如愿，安然度过此劫。切记不要睁眼，不要分心，守住心神，但愿我们每一个人都不要掉队！平安顺利地闯过关去！"

鸣凤道："先生，我和青鸾先送你过去。守阵之人我再安排人手。"

东柳氏道："不可，我乃大家的首领，怎么可以先过去呢？我要护送大家尽数安然度过，才能放心！"说罢，又对西河少女道，"仙姑，你不用守阵了，保护好白头公过阵吧！"

西河少女道："那怎么行？当初他如果服食了先师的丹药，也不至于一同涉险度阵。福祸如何，还要看他的造化了。再者，用五行旗守阵，保护大家的安危，才是最重要的。"

当下众人对天祷告，祈求多福，准备冲闯危机四伏、凶险万端的幽明界。

东柳氏从怀中取出五行旗，求拜施礼。鸣凤接过五行旗，分派守阵的方位队列。鸣凤执黄旗，立于正中上空，挥旗指令。外围青鸾执赤旗立于左方位，与对面手执青旗的西河少女相对守护。内侧柳僮执黑旗，东柳氏执白旗，两人相对而立，间距两丈。中间乃是冲闯幽明界的主道。五人挥舞五行旗，快步冲向幽明界。

人未临近，东柳氏和柳僮就觉冷气飕飕，如刀割一般，四下冲撞，身上脸上如剜肉般疼痛，不觉心神一乱。鸣凤飞在半空，叫道："黑白二旗，守住心神。"两人忙屏住呼吸，调节内息。

底下，青鸾、西河少女、东柳氏、柳僮刚刚在阵内入口站定，瞬时间无数火团夹着呼啸之声，扑袭而来。

鸣凤道："守住心神，挥旗护住周身！"

青鸾和西河少女神色镇定，见火团袭来，挥舞赤青二旗，火团被撩拨之下，纷纷飞回。而东柳氏和柳僮这边显然应接不暇，神色仓皇，飞火来袭之下，只是轻轻荡了开去，再度反冲回来，如此反复。

鸣凤见机朝外高声叫道："第一队，冲阵！"

当前费无长、白头公、河上公连同范董、佟伯雄、余迁以及风陵长，排成五列纵队，前后相扶肩头，低头侧目，紧守心神，朝幽明界冲来。周遭黄光聚顶，弥散开来，形成一个黄色的光阵，散发出耀眼的光芒。

第一阵列刚刚越过幽明界，进入阴火万鬼阵，立时便有火团绕过东柳氏、柳僮挥舞的旗子，扑袭向众人，很快被众人周遭的黄光挡了回去。

在阵外的幽门拱门之上，土伯带领两名厉鬼，分别是活无常和死有分，居高布阵。土伯祭起骷髅信幡，信幡抖动，顿时阴风阵阵，阵内男女恶鬼同时扑袭而来。青鸾、西河少女挥舞赤青二旗，众恶鬼纷纷在凄惨叫喊中化为青烟。

阵中，费无长、白头公众人在五行旗的守护下，顺利冲出阵去。正在这时，忽然刀光闪闪，无数短刀如一面源源不断的刀墙飞速袭来。当先的白头公顿时中刀，一声惨叫，匍匐在地。

西河少女守阵之余，看得真切，不禁大叫道："我的儿！"不禁心动神摇，手上挥舞更疾，将来袭之鬼头尽数斩杀。

鸣凤见状不好，叫道："赤青黑白四旗紧守门户！"说罢道了声，"定！"黄旗在半空居中不动，光芒照射众恶鬼。他本人则掣出分光血刃剑，飞身挥舞，将所有分射来的短刀斩劈回去，径直掩杀向土伯和活无常、死有分。

土伯一边布阵，一边道："活无常、死有分！拦住他！"

二鬼领命，一个执骷髅杵，一个执断喉刀，迎战鸣凤。

阴火万鬼阵中，众人在五行旗的保护下，终于尽数通过阵列，冲向幽门。土伯见状，大声呼喝，变作一只头顶双角状如蚣蝺的庞然大物。青鸾一把拉过东柳氏，飞身而起，径直踩着土伯的背脊，飞身越过幽门。西河少女趁机将中刀在地的白头公提将起来，同时亦飞过幽门，安然落地。

西河少女见白头公胸口流血不止，喘气不已，忙道："孩儿，你怎么样？"

白头公凄然一笑，双目微闭，已是奄奄一息，情势危殆。

阵外，土伯头角摆动，巨大的身体向众人冲撞而来，队列顿时散作一团，众人惊恐中纷纷大声喊叫："我的妈呀！快逃啊！"

青鸾急道："姐姐，你去缠住那庞然大物，我去救大家！"

此时此刻，西河少女顾不得儿子白头公，掣出弱柳鞭，飞身而去，鞭头一甩，顿时缠住正在发狂四处冲撞的土伯双角，双臂一使力，土伯便停止冲撞。青鸾飞身而下，对众人道："大家快过那边的拱门！快！"

众人慌乱之下，一齐冲出幽门。

土伯见状，咆哮着双角挣扎甩动，西河少女脚下不稳，被对方强大的力气拉拽得离地而起，随着土伯双角的甩动，整个身体在空中飞舞转圈。

那边厢，鸣凤分光血刃剑，霍霍飞舞，活无常和死有分哪里是其敌手，手中断喉刀和骷髅杵均被击飞。蓦然间，一道丝网落下，二人已被赶来的青鸾祭起的五彩蚕丝网罩住，动弹不得。

鸣凤道："鸾妹，先生呢？"

青鸾道："已和大家出了幽门。"

鸣凤道："走！收拿土伯！"当先飞身而起，半空中分光血刃剑挥击而出，两道剑光劈下，土伯首尾背脊中剑，哀号中双角停止动作。西河少女从飞舞中翻身落地，叫道："大！"弱柳鞭突然变粗数丈，牢牢将土伯庞大的身躯缠住。

土伯哀号中恢复原身，西河少女的弱柳鞭随之变细，将土伯绑了个结结实实。

土伯跪地哀求道："大仙饶命，大仙饶命！"

这时，东柳氏的声音传来："仙姑、青鸾、鸣凤，快过来。"西河少女第一个上前，只见白头公已然双目紧闭，没了气息。

西河少女眼眶中不禁泪水涟涟，慢慢蹲下，轻抚儿子的脸，无语凝噎。东柳氏更是心情沉重，这是他东行桃源洲以来，最先被杀的贤良之士。白头公从西河跟随母亲西河少女一路而来，在流沙渡费了一夜的工夫，手上滴血帮他完成《桃源入行图》的仿制，如今却惨死阵中，他不免悲伤感叹，情绪低落。

胡中见柳僮负伤，忙替他包扎伤口。

东柳氏亦关切道："伤势如何？"

胡中道："并无大碍，只是些皮外伤。"

东柳氏点头道："大家能安然闯过幽火万鬼阵，亏得柳僮携带的八石神丹。既然我们有缘相遇，是否有意同随我等前往东海桃源洲安身？"

柳僮道："早闻家父听先师言道，我若修道，定是蓬莱真仙，莫非求取仙道，应的可是随你们东行的机缘？"当即躬身便拜，东柳氏搀扶柳僮起身，叫道："大家列队，准备上路。"回头之际，却见西河少女守在白头公的尸身前，默默流泪。

东柳氏近前宽慰道："白头公突遭横死，是我安排指挥不当所致，在此谢罪了！"说着放下手中拐杖，跪下朝白头公的尸身叩拜。

西河少女忙近前扶起东柳氏，凄然摇头道："悔不听你的话，以致我那孩儿被害，如今悔之晚矣！"

东柳氏道："我知道你的伤痛，可是人死不能复生，还需节哀顺变！"

西河少女慢慢转头，看了东柳氏一眼，随即目光呆呆地盯着前方，低声道："其实……其实白头公不是我的亲生儿子。"

东柳氏甚是诧异，看向西河少女。

西河少女幽幽道："我自幼生长在西河村，一生下来母亲便死了，是父亲将我养大，对我倍加疼爱，但他老人家身体一直不好，常年疾病缠身，显得非常苍老。在我及笄那年，村里来了一个道人，有一次误入我家，说我天资聪颖，与道门有缘，便要收我为徒。我那时刚刚成人，正是春光韶华的年纪，特别爱美，也幻想着有朝一日能找一个如意郎君嫁了，生儿育女，享受人间欢乐。我一听那道人要收我为徒，自然不愿意，还嘲弄那道人做他徒弟有什么好的，我才不稀罕。那道人却说，他那里有可以祛病消灾的仙药，吃了以后还可以芳龄永驻，永远保持现在的样貌。我听了之后，居然心动了。我很想得到那样的仙药，便答应了他，行了拜师的大礼，那道人便给了我一个宝匣，说仙药就在里面。我得了仙药自然高兴，拜别道人之后，便去见父亲，将仙药拿给他。我真希望父亲吃了仙药，身上的病很快就好起来。可是父亲听后，死活不相信，说一定是江湖术士骗人的玩意儿，让我把那假药扔了。可是，当时天真烂漫的我，却深信道人给我的那仙药一定是真的，便偷偷地将宝匣藏起来。

"不久，父亲病重，在临死前，担心我以后一个人孤苦伶仃，就托人给我定了一门亲事，后来还见了面。与我见面的是位英俊潇洒的公子，生于书香门第，温文尔雅，我一见之后便说不上的喜欢。只可惜，父亲还没有等到对方下聘礼之时，便病故了。从那以后，在这世间就只剩下我一个人，再无亲人。父亲死后，我跟那位公子的婚事，便无人主理，一拖再拖，后来便没了音讯。我伤心之下，又无人可以依靠，无处可去，于是便带着那颗仙药，去投奔那位道人去了。

"后来，在进入那位道人的仙山之后，我吃下了那颗仙药，并正式拜那道人为师，学道修行。那道人便是我的师父甫山翁。山中无日月，也不知过了多少年，我的容貌果然还停留在刚刚成人的年纪。有一年，我学成下山，返回西河村，然而那时我们的村子，已经发生了翻天覆地的变化。一次在市街上，我碰到一个卖画的人，手里正抱着一个3岁大的孩子。他见了我，脸色大变，居然叫出我的名字。我很是奇怪，细看他之后，竟也十分眼熟，居然是我当年见过的那位亲家公子，此时已近不惑之年，满脸沧桑。他见我多少年来，容貌居然跟当初所见一模一样，一脸的不可置信。后来从他口中得知，自从当日我们相见之后，他也非常中意我，只是后来他父亲又相中了一个大户家的小姐，对于我们的婚事只字不提。自古父母之命不可违，那公子在一片郁闷悲苦之中，娶了那位大户小姐，后来还生了孩子。再后来，那大户小姐有一次回娘家探亲，不幸遭遇兵匪，全家被杀，只留下那公子独自带着孩子，以卖画为生，穷困潦倒。没多久，那公子身犯重病，临死前将孩子嘱托给我，便病故了。从此，我便带着这孩子将其抚养长大，这孩子便是我收养而来的白头公。"

东柳氏听罢，默默无语，低叹一声，随即命人找物在当地刨一大坑，将白头公简单下葬，准备启程时，西河少女却兀自坐在坟茔前，一动不动。

东柳氏叫道："仙姑，走了。"

西河少女身体一动，慢慢转头道："我想留在这里陪他一阵，你们先走。"

东柳氏知她心中难过，点头道："那我们先出发了，你随后跟上来！"

西河少女远远坐着，头也不回。

众人修整队伍，没走多远，鸣凤突然叫道："你们快看！"循声望去，只见山路前方黑雾蒸腾，青烟弥漫，慢慢显现一座木桥。桥头站着一位身披紫衣红袍、红纱遮脸的女子，手中长勺在一只赤色的木桶内不停搅动。身后站着几名直眉竖目、手执钢叉的凶神恶煞，严防把守。桥下红水横流，紫气弥漫，潺潺水声，不绝于耳。

东柳氏众人慢慢走近。那女子缓缓抬头，却看不清脸，只见她自桶内舀出一碗汤，远远递了过来，道："过路的客官，喝碗汤吧！"

东柳氏不自觉走近，青鸾、鸣凤同时拽住他。鸣凤目视浮桥，道："这里透着古怪！大家小心了。"

青鸾道："先生，不用理她！"说着和鸣凤护着东柳氏朝桥头走去。

那女子冰冷的声音道："不喝碗汤，恐怕难过这奈何桥！"话音未落，就听齐刷刷的踩踏地面之声传来，只见桥对岸正有无数骷髅鬼卒，整齐划一，列队而来，排成千军之势，将桥岸驻守得严严实实，挡住去路。

鸣凤变出分光血刃剑，叫道："鸾妹，保护先生！"当先杀向众骷髅鬼卒。

那女子冷冷一笑，将木碗里的一碗汤，递到东柳氏面前，道："客官，就喝一碗吧!"她红纱遮脸,但一双勾魂摄魄的眸子转盼之际,目光触及东柳氏身后的柳僮,突然脸色大变,手中的木碗登时掉落在地,眼眸里竟透出点点泪光。

柳僮目视那女子,面无表情,一脸提防。

青鸾见那女子木碗掉落,神色戒备,紧守东柳氏的同时,望向木桥。

桥对面,鸣凤双剑挥舞,将众鬼卒砍削肢解,肢体散落一地。但鬼卒形成方阵,一茬散败、一茬又起,前仆后继,砍杀不完。

鸣凤独自作战,力不从心,当即飞身返回,叫道:"先生,我们先撤!"

众人一齐调转队伍,往后转移。那女子兀自注视着没入人群中的柳僮,神色激动而哀伤。

众人回到原地,围坐一起。东柳氏来回踱步,眉头紧锁道:"过不得这幽明界,可怎么好?"

鸣凤道:"桥岸有鬼兵镇守,看来我们要强行冲闯,似无可能!如要完全扫除这些鬼兵,恐怕得费些周折和时日,方能通过!"

青鸾道:"那卖汤的女子也很奇怪,一定要让我们喝汤,才能过桥,这汤必有古怪!"

柳僮近前道:"既然那卖汤的女子阻拦,想必是她指使鬼兵,我们何不将她拿了,逼她撤除鬼阵,放我们通行?"

鸣凤喜道:"此法甚妙,我们就朝她下手。"

东柳氏犹疑道:"但不知她是何来历?"

青鸾道:"管她呢,我们这就去会会她。"

正说话间,就见一个身影一闪而至,先前那桥头卖汤的女子出现在众人面前。青鸾、鸣凤忙守在东柳氏身前,柳僮不禁惊惧后退。

只见那女子一对晶莹透亮的眸子,盯着柳僮慢慢走近。

青鸾踏前一步,拦阻道:"你到底是哪路鬼差?敢来阻拦我等?"

那女子只是凝视着柳僮,眼眸中泪光点点。

东柳氏看看那女子,再看看柳僮,当即分开青鸾、鸣凤,近前道:"请问仙使如何称呼?敢情与柳僮相识?"

那女子闻言点头,身体不禁连连颤抖。柳僮眼睛睁得大大的,道:"你,你认识我？"

那女子揭开红纱，显露出一张惨白而凄美的脸，垂泪点头道："柳郎，我是你未过门的未婚妻孟家小姐孟姑……"

柳僮一脸惊诧地瞧着那女子，满脸不可置信之色。

原来那日，柳父带柳僮入孟府下聘礼时，孟姑从帘后窥见柳僮，便心生欢喜，只等隔日过门。谁知自那之后，柳僮一去不返，后来一打听才知，柳僮竟逃婚离家，拒绝了这门亲事！孟姑自觉羞辱难当，一气之下便悬梁自尽。死后被鬼差押解到幽都朝见幽都司，幽都司拿出拘校簿一查，竟没有查到孟姑的名字，遂又取出三生册查看，方知孟姑竟是昆仑山金母玄圃里的失魂草转世，有着一段人世情缘。幽都司念其痴情可感，于是就任其看守黄泉道醽忘台，监管那些从人世堕入幽冥的痴情女子。

孟姑向大家讲完她与柳僮这段前世情缘，随即又道："后来，幽都司奉天帝旨意，命土伯设阵拦截，又派我率领十万骷髅鬼兵到此间，驻守拦截，意图迫使你们喝下我设摆的失魂汤。"

东柳氏诧异道："此汤有何效用？这样做的目的何在？"

孟姑道："失魂汤，乃是我以失魂草煅化而成，凡人如喝下，即忘记过去，不再会有任何记忆。"

东柳氏恍然道："我知晓了。幽都司派你迫使大家喝下这失魂汤，迷失心智，就不会再跟随我东行了。"

鸣凤点头道："不喝失魂汤，便有鬼兵拦道，好叫我等进退两难；喝下失魂汤，随来的凡人就都会忘记一切，当初立志东行的执念也便不复存在，当真好毒的心计啊！"

孟姑看向柳僮道："我本是奉命行事，没想到，却让我在此和柳郎相见！你我已有婚约，便是阴阳两隔，也是在世的夫妻，请受为妻一拜！"

不料，柳僮却忙趋避道："孟小姐，贫道受不得！我既身入道门，这人世之事且休再提！"

孟姑闻言泪落，伤心欲绝，不禁痛苦转身。

青鸾在旁忍不住怒道："柳僮，枉我救你下来，你怎么如此无情？孟小姐痴情至此，你竟……"

孟姑掩泣转身，凄然道："柳郎，你既一心求道，耽于修行，我也不怪你，只怪我福薄缘浅，无法跟你成就夫妻之好。不过你放心，我一定帮你们安然度过这幽明界。一会儿你们过桥前，我会将失魂汤调为五香汤，你们尽管喝下，那些骷髅军阵也自会撤出。柳郎，但愿来生……恐怕再也……"说着忍不住决然而去。

东柳氏、青鸾、鸣凤众人为孟姑的痴情所感，不觉垂首叹息。柳僮却面无表情，眉心的点心痣越发鲜红耀眼。

有了孟姑的接应，东柳氏又复带队，行至桥头，只见孟姑神色沉定，舀汤到碗里，接着道："路过的客官，喝碗汤再走。"

东柳氏近前，正要接碗，鸣凤却抢先道："先生，让我先喝。"接过碗，嗅了嗅，用嘴抿抿，一口喝下。众人亦先后喝汤。

柳僮走近迟疑着，孟姑双眸泪光闪烁，作举案齐眉之状，双手捧碗给柳僮。柳僮看也不看她一眼，仰头喝下，大步走出。

孟姑泪光闪烁，强忍伤楚。

东柳氏带头走过桥头，众骷髅鬼卒已纷纷列阵散开，一一放行，随后列队退去。

柳僮跟着队伍前行，刚跨过奈何桥，突然身体一震，满脸痛苦地抱头倒地，嘴里大声喊叫。众人大吃一惊，同时围上。

东柳氏关切道："柳僮，你怎么了？"

柳僮眉心一点红光闪烁不止，随着他越来越低的嘶吼声，慢慢消失。随后眉心的点心痣业已不见，神情开始恢复过来。

东柳氏感叹道："柳僮灾消难满，我等亦化险为夷，这都亏得孟姑相助！"

青鸾讥讽道："可是有些人啊！不懂知恩图报，反倒薄情寡义，好歹人家一个孟府大小姐，拜受婚约，为情自缢而死，还在此间违背上命，暗中解救，你难道不觉得心中有愧吗？"

柳僮不言，陷入长时间的沉思之中。他神色剧烈起伏，慢慢显露出深情和愧疚之色，刹那间，幡然醒悟，回头看向桥对岸，已不见孟姑的踪影。他大叫一声："孟姑！"快步奔出。东柳氏众人见状，同时跟上。

柳僮一边飞步奔走，一边高声喊叫，"孟姑！孟姑！"

就在他声嘶力竭喊叫之际，却见面前黑雾弥漫之中，逐渐显露出一座刻有"鬼门"的高大楼门来。两旁有骷髅鬼卒列队前行，直往鬼门而入。孟姑正身披粉袍，背对着朝鬼门走去。

幽都司闪身而下，恶狠狠道："孟姑，你私自倒换失魂汤，违背天意，触犯幽都律令，今削去你50年阴寿，即刻回幽都服罪！"

柳僮飞步上前，叫道："孟姑！"

孟姑在鬼卒押解中慢慢转头，一脸惊喜地回视着柳僮。柳僮一行清泪从两颊流出。

孟姑双眸含着泪花，突然全身一颤，慢慢转头之际，她凄美的脸庞突然深陷进去，脸皮干瘪，满布皱纹，身形一缩，瞬间变成一位苍老的婆婆，连同鬼门骷髅鬼卒一齐消失而去。紧跟着黑烟迷雾散开，天光逐渐显亮。

柳僮飞扑上前，大叫："孟姑！"随后伤心地跪倒在地，痛哭流泪。

一边柳僮跪地哭喊，另一边，西河少女兀自对着白头公的坟地，垂首不语。

青鸾喊道："仙姑，我们该走啦！"谁知叫了半天，西河少女毫无反应，东柳氏走上前，却见西河少女慢慢转过头，看了他一眼，道："先生，我想了很久，我决定不去桃源洲了。我那孩儿已死，身边再无一个亲人，去不去桃源洲，对我而言，已经没什么两样了。我现在才体会到，我那孩儿当时为什么不肯服下老而不死的仙药了，人活于世，即便得千年永生，可眼看身边的亲人一个个离去，而唯留自己孤零零一人，不快乐，不开心，修仙长生又有什么用？"

东柳氏急道："仙姑，你怎么会这么想呢？我、青鸾、鸣凤和大家都是你的亲人，怎么会没有亲人呢？"

青鸾也上前，拉住西河少女的手，亲昵道："是啊，姐姐！我们既能一起前往桃源洲，便是有缘，不是亲人胜似亲人，都走了这么多路，现在半途而废，回去了，你的孩子白头公一同随来，不是白白死了吗？"

西河少女一脸沉定道："妹妹，你不要说了，我决心已定，今后，还请多多照顾先生。"

鸣凤等人亦规劝道："仙姑，留下来吧！"

东柳氏近前，道："仙姑，我东柳氏何德何能，蒙你一路护送，全仰仗仙姑的神通，才走到今日，还请留下来，我这里拜求了。"说罢，拄着拐杖，跪倒在地。西河少女见状，顿时慌了神，忙要搀扶东柳氏起身，怎奈东柳氏挽留心切，任西河少女如何说好话，就是长跪不起。

西河少女道："先生，论年纪，在众人当中，只有你我算是同辈，岂能受你跪拜？好啦！我答应你就是！快起来吧！"

东柳氏见留住了西河少女，不觉喜形于色，随即又是一拜，连声道谢。

西河少女意味深长地看了东柳氏一眼，背转身去，同青鸾先行走出。青鸾看看西河少女，又回头看看东柳氏，仿佛从西河少女的内心觉察到什么，不禁心中一乐，但脸上却装作若无其事的样子。

周边黑雾乌云已然散尽，显露出一处荒山低凹之地。远处一块界碑霍然挺立，鸣凤近前细看，却见石碑上刻着"通明界"三个大字，并非刚刚历经一场劫难和战阵的幽明界。

东柳氏一声叹息，带众人又自朝白头公的坟茔三拜九叩一番，搀扶起地上的柳僮，又复上路。西河少女跟随在队伍之后，不断回望白头公的坟茔，神情伤楚，半晌，终于咬了一下嘴唇，转头跟上。

第九行　情种藕香亭

东柳氏一众人等又自行了多日，不料天气转冷，连着下了半月的霖雨，天昏地暗，不辨方向，不日便进入孟州地界。当日雨下未歇，众人顶着瓢泼大雨，来到一处树林避雨。

东柳氏见雨势未消，命大家就地躲避。

鸣凤一抬眼，手指不远处，喜道："好大的一处府宅！先生，不如咱们去那里躲一躲雨。"

东柳氏摇头道："别去叨扰人家了。既是躲雨，也容不下我们这许多人！还是在此暂避一会儿，等雨停了我们再接着赶路。"

青鸾道："先生，这几日天总是阴沉沉的，我们只顾沿路前行，也不知道方向对是不对，不如找那人家问问，到了何处？也好对照《桃源入行图》分辨方位！"

正说着话，却见府宅之中，一位慈眉善目、面相可亲的老者，在门童的搀扶下，走出府门。高大瑰玮的府门上镌刻有三个篆体大字"石侯府"。这老者抬头看天，一转眼觑见远处躲雨的众人，奇道："咦，那里有人！是了，当是过往的客商临时躲雨，我们不妨叫他们来府上暂避！"

老者说着话，由门童撑开大伞，小心翼翼前来。东柳氏忙起身相迎。那老者凑前道："过路的客商，这下雨天赶路，甚是辛苦，不如前往老夫的府上一避！"

东柳氏稽首道："多谢老丈好意，然我等人数众多，若前往贵府，一来贸然叨扰，于家眷多有不便；二则身上衣冠鞋帽被雨淋透，一路泥泞，不免玷污了庄园屋舍，于心过意不去！"

那老者笑道："无妨，无妨！老夫姓石名守道，早年罢侯归家，在此处避居，最是乐善好施，故而人人都称老夫为石侯公石大善人。今有缘相见，尚请前往鄙府避上一避！等天气晴明了，再送大家上路！你们纵然人多，但我府上有千进屋舍，足可容大家躲雨。"

东柳氏见石守道言辞恳切，实心收容，不便再推却，当即命众人一起入府，并叮嘱自加约束言行举止等，后有序进入石侯府。

甫一进石侯府，豁然开朗，但见层层叠叠的屋舍曲曲折折，屹然矗立，间夹花木扶疏、曲径通幽，极尽园林奇巧、优雅韵致之能事，赏心悦目之外不觉甚是意外。

石守道领东柳氏众人来到正房院内，园中仆童侍女一个个笑脸相迎，不住言语。对石守道也是直呼石侯公，浑无等级尊卑之别。

石守道将东柳氏和鸣凤带到正室安顿，并将男眷女眷分开，依次依序往后院安置。这石侯府果然阔绰大气，一进进屋舍鳞次栉比，安排随来的百十号人竟丝毫不见掣肘拥挤。尽数停当，有仆童抬来一箱箱衣物，分发给大家更换湿衣。事后，还在各院厨灶起火做饭，款待众人。众人数月奔波辛劳，首次受到如此礼遇和照顾。东柳氏不免感激非常，不知说什么好。

只见石守道坐在堂厅对着外面的雨天，道："这雨看着，最近几天是止不住的，不如就安心在鄙府住下，等天放晴再行赶路。对了，尚未请教你如何称呼？此番雨天赶路，可是去往何处？看大家人数众多，不知经营些什么，何至雨天亦外出行商？"

东柳氏道："不瞒石侯公，我本粗野之地出身，奉海外圣仙之命，带领大家前往东海，求取安乐之道。不期近日连遇阴雨，路上又无处可避，多蒙老丈慷慨接济，委实感激不尽！"

石守道听罢双目望向屋外，不觉心驰神往，道："你是要去路途遥远的东海啊！带着这么些人前去，实属不易。道之可求，信之可坚，当真令人感佩于心，万分敬仰！"

两人雨天寒暄一阵后，当晚东柳氏众人便在石侯府上睡下。次日，雨终于停歇，东柳氏大喜之下，便要召集众人准备辞行赶路，却见一名仆童走进道："尊敬的客人，我家石侯公有请！"

东柳氏当即跟随而出，青鸾、鸣凤不放心，随后跟上。三人在仆童的带领下，一路迤逦前行，通过数十道圆门小径，来到一处庭院，略比其他屋舍开阔了些。进入一间正房客厅，石守道连同其妻阮氏迎出。石守道当先揖手道："贵客到了，快快请进！"东柳氏忙稽首还礼，分别在一张盛满饭菜的大桌旁坐下。石守道引荐道，"这是拙荆阮氏，快，见过客人！"

阮氏欠身施礼道："愚妇见过贵客！"

东柳氏忙起身还礼。正自见礼之际，屋外一名侍女快步进来，一脸喜悦道："石侯公、夫人，玉燕姐姐回来了！"

石守道、阮氏闻言大喜，一同站起，道："燕儿回来了！这真是太好了。"石守道说着正要走出迎接，忽察觉有贵客在座，忙道："失礼了！"正说着话，就见一个俊俏美丽的姑娘带着一名侍女打扮的女童，款款走进。

那姑娘径直朝石守道、阮氏迎上，满脸欢喜，叫道："父亲、母亲！孩儿想你们想得好苦！"说着施礼见过石守道，然后投身到阮氏怀中。阮氏眉开眼笑，搂着那姑娘道："我的心肝宝贝，怎么现在才回来！快，有贵客在，快见过客人！"

那姑娘喜悦之情溢于言表，却未发现家中有客，顿时羞红了脸，当下对东柳氏、青鸾、鸣凤三人敛衽一礼，道："见过贵客！"

石守道笑着介绍道："这是小女玉燕，在巫山神女峰黄花洞跟随云华夫人学道，多日未归，不期今日归家，适值贵客在座，真是双喜临门，可喜可贺啊！"当下分座坐下，却见东柳氏身后的青鸾、鸣凤直身而站，垂立两旁，奇道："这两位是？何不坐下来同饮？"

东柳氏忙道："他们是我学生，一路安危，全靠他二人保护！青鸾、鸣凤，坐下来！"

青鸾、鸣凤当即落座。石守道看看二人，道："看你这两位学生，容貌俊美，气质非凡，定然是道出仙门吧！"

鸣凤道："石侯公过誉了。小童虽同我这师妹学了些粗浅的道行，却是师出无名之门，仅为我家先生打个下手，照顾他老人家周全罢了！"

石守道笑道："仙童自谦了！既然同修道门，便与小女亦属同门。来，老夫敬三位贵客。"说着，举樽敬酒，东柳氏忙道："在下不胜酒力，这酒还是不便沾染的好，以免酒后误事。恕罪恕罪！"

石守道点头对身边的侍童道："传我的桑葚玉液来。"须臾，侍童托玉盘端一银壶和琉璃盏上前。石守道道，"此玉液乃是取自扶桑之桑葚，以山中玉露采撷，用玉蜂蜜饯和制而成。贵客来临，特将呈上！"

石玉燕低声道："呀！多年未曾居家，不承想家中尚有如此好物！与那些仙家的琼浆玉液相比也不遑多让！爹，我来借花献佛，敬呈贵客！"说着话，接过琉璃盏倒上，端呈给东柳氏。

东柳氏略一迟疑，当即接过一饮而尽，回味道："果然清香扑鼻，不同凡响！"石玉燕施施然又自端上一杯，低眉敛额，呈给鸣凤，道："道兄，请！"鸣凤接过啜饮一下，石玉燕一脸不悦，佯嗔道："怎么，道兄，不好喝吗？"鸣凤一愣，忙端到嘴边，一饮而尽。石玉燕这才转嗔为喜，以玉盘掩面，羞答答莲步而回，又呈给青鸾一杯，未等青鸾饮尽，即坐回桌前。

青鸾见状，悄悄凑到鸣凤身边，低声耳语，道："师兄，那小姐似乎对你很是中意啊！"鸣凤忙道："鸾妹，别瞎说！"青鸾嘻嘻一笑，随即正襟危坐。

石守道哈哈一笑，道："两位仙童既是道门中人，有时间不妨给小女赐教一二！燕儿，多年学道，可曾有所悟道？"

石玉燕道："女儿资质愚钝，跟随师父近三年，只会些诵经打坐，强身益体的粗浅道行，不曾悟道！今后还要请道兄指点，正好研习精进！"

东柳氏道："不瞒石侯公，今日天已转晴，我等打算告辞，继续赶路。"

石玉燕一听，顿时急了，忙低声到石守道身边耳语一番，石守道闻言哈哈大笑，道："你们姑且在鄙庄再住几日。昨日见你们淋雨赶路，无处遮体，小老儿感佩你们东行的艰苦和执念，已吩咐下去，连夜为你们筹集躲风避雨的帐幄。今后路间再有降雨，尽可撑起帐幄，不致风吹雨淋，艰难受苦。"

东柳氏迟疑道："这……如此多谢石侯公！难得考虑得此般周详。"

因此，东柳氏众人又在石侯府停留多日。一日，东柳氏正在正室打坐养神，青鸾和鸣凤却在屋外低声言语。青鸾道："师兄，你可有觉得这府宅有什么怪异之处吗？"

鸣凤摇头道："不曾觉得！不过这石守道一家人待人确是极好，实堪大善人之称。"青鸾道："就是他家那位小姐，总感觉怪怪的！而且还是同道中人，居然跟云华夫人学道？莫非是金母娘娘的门人不成？"

正自犹疑，忽闻脚步声响，石玉燕带着先前随行的侍女，莲步款款，走了进来，道："道兄请了。师妹也在！"说着话便与青鸾、鸣凤相互礼见一番，命侍女端上几盘饭菜，道，"道兄，先且用膳，这是我亲自吩咐灶厨做的。"

鸣凤一怔，忙道："玉燕姑娘可折煞我了。令尊对我等本来就十分礼遇照顾了，还怎劳你亲自传膳，实不敢当！"

石玉燕道："道兄万勿客气！小妹跟随先师学道三载，一无所成，故此还请道兄能亲临后花园，指教一二，以引小妹顿开茅塞！如此多谢了！也不枉我们举家款待之盛情。有劳了。"她说完话，即深深一礼，返身而去。

鸣凤本想严词拒绝，但一想石守道一家确实对自己人等礼遇有加，话到嘴边便强行咽回，转身对青鸾道："鸾妹，你在此照看先生，我去去就来！"青鸾目视鸣凤走远，却是满怀心事，疑窦丛生，当即寻至西河少女处，道："姐姐，烦劳你照看先生，我去巫山神女峰黄花洞一趟！"

青鸾叮嘱罢，抖动千羽衣，飞身而去。不到半日已到荆州地界，直奔巫山飞身落下。仙童进洞禀报，云华夫人道："青鸾师侄，你保东柳氏东行，不知来我这里作甚？"

青鸾道："夫人，敢问你座下可有一名叫石玉燕的弟子吗？"

云华夫人道："你说的是玉燕吗？前些日我见她尘缘未了，思乡心切，就准许她独自回乡探亲了，怎么，有什么不妥吗？"

青鸾闻言，心中的疑团顿消，暗忖："原来她真是云华夫人准许回家探亲的，看来是我多虑了。"当即辞别云华夫人，往石侯府而回。殊不知在青鸾探视之前，还有一人来过巫山，那便是天帝的使者。

自从东柳氏东行开始以来，天帝连派各路中天神将以及旱魃、五疫使者，幽都各司，沿路阻止，均无功而返，不禁龙颜震怒，立即召集群仙议事。但见大殿龙椅之上，天帝居中而坐，神情威严。天帝使者、玉女垂立左右，底下站着雷部苟元帅、风师箕伯、云师丰隆、雨师玄冥、洪波神阳候、天女魃、以及六丁六甲、值日功曹等天官神将。

天帝道："自从神州下地东王公派人远行东海，培植蓬莱都的羽翼和势力，孤连番派遣各位神将前去阻挠，均无功而返。不知各位仙卿还有何良策?"

苟元帅道:"启奏天帝,那东柳氏带领众人之所以能一路攻克我等布下的重重障碍,皆因他手底有东王公座下的青鸾、鸣凤两位仙童护助。为今之计,只有先将他们二人解决了,那东柳氏的东行便会不攻自破。"

天帝道:"这两个童子是何来历?"

苟元帅道:"这青鸾童子早年师承白元君,鸣凤童子师承无英君,均是法力高深,尤其是鸣凤童子。为今之计只有先从这鸣凤童子下手!"

天帝沉吟道:"鸣凤童子?值日功曹,现下他们东行走到何处呢?"

一执守功曹走近道:"启奏天帝,他们离开幽明界,再往前走就是孟州地界,如所料不差,他们将会从当地的石侯府经过。"

天帝道:"石侯府?"

执守功曹接着道:"这石侯府的主家名叫石守道,乃是下地天子的旧臣,早已罢侯归家多年,膝下独有一女,唤作玉燕,今拜巫山神女峰黄花洞云华夫人为师,虽已学道三载,却并未有所成就!"

天帝道:"对付那鸣凤童子,列位仙卿,可有具体良策?"

众仙面面相觑,无有应者,这时,天帝使者站在一侧,低声道:"王上,我有一计,可以瓦解东王公的东行计划!"当即在天帝身旁耳语一番。天帝闻言点头道:"就依你的办法,准奏!"

天帝使者忙走下金殿,躬身领命而去。

当日,天帝使者带了一名天宫玉女,离开钧天台,径直往巫山而来。飞身到得山下,但见一处草坪之上,有多名女弟子正在练习武艺。天帝使者拦下一女弟子道:"仙童,借问一下,石玉燕道友可在山中?"

那女弟子道:"你是谁?找我们玉燕师姐作甚?"

天帝使者谎称道:"我乃昆仑山的道友,有事造访她!"

那女弟子顿时一脸艳羡,道:"原来是昆仑山道友,失敬失敬!"举目四顾,指着不远处的山坳道:"玉燕师姐在那!"

天帝使者顺着她所指的方向,只见一位身姿窈窕,容颜端丽的女子正独自练剑,当即走过去,道:"请问是石玉燕道友吗?"

石玉燕停止练剑,道:"你是何人?"

天帝使者左右看看没人，当即道："我乃天帝使者，奉命前来，为你指点一桩姻缘。"

石玉燕一愣，道："姻缘？"随即羞怒道，"你混说些什么？我已委身道门，如何会沾染那些红尘之事？"

天帝使者笑道："这桩姻缘可是非比寻常！不知玉燕姑娘可曾听说过，求仙学道者，若见白元君，得寿三千岁；若见无英君，得寿万万岁。这无英君有个弟子，叫鸣凤童子，拜东华帝君座下，如今跟随东王公委派的一位圣贤远行，此刻正在你家石侯府上坐客。这鸣凤童子，不但道行高深，而且容颜俊美，如果你和他能结成一段好姻缘，不但成就一对神仙眷侣，而且还可以跟东华帝君和无英君结亲，岂不是一件绝好的事情吗？你说你在这穷山僻壤学道，何时才能修成正果？！"

石玉燕闻言不答，蛾眉紧蹙，心事翻涌。确实，自她跟随云华夫人三载以来，除了诵经打醮、沏茶倒水，真正的道行法术，一概未曾学到半点。成日青灯古莲，朝天坐拜，委实枯燥无味，不觉有所心动。

天帝使者趁热打铁道："这样，你这就辞师回家，这鸣凤童子在府上不会停留多久，正好借这个机会，成就这桩姻缘，时不我待，好好把握啊！"说罢一指旁边的玉女道："这位是助你行事的女仙无邪，你带着她。言尽于此，本使也就告辞了。"

石玉燕目视天帝使者走远，当地来回踱步沉思，想想多年未见父母之面，颇多思念，索性面见师父以回乡探亲为名，瞧瞧这鸣凤究竟是否如天帝使者所言那样的容颜俊美？倘若相中，成就姻缘总是人生一桩美事。想到此处不禁春心荡漾，畅美难言，遂留无邪在洞外，自己则前往洞中告别师父，同无邪离开巫山。

云华夫人虽察觉石玉燕神情有异，只当她尘心未了，思乡心切，浑不知乃是天帝使者使的色诱离间之计。倘使鸣凤留下来与石玉燕结亲，东柳氏少了一只右臂，不日便可进一步蚕食消除青鸾和西河少女等人，东行桃源洲势必无法前行而致夭折，从而达到削弱蓬莱都、巩固中天宫势力的目的，实可谓一高招，不可谓不毒！

第十行　水漫石侯府

青鸾自巫山飞回石侯府，冥思苦想，实在察觉不出石侯府上下有何异常之处。正待和鸣凤商议，却遍寻师兄不着。而彼时，石侯府后花园藕香亭鸟语花香、凫戏鲤跃的池塘之畔，石玉燕双剑翻飞，一对鱼肠剑挥舞得虎虎生风，优雅娴熟。鸣凤正端立一旁，观石玉燕练剑。石玉燕一套剑法下来，气不喘，心不跳，莲步翩跹，娓娓近前，摆一个丹凤朝阳，在鸣凤身前，柔声道："鸣凤哥哥，这一招如何？还请指教！"

鸣凤皱眉道："姑娘，你跟随云华夫人难道学的就是这些吗？"

石玉燕停止动作，起身转头道："怎么，鸣凤哥哥，不对吗？"

鸣凤道："刀枪剑戟只是凡尘之中强身健体的下流末技，实非道门上乘之学！"

石玉燕委身近前，吹气如兰道："那鸣凤哥哥就教我些上流技艺如何？"她不自觉地拉住鸣凤的手，随即察觉不妥，顿时脸面羞红，背转身去。鸣凤见她后背脖颈洁白如玉，圆润如凝脂，不觉心神一荡，忙别过头去。石玉燕慢慢转身，玉颊泛红，低声道，"鸣凤哥哥，教教我可以吗？你跟随令师，他都教你些什么？"

鸣凤正色道："道门各出不同，旁门杂类众多，非短时可以传授，恕我学疏道浅，恐怕尚无师承之能！玉燕姑娘，我先回去了。过几日就要随先生上路了，告辞！"说罢，一拱手，掉头就走！

石玉燕还要说什么，鸣凤已然走远。石玉燕凝望着鸣凤的背影，一时间心事满怀，尽显小儿女之态的同时，脸上浮起一丝忧愁。

青鸾找到后花园，在粉墙之下的荼蘼架前暗中观察，并未发现任何异样之处，随即转回，来到鸣凤的下处，低声计议道："师兄，我看那小姐对你似乎挺多情的，你难道不动心？"

鸣凤正色道："鸾妹，你胡说些什么！"青鸾漆黑的眼眸乌溜溜直转，半是挖苦，半是酸意道："人家可是娇滴滴的富家小姐，如此佳人美眷，可是千载一遇的绝好时机，岂能错过？"

鸣凤皱眉道："鸾妹，你是怎么了，也开始说这些混账话了。我俩随同王父在蓬莱都修行，人间的儿女之情早已断绝，如何还会贪恋红尘，倾慕女色呢？再者，我俩受王父之命，护送先生东行，此番重任岂能半途而废，却去贪恋俗尘之事！这些话以后断是不能再提及了。"

鸣凤这些话，不禁触动了青鸾的内心世界，只听她幽幽道："是啊！我们自入道门以来，人世的七情六欲早已断绝，跟随王父之后，更是严于律己，半点的人情都不曾有过。如今随先生东行，来了人世间，面对红尘之事，难免有所感触甚至动摇。师兄，你还记得此番下界，王父对我二人提出的三条戒律吗？其中有一条便是，不准有半点的人世儿女私情！如有逾越，不但道行尽毁，还将打入九幽之地，永无超脱之日！我俩一直情同一家，希望师兄千万不要为了一点点的儿女之事，触犯律规！"

鸣凤淡淡道："鸾妹，我知道了。你去歇息，明日咱们就随先生启程。"说罢走进内室。青鸾目视鸣凤走进，轻叹一声，转身离去。

夜半更深，万籁俱寂。鸣凤在正室偏房的床榻上，辗转反侧，脑海中不断浮现出石玉燕的音容笑貌。鸣凤自忖道："鸣凤啊鸣凤，你是怎么了？多年修行，难道这么一点诱惑都抵挡不了？真是庸才俗人一个！还敢自道真仙？"想到这，翻身坐起，闭目屏息，盘膝打坐，忽闻窗外琴声幽幽，远远地自后花园飘来。这琴声清泠洞彻、幽远缥缈，似乎浸透着一股魔力，鸣凤不由自主地被拉拽起就往出走。

鸣凤心神激荡，不禁跟随悠扬的琴声，蒙昏而来。至后花园，但见如水的夜色下，八角凉亭的藕香亭池塘边，石玉燕正坐在一张玉凳石桌前，纤纤五指叩击着一张古琴。琴声激越，缠婉动听，引得夜空中两只彩凤翩跹而来，盘绕和鸣，光彩和着泠泠的池水微微波动，映射出一道道透彻明耀的闪闪亮光来，照在亭台、假山、莲蓬、荷叶、蒹葭绿荫上以及石玉燕洁白无瑕的脸上。

鸣凤不自觉地走近。石玉燕抚琴之间，看到鸣凤近前，脸上顿时显露出万种风情，手上五音转低，轻声道："我手上弹的这张琴，名叫凤来琴，乃是昔日祝融取摇山之梧桐所造，不但能致双凤舞于亭，而且还能招鸣凤哥哥前来，实不枉凤来琴之称！"

鸣凤木讷不语，为琴声所动，侧耳倾听，一脸沉醉。石玉燕柔情款款，对着鸣凤抚琴而歌：

美景良辰（兮）向月明，彩凤比翼（兮）尽双飞，若问明君（兮）何所意？共曲韶华（兮）樣琴鸣。从此天上（兮）无妙偶，唯有鸳鸯（兮）池上头。却赛它露宿孤影（兮）青灯下，又胜它雨打秋霜（兮）枕衾寒。何处觅佳缘？

一曲奏罢，歌声止歇，头顶彩凤纷飞，没入夜色之中，霎时万籁俱寂，除了蟋蟀和鸣和池塘的叮咚水声，两人同时陷入片刻的沉默之中。晚风吹拂，石玉燕的鬓角青丝和身上衣带裙摆不住摇曳着。她微微泛红的脸向着呆若木鸡的鸣凤，眼眸深深凝视着他，等待着他的回答。

半晌，只见鸣凤当月伫立，仰天轻叹一声，拂袖而去，竟无半点回头之意。

石玉燕眼眸里含着的泪花扑簌簌掉落下来，滴在琴弦上，嗡嗡作响。她光滑如玉的脸上渐渐浮现凄楚而羞恼之色，手上飞快地抚弄琴弦，琴音悲怆而苍劲，随着十指越来越快地撩拨弹跳，忽然"嘣"的一下，琴弦断裂。这时，随行的女仙无邪走上前来。

石玉燕强忍伤心，别过头不去看她。

无邪道："看来这桩上天安排的姻缘，姑娘终是无福消受了。也罢，既得不到这桩姻缘，索性就毁了它！幸而天使早有准备，我这里有只玉瓶，你拿着，只需明日临行前给东柳氏和鸣凤、青鸾茶水中放入……"

石玉燕一脸惊怒，道："你让我给他们下毒？"

无邪冷笑道："比毒药更可怕！谁让这小子不知好歹，对你的爱意不但不领情，还羞辱于你！咱们要让他们知道厉害！"

石玉燕含泪摇头。

无邪逼视着她道："如果你下不了手，致使此行无功而返，天帝便要降罪于你。届时水神将会倾尽黄河之水，漫淹整个石侯府。难道你忍心见你的父母及阖府上下因为你而葬身洪涛之中吗？"

石玉燕闻言不禁失声痛哭，慢慢接过无邪递来的玉瓶，一时间陷入两难境地。

翌日，东柳氏召集众人，收拾停当，分别带上石守道备齐的帐幄，悉数在府外列队等候。堂厅之内，石守道夫妇正与东柳氏、青鸾和鸣凤做最后的道别。

石守道道："今日你等便要离开鄙府远行了，小老儿并阖府上下祝你们顺利抵达东海，早日取得安乐之道！"

东柳氏揖手道："多谢石侯公盛情！若他日有缘，定当报石侯公之大恩。"说罢，便要离去，却听内室一个声音道："且慢！"只见无邪手捧玉盘，端上早前的桑葚玉液之饮，跟随神色凄婉而沉定的石玉燕，款款而来。

石玉燕道："贵客远行，小女这厢以玉液代酒，敬三位一樽！"说罢，拿起玉壶，连倒三樽，当先端起一樽，敬呈东柳氏，一双清澈晶莹的眼眸却看向鸣凤，不知是幽怨还是决绝？

鸣凤挺身上前，接过盏斝道："我代先生，谢过石侯公、夫人、小姐的款待和盛情！今我等有重任在身，身不由己，他日如有缘，定当报答垂顾之情！"说着伸手去接酒樽，却见石玉燕泠泠的眼神蓦然一动，立时有泪光翻涌，她手上微微颤动，凝视着鸣凤，慢慢将酒樽收回，凄然一笑，道："多谢道兄近日的陪伴，我先饮为敬！"举樽到嘴边，一迟疑，一饮而尽，随后道了声："爹，送客！"一转身一颗泪珠滴落进玉盘之中，径直进内室去了。一旁的无邪见状，连忙跟进。这些全被青鸾看在眼里，她低声对鸣凤道："师兄，你随先生先走，我随后就来！"说罢亦跟着走进。鸣凤待要阻拦，青鸾已然离开。

石守道察觉有异，随即一笑道："请！"当即和东柳氏众人走出。鸣凤虽感石玉燕举止有异，但想到即日便要离开，对于她对自己的深情亦只能装作若无其事，置若罔闻。来得厅外，东柳氏深深一礼，道："石侯公、夫人！告辞了！"说罢带领众人，便要离去，忽见有侍女火急火燎地从内室跑出，道：

"不好了，玉燕姐姐她……她……"

石守道夫妇同声道："燕儿怎么了？"

侍女急切道："你们快进去看看吧！"

石守道夫妇顾不得东柳氏众人，急忙快步往内室而去。

青鸾见随行而来的无邪一直跟石玉燕眉来眼去，早有怀疑，见她敬玉液给鸣凤，越发察觉不对，正要阻止鸣凤喝下，却没想到石玉燕会抢先饮尽，一愣神间，发现无邪跟随石玉燕奔进内室，疑惑更甚，疾步入内。到得内室闺房，只见石玉燕躺在床上，双目紧闭，一动不动。一边无邪看到青鸾跟进来，急忙去拿桌上的玉瓶。青鸾眼疾手快，一闪身挡在无邪的面前，叫道："你到底是什么人？我早就觉得你有问题了。前日我去巫山拜见云华夫人，她告诉我玉燕姑娘是独自回家的，身边怎么会多出一个女侍来？如不是方才见你对玉燕姑娘眉来眼去的，我还察觉不出里面的破绽。告诉我，你到底是谁？"

无邪闻言哈哈一笑，道："好一个精灵童子，倒被你识破了！"说罢摇身一转，化作一阵清风遁走。

青鸾一摆身，随后亦化身追出。到了府外的一片空地，掣出日月宝莲钩，从后迎背就是一钩。那无邪不慌不忙，闪身避过，手上一道白绫挥出，锁向青鸾，却被青鸾甩钩缠住，两厢僵持在一起。

只见无邪笑道："石玉燕不听我的劝谏，自食其果，以身殉情，实非天宫所愿！可惜她只知道舍生取义，却不知石侯府将有一场大难降临，因为她，却害了这孟州百姓和她的父母及全家！"

青鸾道："你这话是什么意思？"

无邪笑道："你来看！"顺着她的眼神所向，只见空中乌云密集，有水神冯夷立在半空，手上钵盂盆对着下地，盆内蓄满黄河之水，随时便要倾倒而下。

无邪道："我奉天使之命，叮嘱石玉燕依照我们的计策行事，否则不日将水漫石侯府，然而到头来她还是没听我的忠告，可惜可叹！"

青鸾顿时恍然大悟："又是天帝搞的鬼！"双钩用力一扯，顿时将无邪手上的绫头绞断。

无邪收回白绫，笑道："此事因你师兄而起，这下看你们如何阻止洪水漫淹石侯府！"说罢飞身前往中天上奏天帝而去。

青鸾无法，只好转回石侯府内室。

鸣凤和东柳氏跟随石守道夫妇入内，见石玉燕睡卧不起，万分诧异。鸣凤想到方才石玉燕凄婉决绝的表情，恍然大悟，眼睛不禁瞧向桌上的小玉瓶，近前拿起端详。

这时，青鸾走进。鸣凤忙道："鸾妹，这究竟是怎么回事？"

青鸾道："师兄，你不知道，这次又是天帝在作怪！中天宫居然派使者玉女，跟随玉燕姑娘潜进石侯府，为我们下毒！"

鸣凤拿起小玉瓶打开看看，又在鼻间闻了闻，摇头道："应该不是什么毒药，不过似这等无色无味的，实难猜出究竟是何物！"

说话间石守道已召来府医前来问诊，不料府医诊视之后，眉头紧蹙，道："奇哉怪也！小姐看似脉象未断，只是昏迷不醒，却不知是何缘故。"石守道想起女儿刚刚喝过的桑葚玉液，连忙拿给府医就视。府医瞧过愣是无法破解如此怪症。石守道夫妇正不知如何是好，有府童进来禀报："石侯公、夫人，外面有位仙子，说是小姐的师父，要求进见！"

石守道闻言大喜过望，一齐出迎。青鸾见云华夫人前来，即行参拜并引见东柳氏和鸣凤等人，一番寒暄之后，便引云华夫人入内。云华夫人看罢石玉燕喝过的桑葚玉液，半晌道："玉燕喝的桑葚里有一物，名唤千年醉，服饮者将会一卧千年，永无醒转之日。"

石夫人忙道："仙家，这可如何是好？可有解这千年醉之法？恳请一定要救燕儿一命！"

云华夫人道："我这里有一枚千日散，给玉燕服下，不过千日之后才能醒转。而且需要有人在此同榻，以长明灯守护三日，三载之后，这千年醉方能自解。"

石夫人闻言大喜道："仙家，我来替女儿守夜！"

云华夫人摇头道："守夜之人须有道行根基的男身同榻相守三日方可。"

鸣凤上前道："仙长，玉燕姑娘的守夜就让我来吧！毕竟她是为了我，才抢先喝下这千日醉！如此高情厚意，委实令鸣凤感佩于心。"

青鸾急道："同榻守夜三日！师兄，我……唉，你们不知道，这石侯府马上就要大祸临头了。天帝的侍女已经返回中天奏请下旨了，不日水神将会施法水漫石侯府的。"

众人闻言大惊，却见云华夫人道："诸位莫急！我这里倒有一法可保此地一方生灵。东海方丈山龙人宫主有一顶避水罩，可以借来，以防此间水患！"

鸣凤道："龙人宫主？鸾妹，此时此刻，只能烦劳你去一趟了。玉燕姑娘和石侯公及夫人于我们有莫大的恩情，我不能不报。再者，此事尚因我而起，要救醒她，无论如何都得帮她守夜三日。"

青鸾无法，当下只好辞别东柳氏众人前往方丈山去了。石守道夫妇按云华夫人所指，给石玉燕服下千日散，并在床头点上三盏长明灯，于石玉燕头顶和两脚心下方摆设，留鸣凤一人，在石玉燕闺房玉榻之侧，盘膝打坐，屏息静守。

青鸾借回避水罩时，天空已是浓云密布，黑压压笼罩着石侯府上方方圆数十里之地。青鸾站在半空，扔下避水罩，避水罩顿时越变越大，将石侯府和方圆之地尽数罩在其内。青鸾念动真诀，只见避水罩慢慢凝结出道道光霞和无形气罩，乌云之下，光芒闪耀流转，经久不去。随后漫天的暴雨连下了三天三夜，地下洪水翻涌，直漫过避水罩巨大的光罩，最后分流而去。不久雨过天晴，石侯府周边又恢复了以往的生机和活力。

水神冯夷施法降雨，水漫石侯府，谁知却为青鸾借来的避水罩所破，回禀于天帝，天帝见图谋再次失败，怒火中烧。帝使在一旁再度献计，道："王上，一时之败，也无须放在心上！且三思而行。现下他们距离东海尚路途遥远，并且还要渡过黄河，恐怕他们这些凡人很难做到。即便过了黄河，只要将他们一行人阻断在东海岸，他们便难以抵达桃源洲。以臣愚见，可派值守功曹和沿途的神祇严密监视东柳氏一行人的动向，寻找合适时机，阻断他们东行。这些时日，容臣计划周详了，再调兵遣将，定将东柳氏等人擒了，押来凭王上发落。"

天帝闻言，缓缓点头道："谅他们也逃不出本王的手掌心！"

天帝那边改变策略，从长计议。这边，青鸾收了避水罩，还回龙人宫主，半天往返回到石侯府。鸣凤在石玉燕闺室守足了三日三夜，额头汗水直冒。

云华夫人检视昏睡不醒的石玉燕，点头对石守道夫妇道："玉燕已经渡过此劫，千日醒转之后，为师再来看她，带她回山，继续修炼。玉燕随我修道以来，凡心不改，尘念横生，今日遭此劫难，也算是劫后重生了！"

当下，石守道夫妇送走云华夫人，并与东柳氏、鸣凤和青鸾众人一一道别，目送他们上路，踏上征程。三年后，石玉燕终于醒转，在得知鸣凤为救自己同榻相守三日三夜，不觉甚是宽慰和感动，但此生已无缘相守，随后便斩断尘念，再度进山随云华夫人修行！正是：

尘缘未了千年醉，一朝遭劫三载消。

人间一场多情累，化作青灯伴古莲。

第十一行　李义斗厕精

东柳氏率领众人离开孟州，不日又为黄河所阻，不得不在河岸扎营停驻，取出《桃源入行图》仔细查看，见图中所示，去往东南方向的东海，始终绕不开黄河。凝望眼前翻滚咆哮的河水，东柳氏心中仿佛压过来一座永远无法逾越的大山，心想这样下去，总不是办法，于是召集青鸾、鸣凤、西河少女等人，一起商议渡河之法。怎奈黄河天险，对似东柳氏这些手无长物温饱尚且不能自顾的凡人来说，堪比登天！即便有青鸾、鸣凤、西河少女这些身怀异术者，要想带着这么多的凡人百姓，一起东渡黄河，亦苦无良策。

东柳氏望河兴叹之余，想起当日临行之际，东王公所嘱之言，将手中的《桃源入行图》拿到眼前，端详道："青鸾、鸣凤，眼下带领众人东渡黄河看来已无可能，为今之计，只有请出此图，按王公所指，方有望助大家渡过黄河，以解此次之难。"

二人垂首点头，鸣凤开口道："王父当日既有叮嘱，而此刻我们又为黄河所阻，非人力可为，说不得只能以《桃源入行图》帮助大家渡河了。"

青鸾也道："我们一路避黄河而不过，总不是办法，倘若再顺河而去，不知何时方能绕道东海？与其舍近求远，不如直渡黄河，也省却我们一番周折！"

鸣凤点头道："可惜此图只能用一次，下次再遇到什么无法解决之事，就无图可用了！"

东柳氏低叹一声，高举《桃源入行图》，跪倒在地。余人一齐跪下。

东柳氏神色庄重，威严道："拜启王公，我等今日渡河无门，不得已以《桃源入行图》为助，请拜赐大法，助我等东渡！"他刚祈祷毕，就见《桃源

111

入行图》突然金光一闪，悬停在半空。东柳氏大喜，连忙再三磕头求拜。那《桃源入行图》裹挟着金灿灿的光芒，直飞向黄河上空，逐渐展开变大，如一条巨形平铺开来的大道，连起黄河两端。

青鸾喜道："先生，你看，快带大家渡河吧！"

东柳氏伏地抬头，见状连忙起身，惊喜交加。鸣凤已带头整装带队，引领众人小心翼翼地步入黄河岸口的巨幅《桃源入行图》之上。金光流转之下，众人踩在图上，如履平地，又惊又怕，纷纷在东柳氏、青鸾、鸣凤、西河少女的带领下，奋勇向前，不多时终于跨到对岸，顺利渡过黄河。

东柳氏见众人平安抵达彼岸，喜不自胜，回头再看时，巨幅《桃源入行图》慢慢变小，金光瞬间消失，慢慢飞回到他手里。东柳氏细加查看，图中的经纬线条再无金光缭绕，已变作一张普通的导引方位图。他赞叹之余，将其收起藏于怀中，随即命众人继续上路。

一行人朝东南方行去。一路风和日丽，气候温润，沿途路人亦多了起来，不时引来当地人的驻足围观。不几日将近神都洛邑，一路风景秀丽，满眼繁华。东柳氏带着这一支队伍，为了避免引人耳目，下令避开府道，从小路绕行。

又行半日，天色向晚，东柳氏巡视一处开阔的树林，安下营帐，埋锅造饭。饭罢，东柳氏命众人早早进帐就寝，明日一早即行赶路。

夜半三更，林子静悄悄的，唯有蟋蟀鸣叫之声不时传来。鸣凤守在东柳氏的床榻前，席地而卧，渐欲入梦之时，忽闻远处传来一阵急促而又混杂的脚步声。

鸣凤立即警觉起身，奔到东柳氏身旁，随后青鸾、西河少女亦奔上前来，道："林外有动静！"东柳氏道："快让守卫加强戒备！"说话之间，奔跑的脚步声越发响亮和急促了。

鸣凤道："鸾妹、仙姑，你们在此守候，保护好先生和大家的安危。我去去就回。"飞身朝脚步声方向奔去。

到得林外，就见数十名老幼男女在一名青衣壮汉带领下，挑着绛纱灯，没命地狂奔，也不知身后有什么东西在紧追。众人一个个挥汗如雨，惊慌失措，满脸灰败和狼狈之色。

奔到半途，蓦然之间，身后传来一阵急促惊悚的厉叫之声。恍惚中，数十道白色的身影几下快速闪动，瞬间声音便传到了跟前，却不见人影。只听人群中有女人哭叫道："他们又追上了！我们该怎么办！"还有小孩哭叫道："母亲，我怕！"

当前那青衣壮汉停住脚步，一脸气馁道："罢罢罢！既然逃不过，索性就把这条命交待在这里吧！"说罢屈膝跪下，仰天道："苍天啊！难道我李义今日携李氏一门，就要命断在这荒山野岭之中吗？我愧对李氏的列祖列宗啊！"他这一哀号，随来的众男女同时呜呜哭出声来。

带头下跪的这位青衣壮汉，名叫李义，阳城人氏，早年官拜洛邑侯，自管一方水土。为人耿直，洒脱不羁，在朝为官之时，才能出众，文武兼备，政绩卓越。后来因事犯忌，得罪了上司，被贬去官职，携家眷回到阳城老家。因多年未归，家中宅邸均已变卖，回到家时，携着李氏一门30余口，在阳城掷金欲购一座宅邸，于是寻旧友质人，经多方打探，终于寻得一处府宅，且价格低廉，府宅又阔绰宏伟，李义大喜之下，遂要与卖家购换简牍质剂。在交付当日，卖家告诉李义，道："壮士，老夫虽将府宅卖于你，不过有句话我不得不提点提点。实不相瞒，我的这座府宅也不知哪里风水不合，连近数年一直有妖邪精怪作祟，无人敢宿。你如果惧怕，现下反悔还来得及！"

李义闻言笑道："什么，妖邪作祟？！李某半生为官，向来驱打邪佞，伸张正义，如有妖孽，看我怎么收拾于他，好为民除害。"

那卖主见李义如此侠义，心有不忍，越发不愿将宅院卖给良善之士，但磨不过李义的好勇和坚执，当下只好让质人给双方立契券，交换了简牍，并付了财金，当日便阖家住进了府邸之中，李义又命人镌刻大大的篆体"李府"二字，以镶金木牌，挂到府门之上。于是一家人便分房分院，安心住下。

忽忽数日，一切如常，浑没见到那卖主所言的妖邪精怪之物。当日，李义在院中悠闲踱步，目视院落房舍，不禁心满意得，心道："那卖主老汉真是爱作弄诓骗人，这青天白日、朗朗乾坤，哪里有什么邪祟？想我李某生性刚直不阿，既有妖祟，也是不敢前来进犯！"想到此处，当即从院旁的兵器架上取下一柄长柄大刀，舞动起来，刀刀力逾千斤，虎虎生威，约莫十余回合，李义罢手而立，长刀飞出，精准而稳当地掷回兵器架上。

当晚，暮色低沉，万籁俱寂。书房内，李义手捧书简，就着绛纱灯，秉烛夜读。夫人宛氏端来燕窝莲子羹，近前道："夫君，喝碗羹补补身子。"

李义放下书简，接过夫人盛的热羹，用木勺舀了一口送进嘴里，连声道："夫人熬制的燕窝莲子羹真是让人回味无穷，好吃极了！"当下将碗中的汤羹吃得精光。

李义食完汤羹，一脸惬意，道："在这阳城老家，居宅度日，有贤妻侍奉，儿孙为伴，当真好不惬意，怎也比在钩心斗角、尔虞我诈的官场提心吊胆来得好。只可惜，从此远离仕途，一生的理想抱负和造福于民的心愿却无法实现了。"

宛氏道："夫君，你半生为民请命，造福苍生的事例已经够多了，就别牵心朝堂之事了。如今我们李氏一门，能在此处安度后半生，也算命中该有的福报。夜深了，快安歇了吧！"

李义道："夫人先去歇息，我再读几篇就来。"

宛氏点头自去卧室入帐休息。

李义在案前盘坐，正津津有味地翻阅书简，忽闻肚子一阵鸣叫，便脸露痛苦着急之色，连忙起身，嘀咕道："不知怎的，这会儿闹肚子！"说着话急出书房，离开正厅，向屋外偏殿的茅溷而去，将腹中的污秽腌臜之物尽数排泄之后，这才略有好转。完事之后，李义正要离去，忽闻身后头顶有什么东西发出"咕咕唧唧"的声响。

李义大是惊异，回身看时，并未发现任何异状。他还道是错觉，转回头异响之声又起，这次却不在身后，而是头顶。李义抬头看时，大吃一惊，只见檩间木梁之上悬着一只大如席卷，五尺见长，通身皆白，双目尽赤的鬼物，正大张其口，一呼一吸地对着李义。大耳深目，虎鼻猪牙，狰狞可怖。

李义大叫一声，反身奔出茅溷，自院中兵器架抽出长柄大刀，再度奔到茅溷，叫道："何方妖祟，拿命来！"冲进去，准备斩杀妖物时，却发现厕中不见鬼物的踪迹。

李义大奇，心道："怎么不见呢？定是怕我手中的长刀了。哈哈，妖祟原来也怕蛮横勇猛的。"正自得意，忽闻身后一声怪叫，风声袭来，直刮得背脊发凉。李义料知有异，急忙一个回身刀，横劈来袭之物。只听身后怪叫一声，先前那鬼物被李义劈成两段，在地下腰身分离，不断挣扎。李义更不犹豫，正要再补两刀，那断作两截的怪物就地一滚，白光起处，竟由之前的一只鬼物变生成同样的两只，直起身来，张牙舞爪。

李义大惊之下，立即"唰唰"两刀横劈下去，将两只鬼物劈作两段，分成四截。鬼物在地上一个翻滚，又变为四只鬼物。李义大骇，"啊"地惊叫一声，飞步逃出，来到院落。只听茅溷内鬼物的怪叫声不绝于耳，却并未追出。李义又惊又怕，正自怔忡不定，陡闻正厅卧室传来宛氏的尖叫之声。

李义急切之间，抄刀奔进内室。妻子宛氏飞步奔出，见李义赶来，忙一把将李义抱紧，惊恐万分道："夫君，有……有鬼！"李义正要入内查看，院外的侧室又传来女侍的尖叫声。

李义急忙拉起妻子，急道："快走，屋里不可久留！"立即带宛氏奔出房间，飞步到得侧室堂院，人未到跟前，就见一名女侍匍匐在地，一动不动。宛氏近前，大惊道："香兰，你怎么了？"慌忙将女侍香兰扶起，只见她双目紧闭，脸无血色。李义仔细查看了香兰一眼，探了探鼻息，镇定道："她没事，只是昏了过去。"

经这么一闹腾，管家和侍从以及家丁都挑着灯笼，一齐赶来。管家急问："侯爷、夫人，发生了什么事？"

李义一脸灰败道："那卖主老汉说得没错，这宅院果然有妖祟作怪！"

众人闻言，齐齐"啊"的一声，同时不再言语。

李义道："适才我跟那妖祟打过照面，实是匪夷所思！我的这把长刀竟丝毫奈何不了它，而且，还……我也不知该如何对付于他！"当即将所见所闻告之众人。

宛氏亦道："是啊！方才我回卧室卸妆准备安歇，突然从镜子里看到一个眼睛有那么大、通体乌黑的长脸怪物！真真是吓死人了！"她一边说话一边比画，绘声绘色，只听得众人眼睛睁得大大的，一脸惊惧。

有人掐人中，众人齐力将香兰救醒。香兰所述亦和李义、宛氏所见的鬼物大同小异，俱是面相怪异，惊悚怕人。当晚，众人不敢再回屋就寝，结伴从屋中抬出卧榻竹椅及被褥衾帐，高擎明火，在外露宿了一夜。

次日一早，李义将阖府人丁召集起来，筹思斗杀妖精邪祟之法。只见他站在院子中央，朗声道："昨夜府中妖邪作怪，害得大家一夜未眠，为能应对和彻底铲除妖物，需在天黑之前尽快做好万全之法！昨晚我跟那妖物交过手，一旦出手斩杀，那妖物似乎有一分为二、二分为四的本事，如此反复，妖物只会无穷无尽，永久斩杀不完，于我们实为不利！故而从即日起，刀剑斧钺全部舍弃，改用枪棍茅戟以及弓箭射手。阖府男丁悉数出动，每十步为一哨，亭台甬道，房檐屋顶，都布防上弓箭手。想那怪物在夜晚出动，定然惧怕明火，所以屋顶的弓箭手悉数给箭镞之上布上火点，底下没有兵器的执火把尾随于后，同守在前面的岗哨前后照应，进退互防。自古邪不胜正，我等全力协防，一定要将这些妖邪害人之物，尽数击杀，以免再为祸后人。大家都听明白了吗？"

李府上下三十余名壮从家丁齐声应是。李义遂命众人分头准备，将所有能利用上的兵器都搬将出来，然后逐门逐院分排演练。一时间冲刺攻防的演练之声，此起彼伏。宛氏、香兰等其余女眷则打下手，齐来准备，当日午时，在灶间做了鱼肉菜羹，给阖府众人饱食一顿，只待天黑迎战妖物。

很快，日落黄昏，暮霭四合，天逐渐黑了下来。众人立即打起精神，分布在茅溷、正室、偏房、园门、府门、井灶、四篱之外及各个角落，紧密布防。个个手执兵器，严阵以待。一并屋顶的弓箭手均做了周全的布防。李义抄一杆长枪，守护在所有女眷集合的院落，来回走动，双目巡视，随时等待妖物现身。

起初一切如常，直到二更时分，忽而风声大起，继而飞沙走石，李府敞开的房门、府门、厕门突然同时一张一合抖动不已，围着菜畦的篱笆墙剧烈拉扯扭动，井灶之水咕嘟嘟冒出水花，屋檐的风铃一个劲儿地摇摆鸣响，声音急切。风声里伴随着鬼物的怪叫之声。女眷吓得同时挤在一处，满脸惊惧。扑簌簌的风声夹杂着火光，不停地明灭闪烁。忽然之间，众人手中的火把突然同时熄灭，唯有瑞脑灯、绛纱灯等散发着幽暗微弱的光芒。

李义叫道："大家不要慌张，保持好队列，一旦有妖物现身，就给我狠狠地打！"他话音未落，就听茅溷之内怪声大起，只见一个通体发亮、身形怪异的妖物一闪而出，将守在外面的壮丁带翻在地，重重摔落。那怪物"吱"的一声叫，顿时从四面八方飞身而出同样的八只怪物。为首一怪径直来袭李义，其余的则分别扑抓向众男丁。

李义大喝一声，持枪没头没脑地抢将过去。那为首的怪物手臂陡长，一把将李义手中的枪头抢在手里，李义的千钧之力顿时被那怪物消解，竟纹丝不动。李义手上运力，要待撤回长枪，那怪物猪鼷一样的大嘴狰狞一笑，提起长枪，带着李义就是一阵抢转。李义抓紧枪柄不放，人顿时飞将起来，随着那怪物的使力在空中不住飞旋。

另一边，十几名壮丁手执兵器，亦纷纷被众怪伸展长臂，几下摔翻在地。突然间，火光闪动，从高处飞来一支火镝，正中一个妖物胸口。那妖物惨叫一声，倒地不起，火苗未歇，迅速在妖物身上燃烧起来，不一会儿，妖物停止挣扎，化作飞灰。

为首的妖物见状，尖啸一声，将李义连人带枪扔了出去，重重砸在院中的木缸之上，木屑横飞。

只见为首那怪物飞身跃起，径直朝方才射出火镝的房檐之上的弓箭手飞去，紧跟着一声低吼，长臂伸出，击打在弓箭手身上。那弓箭手闷哼一声，连人带弓箭甩出二三十丈远，瞬间没了声息。

"嗖嗖"两声，又从两侧飞来两支火镝，射向为首的鬼物。那怪物双臂左兜右抄，将带火的箭镞抓在手里，随手扔出，正中下面屋舍的窗棂之上，顿时大火熊熊。

火光燃起，院落的怪物齐声惊叫，手上攻击稍稍迟滞。李义龇牙咧嘴，从地上挣扎起身，叫道："大家快一同往府外去！"这下，同怪物甫一交手，李义便觉得妖祟之力，实非常人所能匹敌，为顾全大局，保护阖府上下人等的安危，只能舍弃府宅，逃出庄院。

李义率先带着女眷，在愈烧愈烈的大火之中，冲向府门。与此同时，井灶、四篱、屋舍之中同时有妖物现身，纷纷避开火光，从两侧的暗处跳跃着齐来追围逃向府外的李义。

为首的妖物乃是茅溷中经年累月修成气候的厕精，名唤依倚，为宅府各处的精怪之首，有千年不灭的道行。其下有门户精承伯，开闭怪阿仑然，井灶鬼真连子，四篱妖士伯供，舍宅魅玄子都及众精怪，均已修成人形。由于道行稍浅，所以在修成人身时各有不到之处，于是便显现成似人而又形貌怪异者，每于夜晚出来害人。

李义带领众女眷冲到府门口，厕精依倚已然飞身而至，从后跟上一众家丁壮汉。众人一边往门口奔走，一边回身布防。他们昔日一直追随李义，在为官之时，早已练就勇猛机智的本领，训练有素，如非碰上妖物，实力悬殊，恐怕早就击退强敌。

李义众人刚到门口，府门突然自行关闭，将众人拦在府内，却是开闭怪阿伦然，他执掌着门户开合之功。李义见府门关上，急忙让人去开府门。两名壮丁上前，同时开门，却被一股无形的力道同时甩出，重重跌落在地。李义大惊，再看院墙又高大宏伟，不易翻越，正急切间，管家叫道："侯爷，那里有一只木轮车，还有椽柱，不如我们直接将府门撞开！也好出府！"

李义大喜道："快，带上八名家丁，撞门！"

说话间厕精依倚等怪物已然扑袭上来。几名弓箭手连忙射出火镝，"嗖嗖"几下，正中两名怪物。一时间火光大起，众怪物大叫中掩面后退。府门口，八名家丁已然将椽柱抬上三轮木车上，径直推车以椽柱撞向府门，但听"咚咚"之声不断响起。府门震动，灰土横飞。

井灶鬼见众人火镝厉害，巨口大张，对着众人一阵喷雾噀水。手执松油火把的几人顿时被水淋湿，火苗熄灭，唯有绛纱灯微弱的光亮，照映在众人狼狈的脸上。

厕精依倚怪叫一声，齐力飞扑，正在这时，府门终于被椽柱撞开。开闭怪阿伦然从门缝现身，飞袭向推车的两名家丁。只听两声惨叫，两名家丁头脸被开闭怪双爪合击，登时耳鼓震裂，翻身倒地。其余几名家丁惊骇之下，同时抄起车上备防的木棍，一通捶打，直打得那开闭怪阿伦然"吱吱"大叫，飞身逃窜。

李义率众冲向府门，空中飞下十余只篱笆草人，围成一圈，将众人堵截在中央，前进不得。只见它们篱笆枝编成的手爪相连，密密匝匝，严丝合缝，将众人围堵得严严实实，却是四篱妖士伯供施法拦阻。

众人棍棒击打，如击败絮之上，毫无作用。李义情急之下，见香兰手中挑着的绛纱灯，当即抢过来，揭开灯罩，将纱灯里的红烛引燃，扑打在草人身上，顿时火光大起。

李义乘势长枪一挑，将草人围成的圈阵捅破一道口子，带着众人冲突而出，终于奔出府外。

厕精依倚在府内见众人逃出，并不急于围追，只是引颈鸣啸。

李义逃出府去，见无有妖物追出，长长松了口气，脸上露出喜悦之色。回望李宅火光冲天，他不禁哀叹道："可惜家宅已毁，悔不听人言，逞一时之快，如今家财散尽，何以再置其家！"

宛氏道："夫君，所幸李氏一门人丁尚在，也是不幸之中的万幸！"

李义点头，远远闻得厕精依倚凄惨寒栗的叫声，忙道："大家快走！"说着带众人径直奔向城外。一座土壕城门孤零零矗立，城下站着两名守夜的士兵。一名士兵看见李义等人近前，叫道："什么人？"话犹未了，就听一下咆哮声，那名士兵闷哼一声，被一怪物拉向黑暗之中，双腿乱蹬中不见动静。紧跟着，另一名守夜的士兵大叫一声，随后亦没有了动静。

李义众人大骇，不由自主地反身折回，岂料一不留神，被地下什么东西绊了一跤，纷纷摔倒。

众人慌乱中爬起，李义正要抬脚，双脚已被什么东西紧紧吸住，半点动弹不得。李义低头看时，只见地上慢慢渗出一大摊血水，竟然将黑靴粘住。李义惊叫道："大家不要动！"他这一喊，众人一齐停止动作，愣怔怔瞧着他，却见李义脚下血水不断往众人脚下流去。

李义看得真切，忙叫道，"快跑，往那边草丛去！"众人听他叫得如此惊恐，发一声喊，一齐奔向一旁的草丛。宛氏在后面叫道："夫君，你怎么了？"李义吼道："快走！"宛氏叫道："那你呢？"李义急道："你快离开这里！我自有办法！"

宛氏闻言，快速朝着众人，奔向草丛。

李义抄起手中的长枪，就地一点，人登时借力离地而起，径直跃到草丛中，双脚黑靴已然不在，只剩下白色的长筒布袜。方才离身之地，血水漫淹，很快将粘在地上的靴子吞噬。紧跟着，城门上有士兵大声叫嚷："有鬼啊！"乱作一团。随后就见草丛外的府道之上，地上的血水快速凝结，慢慢升高，显现出一个全身血污，赤目尖首的怪物来，乃是道上丧星乌子丁，带着众丧门星厉怪拦在城门口，挡住众人去路。

李义见道上丧星乌子丁飞身追来，顾不得脚下，布袜踩踏荒草，和众人往城郊而去。

众人慌不择路，翻越低矮的城墙，到了郊外，已然无路可走。李义见不远处有树林，慌忙带领大家，摸黑前行。夜空渐渐有明月露出云端，月色中，晚风簌簌，身后厕精依倚从后追来。白色的身影，影影绰绰，一闪一蹦，快速飞来。

李义带领众人狼狈奔逃，终于在接近树林时，被厕精依倚追上。

正当李义穷途末路，心若死灰，准备束手待毙之际，忽听有人叫道："何方妖孽？快快现身！"

两道剑光隔空飞至，依倚率领的众怪顿时被鸣凤挥舞而出的剑光击中，上下断成两截。只见依倚众怪落地之后一个打滚，顿时化一为二。

鸣凤见状大惊，随后又是两剑斩削，一如前时，并且越砍越多。厕精依倚咧嘴怪笑，列队于空中。李义见状，急忙带众人奔到鸣凤身后，道："恩人，这妖祟有化一为二、分身不死之能，千万砍削不得！"

正在为难之际，蓦听有人叫道："让我来收拾这些妖孽！"却是西河少女赶来，手中弱柳鞭横空飞至，将依倚众怪尽皆缚住，扯下在地。众怪顿时慌了，同时变大身躯意图绷断蒲鞭，不想西河少女的弱柳鞭亦随之变大，厕精依倚见状，立即又和众怪将身子变小，岂料蒲鞭亦缩小。

厕精依倚神情一顿，口中怪叫一声，居中的众怪亦发一声喊，同时冲天而起，挤脱开弱柳鞭的绑缚。不料他们刚飞上半空，就见一只大网从天兜将下来，将厕精依倚连同众怪圈在网中。身影一闪，青鸾手拎丝网里的依倚众怪，随后赶来。

鸣凤道："鸾妹，幸亏你及时过来，不然这网中的精怪，师兄还真拿他们没法子！"

李义近前揖手道："多谢三位的救命之恩！李氏一门在此多谢了。"

鸣凤道："壮士不必客气，为何贪夜被精怪追杀至此？"

李义道："说来惭愧！在下李义，乃此地阳城人氏，带领李氏一门，在此方购置宅院，以期安养天年，不曾想这老宅有妖物作祟。也怨我好勇斗狠，原想着半生为官清廉，刚直不阿，天下既有邪祟之物，料想不敢加害！岂知最终还是无法避免为其所伤，自食其果！累及家人。如非三位异士相救，恐怕李氏一门就此断送了。"言罢，又自同妻子宛氏、香兰众人同时跪倒在地，拜谢救命之恩。

鸣凤搀扶李义人等起身。李义诧异道："你们三人缘何深夜在这荒郊野岭之中呢？"当下，鸣凤带李义全家来到落营之地，引荐给东柳氏众人认识。

东柳氏见鸣凤领来李义众人拜见，颇感诧异。于是李义又将他们辞官安宅遇妖祟之事讲与东柳氏。东柳氏闻言大是惊异，见李义仪表堂堂，又能为官治地，抱负远大，不觉甚是欢喜，不免多了些言语。

很快天光大亮。青鸾将丝网之中的众妖邪用黑布包起，道："这些精怪需带回原处，设法收管，方是妥当！"当下东柳氏命鸣凤和青鸾前往李府处置，李义带全家重回府上，但见四处火烬烟熏，残垣断壁。因府宅闹妖祟，邻人起夜为火光所惊，均未敢救火。李府的宅院一夜之间被大火烧毁殆尽，李义和全家不免伤感了一回。

青鸾命李义从邻居处借来熏香案几，摆设供果祭献之物，凝神祈祷。但见香烟缭绕之中，紫姑神身穿黄衣，容色端庄，从烟雾处现身，道："不知仙童召唤，有何见示？"

青鸾当即将李义昨夜遭遇转述，紫姑神道："真是罪孽！本神多日未曾下界看视，不想此间遭此大祸！"

李义众人见厕神降尊，均感惊异。李义尊崇之外，忍不住道："敢问上神，此宅为何一直闹门户之精怪呢？实不知李某哪里有做错之事，招惹这些邪祟之物，险些致使李氏遭受灭门之灾？"

紫姑神道："此宅原是富绅之府，因其作恶多端，残害良士，以致冤魂毕集，催生邪祟之患，妄图借贤士之躯，修成人道。你虽居官爱民，福荫广被，但尚无法阻挡和削弱邪气滋长，故而遗下祸端。此亦属你的造化！"说罢，命身边女童，拿过一个装满沙粒的四方木斗，接过青鸾手中的五彩蚕丝网，将网中厕精依倚众怪，尽数倒进斗中，并用沙土填埋，插上三支熏香，祭摆在灶壁之下，道，"众怪安神，从此再无祸患！"于是，后来民间方有了门、户、灶、中溜、行，五祀之神。

　　李义家宅被毁，无处容身，见东柳氏众人人才济济，欲前往东海追寻安乐之道，当即带领全府上下，齐拜东柳氏门下，从此追随一同前往东海，并拜中枢令一职，后来成为桃源洲新继任的贤明之主。

第十二行　南亭诛三妖

自从在阳城收容中枢令李义之后，东柳氏将领队代管之事全权交予他，携同行路使余迁、看粮使范堇、灶管佟伯雄，以及费无长、凤陵长、柳僮一行，检肃队伍，整齐有序，一路向东南进发。

青鸾鸣凤在前领路，西河少女断后。东柳氏则同李义一路谈天说地，敞怀论道，言语甚是投机。不几日，将及一处名为汝阳的地方，天色向晚，东柳氏命众人原地待命，并命鸣凤前去打探，巡查有无可供落宿之处。

鸣凤躬身领命，驾起逐飙飞轮车，腾空细看，远远见城郊外有一座长长的亭苑，飞身落下，到得跟前，只见一排凉亭甬道纵横开去，围绕着一大块空地。空地之外，残垣断壁、荒草林立，连着汝阳城郭，隐约可见蓝瓦白墙的屋舍及翠竹花榭。炊烟袅袅，牧童骑牛晚归乡间，在昏黄的暮色中，显得甚是恬静和谐。

鸣凤走到凉亭围拢的空地，四下巡视，领首道："不错，此地正好容大家落宿歇息！"正寻思间，忽见自凉亭内走过来一位青灰短褂，形貌清癯，脚踏草鞋，头戴环草的老者，带领几位农人，近前道："小哥请了！"

鸣凤忙厮见还礼，道："见过老丈！我乃过路之人，拟今夜宿在此处，不知可否行个方便？"

老者诧异道："既要落宿，何不前往汝阳城中，寻驿馆住下？岂不比在此荒芜村野之地要好得多！"

鸣凤道："老丈有所不知，除我之外，尚还有百十号人众亟待安顿！我们人数众多，只为赶路，故而前来寻此落宿之地，有所叨扰！不过我等只住一宿，明日自当登程拜谢。"

那老者道："不瞒小哥，夜宿此处倒无妨，只是有一事需及早告之。近来此处不比别处，不知怎的，总闹妖怪！前后已有多人因经过此间，被害性命！因此规劝你绕道避行，以免身遭不测！"

鸣凤大奇道："妖怪！此间竟然也有妖怪！多谢老丈提醒，不过我等人数众多，又惯经风雨，区区妖怪，量也伤害不到我等！既然落宿于此，正好帮此间除去妖怪，也算功行一件！"说罢一揖，径直往回而去。

那老者愣怔怔看着鸣凤走出，连连摇头。

鸣凤飞身返还，将南亭落宿之地和那老者言说闹妖怪的事告之东柳氏。东柳氏一听有妖怪，遂要去找别处落宿，却被鸣凤拦住道："先生莫怕！一般妖怪岂会是我等对手？正好借机扫除路间的妖患，为民除害，岂不是一件大善事？"

东柳氏闻言颔首道："既如此，那我们就夜宿那里，不过千万得小心！别为妖怪伤到乡亲！中枢令李义，你负责和安排大家防守，只要那妖怪不来伤害我等，可网开一面，不要伤了他们性命，只管要求他们勿再犯恶为是！"

李义躬身道："是，圣公！"

当晚，东柳氏众人搭起帐幄，齐宿南亭，广场男女眷分派停当，即行熄灭明火，唯有四角留有四名守夜的壮汉，轮守驻防。这一夜，鸣凤守在东柳氏帐侧外，因牵心南亭闹妖怪之事，未敢入睡。约莫到得二更时分，闻悉与南亭一墙之隔的舍宅，有人走动之声，间或风吹瓦落砸在地板的声响。

鸣凤耳目机警，翻身坐起，悄悄离开南亭广场，来到北间的舍宅，越过残垣断壁、荒草林立的白墙院落，来到一处宅院。朦胧的月光之下，只见有一人身着赤皂单衣，身体肥硕，飘飘悠悠地行来，到得一座亭子前，扯着压抑干瘪的嗓子，呼喝道："汝阳亭主，汝阳亭主！"

话音未落，自亭中现身一位面色黧黑，颔下留有一撇短须的中年秀士，走出道："亭主在此！你直来聒噪什么？"

那赤皂单衣的人道："今夜可行事否？"

那秀士道："不可，今夜不比往日，亭外乃有一大群人众夜宿广场，其间不乏法力高强之辈，不可造次，以免引来杀身之祸！"

赤皂单衣者闻言，嗟叹不已，退身隐去。须臾，又有一紫冠赤帻的长脸秀士飘飞而至，径呼道："汝阳亭主，汝阳亭主！"

中年短须的秀士又出迎道："亭主在此，你只管聒噪什么？"

长脸秀士道："今夜可行事否？"

中年短须秀士道："不可，今夜不比往日，亭外有东行桃源洲的东柳氏在此宿营，他手下的仙童异士甚是厉害，不可不防！"

长脸秀士闻言，却道："管他作甚！我等自管行事，井水不犯河水！他们要从中插手，我等亦不是吃素的，大不了跟他们拼一场！"

中年短须秀士连连摇头，道："还是等他们一行过了南亭再说。"

长脸秀士闻言，愤愤而去。

鸣凤听闻至此，神情一动，摇身一变，化作一蓝衣秀士，径直飘行至亭外，一应学那之前两人的口吻，呼叫道："汝阳亭主，汝阳亭主！"

亭中复如之前，中年短须秀士一应迎上道："亭主在此，你是何人？径来聒噪什么？"

鸣凤一笑，压着嗓子道："你又是什么人，缘何宿于亭中，自称亭主？"

中年短须的秀士一愣，叫道："我乃谢长留，奉三清之命，蹲守此间，为民行事请命！"

鸣凤心下一动，随即道："我也是奉三清之命，前来探查！请问你等深更半夜，欲行何事？"

那中年短须自称谢长留的秀士道："我怎么没见过你？"

鸣凤一笑道："我是初来，故而不曾见过！"

谢长留将信将疑道："既如此，我不妨告诉你！此间汝阳城供的是三清，当地百姓均需日日供奉我等瓜果菜蔬及美味佳肴于城郊三清宫中，供我等享用！我们正打算前去了。不过此下有外人打此经过，我等不便行事。你既要分一杯羹，还请他日再来！"

鸣凤心想："既是供奉三清，为何他们来享用？此间定有蹊跷！我先且不要打草惊蛇，探问一下他们来历底细，再作道理！"当下道："然则方才离去的二人姓甚名谁？又是何人？"

谢长留道："赤皂单衣者，名唤朱无用；紫冠赤帻者，名唤无稽延，均是三清的门生！你还没告诉我你是何人？"

　　鸣凤笑道："我乃姓卓名遥（实为捉妖之意），三清乃我的师尊，初到此地，还请谢兄多多照拂！"

　　谢长留道："卓遥贤弟，好说好说！你先回去，明晚再来亭外相见！"

　　鸣凤道："谢过谢兄，小弟告辞！"当即飘身飞出舍宅庭院，回到广场外变回原样，径直到了东柳氏所歇宿的帐外，思索半响，毫无头绪，只得睡去。

　　次日，众人在李义的督令之下，纷纷起身，整装队伍。行路使余迁早早在广场外搭起帐幄，灶管佟伯雄起锅造饭。众人饱食之后，正要绕城起行，却见不远处城门大开，先前那青灰短褂的老者，带着锄具，及众乡人一齐出城，看到东柳氏等人，急来问候："先生、小哥请了。"

　　东柳氏忙近前还礼。

　　那老者道："昨夜你们在此落宿，可曾见到过什么人？发生过什么奇异之事？"

　　东柳氏摇头不解道："老人家何出此言呢？"

　　鸣凤道："先生，就是这位老人家告诉于我，说此间闹妖怪！让我们小心为是！"

　　东柳氏忙道："多谢老人家提醒！我等人多，昨夜没有见到过什么异状！怎么，此间果然有妖怪吗？"

　　老者道："谁说不是呢。小老儿祖秋，乃此地乡户，以耕田务农为生。近些时日，城内城外连同这南亭一直有妖怪出没，偷盗粮物伤人劫掠！说什么如要平妖，需在南郊建一座三清宫，进献礼品，方能平息妖患！这不，前些时日，我们汝阳城城主大兴土木，在城南三十里地建了一座三清宫！每日均要进香献礼，方能保地方安宁，稍有不如意，就有人死于非命，连尸骨都不得见。更甚者，还……还要进献美女姬妾，但凡进献去的美女，哭哭啼啼，辞父别母，在城主派人押送之后，就再也没有回来，至今音信全无！你们说说，这到底如何是好？可怜那些黄花大闺女，就这样不明不白地没了。苍天啊！这是造的什么孽啊！"

　　东柳氏众人听罢，皆是义愤填膺，咬牙切齿。

　　鸣凤道："定是那妖人借三清之名，多行恶事！"

　　东柳氏道："鸣凤，你可有办法拿妖，帮此间百姓清除妖患？"

鸣凤道："先生尽管放心，此地的妖怪，我多少已有知晓。只需给我两三时日，定要让此处妖患浮出水面，彻底将他们清除！"

那老者祖秋闻言大喜道："先生，你们真有本事替我们平息此地的妖患？那可真是谢天谢地！我这就禀报城主，给各位安排宿处，好为民除害。"

东柳氏道："老丈不必费事，我等还是在南亭这里再留宿些时日，一旦清除妖患，再行路不迟！"

于是众人当日继续留宿，祖秋则返回城中，将东柳氏等人代为除妖之事告之汝阳城主。那汝阳城主闻言将信将疑，亦并未出城迎见，只说等除去妖患后再行谢礼。祖秋过意不去，并众乡亲齐献地产瓜果，以谢众人，均被东柳氏婉言拒却。

东柳氏带领的队伍自从李义加入之后，越发纪律严明，均按军中仪仗行事。每有余暇，即挥舞棍棒，整队操练，无论男女老幼。此去东行路途迢迢，沿道艰危困阻，自是处处杀机，如不武装众人，恐怕一遇危险，即乱了方寸，死伤人命，唯有操练武艺，练就防身技能，方能有备无患。

到了晚间，鸣凤又自前往亭外的宅院，对着亭子喊道："汝阳亭主，汝阳亭主！"喊叫半天无人响应，正惊诧之际，忽闻身后脚步声响，回转身来，却见青鸾飞步近前，道："师兄，干吗呢？"

鸣凤舒了口气，当下将前夜所见汝阳亭主的一番情形和言语和盘托出。青鸾听罢，思索道："既然他们知晓我们在此落宿，又对我们的情况了如指掌，想必惧怕我们，这几日恐怕不会再出来行事了。"

鸣凤道："那可如何是好？我们日间刚答应此城乡民帮他们扫除妖患，如今他们避而不出，该如何获悉他们的来历底细，并予以捉拿呢？"

青鸾道："要想获知他们底细，究竟所行何事，倒也不难！"

鸣凤喜道："鸾妹有何妙策？"

青鸾一笑，道："师兄，我们先回去！明日自见分晓！"说罢，两人返回阵营。次日，青鸾和鸣凤将妖怪惧于己方的实力，不敢出来行事的实情告诉东柳氏。东柳氏沉吟半晌，不知道等待妖怪现身还需多少时日，东行心切，决定先行上路，绕城远行。

东柳氏带领队伍离开汝阳城，绕到南门，在东南方数里地的一处旷野扎营。鸣凤和青鸾回头齐来东柳氏身边。鸣凤道："先生，我们假意离开汝阳城，这会儿想必那些妖怪已有耳闻，定会再次现身。我们决定再次转回，探知那妖怪的来历，好筹谋对策，为当地百姓扫除妖患。"

东柳氏道："既然答应为当地乡民除妖，轻易不可失信！既如此，你们就回去一趟，万务小心！切记不可耽搁太多时日，早日返回！"

青鸾、鸣凤二人领命，摇身变作一对少年男女，着素衣打扮，回到汝阳城外，却见城外一众乡民正自跪拜上苍，为首一人正是祖秋。只见他跪拜在地，对着天空，老泪纵横道："苍天啊！你怎么对我等这般绝情！此间妖怪作恶，残害良家之女，好不容易遇到外乡异客，言说替我等拿妖，如今竟也不告而别，我们汝阳的百姓可怎么活啊！"

一时间哭声载道，沸反盈天。青鸾在旁看得颇为动情，鸣凤凑近低声道："鸾妹，莫要败露行迹！我们且入得城去，择机而动，一定要将那些妖怪悉数揪出，以为民除害！"

青鸾点头，同鸣凤进得汝阳城。但见城郭内景致萧条，市肆凋敝，迎面有乡勇卒吏手执长矛，整队而来。为首一人骑高头大马，面相威严，正是汝阳城主乌由达。身旁尖嘴猴腮者，乃其亲随尤四。只见他率领大队人马，呼啸而至，路人见之纷纷趋避。

乌由达带领兵丁，来到一所宅院之前，高声呼喝道："翁凡生、郭氏、翁依蝶合家速速出迎！"不多时，从院内战战兢兢奔出二老一少三人，齐来跪拜道："翁凡生合全家拜见城主！"

乌由达乜斜着双眼，道："今夜上供礼品于城北三清宫，着翁家献上翁依蝶，穿戴齐整，于次日卯时由本城主派人护送，由神灵检视荣任玉女为侍，不得有误！"

翁凡生"啊"地大叫一声，翁依蝶哭叫道："爹、娘，我不去！我不要去！"郭氏闻言更是昏晕当地。翁依蝶哭得泪人一般，和身扑到郭氏身上，叫道，"娘，你怎么了？"翁凡生亦是连声呼唤，哭叫不止。

乌由达更不搭话，对身边的手下一使眼色，队伍中走出两名手捧锦绣红袍和妆奁宝匣的两名侍妾以及六名侍将，分别挟持一家三人，拖拽着将其推回院内。有两名兵丁出来关上大门，上了大锁，把守两侧，随后分头有两队人，整队快速将宅院前后包围起来，严防死守！

乌由达冷哼一声，任凭门内父女俩凄切号哭，径直调转马头，率余勇策马离开。

看到此处，鸣凤和青鸾不禁对视一眼，计上心来。

当晚，乌由达再度气势汹汹，奔腾而来。当前有兵丁手执火把，中间有乡士仆从驱赶大马车轿，抬着瓜果黍肉，一纵排开，到得翁家宅门之外。祖秋和众乡民见状愤愤不平，一齐围拢过来，却被十余名手执大戟的兵卒，阻挡拦截在外围，靠近不得。

乌由达一挥手，守在门首的一名兵卒连忙打开门环上的大锁，立时上来两名兵丁亲随，快步奔进宅院，随即听得院内凄厉的哭喊声响成一片。翁依蝶全身焕然一新，哭喊着，在兵丁的推搡下走出宅院。轿旁两名妇人不由分说，拖拽挽扶不断哭喊挣扎的翁依蝶，强行摁进车轿之内。翁凡生夫妇哭叫着正待上前，被两名兵丁横戟拦下，挡在门口，不得近身。

皮鞭清响，马夫扬鞭而起，车轿驰出城门，在一队人马看押护送中往北而去。约莫行了半个时辰，在一座宫殿前停下。猛见得宫殿内光亮大起，一股黑烟奔涌而出。随行的马夫、兵丁来者皆发一声喊，往回奔逃而去，只留下马车轿子停在当地。

不大一会儿，宫殿内步出数名神情冰冷的女侍，来到轿前，其中一女侍叫道："新进的玉女翁依蝶，出来进宫见尊伴驾了！"

轿帘打开，哭哭啼啼的翁依蝶走出车轿，在两名女侍的挽扶下，进得宫殿内。随后有数名长相凶恶的仆从走出，将地上所献的供果礼品一齐捧进，只剩下那顶大马轿车孤零零地留在原地。

短暂的静谧之后，只闻马嘶长鸣，轿前忽然现出一人，挥舞马鞭，车头调转，那匹高头大马四蹄翻飞，拉着轿子，健步狂奔，不一会儿，回到汝阳城外，径直入城。

守城的兵卒眼见马车疾驰而回，一脸诧异。

城中祖秋等众乡亲神色伤悲落寞，在翁宅门口不断安慰几欲哭得死去活来的翁凡生夫妇，忽闻马蹄车轮声响，转身回望，只见有人打马驱车而来，停在翁宅门外。

众人一脸惊诧，就见轿帘撩开，翁依蝶一张脸梨花带雨般，哭叫着奔出车轿，叫道："爹、娘！"

翁凡生夫妇乍见女儿去而复返，平安归来，瞬间流露出不可置信之色，恍然在梦中一般，一齐扑上，叫道："我的儿！"一家三口随即抱头痛哭。

祖秋众人见状，大是惊异，一齐望向驱赶马车的那人，却是乔装变化的鸣凤。原来，翁依蝶坐在轿内，被押送到三清宫途中，早有青鸾变身进入轿内，同其互换了衣服，抵达三清宫外。青鸾事先叮嘱翁依蝶，不管在何时都不要出轿，且不要发出任何声响，当即假扮翁依蝶，当先走出，留翁依蝶本人在轿内。鸣凤一直飞在半空跟随，等宫殿外所有人离开后，从夜空飞身而下，调转马头，将翁依蝶送回翁宅门口。

青鸾被侍女搀扶进三清宫，径直绕过大殿，来到后殿偏室，只见室门紧闭，里面灯火通明，两名侍女到得门前，同时对视一眼，突然推青鸾进去，大门张开，一面蛛网兜头罩下，将青鸾裹住，捆了个结结实实。青鸾猝不及防，扑翻在地。室内烛光照在地上，一个巨大的黑影狞笑着渐渐逼近。青鸾双脚用力，一个转身竖立，斜倚在床首前的木柱上，把眼细看，只见一个身体肥硕，身披红袍的猪头妖怪正龇露着大嘴，色眯眯地盯着青鸾，道："我说仙童，我本来是不想招惹你们的，是你自投罗网，亲自送上门来，那就别怪我了。"

青鸾挣扎着道："你是何方妖怪？竟知我的底细？"

那猪头怪物道："本尊朱无用，受此地乡民奉养，在此间饱食行乐。你既然保送那东柳氏东行，为何却来插手，替换那凡人女子，坏我等好事！既如此，那就乖乖侍奉本尊。有你仙姿玉体作陪，胜却那凡人女子万倍！哈哈哈！"说罢大笑不已。

青鸾"呸"了一声，叫道："你这个祸乱良家女子的猪妖，识相的快快放了我，不然今日定让你道行尽毁，挫骨扬灰，永世不得超生！"

朱无用哈哈一笑，道："到了嘴边的肥肉，本尊岂能撒嘴，你过来吧！"说着和身扑去。青鸾急忙躲闪，身形靠在一扇门窗上，门窗咔嚓掉落，显露出一间暗室。青鸾转眼看时，大吃一惊，只见暗室昏暗的光亮中，凌乱荒芜的蛛丝网中，粘连着几名衣不蔽体的女子，均悬挂在丝网中心，双目紧闭、身形干瘪，显见已死去多日。

青鸾叫道："原来进献的美女居然死在这里！你们这些丧尽天良的妖怪！"朱无用更不搭话，大笑着再次扑袭而来。

青鸾连转身形，跌倒在内室床上。朱无用满脸淫笑，叫道："我来啦，仙童！"腾空扑来，却听青鸾大叫一声："变！"朱无用登时扑了个空，将床板压垮在地，只见丝网在地，却不见青鸾的身影。

原来青鸾危急之中，施展缩身法，变成数寸大小，飞身躲开朱无用的扑袭，跃到门首。她逃脱束缚，正自得意，忽闻身后公鸡鸣叫，一回身，就见一只巨喙啄来，慌忙就地一个打滚，躲开啄击。门口一只红翎鸡咯咯而叫，再次扑啄而来。

青鸾花容失色，急忙腾空而起，叫声："变！"又自恢复原样，抖动千羽衣，径直朝门外飞去。不料刚飞出十余丈高，就见三道细长的蛛丝从下快速飞卷而来，将半空中的青鸾缠住，随后蛛丝振动，青鸾整个人被拉扯下来，落到一面飞速结成的巨幅蛛网之中，动弹不得。

青鸾千羽衣和身子被粘住，死命挣扎，大网忽闪晃动，却无论如何也无法脱身。只听大笑声中，从屋内走出两妖来，一个面色黧黑，一绺短须翘着，另一个紫冠赤帻，红光满面，正是之前同鸣凤南亭厮见的谢长留和无稽延，连同朱无用一齐看向青鸾。

谢长留笑道："我道东王公手下的仙童有何高强的法术，没想到也不过如此！倒是我等前日太高估他们了。"

朱无用哈哈一笑，道："亭主好手段，这仙童就留给老朱受用了。"说着垂涎三尺，大嘴中长长的舌头伸出，凑近在青鸾脸前，左右摆动。青鸾几欲作呕，连声大叫："别过来，别过来！"

正在这时，突然剑光一闪，两道飞剑极速飞来，一剑将朱无用伸出的长舌硬生生斩断，一剑划破蛛网，青鸾急忙扯脱开蛛网，飞身而起，手中日月宝莲钩擎在手中，一钩横削，将失去一半舌头、正在嗷嗷惨叫的朱无用一颗猪头砍落。

其他两妖大吃一惊，急忙退到一旁，却见双剑突然调转方向，飞奔而至。

谢长留手臂一伸，两道蛛丝从手腕飞出，前去缠绊飞剑。空中双剑与双丝缠绕对峙，一时悬在半空，僵持不下。只见双剑下方不远处，鸣凤正戟指而动，指挥着空中的飞剑。

另一边，无稽延头顶竖立着一只鸡头铁冠，两肩挥舞中，一对巨翅同青鸾的日月宝莲钩战在一起。

双方正自酣战当中，又见光亮大起，一个羽衣道袍的中年道士立在半空，手中一指，白光正中两道蛛丝，就见与鸣凤僵持不下的丝网突然松开，调转方向，缠缚向谢长留，登时将其困得严严实实。

另一边，无稽延见状，稍一分心，便被青鸾的日月宝莲钩拦腰削断，惨叫一声，匍匐不动。

谢长留眼见两位弟兄前后丧命，自己又被蛛丝反缠住，动弹不得，连忙跪地求饶道："两位仙童饶命！无极神王饶命！"

半空所来的羽衣道士正是三清之一元始天尊的胁侍无极神王，只见他站在半空，白光缭绕，喝道："孽障！你身为左道旁门，居然敢冒三清之名，在此行恶，实是罪大恶极！二位仙童，我要将此妖带到斩妖台治罪。"

青鸾鸣凤忙道："悉听神王发落！"鸣凤道："只是不知这三妖是何来历？"

无极神王道："此三妖均是汝阳南亭舍宅修炼而成的妖怪。被俘者乃是亭东壁下的黑蜘蛛妖，被斩身首异处者乃北宅猪妖，另一个是南舍的红翎鸡妖。你们明日可去南亭，将此三妖的原身攫取出来，处理干净，以永绝此地妖患！"

青鸾鸣凤齐声道："是！神王！"

无极神王手上一动，蛛丝一头飞到他手中，径直飞身前去。底下的谢长留紧随飞上，同无极神王逐渐消失不见。

这么一折腾，青鸾、鸣凤赶回汝阳城时，天已大亮，却见汝阳南门烽烟大起，战鼓轰鸣。汝阳城主乌由达站在城头，挥旗指挥，城下数百号兵将人马挥舞大戟长矛，朝不远处驻营的东柳氏众人冲杀而去。李义等人早有提防，立即率领壮丁百十号人手，执棍棒迎战。双方甫一交兵，顿时杀声大起。东柳氏在后方心急火燎地观战。

乌由达站在城楼，见城下士兵不敌，慌乱后退，当即喝叫道："弓箭手准备，谁要再往后退，就将其射杀！"一排弓箭手搭箭弯弓，一齐指向城下溃逃而回的兵将，脸色迟疑。

乌由达喝道："还不快射！"他话音未落，蓦地一条长鞭飞至，将乌由达缠住，却是西河少女赶上前来，只见她一甩弱柳鞭，将乌由达高举过顶，喝道："快命城中城外兵将住手投降！"

乌由达人在半空，直吓得魂不附体，哆嗦连连，惊叫不已。

忽然间，城头人头攒动，祖秋带领数十名乡民余勇，手拿锄头镰刀，站到城头叫道："城主乌由达同妖怪勾连，祸乱城民，我等还要为这个昏主卖命吗？"守城的众兵将闻言，有一头目道："何以见得？"

祖秋从身边拉过一人，乃是乌由达的亲随尤四，只听他开口道："各位听我说，筹建三清宫，选送美女进献的，均是乌由达之命，为了免受那三只妖怪荼毒乌府，他前日密会其中首妖谢长留，只需按那妖怪所嘱，定期选送美女礼品，送往三清宫侍奉，便可保乌府合家姬妾平安。这是我当日亲耳所闻！兴建三清宫可不是乌由达的主意吗？包括选送美女，大家可都是有目共睹！"

一时间群议扰攘。祖秋道："这样的不为民请命做主、只图自己家人平安的昏主，我们还要保他吗？"

城下乡民兵士同时道："我们不保他！这个昏主居然跟妖怪勾结！杀了他！"一时民愤四起，众人纷纷揭竿起事。

西河少女在城外听得真切，一收弱柳鞭，将乌由达重重地摔在地上。乌由达一脸的溃败和狼狈。

城门上，祖秋高叫道："大家想知道妖怪在哪吗？我带大家一齐前去杀妖！"当下所有乡民士卒跟随祖秋来到南亭，祖秋按随来的青鸾鸣凤授意，在东壁一角的石瓦下，发现一只断首的黑蜘蛛，此刻修炼成人形的法身已被无极神王带到斩妖台斩首。祖秋又分别在北宅的猪圈和南舍的木笼找到一头黑猪和一只红翎鸡，一个身首异处，一个拦腰截断而死。

祖秋一指身旁的青鸾、鸣凤二人，道："斩杀三妖的正是这两位仙童，大家快来拜谢！"呼啦啦间，众人一起跪地拜谢。

青鸾、鸣凤忙扶祖秋起来，并让众人起身。众人气愤三妖在汝阳所犯的恶行，纷纷前去将黑蜘蛛捣了个稀巴烂。黑猪和红翎鸡被众人拿到一边，点燃柴火，将其焚烧干净这才作罢。

于是青鸾、鸣凤回转东柳氏众人身边，在祖秋众人的目送中，继续踏上东行之路。

第十三行　应城降五圣

路上非止一日，东柳氏带领众人离开平坦开阔之地，为绵延的大山所阻，逐渐走上山路，所过之处丛林密集，山石陡立，天将擦黑之际，来到一个叫应城的山坳之地。远远见城楼巍立，一条河流横在城外，宛如一条玉带蜿蜒缠绕，映衬得山郭越发雄壮秀丽。

众人见此均啧啧不已。为避免侵扰当地的城民，东柳氏下令在山脚下一块平地，安营扎寨。李义按男女眷分开营帐，架起风灯，并命人找来柴火，点起篝火。照例有壮汉防守四营，所有扎营落宿诸事停当，忽闻不远处丝竹齐鸣，有奏乐鸣鼓之声传来。听曲调颇为轻快喜庆，然悦耳的乐曲之下，却夹杂着阵阵悲泣和祷告之声。

东柳氏大感惊异，索性无事，带鸣凤走出营帐，远远只见一座宏伟的庙宇之前，聚拢着一大群乡民。近前看时，当前有身穿盛服的礼官走进庙内，不断从外间呈递瓜果祭品。外围有乐师吹吹打打，奏乐不止，个个精神振奋，卖力吹打弹奏，而在队伍之后，却是一些身着布衣的庶民百姓。有好几列人丁用竹板抬着奄奄一息的病者，所随的妇人家眷低声啜泣，齐来庙门口，在礼官的引领下，请香祈祷。

鸣凤奇道："先生，他们带病人不去就医看病，却在此处拜庙祈福，岂不怪哉！"

东柳氏点头不语。

只听庙外有礼官叫道："大家不要再哭泣了。今日乃行求神乐筵之礼，切勿冲撞神灵，以免患病之人病危不治！"

鸣凤道："不知他们求拜的是哪路尊神，我倒要看看！"把眼上移，但见庙宇金匾之上显露出"五圣庙"三个篆体大字。鸣凤嘀咕道:"五圣庙,究竟是哪五圣?倒不曾听说!"

东柳氏道:"走,近前找人问问!"便同鸣凤到得队伍之尾,拦下一名老者,施礼道,"老伯请了!借一步说话!"

老者回转身看了东柳氏和鸣凤一眼,一同走到一处僻静地,问道:"你们是何人?怎么会在这?"

东柳氏道:"我们是外乡路过的,看你们这里既然有患病者,为何不求医治病,却来求拜庙祀?"

老者道:"你们有所不知,此处乃是应国侯城都,我们侯爷及其全城官员百姓有侍奉神灵的俚俗。此庙乃是我们侯爷敕封兴建的五圣庙,供的是五行正气之神,婚丧嫁娶祛病禳灾一应诸事皆祷,以期荫佑。如获佑,实为神灵之功;如有祸端厄运,则是我等不诚所致,无有怨言。身有疾病,则随乐筵之礼,祈求神灵祛病化疾,不药而治!"

鸣凤闻言笑道:"你们还真信祈祷这五圣庙的神灵会帮大家解除病患?"

老者忙道:"不可亵渎神灵!否则若被官家得知,定要治杀头之罪!"

鸣凤一伸舌头,假意惶惧。东柳氏却道:"老伯,何为乐筵?"

老者道:"乐筵乃是每月在朔望之日,我们侯爷命城中所有乐师来五圣庙吹奏美妙乡乐,神听之则喜,然后保佑我们应城风调雨顺,故为乐筵。不但如此,侯爷尚且在城西设有行宫别院,以供神灵食宴享乐!"

鸣凤立时来了兴致,道:"莫非还有神灵显身不成?"

老者点头道:"大概数年之前,我们应城发生病疫,举城上下,患病者十有八九,即便是我们应国侯也没能幸免,招来城中所有名医,均束手无策。后来城中来了五位异士,言道可以治愈我们侯爷和城民所患之疾,只需建一座五圣庙,及行宫别院,按要求不定期勤加侍奉,自可替我们解除疾病。于是,我们侯爷尽满足其愿。也不知道那五位异士是如何医治的,很快我们侯爷和患病的臣民经他们五人的救治,竟悉数病愈。为了报答他们的救命之恩,我们侯爷还额外分封他们五人五显灵公的官禄,那是器重有加,格外看顾。那行宫别院就是他们五人的住地,五圣庙乃是他们的祀所。从此,我们这里便兴盛奉侍神灵之风。只是他五人虽分封官禄,但经常神出鬼没,不见踪迹。

但凡有事，便要在初一、十五为他们在五圣庙献奏乐筵，以求福佑。这不，我们城民有患病者，便来此处祈福，以求祛病解灾！"

东柳氏道："你们城民患病危殆，何不早早寻医救治，在此处求神保佑，恐怕难以病消疾愈！如有需要，我们有随行的医家，可以问诊病患，好及早救治，岂不更好？"

老者摇头道："此来患病者，医药无用，祷告神灵，自然会病愈灾消，多谢你的好意！"说罢径直转回。

东柳氏叹口气道："看来此地城民中毒深矣！"

鸣凤道："他们如此愚昧，崇信神灵，一定是那五显灵公在作怪，我倒想看看他们究竟是何方神圣！"

东柳氏道："我们虽是东去，但沿途如有民者遭难，岂能见死不救？想当日在迷津口随遇那鄂崇虎，是何等的慷慨侠义，只可惜未能收拢过来。如今此处既有百姓受苦，我们不妨探查清楚，再走不迟。"

鸣凤道："先生，我日间探查，此地依山傍水，城河环绕，只有一条道可以通行，就需要我们带大家一同入城，方能东去。正好借机查访一下那五显灵公，如有蹊跷，定要弄个水落石出，以助应城消除祸患。"

当下，鸣凤护随东柳氏回转营地，青鸾正守在帐外，见东柳氏和鸣凤返回，忙迎上道："先生，师兄，你们去哪了？"

鸣凤道："鸾妹，你在此守护先生，我去打探一下！"

东柳氏道："鸣凤，你和青鸾一起去，有什么情况回来告诉我！我这里有仙姑、李义他们，不会有事。"

鸣凤点头，和青鸾来到五圣庙前。此刻人已散去，庙外空无一人，仅有庙内透着熹微的光亮。鸣凤将方才此间的所见所闻告诉青鸾，青鸾闻知大是惊异。两人走进庙内，只见正殿高坛之上，肃立身着赭衣冲天巾、颇有王者之风的五尊雕塑。底下供几上摆放着满满的供果礼品。

青鸾道："这是祭拜的哪路尊神，居然有如此的礼遇！"

鸣凤道："此处拜的是五圣，又叫五显灵公！比起前日的三清宫，那可是有过之而无不及，真是好大的排场！"

青鸾嬉笑道："一定是有什么人在捣鬼，师兄，咱们带些瓜果回去，分给大家尝尝鲜！"

鸣凤笑道："你这个馋嘴的丫头！"正说着话，忽闻庙外风吹草动，飞沙走石，两人警觉，急忙飞身躲到石像背后，就听脚步声响，有人走进，笑道："今日的供品着实不少，走，悉数带回，以呈报五位大王。"

青鸾、鸣凤隔着石像空隙朝下窥视，只见三五小厮在一个身披黑袍、头裹乌纱、尖鼻深目、面貌阴鸷的老妪带领下，走到案几前，扫视一眼，点头挥手。小厮们拿出黑布，飞快地将供品包进布袋，席卷一空，出庙离开。

青鸾、鸣凤连忙跟出，只见那老妪带着小厮腾空飞起。青鸾振动千羽衣，拉住鸣凤的手，在后悄悄飞身跟上。

只见那老妪飞到城头，悬在半空，对身边两名小厮低声耳语，就见两人背着装满供果的布袋，往城南大山密林飞去。老妪则带着其余几名小厮，飞向城中。

鸣凤稍一迟疑，朝那老妪飞往应城的方向一努嘴，青鸾会意，拉着鸣凤跟进城中。只见城内街市灯火熹微，笔直宽阔的街道，一队身披甲胄、手执大戟的士兵戒备森严，巡街经过。当头一男一女骑高头大马，带队领路。男的身材魁伟，英气逼人；女的红纱披肩，容颜俏丽。看着装均是衣胄鲜亮，华贵典雅，非是一般人物。

那老妪见大街上有兵士巡逻，当即飞身往北边低矮的城防民居方向而去。青鸾不敢怠慢，一拉鸣凤，折身转向，从城街上空急速飞过。底下巡逻带队的男首领，身形一动，双目朝夜空扫视一眼，道："妹妹，你方才有没有觉察到什么？似乎有人影从头顶飞过！"

女首领道："哥哥，我倒不曾觉察！"

男首领道："不会有错！当是朝北边民居去了。别是那偷人掠物的飞贼现身了，走，快去那边看看！"调转马头，兄妹俩双双疾驰，带着十余名飞步跟上的士兵，整齐有序地追上前去。

青鸾鸣凤一路飞行尾随，须臾之间，就见那老妪降落下去，在一排土墙围绕的民宅门口停下。她似乎早有勘察过，双手不断对着几家门户一指，便有小厮飞身越近农户庄院，化为一阵烟，潜入内室。也不见任何声响，不一会儿，就见小厮们怀抱几名昏厥不醒、身材窈窕的姑娘，及一些珠宝财物，一同会合，向那老妪一齐点头，示意得手。

那老妪挥挥手，带众小厮腾空而起，飞上夜空。青鸾鸣凤刚刚落地，见那老妪带人又自飞走，互望一眼，正要再度飞身去追，忽听急促的脚步和马蹄声响，先前带队巡逻的兄妹俩迎面疾驰而来，看到地上的鸣凤、青鸾二人，惊叫道："什么人？给我拿下！"便有兵士横戟疾步上前。

青鸾鸣凤更不搭话，飞身而起，人在半空，底下那男领队快速从身上取出弓箭，弯弓搭箭，"嗖"地一箭射来。鸣凤一回手，将箭镞接在手中，头也不回。两人迅速追向老妪飞去的方向。

顷刻之间，那老妪几人在一处山坳大湖边，飞身落下。

青鸾不敢跟得太近，拉着鸣凤悬在半空，双翼振动不已，藏立于一株翠柏之后。只见几人顺着湖上的曲桥，径往一处灯火辉煌、丝竹不绝于耳的辉煌宫院而去。院内院外，有鬼火浮游其间，好似长了眼睛一般，拖着长长的火苗，四下飘荡巡游。

青鸾道："那里有鬼火巡视，看来戒备甚严，我们该如何进去呢？"

鸣凤道："只有变作同样的鬼火蒙混进去了。等我们绕到近侧，然后再伺机而入。"

青鸾点头，带着鸣凤飞到一侧，见几道鬼火巡游过来，忙藏身背眼之处，见它们拖着火尾调转回去，迅即双双变作两道同样的鬼火，飘行而入，自正殿一路游移飞舞，越过鬼火集中巡游的甬道，堪堪到了正宫宅室，现了原身，立即在宫闱门首之后藏了起来。周遭被鬼火照耀之下，一闪一闪，忽明忽暗。隐约听到宫室之内人声鼎沸，男女嬉笑之声传出。

青鸾、鸣凤循着笑声，悄悄来到宫室的窗棂之外，凑近缝隙，把眼窥视。只见华丽瑰玮的宫室之内，白牙床紫罴皮褥之上，居中并排坐着三男两女。三男中，一位鹰钩直鼻，身披黑翼，名为横须；一位面目青绿，身有青包，名为玉阙；一位短发竖扎，尖嘴猴腮，名为乌芒；两女者，一位神情妩媚，体态妖娆，名为青玄；一位面目紫黑，面带煞气，却身如细柳，透出一丝妖艳之气，名为万颜。

在他们旁边肃立着先前那老妪，名唤虔婆。小厮们将瓜果祭品摆在五人面前的青玉长几之上，自行退下。五人看了玉几上的供品，面露笑意。横须

139

手中举起酒盏，高声笑道："各位弟妹，来，喝！"

青玄举起酒盏，一饮而尽，笑道："有美酒佳肴，岂无歌舞助兴？"一扬手，宫室之内顿时香风阵阵，六名彩衣女子，翩翩起舞。

玉阙笑道："有歌舞岂无乐曲？"一挥手，宫室外围顿时多出一众乐手，箫管钟鼎齐鸣。

乌芒笑道："既有乐曲，岂无佳人？来人，将方才寻来的佳人带上来。"说罢，便有黑衣小厮从宫室外，推推搡搡，押进六名素装丽颜的女子来，分别被推到横须、玉阙和乌芒三人身边，服侍左右。这六名女子个个愁眉苦脸、凄凄切切，极不情愿地给三人斟酒换盏。

虔婆道："你们男人既有佳人，我们女人这边也得有俊童侍候，小的们，给我把他们带上来。"说罢走上来四名眉目俊秀的男童，陪侍青玄、万颜二人。一时间歌舞管笙、兴怀大笑之声不绝于耳。

青鸾看到此处，低声对鸣凤看道："师兄，那五位莫非便是那庙宇中供奉的五圣？"

鸣凤点头不语。

宫室内，丝竹鼓笙越来越响，鸣凤、青鸾再次把眼窥探，只见这五圣酒醉失态，一齐拉起身边的俊童美女，伴随那些彩衣女子，身姿扭动，在欢快的乐曲中，一边不停喝酒，一边出手调戏强颜欢笑素装丽颜的女子。忽然间烟雾蒸腾，素装丽颜的女子同时惊慌失措，掩捂口鼻退到案几旁。场中，彩衣女子满脸媚笑，妖娆身躯不停抖动，越发欢健兴起。而五圣满脸晕红，已然酩酊大醉，得意忘形。就见烟雾弥漫中，那横须双肩慢慢鼓起，盛服忽地撕裂，弹出两只黏糊的肉翅来，面目毛发偾张，眼角深凹下去，射出阵阵蓝光；玉阙脸上泛起许多青绿色的疙瘩，嘴巴大张，肚腹隆起，"砰"的一下坐倒在地；再看乌芒，也是头脸大变，额头鬓角灰毫毕露，背后刺啦啦声响，有无数肉刺穿破背身衣服，触目惊心；另外的青玄双目通红，变得圆大明亮，鼻翼和嘴巴慢慢变长，裙摆之下，更有一尾肥厚绵柔的东西拖在地上；最后的万颜，身姿扭动，腰身变得越来越细，衣领之间，那张阴鸷冷艳的头颅一点一点缩了进去，黑色的盛服慢慢委顿在地，人身却没了踪影。

歌舞止歇，烟雾散去，就见宫室之中，显露出红狐、蟾蜍、花蛇、刺猬和蝙蝠一众巨型飞禽虫物，腥臭之味四下弥漫。案几旁的六名素衣丽人见到如此怪异之状，吓得魂飞天外，纷纷晕倒在地。

青鸾鸣凤见状大吃一惊。青鸾道："原来这五圣居然是五个成精的畜生！难怪会祸乱此地。"正说着话，猛听宫室内虔婆的声音喊叫道："什么人？"她话音刚落，外围的鬼火同时调转过来，将青鸾、鸣凤藏身之地照得通亮。

鸣凤叫道："快走！"脚下驱动逐飙飞轮车，和青鸾飞速逃离，避开鬼火的扑袭，全身而退，飞出宫室之外。正在这时，只听蝙蝠齐鸣，黑压压从四面八方前来堵截围攻。青鸾急忙从身上取出五彩蚕丝网，丝网变大，一兜将一众硕大的蝙蝠装进蚕丝网中，手上一收紧，丝网变小，蝙蝠悉数在网中挣扎扑腾。这时鬼火一齐又至，青鸾回手将丝网之中的蝙蝠挥将过去，万千鬼火撞在装有蝙蝠的丝网上，火光大亮，烈火烧到一众蝙蝠身上，顿时燃烧起来。但闻焦臭之味，直刺鼻端，随即火光爆裂，鬼火合着蝙蝠烧焦的尸体在夜空中四散飞舞。

青鸾一脸厌嫌道："好恶心！"一甩蚕丝网，投入湖中水里，几下甩动，然后收回丝网，藏在身上。虔婆众人追出之时，青鸾鸣凤早已飞身远去。

青鸾鸣凤飞回营帐，将行宫别院之内所见所闻悉数讲给东柳氏。东柳氏闻罢，沉吟道："明早，我们便进城将所见之事告之那应国侯，一并将过城东行之事通禀。"

青鸾鸣凤点头。当夜无话，次日一早，东柳氏将青鸾、鸣凤、西河少女召集起来，一同进城求见应国侯，命李义带人留守营中。四人行经五圣庙，却见有十几名应城的老百姓，抬着几名危重的病人，在庙外哭求祷告。

东柳氏心生不忍，命鸣凤将胡中叫来，说服病者家眷，留胡中医治，然后一行四人径直进到城中，在应国侯的府邸门前，向阍门官递上求见文书。不一会儿，四人被传召进内府大厅之上。

应国侯面相威严，高坐丹墀玉床之上，看罢呈递上的文书，道："你们一行是要前往东海啊！这路途漫漫，也难得有如此恒心和毅力！不过本侯有一事倒要问问。你们不辞辛劳，前往东海，就真能寻得真乐之道？普天诸国，王上谋臣，再有繁华盛世，也终逃不过纲常崩裂，朝堂易主，所谓盛极而衰，物极必反，你等追寻的王道乐土，即使有得，能维系多久呢？不如安守故土，成就一番事业为好！"

东柳氏道："此言差矣，我等追寻的王道，乃是崇尚上古淳朴的东户时代，是建立在万千平等和合的根基之上，远离尘世，扬自然之道，除功名利禄之本，令万民安居乐业，饱食衣宿，无欲无求，无争无怒，万众归心，从而世代绵延，国运永祚！"

应国侯点头道："既如此，即日开城远送，祝你们早达福地，获得真乐之道。"

东柳氏躬身道："多谢应国侯！不过我这里还有一事，涉及贵邦国的国祚安宁，不知国侯可否聆听？"

应国侯道："哦，何事？"

东柳氏道："昨日我等经过五圣庙，见应城百姓身患疾病，不去求医诊治，反去求神灵福佑，实为不智之举！而国侯治地一方，英明卓伟，岂能大行拜妖神之风，而致百姓于病痛煎熬之中？兴建五圣庙，起立行宫别院，侍奉神灵，恐劳财伤民，行不正之风。何况这行宫别院侍奉的五显灵公，恐怕乃是妖邪冒充！昨夜我的学生曾亲临行宫，亲眼所见，那五圣并非上天神灵，而是精怪所变，请国侯明鉴！"

应国侯听闻此处，赫然站起，道："放肆！你竟口出狂言，污蔑我国的五显灵公！来人呀，将这些诽谤中伤之人拿下！"正在这时，殿堂之外，走进一男一女，齐声道："孩儿拜见爹爹！"却是昨夜城街巡逻的那兄妹俩。

应国侯强忍怒气，坐下道："两位孩儿，你们昨夜巡查，可曾有发现那劫掠偷人的飞贼吗？"

那应国侯之子正要禀报，却发现旁边青鸾、鸣凤二人，"仓啷"抽出腰刀，指着二人道："爹，那飞贼正是他们二人！"

应国侯大吃一惊，再度站起。忽从殿外奔进一名报事官，直来殿下道："启禀国侯，五圣庙有乡民祈告神灵求医，不曾想却被城外一个自称胡郎中的人救治之后，突然猝死。当事家眷报城防缉拿，不曾想对方亦人多势众，同我方对阵相持。据探查得知，那胡郎中一方的首领，正是眼前觐见国侯的这四人。"

应国侯"啊"的一声，叫道："来人，给本侯拿下！"一时之间，殿堂内外守卫的兵将一齐将东柳氏等人围拢起来。西河少女见状，一伸手，弱柳鞭朝外甩出，顿时将殿外的地面砸出一条长长的深坑，土石飞溅，声势骇人，只见她大声喝叫道："谁人敢动?!"

应国侯众人几时见过这个，纷纷后退。东柳氏道："仙姑，收了兵器！容我且和国侯好生商量。"说罢又躬身道："国侯，适才多有冒犯！不过方才事出蹊跷，可能多有误会，我们可否一同前往五圣庙？倘若真有医死人命，我等定还国侯一个公道。"应国侯别无他法，只得同东柳氏一众人等来到城外五圣庙。只见李义带领众人，手持棍棒和应城的守将兵卒，兵戎相见，见东柳氏和应国侯一众人前来，纷纷趋避退下。

东柳氏走到五圣庙草丛竹架上躺着的病者身前，看了一眼，一言不发。胡中从一边走来，道："圣公！"

东柳氏道："这是怎么回事？"

胡中道："圣公，他们得的是疟疾，本来不难医治。谁知我正给他们开药方和治愈之法，他们几人突然同时气绝身亡。我当时是惊诧万分，他们还没服药怎么就死了。直到圣公回来这一会儿，我才发现，他们是死于蛇毒！"

鸣凤近前道："什么，蛇毒？"

青鸾也上前道："莫非是那五圣之中的蛇妖暗下所为？"

东柳氏沉吟片刻，转身道："国侯，据我们探查，地上几人乃是死于蛇毒！"众人闻言，均大吃一惊，应国侯之子应天虎走过来，蹲下细查，果然在死者的脖颈背后发现蛇啮的齿痕。

应国侯之女应天娇亦蹙眉沉思道："爹爹，看来我们可能误会他们二人了。昨夜我和哥哥带兵巡查，在追到他们二人时，他们手上空空，并没有赃物和丢失女子的身影。"

应国侯道："然则他们诬告五显灵公是为妖，冲撞神灵，而使应城断了福佑之罪责，本侯却是万不能饶恕的。来人啊！从现在起，派遣城中所有兵将，准备飞火流石，弓箭射手，严守城门。如要过城，除非以死谢罪！不然休想通行！回城！"

应国侯说罢带领众人返还城中，回到厅堂，应天虎和应天娇走进。应天娇道："爹爹，女儿有话讲！"

应国侯道："讲来！"

应天娇道："爹爹，女儿以为这里面定有蹊跷。据城防官禀报，他们这些人是在这几日才到得城外，而城中接连财物失窃，女子被掠，却是发生在十天之前，也就是五圣庙、五显灵公的行宫别院建成前后，莫非真有妖孽作祟？"

应天虎道："妹妹此言也不无道理。自从爹爹分封五显灵公，那五圣庙祈福消灾之事从来就没有应验过。而且那行宫别院又神神秘秘，儿臣几次前去探视，都被人拦住，近身不得！这里面莫非真有不可告人的秘密？"

应国侯不语，半晌道："然则我之性命和全城大半的百姓，却是五显灵公所救，此刻虽有怀疑，但无真凭实据，也不好妄下断言！除非他们能有真凭实据证明……证明五显灵公是妖怪！不过依我之见，他们断不是妖，而是保佑我们应城的神灵！"

应天虎道："爹爹，儿臣认为，如果他们真能将窃物偷人的飞贼拿住，证明他们的清白，并能证实他们所言非虚，让我们亲眼所见，倒可以开城放他们通行。"

应天娇亦道："是啊！爹爹，不如我和哥哥出城，跟他们言语一番，如果真能挖出咱们应城的祸心，也未尝不是一件好事！"

应国侯沉吟半晌，道："也罢！就依你们！"

应天虎和应天娇对视一眼，道："爹爹，儿臣告退。"说罢走出。

这时，门外有报事官走进道："启禀国侯，五显灵公求见！"

应国侯起身道："有请！"紧跟着，就见身着巍冠华服的五显灵公走进，一起参拜道："拜见国侯！"

应国侯道："五显灵公请坐！"

五显灵公却不落座，显宁公横须气鼓鼓道："国侯！近几日臣闻城外有一些外间的妖人，蛊惑视听，造谣生事，不但在五圣庙败坏侍奉神灵的祭祀，替人看病，昨夜还有两名妖童潜入我等行宫，擅闯别院，实在是胆大妄为，求国侯为我等做主，杀了这些妖人，以振法纪。"

显应公乌芒、显济公万颜、显佑公玉阙、显灵公青玄齐声道："是啊！请为我等做主！"

应国侯道："五显灵公息怒，对于城外的人众，本侯已命令合城兵将严加防守，不过他们人中也有奇人异能之士，又人丁众多，一时半会儿，可能还无法拿下！"

显宁公横须道："侯爷尽管放心，我们五人亦非泛泛之辈，既能治好国侯和全城百姓的疾病，亦能代为出城，将这些异邦匪类尽数拿下，就地正法！"

应国侯迟疑不语。

五人齐声道："请国侯下令吧！"

应国侯道："这……好……好吧！"

五人谢过，径直率兵出城。

城外，应天虎、应天娇刚刚将父亲代传的话说与东柳氏等人，猛听鼓角齐鸣，五显灵公手执兵器，率众冲上前来。

李义见状，忙命众人列阵相迎，两厢对垒。

只见五显灵公威风凛凛立于阵营之前，旁边有虔婆、小厮守在身侧。城门头，应国侯在侍卫的守护下，探头观望。

青鸾看看五人，奇道："昨夜不是三男两女的五妖吗？今日怎么全换男身呢？"

鸣凤道："他们在五圣庙以塑像让众人祈祷膜拜是为五圣；居行宫别院享乐淫逸是为五妖；在城中受封是为五显灵公，俱变化男身！"

青鸾点头道："其实就是一个蛇妖、一个刺猬精，一个蝙蝠妖、一个红狐妖和一个蟾蜍精。三公两母，嘻嘻！"

鸣凤低声道："鸾妹，等会儿这样，我有一计可将这五妖一网打尽，只有让他们显露真身，那城门上的应国侯及众人才能相信我们的话！"当下耳语罢，便率先手持分光血刃剑，站到两阵中间，叫嚷道，"我说你们五个妖精，快出来受死，小爷我只需三剑，便能将你五人斩于剑下，敢一齐出阵吗？"

一旁的虔婆阴笑道："好狂的后生，让老妇前来收拾你。"只见她身形突然一动，闪电一般飞身而前，瘦骨嶙峋的双爪往后一撩，背后的黑色大氅突然迎风而长，变作数十丈见方，铺天盖地朝鸣凤兜头罩下。与此同时，人裹藏在黑幕之内，佝偻着身体，面目喷射怒火，瞬间数百只裹挟火焰的骷髅，疾向鸣凤呼啸袭去。

145

鸣凤被黑幕笼罩，看见骷髅飞至，掣开分光血刃剑，双剑组成一道圆形剑光，尽数将火骷髅斩削殆尽。随后只觉眼前一亮，不知在何时，西河少女已甩鞭缠住虔婆，将其举在半空。那虔婆被弱柳鞭缠紧，双腿乱踢，叫道："快放我下来！"

西河少女哈哈大笑，手上弱柳鞭慢慢收紧，另一只手戟指向虔婆，口中念咒，只见一道光芒射出，停留在她身上流动环绕，那虔婆渐渐从挣扎中停止不动。西河少女收回弱柳鞭，虔婆尸身坠地，立时化作一副枯骨。

五圣见状大惊，同时一齐上阵，前来战鸣凤。鸣凤竟不战而走，退到阵中，忽然叫道："鸾妹，快！"话犹未了，就见青鸾飞在半空，将巨大的五彩蚕丝网从天兜将下来，将五圣尽数捕进网中，拖拽在地。鸣凤见状，迅速从腰间取出一只朱火金铃，叫声，"变！"顿时变作斗尺大，端在手中，掐诀念咒，就见金铃内散射出一道火焰，蓝光蒸腾，照在五圣身上。

五圣同声大叫，慢慢现了原形。

青鸾笑道："师兄，没想到你还有这宝物！"

鸣凤道："此铃乃是王父在临行前所授，一直无甚用场，这次降妖倒派上用场。"

应天虎、应天娇众人见状同时大吃一惊，愣怔怔地看着网中攀爬而出的花蛇、刺猬、蟾蜍以及在网中挣扎的红狐和粘黏在地上的蝙蝠。应国侯从城楼下来，转到跟前，亦是惊得目瞪口呆，半天无语。

应天虎一声令下，叫道："来人呀，将这五只畜生乱刀砍死！"刹那间，"五圣"均丧生于众兵士的乱刀之下。

全城众人此刻始信，多日一直侵扰城池，劫财掠人害命的乃是五只变身神灵的妖精所为。于是，当日即行命人拆除五圣庙。应天虎率领兵士，前往行宫别院，将残存余孽尽数斩除，并救出被掠去的女子，一把火烧了行宫，即行归城。

当日，应国侯拟大摆筵席款待东柳氏众人，却被其拒却。应国侯无法，只好协同应天虎、应天娇兄妹合城上下为其送行东去。

第十四行　昭雪现鼋怪

东柳氏众人离开应城，沿路前行，不几日，天气转凉，继而彤云密布，西北风呼呼不止，将及隐阳城之际，天空忽飘起鹅毛大雪，道路湿滑，当地又林深树密，山势险峻，众人当即在一处开阔的山地安下营帐。

鸣凤诧异道："先生，这才六月光景，此处便降下大雪，真是奇哉怪也！莫非是天帝施法降旨，又派什么雪神来有意阻拦我等？"

东柳氏沉吟道："且需小心在意！"正在交谈，忽闻蹄声隐约，白茫茫的山里雪地中，一位跨着白驴、身着玄衣鹤氅、白鬓白发白胡子老头，迤逦而来。鸣凤青鸾急忙守卫在东柳氏身前，满脸戒备。

东柳氏朝那白胡子老头看了一眼，分开青鸾和鸣凤，一瘸一拐地走上前，躬身道："老神仙请了！"

那白胡子老头面目慈蔼，呵呵而笑，下得驴背，揖手道："圣公请了！"

东柳氏诧异道："老神仙识得我？敢问仙号？"

那白胡子老头道："天下神人哪位不识一路不畏艰险、济世救民、东行桃源洲的东柳氏圣公！小神洪崖子，这厢有礼！"

东柳氏笑道："失敬失敬！不知老神仙缘何知晓我等？"

洪崖子笑道："圣公率领两位仙童，一路斗战风云雷雨四师，驱旱魃，破五疫，过幽明，伏厕精，诛三妖，降五圣，方至于此，这些济世行侠的壮举，已是人神皆知之事！故而我这里正有一事乞求圣公。"

东柳氏惊得目瞪口呆，半晌才道："这些老先生竟全然知晓，在下钦佩。不过这所求之事，又为哪般？"

洪崖子道："我此来乃是为救一人。"

147

东柳氏奇道："救人?"

洪崖子道："正是！圣公请随我来！"当头牵着白驴，调头而去。东柳氏微微迟疑，叫来李义，命其留守当地，在青鸾鸣凤的陪同下，随洪崖子来到一处山丘脚下。

洪崖子回身道："圣公，看到这座山丘了吗？此山名叫玉脂丘，里面囚困着一位为民请命的隐阳公。数年前不知因何，此丘从天空飞来，将他困压在里面。因其贤明，当地山公及雨露花神，不时以清露香丸滋养续命，却无法移开此山，救他出来。故而我为他们召唤于此，求圣公和仙童能否设法，救他一救！也可谓功德一件！"

东柳氏上下打量这玉脂丘，眉头紧皱道："他人此刻在哪?"

洪崖子道："此山乃飞来之石，顶上有八卦图形罩着，唯有一口透于天，他人就在山口之内。圣公可随我上山一观。"当下让东柳氏骑上白驴，洪崖子在其耳边低声嘀咕，就见白驴低嘶一声，驮着东柳氏沿着陡峭的山坡，径直奔上山顶，竟如履平地。

青鸾、鸣凤和洪崖子一齐飞上，但见山巅数丈见方，不甚广阔。山巅呈圆形之状，中心八卦图像分乾、坤、巽、兑、艮、震、离、坎八个方位，并形成一个光圈，罩住洞口，无法逼近。

鸣凤上前冲突了几次，均被八卦之光挡了回去。

洪崖子叹道："那位隐阳公就被囚困其下。"

东柳氏道："那他人在口内，如何递食续命?"

洪崖子道："通常都是山神近前引开光阵，花神女夷伺机进入，留给他雨露香丸，可以一载不食，如此已有三次！"

青鸾道："我且进去看看！"鸣凤会意，冲向山口，八卦光环一起阻拦鸣凤，青鸾趁机振动千羽衣，自山口飞进。

进得山口，底下鼓腹如瓮，却异常宽阔。一道天光直照而下，映在一个身着官服、蓬头垢面、胡须潦草、一脸愁容的文士身上。

那文士此刻正盘膝而坐，忽闻异响，见青鸾飞身落下，站在他面前。

那文士见状，顿时喜形于色，急忙拜倒在地，道："仙子救我！"

青鸾道："你叫什么名字？为何久困于此?"

那文士哀叹一声，面露凄惶愁苦之色，将他的前身故事娓娓道来："在下陶文经，禹州人氏，官拜隐阳公。三年前，我随拙荆及家人回乡探亲返回途中，从禹州经隐水河岸回归隐阳城隐阳府，当时天气炎热，我一路顶着烈日，着急上火，刚下船靠岸，就见狂风大作，飞沙走石，刮得人睁不开眼。我同妻儿也被大风吹散，随后就觉身子轻飘飘飞了起来，不一会儿直直坠地，然后便觉一个巨大的黑影直飞而下，等起身看时，人便在这山洞之下，无法脱身。从此一困就是这么许久！如非洞外不断有神人入内递送香丸充饥，只怕早就饿死洞中，化为白骨了。求仙人带我离开此地，陶某得脱大难，一定报答你的大恩大德！"

青鸾听罢心道："这风来得甚是怪异！想是有什么妖孽作祟，将他囚困于此，目的何在呢？他的妻儿家人又去了哪里？"想到此处，随即道："陶公，你的妻子叫什么？都有哪些家人？身上可有什么信物，可以给我，好探查清楚，设法救你！"

陶文经忙道："拙荆舞扬秋，尚有一子陶侃，当时被风吹散时年方十三，如今当应已弱冠之年，还有一老仆，名唤梅伯。这里有玉圭半枚，同我夫人舞扬秋身上的另一半乃为一对。"当即从怀中取出玉圭，交予青鸾。

青鸾接过道："你在这里再待几日，我出去后查明真相，就来设法救你出去。"说罢收好玉圭，飞出山口，落到东柳氏、鸣凤和洪崖子面前。

东柳氏道："怎么样？"

青鸾道："果然有蹊跷！恐怕又是妖精作祟。"于是将陶文经所讲又自复述一遍。

洪崖子诧异道："妖精，要说起那隐水河，没听说有什么妖精啊！"

东柳氏道："可以问问隐水河河伯，看他知道些什么。"

洪崖子点头，让东柳氏又自骑上白驴，一同前往隐水河，召唤来河伯。河伯闻说摇头道："这隐水河水清流急，除了一些小鱼小虾，没什么可以成精的水类在此啊！"

东柳氏道："这就奇了，如非妖精作祟，当年的那阵风又是怎么刮起的，而且还将那隐阳公囚禁在山口之下？为何独独将他刮走，吹散他的妻儿家人？他们又都去了哪里？"

青鸾道："先生，我也正有此疑义！"

东柳氏道："你方才言说，那隐阳公是和家人在回归隐阳府半途被风卷走的，我们何不前往隐阳府，看看有什么线索？"

众人想想，也无他法。东柳氏带着青鸾鸣凤回营交代一番，径往隐阳城前去打探。三人进得城去，雪早已消退，东柳氏拦下一路人问道："请问隐阳府怎么走，如今是谁当差？"

路人道："当然是我们隐阳公，往前左转就是隐阳府。"

东柳氏忙又道："再冒昧询问，那隐阳公姓甚名谁？"

路人道："你是外乡人吧？我们隐阳公姓陶，至于名讳嘛，名文经，你可莫要乱给人讲，不然可是要治罪的。"

东柳氏忙道："多谢！"说罢跟青鸾鸣凤走到一旁，道，"原来这隐阳公也叫陶文经，想必真是妖精作怪，假冒真的陶文经！"

青鸾道："先生，不如让师兄陪你留守此处，我进府打探一下！"

东柳氏道："也好！"

鸣凤道："鸾妹小心！"

青鸾点头，快步而去。

青鸾找到隐阳府，已是夜晚，她站在府门外，见两名差人守卫，便来到没人之地，飞进府去，径来正厅，人刚落地，就听正厅内室传来歌舞丝竹之声。

青鸾左右看看无人，凑到窗口，隔着缝隙往里探视。只见正厅居中坐着一黑袍文士，星眉剑目，气宇轩昂，竟然同被囚禁在玉脂丘的陶文经一模一样，只是没了胡须，着装华丽。厅前一位身穿鲛绡华服，明珰满身的年轻妇人，下摆如鱼尾曳地，施施然领着六名舞女，翩翩起舞。

黑袍文士一边喝酒，一边欣赏舞姿，须臾，歌舞止歇，他连连拊掌笑道："夫人舞姿曼妙，委实令人赏心悦目，畅美难言，莫如再来一舞如何？"

年轻妇人撒娇道："夫君，人家困乏了，让姐妹们再陪你舞一曲，妾先回闺室休息。不可太贪恋，早点回房陪我安歇！"

黑袍文士嬉笑道："好好好！"当即令厅下的女子再舞一曲，妇人则转身而出。厅外的青鸾忙躲到一旁的橡柱之后，只见她独自走出，往后室去了。

青鸾一沉思，悄悄尾随。到得后室，年轻妇人走进，随手关上屋门。青鸾来到门首，室内那年轻妇人走到纱床前，哈欠连连，正要宽衣入睡，忽见窗外映出一个人影，忙道："谁？"

青鸾见被发觉，推门走进，里面那夫人已掣出一把宝剑，指着走进的青鸾上下打量一眼，喝道："你是何人，当真好大胆子！"

青鸾笑道："夫人切勿动怒！我这里有件东西，想请夫人一观！"说着从身上取出陶文经交给自己的一半玉圭。

年轻妇人只是看了一眼，怒气冲冲道："你究竟是什么人，居然敢闯进我的内宅？"说罢挥舞宝剑就朝青鸾砍削而来。

青鸾见她竟然不识玉圭来历，挥剑砍来，颇感惊诧，急忙闪身躲过，叫道："夫人，你真不识得此物？"

年轻妇人叫道："哪里来的野丫头！看剑！"更不搭话，"唰唰"几下，举剑连刺而来，青鸾一边躲闪，一边叫道："你不是陶文经的夫人！"

对方不答话，叫嚷道："来人啊！抓刺客！"一时间，从屋外快速奔来隐阳府的侍卫，齐来围捕。青鸾掣出日月宝莲钩，退出室外，在院子同十余名侍卫狭路相逢。青鸾振动千羽衣，直身飞起，瞬间消失在夜空之中。这时，先前那黑袍文士和一名少年急速赶来。

黑袍文士急道："夫人，发生什么事了？"

年轻妇人正要说话，少年亦奔上前，问道："母亲，怎么了？"

年轻妇人忙笑道："侃儿，没甚大事，刚才有个小毛贼跑到屋内，幸而大家及时赶来，吓跑了她！"

黑袍文士会意，道："既如此，大家都退回去吧！"他一声令下，所来的侍卫兵丁纷纷躬身道："是！"随即退走。

黑袍文士又对身前的少年道："侃儿，你也回屋去睡。"

少年微一迟疑，躬身道："爹爹、母亲，孩儿告退！"他一脸诧异，悻悻然离开。

黑袍文士等少年一走远，立即一脸严肃道："方才发生何事？"

年轻妇人脸上流露一丝惊慌之色，道："恐怕咱们的事要败露，不如现在就……"说着，手上做了个砍杀的手势。

黑袍文士面色阴冷，点点头，一挥手，身边登时多出两个满脸通黑，留着两绺髭须的黑大汉来。

黑袍文士道："你俩速去后山石洞，将那贱人给宰喽，以免留下祸患。"

两个黑大汉齐声道："是，大王！"随即走出。

他们在下边院门外低声密谋，全被居高匍匐在屋顶上的青鸾看在眼里。她并未离开，一直不动声色地观望，见两个黑大汉走出，心知有异，当即飞身而去。到了后山一个石洞外，见石门紧闭，洞外有两人把守。守门的见黑大汉走来，忙道："谢大哥，夏二哥，你们来了！"

那被称作谢大哥的黑大汉道："里面那婆娘还老实吗？"

守门的一人道："老实，一直在日夜拉磨。"

被称作夏二哥的笑道："再老实也没用了，大王有令，让我们进去结果了她！"

守门的另一人道："可惜了，如花似玉的隐阳公夫人，如今却在此地岁月耗尽，惹来杀身之祸！"

谢大哥喝道："少说废话！"随即掐诀念咒，那道石门缓缓打开。

石洞内，数十丈见方，一个身着素布青衣、头发披散的妇人，正自推着石磨研磨豆子。那黑大汉二人走进，叫道："陶夫人，别磨了，这些豆渣再也救不了你的命了。陶公有令，命我俩送你上路！"

那陶夫人听闻，立即大哭道："苍天啊！你们还我的夫君，可怜我们一家人，全死在你们这些歹人之手！"

一黑大汉更不搭话，掏出一把九刃刀，便要动手，忽听洞外有人叫道："住手！"话音未落，就见先前那少年带着一个老仆，走进洞来。

两黑大汉转身道："公子，你来做甚？"

那少年道："这妇人是谁？你们为什么将她囚禁于此，还要杀了她？"

陶夫人见到少年时，顿时泪如泉涌，哭叫上前，道："侃儿，我是你娘啊！我的孩儿，为娘终于见到你了。"

少年闻言，大吃一惊，怔怔地看着那陶夫人，奇道："你叫我什么？"

旁边黑大汉见事情要败露，不由分说，径直举刀刺向陶夫人，眼看将要刺中她胸口，刀尖在距离三寸之外，却停住不动。黑大汉大吃一惊，用力再刺，亦纹丝不动。蓦然间，笑声响起，青鸾已现身一旁，手里按住那黑大汉的九刀刀，一扬手，那黑大汉被连人带刀直掼而出，重重摔落在地。

旁边另一名黑大汉见势不妙，急忙冲向洞口，和被摔在地上的另一黑大汉一齐冲出，从外面突然将洞门合上，洞内顿时一片昏暗。青鸾飞身到洞口，石门已然合上，连同那陶公子、老仆等人一齐关在洞中。

青鸾连叫道："该死，该死！年年打雁，今年却叫雁啄了眼！"说罢，上下查看石门，见有缝隙，随即摇身变小，要待透过缝隙出去，岂知缝隙却是从内堵死，最终还是无功而返。

洞外，两名黑大汉哈哈大笑，一人得意扬扬道："这下看你们怎么出得来！"正自嬉笑，身后两把剑伸了过来，锋利的剑刃架在二人脖颈上，却是鸣凤。

鸣凤在隐阳城街市等候，不放心青鸾，将东柳氏送回营帐后，便飞身到得城内，找到隐阳府而入，恰见青鸾尾随那两名黑大汉前往后山，连忙跟上。到了洞外，不见青鸾的踪影，而两位黑大汉又朝洞里喊叫，心知不妙，便悄无声息地从后面将分光血刃剑架在两黑大汉脖子上，叫道："把洞门打开！"

一黑大汉战战兢兢道："没有我们大王的命令，我们是无法打开洞门的。"正说着话，就听身后有人哈哈大笑道："此山顶上有八卦之印镇压，下有阴阳之气封存，没有本王的咒语指令，大罗神仙也休想开的。"

鸣凤闻言，撤回分光血刃剑，回头看时，只见一个黑袍文士同一个身穿鲛绡华服的女子悬在半空，正是假扮陶文经和陶妻的两人。他们派遣黑大汉，前去谋害真正的陶夫人舞扬秋，回想青鸾夜闯隐阳府，身手不凡，放心不下，随即双双前来。

鸣凤叫道："你们究竟是何方神圣，为何冒名顶替，坑害好人？"

那鲛绡华服女子亦道："你又是何人？为何和那丫头坏我们的好事？"

鸣凤道："休要管我是何人，快快打开洞门，放我师妹出来！"

黑袍文士哈哈大笑道："那就看你有没有这个本事了。"说罢，两人大笑着，踩着黑雾离开。洞外的两名黑大汉和看守的人同时亦化作黑烟遁去。

鸣凤大叫道："给我回来！"脚踩逐飙飞轮车，执剑疾追而去。那二人飞在半空，却未向隐阳府，而是往南边应河方向而去。

　　鸣凤追得急切，逐飙飞轮车一瞬间便追上两人。黑袍文士大吃一惊，回手扔出一件八卦方印，在半空变大，急速旋转，朝鸣凤兜头压下。鸣凤大吃一惊，忙驱逐飙飞轮车，堪堪逃开。

　　黑袍文士大笑一声，收了法宝，和那女子飞身隐去。

　　鸣凤落败，只得回到后山洞外，朝洞内大声道："鸾妹，你先待在洞里，我这就回营设法救你！"

　　洞内，青鸾听到师兄的叫喊声，心下稍稍安定。

　　陶夫人舞扬秋挑亮石壁上的松油灯，洞室登时亮了起来。

　　舞扬秋看到儿子陶侃，眼泪不禁扑簌簌而下，叫道："我的儿，快到娘身边来，让娘好好看看你！"

　　陶侃惊疑道："你是我娘？"

　　身后老仆梅伯亦凑上前，盯着舞扬秋半天才道："公子，她看起来，更像是你娘！"

　　陶侃道："那现在隐阳府的女人又是谁？"

　　青鸾走上来道："我猜得不错的话，那隐阳府的女人不是你娘，而是妖精所变！"说罢，便从身上取出半块玉圭，拿到舞扬秋的面前。她一眼看到青鸾手上的玉圭，顿时扑上前，一把抢过，怔怔地看着青鸾道："你怎么会有这块玉圭？"说着从怀中摸出另一半玉圭，拿在手中，两厢拼凑一起，正好是一块完整的玉圭。

　　青鸾道："这半块玉圭是陶文经亲自交给我的，求我找到他的家人。"

　　舞扬秋大喜叫道："文经他没有死？"

　　青鸾点头道："他此刻也正被囚禁在隐阳城外的玉脂丘内，一切皆好！"

　　陶妻闻言，喜极而泣，合手哭道："谢天谢地，夫君他还健在，今日叫我母子团聚。"说着一把将陶侃搂进怀里。

　　陶侃愣愣地被母亲抱着，哭道："你，你真的是我娘？"说着离开怀抱，凑近前去，拨开舞扬秋额前散落的头发，这次看得清楚，越发觉得隐阳府的那个女人是假冒的，顿时泪水喷涌而出，哭叫道，"娘，你受苦了！"

　　母子相拥而泣，老仆梅伯亦是老泪纵横，伤心不已。

　　半晌，青鸾见母子二人激奋的心情逐渐平息了，这才问道："陶夫人，之前究竟是怎么回事？"

陶妻闻言，慢慢陷入回忆当中，一脸伤悲道："三年前，我们一家人回乡探亲，在返回隐阳府途中，自隐水河下船上岸，忽然一股大风吹来，天昏地暗，待得狂风飞沙过后，我的夫君从一旁跑来，询问我和孩儿、梅伯有无受伤，然后一家人回到隐阳府，当时也浑不在意。直到数日之后，我逐渐发觉陪在我身边的夫君有些异常，跟我之前的夫君判若两人。对我也不闻不问，一点甜蜜温存也无，冷冰冰的，像木石之人。成日饮酒享乐，对公事亦不耐其烦，浑不像昔日那般为官恭谨，为民请命，变得昏庸无度。从那以后，我开始怀疑他可能不是我真正的夫君。直到有一次，我在睡房收拾衣物，发现放在床头玉匣的玉圭遍寻不着。那是我们成婚之时的定情信物，通常都是各自保管，他的那块随身贴带，我的装在玉匣里。他那日从堂上回来，我拿着玉圭，问他另一块玉圭，他却推说不知。那可是寄托我们夫妻之情的见证！想起这些时日他对我的冷淡无情，于是我就哭闹着问他，这是为什么？他一气之下，竟然派人将我偷偷关到这山洞里，命人看管囚禁起来，一关就是这些时日。我委实想不通，他竟然不顾夫妻十余年的情分，对我下此狠心！"

陶侃听闻母亲的讲述，回过神来，亦道："孩儿也奇怪，以往父亲都对我十分上心，教导有加，常常陪我批阅简牍，研习文字，可是自从回乡探亲回到府上之后，竟然变得才识全无，成日沉迷于酒色。我心中疑虑，于是便想找母亲倾心交谈，不承想问起那女人时，却支支吾吾，一问三不知。从那以后，再见那女人，便会有人处处阻拦，以各种理由敷衍推托。直到今夜，我听到前厅院子有人喊叫，于是跑上前询问，他二人却叫我回屋歇息。我离开庭院，碰到梅伯，谈起此事时，发现两个黑大汉偷偷往后门而去。我深觉有异，急忙和梅伯跟了上去。没想到在后山洞口，闻知他二人准备刺杀母亲，所以才冲进洞来。真是谢天谢地，竟让我们母子重逢。"

他们三人久未相见，不觉伤感唏嘘了半晌，没过多久，鸣凤在洞口叫道："鸾妹，你们还好吧！"

青鸾听闻忙道："师兄，我们很好，快救我们出去！"

洞外，鸣凤、东柳氏、西河少女以及洪崖子守在外面。

鸣凤道："这洞门被那妖精以阴阳二气封印，要想打开洞门，实属不易！"

洪崖子道："仙童，那妖精怎生模样？"

鸣凤道："他身披黑袍，长相斯文，不知道是什么妖精。"

洪崖子道："你们可曾有过交手？"

鸣凤道："昨夜我在追赶他二人时，眼看就要追上，那黑袍文士突然甩过来一只八卦方印的宝物，兜头便朝我压了下来。若非我逃得快，恐怕就被他的宝物压制住了。"

洪崖子沉吟道："八卦方印，阴阳二气？可去东海郡峄山请宝历菩萨，或许可以探得这妖精的来历！仙童，你在此守候，我去一趟！"说罢跨上白驴，只见那白驴一声嘶叫，倏忽之间已然奔出百里之外，奇快无比。

鸣凤见洪崖子去远，转回洞口，和西河少女各使法力，岂料石门毫无动静。

忽听有人大笑道："你们就不要白费力气了！这道门，除了我的口诀，任何法力、任何人休得打开。"话音未落，就见那黑袍文士和鲛绡华服女子又自赶到。

西河少女更不搭话，弱柳鞭率先出击，鲛绡华服的女子见西河少女出手，便从身上取出一只形似蚌壳的法宝扔去。蚌壳飞在半空，张开大口，径直夹向西河少女。西河少女大吃一惊，挥舞弱柳鞭，意欲将蚌壳缠住，不料那蚌壳滑溜之极，竟飞快躲开弱柳鞭的缠击，径直朝西河少女追来。

西河少女慌忙飞身而逃，巨大的蚌壳在西河少女后面如影随形，一张一合，几次差点将西河少女吞噬进壳内，堪堪被她拼命飞腾躲过。

鲛绡华服的女子哈哈大笑，一伸手收回蚌壳。西河少女飞将下去，大气直喘。

那黑袍文士叫道："你等既三番两次坏我好事，本大王可要大开杀戒了。"说罢，朝上空将八卦方印扔出，登时金光万道，齐将鸣凤、东柳氏、西河少女等人吸了起来。

东柳氏首先被吸起，鸣凤见状急忙一把将他拽住。方印光芒流转，慢慢朝地上扣下。炽热的光芒越来越近，眼看要将众人烧成飞灰，蓦见几道莲花飞来，将三人遮挡住，半空的八卦方印顿时光芒尽收，倏地飞起，落在半空的一位老翁手中。

只见这老翁慈眉善目，皓首乌须，身着七彩仙袍，笑吟吟从天而降，旁边跟着洪崖子。此人正是洪崖子请来的宝历菩萨。

那鲛绡华服女子见状，忙将手上的蚌壳扔向宝历菩萨，宝历菩萨袍袖一挥，登时将蚌壳收在袖内。两人大吃一惊，同时便要逃走，却见宝历菩萨将手中的八卦方印扔出，两道光柱一齐照在两人身上，两人顿时现了原形。众人齐目瞧去，却是一只大鼋和一只巨蚌。

众人见宝历菩萨赶来，一出手就将两只妖精现了原形，当即躬身齐拜，道："多谢菩萨相助！"

宝历菩萨道："这两只妖物，不知从何处修的道行，居然将我传下的八卦方印拿来兴风作浪、杀戮害人！"

洪崖子道："菩萨，既是水中精怪，又在隐水出现，刮怪风害人，应是这隐水河的妖精。然隐水河伯言道非是此河之物，那么有可能就是应水龙王宫中之物了。"

原来，这鼋精确是应水龙王的部将，早年经常背驮大山，助应水龙王平息河患，蒙受嘉奖而封为守平大王。因其在应水龙王宫中待得久了，渐生厌烦之情，开始思念凡间的富贵人情，于是浮游到隐水河畔。有一日，正自在水岸边晒着太阳，忽闻一股血腥之味，睁眼看时，见沙岸身披官袍的陶文经携家人经过。那日天气炎热，正逢陶文经着急上火，流出鼻血掉落沙岸。那鼋精闻到血腥，舔舐后，遂施法刮起大风，将陶文经卷走，并扔出一只玉扳指，变作玉脂丘，以八卦封印，将其囚于山口之内，然后自己变身成陶文经的模样，携带陶妻、陶侃和梅伯回隐阳府做官。不久，冒充陶文经的行迹包藏不住，被陶妻追问纠缠之下，命人将其囚禁，并召唤来同类蚌精，自称绡华夫人，变作陶妻，尽情享乐。不想最终被宝历菩萨打回原形，道行尽毁。

宝历菩萨收服鼋妖，随即撤了后山阴阳二气的封印，石门打开，救出青鸾、陶妻和陶侃、梅伯四人。又自前往隐阳城外的玉脂丘，收了八卦光圈，玉脂丘拔地而起，变成玉扳指，飞到宝历菩萨手中。

平地之上，显示出陶文经的身影。陶妻、陶侃、梅伯三人一齐迎上，全家团聚，又是一番啼哭和欢喜，自不必尽述。

洪崖子见救出陶文经，功成圆满，随后同宝历菩萨分头离开。陶文经全家一齐朝拜，并对东柳氏众人的鼎力相救千恩万谢，目送众人东行而去。

　　后来，留在地上被打回原形的鼋妖，被渔民捕获，拿到隐阳城街市售卖，陶侃正带家丁经过，看到大鼋，被渔主拦下，硬是低价卖于他。陶侃带回府上，随手交给灶厨，大鼋终死于刀下。

第十五行　平妖无支祈

东柳氏率领众人沿荒山密林崎岖古道只管前行，连日天光阴晦，不辨方向，亦不知走了多少日，眼前豁亮，终于走出大山密林，来到淮河的源头。天气乍晴，东柳氏拿出《桃源入行图》细加勘察，发觉方向一直往南去了，当即整修队伍，稍事停留之后，折而往东南方行去。

没走多久，为一座大山所阻。东柳氏命众人安营休息，埋锅造饭。自己则环顾四周，径往大山主峰一处山脚下走去探视，青鸾鸣凤随即跟上。不多时，忽闻山脚巨石之后传来一阵嘶哑的叫喊之声："救命啊！救命啊！"

东柳氏闻声，立即停住道："谁在喊救命，你们听到了吗？"

鸣凤道："先生，似乎在那块大石之后。"

青鸾也道："我也听到了，是在那里！"

东柳氏和鸣凤、青鸾，一齐循声行去，转过巨石之后，只见山脚一块平地上，一口玉石八角琉璃井，白雾缭绕，井水"咕咚咚"直响，井口一条大铁链直垂入井内，另一端沉重的铁链"咣啷啷"拖拽响动，直没入浓重的白雾里，喊叫之声便是从雾气里传出的。在八角琉璃井雾气蒸腾之地的几步开外，矗立着一株树枝繁茂而又坚硬笔挺的铁树。铁树之上，垂挂着几条黄布条，金光闪烁，耀目生辉。

东柳氏走到井边，见有白雾笼罩，看不到雾里究竟是什么人在喊叫，便要拨开浓雾，近前细看，却被鸣凤赶上前，拦阻道："先生莫要走近，退后，看我的。"说罢和东柳氏离远几步，戟指一挥手，八角琉璃井周遭的白雾逐渐消散，慢慢显现出一个通体白毛、缩鼻高额、雪牙金爪、形如猿猴的怪物来，周身和脖颈被铁链缠缚得严严实实，蹲坐在地上，不断挣扎哀求，但双目闭合，对东柳氏三人的到来竟是全然不知。

东柳氏大吃一惊，唬得惊叫连连，拄着拐杖，转身便走。那白猿听到东柳氏的惊叫声，急忙挣扎着叫道："救命啊！快救救我！"竟直说人话。

青鸾定眼看那白猿，道："先生，他好像双目闭合，看不见我们！"

鸣凤道："这妖怪不知被何人锁囚于此，真是奇怪！"

东柳氏定了定心神，对那白猿道："你，你是人还是妖？"

那白猿道："我非人非妖，乃是淮水老猿无支祁，求求你，救救我！"

鸣凤却道："先生，如果没看错，此乃猿妖，想是犯了什么事，被哪位神仙羁押于此，万不可救他出来。"

青鸾道："师兄说得没错，此妖不明不白地被囚禁在此，我们还是不要多事为好！赶路要紧。"

两人说着拉扯东柳氏离开。那白猿听到三人离开，立时哭声凄切，道："求你们救救我吧，救救我吧！"

东柳氏听到那白猿啼哭求救，心下不忍，拂袖甩开青鸾、鸣凤，一瘸一拐地回转，道："我说白猿，你是因何，被什么人锁在此处呢？"

那白猿哭道："我叫无支祁，原本携我们猿族大大小小六十余口生活在淮涡无支山上，那里果树繁茂、水草丰美，我们一族无拘无束，欢天喜地过着无忧无虑的日子。直到有一天，从淮涡水岸的另一端，来了很多身着虎皮，手执弓箭长矛的人，侵入我们的家园。为能驱逐他们出境，我率领所有猿族老小奋力抵抗，最终虽将他们打跑，但我们也损伤惨重。不久，他们集合人力，再次对我们进行攻击，并四处放火。眼看我们死的死、伤的伤，将要被他们屠戮殆尽之时，淮涡水上突然刮起一阵大风，打翻他们所乘的船只，将其退却，才保住了我们全族老小。原来刮的那阵风是一位叫梁父的仙人所为，他行游于此，正好救了我们全族。我携同残余的族类，向他千恩万谢。那仙人见我们可怜，于是就传了我一些道术，以让我能带领全族自保，免受侵害。自从那以后，我突然变得力大无比，能排山倒海、惊风走雷，能辨江淮之深浅，能目视于千里。过了些时日，先前入侵我们的那伙人又卷土重来。我不知深浅，一时心中愤怒，意图报复，遂卷起淮涡之水朝他们漫淹而去，谁知却因此致使淮涡水泛滥，使得沿岸的村庄乡县闹起了水灾，生灵涂炭。我见之后悔不已，适值伯禹治水到此，闻之大怒，不分青红皂白，召集百灵山神，对付于我。我气不过，于是也将无支山一带的木魅、水灵、山妖、石怪等集合起来，一齐对抗伯禹。其间伯禹部下有人知道我是无意之失，一齐帮我求情，谁料伯禹疑心他们包庇于我，将他们也看押囚禁起来。后来伯禹命太阳神之子庚辰，将我擒住，也不知他施的什么法术，将我的双目闭合，无法睁开，被其铁索绑缚，囚押于此。"

东柳氏听罢，连连点头道："原来你还有这般曲折的来历和遭遇，既如此，我且救你一救！"这时，鸣凤却将东柳氏拉到一边，低声道："先生，此妖救不得！他善能答对人言，说的此番话，又有谁亲眼所见？难保不是谎言呢？"

青鸾也道："我不相信伯禹会不问缘由，将他羁押于此，一定还有其他不为人知的隐情。"

鸣凤道："妖终是妖，野性难驯，如果一旦放他出来，定要惹出些乱子来。我们还是探查清楚，再作行动。"

东柳氏道："不必劝说了，你瞧他身世多可怜，如今羁押在此也不知多少年了，如能救他一救，一来感上苍之仁，二来或许还能为我所用。"说罢，径直上前，到得无支祈身边，却又愣住了，委实不知道如何解救于他。他脖子和身上的铁链粗壮如麻，千头万绪缠绕在一起，分不出理不清哪头是哪头，另一端直垂入井内，亦不知铁索下连着什么，究竟有多长。

东柳氏回头道："青鸾、鸣凤，你们二人近前看看，可有解救之法？"两人闻言只得上前。鸣凤走到无支祈身前，变出分光血刃剑，挥剑砍削铁索，但听"咣当"声响，无支祈身上的铁索火光四溅，丝毫无损。青鸾凑到井口，朝井内探视，半晌道："先生，这井下铁索一端似乎系着一铁棒，也不知有多少斤，我看要想解开，堪比登天！"

鸣凤也道："正是！我手中这把剑，平日可以削山开石，但砍在这铁索上，连一点划痕都没有，实难解救！"

无支祈闻说，忙道："三位仙人，昔日我被铁索囚禁于此，我曾问那庚辰何日方能解脱锁链？他告诉我，要待铁树开花之时！"

东柳氏沉吟道："铁树开花？"随即转头看向一旁的铁树，走上前去，只见铁树上金光灿灿，有几缕布条上悬挂玉符，上面有字，便凑近细看，低声念道："大道洞玄虚，有念无不启。炼质入仙真，遂成金刚体。超度三界难，地狱五苦解。悉归太上经，静念稽首礼。"

东柳氏念罢，思量之下，躬身一礼，谁知刚刚拜罢，就见清风阵阵，铁树枝间的玉符随风飘起，飞到无支祁头顶，一道彩光从上直下，映照在他身上的铁链上。

青鸾忽然惊叫道："先生，你看，铁树竟然真的开花了！"她这边惊诧不已，那边无支祁身上的铁索也紧跟着慢慢变细，一直连着琉璃井的铁索亦光芒流转，越发纤细。只见无支祁突然睁开双目，顿时两道金光射出，大声咆哮着将身上的锁链崩断，手上扯拽井内的铁索，就见一支金光闪闪的神铁自井内弹射而出，直冲云霄。无支祁抬头看见，啼叫一声，飞身而起，在半空抓起神铁，一阵挥舞，疾飞而去，直惊得东柳氏颤抖连连，躲到一边。青鸾叫道："鸾妹，你在这里保护先生，我跟上去瞧瞧！别遗留下什么祸患。"说罢，脚踩逐飙飞轮车，急速追出。

鸣凤驱动逐飙飞轮车，很快赶上无支祁，与其并肩飞行。无支祁在空中停住，道："你跟着我做甚？适才听闻你阻止那位仙人救我，后来又帮我砍削锁链，我也就不跟你计较了。"

鸣凤道："你眉宇间含露杀气，究竟要做什么去？"

无支祁道："你管不着！"

鸣凤道："你现在是得脱自由了，可你不要忘了，你之所以能脱逃，是我先生救的你！你难道不要感谢一声吗？"

无支祁道："我现在一心就是要寻那庚辰报仇雪恨，当年是他带人将我收压在太白顶下的琉璃井旁的。"

鸣凤道："那也是你铸错在先，要不是你兴风作浪，制造水灾，以致伤及无辜百姓，伯禹如何会命庚辰前来收服于你？"

无支祁道："你倒提醒我了，我应该去找伯禹复仇的，庚辰只是他的马前卒而已。"

鸣凤冷笑道："你别以为我好蒙混，我先生久居人世，不知你的前身故事，却瞒不了我。你当年在下界兴风作浪，惹起无数纷争，如非伯禹派庚辰将你降住，可不知你还要为祸人间多久。"

无支祈道："你究竟是谁？居然知晓我的前事？"

鸣凤道："我乃东华帝君座下仙童鸣凤是也！"

无支祈连连摇头道："没听说过，你休要挡道，阻拦我去复仇，不然我就不客气了。"

鸣凤道："你要复仇，先过我这一关！"

无支祈道："不自量力。看棒！"说着挥舞神铁，朝鸣凤砸下。鸣凤急忙举双剑迎敌。那铁棒力逾万钧，虎虎生威，鸣凤双剑迎上，只觉虎口大震，硬生生被铁棒震出数里地开外。

鸣凤强忍双臂的疼痛，飞身再至。无支祈颇感诧异，道："你这娃儿倒挺厉害，居然敢硬接我这一棒，而毫发无损。且再吃我一棒。"铁棒横扫，直向鸣凤拦腰而去。鸣凤急驱逐飙飞轮车，飞身躲开，叫道："有本事追我啊！"

鸣凤调转逐飙飞轮车，往回飞去。无支祈随后追上，叫道："谁怕谁！"

鸣凤的逐飙飞轮车，风驰电掣，无支祈一路急追，就是差着这么一点，尾随在后，不一会儿又返回太白峰下。

无支祈厌惧囚禁自己多年的伤心之地，叫道："不陪你玩了，我走也！"不料鸣凤复回纠缠道："既然先生救你出来，以免你前去复仇，再闯祸端，说什么也要将你收服。"话毕，两人又自战在一起。

这时，青鸾将东柳氏带回营帐，心中牵念鸣凤的安危，道："先生，我去看看师兄，那无支祈非比寻常，可别让师兄吃亏了。"

东柳氏道："不可蛮斗，设法将其说服了，带回来也可助我们东行！"

青鸾点头，飞身上去，就见山巅上空，鸣凤同无支祈你来我往，激斗正酣。青鸾一振千羽衣，飞前助阵。底下西河少女见状亦飞身而上。一时间，三人齐来战无支祈。

那无支祈骁勇之极，鸣凤、青鸾和西河少女三人一齐围攻，竟占不到丝毫便宜。青鸾伺机扔出五彩蚕丝网，兜头朝无支祈罩下，无支祈觑见，身形电闪，倏忽之间，变作一道电光，从丝网中穿身而过。青鸾大吃一惊，鸣凤急忙取出朱火金铃，叫一声"大！"金铃巨大的口内，火光闪耀，喷射而出。无支祈似乎很惧怕鸣凤金铃内的火光，一收手中神铁，飞身而走。

鸣凤同青鸾、西河少女守在一起，叫道："这妖怪甚是厉害！我们千万不能放虎归山，须尽力将其收服，不然一场浩劫在所难免！"青鸾道："先生有命，让我们将无支祈说服，然后带回来见他。"鸣凤叹道："都怨先生，我说不能救那妖怪吧，先生非不听，这下麻烦了。集合我们三人之力，看来也无法将其制服！没办法，也不能放任他为所欲为！走，追！"说罢三人追出。

无支祈当先急速飞驰，经过这一阵打斗，只觉腹中饥饿，很久以来一直啜泉饮露，现在逃脱，正好可以寻食大吃一顿。当即便坠下云头，降落到一处市集外，眼见行人往来，忽然勾起多年前那伙凡人助火围攻自己族类的回忆，顿时双眼火光直冒，大步飞奔而前。市集之人见突然有一只庞然大物飞扑而来，吓得魂飞天外，四处奔逃。无支祈手起棒落，将市集的人们及房屋肆舍疾风扫落叶般，横扫一空。一时间血光冲天，乱作一团。

鸣凤、青鸾、西河少女三人跟上，见状惊怒交加，齐来追击无支祈。无支祈纵身一跃，又自飞身而起，往西南逃去。

无支祈飞在半空，往事飞涌，心中不禁惦挂起无支山的族类，这么多年，不知道他们怎样了？一时心切，身形几个起跳，借助山头之力，很快将身后的追兵抛得远远的。

无支祈飞身到了无支山上空，急坠而下。但见无支山早已没了昔日花草满山、秀林匝地的模样。当年的栖息之地，已是田畦百顷，屋舍俨然。他站在田地间，只觉一切都静悄悄的，除了山风吹拂和鸣响，脑海中一片空白。他的族类去了哪里？抑或他们都已被赶尽杀绝呢？他越想越悲观，不禁怒火中烧，仰天长啸，天地震动。他拳头紧握，不觉气冲牛斗，双目如喷火一般盯着远处的一大片屋舍，右掌间铁棒不住震动，蓦地大喊一声，叫道："我要报仇，我要报仇！"只见他飞身而起，挥舞铁棒，以山崩地裂之势，横扫向不远处的屋舍。

正在这时，突然间一杆方天大戟挟带熊熊烈火，迎架而来，同无支祁的铁棒两相碰撞，"咣"的一阵巨响，火光激荡。无支祈捂着双目，连连后退，而面前硬接他一棒之人，几下翻滚，已经飞身立住。

这时，青鸾、鸣凤当先双双赶到，见两人对峙而立，不禁面面相觑。

无支祈睁眼看到来人，更是怒不可遏，恶向胆边生，喝叫道："原来是你，你害得我好苦！今日定要跟你决一死战！"却见面前之人，红光满面、阔唇圆脸，身披锁子金甲，脚踏朝云靴，手执方天戟，威风凛凛道："无支祈，你又要犯浑吗？当年你兴风作浪，制造水患，以致生灵涂炭。我奉伯禹之命，前来收服于你，将你看押在太白峰下八角琉璃井旁，就是要你静思己过，痛改前非。你今既为东行的圣公所救，正应该痛改前非，怎么又来再生杀孽？"

无支祈大骂道："庚辰小儿，你昔日领兵攻打于我，将我囚禁了那么多年，害我孤苦守候，失去自由之身，如今又害我族类被人尽杀，这深仇大恨累累血债，该如何还？拿命来！"不由分说，挥舞铁棒就向庚辰砸去。

庚辰见状，不慌不忙，将方天戟迎上招架。他二人刚交上手，便闻雷鼓轰鸣，四下神兵天将不知在何时已围拢过来，助阵呐喊。青鸾道："师兄，我们要不要前去帮忙？"鸣凤道："不着急，再等等看！"这时，西河少女也飞身近前，正要上前助阵，却被鸣凤拦住道："先且勿动手，看看再说！"

只见场中，庚辰和无支祈戟来棒往，大战数十回合，难分高下。庚辰随即卖了个破绽，转身便走。无支祈以为庚辰惧怕自己，急忙追叫道："庚辰小儿，哪里走！"却见庚辰回身从手上拿出一面铜镜，金光闪耀，晃射向无支祈双目。无支祈知道对方的厉害，急忙闭眼遮挡，庚辰乘势将方天戟直刺而出，扎向无支祈胸口。

鸣凤在旁看得真切，飞速前来，分光血刃剑迎上，将方天戟引向一旁，抓住无支祈手臂，腾空而走。鸣凤这一突然相助，直惊得青鸾、西河少女二人瞠目结舌，不明所以。

无支祈被鸣凤抓着，飞出里许，坠下云头，口中兀自叫嚷："我要报仇！我要报仇！"

鸣凤道："你不是他的对手，当年你为庚辰所擒，禁锢在八角琉璃井边，如非我家先生救你出来，你此刻还在受罪呢。听我的，罢手吧！随我去见先生，或许还有出头之日！"

无支祈仇怒之心即起，哪里肯听鸣凤的话，叫道："我若不死便成魔，我要为我的族类报仇！"

正当无支祈复仇之火熊熊燃烧之际，蓝天白云之中，忽传出一个柔和苍老道："无支祈，你可知罪？"

无支祈一听到这声音，身形顿时一颤，抬头看向云端，只见云彩之中显现出一个虚无万化的人影轮廓，那是梁父在召唤于他。无支祈立即拜倒在地，道："无支祈参见老神仙，多谢当年的相救大恩。"

鸣凤见到云端梁父若有若无的影子，亦躬身道："拜见师尊！"

云端里的梁父点点头，对无支祈道："当年我教你法力，是为了让你能保护你的族类，不可伤及无辜，然而你最终还是犯下了弥天大祸，以致被囚。如今既已得脱厄运，就应放下仇恨，多积善念才是，怎么可以再兴刀兵呢？"

无支祈道："老神仙，你不知道，如今那无支山里，我那些可怜的族类现已消亡殆尽，一定是那些凡人又再次进犯，将他们杀了。如此深仇大恨，我岂能不报！"

梁父叹息道："唉，这么久了，你还是那么鲁莽冲动，心浮气躁！你的族类没有消亡，经历这么多年，他们已经修炼成人，如今安宅立家于无支山下，你前番意欲横扫毁坏的那些屋舍，就是现在他们的家！险些酿成惨祸而不自知，委实不该！"

无支祈大吃一惊，道："什么？我的族类已经修成人身？不可能，不可能！"

梁父道："听我一劝，放下仇恨，消除心魔，才是正道！"说罢隐去。

无支祈大喊一声，飞向无支山脚下。青鸾、西河少女一齐飞至，见无支祈飞走，青鸾忙问道："师兄，怎么回事？"

鸣凤道："先生不是命我们将他收服，带回去见他吗？故而才出手相救。走，跟上去！"当先驱动逐飙飞轮车，急速去追。其他两人随即亦跟上。

无支山脚下，无支祈愣怔怔地看着一排排屋舍，有乡民砍柴造饭，多事农桑，人人脸上笑容满面，一派祥和。有人看见无支祈的身影，注视着他，竟丝毫不惧，眉宇间似乎沉浸在多少年前，族老口口相传的那些关于猿族兴起繁衍以及为生存而争斗的故事。无支祈实在不相信眼前所见是真的，但又有什么可以质疑的呢？他心中的复仇之火慢慢熄灭，瞬时间只觉得这许多年所经历的都是虚幻，所有的过往如同浮云流逝，变得缥缈而无味。

无支祈忽然大叫一声，将手中的铁棒扔出，径直飞落向东海方向。他慢慢转身，神情落寞，离开无支山，向淮涡水的方向走去！

鸣凤叫道："无支祈，无支祈！你回来，快回来啊！"

庚辰亦从天而降，落到无支祈一旁，叫道："无支祈，伯禹有命，封你为淮涡水神，即日到任！"

无支祈脚下一顿，转头道："我们的恩仇从此一笔勾销了！"他的声音听起来竟是无比的苍凉，一步一步，逐渐消失在远处的地平线上。

鸣凤叹息道："我们回去吧！"

一行三人，飞离无支山，径直回到东柳氏所在的营帐之外。

东柳氏忙上前道："怎么样？"

青鸾道："先生，无支祈他走了！我们还是没将他留住，也不知道他去了哪里！"

东柳氏神情一顿，叹道："可惜了！那无支祈为保护族类不受侵害，力御外敌入侵，实可谓勇武至极！然而，如非那位神仙传授他法术，恐怕退却强敌，保护家园便成为一场空谈！由此联想到我们东行到桃源洲，今后如建世立业，该如何做到万全的防守呢？王公曾言道，凡跟随抵达桃源洲者，道者可位列上仙，册封仙籍，我筹思很久，决定从今日起，起行招贤榜，广纳贤才和异能之士，也好为抵达桃源洲之后做万全的设防！你们意下如何呢？"

众人一起道："谨遵先生、圣公法旨！"

当即东柳氏在李义的布置之下，搬来一块巨石代为案几，并找来绣工巧匠缝制了一面镶有"招贤榜"的旗子，然后请香躬拜，昭告神灵，一往无前，继续踏上桃源之行。

第十六行　守真三除魈

招贤榜既出，以熏香祷告天下，一时间沿途之地仙道者，多有响应。东柳氏带领众人，不日来到一个叫谢城的地方，未至城郭，便有一位背负三柄宝剑的年轻术士，拦住去路，躬身参拜道："术士徐守真前来以应招贤榜，望务收留则个。"

东柳氏还礼稽首道："你有何本领？拜哪位仙人学道？"

原来这徐守真本是申州人氏，因游桐柏山，忽闻半空有神人，道："守真留步！"他循声瞧去，只见祥光缭绕，一个老道从天而降，徐守真甚是诧异，道："你是何人？"

那老道道："我是上真九玄道君，乃你蓬莱之师，观你骨骼清奇，秉性正直，不类常流，可虔心学我之道术，他日有成，可落籍蓬莱真仙之列，道途不可限量。你可愿意？"

徐守真道："如此有何道术可学？"

九玄道君道："我这里有九玄剑法，可尽数传授于你。"

徐守真道："此剑法有何功用？"

九玄道君道："此法可以为民救难禳灾，扫除妖孽，乃普救世人功德无量之法！九玄剑法有上中下三路，有疾病之人，使剑挥击，以消除邪气，其人无伤。或地祇恶神、水族妖类等当已上剑制之；如山泽之怪，飞走之精，伤害阊闾之民，当以中剑制之；如魑魅魍魉，以邪气害人，当以下剑制之。"

于是，当日九玄道君命徐守真回转至家中，摆香案鲜果以行拜师之礼，即传其三把宝剑。上剑为诛神剑，中剑为伏妖剑，下剑为斩鬼剑，逐一将运剑法门尽数传授，习练不辍，如此数载，渐有所成。

一日，九玄道君将其叫到跟前，道："你既已学成期满，为师也要回归仙山去了。不久，有东行桃源洲的东柳氏焚香祈祷，起立招贤榜，你可前去应榜，届时可以大展所学，他日功成圆满，或许还有重聚之日！"说罢，便化作一股青烟而去。

徐守真将自己所学经历讲述一番，东柳氏闻罢欣然应允，列入招贤榜，随同一起东行。当日来到谢城之外，见无路可以绕行，遂命李义携带通城文书，在鸣凤陪同下，准备进城。徐守真走上前道："圣公，我一同前往，我对此地比较熟稔，或许有用得着的地方！"

东柳氏点头准许，当下三人一同进城，却见城内行人稀少，市肆凋敝，徐守真领李义和鸣凤，来到谢府府邸之外，递上文书，门首的阍人看了三人一眼，径直入内禀报，不一会儿出来道："三位请进，我们城主有请！"

李义在鸣凤和徐守真的陪同下，来到谢府正厅，府公谢智尚居中而坐，见三人走进，便微微起身道："三位请坐！"

李义复呈上通城文书，坐在一旁，鸣凤和徐守真守立两侧。那谢智尚看罢文书，眉头紧锁，道："你们乃是从汝阳城那边经过至此吗？"

李义颔首道："正是！"

谢智尚闻言起身，将文书命身边侍从拿给李义，道："你等人数众多，我这小小谢城，恐怕无法让你们通行，请另择他路去吧！"

李义赫然站起，道："这是为何？"

谢智尚冷笑道："恐怕你们明是过城通行，实则乃助谋逆之人造反吧！汝阳城此下已然易主，究其原因就是有人帮那谋逆之人，才致使乡民聚众造反，可有此事？"

李义道："汝阳城主乌由达，同妖类勾结，祸害百姓，以致失去民心，官逼民反。我等人众亦是被那乌由达率军攻袭，不得已自卫防守而已。"

谢智尚道："究竟谁是谁非，谢某已无从得知，但防微杜渐还是好的。请回奏你主，非是我不肯开城通行，而是前车之鉴，不可不防！送客！"说罢，有两名侍卫入内，做送客之礼，道："三位请吧！"

李义万万没有料想到，自己首次替东柳氏出行通关，即行被拒，一时也不好发作，只得带领鸣凤和徐守真木讷走出。刚出正厅，忽听外间风声大作，有瓦砾投掷之声不绝于耳，正自惊诧之间，府卒急惶惶来报："谢公，那山魈又出来作怪，快快离开！"话犹未了，就见一片瓦砾投掷而来，正砸中府卒额头，其顿时鲜血长流，倒地不起。谢智尚见状，吓得躲到案几之下，惊颤不已。府上之人更是四下奔逃，乱作一团！

徐守真见状，正待拔剑，却被鸣凤阻止道："道长先勿动手，看看再说！"话犹未了，就见自四面八方飞蹿上来数十只形如人，长二尺余，黑色赤目，发黄披身，身形怪异，面目狰狞凶恶的山魈，纷纷匍匐在屋檐树丛之上。狂风黑烟笼罩之下，一山魈口角大张，吐出一团烈火，引燃正厅房舍，登时大火熊熊。谢智尚在厅内惊慌失措，有守卫急从案几下扶起谢智尚道："谢公，赶紧出去，屋内失火了！"

谢智尚闻言大惊，从案几下爬出，逃到厅外，回头见屋舍着火，一时气急败坏，叫道："快救火啊！"正说着话，一只山魈突然扑袭而至。那守卫急忙抽出腰刀，意欲砍杀，不料被山魈巨大的爪子挝将下来，手中长刀"咣当"坠地，人还未反应过来，已被山魈扑翻在地，惨叫一声，就此一动不动。

谢智尚吓得魂飞天外，慌忙飞逃道："快来人啊！救命啊！"

那山魈闻得声音，直起身转过头来，健硕有力的双腿一个弹跳，飞扑向谢智尚。徐守真眼疾手快，以法力催动背上的伏妖剑，剑身抖动而出，戟指向前，那柄伏妖剑极速飞出，正中扑杀谢智尚身后的山魈胸口。那山魈怪叫一声，轰然倒地。徐守真收回伏妖剑，执剑在手。谢智尚回头看见山魈倒毙，立时回过神，快步奔上前道："三位救命！"

这时，一众山魈已然一同将场中的李义、鸣凤和徐守真围在中间，个个铜铃般的怪目圆睁着，嘴角大张，慢慢逼近。李义不慌不忙道："谢公，你要让我们救你也不难，只需开城放我等通过便是，你可答应？"

谢智尚忙不迭地道："答应，全都答应！"

李义道："仙童，有劳你了。"

鸣凤笑道："徐道长身负异能，有三把神剑，自可诛杀这些山魈。道长，今日乃是你大显身手之时，我们先行撤退，这里交给你了！"当即和李义夹带谢智尚，飞身跳出场外。

与此同时，一众山魈口中喷火，烧向徐守真。徐守真大喝一声，手中伏妖剑顿时变出无数长剑，形成一道锥形剑阵，光芒四射，将喷来的火团挡拒在外。只见他被剑阵罩在其间，双手指处，剑阵散落，众剑同时弹射而出，一起扎向周围的山魈。围拢上来的山魈尽数中剑，纷纷惨叫倒地。

屋顶、树上的其他山魈见状，怪叫一声，纷纷逃走。

风声止歇，有谢府的兵卒和仆从奔出，手提木桶，泼水灭火。很快，火势减弱下来。谢智尚舒了口气，整整衣襟。谢府众人一起围拢上来，一名守卫长躬身道："谢公受惊了，属下来迟，万望恕罪！"

谢智尚沉声道："恕你等无罪！前日本公命你召见那捉鬼张道，怎的迟迟未见入府平息山魈之患？"

守卫长道："实是山魈太过厉害，那捉鬼张道，只会捉拿小鬼，山魈无法缉拿，不敢进府领命！"

谢智尚大叫道："真是饭桶！如非这三位高人相助，恐怕谢某今日要葬身在自家府里了。"

守卫长道： "谢公洪福齐天，自有高人相助，此间魈患何不请这三位救平？"

谢智尚道："我正有此意！不知三位高士，可否助我们斩杀山魈呢？"

李义道："好说好说！"于是，李义三人重新在谢府偏厅，商议除魈之事。

谢智尚道："三位，我们这谢城原本是没有山魈的，直到有一年，年成欠收，各乡各县闹饥荒，民无食粮，迫不得已，大家只好往后山寻草木花果充饥。渐渐山中能吃的东西，被越来越多觅食的乡民搜寻一空。没办法，作为一城之主，我只能组织士卒壮丁，准备长矛弓矢，进山围猎，几乎能捕杀的飞禽走兽都消亡殆尽，饥荒兀自未减。直到年末，赈灾的粮食运抵，饥馑方解。正当我们全城欢喜雀跃之际，突遭山魈的袭击。起先我们并没在意，只是群策群力，集结壮丁群防群守，多次将山魈击退。不料，没多久，这些山魈也不知怎的，渐渐成了气候，竟能喷火烧物，更有成精成怪者，异形变化，出没无定，已非常人可以抵御的了。从此魈患便在谢城蔓延开来，无法制伏。"

李义听罢沉吟不语，目光瞧向一旁的鸣凤，鸣凤则笑吟吟地望向徐守真。

徐守真道："如要彻底铲除山魈，需找到魈首及其栖身之地。我这就前往后山走一遭！"

谢智尚忙起身道："如此有劳了。不知道长需要多少帮手？我即刻召集乡勇府兵，助你一臂之力。"

徐守真笑道："无须帮手，我先前去打探一番！"

谢智尚道："倘若除去谢城的魃患，本城主即日开城门，夹道相送，放你们东行，并有厚礼相谢！"

当下，鸣凤送李义回营，禀报东柳氏。徐守真则只身前往后山。后山山势险峻，怪石林立，林深树密，兼之天色阴晦，山岚弥漫，黑黢黢阴森可怖。徐守真飞身落在一处树林环绕、荒草丛生的空地，四下巡视。周遭静得可怕，昏暗当中，浓密的丛林缝隙之间，正有无数只眼睛在窥视着进犯的徐守真，直透着一丝肃杀之气。

徐守真蓦地身子一抖，背后的伏妖剑振动而出。他一把将宝剑掣在手中，大喝一声，伏妖剑疾挥而去，剑光飞处，周遭的树枝巨木一齐折落，现出藏身背后的一众山魃。

众山魃厉声怪叫，四散奔逃，朝山上跳跃而去。徐守真掷出伏妖剑，悬在半空，迅即飞身而起，双足踩在伏妖剑剑身之上，御剑飞行，急速追出。只见众山魃不断起跳奔逃，到了山顶兀自飞逃不止，纷纷越过山巅，折转向后山一端的山坡而下，身影很快消失不见。

徐守真御剑追来，见没了众山魃的身影，飞身而下，一伸手抓剑柄在手，落到地上，把眼细看，却是到了一座神王宫门前。

徐守真进内查看，并未发现山魃的踪影。宫内珠玑为帐，宝玉雕饰，天中大神王的金身塑像巍峨矗立，占地不大却香火鼎盛。

徐守真心道："奇怪，它们都逃到哪里去了？"正自思量，忽听脚步声响，他连忙跳上神坛背后，把眼窥探，外间一对中年夫妇及家仆入内，只见那对夫妇言辞恳切，祈祷道："求求神王，救救巧哥吧！我老给你下拜作揖了。"说着跪拜叩头，无比恭敬。

徐守真心下一凛，不知他们有何请求，当即捏着喉咙，声音洪朗威严地道："你们有何事求告本神？"

底下的中年夫妇大吃一惊，更是叩头连连，道："神王显灵了，神王显灵了！"便和家仆一起拜倒在地。

徐守真道："快快说来，本神替你做主！"

两夫妇互推道："你说，你说！"紧接着那年老的妇人道："祈告尊神，我们乃谢城谭家，膝下有一子，小名巧哥，今年十之有六，本来聪慧乖巧，讨人喜欢，谁知有一晚刮起一阵怪风，我家巧哥正在睡梦中，窗户被怪风吹开，满屋子狂风漫卷，等我们赶到时，他竟然疯疯癫癫，言语失常，从此变得痴傻如同废人一般。"

她的老伴儿也道："是啊，我们随后请来郎中瞧看，他竟然力大无比，靠近之人连同郎中尽数被打跑，我等也接近不得，成日号哭无度，弄得全家鸡犬不宁，寝食难安！眼见如此下去，可怎生得了。故此来求告神灵，能救他一救。今后我等全家定当多奉香火，以谢神灵救命之恩！"

徐守真听罢，心想："敢情是妖怪作祟，想必和这山魈是为同类，亦未可知！"当即道："你们且回去，本神随后就来，一定替你们平祸消灾。"

夫妇二人闻言大喜，又自连声跪拜，千恩万谢地出了宫门。

徐守真见他们走出，从神坛后闪身跃下，一思量，随即跟出。

就在徐守真前脚刚走出神王宫大门，神像前香烟缭绕当中，同时现身出几个身材短小、躬弯着腰身，尖嘴獠牙的小妖来。随后神像耸动，慢慢变化现身出一个妖王，名唤青魈神王，同样的尖嘴獠牙，面目狰狞，一耸身站起，身材却高大魁梧，冷面威严地瞧向下方。

这神王宫本来供的是天中大神王，后来由于灾年香火不盛，天中大神王的金身无法接受供养，于是便不能下界久视人间，随后被谢城当地成了气候的魈怪所占。为首的便是这自名青魈神王的，带领一方山都山魈之怪，兴风作浪、诱惑乡民，以求其祈福舍财、多供香火。说起这青魈神王，原乃谢城后山的山魈之首，谢城那年遭受饥馑，谢智尚为得以生存，召集乡勇壮卒捕杀山中猎物，连同山魈一起遭受牵连，杀毙者不在少数。其中这青魈神王带着幸存的山魈侥幸逃脱，更在人迹罕至的摩天崖中食得些灵芝仙草，纷纷得了道行。尤其是青魈神王，得到最大的千年灵芝，多有吞云吐雾，兴风作浪之能，还有能变化异形者，成精作怪者，在香火的熏染之下，更能异形隐身，藏匿于无形。先前徐守真追赶的众山魈便是逃进神王宫，借助香火隐身遁形的。

众山魈小妖现了人身，一起参拜道："拜见神王！"

青魈神王一点头，道："方才是何人冒充神王，抢我香火俸禄？"

众山魈小妖一齐摇头。一妖道："启禀神王，这人忒是可恶，今日我们前去诛杀我等的仇人，本来可以将他们尽数杀死，不想被此人出手相救。我等不是敌手，险些为其所杀！"

青魈神王冷冷一笑道："既如此，本王倒要会他一会！"

徐守真尾随那对夫妇来到谢城的谭家庄院，正正衣襟，走进大门，刚说了声："本神来矣！"就见庭院众多仆从家丁一个个飞步奔逃。一个少年满脸血污，双眼通红，正自双手各拖拽一名家丁，双臂挥舞，将两人齐齐抡将起来，当空旋转，突然一丢手，两人直飞而出，重重摔在徐守真脚下。两人龇牙咧嘴，狼狈爬起，没命地奔逃而出。

那少年打着趔趄，神情癫狂，高声叫嚷道："你们这些坏人！来啊！我不怕你们！我要吃了你们！"

这时，先前神王宫所遇的那对夫妇，躲在暗角，闻得徐守真说话，面露喜色，一起跑上前道："尊神救救我儿！"正说着话，那少年飞扑前来，大声狂叫道："快拿命来！"二人回头，直吓得魂飞天外，慌忙跑开。

徐守真一动不动，上下打量着那少年，察言观色。

少年见徐守真站在当前，脚下略停了停，双目如同喷火一般，道："你是何人？"

徐守真道："叫你现出原形的人！宵小山魈，还不现形，更待何时！"说着从背后抽出斩鬼剑，挥剑便刺。一道剑光横空飞去，那少年慌忙转身，就见山魈所化的一道人形光影，自少年身体中一闪而出。徐守真剑光激射前去，将那人形光影缠住，急速坠地。

那山魈挣扎着一回手，一道电光击打向徐守真面门。徐守真一侧头，避开电光。电光击在树枝之上，"噗"的一声响，树枝起火，竟逆燃而向树身，灼烧不灭。借着这当口，山魈摆脱开剑光的纠缠，一踊身便要逃走。

徐守真大喝一声，手中斩鬼剑飞出，径直扎向山魈，登时将其钉在一棵粗壮的树身上。山魈"吱吱"惨叫，扭动着身躯，"砰"的一声巨响，化为飞烟。

此时，那神情癫狂的少年从地上挣扎爬起，神情虚脱，极力睁开双眼，诧异地环视四周，一脸迷惘。

那对夫妇见少年恢复原样，慢慢凑近。妇人哭道："巧哥，你好了吗？你真的好了？"

巧哥看着父母，道："爹，娘！我这是怎么了？"

二老同时将巧哥抱住，喜极而泣，一齐跪倒在地，朝徐守真叩首拜谢。徐守真忙搀扶起来，道："贵公子当是被山魃附身，故而癫狂不已，行止失常。如今山魃既除，府宅从此可以安宁矣。"

徐守真除掉山魃，复回谢府，来见谢智尚，将追杀山魈而至神王宫山魈遁隐以及替巧哥扫除山魃之事，据实以告，随后又问道："这神王宫附近可有洞穴或者地窖可以栖身之处吗？"

谢智尚摇头不知。

徐守真道："这些山魈山魅一定有藏身的巢穴，如果神王宫附近没有藏身之所，那么他们的巢穴很有可能便是在这神王宫了。"

谢智尚道："道长，如有必要，我这就命人将神王宫拆除。"

徐守真点头道："在这谢城以外，可还有什么隐秘之地吗？"

谢智尚道："除了后山，再无其他。"

徐守真道："这就奇了，这些山魈山精之物绝不在少数，他们的巢穴会在哪里呢？"正思量间，忽有府卒入内禀报道："启禀谢公，谭家巧哥日间被魈魅缠身，后被救不久，忽然暴毙家中，死因不明！"

谢智尚陡然站起，道："什么？"说着看向徐守真。

徐守真一惊道："莫非又是魈魅卷土重来？"

徐守真急忙和谢智尚带上几名府卒，前往谭家查看。谭家夫妇二人一身素缟，跪在床榻之前，哭天抹泪。徐守真近前查看巧哥的尸身，浑无半点伤痕，随即沉思着走出内室，到得院外。

谢智尚跟出道："道长，怎样？"

徐守真道："他当是中了魈魅勾魄摄魂之法，而死于非命！"

谢智尚道："如何可制？"

徐守真道："除魈之法，只能找到其巢穴，将魈首诛杀，方能彻底消除谢城的魈患！"

谢智尚一咬牙道："为了避免谢城更多人伤亡，我这就命人拆除神王宫，再派人助你搜寻这些山魈的巢穴。"

徐守真道："派人就不必了，我还是再去后山查看一下。"说罢，离开谭家，御剑飞往后山。

这次，徐守真搜得仔细，独自查遍后山的角角落落，终于在一处怪木嶙峋、人迹罕至的深涧旁的乱树丛中，发现数十个坚固厚实、长约三尺的白色窠巢。密密匝匝，满布林间。

徐守真随即飞剑而舞，几道剑光激射而出，瞬间引来一场大火，将林间所有的窠巢付之一炬。有几只留守的山魈从窠巢中飞身而出，咆哮着扑向徐守真。徐守真抄起斩鬼剑，唰唰几剑，将它们斩于剑下，鲜血飞溅。徐守真清剿完毕，随后御剑越过山脊，来到神王宫外，却大吃一惊，只见宫外横七竖八躺着一些府卒兵丁，均满身是血，尽数被杀。

徐守真正自惊诧万分，忽闻身后脚步嘈杂，谢智尚率领一队人马，疾驰而至，见徐守真持剑站在当地，刃身鲜血浸染，登时面现怒色，喝道："贼道士，竟敢杀我府兵，给我拿下！"

徐守真忙道："他们不是我杀的！休要冤枉贫道！"

谢智尚凝视他手中带血的斩鬼剑，大喝道："人赃并在，你还有什么可狡辩的。"

正在这时，鸣凤和青鸾飞身而下。鸣凤叫道："住手，请听我一言。"

徐守真大喜道："仙童来得正好，我是冤枉的。"

原来，谢智尚刚派出十余名府卒，前去拆除神王宫，青鸾、鸣凤随后便来到谢府，征询谢智尚除魈的情况。谢智尚于是将徐守真后山追杀山魈和谭府诸事尽数告之。鸣凤一番思索之后，忽然惊叫："不好，这神王宫必将有一场血光之灾！"当即跟随谢智尚一同前来，却没想到谢智尚昏庸愚钝，将徐守真错认为凶手。

鸣凤道："谢公，我料想的没错吧！不过杀他们的却不是我们的人，而是这神王宫藏匿的山魈余孽。"

谢智尚冷冷道："何以见得？"

鸣凤笑道："只有当面拆除神王宫，方能真相大白。我就不相信那些山魈山魅能将我们这些人都杀了。"

谢智尚一挥手，道："来人啊！给我将神王宫拆了。"一声令下，立时有府卒民众架起横梯，手执锄镐长镵冲到宫外。随即就见神王宫内青烟飞涌，青魈神王带着众山魈小妖一齐自神王宫内，现身而出。

一妖满脸激愤道："神王，就是这贼道士将我们的窠巢尽数烧毁的！"

青魈神王面露凶光，手执一对锁魂钩，青光闪动，袭向徐守真双目。徐守真猝不及防，顿时被对方的锁魂钩勾摄住，正在失魂落魄之际，只听青魈神王大喝一声："倒！"他话音未了，就见徐守真身形晃晃悠悠，便要栽倒。

青鸾、鸣凤见状，大吃一惊，同时飞身前去。青鸾将日月宝莲钩削向青魈神王，鸣凤则飞扑向徐守真，搀扶住他。青魈神王的索魂钩厉害异常，只需朝着对方一声喊叫，对方的魂魄就被其勾拿住，不倒地则罢，一倒地即魂飞魄散，再难有活命。幸亏鸣凤眼疾手快，在徐守真即将倒地的一刹那，将其扶住。

青鸾突袭青魈神王，对方急忙收回锁魂钩，勾魂之术中断，徐守真懵懵懂懂之中，神魂归位。他回过神来，叫道："这魈首好生厉害，险些着了他的道！"背身一抖，诛神剑从剑匣中弹跳而出，持剑在手，径直冲上前，道，"青鸾童子，这魈首交给我！贫道一定要将他诛杀了。"手中诛神剑剑光飞舞，同青魈神王锁魂钩战在一起。

青鸾、鸣凤则跳出场中，齐来冲杀众山魈。另一边谢智尚派出的府兵已开始拆除神王宫，香火断绝，众山魈无有栖息逃身之处，很快被青鸾、鸣凤诛杀干净。

那青魈神王一开始颇为神勇，同徐守真杀得难分难解。渐至后来，眼见手底下的小妖尽数被青鸾鸣凤诛杀，心下着急，不觉身形慌乱。徐守真当着两位仙童的面，久战不下青魈神王，心想自己初入招贤榜，如久战不下，恐伤及颜面，脸上无光，当即诛神剑、伏妖剑、斩鬼剑三剑并用。双手诛神剑、伏妖剑上下翻飞，左右挥舞，斩鬼剑飞在半空，在徐守真的法力催动之下，前攒后刺。青魈神王瞻前顾后，稍一分神，徐守真伺机将诛神剑直掼而出，洞穿青魈神王胸口，其上身登时现出一个大窟窿，随后伏妖剑、斩鬼剑左右横劈而至。青魈神王惨叫一声，被徐守真的三剑砍成两半，横尸在地。

谢智尚在旁看得心惊肉跳，眼见山魈之怪均被诛灭，当即满脸堆笑，道："道长，适才多有误会，望乞见谅！多谢两位仙童相助，此地魈患既平，我这就开城门，欢送你们出城。"

当日，徐守真和青鸾、鸣凤回到营地，将诛杀山魈前后详情告之东柳氏。东柳氏一番嘉许之后，带着众人，在李义的整队列伍之下，一字排开，相继入城。城道两旁百姓欢呼相送，目送众人远去。

第十七行　尤凭显异能

招贤榜既出，东柳氏率众一路行来，又自收罗了些男男女女的奇人异士及虔心慕道之人。沿途逢山开道、遇河搭桥，所幸这一路都是些小灾小难。东行桃源洲的队伍人才济济，各个领域的人才应有尽有，自是畅行无阻。

这日，众人进入一处地势险峻，道路狭窄的山道之中，天光被山林遮挡，显得黑黢黢的，幽深可怖。东柳氏正自拄拐前行，忽听"嗖嗖嗖"三声响，三支火镝自两边夹道的树林中齐齐射出，扎在地上，火光顿起。青鸾鸣凤忙守卫在东柳氏两边。李义眼明手快，低声道："大家散开，外围的壮士小心防守！"话音刚落，就见两边旗幡招展，擂鼓呐喊之声传来，自两边深山密林中，现身而出许多手执兵器的山贼，将众人围在当中。随后马蹄声响，一名贼首策马上前，手执大刀喝道："过路的行人，快快留下财物，本大王饶你们不死！"

青鸾、鸣凤二人本来全神戒备，待得见到这番光景，不禁同时松了口气。青鸾笑道："我道遇到什么妖怪了，原来是些蟊贼啊！"

马上贼首生得五大三粗，满身的肌肉鼓鼓囊囊，面相凶恶，见青鸾出言讥讽，大叫道："你这女娃娃笑什么？本大王可是来打劫的。看到没有，我们这金川寨地势奇险，又有重兵屯守，你等孤弱老小，还不乖乖交出贵重之物，免得本大王动手！"

鸣凤道："先生，我们一路降妖诛怪，对付的都是神灵妖物，如今还是首次得遇贼人挡道。当日王父对我们有三条戒律，其中有一条就是，不能对凡人施法，以行杀戮！我看此地虽然险恶，但区区一伙山贼，还是兴不起多大风浪，不如让李中枢率人退却便是！"

179

东柳氏点头，正要吩咐下去，却见自人群走出一人，青衿短袍，身形瘦削，双目凛凛，面相威严，只见他躬身道："圣公，在下炼气之士尤凭，愿退却强贼。"

东柳氏大喜道："如此甚好！这些山贼，先出言教化，非在万不得已之下，不可伤害他们性命！"

尤凭躬身道："是，圣公！"走出队列，上前几步，对着那贼首道，"你乃何人，报上名姓！"

那贼首趾高气扬道："我乃金川寨二大王乌龙是也！你等商量好了没有？还不放下财物，更待何时？"

尤凭正声道："你们这些山贼，不知勤侍五谷，自食其力，却纠集宵小之众，占山劫道，抢掠钱财，害人性命，实是自寻死路。识相的快快退去，即日解散山寨，弃恶从善，否则必遭杀身之祸！"

贼首乌龙哈哈大笑道："你赤手空拳，酸文假醋地说这些话作甚？小的们，放箭！将这个口出狂言的家伙宰喽！"一声令下，两边箭矢齐发，射向尤凭。尤凭见状不慌不忙，双臂伸展，双掌分开，嘴里念念有词，齐齐飞来的箭矢眼看便要将他扎成马蜂窝，不料箭头在他周遭一尺开外，竟突然一起调转方向，反射向两边山林的弓箭手。林中顿时惨叫连连，山贼被自己人射出的箭矢所中，一起栽倒在地。

尤凭学有方术，施展的乃是禁气之术，掐诀念咒，可以以气禁物，按照自己的意念行事。那乌龙几时见过这个，叫道："你，你会使妖法！快，投射滚石！"随即就见隐藏在林中的山贼，拨开树枝，显露出数辆投石车，装填巨石，一齐从两边弹射而下。

众人大吃一惊，正要藏身躲闪，却听尤凭叫道："大家勿慌！我自有办法！"他说着话，大喝一声，双臂衣袖奋力挥舞，众人两侧顿时形成两道气墙，巨石砸落下来，撞到气墙上，纷纷弹将回去，震裂一地，无有一块巨石伤到东柳氏众人。

乌龙见状，气急败坏，叫道："给我冲啊，将他们剁成肉酱！"一时间，众山贼手执大刀长矛，齐来冲杀。李义早有防备，率领手下壮丁，挥舞棍棒迎上。青鸾鸣凤护随东柳氏，退到一旁。

乌龙手抡大刀，策马前来。尤凭大喝一声，震彻山谷，将乌龙震落马下。只见他虎口崩裂，嘴角流血，已是奄奄一息！

正在这时，忽闻马蹄声响，又有一彪人马自前方驰骤而至。但见他们一身铜盔铁甲，衣胄鲜亮，却与这帮山贼大相径庭。东柳氏心下一动，忙道："大家退到两边，切勿动手！"李义闻言，率众退到两边。

那彪人马为首一将领身躯高大魁梧，顶戴麒麟头盔，身披铠甲，手执长矛，骑在马上，瞧了东柳氏众人一眼，立即策马驰骤，杀向那帮山贼。众山贼猝不及防，纷纷往两边山上退走。

那将领大叫道："给我杀上山，将这帮山贼尽数格杀！不留后患！"猛听山寨上擂鼓轰鸣，金川寨首领白虎率领山贼倾巢出动，同那彪人马战在一起。又有一队弓箭手，居高临下，从山上放箭射来。尤凭叫道："圣公，我去助他一助！"飞身而起，挡在飞箭之前。乱箭在距离他一尺开外，纷纷坠地。

白虎见状大惊道："哪里来的术士？且看我的厉害！"说着闭目念咒，随即猛开双目，双臂挥舞中，口角大张，从嘴中喷出一股黑雾，扑向尤凭和那带队的将领兵士。

尤凭微微一惊，心道："原来这贼首居然会吞云吐雾的本领！"急忙飞身跃到一棵树梢上，躲过黑雾。底下的那头领和士卒为黑雾所袭，晃晃悠悠，一齐栽倒在地。

白虎口吐黑雾，又自喷向树梢上的尤凭。尤凭叫道："休要逞强！"口中吹气，白虎喷出的黑烟立时化于无形。尤凭使的法术乃是禁气之术，以气禁水，水逆流而上；以气禁沸汤，手入而不灼烂；以气禁炊火，一里地不得蒸熟。白虎虽能吞云吐雾，以黑雾致人片时昏迷，却在尤凭的禁术之下，半点施展不开。

白虎见状大惊，从腰间取出一块玉兽牌，对着尤凭大喝一声，一道白光射向尤凭。尤凭被白光照到，大叫一声，只觉头昏眼花，全身酸痛，身体摇摇欲坠。

山下鸣凤看得真切，正待飞身前去相助，却见尤凭忽自一旁折下一根树枝，叫声："变！"手中已多出一柄桃木剑，挥舞而出，将白虎玉兽牌里的白光逼回。

白虎以玉兽牌施展的乃是厌胜之术，是以诅咒来制胜的左道旁门，虽然厉害，但尤凭的法力更高，他假装为白光所制，趁对方松懈麻痹之际，变出其克星桃木剑，解了对方的厌胜术。只见尤凭大喝一声，桃木剑极速飞出，白虎正待逃走，桃木剑已扎进其背身，洞穿而过，立时倒毙在地。

一旁乌龙众山贼惊骇之下，飞身往金川寨逃走。地上那将帅头领懵懵懂懂醒转起身，见众山贼溃败而逃，立即整肃队伍，冲杀而去。乌龙率领众山贼仓皇抵抗，不大工夫，乌龙便被斩于刀下。其余山贼见状纷纷跪地求饶，被那将领部下的士卒尽数羁押。

那将领上前道："多谢异士相助，不知尊姓大名，本将也好禀明我们金川侯，一并嘉奖！"

尤凭道："在下尤凭，要谢可去山下谢我们圣公！"

那将领带领士卒将众山贼押解下山，径随尤凭来到东柳氏众人面前，躬身道："多谢先生相助，剿灭此地为害一方的贼患！小将姓楚名环，乃金川镇金川侯手下部将，请随我进见金川侯，以待厚礼答谢。"

东柳氏道："我等乃东行的路人，适逢从此经过，尚要赶路，恐无法随你前往！"

楚环道："你们要东行，只有这一条道路，正好经过金川镇，恳请垂见！"

东柳氏道："既如此，楚将军先且回，我等途经时，如有余暇自会造访。"

楚环喜道："那我和侯爷就恭候大驾了。"当即一礼，率兵押解山贼而去。

东柳氏率领众人，沿崎岖山道又自行了数里地，走出大山，眼前豁然开朗。其时日上三竿，天气炎热，众人走得困乏，见不远处有一棵参天巨槐，高约十余丈，枝叶茂密，林荫匝地。东柳氏当即带着众人上前，分布开来，一齐坐在树荫下纳凉。李义命行路使余迁拿出水袋，给口渴的乡亲解暑。

约莫半个时辰，溽热始消。东柳氏起身吩咐下去，准备起行。忽闻人群中一声惊叫，随后一阵骚动，有凤陵长行色匆匆，拨开人群，道："圣公，李中枢，有一乡亲突然无故倒毙，快过去瞧瞧！"

众人闻言大吃一惊，东柳氏连忙叫来胡中，一同就视。胡中来到人群当中，但见一名中年男子，直挺挺躺在地上，双目圆睁，全身僵直。胡中蹲下仔细查看，怔怔道："奇怪，这才片刻时间，尸体便已僵硬！似乎有中毒的痕迹，但又与平时中毒的症状不一样！你们是怎么发现他倒地不起的？"

一妇人哭叫道："就是方才喝完水袋的水，无声无息地靠在这树上，我闻说要上路，去拉老伴儿时，他便躺倒在地，一动不动了。呜呜！"说着掩面痛哭起来。

余迁道："水袋的水，不会有问题！有好几个人都喝了，怎么唯独他出事呢？"随即吩咐人打开水囊，找来银针试探，显示无毒的。

东柳氏诧异道："这就奇了，他死之前是没有发出任何声响吗？"

妇人垂泪点头。

正当众人疑虑之际，忽闻背后有人再度一声惊叫，道："不好了，又……又有一人死了！"这下，众人慌了，立时一阵骚动。鸣凤叫道："大家快离开这里！"李义闻言，连忙组织队伍，离开大树，飞快往府道上奔去。

尤凭留在树荫下，举头朝槐树枝繁叶茂的树丛间巡视一圈，忽见树巅有白光闪烁，陡闻一股血腥之气直冲而下，连忙飞身躲开，跳到距离巨槐数丈之外，叫喝道："这棵大树里果然有蹊跷！"

鸣凤闻言，当先奔来，手执分光血刃剑，飞身而起，跃到树梢之上的半空，对着树丛间的白光砍削过去，谁知丝毫不见有任何动静。他正在纳罕，陡见整个树冠簌簌而动，跟着就见一只大蛇自树丛间探头出来，大嘴中巨芯吞吐，一股血腥之气向鸣凤袭来。

鸣凤顿觉头昏眼花，急忙驱动逐飙飞轮车，急速逃离，落到东柳氏众人身前，叫道："原来这树上有一只大蛇作害！方才死的两名乡亲当是被其蛇毒侵入口中，暴毙而亡。那大蛇盘踞树丛间，口吐毒气，却是近身不得！"

众人面面相觑，沉默不语。却见巨槐前，尤凭大喝一声，远远施展禁气之术，对着巨槐戟指而去，口中默念，随即就见一道红光蔓延开来，尽数包裹住整个树身，片刻之间，郁郁葱葱的槐树枝叶掉落一地，枝叶枯死，慢慢显露出一只足有七八丈长的大蛇，垂挂在树干之上，软绵绵倒悬而毙。

尤凭收了法力，回到众人面前。

东柳氏叹息道："可惜他二人，死在这大蛇之口！我们一路东行，当真是步步凶险，处处有灾。经此一事，往后需更加小心！"说罢命李义找人捐了些钱财，在当地买了两具棺椁，将两人厚葬。

有当地民众见到树上悬挂的死蛇，齐来围观，并向东柳氏众人叩头拜谢。有胆大的上树将大蛇挑下，七八名乡勇壮丁上前用木柱抬着大蛇，敲锣打鼓，径向金川镇报官去了。

东柳氏苦笑一声，带领众人列队前往金川镇城楼，早有楚环带领几名将士守在城门外，列队相迎。东柳氏避无可避，只好随楚环进城，分别被安排进驿馆及旅店之中。

楚环将众人安置妥当，即行请东柳氏入侯府，面见金川侯夏侯戕。临走之时，东柳氏叮咛李义好生约束看管众人，勿四下外出闲游走动，自己则带着青鸾、鸣凤，随楚环进府。进得府门，三人相继穿过甬道庭院，来到金川侯所在的正厅。

彼时，夏侯戕正居北盘膝而坐，厅中有歌姬侍妾伴乐起舞，兴致正酣，闻楚环在门外求见，一挥衣袖，命歌姬退去。楚环引东柳氏三人齐来拜见。

楚环躬身道："启禀侯爷，助末将剿灭金川寨贼人的异士带到！"

那夏侯戕手中捻着一颗葡萄，把眼朝东柳氏、青鸾、鸣凤乜了一眼，颇感意外，道："这三位就是大败贼人的异士？"说着将葡萄放进嘴里，眯着眼睛一边咀嚼，一边用手轻轻拍打小腿，一副悠闲轻慢之色。

楚环正要回答，东柳氏却眉头一皱，道："退走山贼的非我们三人，乃另有其人。如无其他事，我等先且告辞了。"说罢转身就走，却听夏侯戕叫道："慢着！着什么急啊！既来府上，且坐下来，陪本侯稍坐片刻，再走不迟！"

楚环忙道："慢待三位了，快快请坐！"

东柳氏无法，只好在一旁坐下，青鸾、鸣凤则站立身后，一言不发。

夏侯戕道："不管是哪位异士，既然能轻易助楚将军剿灭山贼，当是有些本事的。来人啊！将本侯准备的金银缎匹呈上来。"即有两名差人及侍妾端上满满几盘金银和绫罗绸缎来。

东柳氏忙道："不必了，侯爷。我等乃村野行路之人，钱财之物于我等无甚用处。剿灭山贼，也是我等路遇劫道，不得已出手而已。这些金银万不能受！"

夏侯戕脸色一板，道："怎么，你们看不起本侯吗？休要推三阻四！本侯一向赏罚分明，你等有功，本侯便不能不赏赐！再者，本侯还有一事需要你们去办呢。"

东柳氏神色隐忍道："侯爷，我等要赶路了，恐怕无暇替侯爷差事。这些金银你要一意赏赐，那就赐给楚将军好了。我等告辞。"说罢起身正要离去，忽闻厅外人声嘈杂，隐隐约约从庭院传来。

夏侯戕焦躁道："什么人在外喧哗？楚将军，出去看看！"楚环忙走出正厅，不一会儿进来禀报道："侯爷，外面有一村姑和之前助我们剿灭山贼的异士，因土地纠纷，正在跟本镇张载师争执不下，要前来面见侯爷评理！"

夏侯戕赫然起身，道："反了，这村野民妇，竟然评理评到侯府来了，真是放肆！随我出去看看！"径直带着楚环快步走出。东柳氏朝青鸾、鸣凤看了一眼，一脸诧异，随后跟上。

来到庭院之中，只见两边分别站着两拨人。一边人多者，前排站着一位年逾花甲，但精气神十足的老翁，身后呼啦啦跟着一群年轻的壮丁；另一边则是一位约莫40岁，荆钗短裙、素装打扮的妇人。在她身旁站着一人，东柳氏和青鸾鸣凤看得真切，竟是尤凭。

夏侯戕和楚环走近，那老翁及众人看见，忙一起参拜道："拜见侯爷！"夏侯戕微笑点头，转眼看向一旁的妇人，立时面现怒色，道："大胆刁妇，见到本侯，为何不跪？"

那妇人忙跪地磕头，道："民妇拜见侯爷！"她身旁的尤凭却立而不跪，看向别处。

夏侯戕对尤凭喝叫道："你为何不跪，来人啊！给本侯拿下！"说罢，有几名府兵冲上前去，便要缉拿。一旁的楚环忙道："慢着！侯爷，他就是日间帮末将打败山贼的那位异人！"

夏侯戕"哦"的一声，挥手命府兵退下，道："我说那妇人，你和张载师等人哄哄闹闹，来侯府所为何事？"

妇人忙站起道："侯爷，他，他们霸占我家的田地！"

夏侯戕转头看向那老翁张载师，冷冷道："可有此事？"

张载师慌忙道："哪有此事，分明是这村妇诬告好人，倒打一耙。求侯爷为我等做主！"他这一说话，身后众随从一起言语道："是啊！侯爷！我们张载师怎么会霸占她家的田地？委实是无稽之谈！"对方人多势众，附和者多，那妇人支支吾吾，一时百口莫辩。

一旁的尤凭忍无可忍，大叫道："住口，你们仗着人多，以众欺寡，齐来挤兑诬陷我姑母，实是气煞人也！"他愤怒之下，语带咆哮之声，上空随即飘来一团乌云，夹着闪电，在张载师众人头顶盘旋不已。

众人抬头大为惊骇，却见东柳氏走上前道："尤异士，且住！"

尤凭义愤填膺，气不过对方的欺凌，正要打雷闪电，施展异术，震慑张载师人等，忽见东柳氏上前，忙收了法术，躬身道："圣公！"

东柳氏沉声道："你不随大家在驿站候命，来此作甚？"

尤凭忙道："圣公，她是我的姑母尤氏。我，我在驿站待得无聊，特来寻住在此间的姑母叙话作别。不想在姑母家宅遇到这张载师，硬说宅前的私田乃张家地产，已列其名下，被其强行占用。我姑母大字不识，被他诱使签换田地的契券，只以些微的铜贝钱财质换。事后发觉被骗，姑母气不过，即去评理，不期对方人多势众，以多欺少，姑母无处诉理，这才来侯府请侯爷明断！"

东柳氏闻言，低声道："即便如此，你私自离开驿站，不服管束，过问此间之事，也属犯禁违规。既如此，恐怕我们东行之路无法容你，你还是好生陪姑母过活去吧！"

尤凭闻言大惊，道："请圣公开恩，不要赶我走！我实是见姑母受恶人欺凌，不忍她老人家受苦，这才强行出头！请圣公原谅这一回！"

鸣凤在旁求情道："先生，念他初犯，就饶恕他吧！"

青鸾亦道："先生，看在尤异士初行助我们平伏山贼的分上，就原谅于他！"

东柳氏平了胸中怒气，道："你起来吧！"

尤凭大喜道："多谢圣公！"

东柳氏道："你既拜我门下，随我东行，往后人世俗事不可再过问，即刻随我回去。"

尤凭脸上微微露出迟疑之色，看向姑母，随即躬身道："是，圣公！"

夏侯戕在一旁一直默不作声，见尤凭身材瘦小，一脸怀疑，对身边的楚环低声问道："真是他助你平息山贼的？"

楚环颔首道："正是此人！"

夏侯戕嘿嘿一笑，看看尤凭的姑母，又看看张载师众人，笑道："我说这位异士，你既要替你的姑母争回田地，那本侯就替你做主，即刻让他将田地还给你的姑母。不过本侯府上倒有一事，需要异士的帮助。"

尤凭神情一愣，转眼看向东柳氏。东柳氏见跪在地上的妇人孤苦伶仃，心下不忍，当下默然准许，道："未知侯爷府上有何事需要我等相助？"

夏侯戕笑道："不瞒你说，近来本府之上，每到夜晚，前宫后院总闹鬼怪。既然你们身怀异能，就烦请一展法力，让本侯开开眼！"说着再次请东柳氏入厅室详谈。

东柳氏见事已至此，只得和青鸾、鸣凤、尤凭一道走向正厅。楚环见四人当先走出，忙近前低声道："侯爷，这闹鬼怪，是怎么讲的？"一脸诧异和不解地凝视着夏侯戕。

夏侯戕笑笑道："到时你就知道了。"说罢大笑跟上。

回到厅上，夏侯戕请东柳氏和尤凭坐下。尤凭道："敢问侯爷，府上的鬼怪究竟是怎生模样？如何出来作怪的？"

夏侯戕笑道："说起这鬼怪，也是近日才出现的，每每夜深人静之时，于偏殿前宫，飘忽不定，不断出来袭扰作怪。"

尤凭道："此乃小鬼，不足为惧！请问有没有伤及人命？"

夏侯戕一怔，随即笑道："怎么没伤人？殿中值班的宫娥，有好几个被生生吓死！"

尤凭神色沉定，道："既如此，我定要将这些害人的恶鬼收服了，以免再害人！"

当日，夏侯戕留东柳氏、尤凭和青鸾、鸣凤在府中设宴款待一番后，并安置了宿处。临了，鸣凤将尤凭叫到跟前，颇有怀疑之色道："尤异士，我总觉这金川侯言语闪烁，似有机心，有意留我们，还需小心在意！"

尤凭点头道："多谢仙童提点！"

到得深夜，尤凭全神警戒，在侯府前后巡查。东柳氏不放心，命鸣凤前来探访，一直到子时仍未见任何动静。尤凭道："仙童，你先回去陪圣公！我看今夜这侯府是不会有鬼怪出来了。"

鸣凤点头道："那你小心，我先回去了。有什么事及时告诉我。"

尤凭点头，目送鸣凤离开。

眼见一轮弯月西斜，已是卯时时分。尤凭有些困乏，正准备回室歇息，忽闻偏殿传来一阵怪笑之声。尤凭立时警觉起来，飞身来到殿内。只见一条走廊有十几名白衣披发，手执红烛的男女，拉长嗓音，飞快地跑过。

尤凭更不搭话，自身上摸出一只玉符，大叫一声，道："何方小鬼，看我催命符来降你！"手中玉符飞出，在那些男女头顶盘旋飞舞，一道红光倾泻而下，击打在那些人身上。只闻众人惨叫一声，一齐扑倒在地，随后就见殿上人影一闪，有人迅速点燃殿壁之上的灯烛，眼前顿时大亮，但见夏侯戕哈哈大笑，带人走进。

尤凭见那些男女匍匐在地，一动不动，并未化作白骨，大感诧异，又见夏侯戕走近，越发惊诧，道："侯爷，你这是？"

这时，鸣凤从外面听闻动静，亦飞身前来，忙问端的。

只见那夏侯戕哈哈大笑道："尤异士果然好本事！本侯算是见识了。"

尤凭一脸诧异不解道："侯爷，这究竟是怎么回事？他们不是鬼祟？"

夏侯戕道："不错，他们是本侯故意安排的，以试探你的道术！能助楚将军剿灭那金川寨的左道之士，果然有两下子！异士方才使的什么道术，轻易便放倒这么多人，还请异士再行施法，救他们起来！"

尤凭闻言大怒，随即强行隐忍道："侯爷，原来这一切都是你故意编排的！可惜了这些人的性命，无缘无故为我催命符所害，已无回天之力了。"

夏侯戕惊道："怎么，他们没救了？"

尤凭哀叹点头。

夏侯戕讷讷半晌，沉声对手下的一名府管道："这些宫人，妥为厚葬！今夜之事，不要声张出去，否则立斩不饶！"府管道："是，侯爷！"当即命人将死者抬出连夜安置。

夏侯戕又道："尤异士，你们明日即可东行，本侯另有厚礼赏赐！"

次日一早，尤凭连同鸣凤将夜间之事禀告东柳氏。东柳氏闻言甚是恼怒，道："好一个荒唐无德的侯爷！尤异士，你这催命符真的就不能起死回生吗？好歹救那些人一救，他们无故冤死，实甚不忍！"

尤凭摇头叹息道:"先师传我符命,乃是诛杀恶鬼之法,并没有教授我起死回生之术!"

东柳氏叹道:"可惜了。事不宜迟,咱们还是赶紧离开这是非之地,早日动身。"言罢当即面见夏侯戕,准备辞行。

夏侯戕再次命人呈上金银宝物,道:"这些财物,请务必收下,以赏赐你们的救助之功。还有,尤异士,昨日所争的田地,本侯已命那张载师交还给令姑母了,敬请放心,日后在本侯的管辖之下,令姑母一定平安无事!"

尤凭道:"多谢侯爷!"

东柳氏本欲言词推托,但昨夜误伤人命,倘不能受赏,必然会节外生枝,正在犹豫不决之际,尤凭凑近低声道:"圣公,这些东西暂且收下,等会儿出得府去,我们尽可将这些财物散发给当地百姓,岂不是好?"

东柳氏闻言点头道:"如此甚好!"便接了所赏赐之物,在夏侯戕和楚环相送下,来到驿馆,命李义召集众人,打点一切,将财物散发后,即行启程,离金川镇而去。

当日,金川侯夏侯戕送走东柳氏众人,回到寝室,回想昨夜之事,心下忐忑。到得晚间,早早睡去,正昏昏沉沉之际,忽闻寝室内冷风飕飕,窗棂被一股阴风吹开,顿时涌现出十几个头发披散,满身血污的恶鬼来,齐声叫道:"我们死得好冤啊!你拿命来!"夏侯戕从梦中惊醒,大叫一声,便被猛扑上来的恶鬼一阵撕咬,还没来得及呼救,便一命呜呼,死于非命。

第十八行　卢起择仙洲

东柳氏带领众人，又自行了多日，已至豫州的边界，将入扬州地界。眼见天色垂暮，远远只见大别山下，有几间屋舍，掩映在苍松翠柏之中，显得萧瑟荒凉。及至近前，才见屋舍破败，乱草丛生，似已久无人居。

东柳氏命众人在旷野外搭起营帐，架起篝火，准备落宿此间。一切停当，天已黑尽。众人四散开去，老人小孩及女眷分在帐内安歇。无有帐幄者，则露宿在外，铺设携带的草蒲凉席。他们整日赶路，早已困乏，无论躺到哪里均无比舒服。很快，整个营地静了下来，唯闻蟋蟀和鸣，夜风阵阵。

东柳氏站在营帐外，一直无法入睡。鸣凤陪伴左右，道："先生，入夜了，早点歇息，明早还要赶路。"

东柳氏不答，望着东南方的夜空，道："童儿，你说走了这么些时日，距离东海还有多远呢？"

鸣凤道："先生，出了雍州，再过了扬州，就到东海畔了，距离桃源洲也就不远啦！"

东柳氏面露笑容，无限畅想道："到了桃源洲，我们东行就彻底圆满了，一想起就令人兴奋。你说桃源洲究竟是怎样一个地方呢？是不是有无边无尽的桃花、常年郁郁葱葱的树林，还有繁盛的瓜果田蔬、肥田沃土？到时啊，我就带领大家专事农桑，自给自足；带领大家兴建田舍屋宅，人人都有房子住。鸡犬相闻，阡陌交通，就真的可以实现东户时代的淳朴民风，回归自然田园。想到这一幕幕，我就无比向往！"

鸣凤道："先生，你不知道，东海可大哩！整个地域比中原神州还要大！不过具体的，我也不曾游览过。我和鸾妹一直陪驾在王父身边，从来没有离开过紫府洲，很多都是听别人说的。至于桃源洲真正的样子，我也没见过！"

东柳氏道："不管它，到了就知道了。"

鸣凤道："先生，进帐歇息吧！"

东柳氏点头，正要走进，忽闻不远处传来阵阵咳嗽之声，他大是诧异道："童儿，你听，是不是有人在咳嗽？"

鸣凤点头道："声音在那边的屋舍里。"

东柳氏道："走，陪我过去看看！"说罢，同鸣凤一起来到废弃的屋舍前，循着声音走进，来到一处深宅内，里面透出微弱的光亮。再往里走，只见一间破败不堪的居室内，一张床板上躺着一个年轻的后生，虽衣衫褴褛，但面目清秀，脸上乌黑满布灰尘，形销骨立、瘦弱单薄，见东柳氏鸣凤走进，他神情颇为诧异，忙挣扎坐起身道："两位是？"

东柳氏忙道："行夜的路人，歇宿在此，听闻咳嗽声，故而过来瞧瞧，看看有没有可以帮忙的。你怎会生活在如此破败之地呢？"

那后生挣扎起身，道："让两位见笑了。我叫卢起，此间是我的旧宅，多年来一直独居于此，虽地方简陋，但故土难离！再怎么不济，也终究是落脚之处。"

东柳氏皱眉看看四周，道："你年纪轻轻，何不另择他处，总比待在这里无人问津的好！"

卢起笑道："不管身居何处，总逃不过俗尘凡世，又有什么区别。我辈凡夫俗子，纵是玉阙琼楼、锦衣玉食，到头来终难免与尘埃为伍，同腐木做伴！落叶归根还还于林，尘埃落地终化为土，这必然是我辈凡夫俗子无法逃脱的。"

东柳氏道："这位小哥小小年纪，谈吐不凡，看来非泛泛之辈！敢问师承何门？"

卢起道："我无门无派，乃此间的一孤儿，从小体弱多病，受邻里接济过活，略莫识了些字。在13岁那年有幸听老君讲经，听了几日，浑浑噩噩回转家中，不期家中遭遇兵匪战乱，邻里乡亲均离家出逃，屋舍被洗劫一空。我顾念故土，是以一直在此留守独居，无事常念及老君所讲之经文，渐渐有所感悟，越发觉出其间玄妙之处。可惜终因年纪尚浅，修行的时日太短，一些

191

地方还未能融会贯通，当是修行未满之故，是以一直在此参研，以期他日能有所进境，得入道门！"

东柳氏大感诧异，道："看你年幼，居然也是修道之人！"

原来这卢起亦属蓬莱真仙之列，同东柳氏均师从老君，只不过卢起乃是半道听经，未入半点道门，仅凭天生的道骨仙相，自勘自悟，以超强的记忆力将老君所讲的经文熟记于心，成日参研。有一日，他正自默诵揣测之际，屋外疾风骤起，天气阴霾，猛吸了几口冷气，忽觉头昏脑热，全身发冷，同时引发虚寒旧疾，从此一病不起。数日下来身体亏虚，又无力出行觅食，当日昏昏沉沉睡去，也不知沉睡多久，忽闻香风阵阵，嘴边粥香味传来，睁开眼时，只见面前坐着一位相貌端庄，丰姿俏丽的姑娘，正端着一碗浓浓的香粥，用木勺递到他唇边喂食。

卢起饿极，贪婪地将整整一碗的米粥吞食殆尽，这才有了些许的力气。他挣扎坐起道："敢问姑娘姓甚名谁，何以出现此间？多谢赐粥之恩！"

那姑娘笑道："我叫素女，你可以叫我素素。我乃居你后山之易仙宫，近日无意经过你家门口，见你昏睡沉沦，一病不起，故熬制了些粥食，给你喂下，索性将你救醒。你孤身一人，无人照顾，我闲来无事且照看你几天，等你病愈了，我再离去！"于是，此后的几日，素女每每前来，自管卢起一日两餐，在她的照拂之下，卢起的虚寒之症逐渐好转，渐渐能起身走动。

一日，素女在照顾喂食卢起午餐之后，即行离去。卢起一直好奇，不知后山有易仙宫之地，遂尾随而去。约莫一刻钟，果见后山青松掩映，有一座宫院，雾气缭绕，门前缓缓停下一辆金犊子轿车，车前有侍女垂立，自车轿内下得一女子，仙姿绰约，秀丽可人。那女子见素女迎上，叮咛了几句，卢起听不甚清。只待那女子说完，素女方躬身一礼，目送金犊子轿车驰远，消失在雾色之中。

素女一转眼看到一旁的卢起，笑而招手，领卢起进易仙宫做客。这易仙宫不甚宽敞，但庭室淡雅素洁，奇香扑鼻，说不出的畅美难言。素女约卢起在客室坐下，捧来香茶献上。卢起饮下只觉清香入喉，芳香沁脾，顿时神清气爽。

素女笑道："卢相公，见你孤身一人，可有意成家吗？有人照顾，总比独自寡居为好！"

卢起忙道："卢某身家寒微，岂敢有非分之想？再者有幸听仙师讲道，已有虔诚求道之心，恐怕这尘世间男欢女爱无福消受！"

素女道："这也无妨！修行和成家可以互行不悖。相公请清斋三日再来！届时我领你去看，是否中意，再决断不迟！"卢起还待拒绝，却已被素女推出易仙宫。之后照旧粥食相待。三日后，素女命卢起在易仙宫后舍沐浴并更换了一件玉袍朝靴，头脸又自修整了一番，即行带他离开易仙宫，来到一处深林之间。只见一楼台水榭，白纱玉帐，石栏之上镶嵌刻有"含真台"三个篆体大字。不一会儿，只闻仙乐之声传来，一条玉石砌成的石阶路自树林古木间铺设而来，一辆辐軿双骖海马车疾驰而至。这两只海马非比寻常，奇大无比，背鳍振动，飘在空中，拉扯着两条丝带，系在轿前。从轿帘内出来一女子，正是三日前易仙宫外所见那位，有两名侍女搀扶她下车轿。

素女急忙迎上施礼，那女子颔首点头，转眼看到一旁的卢起，微微一笑，迤逦近前，道："我奉水玉宫主之命，来凡尘求匹佳偶。郎君素有仙相，但修行未得其法，又病灾未消，故而遣素女前去救你，并传媒妁之言。倘能结成仙缘美眷，你身上的病灾即可尽数消解，修行亦能融会贯通。不过还需七日清斋，再来复见！"说罢，命侍女拿来两只葫芦，交给素女，复上了轿车。侍女调转车头，两只海马身形上下晃动，御空反向而去。

忽忽七日一晃而过，卢起又自静坐清斋罢，素女带卢起来到易仙宫沐浴更衣，然后带他来到易仙宫外，取出两只葫芦，就手吹了一口仙气。两只葫芦飞出掌心，慢慢变大如瓮。素女自随身取出佩刀，在两只葫芦中剐开两道腹槽，领卢起分别坐入。卢起惊诧万分，正要细问，却见素女合十默念，忽而风起云涌，两只葫芦一齐飞上天空，不多时急剧坠落，"噼啪"两声，同时掉入一处大湖之中，在清澈如明镜的水面上，轻轻一荡，急速飞起，又再坠下，径直沿着湖面乘风破浪，向不远处驰去。

须臾之间，到了水岸一边，只见雾气氤氲当中，显示出一座巍峨的宫殿楼台，皆以碧绿水晶为墙垣，有披甲勇士列队而立。之前驱驾海马辕车的那名女子迎上道："素素姐姐，宫主请你进去。"

素女微笑点头，一拉身旁满脸惊异、怔忡不定的卢起，走向宫门。仰头看时，宫门之上嵌有"上池仙馆"四个篆体大字。甫入宫门，只觉金光灿灿，光辉夺目。金色大殿床榻之上，坐着一位丰体玉颜、秀丽端庄的女官，正目不转睛地注视着卢起，殿下两侧分别站着数十位侍女仙娥及守卫的士兵。殿前白牙床有一只锦墩，一张玉案上的玳瑁器中盛着酥酪。

素女领卢起坐到下首的案几之前，一脸肃穆，站到那女官身后。有侍女端来玉盘玉斝，呈献给卢起。卢起迟疑着接过。

那女官款款玉臂做了一个请礼，举起手中的玉盏目视卢起。卢起没奈何，当即举起，一饮而尽。盏中之物非酒非茗却清冽香甜，入口而下，顿时五内寒彻，神清气爽，竟是畅美难言。

那女官微笑同饮，含情脉脉注视着卢起。卢起忍不住道："请问这里是何仙地？召小生至此，实不知为何事？"

那女官一怔，随即看向身旁的素女，素女忙低下头，垂手不语。那女官也不着怒，笑道："前日本宫传令官和侍女素素已将召你的来意说起过，想是你忘记了。这里乃是上池仙馆，神仙居住之地。我乃水玉宫主，知你素有仙相，又常默诵太上道经，初有所成。只因你年纪尚轻，又独自修行，无法登堂入室。故召你来此，为得结眷同修，一齐向道。不知你意下如何？"

卢起迟疑不决，一时陷入踟蹰之中。

水玉宫主道："此下有三条路可供你选择。一则同我常留宫中，结为美眷，同修共度享受荣华富贵；二则送你至会真府，供上池仙相之职，为本宫效力；三则嘛便是复送你回人世故宅，清修苦行，以待他日终老而逝。"

卢起沉吟着环顾宫室，将目光停留在水玉宫主秀丽的容颜之上，不觉神魂骀荡，道："如能留在宫中，实为上愿！"

水玉宫主闻言大喜道："郎君如要与我同修共度，道有所成，便需心念坚一，矢志不移，待我前往降香宫奏启上帝，再作道理！来人，将卢郎先安置寝室，明日再带往此宫相见！"言罢，有男侍出列，来到卢起身前，躬身道："相公请！"当即带着卢起出了宫门，经过一条幽深的走廊，来到一去处，窗明几净，芳香扑鼻。绕过火齐屏风，只见寝室内紫琉璃帐悬挂床榻之上，锦被玉枕，布置得颇为雅致素净。

那男侍领进卢起，道："相公今晚就住在此间，记住，没什么事千万不可出门乱走！"说罢躬身离去。卢起四下打量，满脸好奇和疑惑，当日便在寝室内住下。夜幕降临，有仆从进内掌灯，并端上鲜果茶点，躬身离开。

卢起独自待在寝室之内，百无聊赖，对此间神秘华贵之地颇为惊异，忍不住打开寝室门，前往庭院观望，正自兴致盎然之际，忽闻脚步声响，有两人自走廊边走来。

卢起私下走出寝室，不便与人相见，闪身躲到假山之后。只见一位头面生有麟角，赤皂玄裳的中年汉子，带着一个随从一边行来，一边说着话。那随从道："鱼伯，宫主召那凡尘的小白脸为婿，究竟有什么用？看他瘦骨嶙峋的，论长相比起海龙王的大太子那可是天壤之别！实在不明白宫主为何会中意此人？"

那位被称作鱼伯的中年汉子停下，笑道："这你就不知道了吧！那相公虽是凡尘之人，但素有仙相，学的乃是太上道门，只因他自我修行，未得其法，假使有仙人引导，度他些时日，道途自不可限量！修行有云一阴一阳谓之道，宫主乃是水碧玉石精初修成人身，有阴而无阳，那相公正是纯阳之身，又有太上道门的加持，倘若跟宫主结为夫妻，和合双修，势必可以助宫主修成不灭金身，达成正果！"

那随从道："原来如此，看来宫主招那小子是为这个啊！"

鱼伯笑笑道："赶紧走吧，别再饶舌了。"说着话，两人逐渐走远。

卢起在假山后听得呆了，半天才回过神，自忖道："原来那宫主是水碧玉石精所变！险些上了她的当。"他思量之下，目光看向空处，当地伫立良久，偷偷潜回寝室，一夜无眠。次日，那男侍复又前来，命人端来素菜饭食，卢起无心下咽，推说肚子不舒服，之后跟那男侍来到上池仙馆的宫殿内。

水玉宫主见卢起步入，笑脸相迎，道："郎君，昨夜睡得可好？"卢起强颜欢笑道："多谢宫主的照拂！"

水玉宫主嫣然一笑道："说哪里话，往后这里就是你的家。昨夜我已焚香祭文，将我们的事禀告天帝，等会儿便有天帝使者下顾，准许我们的婚事。现下无事，我带你出去走走，好好领略一下这上池仙馆的景致。"说罢，屏退左右，同卢起两人一齐走出宫门。

这上池仙馆居太湖之中，楼台连云十余里，仙雾缥缈，景致幽丽，真是神仙住处。上池仙馆居于正中，其后左右有会真府和柏梁台，金碧辉煌，俱坐落于云雾之间。越过中间的鹅卵石匝道，即此间的后花园，水波激滟，风光旖旎。水玉宫主不厌其烦地向卢起介绍各处，卢起只是不断赔笑应付，水玉宫主还道他初来此间，行止拘谨，亦未放在心上。一番游览，只见素女从不远处快步而来，道："宫主，请前往迎接帝使！"

水玉宫主闻言，当即携起卢起的手，前往上池仙馆宫门外摆驾迎接。只闻东北处喧阗声大作，天帝使者着朱衣玉带，同玉女金童一齐从天而降。幢节香幡之下，天帝使者踱步上前，水玉宫主和在场之人一起叩拜参见。天帝使者道："都起来吧！哪个是卢起？"

卢起忙近前参礼道："卢起参见帝使！"

天帝使者点头，仔细打量卢起一眼，道："你和宫主的事，天帝已知晓，本使正是奉旨前来，传达天意。卢起，你可愿意同上池仙馆水玉宫主结成仙缘，修百世之好？"

卢起躬身不答。

天帝使者一怔道："卢起，你为何不答？此乃天帝赐婚，万不可轻慢。"

卢起躬身依然默不作声。

水玉宫主在旁大急道："夫君，快随我一起接旨！"

卢起讷讷道："宫、宫主！恐怕小生难以应从！"

水玉宫主闻言，霎时脸上变色，愣怔怔道："你说什么？既然你不愿意，昨日为何答应于我？"

卢起不敢看她的眼睛，只是垂首不言。

一旁的女官见状，忙低声叮嘱侍女男侍，从宫内捧出些琳琅宝物，进献给天帝使者，赔笑道："帝使大人，这些礼物是上池仙馆的进献之礼。卢相公初次拜见帝使，想是心下慌乱，等会儿让他和宫主再来拜谢赐婚之恩典！"

天帝使者看到献上来的宝物，顿时喜笑颜开，命身后的金童玉女接下，随即正色道："你们快些决断领旨，不过我要提醒你，既已奏表，天帝又已主婚，这欺君之罪可不是闹着玩的！"

女官连连称是，道："请帝使大人前往会真府稍待。"说罢领着天帝使者一干仙从前往会真府。

水玉宫主面色冰冷，道："我再问你一句，你是愿意留在此间同我结为夫妻，还是要复回人世，做你的穷弱书生？"

卢起站直身子，道："小生实难从命，还请宫主送我回去吧！"

水玉宫主闻言，身形晃了一晃，双眸含泪，一咬朱唇道："送客！"一旁早已胆战连连的素女上前，自手中扔出葫芦于池水畔，葫芦逐渐变大。素女正要施法送卢起回去，却听水玉宫主突然道："慢着！"

卢起回头，却不敢看对方的眼睛。

水玉宫主道："你既非要离开，我也不强留于你，只怪我们有缘无分。你虽对我无情，我却对你不能无义！你回去独自修行，未得其法，即使修成地仙也难。何况你身体怀有虚寒之症，虽饮下我们上池之水，但短时间还是无法根除，难免有性命之忧！我指你一条明路，近日有当世圣贤东行桃源洲，大设招贤榜，你回去之后，可去接应此榜，一同随行，方能在历练修行中去除疾症。言尽于此，也不枉我们相识一场！"说罢挥泪转身，素女闻罢更是气愤难平，一甩衣袖，卢起被直直摔进葫芦瓢内。素女紧跟着亦跳上另一只葫芦内，念动咒语，两只葫芦贴着水面飞速驰远。

水玉宫主回头凝望卢起所去的方向，泪湿衣襟。

卢起在葫芦内，不一会儿工夫，自水面飞起，直冲云霄，须臾之间，在故宅门口稳稳降落。卢起跨出葫芦，素女回头愤愤道："我算是白救你了！"说罢便连同葫芦消失不见。

卢起讲到这里，东柳氏不禁轻声一叹，道："她口中所说的东行桃源洲，起立招贤榜之人正是我们！也难怪她对你有此番情意！"

卢起闻言大喜，连忙站起道："卢起愿应招贤榜，还请收留！"

东柳氏道："你既有应榜之意，选择随我们东行，我也断无不受之理！明日早起，就跟随我等。不过东行之路多艰危，修不修成正道还要看你的修为了。"

次日，卢起早早起身，出得门外，只见不远处的营地上，有人生火造饭，知是东柳氏东行的队伍，想着自己即将离开家乡故土，不觉触景生情。又想起前几日在上池仙馆的奇遇经历，越发心情惆怅，当即快步往屋后的后山走去，却见荒草衰败，落木萧萧，无论如何再也找寻不到素女所在的易仙宫了。

卢起轻叹一声，来到营地，东柳氏简要给众人介绍了卢起的出身来历，随即命李义整肃队伍，准备出发。众人刚走出几步，忽闻半空有人叫道："请留步！"话音未落，就见一名女子飞身跃下，拦在众人面前。

卢起自队伍前看去，竟是素女，忙快步出列，近前道："素素，怎么是你？我刚找过你家，却怎么也找寻不到。"

素女急道："公子，宫主她……她正被天兵押解，前往中天受审，以惩戒她欺君之罪！无论如何，求公子回去救她一救！"

卢起面现难色，回头望向东柳氏。东柳氏道："你快随同前往！青鸾、鸣凤，你俩跟着卢相公，设法一定搭救于她！"

青鸾、鸣凤躬身道："是，先生！"

素女复变出两只葫芦，和卢起分别坐上，念动咒语，两只葫芦当先飞起，在前领路。青鸾振动千羽衣，鸣凤驱使逐飙飞轮车，急速跟出。不大工夫，便来到上池仙馆的水岸，只见十几名天兵整肃而立，有两名金甲神兵羁押着神情憔悴的水玉宫主，走出仙馆，当头苟元帅在后列压阵。

两只葫芦飞抵水岸边，素女和卢起同时下得葫芦上岸。水玉宫主忽然看到素女带着卢起出现在眼前，大喜过望，晶莹的双眸里闪现出一丝激动的神情，低声叫道："卢相公！"

卢起上前叫了声："宫主！"

苟元帅见状，快步上前，道："你是何人？竟敢拦阻中天押人！"

卢起道："求仙官饶恕水玉宫主，放了她吧！"

苟元帅道："放了她，你说得好轻巧！她既已上祭于天，请天帝为她做主赐婚，为何天使临行授命之际，却中途生变，出尔反尔？分明是目无王法，乃犯欺君之罪！天帝闻知，特命本帅缉拿治罪。快快躲开！"

说话间，青鸾鸣凤同时飞身而下。

那苟元帅乍见青鸾鸣凤，大吃一惊，当日在流沙渡，苟元帅率领风师、云师、雨师等天神齐斗青鸾鸣凤不胜，如今再次狭路相逢，不禁连连后退。

鸣凤笑道："元帅，我们又见面了。我们此来是奉先生之命，求元帅能放了她，并求天帝网开一面，格外开恩！"

苟元帅面现为难之色，道："这……"

鸣凤正色道："这位卢相公此刻已归属我们东行桃源洲的队伍，而他与这位水玉宫主又因为选择随我们东行，放弃了一段天赐的姻缘，以致天帝怪罪，认定宫主乃欺君之罪。实非这位水玉宫主有意欺君，所以请求元帅能亲禀天帝，格外开恩，免罪于她！"

苟元帅正自迟疑不决，青鸾却已手执日月宝莲钩，叫道："怎么，难不成还要跟我们动手不成？"

苟元帅身旁的副帅凑近道："元帅，我们还是撤吧！就说押送犯人的路上，被东行之人截了去，请天帝圣裁。"

苟元帅垂首点头，看看左右道："本帅未曾带兵，等回奏天帝再来决断！放人。"说罢一挥手，率领几名神兵飞身撤走。

众人见水玉宫主被天兵放了，均是大喜。

水玉宫主款款上前，动情道："相公，多谢你能带人前来替我求情，搭救于我。实不相瞒，我原身其实乃是一只水碧玉石精，因有千年道行，初修人身，又蒙天帝垂顾，收为义女，分封此间上池仙馆，赐名水玉宫主。我虽有些道行，但毕竟尚未成仙入道，急需同身怀纯阳之体、貌有仙相之人共同修行。于是便召集凡尘各地的地仙精灵，寻找同修之人。不久，我手下的侍女素素身居易仙宫，碰巧遇到相公身受虚寒之气的侵袭，一病不起，随即将你救醒，之后的事你也就知道了。"

素女道："我也非仙人，乃是大别山修成人身的栀子精，初修得道，升居易仙宫，蒙宫主垂顾差派，让我竟机缘巧合，遇到相公。谁知后来却……不过，还是多谢卢相公，能在最后关头前来相救宫主。"

他们在上池仙馆互诉衷肠，苟云帅则一路腾云驾雾，飞回中天山，直来大殿禀报天帝。天帝闻言从上殿龙椅上站起，道："什么？"半晌无语，缓缓又自坐下，冷笑道，"本王绝不会善罢甘休，且等着瞧！"

这边，青鸾鸣凤见已帮卢起救下水玉宫主，当即带卢起在素女的葫芦的帮助下，腾空离去。

卢起坐在葫芦瓢中，回头看时，只见水玉宫主双目含泪，举头凝望着自己，忙别转头。两厢身影渐去渐远，直到再也看不见了。

第十九行　收女浮黎国

东柳氏众人沿大别山一路前行，所过之处与以往略有不同，远非中原王朝的治地。行进数日，到了一座巍峨国都。由于相去较远，亦看不清城邑的国号。东柳氏正要继续前行，却见正南方黑烟滚滚，伴随一阵妖风，疾吹而来。

青鸾鸣凤同时冲到东柳氏身前，全神戒备。鸣凤眼见黑烟朝这边翻滚而至，心知有异，当即鼓腹吹气，刮起一股罡风，吹向黑烟，黑烟随即漫卷而退。却闻黑雾中，传来急促的脚步声，随即就见一位头戴玉冠的白衣女子，披散着长发，疾奔而来，口中大叫道："救命啊！"话音未了，黑雾笼罩的半空中，飞身而出一个头角狰狞、面相凶恶的魔王来。只见他飞在半空，一只巨大的手爪突然变长，径直抓向那白衣女子，并大声叫道："看你往哪里逃！"一把抓住那女子肩头，拉拽至半空，哈哈大笑。白衣女子被提吊在半空，拼命挣扎，朝东柳氏这边呼叫道："圣公救我！"

东柳氏在下面闻见，颇感意外，正要命青鸾鸣凤前去搭救，却见半空中已多出一名青衣少童，正火急火燎地擎着一根烧火棍，横扫而至。那魔王躲闪之下慌忙撒手，白衣少女摔落在地，挣扎爬起，朝东柳氏这边飞奔而来。

那魔王冷哼道："不自量力的家伙，非要拦阻本王，瞧我的厉害！"右手一伸，手爪登时变得嶙峋尖锐，只听"噼啪"一声响，一道电光袭向青衣少童。青衣少童在半空中猝不及防，被电光击中，大叫一声，自半空摔落在地。

魔王冷笑一声，转身飞下，要去追赶白衣女子，却早已被飞身前来的青鸾鸣凤挡住去路。白衣女子飞逃之间，目光定在东柳氏身上，扑上前来，拜倒在地，道："求圣公救我！"

东柳氏忙扶她起身，道："快快起来，发生何事呢？"他说着话，目光却看向前方。

只见那魔王神情一愣，喝叫道："你们是什么人，竟敢多管闲事？"

鸣凤把眼觑将过去，眼神炯炯，叫道："你又是何方妖魔，为何追拿一个弱女子？"

魔王挥舞双爪，叫喝道："这你管不着！识相就快点闪开！"

青鸾笑道："那如果我们不闪开呢，难不成你还吃了我们！"

魔王闻言，恼羞成怒，大叫一声，双爪击出，两道闪电又自袭向青鸾鸣凤二人。青鸾鸣凤见电光袭来，早有防备，同时闪身跃上空中，躲开电光。电光击在地上，顿时蓝光飞蹿，闪着火花，顺地表四散奔袭。有一波蓝光急速朝东柳氏众人而去。

队伍中，西河少女、徐守真、尤凭三人看得真切，同时飞身上前，各施异能，将沿地奔袭而来的蓝光尽数消解。

青鸾鸣凤万万未料到对方的电光竟会如此厉害，如非自己这边能人异士众多，险些着了对方的道，当下不敢怠慢，在半空各自擎开兵器，飞身而下，与那魔王战在一起。甫一交手，那魔王更是大吃一惊，没想到会遇到如此劲敌。只见他同青鸾、鸣凤斗了数十回合，不分胜负，突然跳出圈外，双臂挥舞，暗施法力，身后披挂的黑袍随风鼓起，倏忽间涌出一阵阵黑雾，漫卷着升向半空，如同长了眼睛似的，分成两股，同时袭向青鸾鸣凤。

一旁蹲坐地上受伤的青衣少童挣扎叫道："两位仙童，小心他放的毒雾，最会害人性命！"

青鸾鸣凤闻言，满怀戒备，见黑烟盘绕飞舞而至，便和鸣凤一边退走，一边朝后叫嚷，道："大家快撤！"

却听有人道："两位仙童莫怕！瞧我的！"身后尤凭飞速上前，扎住步伐，口中念诀，施展禁气之术。只见他戟指之间，一股无形之气飞速流转，硬生生将那魔王的黑烟逼了回去。那魔王大吃一惊，没料想到对方居然有如此能人异士，可将自己的毒烟破除，不敢恋战，当即一转身，化作一股烟遁去。

那白衣女子见魔王退败，大喜之下，屈膝跪倒，道："多谢圣公救命之恩！"

东柳氏扶她起身，道："姑娘姓甚名谁，为何被人追拿？"

这时，青鸾鸣凤亦搀扶那青衣少童，走上前来。

白衣女子面露凄然之色，道："实不相瞒，我乃此间浮黎国的灵凤公主，自幼丧母，13岁那年因身患怪病，皮肤溃烂，面相丑陋，容貌大变，被父王厌弃，遣人送到此间阳丘山丹陵上舍，独自苟活！不久幸遇上仙垂顾，派这位朱宫灵童，治愈了我身上的怪病。"说着一指面前的青衣少童。

那青衣少童朱宫灵童一点头，道："公主所患之疾名为麻风，我奉先师无生老母之命，以松脂奇英散，将公主之疾治愈，恢复容貌。也是公主的劫难该消，当有此报！"

灵凤公主神情凄苦，接着道："我因患病被父王厌弃也就罢了，后来却不想被此间一个称作火魔王的盯上，非要强纳我为妾，我誓死不从，以致多年来一直受魔王的不断侵扰，如非老母和这位灵童一直佑护，恐怕早就身遭不测。我身上之疾本已治愈，好几次意欲回宫去见父王，不曾想那魔王将我禁锢在丹陵上舍，怎么也不肯放我出去。那魔王神通广大，手底下还有两个魔王做帮手，我终究担心回宫之后，累及父王及国人的安危，不得已暂留居舍中。直到前些时日，这位灵童现身告诉我，说有东行桃源洲的圣公将从此经过，让我前来投奔。故而我趁那魔王派遣的魔卒不注意，在这位灵童的策应帮助下，逃离上舍，不料终究被魔卒发现，引来那火魔王的追拿。"

朱宫灵童道："是啊！这魔王法力高强，我几次同他交手，都败下阵来。有一次，我曾求助师父下山，降服于他。师父却告诉我，她乃洞府修行之人，不便下山沾惹凡尘之事。不过师父告诉我，不久东行桃源洲的圣公到此，自会收服那魔王。果然今日教我们在此遇到圣公和各位高人异士，将那魔王击退。不过那魔王手下魔众众多，还有两个魔王更是法力无边，还需小心在意！"

灵凤公主当即又再拜倒在地，道："求圣公收下我吧！小女愿追随圣公东行。"

东柳氏闻言面露为难之色，道："并非我惧怕那魔王，不愿收留于你，而是你贵为公主，就真的愿意舍弃荣华安逸、抛却王孙贵胄的身份，随我等风餐露宿、苦行求道？"

灵凤公主闻言惨笑道："什么王孙贵胄，自从当年父王将我送到丹陵上舍自生自灭，我的心就已经不属于这里了。如今又被魔王侵扰，几欲霸占为妾，更是无法在此久处。倘若圣公不能收留小女，小女便以死以明其志。"

东柳氏忙道："公主，我非是不愿带你，而是毕竟你乃此处浮黎国的公主，如需随我等东行而去，当应告之国君，方为妥当。否则我等难免有拐带人口之嫌！"

灵凤公主闻言喜道："原来圣公是顾虑这个，小女这就回宫前去面见父王，求他应允。"说着，转身便走。

东柳氏道："青鸾，你随公主一同前往，有什么事，也可速回告我。"

青鸾点头道："是，先生！师兄，你在这里守护先生，我去去就回。"说罢赶上灵凤公主，一齐进城。

朱宫灵童见灵凤公主已与东柳氏接上头，又有青鸾保护，当即辞别东柳氏众人，回山去了。

这浮黎国地处淮水之南，国都城邑宏伟雄浑，物阜民丰。青鸾随同灵凤公主进得国城，但见街市繁华，人来人往，吆喝叫卖之声此起彼伏。灵凤公主带青鸾来到国都宫门之外，有两名士兵横戟拦住道："什么人，胆敢贸闯王宫？快快退下！"

灵凤公主道："我乃灵凤公主，请代为通传父王。"

一名兵卒奇道："灵凤公主？"另一名兵卒忽然退开数步，掩捂口鼻，叫道："大家快离远些，她身患麻风，会传染给我们的。"

这下，在场的兵卒纷纷退到宫门里首。那兵卒远远急道："你快点离开这里，不然我就命人放箭了。"

青鸾叫道："她可是你们的公主啊！你们竟敢如此待她。等会儿见到你们国君，一定让公主派人砍了你们的脑袋！"

那名士卒道："什么公主不公主的，我们浮黎国早已没有身染麻风的公主了。来人啊！放箭！"他喊令之下，宫门内迅速现身一排弓箭手，搭弓射箭。"嗖嗖"数声，几支箭矢朝灵凤公主射来。青鸾轻叱一声，将飞箭震断坠地。众弓箭手大吃一惊，面面相觑。

只听青鸾高声对那守门的兵卒道："你们公主身上麻风病早已治愈，快进去通报！"

那名士卒闻言将信将疑，戒惧的神情略有放松，怔怔地看着两人。

青鸾笑道："你们公主如麻风未愈，我怎敢跟她挨得如此之近，不怕传染吗？快点进去禀报。"

那守门士卒闻言，这才犹疑着上前，道："那你们在这等着，我进去禀报。"

守宫门的士卒将手中长戟靠在城角，对身边的士卒嘱咐几句，入宫去了。不大工夫，那士卒走出，躬身道："国君有旨，命公主觐见。"

青鸾随灵凤公主进得宫门，来到偏殿之上，抬头看时，只见一张龙榻之上坐着一人，国字脸，八彩眉，神情威严，正自挑着双眉，打量进来的青鸾，最后目光定在灵凤公主身上，一脸犹疑诧异之色。他正是浮黎国国君大宛王，两边有侍臣垂首而立。在其座下一旁的高几玉榻之上，坐着一位俊眉星目、风度翩翩的少年，正满脸阴鸷诡异的笑对着青鸾和灵凤公主。

灵凤公主乍见大宛王，双目含泪，满脸激动之色，躬身叩拜，道："女儿拜见父王，多年不见，不知父王一向可好？"

只见大宛王冷哼一声，道："你还知道我是你的父王！早年你身患麻风怪症，经御医诊治，以免危及国人，孤王命人将你送往城外丹陵上舍独居，也是迫不得已。然则你身为公主，却不应联合他人，意图谋反吧！如不是这位公子，也就是你的夫君，从中相劝，恐怕你真的要干出这弑君杀父的勾当！来人啊！给我拿下！"他一声令下，立时自两边拥进数十名王宫守卫，将青鸾和灵凤公主两人紧紧围住。

灵凤公主大骇道："父王，这是从何说起，什么夫君？什么弑君杀父，究竟是怎么回事？"

大宛王冷笑道："你还要抵赖，枉孤王将你抚养长大，竟养出一只白眼狼，还不动手！"

两名侍卫冲上前来，便要缉拿灵凤公主，青鸾"仓啷"一声，掣出日月宝莲钩，叫道："你等谁敢上来？我看一定是有什么误会，说清楚再作道理！"

大宛王喝道："果然有帮手来助你杀父弑君，看来孤王没冤枉你。当年，我将你送出城外，让你自生自灭，你纵有怀恨之心，也不至于有如此大逆不道的图谋！"

坐在一旁的那少年在此刻却笑着起身道："国君息怒，公主也是受外人蛊惑，让小婿规劝公主，好叫她悬崖勒马，回头是岸！"

灵凤公主上下打量那少年，喝叫道："你是何人，为何蛊惑视听，反来诬告我谋逆？"

少年笑道："我乃浮黎国国婿，今国君已答应我，只需我规劝公主，挫败你携外人聚众谋反、颠覆朝纲的图谋，国君便不计前嫌，将你下嫁于我，并授命我为国婿。"说着目光转向一旁的青鸾，叫道，"识相的，快命你等在城外的人马速速投降！"

青鸾万万没料想到这少年会话锋一转，竟将矛头指向自己，浑不知对方的来历缘由。

原来这少年并非别人，正是同青鸾鸣凤交手败走的火魔王所变。他日间惧于青鸾鸣凤及西河少女众人，退走之后，径直回转丹陵上舍之后的阳丘山火魔洞，同其他两名乌魔王、血魔王会合，将东柳氏等人已至浮黎国并救下灵凤公主之事一一告之。

火魔王道："这东行桃源洲的东柳氏，手下果然奇能异士众多，又有那些训练有素的民兵百姓相守，我们三人合着洞中的吏兵小怪，正是棋逢对手，占不到半点便宜。我等意欲夺取浮黎国国君的王位，恐怕着实不易！看来人间的荣华富贵于我们无缘了。这可如何是好？"

乌魔王道："大哥休要忧虑，我倒有一计，可以助大哥谋得王位，共享欢乐！"

火魔王大喜道："二弟，什么计策，快说来听听！"

乌魔王道："大哥，你不是一直想得到那灵凤公主，占为侍妾吗？你可变化一俊美少年，说是与公主已有夫妻之实，互相恩爱。谎称那公主误听人言，被其蛊惑，同城外驻营的东行之人相遇勾连，意图借外人之力谋逆造反。你们知道，当年那公主是浮黎国国君的弃女，被其父送出宫去，在丹陵上舍独居苦守。因此多年来一直心生怨恨，以图报复，欲唆使你这位未来的国婿篡夺王位，是你不肯，苦心规劝公主忘却怨恨，放弃谋逆之想，如此就可以博得那国君对你的好感，而认你做国婿。据我探查，浮黎国国君尚无太子和兄弟，你这位国婿就可以名正言顺继承王位了。到时等你进宫成为国婿，逐步控制朝纲，并设法除去那浮黎国国君，接任王位，就可以正式接我们进宫，共享人间富贵了，岂不妙哉！"

血魔王喜道："此计甚妙，我等有了浮黎国举国之力，便不愁对付不了那些东行之人。论法力，你我三人足可与之匹敌；论兵力，他们显然非浮黎国兵将的对手。到时他们不来揭穿作对则罢，否则我们就借助浮黎国之力，将他们尽数扫平，以绝后患！"

火魔王大喜道："事不宜迟，那我这就进宫去了。两位贤弟，为谨慎起见，你们可再请些帮手来，以助我们。"

乌魔王、血魔王一齐点头。当下，火魔王变身之后，带着一名化身随从的小妖，径直求见浮黎国国君大宛王，来到殿下，躬身参拜道："小婿拜见父王！"

大宛王及群臣大为诧异，面面相觑。只见那大宛王盯着火魔王道："你是何人？竟敢自认是孤王的女婿，当真好大胆子！"

火魔王道："父王有所不知，小婿乃国中麒麟山人氏，姓冯名正清，随祖上历代行医，早前经过丹陵上舍，听闻当今公主身患麻风怪症，被父王送来隔离独居，是小婿以医术治好了公主的病，并恢复常日样貌。公主感念小婿的救治之恩，于是委身相从。故而小婿便意欲早日前来面见父王，将我们的事情上告父王。谁知公主却在一次小婿外出行医之际，偷偷跑出去，同一些外族之人结识，意图借助他们的力量谋反，以报复当年父王对她的厌弃！"

大宛王闻言大怒，道："不孝的逆女，竟敢有如此大逆不道之想！当日她经御医诊治，患的乃是人传人的麻风，孤为了国人的安全，不得已为之，将她送出城外，妥为安置，她却反来报复，真是忤逆至极！"

火魔王忙道："父王息怒，公主也是被外人蛊惑，真正作乱之人，乃是那些外乡异类，此刻他们正在城外三里地扎营驻守。"

大宛王惊道："什么？来人，快命哨马前去打探！"

殿下一将领出宫，不一刻回转道："国君，据哨马回报，城外果然有一大批人马在扎营驻守。"

大宛王见这少年所言非虚，不觉对他的话深信不疑，道："贤婿，看你一表人才，如能说服公主，挫败那些外乡异类的图谋，孤便择日赐你们完婚，准你为当朝国婿，为国效力！来人，赐座！"

火魔王忙躬身道："是，父王！"随即在旁坐下。

不久之后，青鸾陪灵凤公主入宫求见。青鸾不知这火魔王的诡计，一言不合，与其动起手来。青鸾见殿中守卫众多，不愿伤及无辜，飞身退出殿外。火魔王计谋初步得逞，当着大宛王之面，奋勇当先，叫道："哪里逃，给我追啊！"带领一众侍卫追出。

大宛王叫道："来人，把公主看管起来，等扫平那些同谋之人，再行发落！"

灵凤公主正待申辩，早被两名守卫押走，带往后殿而去。

青鸾到得殿外，飞身上了屋顶，藏身屋脊之后。火魔王率领侍卫追出，不见青鸾踪影，亦不追拿，又自回到殿下，躬身道："父王，让她给逃了。请父王下令，检校三军，小婿愿率领人马，出城将那些意图助公主谋反的外乡异族，尽数拿了，押解到宫中凭父王治罪。"

那大宛王昏庸老迈，一时也未加细想，道："准奏！传令下去，命三军将帅魏由检速速检齐一万人马，随孤王这位贤婿出城缉拿叛逆！"

火魔王躬身领命，道："多谢父王！"当即跟随传令官前往校军场。半道上，火魔王低声吩咐跟来的随从，道："那些东行之人居然派童子携公主入宫，看来意图坏我等好事。你速回去通传二洞主和三洞主，让他们前来增援。"那随从点头，借机离开，前往火魔洞请援去了。

青鸾匍匐在屋顶，见火魔王气势汹汹，出宫而去，心下寻思："此人究竟是什么来头？只用花言巧语，居然可以令那国王服服帖帖，委实乃不可小瞧之辈！"她思量至此，想到东柳氏命自己陪伴公主回宫，如今公主被人诬陷，囚困宫中，怎么也得设法救她出来，当即摇身变小，径直飞往后殿。一番寻找，终于在后殿一间偏室找到被看管起来的灵凤公主，此刻正有侍卫站哨驻守。

青鸾从缝隙飞入，变回原身大小。灵凤公主正独坐一旁，愁眉不展，忽见青鸾现身，大为惊异，道："你是怎么进来的？"

青鸾忙道："我来救你出去。"说着领灵凤公主到得门口，稍加思索，对着屋内一张床榻伸手一指，顿时变出一个同样的灵凤公主。灵凤公主正自惊诧，青鸾故意做出动静，屋外看守的两名侍卫闻声，推门走进查看。青鸾拉着灵凤公主藏到门后，见他们巡察那假公主之时，悄悄带着灵凤公主溜出。两名侍卫见假公主倚在床头，犹疑着走出，关上房门。

青鸾和灵凤公主躲到一座假山之后，问道，"宫内可有其他疏于防守的路径？"

灵凤公主道："走，跟我走后宫！"她小时在王宫居住，轻易便出得宫去，同青鸾一同转出城门，前去面见东柳氏。

那大宛王下令，命火魔王带兵出城，他底下有位叫赵子良的谋臣，日间对殿下火魔王所述之言颇多怀疑，凑到坐在床榻之上的大宛王面前，低声道："国君，这少年来得实在蹊跷，臣总觉得他所言颇多狡诈，似乎有什么预谋和不可告人之事。"

大宛王沉吟道："怎么，说来听听？"

赵子良道："首先，这少年来得太过突兀，所说之来历仅是一面之词，不知是真是假？何况我们谁也不知晓他的真正底细；其次，他一上来，就说是他治好了公主的麻风之症，还说公主为报答他欲委身相随，这些我们既非眼见，又同公主没有当面印证！而且看公主今日的情形，似乎并不认识这少年！微臣想他之所以说这些话，恐怕是为了图谋做国婿吧！最后，他口口声声说公主携外人企图谋反，以报复当年国君的厌弃，这我们也没有跟公主对质过。况且那些城外驻守的外乡异族之人，我们一无所知，他们又为何帮公主与我们举国为敌？"

大宛王听罢，顿时恍然道："你这么一说，还真有许多蹊跷之处！"

赵子良道："事不宜迟，国君现在就去见公主，加以印证。倘若那少年真有欺诈谎骗，可速派人执兵符撤回派出的那一万精兵，并与那些驻扎在城外的人众当面问说清楚！"

大宛王点头道："言之有理！走，随孤王见公主！"说罢带赵子良急往后宫偏室而去。进得室内，只见假公主一动不动，赵子良上前扒开假公主时，顿时变成一把扫帚。

大宛王和赵子良同时大吃一惊，两人当即回到前殿。大宛王立即拨下兵符，命人快马而去。大宛王随后带一队王宫侍卫，前往城外。

浮黎国多年不曾出兵，火魔王在主帅魏由检的陪同下，检校人马，好半天才整肃一万精兵，开出城外，到得东柳氏驻营所在。青鸾带灵凤公主早些回转，李义见城内忽然涌出几队人马，声势浩荡，当即一声令下，命所有壮丁以营为阵列，严密防守。随后就见浓烟滚滚，火魔王命小妖回洞请来的乌魔王、血魔王率领一干魔怪妖兵齐来助阵。

东柳氏见如此大的阵仗，惊骇道："这是为何？怎么会有如此多的人马前来大肆兴兵？"

青鸾见乌魔王、血魔王率妖兵前来，顿时恍然道："先生，敢情那自称国婿的，乃是先前追拿公主被我们打退的魔王所变！他蛊惑浮黎国国君，言道我们欲助公主犯上作乱，故而调兵前来，对付我们。"

灵凤公主闻言道："原来是这魔王所变！真是料想不到。"

东柳氏忧心忡忡道："这可如何应对？"

青鸾道："这些兵士想是那魔王借调来的，那国君自是不知他那国婿乃是妖魔所变。等会见到国君，设法将其中误会讲清楚，浮黎国国君自会撤兵。"

鸣凤点头计议道："得想个办法，让那魔王现形，让他们举国上下均亲眼所见了，此下危机方能迎刃而解。"

几人正说着话，就见火魔王策马立在一万精兵阵前，叫道："我乃当朝国婿，奉父王之命，平息叛逆！魏将军，号令三军，将眼前叛逆之人尽数拿下！"他话音未落，灵凤公主已挺身上前，叫道："大家不要相信他，他哪里是什么国婿？他乃是此间的魔王所变，大家不要上他的当！"

火魔王叫道："你身为公主，却来纠集外人，图谋造反，以报复当年父王厌弃于你。你我既为连理，我苦心规劝，希望你早日回头，让这些叛逆快快投降，听候父王发落！"他不由分说，转头对魏由检叫道，"魏将军，还不出兵，更待何时？本国婿可是奉的国君旨意，捉拿叛贼的。"

魏由检看了一眼灵凤公主，正要发号施令，忽闻身后王宫侍卫长高声叫道："魏将军且慢，国君有令，暂且罢兵，我这里有兵符在此！"

魏由检见侍卫长手执兵符，当即下马跪拜。

火王魔大怒，正要发作，就见一旁尘烟滚滚，大宛王策马带领一队守卫，飞速前来，身旁跟着谋臣赵子良。

阵前的灵凤公主见大宛王率亲兵前来，当地跪拜道："孩儿拜见父王。"

大宛王勒马停住，问道："你之前患的麻风之症，可是眼前这少年所治？你为了报答他的救治之恩，甘愿下嫁于他吗？"

灵凤公主义愤填膺道："此人乃是魔王所变，压根就没有救治过女儿。而且在丹陵上舍的几年，女儿一直被其侵扰，险些命丧其手，更何谈有报答之恩，请父王明鉴。"

大宛王闻言，随即和身边的赵子良对视一眼，接着道："那么父王问你，这些年你被安置在丹陵上舍，是否对父王有所怨恨？"

灵凤公主含泪摇头，道："女儿毫无怨言，实是因女儿身患麻风，父王为顾全大局，不得已才将孩儿安置到宫外。"

大宛王叹息道："纵是如此，还是父王亲情疏失，未能前往探视，此乃父王的过失！原本料想你身患此疾，已无力回天，没想到……唉，你心中记恨父王也是应该的。"

灵凤公主忙道："孩儿不敢！"

大宛王转眼目视东柳氏众人，叫道："对面的人等，谁是领队的首领？孤王有一句话要问。"

东柳氏走出道："国君有何事见教？"

大宛王道："此人言说公主欲借你们之力谋反，可有此事？"

东柳氏道："委实是无中生有！请国君明断！"

大宛王再次和赵子良对视一眼，目光转向火魔王道："你究竟是谁？为何要谎称国婿，造谣生事？"

青鸾在一旁忍不住叫道："他乃此间的魔王所变，万不能放过了他！"鸣凤上前一步道："师妹，让我来，我要让他恢复原身！"说着解开腰间的朱火金铃，顿时变大，对着火王魔叫喝一声，一道蓝光照在火魔王的身上，他顿时现了原身，相貌丑陋可怖。大宛王看见，惊得险些从马上摔落下来。

正在大宛王惊骇之下，一个黑影急速闪过，他整个人被突袭而来的乌魔王夹持飞上半空，大声叫喊着。底下灵凤公主看见，大叫道："父王！"随即奔到青鸾身前道，"仙童，快救救我的父王！求求你！"

青鸾不由分说，千羽衣一振，飞身跃上半空，前去追乌魔王。那乌魔王臂间夹持大宛王半空飞逃，见青鸾追来，一回手，一道黑气夹着无数金砂朝青鸾袭去。青鸾急振千羽衣，疾速拔高，躲开黑气金砂，径直从上而下俯冲而至，手中日月宝莲钩挥出，顿时砍下乌魔王的首级，连同尸身坠下。那大宛王大叫着自空中急速坠落。青鸾随手从身上取出五彩蚕丝网，投将过去，将大宛王兜在网中，稳稳放在地上，随即收了五彩蚕丝网。

那大宛王昏头昏脑，起身站起，早有赵子良和魏由检率兵前来救驾，随后是灵凤公主。众人见大宛王无事，均长长舒了口气。

青鸾飞回阵前，火魔王已被鸣凤的朱火金铃锁住，一旁的徐守真伏妖剑飞出，顿时将其斩杀。血魔王见状大声叫道："大哥！"手中忽地拿出一只赤色袋子，冲天一声喊叫，喷出一股血污，纷纷扬扬朝地上洒落。有浮黎国的士兵闪避不及，为污血所浸，瞬时头首糜烂，捂脸惨叫。

眼看污血随风向东柳氏等人飘洒过来，却见尤凭上前，施展禁气之术，戟指大喝，血污随即凝住在半空，停住不动。尤凭又即一声喝叫，停在半空的污血齐齐落地。

血魔王大吃一惊，正待逃跑，又被徐守真祭起的伏妖剑击中，栽倒在地。其余请来的帮手和魔众见首领被杀，发一声喊，一齐逃之夭夭。

另一边，大宛王同灵凤公主一齐走来。大宛王道："凤儿，你真的打算好了，要随他们东行而去？"

灵凤公主跪倒在地，双目噙泪，道："父王，请受女儿一拜！来生再报答你的抚养之恩！"

大宛王叹息，扶她起来，道："是父王不该将你弃之不顾，还盼你心里不要怪罪父王！你既然决心已定，父王就不再强留，希望东行之路能平安到达，也希望在那边你能过得更好些。"

父女依依惜别之际，已来到东柳氏众人面前。

大宛王道："多谢各位奇士相助，需何封赏，孤王一定尽举国之力，报答各位的大恩大德。"

东柳氏笑道："多谢国君，如应允公主随同东行，我等便即刻上路了。"

大宛王叹道："是我这个做父王的对不住她，女儿既要随去，做父王的也不能强留，只要女儿开心，就由她去。路上还请多多照拂！"

东柳氏一点头，当即命李义整队，又自启程东行。

灵凤公主今辞别父王、远离浮黎国，自不免临行依依，恋恋不舍而去。

第二十行　孝行五雷鸡

东柳氏在浮黎国收了公主许灵凤，又自东行了数日，来到一座大山之前，名为霍山，山上树木繁盛，常有当地民众上山砍柴狩猎，显见山下有民居住所。众人沿小路迤逦前行，行不多时，忽闻山坡半道传来一名男子的哀号之声。东柳氏听闻大是诧异，道："听，有人在哭泣！"

鸣凤笑道："先生，我们只管行路，这人间俗世，伤心之人多了，不足为奇！还是赶路要紧！"

东柳氏轻叹一声，拄拐行去，岂知行得数十步，那哭声越来越近，终于在一处山坳间，见到那啼哭之人。此人30岁左右，浓眉大眼，生得颇为壮实，一身缟素，披麻戴孝，正跪在一座新坟前哭天抹泪，道："娘啊！孩儿对不住你老人家！"

东柳氏见他哭得伤心，情真意切，不觉颇为感动，对青鸾、鸣凤二人道："这人倒是孝子！实为难得！"

青鸾抿嘴一笑，道："先生，走吧！我看这天阴云密布，怕是要下雨了。得赶在下雨之前，寻找一处可以扎营避雨的地方。"她话音未落，就闻半空"轰隆"一声巨响，俄而电闪雷鸣，风雨大作。

青鸾皱眉道："你看，说啥来啥，我们快点找地躲雨！"

东柳氏见雨点倾泻而下，坟前那男子兀自只顾啼哭，雨点拍打在身上，竟似毫无知觉，当即喊叫道："壮士，下雨了，赶快走啊！"

青鸾鸣凤不由分说，挽着东柳氏，带众人齐聚在不远处的古木树林下躲避。东柳氏刚躲到树下，便见又是一下电闪雷鸣，一道光芒闪过，从天上飞下一位尊神，蓝衣束发，头戴金冠，腰系丝绦，身躯笔直，背对着众人，看不清脸面。只见那位尊神对着那男子大声叫喝道："无知小儿，还我的宝鸡来！"

男子闻言转头，不禁大吃一惊，一边匍匐后退，一边瑟瑟发抖。那尊神径直近前，一把将那男子高高举起，随手扔出，砸向一旁的山石之上，重重摔落。跟着又再近前，再度将那男子举起，便要朝一处山崖扔下，东柳氏忙远远叫道："住手！"随即一瘸一拐地上前，青鸾鸣凤看见慌忙跟上。

那尊神现身之后，雨势渐小，风雷俱隐。他闻声转过头来，将那男子掼到地上。但见其高额金睛，鼻梁挺拔，神色威严中透出几分凶恶。

东柳氏道："你为何对这位壮士下此重手？"

那尊神眉头一挑，道："你是何人？"

东柳氏道："我乃过路之人，只是不忍心这位孝子被你中伤，有什么事，好生言语，为何打杀于他？"

那尊神冷笑道："好一个孝子，你倒问问他都干了些什么？如非他偷盗我的五雷鸡，我又怎会找他寻仇？"

东柳氏近前，命鸣凤将那男子扶起，道："壮士，究竟发生何事？尽管讲来，我替你做主！"

那男子见东柳氏面相慈祥，不觉多了些亲切之感，目光慢慢转到旁边的坟茔上，再次忍不住放声大哭。

这男子名唤蒋辛，生在霍山脚下当地一贫苦之家，与70岁的老母相依为命。这蒋辛生性戆直，以砍柴为生，侍养着老母，是出了名的孝子。却说这霍山有一处叫作五雷坡的地方，竹木繁盛，每至五月间，常常晴空雷鸣，震彻山谷，断折树木，到了春夏交汇的季节，乃是轰雷最为频繁之时。这一日，蒋辛辞别母亲，离开家舍，走了十几里的山路，来到五雷坡砍柴。忽见晴空霹雳，俄而间暮云四合，电闪雷鸣。蒋辛猝不及防，慌忙躲到一块凸出的岩石之下。但见雷声轰鸣之下，无数树木断折，一道电光从半空击下，一块巨石被从中击裂，蓦然间金光闪闪，自龟裂的地缝中跃出一只金鸡来，身形矮小，约莫手掌大小，唧唧而鸣。此鸡雌性，非是凡物，乃雷气聚化所生，生下之时每一周天，下一金蛋，食之可以延年益寿，乃地仙修行再好不过的食用滋补之物。

蒋辛见这金鸡羽毛鲜嫩，样子奇异而又不失可爱，忍不住自岩石下奔出，前去捕捉。岂料那金鸡灵巧得很，一蹦一跳，不断躲开蒋辛的追拿。蒋辛锲而不舍，折腾了大半天，直追到坡下，脱下外衣，冷不防急蹿而出，这才将那金鸡捕在衣内，小心翼翼捧出，藏在怀里，也顾不得砍柴，径直跑回家中。

蒋辛的家宅低矮简陋，门前有篱笆围着，院子里生长着一棵柿树正青绿葱茏。他怀中藏着金鸡，一脸兴奋，推开院门，径往内室进来，喜道："娘，娘！你看我带什么宝贝回来了？"

蒋母此刻正躺卧在床上，脸颊瘦削，无精打采，听闻喊声便转过头来，低声道："辛儿，你怎么回来了？柴砍完了？"

蒋辛来到蒋母跟前，笑道："没有，孩儿等会儿再去！娘你不知道，孩儿出去半天，到了一山坡，忽然电闪雷鸣，将坡上的树木打下来许多，也不用再劈柴，只管捡回来就成。孩儿这一趟出去，你猜得了什么宝贝？"

蒋母苦笑道："还有什么宝贝，你瞧咱们家穷兮兮的，都揭不开锅，难不成还寻得什么好吃的回来？"

蒋辛笑道："虽不是好吃的，不过也非寻常之物！娘，你看！"说着从怀中连襟下，小心翼翼捧出那只金鸡来。岂料蒋母只是看了一眼，淡淡道："什么宝贝，原来就是只鸡崽儿，又当不了饭吃！"

蒋辛道："娘，你看这只鸡崽全身是金色的，你看这毛色，说不定孩儿拿到集市上，还能卖个大价钱哩。"

蒋母道："就那么一丁点大，又有几两肉可卖的！"

蒋辛笑道："娘，怎么能当肉去卖了，它可是一只金鸡啊！说不定真会有哪位绅士看中，给孩儿几枚金锭，然后就能买回些肉食，好好孝敬娘哩。"说罢，只顾在房间找来一只竹笼，将金鸡装到里面，放在屋檐灶台之下，然后四下巡视，将整个屋子查封得严严实实，以防金鸡破笼逃走。他将金鸡安置妥当，又复拿起柴刀及麻绳，回头道，"娘，你在家待着，我出去把柴捡拾了，拿到街市卖了就回家。那只金鸡可看好了，千万别给逃了，它可是咱们家的福鸡咧，我还指着它好好孝敬娘呢。娘，我去了。"说罢兴冲冲出门，径往山上去了。

　　蒋辛返回五雷坡，将地上被雷劈断的干树枝捡拾起来，用麻绳捆绑好，准备下山，却碰到一老道。只见他拿着一柄拂尘，青衣道袍，长髯垂胸，正自四下走动，似乎在寻找什么东西。

　　那老道见蒋辛经过，忙近前道："这位小哥请了。"

　　蒋辛忙还礼道："道长请了，我身负柴火，恕不能见礼了。"

　　老道道："这位小哥，适才可有见到过什么奇异的东西吗？"

　　蒋辛摇头皱眉道："什么？"

　　老道忙打了个哈哈，道："小哥，我乃此霍山修行之人，道号五雷尊者，历经十载修炼，于今日炼化出一只五雷鸡来，不期在此间走失，不知小哥可有见到？"

　　蒋辛一愣，随即摇头笑道："什么五雷鸡？不曾见到，不曾见到！"

　　那老道五雷尊者双目盯着蒋辛道："真的不曾见到？"

　　蒋辛摇头："真不曾见到。"

　　五雷尊者诧异道："那奇怪了，它会逃到哪里去呢？多谢小哥！"说罢自顾自地寻找而去。

　　蒋辛见五雷尊者走远，舒了口气，当即背着柴火，下山前往集市，换了些钱财，在街市买些米面及日常调用之物，回转家中。他一路牵挂家中那只金鸡，路上未敢耽搁，到得家门口，远远叫道："娘，孩儿回来了！"推门走进，却不闻屋内回答。

　　蒋辛微感诧异，放下手中米袋，直来内室。这一进去不要紧，却把他唬得三魂没了七魄，只见蒋母直挺挺躺在地上，眸子翻白，双目圆鼓，身体僵硬，眼看已死去多时。在蒋母尸身不远处，一只比正常鸡还要大出许多的金鸡，正自挥舞着翅膀，"咯咯"鸣叫。

　　原来在蒋辛出门不久，笼中金鸡不断鸣叫，每过一刻便长几分。它乃雷气所化，自石苔中裂出，成长迅速。被安放在笼子里，更是无法安分，不断壮大，继而挣脱竹笼。蒋母在里间被金鸡鸣叫之声吵得心绪不宁，忍不住下床呼喝，道："吵死了！"当她来到跟前，见金鸡竟然变得如此之大，惊愕之下，忽然面露喜色，道，"哎呀！太好了，正好烹杀了，做羹汤下锅！"

　　蒋母生性好食，多日不曾吃得荤腥，见此鸡变得如此肥硕，遂从屋间取出菜刀，关上屋门，便要动手宰杀。岂知那只金鸡灵巧异常，直累得蒋母气喘吁吁，好半天才将其堵在一处角落。

蒋母笑道："这下看你往哪里逃！"说着扑上，却见那只金鸡尖喙大张，房内突然间一声闷雷炸响，蒋母猝不及防，被雷声侵袭，登时肝胆俱裂，倒毙在地。等蒋辛赶回时，已死去多时。

蒋辛见母亲惨死，一头扑倒在母亲身上，大声号哭道："娘，娘！你究竟怎么了？怎么会……"他号哭之际，忽然双眼发红，如同疯了一般叫道，"一定是你这个扁毛畜生害的我娘！我要宰了你！"说着扑向那只金鸡。这金鸡跳跃灵动，四下逃窜，但屋内被封得严严实实，无处逃身。蒋辛怒火中烧，随手从地上捡起蒋母丢下的菜刀，将那只金鸡砍杀。随后就听得屋外雷声轰鸣，屋顶震裂，顿时出现一个大口。蒋辛抬头看时，只见五雷尊者变化原身，悬空停在裂口之上，目视地上羽毛凌乱倒毙在地的五雷鸡，勃然大怒，道："果然是你这小儿藏了我的五雷鸡，并将它杀了！真是气煞我也，无知小儿，拿命来！"他呼喝之间，又是几下雷鸣，整个屋顶被掀到一旁，蒋辛跪在地上，只管伏在母亲尸身上，号啕大哭，对五雷尊者的喊叫，置若罔闻。

五雷尊者手一伸，已多出一把雷鸣杵，正要将蒋辛劈于杵下，却见得地上死去的蒋母，随即一怔，慢慢收了雷鸣杵，道："本尊先且放过你，等你安葬了你母亲，再来找你算账！"说罢飞身而去。

蒋辛在当地哭了一天一夜，这才找来一辆独轮车，将家中所有能卖的拿去市集变卖，然后买回一具棺椁，安灵守夜。他母子孤苦，亦无亲戚，又身处荒山，所有的安葬礼节只得全免。不日即携带铜镐，披麻戴孝，载着蒋母的棺椁，往五雷坡而去，准备下葬。当日大雨如注，他推着车子，艰难地在山路间行进，大汗淋漓，全身湿透，一步一步推车来到五雷坡前。

蒋辛费了好大功夫，用铜镐掘出一人高深浅的墓地，独自一人卸下棺椁，以麻绳系牢，一点一点拉着棺椁下葬，待入土安葬完毕，手上已满是血泡。就这样，他在坟前静静地跪守着，也不知过了多久，东柳氏的队伍打此经过。同时，五雷尊者再次现身，前来索命。

东柳氏听罢蒋辛的讲述，道："你虽捕捉金鸡私自隐瞒，但孝心可嘉！"又对五雷尊者道，"这位尊者，他捕拿你的五雷鸡私自处置是不对，不过也因此死了母亲，也算抵过了，就既往不咎，放过他吧！"

五雷尊者冷笑道："放过他？那谁来还我的五雷鸡？倘若是一般的家禽也就罢了，可他宰杀的乃是本尊辛辛苦苦，历时十余年才炼化生出的宝鸡！你可知道，此鸡乃雷气所化，我修炼了这么许久，就为有朝一日，产它出来，下出金蛋，以供本尊修炼大法，谁知却被这小儿宰杀了，实足可恨！"

东柳氏道："然则五雷鸡已死，你就算杀了他，也于事无补！"

五雷尊者道："这我不管，本尊一定要让他血债血偿！"

东柳氏道："无论怎样，五雷鸡终是禽类，他又死了母亲，倘若非要追究，也于理说不过去吧！"

五雷尊者冷笑道："死了一个凡人，又有什么，怎能同本尊的宝鸡相提并论？"

东柳氏道："有道众生平等，人命为大，希望你能网开一面，就此作罢！"

五雷尊者目视东柳氏，又自看看青鸾鸣凤众人，冷笑道："你到底是何人？怎么，看你们人多，是一定要管此间之事？今日就算说出天去，本尊也要他以命相抵，还我的宝鸡来！"

东柳氏见对方趾高气扬，言辞决绝，不禁亦激起胸间的正义执拗之气，当即拉拽蒋辛到一旁，低声道："壮士，看情形他今日不会放过你，倘要活命，看来你需拜在我的门下，然后我才能设法救你！不知你可愿意？"

蒋辛拱手道："多谢先生垂顾，我既已宰杀了他的金鸡，也算为娘报了仇，现下母亲已死，我生无可恋，让他杀了也就罢了，岂能连累于你？"

东柳氏颔首点头道："我见你孝心可悯，如今又有此番豪气，倘若死了实在可惜！如果你愿意，我这就收你在门下。尽管放心，倘若你属于我门下之人，我一定倾尽全力保护你，不让他伤你半根毫毛！"

蒋辛迟疑片刻，拜倒在地，道："蒋辛愿追随先生！"

东柳氏微笑点头，忙将他扶起，径直朝五雷尊者说道："这位尊者，那位壮士已拜入我的门下，从此便跟我等是一家人。非是我与你为难，此事我不能不管，请你开个条件，怎么才可以饶恕于他？"

五雷尊者冷笑道："要我饶他，除非他还我宝鸡！不然我定要让他血溅当场！"

东柳氏一咬牙，道："那么我如果管定了呢？"

青鸾鸣凤见此，一齐道："先生，万万不可！"

东柳氏道："怎么，我意已定，谁要动他，就先冲我来！"

五雷尊者冷哼一声，手上已多出一柄雷鸣杵，叫道："我倒要看看你有何本事！"说罢，雷鸣杵挥出，雷气鼓荡，径朝蒋辛袭去。东柳氏忙挡在蒋辛身前，青鸾鸣凤见状，不得已同时冲上，日月宝莲钩同分光血刃剑挟着风雷之势，直迎上去，同五雷尊者的雷鸣杵两厢碰撞，一声巨响，三人同时被震飞。

这下甫一交手，双方均是一惊。五雷尊者叫道："两位是何人？"

鸣凤道："我们乃东华帝君座下守宫童子，奉命护送我们先生东行，请看在我们的薄面，放过他吧！"

五雷尊者神色一顿，道："原来是东王公的人！不过此事你们既然横加干涉，执意阻拦，就是到得天帝那里，本尊也要他还我的宝鸡来！"说罢闪身而去。

鸣凤见五雷尊者飞身而去，不禁皱眉道："先生，你不该管这闲事！他此刻虽然离去，想必绝不会善罢甘休。适才交手，看来亦非善茬，这可如何是好！"

青鸾道："不知他是何来头？似乎并不买我们的账，可需小心提防了。"

东柳氏道："修整队伍，我们即刻出发，及早离开此处！"当下众人加紧赶路，约莫行了半天工夫，眼看便要出了霍山地界，就见西南方雷声轰鸣，一团乌云笼罩之下，只见五雷尊者带着两位神人及五名黑脸大个儿飞身而下，拦住去路。

五雷尊者大喝道："你们哪里走？"

东柳氏大吃一惊，青鸾鸣凤忙守在他身前。身后西河少女、徐守真、尤凭三人前来护卫，一齐守防。李义则在最后，命众汉子保护众乡亲，严阵以待。

来人乃是五雷尊者请来的帮手，他之前同青鸾鸣凤一交上手，便知东柳氏一方，不乏身怀异术之人，心知不敌，当即请来好友同门。第一位乃是神霄真王，执掌下界雷霆之政，总司五雷。部下五星雷使分别是箕星掌天雷、房星掌地雷、奎星掌水雷、鬼星掌神雷、娄星掌妖雷，一并雷部霹雳大仙，均法力高深，所向无敌。

只见五雷尊者叫道："奉劝你们把人交出来，否则休怪我等不讲情面！"

人群中，蒋辛大步上前，叫道："你们要偿命的人是我，休要连累大家。要杀要剐，悉听尊便！"

东柳氏道："蒋辛退下，你既入我门下，不管遇到何种境况，均需同舟共济，一起应对！我不会眼睁睁看着任何一个人被杀。"

五雷尊者叫道："好啊！那就拿命来。"雷鸣杵呼啸而至，鸣凤祭起分光血刃剑迎上。霹雳大仙从腰间抽出一把闪电椎，横向刺出，电光飞舞，青鸾掣开日月宝莲钩，挥击迎上，就见三朵莲花从钩刃中飞出，顿时将电光吸进莲花之中。

霹雳大仙惊骇之下，闪电椎飞出，瞬间变作无数电刺，击向青鸾。身后徐守真大喝一声，背后的诛神剑、伏妖剑、斩鬼剑同时飞出，亦变化无数，直来迎击霹雳大仙的闪电椎。一旁的神霄真王翻身飞坐在一块大石上，口中叫道："五星雷阵！"说着双手比画捻诀，部下的五星雷使分开散去，按东西南北中五个方位，布雷施法。瞬时间天雷滚滚、地雷飞涌、水雷喷溅、神雷轰鸣、妖雷阵阵，东柳氏连同李义众人被雷光轰鸣之声震得双目生疼，耳鼓发聋，连忙后撤，人群后排转前排，在李义的指挥下，避开里许。

西河少女和尤凭同时迎上。西河少女弱柳鞭飞速抽出，卷袭向大石上的神霄真王。神霄真王察觉，翻身而起，避开弱柳鞭。与此同时，五星雷使组成战阵，周遭环绕的光阵弹出，迅即自光阵中急速飞出五雷光球，齐齐砸向西河少女。西河少女避无可避，正自惊慌失措，尤凭在一旁看见，连忙施展禁气之术，戟指指向五雷光球。他的禁气之术，可以禁万物，不料指将过去，五雷光球只是来势放缓，却并没有禁在半空。不过就迟滞这么一会儿，西河少女早已全身而退，躲开五雷的击杀。

正在双方斗得不可开交之际，蓦听半空有人叫道："大家住手！"话音未落，五星雷使所布设的光阵同时消失，众人一齐罢手，分两边站定。只见一位头发蓬松，发上插竹节钗，面目威严黧黑，但五官颇为精致的女仙飞身落下，道："我奉许真君、灵光圣母之命，规劝各位罢手！"

神霄真王见祖元君降临，当即一稽首，道："原来是祖元君降临，失敬失敬！"

祖元君亦稽首道："真王请了！"那五星雷使亦前去拜见，齐声道："五星雷使见过元君。"

祖元君统辖雷霆，乃雷部正神，雷神亦有所忌惮，故雷霆下属均惧她三分。

霹雳大仙站在五雷尊者身旁，冷眼看着众人，只等五雷尊者示下。

五雷尊者冷笑道："今日任凭谁来求情，也一定要他还我的五雷鸡来！否则，决不罢休！"

霹雳大仙附和道："对，决不罢休！"

祖元君点头道："既是要五雷鸡，我这里倒有一法，就看尊者能否答应？"

五雷尊者道："哦？愿闻其详！"

祖元君道："蓬莱之东岱舆山扶桑树有天鸡，岁已千年，能鸣天时，其鸡子亦有修炼造化之功，不知可抵得了你的五雷鸡？"

五雷尊者道："天鸡？听说此鸡乃仙人桐君看管，倘若能以此鸡相抵，我自就此罢手，放他们东去！"

祖元君点头，看向一旁的鸣凤道："仙童，你可前往岱舆山讨回一只来，赔于他，也好解了此处之厄！"

鸣凤面露难色，道："可是我听闻这位仙人脾气古怪，我去了万一讨不来可怎生是好？再者为了一个凡人，去求那仙人，委实……"

东柳氏听闻，忙上前道："童儿，就有劳你去一趟，除此更无他法，算是我求你了。"

鸣凤忙道："先生，这可折煞我了！不是学生不愿走一趟，而是恐怕去了非但讨不得天鸡回来，最终还要被他们纠扰。"

祖元君笑道："仙童放心去吧！你奉的是王公的差，那桐君又属太帝宫的管束，他不敢不给你的。"

青鸾道："师兄，不如我同你一起，也好软语相求。"

鸣凤见无法，当即辞别东柳氏众人，和青鸾飞往东海岱舆山。双方就此罢兵等候，直到黄昏之时，才见鸣凤和青鸾，同乘一只巨大的天鸡，从天降落。

东柳氏众人看见大喜，一齐迎上。

那只天鸡落地之后，"咯咯"鸣叫，随即变为正常大小，但见其鳞翅赫赫，高大雄武，虽是雌性，但显然比五雷鸡更为神异。

鸣凤对五雷尊者道："这下你满意了吧！"那只天鸡见鸣凤说话，一声鸣叫，直扑到五雷尊者脚下。五雷尊者见此喜不自胜，连忙将其抱起，左看右看，连声道："满意满意！真乃神鸡也！"

祖元君见诸事已了，当即辞别东柳氏众人，飞身离去。这边厢神霄真王带着五星雷使辞别五雷尊者及霹雳大仙，亦相继散去。

蒋辛眼见五雷尊者抱得天鸡离去，不觉甚是感激，近前跪拜道："多谢圣公相救之恩！也有劳两位仙童去了一遭，委实感激不尽。"

东柳氏笑道："今后跟随我们东行，尚有许多艰危困阻，我等还需携手并进，一起应对。只要大家勠力同心，一视同仁，就没有度不过的劫、迈不过的坎！"

众人齐声拜服，又自上路而去。

第二十一行　度化望池龙

连日阴雨，东柳氏众人不辨方向，不几日进入舒国地界，气候潮湿，已远离山林，来到一处沼泽旷野之地。地上沙石毕集，水痕依稀可见，再往前走，眼前现出一处大泽。众人只得借道沿水泽堤岸行去，过不多时，来到一处风沙口，黄沙漫卷中，显露出一根巨大的石柱，赫然可见石柱之上绑着一人，星眉剑目、头角峥嵘，身穿一袭白袍，正自表情痛苦，似乎备受煎熬。

那人闻得脚步声响，抬头看时，立时大喜叫道："救命啊！救命啊！"

东柳氏停住脚步，命众人原地待命，自己则拄拐走上前去。

鸣凤见状忙道："先生，别过去！"随即和青鸾飞步跟上，护持左右。

东柳氏近前时，见石柱底下有一个画地为牢的白圈环绕一周，并竖着一根尖木。那人被铁索绑缚在石柱之上，动弹不得。极其恐怖的是他身上、衣服上攀爬着许多各式各样细小的虫子，射工蠼螋及水狐之类，均是蜇刺袭人的毒物。有虫子沿着他脖颈爬上脸面，被其摇头抖落在地，又复顺着裤脚衣内进入，自衣衫破烂处进进出出，疯狂啃食，其全身皮肤随处可见红斑疮痍。

东柳氏乍见之下，惊得连连后退，颤声道："你是何人？怎会被囚于此，遭受如此之苦？"

那人有气无力道："求你救救我！救救我！"

鸣凤近前道："先生，此人来历不明，不可贸然行事！这些毒物虽在他身上游走，却未能伤及性命，可见他绝非泛泛之辈！"

东柳氏点头道："你要让我们救你，须如实告之，因何身陷此囹圄？"

那人挣扎道："我，我⋯⋯"正说着话，忽然全身一个战栗，跟着脑袋垂下，昏厥过去。

东柳氏大惊道："快，救人！"

鸣凤和青鸾互望一眼，迟疑不决。

东柳氏急道："还愣着干什么？快，救人要紧！"

青鸾道："先生，要想驱除他身上的毒物，需燃胡苏之木，以烟气熏燎方可！这胡苏木此时此地却不易寻到！"

这时，尤凭近前道："圣公，仙童，可否让尤某试他一试？"

东柳氏忙道："尤异士，快救他一救！"

尤凭点头，盘膝坐在地上，运用行气之术，戟指而去，顿时一股烟气自他指间喷出，沿着那人周身内外，缭绕飞蹿。很快，所有虫子"滋滋"低鸣，从他手足衣物间滚落在地，四下散去，钻入泥沙之中。

鸣凤上前解开铁索，同青鸾一起扶那人到一旁坐下。只见那人双目紧闭，兀自未醒，一探鼻间，一息尚存。

东柳氏诧异道："奇怪，他怎的还未醒转？胡郎中！"话犹未了，胡中挎着医箧上前，仔细诊视一番，连连摇头，道："此人所中之症，世所罕见，我委实诊断不出。"

这时柳僮从人群中挤出道："让我看看！"

东柳氏颇感意外，只见柳僮近前细看，半晌站起身来，沉吟道："如果我没有看错，他体内此刻正有三尸九虫在作怪，一时迷失心智，故而昏迷不起。"

尤凭点头道："他身外的毒虫对他伤害倒不甚大，主要还是体内的尸虫毒害极深。知道症结所在，就好办了。"说着又即施法，右手伸出，左手一指，掌心已多出一只青竹片。

尤凭道："把他的嘴打开！"胡中在一旁，搀扶那人坐起，捏住下巴，那人嘴巴张开。尤凭手托竹片，另一只手咬破手指，在竹片上急书字符，然后扔出悬在半空。只见他戟指呼喝之间，竹片噗地起火燃烧，化作一个细小的火团径直飞入其口。胡中放手，那人嘴巴合上，随即就见他身体内有一片红光映现，一股黑气从他身上蒸腾而出。那人一张脸红通通的，逐渐暗淡下来，汗水直冒。不大工夫，便慢慢醒转，目视东柳氏等人，起身便拜，道："多谢救命之恩，请受我一拜！"

东柳氏扶他起身，忙问端的。那人这才一五一十将他的故事讲给众人听。

早在十余年前，在此间望池乡有一对老夫妇，家中无以度日，只有一头牛和一只羊，勉强过活。一日，老汉张翁携着镰刀，前往山坡下割草，一不小心，左手被镰刀划到，顿时血流不止，滴入一石穴当中。张老汉顺手从身边扯过一丛乌荆草，用嘴嚼烂缚在伤口之上，血流顿止。

张老汉见石穴血迹斑斑，当即摘下一面树叶覆盖其上，背上草料，返还家中。不久再次入山割草，经过此间，却听窸窣声响，前日树叶覆盖的石穴之处，显露出一只小蛇，一颗小脑袋一晃一晃地对着张老汉。

张老汉颇觉神异，知龙蛇之物皆通灵性，遂将小蛇捧在手掌间，带回家中，放置于柴房的竹瓮之中，常以杂肉喂食，一刻不曾断过。如此日积月累，家中吃食已然无法供养，而那只小蛇亦逐渐壮大，渐而褪去蛇状，头上生角，全身有鳞甲之物，盘卧于柴草之上，神光熠熠。

那日夜间，张老汉之妻戚氏正在里间埋怨道："老头子，你说你上山割草，还带回来一条蛇，天天省吃俭用也就罢了，还将家中唯有的肉食拿出来全给那个小东西吃！我呀，劝你赶紧把它放回山里去吧！再这样下去，咱家哪里招架得住？你不见它的胃口可是越来越大，哪一天说不定还会祸害咱们的。"

张翁道："我说老婆子，你就别唠叨了。那日我割草伤了手指，流了好多血，滴在地上，后来转回发觉到它，你说也奇怪，真的感觉就像是我的孩子一样，说不出的喜欢！所以就带回来了，以后少不得还要多喂它。"

戚氏一咂嘴道："还你的孩子，一条蛇而已，至于这样天天喂它肉食吃吗？赶紧放生吧！这一天天下去，它越长越大，逐渐有了野性，若出去伤人，到时可就不好办了！"

张翁沉吟不语，自灶房取些碎肉，径往柴房而去。未至里间，却见柴房内白光闪耀，洞彻四方，及至进去之后，只见离地三尺间，一条长约两尺的小龙低啸盘旋，祥光四射。张翁见状直惊得目瞪口呆。戚氏闻声亦奔来查看，不觉心惊肉跳，怔怔地瞧着，不知所措。

那小龙盘首转过来，龙睛闪烁，对着张翁不住点头，随即一声低啸，身形动处，径直从柴房窗户盘旋飞出。张翁大急，跑出屋外，只见那只小龙悬在半空，回首向张翁连连点头，随即消失在夜色之中。

张翁见小龙飞走，不禁泪眼涟涟，伤心不已。自此不觉身体沉重，头昏脑涨，一病不起。戚氏心急火燎，找来乡医诊视，那乡医摇摇头，只是开了些养气保身的药物，自叹而去。眼看医治无望，戚氏成日跪在神社之前，磕拜祈祷。终于有一日，张翁正自迷迷糊糊之间，只见那条小龙悬在床前，龙睛泪落，默默地凝视张翁。张翁看见，立时坐起身来。只见那小龙盘旋空中，口中衔着一个龙眼大的珠子，喷出一道白气，随即就见祥光飞舞，渐渐变身成一个头生双角、身有鳞甲的十二三岁的孩童，穿着一只红色肚兜，拜倒在地，道："望池小龙，拜见爹爹！"

张翁见状大喜过望，身上的疾病顷刻之间皆已痊愈。他夫妻二人人到老年，一直膝下无子，如今眼前忽然多出这么一个儿子，实是万万料想不到。张翁心道："莫非是上天眷顾，见我二人孤苦无依，天赐洪福，给了我们这么一个玲珑可爱的儿子？"心念及此，不觉老怀大畅，当日叫来戚氏一起见过。戚氏乍见之下，更是乐得手足无措，喜不自胜。从那以后，张翁夫妇将其收留膝下，并取名张垩子，越发疼爱。

这张垩子自从来到张家，风里来雾里去，从不着家，亦不在家吃食，但对二老却倍加孝顺，时常带回些鱼肉蔬果及金银用度之物。张翁每每问及，那张垩子总是避而不答，或者推托搪塞。因此，这望池乡百十余口人，人人都言张翁夫妇老来得子，均羡慕不已。但随之而来的偷盗怪事却接二连三地发生，乡间邻人不断有鸡鸭牛羊之禽畜丢失。望池乡乡大夫派壮丁巡视，设法找寻偷盗之人，一直劳而无功，一无所获。如此数年，望池乡人人家中均无牲畜可养，唯张翁家牛羊俱在。

乡大夫听闻，虽有怀疑，但又无迹可寻。直到有一晚，乡大夫庄上马厩之中，忽闻一声马嘶之声，庄中看院壮丁闻声齐来探视，只见马鞍散落，地上血迹斑斑，而空中一条白龙正自腾空而去。众看院壮丁当即敲锣打鼓，同乡间的百姓俱来缉拿，眼见那白龙径直飞到张翁家上空，消失不见。

乡大夫闻说，带壮丁及众百姓前往张家砸门闯进，不由分说，四处寻找，却只在张家内宅看到张翁戚氏夫妇和其子张垩子。这张垩子自从现身张家，头角鳞甲俱已隐去，乡大夫上下打量张茔子，硬是没有发现半点破绽。当即便要带人离去，却闻外间雷声轰鸣，有彭泽龙王率领虾兵蟹将，悬在半空，叫道："望池小龙，还不快快出来，还我的龙珠！"

张茔子闻言大吃一惊，忙道："父亲母亲，你二老待在屋中，无论发生什么都不要出来！"说罢快步奔出，随来的乡大夫及众百姓一齐跟上，来到院子，乍见到龙王现身，纷纷跪拜。张翁夫妇见儿子奔出，哪里还待得住，一起走出。

彭泽龙王见到张茔子，当即喝叫道："来人，把这个偷盗龙珠的孽龙绑了！"

虾兵蟹将听令，飞身而下，前来缉拿张茔子。张茔子岂能束手就擒，当即与之力搏死战。那龙王一丢手，从手上摘下一个珍珠玉链的法宝，扔将下来，顿时将张茔子捆得严严实实。张茔子拼命挣扎中，只见珍珠玉链散放豪光，他逐渐显露龙形，被两名虾兵蟹将提起，随彭泽龙王飞上半空。

张翁见儿子被拿，大声叫喊道："茔子，茔子！"脚下一不留神，扑翻在地。戚氏哀号中亦奔上前来，同张翁一齐向张茔子所在的半空哭叫嘶喊。那乡大夫看到此处，恍然大悟，道："原来本乡被吃掉的马匹，乃是被你那孽龙所变的儿子给吃了！"他此言一出，众人皆明白过来，一时间义愤填膺，纷纷近前对张翁夫妇拳打脚踢，以泄私愤。张翁夫妇哪里禁得起他们这番毒打，片刻之间便已奄奄一息。

张茔子被押解中，在空中看得真切，登时急红了眼，早被虾兵蟹将拉扯住，押解而去。

那乡大夫喝住众人道："明日发令文下来，拆封张家，以物赎罪，另行偿还大家所丢之家禽！"说罢同众人在咒骂中离去，只留张翁戚氏二人趴在院中，鼻青脸肿。他二人挣扎坐起，相互依靠，戚氏不禁流泪道："老⋯⋯老头子！看你当日非要带回那条小蛇，不曾想⋯⋯不曾想带回的却是一条孽龙啊！这下可真有我们的苦头吃了！"

这张茔子原身乃为龙胎，早些年间，望池水有龙蛇繁衍，其间遗留下一只蛋卵，随着池水干涸，水位逐渐退去，而流落于石穴之中，吸收天地之灵气。那日正在张翁割草经过时，其破壳而出，吸取了张翁的鲜血，爬将出来。

起先看似蛇状，后来随着时间的推移，渐次初现龙形。那日，龙身既显，他的原身便飞往彭泽龙王的水晶宫中，盗来一枚龙珠仙丹，吞食肚中，遂可变换人形。后来在张翁病重之际，返回张家，与之相见，但野性未除，常常以乡人的畜禽为食。彭泽龙王龙珠丢失，遂派人四处打探，终于获知乃是望池乡张翁家望池小龙所盗，于是带虾兵蟹将前来兴师问罪。

张垩子被带离的次日，望池乡上空忽然间天昏地暗，乌云四合，随即就听"轰隆"一声巨响，大雨如注，洪水借着雨势奔腾而来，很快将整个望池乡漫淹，沦为一片湖泽。遭受洪水席卷而来淹死的乡民不知凡几，唯独张翁夫妇被一只竹筏载着漂浮上岸。

张翁夫妇面带病容，无精打采，在竹筏靠岸之际，只见张垩子飞身而下。

原来那晚，他被彭泽龙王的虾兵蟹将带到一个叫悔罪崖的地方羁押起来，当晚却趁守夜的夜叉不备，缩身逃脱。张垩子回想晚间张翁戚氏被众乡人毒打的情景，恶向胆边生，偷偷潜到水晶宫，盗取了彭湖龙王的行雨旗，随后返回望池乡，以行雨旗降下大雨，并掀起彭湖之水，将整个望池乡淹没，只救张翁夫妇活下来。

张垩子见父母被毒打之后，神光涣散、虚弱不堪，当即张口，将盗取的龙珠仙丹吐出，掰成两半，分别给张翁夫妇吞下，两人这才恢复过来，回过神见到张垩子，不禁互相抱头大哭。

张垩子心知此番连闯大祸，彭泽龙王绝不会放过自己，而放洪水淹死数百乡民的大罪，亦罪无可恕，于是将身上的财物尽数给了张翁夫妇，向二老送行道："爹、娘！你二老快些离开这里，孩儿犯下的罪愆已无可恕，只愿爹娘能去往他乡，安身立命。来生如有福分，孩儿再来二老身边孝顺！"说罢叩拜在地，连磕了三个响头，随即挥泪作别，飞身而去。

空中乌云漫卷，彭泽龙王率领兵将，御空而来，将张垩子拦下，大叫道："张垩子，哪里走！"手中执一把金杵，直击而去。就见一道金光朝张垩子袭去。张垩子猝不及防，大叫一声，坠下云头，跌落在地。

彭泽龙王飞身追下，将受伤的张垩子团团围住。有虾兵上前，一伸手将他腰间的行雨旗扯出，交给彭泽龙王。彭泽龙王将行雨旗收好，喝道："大胆张垩子，你前番偷本王龙珠，后又盗走行雨旗，兴风作浪，在此间造下无尽的罪孽，害民伤命，实是罪大恶极！你身为龙裔，无端制造杀孽，本王便代行法令，将你就地正法，来人，给本王砍了。"

有黑脚将军手执斧头，近前便要动手，忽听半空有人叫道："住手！"话音未了，就见一位面如削瓜、唇如鸟喙，身着饰有獬豸图案的白袍青面神，飞身而下，身旁有两名恶神侍立左右。

彭泽龙王见这青面神，忙躬身道："原来是狱神吏使降临，这厢有礼了。"

青面神道："我奉狱神圣命，前来行令法办望池小龙，彭泽龙王可以告退了。"狱神皋陶乃是上古四圣之一，专事刑罚之责，彭泽龙王急于处决张垩子，以泄其偷盗仙丹龙珠之恨，见狱神吏使前来，虽心有不甘，但也无可奈何，当即退走，却偷偷在一块大石之后隐藏，暗下观望。只见青面神道："望池小龙张垩子，你偷盗行雨旗，在此间兴洪布雨，水淹望池乡数百口房屋田地，招致此间的灾难，我奉命前来治你之罪。不过念你一片孝心，而这望池乡又合该有此一劫，故而今画地为牢，将你羁押于此。等灾消难满之时，自有去处。"说罢施展移山之法，使当地出现一根石柱，并画圈立竿，又命恶神用铁索将他锁了，绑缚在石柱之上，随后飞身而去。

彭泽龙王见吏使走远，近前道："如此便是便宜你了，不过本王可不会让你好受！"当即召来此间的毒虫上身啃啮，并施法请来三尸九虫，随即大笑着飞身而去。

如此，张垩子在无尽的煎熬之中，也不知道过了多久，才见到东柳氏众人。东柳氏听罢，为其孝道所感，又为其莽撞而叹，遂有度化之意，道："张垩子，你既犯下滔天的罪孽，亦遭受万虫啃啮之苦，也算受到应有的惩治，如欲改恶从善，不再犯有杀孽，可随我等东行桃源洲，他日自有善果，不知你可愿意？"

张垩子闻言大喜，跪倒道："如得先生度化，我愿意归附东行。"

东柳氏微笑点头，将张垩子扶起，又命胡中拿些治疗创伤的药物，给其敷上。鸣凤低声道："先生，你一路收纳的不是身怀法术的异士，就是品行兼优虔心向道之人，怎么今日却接收多造杀孽的麟长妖龙呢？"

东柳氏笑道："所谓众生平等，只要他愿意弃恶从善，不再行杀戮之事，这东行之路跟随我等，人世间岂不是再无祸患了吗？再说他也是因那张家夫妇被乡民殴打，才一时意气用事。"他说到此处，张罡子已被胡中敷上药物，径直来见东柳氏道："先生，多谢救治，不过我在此还有一事相求，不知可否应允？"

东柳氏道："何事？"

张罡子道："早些时日，我自知罪责难逃，不得已为保全父母，同二老分别，如今既要东行而去，不忍二老流落此间，故请求先生能准我前去寻找父母，带他们一同随行？"

东柳氏点头，随即派遣青鸾鸣凤陪同张罡子前去找寻张翁戚氏的下落，不出半日，便在一处山道之上，找到相互搀扶行路的二人。他们自从服食了张罡子留下的龙珠仙丹，便开始身轻体健，精神大好，见张罡子寻来，不禁大喜过望，随同返回，与东柳氏众人相见一番，便加入东行的队伍之中。

东柳氏见诸事已了，即命李义整肃队伍，沿陆路行去不久，却被彭泽龙王带着老鳖精、虾兵蟹将等拦住去路。原来那彭泽龙王在张罡子被囚之后，派一虾兵留守，东柳氏命人救下张罡子，那虾兵忙回报给彭泽龙王。彭泽龙王闻讯，急忙前来，叫道："你等何人，居然敢私自救下被狱使囚押的孽龙？岂不啻于劫狱枉法吗？识相的快快将这孽龙交出，以正法纪！"

鸣凤皱眉道："这下麻烦又来了！"

东柳氏沉吟道："张罡子虽有犯恶，但已然身受囹圄之苦，今番度劫重生，随我等东行，善为教化，亦属好事一桩！请求各位上神能网开一面，放我等东行。"

青鸾笑道："我说张罡子既然被狱神羁押，他老人家都没有说什么，怎么反倒是你这小小龙王，偏要出来阻拦？奉劝你们快快退去，否则我手中的日月宝莲钩可不答应！"

彭泽龙王大喝道："放肆，你这女娃又是何人？敢放这样的狠话？"

青鸾道："我乃东华帝君座下青鸾童子，小小龙王，还不退下！"

彭泽龙王一怔，但显然并没有被青鸾的话唬住，倒是他身边的老鳖精低声下气道："大王，他们乃是东王公的人，万不可冒犯！还是早早回宫，别来蹚这浑水！"

彭泽龙王道："东王公怎么了？这孽龙偷盗我龙珠仙丹和行雨旗，我不能便宜了他！行雨旗也就罢了，可惜我那龙珠仙丹，那可是我辛辛苦苦，历经多少年才炼化而出的！原想着有了这龙珠仙丹，将其奉呈给海龙王，让他老人家许我个海中的龙王职事当一当，至不济留着自己服用，还可增加百年修行，不曾想被他反盗去享用，是可忍孰不可忍！我一定要他偿还我那龙珠仙丹来，不然绝不会轻易饶恕了他。"

老鳖精皱眉道："可是东王公手下的童子可不是容易对付的，弄不好反折了性命，那可就大事不好了。有道是得饶人处且饶人，就放过他吧！"

彭泽龙王哪里听得进去，执意要东柳氏留下张垩子，一言不合，便执金杵刺向张垩子。张垩子已将龙珠仙丹分给张翁戚氏服食，哪里交得出来，见彭泽龙王冲过来，知道对方的金杵厉害，正要躲闪，却见青鸾已手执日月宝莲钩迎上。彭泽龙王几个回合下来，便招架不住，急忙跳出圈外，飞上半空，执行雨旗，在空中施法降雨，一时间风雨大作。

青鸾鸣凤无法，双双飞上空中，拦阻彭泽龙王降雨。那彭泽龙王看见，忙朝地下叫嚷道："快快帮本王啊！"老鳖精皱皱眉头，同所来的虾兵蟹将正要飞上帮忙，西河少女已飞步上前，弱柳鞭挥出，朝一根石柱劈下，顿时山石破裂。只听她叫道："我看你们谁敢动，要动上半点，定要将他劈为两半！"

老鳖精见她如此厉害，慌忙同众虾兵蟹将跪拜求饶。

半空风雨止歇，青鸾鸣凤同彭泽龙王乍一交手，没几下，彭泽龙王便被鸣凤的分光血刃剑劈中，顿时栽下云头，一命呜呼，化作一只丈尺开外的老龙，伏地不动，没了声息。

老鳖精见彭泽龙王招来杀身之祸，慌忙带虾兵蟹将一溜烟地逃之夭夭。

第二十三行　飞连五色笔

东柳氏度化张垩子后，整队折转向东，也不知行了多少日，来到池州之境，眼前城邑毗连，青山环绕，一派生机勃勃的景象。东柳氏笑道："此处倒是个好去处！等会儿就在此地扎营休息。"他正兴致勃勃，谈笑之间，忽见远处城邑升起一团黑烟，直冲云霄，随后只闻尖啸鸣叫之声传来。

东柳氏大为惊异，道："前方城池到底发生何事？怎的有黑烟笼罩？"

鸣凤道："想是城中什么地方失火所致！"

东柳氏道："那叫声又是何物发出，我们离这么远都能听到！"

青鸾侧耳道："先生，听声音似乎是什么异禽所发出的，绝非人间之物能有的声响。"

东柳氏道："该不是此间有什么祸患发生？青鸾、鸣凤，你们速去查看！"

青鸾鸣凤领命，飞身而去。顷刻之间到得城邑之外，但见城门大开，有许多城中百姓大声叫喊，自城内奔逃而出，有人叫道："不好了，火鸟烧人了！快跑啊！"话犹未了，只听城中一声鸣叫，就见一只火凰裹挟着熊熊烈火，腾空而起。尖喙张开，一团火焰飞喷十余丈，烧向底下的房屋和四散奔逃的人群。有人瞬间被其烧燎到，全身着火，惨叫中就地打滚。

鸣凤叫道："师妹，快，我们前去收服这害人的孽畜！"

青鸾点头道："千万小心！"

鸣凤脚踏逐飙飞轮车，青鸾振动千羽衣，各执兵器，直奔火凰飞去。火凰见有人飞近，引颈怪叫一声，张开尖喙，一团烈火对着青鸾鸣凤喷射而来。青鸾、鸣凤二人飞行神速，早早飞身躲开，同时绕到火凰的后翼。鸣凤揢开分光血刃剑便向它劈去，岂知那火凰被剑劈中后身，竟然毫发无损，在空中猛地盘旋转身，又自喷火袭来。

青鸾鸣凤大吃一惊，分从两边飞逃，使其无法相顾。青鸾觑中时机，日月宝莲钩直削向其颈翎处，那火凰飞翔之中只是微微一震，竟难伤它分毫。这下，青鸾鸣凤惊诧之极，不明白这火凰身体为何如此坚硬，半点奈何它不得。

鸣凤见分光血刃剑无法伤到对方，当即收了双剑，快速飞到火凰的头顶，抓住翎毛，意图将其制住。那火凰察觉冠顶有人，立时双翅翻飞，载着鸣凤忽而拔高，忽而落低，忽而上下翻滚，忽而左右摇摆，意欲将鸣凤甩脱下去。

鸣凤紧紧抓住它的鳞毛，任凭其如何折腾，那火凰始终无法挣脱，但要轻易制服它，却也是万难。

那火凰尖声长叫，飞离城邑上空，转向城外。青鸾振动千羽衣飞速跟上，到得火凰身前，对鸣凤大声喊叫道："师兄，这样下去不是办法，我来用蚕丝网将它套住，你从下面拉过丝网另一头，我们齐力将它制服。"说罢，从怀中取出五彩蚕丝网，见鸣凤飞身离开火凤凰的头顶，连忙扔出五彩蚕丝网，叫道："变！"那蚕丝网瞬间变大，径直兜头罩向在前飞翔的火凰。

五彩蚕丝网铺天盖下，将火凰全身连同双翅包裹上。鸣凤早已飞身前去，拽紧丝网的另一端，同青鸾飞身缠绕，将其紧紧缠住。那火凰双翅同丝网粘连一起，无法飞翔，重重坠地。但它毕竟身体巨大，在地上拼命翻滚挣扎，将青鸾、鸣凤二人拉扯着随之左右奔跑冲撞，颇为狼狈。

青鸾鸣凤费尽九牛二虎之力，终于将丝网拉扯缠绕在一块巨石之上，那火凰才逐渐老实，已无力折腾，匍匐在地，低声哀鸣。

青鸾鸣凤同时舒了口气。青鸾道："师兄，我们虽然将它降服，但离开我这丝网，它不免又会飞走害人，得好生想个法子，既能长久地将它困住，又能拿回我的五彩蚕丝网。"

鸣凤道："适才我们的兵器都伤他不得，要想一劳永逸地解决此鸟，着实不易。不知道此地怎么会有如此怪物？它究竟是从哪里来的呢？"正说着话，却闻脚步声响，一人气喘吁吁地奔上前来，道："终……终于追到你了。两位真乃神人也，居然有降龙伏凤的本事，真是谢天谢地！"

来人青衿长袖，脸面白净，轩眉朱唇，竟是颇有俊秀之气。鸣凤道："你是何人？这大鸟是你看养的？"说着看向他。那人叹道："我叫秦飞连，它确实跟我有关系，不过……唉，说来话长，一时半会儿也说不清楚！"抬头看看天，皱眉道："眼看天马上就要黑了，这池州城还有一害，便要出来祸害大家了，比这火凰的危害有过之而无不及！两位既然有如此身手，能否请两位入城，帮我们一起扫除灾害呢？秦某在此拜谢了。"

鸣凤道："我们是过路之人，正在城外打尖宿营，有什么事，还需禀报我们先生。"

秦飞连道："敢问你们先生现在何处？可否带我去见他一见呢？"

鸣凤道："也好，等见了先生，把你要说的话讲给他，也好做决断。"说着回头道："这只火凰现在被我们的丝网缠绊住，一时无法挣脱得掉。先去见过先生，再作计较。"说罢和青鸾引着秦飞连转回，东柳氏已命李义在当地支好帐幄，见青鸾鸣凤回来，大喜迎上，道："怎么，城邑那边到底发生何事，怎么这会儿才回来？"

青鸾道："先生，这城内居然有一只火凰在放火作怪，不过此刻已被我收服。"东柳氏点头，鸣凤领秦飞连上前，道："先生，这位秦相公有事要讲。"

秦飞连忙躬身参拜道："秦飞连见过先生！"

东柳氏点头回礼道："你有何事要对我说？"

秦飞连叹息道："事情的缘由还得从我的这支五色玉金笔说起。"他说着话从腰间取出一支一尺见长，笔身碧绿莹洁，笔头金光闪闪的五色笔来。东柳氏、青鸾、鸣凤同时看向他手中的五色笔，一时陷入无限遐想之中。

秦飞连原本是一孤儿，父母早亡，蒙一位私塾先生收留，自小温顺聪慧，跟随那私塾先生学些识文断字的营生，更对绘画雕刻有十足的天分和兴趣。秦飞连经常以树枝临摹比画各种所见的事物，到近乎痴狂的地步。成年后，有一年盛夏，私塾先生的学堂不幸着了一场大火，私塾先生因此葬身火海，而自己却在那场大火之中侥幸活了下来，从此不得不自谋生路。不得已，他只好在池州城四下谋求差事，一直无固定的营生，贫困潦倒。有一年，在城中的一个药铺找了个临时的差事，帮药铺先生前往后山挖取草药。这日，他携带长锄上山，遇到一隐逸老叟，那老叟不禁多看了他一眼，当即笑呵呵道：

"小哥，请了！"

秦飞连忙躬身还礼，道："拜见老丈！"

那老叟笑道："观你眉宇轩阔，虽寒衣着身，但颇见才情，我这里有一只五色玉金笔，可以传于你。此笔非是凡物，可以通灵。画什么就会有什么，有了它倒省却你碌碌营营，成日为生计奔忙，也算我们有缘！"说罢，自腰间取出五色玉金笔递给他。

秦飞连大喜，躬身双手接过，道："多谢老丈，不知如何报答于你！"

那老叟笑道："你我有此机缘，何谈言谢！不过我要叮嘱于你，此笔不可到处卖弄，只能私下妥为收藏，切记切记！"说罢摇身不见。

秦飞连又自捧笔过顶，跪拜道："多谢赐笔之恩！"他得了五色笔，甚是欢喜，心道："那老丈言说画什么有什么，我倒试试看！"执笔在手，略一思索，来到一块山石上，起笔画了几株草药根茎。但见笔头起处，五色光芒闪烁，等他画完停笔，山石上的草药一下抖动，伴随着闪闪彩辉，顿时现出真的草药来。

秦飞连拿起草药，惊叹连连，不禁目光定在手中五色笔上，正自出神，忽闻身后有人叫道："飞连兄！"

秦飞连闻声忙将五色笔藏在腰间，转头看时，乃是同城的药铺伙计周生。那周生飞步上前，见秦飞连腰间闪光，不禁大奇道："你腰间是什么，怎的闪闪发光？是何宝物？让我瞧瞧！"

秦飞连忙道："没什么，没什么！你怎么在此间？"

周生叹道："你别瞧此山看着挺大的，可要采些上好的药材可真是不易！咦，你倒乖巧，反先我一步，挖到药草！"说着近前细看，连声道，"这药材成色还不错，就是看着不像新挖的，你在哪挖的，也给我指指！大家有药一起挖，有好事一起同享嘛。对了，你还没告诉我，你腰间到底藏的什么宝贝？让我也见识见识！"

秦飞连掩饰道："没什么，你不挖药了吗？我要回去了。"便拿起地上的草药，转身往山下而去。

周生看着他仓皇的背影，一脸犹疑，暗忖道："他到底藏有什么宝贝，居然这么怕给我看到？不行，我得好好想想办法，非要从他口中探知明白不可。"

次日，秦飞连早早从药铺出来，正被守候在外的周生撞见，那周生笑嘻嘻上前，一把搂住秦飞连的肩膀，笑道："走，飞连兄，陪我去喝几觚。"秦飞连正待拒绝，却被周生强拉硬拽来到一处酒馆，在靠墙带窗的一僻静地坐下。有酒人迎上，周生道，"上一壶清酒来！"酒人答应着去了，不大工夫便送来一个铜壶及酒樽。周生笑着倒酒，秦飞连勉强喝了一樽，怎奈那周生接连不断敬酒，秦飞连抹不过面子，只得饮了，不出几樽，遂有些晃晃悠悠，酒力不支。周生见时机成熟，笑道，"我说飞连兄，你昨日腰里到底藏着什么宝贝？让我也开开眼。"贼溜溜目光觑将过去，直盯着秦飞连的腰身，径直上手去摸。

秦飞连酒劲上来，笑道："别动手动脚，我拿给你看就是！"说着，一脸醉态，从腰间拿出五色笔来，在周生眼前晃晃。

周生不看则已，一看之后不觉失笑道："我当是什么呢？原来是一支笔啊！这玩意抵得了吃还是抵得了喝？我还道什么宝贝呢。"

秦飞连笑道："你……你可别小看这支笔，这可是通灵之物！有了它啊，要什么就会有什么。"

周生闻言"嘁"的一声笑，道："吹牛吧，我可不信！还要什么会有什么，真是酒喝多了，这醉话反是不少！"

秦飞连道："你不信啊！好，我试给你看！画什么呢？哦，对，就画一串铜币，正好付酒钱。"他说着话，将酒几上的酒具推到一边，颤颤悠悠地提笔描画一番，随即就见所画的几枚铜币，忽然闪烁着五彩光芒，登时跳将出来。周生看见，不禁大感惊异，双目睁得大大的。

秦飞连笑着拿起几上的铜币，叫道："酒家，给你酒钱！"

那酒人近前接过看看，眉头紧皱道："这钱币怎么看起来歪歪扭扭，不像是真铜币，客官看能不能换一下。"

秦飞连闻言大急道："什么，不是真铜币？"他正要理论，周生却眼疾手快，忙从身上掏出几枚铜币，递给酒人道："哎呀，这顿酒，我请！怎么能让你给了。"他给了那酒人的酒钱，随手将秦飞连所画而变出的假铜币接住，偷偷放进怀中，随即一笑，接着同秦飞连继续饮酒。

原来秦飞连醉酒之中，所画的铜币有些走样，故而被酒人当作假币拒却。而周生却为秦飞连手中的五色笔大为惊叹，央求道："飞连兄，不如你再画个别的？让小弟再开开眼！"

秦飞连闻言将几上的一樽酒仰头喝下，笑道："好，咱就画个别的。那酒人忒没眼光，怎么说我画的铜币是假的呢。你说，画个什么？"

周生道："就画个难一点的！"转眼瞧向窗外，只见街市上一队巡街的士卒，列队行来，当即指着窗外的街市，道，"瞧见那队士兵了吗？就画他们。"

秦飞连注目看了一眼，随即起身，笔走龙蛇，对着一面墙飞快地画了一队手拿兵器的士卒。他此刻酒劲正盛，迷迷糊糊想起小时候大雨天无处栖身，为避雨逃到一座阎魔殿。闪电之中，看见殿壁之上的《百鬼夜行图》，登时便吓得魂不附体，惊恐万分，以至留给他永难忘记的深深烙印，此时却在酩酊大醉中，鬼使神差地画了下来。

周生大惊道："你画的什么？怎么不像那些巡街的士卒，反倒像行夜的鬼夜叉？快别画了。"就在他说话之间，秦飞连已然在墙壁上完成所画，但奇怪的是，这次壁间图画，却没有立刻显现而出。

秦飞连闪身等候，半天不见动静，不禁用五色笔挠挠头，奇道："怎么不灵呢？"

周生吁了口气，道："亏得没变出来！走吧！天快黑了，我们还是回去吧！"

秦飞连却道："急什么，再喝几樽，我还没尽兴呢。"他此刻酒意正酣，哪里肯走，拉着周生继续喝酒。此刻，周生却显得甚是被动，只得坐下来，陪秦飞连又喝了一会儿，不觉天已黑尽。

一铜壶酒落尽，秦飞连才晃悠起身，随周生正待离去，身后忽然光芒闪烁，回头看时，只见自墙壁画中先后飞出一些面目凶恶，身披黑甲，手执长戟的鬼兵，手起戟落，将酒馆的案几矮凳砍得稀烂。

周生惊骇之下，舍弃一旁醉眼惺忪的秦飞连，撒腿就逃。秦飞连脚下一绊，一头栽倒在地，在一边的角落醉死过去。而自墙壁画中飞下的众鬼兵，结成一队，一齐杀出酒馆，上得街市。有晚归的乡民乍见得这队凶神恶煞的鬼兵，惊骇四逃，逃得慢的，瞬间被鬼兵砍为两段。夜晚的街市上顿时哭爹喊娘之声大作。巡夜的士兵闻讯而来，见得众鬼卒哪里敢上前，未有半点抵抗均皆逃走。众鬼兵所向披靡，直搅扰得整个池州城鸡犬不宁，哭声动天。

次日一觉醒来，秦飞连从酒馆内爬起，四下一看，满目狼藉，惊诧之下，去摸腰间的五色笔，却已不翼而飞，四处巡视，竟毫无踪迹。秦飞连正自着急，有池州城的吏卒冲进，不由分说，就将秦飞连抓起，押出酒馆。馆外，周生正趾高气扬，叫道："把他押走！"

秦飞连叫道："为什么抓我？周生，你……"他正要说话，已被一名吏卒给他口里塞了布条，强行押走。周生随后跟上，一齐来到池州城的州司府邸。内堂之上，州司手里正把玩着五色玉金笔，见周生带人将秦飞连押至，忙屏退左右及吏卒，只留秦飞连和周生二人。

秦飞连口中布条被拿下，见吏卒离开，当即上前道："为什么抓我？周生，你到底想干什么？我的五色笔呢？"

周生不答，只是恭恭敬敬，目视那州司。

州司道："这支笔是你的吗？真的可以通灵，画什么有什么。"

秦飞连忙道："原来笔在你这里，快还给我！"

州司道："还你可以，但你须得画一样东西，我就不信你能画什么有什么？"

周生道："州司大人，千真万确，我给你的那枚铜币就是他用笔画出来的。这支笔真是神异通灵，不妨让他一画，就知晓了。"

秦飞连道："周生，我的五色笔是你拿的？"

周生道："不错，是我献给州司大人的。识相的就画给州司大人看，好印证我所言非虚。"

州司点头道："倘若你所言是真，本司自会大加犒赏你的。"

周生忙躬身道："多谢州司大人。"

州司将五色笔交还给秦飞连，道："笔还给你，只要你答应我作画，我就放了你。"

秦飞连忙抢过五色笔，迟疑道："你要我画什么？"

州司道："就画个祥瑞之物吧！自古凤凰乃百鸟之王，就画凤凰吧！"

秦飞连一怔，立时眉头深锁，神思又回到多年之前，私塾先生葬身大火之中的情形。那晚，大火吞噬了书馆的一切，是私塾先生舍命将他推出大火之外。当他回身之时，私塾先生已然化为飞灰。他极度悲伤之中，看到大火中有火凰飞出，直上夜空。那时候他就想，私塾先生是否便是那只火凰所变？直到多年后，凤凰涅槃的壮烈情景便一直在脑海中盘旋不去。

秦飞连一时陷入神思杳渺之中，那州司见他踌躇沉思，道："怎么，你不愿意画，还是不会画？"

秦飞连忙回过神，拿起笔，四下看看，来到一面白墙之下，稍一迟疑，当即飞快在墙壁间画出一只凤凰来。笔由心生，秦飞连疾笔之间，不觉将那晚恍惚所见的火凰画在墙上。收手笔落之间，壁间一幅栩栩如生的凤凰涅槃图便已赫然可见。州司看到墙上的画，双目凝视着走近。蓦然之间，只见墙壁彩光缭绕，一股热浪喷涌而出，秦飞连和州司及周生不觉一齐后退。随后就见墙壁间一只火凰裹挟着火焰，盘旋飞出。瞬时间，堂内大火蔓延，三人大叫着飞奔而出。那只火凰破窗而出，直冲向外面，口喷烈火，所过之处，大火熊熊。

秦飞连闯了大祸，一路跟随火凰追到城外，幸蒙青鸾鸣凤将其收服，跟随其又来到东柳氏处，将他的奇遇经历一一道出。只见秦飞连接着道："如今这只火凰已被收服，但那些鬼兵一到夜晚，还出现在城中残杀百姓，请两位高人务必随我进城，将他们制服！祸患因我而起，倘若能救百姓于危难之中，我秦飞连一定报答各位的大恩。"

东柳氏领首道："秦相公能心系百姓之危，实属难得！事不宜迟，青鸾、鸣凤二位童儿，就随他走一遭，尽早平息祸患。"

徐守真和尤凭一齐上前，道："圣公，我们二人也欲前往，助仙童一臂之力！"

东柳氏闻说鬼兵众多，当下准许，目送五人离开。

青鸾、鸣凤和徐守真、尤凭在秦飞连的带领之下，来到城中。此刻城内的百姓均躲藏起来，一切静寂。秦飞连沉思道："想是他们还没有出行，我带你去那家酒馆瞧瞧。"

四人随秦飞连来到酒馆，那酒人自从馆中跑出一众鬼兵，几乎将整个酒馆掀翻，早已携家逃离。那些鬼兵夜晚出来行凶，天亮之前则又复回壁画之中，秦飞连指着墙壁道："他们就是从这里出来的。"此刻天刚擦黑，青鸾和鸣凤同徐守真、尤凭严阵以待，守在墙外，商议制伏众鬼兵之法。青鸾道："师兄，既然他们是从这墙上的画中出来，我们何不将墙毁掉或者抹掉墙上的画呢？"

鸣凤笑道："这是个好主意！"当即手执分光血刃剑，挥剑砍削而去，岂知这墙面变得异常坚硬结实，剑尖在墙面上划落，溅起几道火花，图形依然如故。

鸣凤大是惊诧，收了分光血刃剑，以双掌推墙，竟纹丝不动。他正自纳罕之际，忽闻尖声怪叫，墙壁上的画抖落之下，光芒闪烁，众鬼兵自画中飞下，怪叫连连。

五人见状同时退到酒馆之外，只见一众鬼兵呼喝而出，青鸾鸣凤飞身迎上，日月宝莲钩和分光血刃剑同时砍削而去，顿时将为首的鬼兵砍作两半。岂料他们身首刚刚分离，又自连接在一起，竟恢复如初，毫发无损。两人大吃一惊，再度砍削下去，与前时情状无异。

徐守真叫道："让我来！"背身一抖，斩鬼剑疾飞而出，刺削向前排的鬼兵。那鬼兵张牙舞爪，一把竟将徐守真的斩鬼剑接在手中，甩手扔出。徐守真吃了一惊，飞身接过斩鬼剑，一时不知所措。

尤凭道："我来试试！"他说着话，口中念诀，戟指而去，施展禁气之术，众鬼兵在尤凭施法禁制之下，同时停住不前，被禁在当地。众人大喜，不料尤凭的禁气之术修炼不深，只能禁得住一刻钟，在这期间，无论使什么法术，都无法杀死众鬼卒。这下众人不由得慌了起来。

青鸾叫道："师兄，怎么办？我们四人之力都无法将其制服！"

鸣凤道："看来我们真是低估他们了。"说话间，尤凭的禁气之术已然失效，鸣凤叫道，"我们四人分四个方位，严防死守，一定要将他们约束在此。如让他们逃了，这里的百姓势必遭殃！"

一时之间，青鸾、鸣凤和徐守真、尤凭各立四方，将众鬼卒如铁桶一般围在中央，各施法术，众鬼兵只要踏出一步，便被四人击退。不知僵持了多久，却见西河少女飞身赶到。

西河少女近前惊诧道："两位仙童，怎么，这些鬼兵这么厉害吗？先生命我前来看看，为何这么久都不曾回去！"

鸣凤一边挥舞分光血刃剑，一边道："你来得正是时候，快来帮我们阻住这些鬼兵！"

西河少女挥舞弱柳鞭，倏忽变长数十丈，叫道："大家退开！"四人闻言飞身闪开，西河少女的弱柳鞭随即飞至，将众鬼卒缠住。她手上施法，弱柳鞭慢慢收紧，将他们捆得结结实实，不住在当地挣扎叫喊。

众人一齐舒了口气。

鸣凤道："秦相公，你这五色笔变化而出的鬼卒，你可知有其他解除之法？"

秦飞连摇头不已。

青鸾道："授你这五色笔的神人，他此刻在哪里？解铃还须系铃人，或许他有应对之策！"

秦飞连摇头道："委实不知，那位神人只是在后山遇到，他给了我五色笔，就消失不见了。"

鸣凤道："莫如明日我们一同前往后山，找找那神人，或许有收服他们的方法。"

当晚，众鬼卒被西河少女的弱柳鞭绑缚在当地，次日雄鸡高啼之时，众鬼卒同时消失不见。回到酒馆内，只见墙壁之上众鬼卒的图形又复如初。天亮后，鸣凤命众人转回，自己则和青鸾陪同秦飞连前往后山。秦飞连来到当日那位老叟交给自己五色笔的地方，高声喊叫道："老神仙，你在哪里？老神仙，快快出来！"也不知呼叫了多少遍，在朝阳升起之时，那位老叟才现身而出，笑呵呵道："你们寻我作甚？"

青鸾鸣凤见那老叟仙相不凡，上前参礼道："拜见老神仙！"那老叟笑呵呵点头，道："向两位仙童稽首了。"

秦飞连拜倒在地，道："求老神仙指教破除那些鬼兵之法。"

老叟叹息道："我赐给你五色笔是助你摆脱贫困的，并叮嘱你秘而不宣，不曾想你却被他人唆使，为心魔所驱，画出些伤人害命之物，实在可恼！"

秦飞连道："我知错了，求老神仙格外开恩，收服那些害人之物，我以后再不敢乱画了。"

老叟道："你起来吧！如此我就走一遭！"

三人大喜之下，同老叟来到酒馆之内。那老叟自肘间取出一个巴掌大的金壶，打开被封的青泥，随手轻轻扫去，就见自金壶中喷射出淳漆黑汁，洒落在墙壁上，将众鬼卒的图形尽数覆盖，不复有画。随后又前往城外，青鸾解了五彩蚕丝网，那被绑缚的火凰正要振翅飞走，却被那老叟举起金壶，将其收进金壶之内，溶于黑汁之中。

秦飞连躬身拜谢。

老叟笑呵呵道："我既然给了你五色玉金笔，这只五龙飞漆壶也一同赐你。你心魔未除，又缺乏历练，不如即日起跟随两位仙童，沿路多多历练，他日自可功成圆满。两位仙童，还请回去禀告圣公，带他一起东行吧！"

青鸾鸣凤互望一眼，心道："这位老神仙真是神人，竟然知道我们的来历！"当即齐声道："我们一定回去禀告我们先生。"当下正要询问对方法号名讳之时，那老叟已然消失不见。

秦飞连正愣神间，手中又多了那只金壶，而那老叟早已远去。

青鸾鸣凤带秦飞连回到营地，东柳氏已命李义等人整装队伍，鸣凤上前道："先生，此间的祸乱已被一位老神仙出手平息，他还让我们领来秦相公，求先生能够收留，带他一道东行。"

东柳氏点头道："既如此，就让他跟着吧！"

鸣凤道："是，先生！"

秦飞连忙拜谢道："多谢先生收留！"当下同其余人等厮见一番，然后跟随一起离开池州。眼见故土将离，不觉无尽感伤，而东行之路又充满未知之数，又不觉激奋异常，遂大步而去。

第二十三行　奇遇梯仙国

　　东柳氏带领众人，一路东行，有一晚，夜行山路，错过落宿之地，几经折腾，方才寻见一处残垣断壁的旷野，于是只得就地扎下营寨，早早歇息。鸣凤在下榻陪护。夜阑更深，万籁俱寂。睡到半夜，东柳氏醒来起夜，鸣凤起身坐起，道："先生，我陪你！"

　　东柳氏笑道："我这么大的人了，不需要你这般看顾！快睡吧！我去去就回。"说罢拄拐走出。鸣凤一路护随，经历无数的夜晚，虽多有提防和悉心守候，但一些私人琐事，却也不便跟得太紧。其间亦未有意外之事发生，当即任东柳氏自去。

　　东柳氏走出帐篷，四下张望，有巡夜的壮士在挑起风灯的竖杆之下来回走动，看见东柳氏走出，停身行礼，道："圣公！"东柳氏微笑点头，见不远处有墙垣隐蔽之处，便拄拐近前。

　　那墙垣之后是一个庭院，已久无人住，荒废多时。东柳氏在墙角方便之后，正待离去，忽被一处光亮吸引。他把眼细瞧，只见庭院中央有一口大井，井内隐约有亮光映射，不觉甚是好奇，慢慢近前，见井内白烟缭绕，光亮幽微，隐约有鸡犬鸟鸣之声传出，在黄夜当中越发清晰可闻。

　　东柳氏大感诧异，正自靠近井沿细听察看，忽然井中绽放豪光，顿时将东柳氏吸进井内。东柳氏大叫之中，整个人急速坠落，也不知过了多久，只觉下坠之势逐渐放缓，身下有棉絮一样的烟云将他托着。不大工夫，终于稳稳触地，烟云消散。

　　东柳氏战战兢兢，起身四顾，只见一片光亮之中，有一条甬道铺满金辉，直通前方，烟雾缭绕之下，竟不见尽头。东柳氏在地上摸索到拐杖，一瘸一拐沿甬道一步一步前行。甬道开口越来越广，也不知走了多久，眼前豁然开朗，竟别有一番天地。

东柳氏沿石阶甬道，一路行去，眼前百十丈见方的平地两侧，远远有高约千寻的玉石山体呈梯状，直通上方的光亮处。其间参差有金宫银阙，巍峨矗立；山壁间怪石嶙峋，溪流如玉带缠绕回旋，飞雾迷蒙。近处，一片五彩烂漫的花色间，花团锦簇，姹紫嫣红。东柳氏所过之处，这些花枝妖娆扭动，就像长了眼睛似的，随着东柳氏的步伐不断萦绕生长，枝枝蔓蔓无限延伸。奇花异草，比比皆是。抬头仰望两侧，有丽人身着彩衣，在半空翩翩飞舞，伴随东柳氏，观望嬉笑。再往前行，有一道玉阙金门横建于甬道两侧，上书三个篆体大字"梯仙门"，门下站着一位身着异服的阍门神，四方脸，慈眉善目，金丝绿带系于腰身，羽袖鹤氅披挂齐整，额头凸出，只见他笑迎上前，躬身道："见过上界圣公！"

东柳氏诧异之极，道："我怎么会被引来此地？"

阍门神笑道："有劳圣公走一遭了。这里乃是地下神国梯仙国，我们国王在梯仙宫恭迎圣公屈降！"

东柳氏还待细问，那阍门神已在前引路，须臾，便来到大山之下的一座宫殿国城之前。宫室城楼皆金玉所筑，神光灿灿，气象万千。玉砌的城楼之上，镶着三个篆体大字"梯仙国"，霞光照耀。城下有五大三粗但相貌堂堂的守城兵士，皆身披金甲，手执铜钺，肃穆而立。

阍门神在前引东柳氏进入宫门，面前所见皆玉石琉璃所筑，高大雄宏。进得大殿，来到一宫室之外，有神人接引躬拜，领东柳氏来到宫内殿上。两边男女朝臣列班而立，正中玉石龙椅之上坐着梯仙国国王，只见他国字脸，八字眉，高鼻挺立，长须垂挂，见东柳氏入宫，站起相迎道："梯仙国国王见过圣公，冒昧引圣公来此，还请切勿怪罪！"

东柳氏还礼道："东柳氏拜见国君，不知特意引在下来贵国所为何事？"

国王道："我们这梯仙国，深处地下，但自有天光照拂，上下与外间相接，坐地万顷。凡诸仙初得仙者，引入下国，独自修行，功成圆满之后，以地中天梯送往天门，再拜木公、谒金母，成就上仙。仙道有九，初到吾国，乃是从地仙而始，一路修行至灵仙、神仙、真仙、天仙、玄仙、大仙、高仙最后至上仙，上仙之道唯有过天门、拜见木公金母方能得成，然而其间修行不知经历多少载！今幸逢圣公东行桃源洲，经过吾国上界，故引圣公屈降，求能度我等举国上下，齐往东海拜东华帝君，以成大道上仙，不知可否？"

东柳氏恍然道："原来大王引我下来，是为此事！当日蒙娘娘指引，拜王公所授，度下地神州之人东行桃源洲，其间多历艰危，不知走了多少里路，历经多少坎坷，才能到此上间。但大王引我下来，若是为此事，恐怕我不能做主！贵国乃地下神国，自有晋级仙品的规程，我等庸碌之人，怎可轻易破除？再者，东行桃源洲为的是求取安乐之道，虽说凡求道之人皆可同行，但当初王公之命尽是神州之地。你等地处仙国，又有修行之序，况且合举国之众，又何能度此呢？求大王开恩，速速放我回去。假使他日抵达东海，见了王公，可将大王之意转达王公，能否晋级仙品就要看他老人家的旨意了。"

那国王闻言，面现愠色道："如此，圣公是不愿度化我们梯仙国之众了？"

东柳氏道："实是王公有命在身，不敢有违！"

梯仙国国王沉声道："你既入我梯仙国，恐怕孤家寡人一个，要想出去却是难了。请圣公三思，倘若应允，本王立即送你出去。如若不然，本王只能常留你在此了。"说话之间，已有卫兵上前，不由分说押着东柳氏便往后殿去了。

东柳氏生性耿直、意志坚定，任凭卫兵押着自己来到后殿一巨大的石室之内。一道铁门打开，有狮吼虎啸之声传来。东柳氏被推进石室之中，外面铁门关闭，有一狮一虎被卫兵牵入，由它们蹲守铁门之外。

卫兵临行前，道："奉我们国王之命，让你在石室好生反思，如能答应国王的要求，自会放你出去。"说罢离去。

东柳氏轻叹一声，没想到会有如此遭遇，如今身处地下，被困牢笼，如何出得去这铁笼石室，又如何脱身离开这梯仙国？想到青鸾鸣凤众人如得知自己丢失，又如何东行前往桃源洲？以往都是他二人守护，现下自己沦落至此，孤身一人，要想逃出梯仙国堪比登天！心念及此，东柳氏不觉在当地来回走动，琢磨摆脱牢狱的应对之法。

正在他一筹莫展之际，忽闻狮虎同时低吼，有人悄悄潜入石室之外，手中拿着两大块生肉，投给门口守候的狮虎，然后从身上取出一把钥匙，打开铁笼上的铁链，低声叫道："先生！快出来！"

东柳氏见此人装束不像梯仙国人等的服饰，生得瘦骨嶙峋、相貌丑陋，当此情形亦不便多问，只随那人走向石室之外。铁门外的狮虎见了那人，似乎颇为温顺，只管啃食生肉，对东柳氏的出逃毫无所动。

东柳氏暗自纳罕，同那人来到后殿，殿外有卫兵把守。那人悄悄带东柳氏绕到侧门，开门走出，来到一座石壁之下。自石壁下的通道一路前行，来到一处巨大的花园之内。花园中，花木大异于外间之状，花茎均高约数十丈，花骨朵儿硕大无朋，竞相绽放。花气袭人，令人眩晕。

那人从身上掏出一只药丸，递给东柳氏，命其服下，东柳氏顿感神清气爽。只听那人道："这个药丸可以抵制花香迷眩之气！老先生，此处乃梯仙国的浮屠世界，只有穿越这里，我们才能到得梯仙宫的外面。"

东柳氏道："请问小哥是何人？为何救我？"

那人道："在下聂隐客，原本也是地上之人，此前去邻村绩溪浦外的郊野为村人凿井取水，不想深入数千余尺，仍不见有泉水出现，反打通一石穴，闻有鸟语人声，误入此地，便为此国中人所获，不得出去，如今也不知有多少年了。后来，我被此国人置于后殿，差以杂役，并驯养狮虎。直到方才闻说有地上之人至此，并被置于石室，故而偷偷前来，得遇先生。此番救你出来，不为别的，只为能跟随先生一同离开此间。实不相瞒，当日误入此地，一直想念家中妻儿，恨不得早日转回家中，却被此间国人长久扣留，无法得脱。在这些年里，我已大抵获悉此间的地形和所属情况。过了这浮屠世界，便会到得梯仙宫宫室之外，有两条道可以直通外间。其一乃是梯仙门方向，沿石道前往，可至一井田之下。当年我下井的绳索尚留于彼，现在应该还在。如果能到达那里，就有办法出井；其二，便是梯仙国另一边的天梯，可以直通其顶，然后攀爬出去。"说罢，带东柳氏步入茂密高大的花林之中，刚刚迈进不久，就听轰隆隆震天价的声响传来，聂隐客忙将东柳氏按在一株巨大的芥草之下。一声低吼过后，只见眼前一只赤蚁巨如大象，浑身带火，碾倒灼烧无数花草，两只触角大摇大摆，从眼前通过。

聂隐客见巨蚁走开，这才扶东柳氏起身，继续前行，不大工夫，便出了浮屠世界，来到梯仙宫宫外。一边是梯仙国王宫，一边是一座石桥，底下有潜流涌动，自桥下奔腾而过。桥上有巡哨的一队士兵巡来。

聂隐客同东柳氏藏身树后，见他们去远，忙带东柳氏冲向石桥，到了彼岸。抬头看时，见不远处有一株腰围足有十几人合抱的大树，也不知是什么树木，见所未见，树高亦不知有多少寻，树间枝蔓横生，犹如梯状，直延伸到云雾缭绕的上方。

聂隐客道："此树名叫千里木，便是天梯，从此攀爬上去，就可以抵达上界。"

东柳氏皱眉道："此树如此之高，什么时候才能爬上去？"

聂隐客道："如果快的话，几月就可以上去，最多不超过半载！"

东柳氏惊叹一声，道："这么许久！要是这样，还不如不攀爬的好。再者我腿脚不便，又这么长时日，何况在如此高大的树间，这吃食又如何解决？"

聂隐客笑道："你初来此地，不知晓这里的神异之处。这梯仙国深处地下，我曾听国人言道，在上界的一天，乃是此间的一年。而这千里木树间结有一种果实，四时不败，食者可以解饥渴，故而要从此间回去，也不是难事！"

东柳氏讷讷不语，一脸不可置信之色。

聂隐客道："走此间多少会安全一些，你我来时之路，那里有梯仙国国人把守，如私自出逃，被他们得知，定会派卫兵前来追拿，而此处却较为安全。事不宜迟，咱们赶紧上树吧！等会儿万一他们追来，就不好逃脱了。"

东柳氏皱紧眉头，指指左腿，道："可是我行动不便，如何上得去？"

聂隐客回头蹲下身，叫道："来，我背你上去！"东柳氏正迟疑间，忽闻身后传来一声巨大的嗡嗡声，转头看时，顿时脸色大变，但见树枝之外，有一只腹大如乾瓠的巨蜂，正振动双翅，冲锋而来。

东柳氏大叫一声，情急之下，扔了手中拐杖，撒腿就逃。聂隐客从后面看见，大是惊奇，忙捡起拐杖，叫道："先生，你的拐杖，等等我！"

东柳氏连蹦带跳，逃到石桥之上，终于摆脱巨蜂的追袭，随即察觉自己左腿居然能活动了，不由得又惊又喜，自言自语道："我的腿好了？"他惊喜之下，聂隐客已跟上前来，将拐杖递给东柳氏道："先生，咱们还是回去从天梯逃走吧！"东柳氏连连摇头，道："我宁愿走来时之路，也再不回去了。这拐杖看来是用不上了，奇怪，居然一下子就好了！"他惊喜之下，便要跨上石桥，岂知刚迈出左腿，随即又是一阵剧痛，登时摔倒在地。东柳氏方才情急奔逃，左腿刚恢复一点，又再度回到原样，不禁无比沮丧，不得不又拄上拐杖，当先走过石桥。

聂隐客无法，只得同东柳氏悄悄潜到梯仙国王宫大殿之外，在一处角落藏身偷看。正有卫兵在阍门神的率领下，列队四散搜寻。只见卫兵近前禀告道："启禀神官，他们应该往耐石桥方向逃去了，梯仙门那边没有见到他们。"

那阍门神一挥手，率领列队飞奔向石桥。聂隐客见四下无人，带着东柳氏往梯仙门方向而去。他二人沿甬道奔逃，两边有飞翔的丽人看见，低声怪叫，随即就听"呜呜"的号角声响起，自梯仙国国城奔涌出卫兵，亲来追拿。

两人不敢怠慢，极力飞奔之下，忽见甬道两旁有枝蔓缠绕。一条长藤急速而至，眼看便要将东柳氏缠住，聂隐客在后侧看见，连忙闪身拦挡，整个人顿时被树藤拦腰缠紧。聂隐客大叫道："快逃！"话音未落，人已被卷出十余丈外。

东柳氏回头惊叫："聂壮士！"却已不见聂隐客踪影。

东柳氏见追兵追来，只得继续奔逃，他腿脚不便，刚奔到梯仙门下，便被守卫在此的卫兵拦住去路。阍门神带人随后追至，前后将东柳氏围堵起来。

阍门神笑道："怎么样，这下看你往哪里逃？想好了没有？只要圣公能答应我们国王的请求，本神就立即放你回去。"

东柳氏神情决绝道："实难从命！"

阍门神冷笑道："既然如此，就别怪本神不客气了！来人啊！给我把他押回去！"

危急之中，东柳氏忽然想起怀中的五行旗，当即不假思索，取出五行旗，叫道："你们别过来！"说着举旗，对着众人。

阍门神哈哈一笑，立即有卫兵冲上，东柳氏惊叫之下，挥舞五行旗，只听"砰"的五声响，面前顿时闪现出五位分别穿青、黄、赤、白、黑长衣的神使来。只见五人分别叩拜道："水行使者、木行使者、金行使者、火行使者、土行使者，拜见圣公！"

东柳氏见五行旗居然有五行使者藏身变化，不禁又惊又喜，道："五位出现得真是太及时了，快助我离开此地！"

众卫兵见忽然有五个帮手现身，急忙挺起手中的铜钺，齐来攻袭。火行使者衣袖挥舞，一团烈火应运而生，顿时将来袭的卫兵引燃。众卫兵大叫中，化为飞灰。这么一来，阍门神及众卫士惊骇之下，一齐后退。早有木行使者和金行使者分左右拉拽东柳氏，低声道："圣公！我们走！"当先冲出包围，径直穿过梯仙门。火行使者、水行使者和土行使者随后跟上，沿甬道而去。

那阍门神见五行使者带领东柳氏逃出梯仙门，冷笑一声，道："即使有帮手，也休想逃脱！"当即施法，左右两手由胸前倏忽挥上头顶，叫道："地兽起舞，万石裂动！"他话音刚落，就见大地一下震颤，自梯仙门外的甬道底下，开始起伏震荡，霎时之间，似有无数庞然大物从地底涌动而出。东柳氏及五行使者所过之处，石阶下陷，一道壕沟不断分裂，紧随东柳氏所去的方向。东柳氏在木行使者和金行使者的夹持下一路奔逃。身后断崖鸿沟之下，传来低声怪叫，有无数硕大无朋的穿山甲地兽，自底下飞蹿而上，张开大嘴，朝东柳氏追袭而来。

水行使者飞身而起，手中长袖挥舞，一道水柱将不断追上来的穿山甲地兽冲下鸿沟。火行使者亦挥袖起火，火袭地兽。土行使者飞在半空，双手挥动，裹挟山石土木，攻袭不断追来的地兽。眼见地裂石陷越来越近，木行使者同金行使者双足一点，拽着东柳氏飞身而起，一行五人飞进甬道的地井之下，立时冲天而起，沿井孔直往井上飞冲上去。所过之处，井穴挤压合拢，梯仙门下的阍门神，正火急火燎地施法合拢井穴，意图将东柳氏和五行使者夹在石井之内。

五行使者携带东柳氏刚刚飞出石井，翻身落地，庭院的田井倏忽闭合，已不见之前的井口。东柳氏在飞身当中，早已吓得魂不附体，一直紧闭双目，及至睁开眼时，庭院中哪里有田井的存在，唯见夜色如墨，晚风习习，一摸身上的五行旗俱在，而方才的情形宛如在梦里一般。

这时忽闻身后鸣凤的声音道："先生，怎么这许久还不见回来？"

东柳氏回头，看见鸣凤睡眼惺忪地走来。他愣神之间，忙道："走吧！"行走之际，不断回望庭院，一时也不知是真是假，是梦是幻。他挂拐走回帐内，久久无法入睡。回想聂隐客所言，上界的一天乃是梯仙国的一年，而在梯仙国久留的那些时日，莫非只是地上的一刻钟？回想五行使者救出自己的情形，历历在目，不禁从怀中取出五行旗，默默注视着，心道："梯仙国的奇遇究竟是真是幻？我是亲眼所见有五行使者带我逃离的，然而他们此刻却又去了哪里？莫非真是我的幻觉？"

正自思量间，东柳氏忽然看到手中并列的五行旗上，分别显现出五行使者，一齐躬身揖拜，然后迅速隐去，东柳氏霍然坐起，这才确定并非虚幻，而是真正发生过的，一时不禁惊诧连连，百感交集。想到聂隐客为救自己，被树藤捉去，不知此刻如何了？

这一夜，东柳氏恍恍惚惚懵懵懂懂，也不知什么时候，被鸣凤推醒，道："先生，你是怎么了？睡到这会儿还未醒，这可大异于往日！是不是病了？"

东柳氏起身，看看帐外天已然大亮，当即道："没什么，应该是昨晚没睡好吧！"

鸣凤道："先生，大家都准备好了，吃过早饭就可以赶路了。"

东柳氏点头，随鸣凤走出帐外。当日，东柳氏带领众人又自起行，约莫走了十几里地，来到一处断崖峡谷旁。东柳氏环顾之间，忽见开阔的峡谷地带，有一株巨树直插云霄，树梢延展开来，有金光闪耀。只见树巅的枝干旁，正站着一个人，竟是梯仙国里见到的聂隐客，此刻正朝这边兴奋地招手。

东柳氏揉揉眼睛，还道是看错了，再次看时，果真清晰可见那人正是聂隐客。就在聂隐客招手之时，东柳氏忽然看到在距离他身后不远的树杈间，有梯仙国追出的卫兵，手执铜钺，悄悄逼近。

东柳氏惊叫一声，急道："青鸾、鸣凤，快快！"

青鸾闻得东柳氏叫声急切，连忙奔到跟前，道："先生，怎么了？"

东柳氏指着一边的峡谷，急道："快，快去救那人！"

鸣凤亦飞步近前，抬眼看去，见到了千里木树巅的聂隐客以及他身后的卫兵，眉头一皱，道："先生，你又要去管闲事！人间的事何其多，我们管得过来吗？"

东柳氏道："快去救人，他是我的一个故人，快！"

青鸾鸣凤闻言，当下只得道："是，先生！"同时飞身而去，两人还没到跟前，就见一名守卫已摸索到聂隐客身后数步之外。聂隐客刚转身过去，那守卫即举铜钺已砍削而至。

聂隐客大叫一声，慌乱之下，顿时从树干上跌落，坠下万丈深崖。就在这千钧一发之际，青鸾鸣凤飞身从空中将聂隐客接住，然后掉转身，飞回峡谷岸边的东柳氏身前。

聂隐客见到东柳氏，欣喜不已，忙躬身道："多谢先生的相救之恩！"

东柳氏忙笑着扶起，道："你是怎么逃出来的？"

聂隐客道："我被树藤抓走，幸而有一把剪刀备在身上。我深知在梯仙国这类捉人的树藤颇为多见，以防不测，便藏在身上，不期果然派上用场。后来，他们只顾追拿于你，耐石桥那边的千里木防守疏怠，所以我轻易便爬上树梢，也不知多久才上得树巅。如非你及时派人来救，恐怕我早已摔下深崖，哪里还有命在！"

青鸾鸣凤对二人对话言谈一头雾水。

东柳氏道："如今你既脱大难，那就快回家看看吧！我们就此别过！"

聂隐客道："先生带着这么些人，这是要去哪里？"

东柳氏道："我们要去往东海。"

聂隐客喜道："我们家就在顺路的东头，正好经过！"当下，聂隐客随东柳氏离开峡谷，不多时来到一个村庄，但见炊烟袅袅，鸡犬相闻。聂隐客回头道，"老先生，不妨去我家坐坐！"

东柳氏道："我等尚要赶路，何况人数众多，多有不便。你快回家早些跟妻儿团聚，他们一定很惦挂你。"

聂隐客躬身道："那老先生保重！我去了。"

东柳氏微笑点头，目送聂隐客走向村口。这时有一个妇人带着一个小男孩走出，看见聂隐客。那小男孩远远叫道："爹爹！"

聂隐客大喜上前，将小孩抱起，又亲又爱。

旁边的妇人叫道："我说死鬼，这些时日都跑哪里去了，让我好找，老娘还以为你失踪了。"

聂隐客放下孩子，一把将妻子紧紧抱住。

那妇人一脸通红，低声道："这才隔开几日，就这样，成何体统！不知道的还以为我们多久不见了似的，快回家了。"

东柳氏望着聂隐客一家三口进村，一股久违的人间乡音扑面而来，不觉百感交集，甚是感动。青鸾鸣凤面对东柳氏的反常举动，颇为惊异，但见东柳氏神情激荡，却也不便细问。一行人浩浩荡荡，往东南而去。

第二十四行　火烧雷神庙

东柳氏带领众人未行多日，途经郊外的一处荒山脚下，忽逢大雨，电闪雷鸣，众人猝不及防，来不及支帐幄，只得四下寻找避雨之地。东柳氏环顾之下，见山脚有一处密林，当即带大家一起奔到树下，三三两两开始支起帐幄。好在树林间隙甚宽，众人勉强可以支起帐幄，入内避雨。

青鸾鸣凤扎好营帐，请东柳氏进去躲避，东柳氏却站在帐幄口眺望。雨势未歇，雷电轰鸣，电光闪耀。突然间空中几个连续的霹雳，击在山脚下一个石穴之上，飞石乱迸。东柳氏吓得以衣袖遮挡后退，刚进帐内，外间又是连声霹雳，声势吓人。

青鸾鸣凤连忙迎上，朝外眺望，不禁对视一眼。

青鸾道："师兄，这几下连续霹雳电闪，甚是少见，莫非又有上神作祟？"

鸣凤正要答话，却见帐外不远处的石穴之内，有一人正手持一把竹刀，缩在一个狭小的石穴内，不断躲避从天击落而下的霹雳闪电。

鸣凤叫道："那里有人，果然是上神在作怪！"他说话之间，东柳氏已出帐探视，看见石穴内的那人。

青鸾急道："应该又是什么雷电之神，在此伤人害命，可恶至极！降下这雷雨，却阻碍我们赶路。师兄，咱们出去教训教训他。"

鸣凤转眼看向东柳氏。东柳氏道："不可造次，你们过去只将那人叫来，我好问缘由。"

青鸾鸣凤当即施展避雨诀，飞身前去，来到石穴之外，大雨如注，却未有丝毫雨星溅落在他二人身上。

鸣凤朝洞内那人道："壮士，请出来去我们那里躲避！"

那人战战兢兢，探出头看看青鸾、鸣凤二人，摇头道："我若出去，定遭雷劈，多谢二位好意。"

鸣凤道："不妨事，你尽管出来，此间的雷公不会拿你怎样，有我们呢。"

那人见青鸾、鸣凤二人站在外间，雨点接近他们头顶身上，都如撞到什么无形之物，纷纷溅开，涓滴不沾，纳罕之余，满怀戒备地走出，飞快抢到青鸾鸣凤身前，随他二人来到东柳氏所在的帐幄之中。

那人刚刚入帐，外间忽然雨歇云散，有两位身披金甲、形貌凶恶的雷公，飞身而下。一人戟指叫道："何人在此，居然敢插手我们雷大雷二制电行雨，当真好大胆子，不知道你雷公爷爷的厉害吗？"

鸣凤闪身而出，笑道："我说雷孙子，叫你家爷爷作甚？"

青鸾扑哧笑出声来。东柳氏走出，道："青鸾鸣凤，不可逞口舌之利。"说罢向两雷公揖手道，"上神请了。老夫东柳氏，途经此地，未知是两位在此行雨，冒昧打扰，尚请勿怪。只是，我身后之人，因何冒犯神威，以致雷电击打于他？"

雷二脾气暴躁道："这你管不着！你说你这凡间老头，究竟有几分胆子，敢来过问我们上神之事？"

雷大性情温和，见东柳氏身边人数众多，青鸾鸣凤几人又相貌不凡，非是凡俗之人，忙道："你们这么多人，冒雨赶路，不知前往何方？方才因事降雨，搅扰你们赶路，本神在此致歉了，只希望你能将身后之人交给我俩，彼此双方井水不犯河水，你们照旧赶你们的路，如何？"

东柳氏道："此人究竟犯了何事，竟惹得上神大发雷霆，雷劈于他？须知人各有命，岂能随意打杀？纵是雷霆部神，也需有个正当的理由吧！"

雷大迟疑道："这……"

雷二却大声叫嚷："大哥，跟他废什么话！他们纵然人多，我们也不用怕他。"

青鸾鸣凤见雷二一副要动手的样子，早已踏前一步，守在东柳氏身旁，满怀戒备。雷大笑道："此人连番数次，同我们雷部上神作对，带人烧我祭祀庙宇，干涉神职，罪大恶极，故而雷劈于他。请老先生不要随意插手此间之事。"

身后那人闻言，挺身而出，道："你胡说，分明是你这恶神，勾结此地妖怪，与其沆瀣一气，坑害百姓。我陈抟看不惯，着意阻挡，却为你们所记恨，仗着法力，欺杀陈某，今居然倒打一耙，反倒问陈某的不是。枉你贵为上神，居然干这样的勾当，真是好不知耻！"

雷大被陈抟伶牙俐齿地一通抢白，不禁恼羞成怒，急道："你……"一时凝噎，雷二早已急不可耐，暴跳如雷，叫道："你这凡尘贼子，真是气煞我也！"说罢祭起雷公棒，飞身向陈抟砸来。

青鸾鸣凤岂能容他动手，双双迎上，一剑一钩磕上雷二的雷公棒，顿时将雷二震出数步开外。雷大见雷二不敌，当即叫道："老二，我们走！"一闪身，同雷二疾速遁去。

陈抟见青鸾鸣凤一出手就将雷公二人击退，神色一喜，道："多谢相救之恩！"

东柳氏道："陈壮士，究竟是怎么回事？现在可以讲给我们听。是非曲直，我自会为你做主。"

陈抟躬身拜谢，当下将他的遭遇讲给众人。

陈抟原本乃雷乡之人，一向勇武，不畏鬼神。有一年乡上遭逢大旱，庄稼枯焦，池水干涸，乡民饮水之源无水可汲，牲畜草料早已尽绝，雷乡数百口之人绝炊断粮。非但如此，还有邑人搜刮祭献之物，供奉乡野之外的雷神庙，以求雷公降雨缓解旱情。然乡人虔诚祭献多日，一直不见雨水降临。有乡民不忿，带人冲进庙中，意图打砸雷神庙，以解雷神不降甘霖、不顾民情之恨，不料尚未动手，即被晴空雷鸣之声尽皆震死。一时间其家眷闻讯，相继赶来收尸，哭声载道。

陈抟为替乡民鸣不平，在乡人祭献之际，手执火把，来到雷神庙，对着众乡民叫道："吾地既是雷乡，为何多日供奉庙祀，这雷公却未普降甘霖，佑我等福泽，以解我等疾苦？大家说，要这昏神作甚？莫如我放一把火将其烧了。"

乡大夫闻言，连忙走出道："陈家壮士，万万不可！烧毁神庙，犯的乃是大不敬之罪！何况我们雷乡有两大忌俗，一不可毁坏神灵，二不可同食黄鱼羴肉，否则必为雷所震死！前日有人前来打砸庙宇，不是被雷公震死了吗？前车之鉴，万不可再鲁莽行事，以免身遭不测！"

陈抟道："既是此地神灵，不为民赐福，还要让大家隔日祭献供奉，这样的昏神无异于助凶行恶，纵是身家性命不要，也要将此庙烧了，留下的供品还可以分给乡民以解饥饿。"不由分说，便带一名响应的乡民入内将供品搬出，然后放了一把火，烧了庙中的帐幔木橼。很快大火熊熊，雷神庙陷入一片火海之中。

有老人见庙宇起火，不禁跪倒在地，号哭道："罪孽啊！这样冲撞神灵，我们以后的日子就更难熬了！"他哭叫之中，便闻半空雷声滚滚，有人叫道："不好了，雷公爷爷要发怒降罪了，大家快跑。"一时间在场之人发一声喊，四处逃散，仅有两位壮丁留下来。一人道："陈大哥，你不怕雷公降罪，我等也不怕！左右是个死，不如跟那雷公拼了！就算被其震死，亦可表我们对于上天不公之心。"

陈抟道："好兄弟！我们要死一起死！绝不为昏神所屈服！"他说着话，上空乌云之中，正悬空站着雷大、雷二两位雷公。

雷二叫道："这小子也太胆大猖狂了，居然敢放火烧供奉我们的庙宇，看我不将他劈死喽。"说着便举起雷公棒，对准下面的陈抟，便要施法击下，却见半空中飘来一位容姿俏丽的女神，近前阻止道："且慢动手！"

雷二手上一顿，道："你来做甚？此刻只需打雷，不需闪电！"

那女神道："还是放过下地之人吧！前日已然击死人命了，如大开杀戮，被天尊得知，定会治我等的罪责的。"

雷大也道："老二，住手吧！我们回去。"

雷二正要说话，却见雷大飞身退走，当即怒视了那女神一眼，随后跟出。

这女神乃是此间雷部专执霹雳雷电车的闪电司阿香女，同雷大雷二同属雷部祀神。阿香女见雷大雷二离开，转头看了一眼地上的陈抟，飞身而去。与此同时，陈抟抬头看时，见云端阿香女飞身离去的身影，不禁啧啧惊叹，继而凝神沉思。

底下，有一壮丁抬头望天，道："奇怪，刚才还打雷不止，怎么这会儿又没动静了？"另一壮丁笑道："一定是陈大哥正气凛然，这雷电不敢轻易伤害

256

我们，只是可惜前日死去的那些人了。"

先前的壮丁道："陈大哥有神灵护佑，又为民请命，看来那雷公不会把我们怎么样的。"

陈抟轻声叹息，似乎对二人的议论并未放在心上，不觉从腰间拿出一把竹炭避雷刀，忆及数日前的一桩异事来。

那日，由于饥饿，陈抟独自来到距离雷乡十余里外的激灵山碧波潭岸边，蹲守在潭边，以自制鱼叉往水里叉鱼。也不知多久，才叉中一尾小黄鱼。陈抟大喜，上岸准备架火烤鱼吃，却见碧波潭中央水流飞旋，自潭中跳出一个身披黄衣、长相凶恶的黄鱼怪来。

只见他手执三刺钢叉，悬在水面，一脸气愤悲伤，道："哪来的山野村夫，竟敢刺杀我儿，拿命来！"手中钢叉脱手飞出，扎向岸边的陈抟。陈抟见状，"啊呀"一声叫，就地一个打滚，躲开来袭，顺手将叉中的小黄鱼扔在地上，飞身逃进树林之中。

那黄鱼怪飞身上岸，双手捧起地上被鱼叉叉死的小黄鱼，泪流满面，道："儿啊，不让你游到岸边，你就是不听，这下为人所杀，真是追悔莫及！不过你放心，我一定要把那村夫捉住，开膛破肚，前来祭奠于你。"说罢，放下鱼叉，飞身去追。

陈抟慌不择路，沿密林飞速狂奔。身后，黄鱼怪自树林之间飞速追来。陈抟察觉，在树林之中兜兜转转，借助茂密的树木，很快甩脱身后的追踪，顺着灌木丛来到林外，正自庆幸之际，陡闻头顶上方，晴空雷动，有物飞坠落地，随即一声嚎叫，就见一头壮如熊猪，通体青绿，毛角刚鬣的麤猪精，低声闷吼，一对尖锐锋利的毛角直朝陈抟冲撞而来。

陈抟大骇，心道："我命休矣！"正不知如何避让之际，忽见半空一白衣女神飞身而下，抓住陈抟的手臂，飞身而起，躲开麤猪精的冲袭，向林外飞去。那麤猪精一头扑空，在地一个打滚，变作一个面相凶恶、五大三粗的恶汉，乃是雷二。这时黄鱼怪亦飞身前来，叫道："他人呢？"

雷二道："给逃了。"

黄鱼怪大急，还待要追，被雷二拦住道："别追了，他是逃不掉的！迟早会落在我们手上。"说罢望着陈抟被人救走的方向，冷笑不已。

那白衣女神正是阿香女，她将陈抟救起，在一处僻静的山谷下飞身落地。

陈抟双脚一着地，倒头便拜："多谢救命之恩！"

阿香女欠身一礼，道："壮士，切莫多礼。"

陈抟道："请问尊姓大名，你我素昧平生，为何相救？"

阿香女道："你就叫我阿香吧！实不相瞒，我乃此地雷部祀神闪电司，方才变身猪身的乃是雷部司专职雷震之职的雷二，原本他是一只修成正果的彘猪精，因攀附上神，贿赂所得的雷震神职，拜在雷大麾下，同那碧波潭黄鱼怪结为至交，相互勾连。你可知雷乡一带为何久旱不雨吗？"

陈抟摇头不知。阿香女接着道："此地大旱，皆因那黄鱼怪所起。昔日雷乡望沪河鱼鳞丰产，雷乡民众贪图美味，举全乡之力，前往望沪河中，大肆捕捞黄鱼，以致河中鱼鳞之物被捕杀殆尽。河中，有一黄鱼精得了气候，为报同类被捕杀之仇，携着残余同类栖身碧波潭，一直私图报复，于是跟刚刚就任此间雷部祀神的雷大和彘猪精雷二，沆瀣一气，不肯为此间降雨，并将雷乡所有水源引向碧波潭，以致庄稼枯死，人畜无粮，还要不断进献供品，以侍雷神庙的香火。为此，我身为雷部闪电司，多次求雷部雷大降雨，奈何神职卑微，而雷大雷二又同黄鱼怪勾结，共同坑害此地百姓。为免生灵涂炭，我听闻在这雷乡之地，唯有陈壮士侠肝义胆，肯为民谋利去害，故前来救你，以期早日解除此地之祸！"

陈抟闻她这番话，恍然之间，肃然起敬，道："难得女神能替此间的百姓着想，可是以我凡人之力，如何对付雷大雷二及黄鱼怪呢？"

阿香女道："这里有个稽灵山，山中有竹炭木可以避雷，你可以打造一把竹炭避雷刀，加以保身。至于如何消除此地灾祸，相信总有解决的办法。你快去吧！保重。"说着转身而去。

陈抟见阿香女离开，不敢停留，当即前往稽灵山，取竹炭木回转家中，安装了一把刀头，竹炭避雷刀就此制好。并准备火把火炬，前往雷神庙，放火烧了庙宇。雷大雷二前来，见栖身之地被烧，大怒之下便要将陈抟震死，幸得阿香女再度赶来，出言相救。

因陈抟一把火烧了雷神庙，被乡长及全乡人怪罪，欲图法办，他不得已逃往十里外的表哥表嫂家中，栖身避祸。当晚，陈抟的表兄表嫂将其安置在厢房，不久，夜空中电闪雷鸣，雷大雷二驾起黑云，来到陈抟所住的厢房上空。雷二不由分说，对着屋舍便是一记雷公棒。一道电光击在厢房茅草屋顶，引起大火。陈抟从睡梦中惊醒，见屋顶起火，连忙冲出屋门，就在其站在院中查看火势时，整个屋子已被大火吞噬。只听夜空中雷二冷笑道："你这村夫，上次烧我雷神庙，我雷二今番烧你住宅，看你还要逃到哪里去！"

陈抟见雷大雷二站在半空，火冒三丈，叫道："你这恶神，偷袭烧毁住宅，算什么本事！有能耐下来。"

雷二大感意外，叫道："哎哟，几日未见，你倒长胆气了。下来就下来，看我雷二不将你碎尸万段了。此下无人插手阻挠，看谁能救你。"说着飞身而下，径直举起雷公棒朝陈抟迎头砸下。

陈抟见雷二雷公棒砸来，连忙闪身避开，雷二一记扑空，再度猛扑前来。陈抟不动声色，突然从身后拽出竹炭避雷刀，狠狠砍向雷二的后臀。雷二哪里料到陈抟一介凡夫俗子，居然藏有宝器在身，被陈抟竹炭避雷刀砍中，一声号叫，捂着屁股，叫嚷道："啊呀，疼死我了！"叫喊中血流如注。

雷大在空中看得真切，倒吸一口冷气，心想："这小子不可小视，居然有宝器在身，不知从何处得来的？居然是我等的克星！"想到此处，飞身而下，手举一对雷公锤，喝叫道："你手上是什么东西，谁人所授？快快如实招来，否则休怪我雷大不客气！"

陈抟见雷二为自己的竹炭避雷刀所伤，一时信心满满，叫道："你管我从哪里来的？你身为雷神上尊，不为民降雨解灾，反勾结黄鱼怪和这只披着上神假衣的羱猪精，鱼肉乡里，迫害于我。只要我陈抟还有一丝力气在，就不会向你们屈服，誓要周旋到底！"

雷大冷笑道："你居然知道这许多，看来今日不能留你！"说罢，雷公锤如起舞之流星，双锤带着道道闪电，砸向陈抟。陈抟勇武之极，毫不惧怕，高擎竹炭避雷刀迎上。雷大双锤的雷气为陈抟的竹炭刀所灭，但对方双锤力大千钧，陈抟的竹炭避雷刀同双锤相击，整个人顿时被击飞出去，身子撞在一只木椽之上，将椽柱砸倒。陈抟"哇"地口吐鲜血，摔落在地。

陈抟的表哥表嫂，听闻外间响动，飞速奔出，看到陈抟一脸是血，从地上爬起，同时大吃一惊。表哥董歆惊道："抟弟，你，这是怎么了？"正要去挽扶，却被妻子贾氏一把拉住，连连努嘴，董歆随着贾氏努嘴的方向，看到院落中的雷大雷二，吃了一惊。贾氏神情惊惧，抓紧董歆，缩在他怀中。

陈抟从地上挣扎爬起，对表哥表嫂道："哥哥嫂嫂，你们快……快回屋里，这里不关你们的事。"举起竹炭避雷刀，大喊一声，冲向雷大。雷大冷哼一声，轻巧躲开陈抟的进攻，随手飞锤砸去，正中陈抟的肩膀，他身子一个趔趄，再次翻身摔倒在地。

董歆见状还待上前，再度被贾氏拉住，低声道："别过去，就凭咱们怎么是他们的对手，快回屋。"说着扯拽董歆，双双躲进屋内。陈抟被雷大击中两锤，血气飞涌，挣扎着站起，惨笑道："就是……就是死，我陈抟也要跟你这恶神斗到底！"便慢慢举起竹炭避雷刀，意欲拼命。一旁的雷二忍痛叫道："雷老大，快一锤将这小子锤毙了！"

雷大冷冷道："你小子倒挺顽固，今日你既要一意寻死，那本神就成全你！"说罢大喝一声，一把雷公锤直掼而出，砸向陈抟。此刻陈抟身受重伤，要想躲避已然无力气可使，眼看飞锤袭来，却见一条白练横空飞下，迅速缠住飞锤，一下拉扯，雷大的雷公锤偏转方向，重重砸在一旁的柴房，顿时雷电大响，将柴房夷为平地，火光飞溅。

雷大正惊愕间，阿香女已收回白练，俏生生站在陈抟身旁。雷大冷笑道："你又来阻止于我？身为下属，以下犯上，该当何罪？"

阿香女道："求雷大放了他！毕竟他是为了此间的百姓，而多有冒犯，尚罪不至死。"雷大不以为然道："他身为一个凡人，多次冲撞神灵，烧我庙祀，还罪不至死？"

阿香女道："他这样做，无非是怪我们雷部不体恤民情，为雷乡降雨，这多少跟我们有些干系。既然此地旱灾不去，我们何不为此间行雨呢？"

雷大喝叫道："放肆，你身为下属，不遵从雷部之命，反为一个凡人求情，你到底居心何在？还是不是我雷部下司？"

阿香女道："恕下司斗胆，之所以我们雷部迟迟不为此间降雨，并非雷部上司之命，而是……而是有人同此间精怪有苟且之事吧！求雷大能适可而止，多为此间百姓着想，早降甘霖。"

雷大气急败坏道："你，居然……"

　　雷二在一旁早已急不可耐，插嘴道："老大，阿香女多次为这小子求情相救，显然早已不把我们雷部上司放在眼中。此乃以下犯上，合该雷击处死，以儆效尤。何况她还诬告我们与妖物为伍，更是留她不得！"

　　雷大闻言，面露凶光，道："你既执意帮这凡人，同我雷大为敌，不得已，我作为雷部上神，只能清理门户了。"一手伸出，之前的雷公锤飞回手上，双锤齐齐砸向阿香女。

　　阿香女大吃一惊，身形急速后退，两条白练灌注白光，坚硬无比，同雷大的双锤战在一起。阿香女一边苦斗，一边道："陈壮士，快走！"

　　陈抟叫道："我不能走！我要帮你一起斗这两个恶神。"说着晃晃悠悠便来齐攻雷大。雷二在旁一手捂住臀部，一手执着雷公棒，叫道："你小子自身难保，还敢逞强。"挥棒劈去，陈抟避让不及，另一只肩膀被雷公棒砸中，摔倒在地。

　　阿香女见状，急切间一分神，雷大的雷公锤直捣黄龙，击向阿香女面门。阿香女一个身体飞旋，滚落在地，堪堪躲过雷大的雷公锤，又翻身跃起，抢到陈抟身前。雷大雷二同时便要追上击杀，阿香女掐诀念咒，双手一指，但闻身后轰隆声响，有两辆霹雳雷车破墙而出，形如幢杠，上环缀旗幡，幡上有十八叶，夹带电光，朝雷大雷二撞去。

　　雷大雷二急忙后退，眼见霹雳雷车的电光飞击而至，退无可退，雷大一手抓住雷二，两人飞身来到半空，霹雳雷车径直撞上屋墙，登时坍塌一大片。雷大叫道："真是无法无天，敢用行雨之器来对付我俩，看我们的厉害！老二，双雷齐和。"他二人对视一眼，手中的雷公棒、雷公锤同时祭起，霎时之间，一阵豪光夹着巨大的雷柱，在半空中飞击向地上的阿香女。

　　阿香女惊骇之下，抓住陈抟飞身而起，雷柱的光芒四散开来，火光冲天，将下地房屋皆化为焦土。幸亏阿香女飞离得及时，不然定为雷火所化。饶是如此，她背身还是被雷光所中，在空中一个摇摆，晃晃悠悠地逃离当地。雷大雷二正待去追，已不见两人的身影。雷大雷二震怒之下，大发雷霆。当晚，电闪雷鸣，惊天动地，无数民宅被雷电轰倒，伤及无辜民众多不胜数。

　　阿香女携带陈抟飞到一条小河边，飞身落地。阿香女被雷光击中，身形虚脱，陈抟也是受伤不轻。

阿香女软倒在地，道："陈壮士，今夜同雷大雷二一场争斗，已撕破脸皮，他们定不会放过我们。我指你一条明路，沿此间西去不远，路边有一座大山，山下有一洞穴，你只管藏进里面。纵是雷大雷二寻到你，他们也不能拿你怎么样。我身受重伤，需要找地方修炼，你快些离开此地。"

陈抟感激道："多谢女仙多次相救，累及你身受重伤，陈某何当以报！"

阿香女凄然一笑，道："你能不惧恶神，为此间百姓着想，功行匪浅，我身为雷部下神，职事卑微，有心为百姓谋福祉，却不能够，真是惭愧。今能救你出来，他日为百姓谋福就全靠你了。赶紧走吧，若被他们寻来，可就麻烦了。"

当下二人作别，阿香女自去别处修炼疗伤。陈抟带伤一路跌跌撞撞，终于抵达阿香女所指的山下石穴，竟然在石穴里发现一些吃食补养之物，心下猜度，当是阿香女先寻得此地，并留给自己这些吃食，不觉为其周到缜密的神异之能暗自赞叹。于是在石穴中躲藏了几日，身体逐渐恢复。这几天他在石穴中待得慌闷，出行散步，却被雷大雷二派出的雷部神兵发觉，即日回报。雷大雷二闻讯赶到，陈抟察觉，急忙钻进石穴，雷大道："这小子居然藏在这里，他手中有竹炭避雷刀，躲在里面还真不好对付！"雷二道："雷大，他既然要降雨，那我们就一次降个够！让雨把这石穴淹了，看他还怎么能藏得住。"

当下雷大雷二行云布雨，大雨如注，不时以雷电相击，不料适逢东柳氏众人途经此地避雨，将陈抟救出，并被青鸾鸣凤出手击退。

东柳氏闻说陈抟的一番言语，深深为陈抟的大义壮举所动，说道："陈壮士既然为此地雷公所迫，无以藏身，可随我们同行，谅他们不敢前来阻拦加害！我等此行乃是前往东海，求取安乐之道，陈壮士如愿意，可加入我们的队伍，他日共享太平，总比在此受人神欺侮为好！"

陈抟闻言喜道："请老先生收留！"躬身便拜。

东柳氏笑呵呵地将陈抟搀扶起，并一一引荐众人认识，遂修整队伍，继续前行。行不多久，却见乌云密布，雷声滚滚，雷大雷二及黄鱼怪率领雷部神兵及妖卒一齐从天而降，拦住众人去路。

雷二大叫道："尔等快快将那凡尘贼子交出来，否则别怪我们不客气！"

青鸾踏前一步，笑道："败军之将，何敢言勇！"手中挥舞日月宝莲钩，迎步上前，同雷二的雷公棒斗在一起。鸣凤亦手执分光血刃剑，迎战雷大的雷公双锤。

李义叫道："大家首尾相顾，严防死守，别被他们伤着了。"有防守的汉子手执棍棒，将众乡亲团团护住。东柳氏退到李义身前，早有西河少女、徐守真、尤凭等人各执法器，加入团战。

雷大雷二及黄鱼怪哪里是他们的敌手，所来的神兵妖卒尽皆冲散，混乱不堪。正自斗得不可开交，忽闻半空有神人降临，叫道："大家且住手！"

东柳氏命青鸾鸣凤等人退回，抬头看时，但见来人金睛朱发，凤嘴银牙，一脸正气，不禁揖手道："敢问尊神法号，所来为得何事？"

那神人道："吾乃太乙雷声应化天尊，乃是为了此间雷部渎职不法而来。"太乙雷声应化天尊，乃先天主将，雷神主尊，又为一气神君，都天纠察大灵官，又号三五火车雷公，下界雷部诸神，俱为其管辖。在他身侧还站着一人，正是闪电司阿香女。她治好伤后，担心陈抟为雷大雷二所害，冒死面见天尊，将雷大雷二勾结黄鱼怪，渎职欺凌之事尽数表奏，天尊闻悉当即随同前来。

陈抟在人群之中，看见阿香女，神色一喜，正要打招呼，却见太乙雷声应化天尊道："雷大雷二，你们可知罪？"

雷大雷大同时跪倒在地，道："雷部下司拜见天尊。"雷大嗫嚅道："不知天尊所言这罪责何来？"

天尊冷哼一声，道："怎么，你俩还不认罪吗？要不要本尊请出明辨是非镜，照你们一照，到那时，如果真有其罪，可是要被挫骨扬灰，魂飞魄散的。"

雷大雷二闻言，脸如土色，同时拜伏在地，低声道："属下知罪，求天尊饶命！"

天尊道："来人，将雷大雷二押回雷霆，听候发落。从今日起，此地雷部交由闪电司管治！"天尊一声令下，有神兵近前，将地上的雷大雷二押起，阿香女出列上前，道："多谢天尊，闪电司领命！"

太乙雷声应化天尊派人将雷大雷二押起，朝东柳氏行了一礼，随即携众飞离。阿香女授命雷部上神，见陈抟远远招手，一脸喜悦，阿香女垂首点头，带着雷部神兵飞身而去。那黄鱼怪见雷大雷二被押走，一溜烟逃之夭夭。

第二十五行　情坠孔雀湖

东柳氏收了陈抟，带领队伍又自东行。连日来，天气阴晦，难辨方向，众人沿路而行，路上湿气渐浓，身上均溽热难耐，不几日来到一处大泽边，为其所阻。众人正不知方向之际，却见湖对岸黑压压有一队皇族卫队，皆身形高大，足足有一丈多高，按方阵排开，居中有两辆马车，疾驰而至。马车上栅栏内，囚押着一男一女，均身材瘦小、镣铐在身、神情凄楚。男的面貌俊朗，朱唇玉面，身穿素布单衣；女的天姿姝绝，花容月貌，身着锦衣罗裳。虽在囚车之内，但二人眼神脉脉含情，互相凝视着对方，一脸坦然，满含着淡淡凄凉的笑意。在他们前方碧绿深邃的湖畔，搭建有两条竹桥通到湖中，桥头分别用竖木绳索搭吊着一只巨大竹笼，留有一开口。竹桥之侧，有几名巫师，装神弄鬼，口念符咒，手舞足蹈，声音阴森恐怖。

两辆囚车在竹桥前停下，两旁高大的黄衣护卫分左右闪开，手执长矛，列队而立。随后就见旗幡招展之下，一辆六马御辇气势汹汹，威风凛凛，驰骤而至。辇内敞篷黄盖下，坐着国王和王后，身高亦将近一丈，神情不怒自威。那国王一脸无奈和伤楚，而王后则面带一丝不易察觉的冷笑。

东柳氏看到这里，暗暗纳罕，道："湖对面这是要做什么？好大的排场！"

鸣凤道："先生，想是到了别的国度，他们正在举行宏大的祭祀之礼！"

青鸾却摇头道："他们祭祀为何囚押犯人来此呢？"

李义上前道："圣公，看情形不像是祭祀，更像是沉竹笼治罪犯人。"

东柳氏叫道："什么？看他们年纪轻轻，却因何遭此大罪呢？"

鸣凤笑道："先生又发慈善心了。历来诸国均有法度，以惩治犯罪之人，这再平常不过了。先生，我们还是另择道赶路吧！"

东柳氏面现隐忧之色，道："看他们神情不像是大奸大恶之徒，总不会有什么冤屈和隐情吧？"

青鸾道："先生莫非又要救人吗？这可使不得。我们身为外人，不能掺和下地国中之事！"

东柳氏眉头深锁，一言不发。他们说话间，那边有执事官来到御辇之前，躬身道："国君、王后，一切已准备停当，可以行刑了。"

那国王脸上不禁抽搐了一下，半晌不发一言。身边的王后催促道："王上，快下命令吧！国有国法，既然触犯律法，就应依法度惩处，以儆效尤。"

国王忍不住扑簌簌泪如雨下，当即以衣袖遮脸，无力地摆摆手，低声道："回宫吧！"他这边一下令，有宫人调转马头，与此同时，湖岸边的竹笼内，那对男女已被推进其中，有卫兵从外挂上大锁。传令官高声道："国君有旨，行刑！"话犹未了，就见竹笼内的男女拼命挣扎，相互奋力叫道："瑶兮！""陵郎！"

两边有士兵放下吊绳，两只竹笼同时坠落湖中，沉入水底。

湖岸的卫队护持御辇调头返回，列队迤逦而去。巫师做罢超度法事，其中一为首的巫觋，命人收了桃板、玉八卦牌及案几布幔，准备离开，忽闻湖中水声翻滚，不禁慢慢转身，倏忽之间，就听水声撩动，湖中沉下的两只巨大的竹笼竟破湖而出，稳稳落在湖岸竹桥之上。竹笼内的那对男女全身湿透，匍匐在竹笼内，慢慢爬起，一脸惊喜而无法置信地互视对方。

为首那巫觋心知有异，立时变出一把桃木剑，叫道："何方神圣，竟敢营救防风国的重犯？"他话音刚落，就闻湖中水声起落，青鸾鸣凤同时自湖中飞身上岸，身上滴水未沾。

那巫觋一愣，上下打量青鸾鸣凤，道："两位何人？为何插手我们防风国国中之事？"

青鸾笑道："你们也真够心狠的，为何如此惩罚他们？说来听听！倘若真的犯了什么十恶不赦的罪过，我们也就罢手，复沉他们入湖底；倘若非是什么大罪，那我们可就不能见死不救喽！"

那巫觋道："此乃吾国内宫之事，不足为外人道。快快退去，休要啰唆。"

鸣凤道："既然说不上他们的罪责，那我们可就管定了。"手中分光血刃剑轻轻一挥,湖岸两只竹笼开口处的铁索同时"咣当"一声打开。那巫觋叫道:"要想救人恐怕没那么容易!"手中桃木剑飞快指处,竹笼上的铁索又自合上。

鸣凤叫道:"哎哟,你这巫师倒还有些手段!我们正要会你一会!"手中分光血刃剑"唰唰"两声响,齐齐挥出,湖岸的两只竹笼凭空飞起,同时飞向东柳氏众人所在的对岸,稳稳落地。

那巫觋大吃一惊,叫道:"你们究竟是什么人?"

鸣凤道:"我乃东华帝君座下守宫童子鸣凤,她是我的师妹青鸾,既然我们管定此事,等问明缘由再作道理。告辞!"同青鸾飞身到了对岸。有几名巫师见状正要追上,却被那巫觋阻止道:"慢着,这二人法力高强,我们不是敌手。等回去奏明王后,再作处置。"说罢快步离开。

东柳氏不忍坠入湖中的男女被活活溺死,执意命青鸾鸣凤前去相救。二人无法,遂念动避水诀,从湖底将囚押在竹笼的那对男女托上湖岸,并施法将二人送到对岸。东柳氏命李义用剑砍断大锁,救两人出来,青鸾鸣凤也同时飞身返回。

那对男女对视一眼,同时跪倒在地,道:"多谢救命之恩!"

东柳氏将二人扶起,道:"两位尊姓大名?不知所犯何罪,为何被人沉湖处死?"

男的道:"我叫汪昭陵,乃防风国防风族一族人,这位乃是当今防风国的瑶兮公主,若要诉说其中缘由,还得从这里的孔雀湖说起。"

一年前,汪昭陵自封阳山风渚湖之中的豸山防风族部落来到下游孔雀湖,撒网捕鱼,正自在岸边等候鱼儿入网,忽闻脚步声响,有一队卫兵手执长矛,列队奔来。为首一带队的卫兵叫道:"我说渔夫,有没有见过一位身穿彩衣华服的年轻女子路经此处。"

汪昭陵摇头道:"未曾见过!"

那带队的卫兵气道:"这就怪了,明明看她逃到这里了,怎么一眨眼间就不见了?给我继续追!"说罢带队远去。

汪昭陵一笑摇头,目光转回水面,忽见湖中渔网剧烈晃动下坠,他心下大喜，立即用力拖拽渔网，却见湖面波光粼粼之中，露出一位乌发齐肩的美丽少女，满头披着露水，浮出湖面，大口大口地喘息。

汪昭陵低叫一声，正惊愕间，却见那少女手如柔荑，在水面扑腾叫道："快，快拉我上岸！"汪昭陵闻言，不假思索，忙拖拽渔网，将那少女拖上湖岸，见她华服彩衣贴在玉体之上，越发显得玲珑窈窕。看其衣着，正是方才那带队卫兵所说的年轻女子。

汪昭陵惊愕道："你……是什么人？怎么会在湖里？"

那少女从湖中上岸，直呛了几口水，不禁剧烈咳嗽，汪昭陵忙近前将她扶起，轻轻拍打她背部。少女吐了几口湖水，这才缓过神来。这时，远处又传来那带队卫兵的叫喊声。

那少女顾不得许多，忙一拉汪昭陵，钻进湖边的芦苇丛中，两人并头挨在一处，压低身子，凑头往外窥视，眼见那队卫兵驰骤回来，两人不觉挨得更近了，彼此能听到各自急促的心跳声。

带队的卫兵奇道："奇怪，能逃到哪里去呢？"又带人走向湖岸，四下眺望，随即道，"回宫去吧！就说公主逃到孔雀湖中淹死了。"说罢率队离开，距离二人藏身之地仅不过三步开外。

那少女见卫兵走远，长长舒了口气，这才发觉同汪昭陵近在咫尺，不觉脸面羞得通红，忙步出芦苇丛。汪昭陵随后跟出，一脸惊诧道："你……你是公主？"

少女闻言，正要说话，忽然忍不住连打了几个喷嚏，低声道："这湖水好凉，方才潜在湖底，还未觉察，这出来后反倒感到有些凉意。"说着又直打喷嚏。

汪昭陵闻言正不知如何是好，少女却道："多谢公子相救，请问这里可有藏身之地？说不定他们还会找回来的。"汪昭陵见她浑身湿透，脱下外袍，道："公……公主，请你先擦一下脸上的水渍，小人这就带你去族下寒舍，更换湿衣。"

那公主道："公子切莫客气，叫我瑶兮，我已不是什么公主了。如今能得脱自由之身，已是万幸了。"

汪昭陵不再多言，顾不得收渔网，带着瑶兮公主前往凤渚湖上游的豸山防风族部落而去。

汪昭陵携带瑶兮公主来到风渚湖岸边，环湖四周约有十余里长，港汊纵横，汀渚星罗棋布，大片大片的芦苇四下疯长，掩映着这一汪碧湖，显得悠远而迷离。广袤的湖中央雄峙着一座大山，山坡下屋舍俨然，古木苍柏间杂其间，与湖外隔绝。他二人来到岸边，有几条小舟停靠，被一条绳索绑缚在木桩之上。

汪昭陵一指远处湖中央的地方，道："公主，那里就是我们的部落，需划舟渡去。"瑶兮公主一笑，道："你别叫我公主，就叫我瑶兮吧！"两人说话间上得小舟，汪昭陵扳转双桨，小舟渐渐驰离湖岸。

夕阳西下，金色的余晖照耀在波光粼粼的湖面上，映在小舟上的瑶兮公主和汪昭陵的脸上。有鹭鸶振翅贴着水面飞过，叫声洪亮，在幽静的湖面上荡起一丝丝涟漪。瑶兮公主沉浸在片时的静谧之中，唯闻木桨撩落湖水的欸乃之声间或在耳边响起。

也不知过了多久，瑶兮公主从沉湎享受中回过神来，看到汪昭陵默不作声，只管划桨，不禁莞尔一笑，道："你叫什么名字？心里一定有很多疑问想要问我吧！"

汪昭陵一笑，道："公主不说，小人哪里敢过问！"

瑶兮公主嗔怒道："我说了不要叫我公主，叫我瑶兮，我已经不是什么公主了。好不容易逃出来，从此我要过平凡人的生活。"

汪昭陵诧异道："这是为何？瑶……瑶兮。"

瑶兮公主嫣然道："这就对了，我喜欢你叫我名字。"随即又是一脸愁眉不展，道，"我虽是防风国的公主，住在王宫享受荣华富贵，但却没有半点的快乐可言。这还要从很多年前说起，当年我父王刚登上王位，根基不稳，后来娶了巫咸国的公主，防风国有了这个王后，父王如虎添翼，很快稳定了朝纲。没过多久，朝臣附议奏请，希望防风国能早立储君，但王后在入王宫的几年里，身患奇疾，一直无法怀妊，父王以群臣之议，为了防风国的储君继任，希望能早日生下皇儿，为此请了很多御医大夫，王后身上的病依旧没有起色。不得已，父王决定纳妃。起先王后坚决不同意，后来群臣上表日渐频繁，而父王年纪日长，如果不及早迎娶新的王妃，生子立储，防风国恐怕就真的没有继承王位的储君了。

"于是父王不顾王后的反对，正式迎娶了一位王妃进宫，岂知她进宫之后，依然无法怀有身孕，一连六位妃子，均是如此。父王人当盛年，也看过太医，就是无法给防风国生下子嗣。直到迎娶第八个王妃，事情才有了转机。这第八个王妃，便是我母后，我们都是苗氏一族，母后嫁进王宫那年，正好及笄，聪慧贤淑，深得父王的喜爱。自从有了母后的陪伴，父王常常将一门心思都放在母后身上，很快母后有了身孕，父王越发常伴左右，形影不离。因此，遭到王后的妒忌，联合其他六位王妃毁谤排挤我的母后。母后虽有父王的庇护，但势单力孤，众口难辩，因此生了许多恶气。由于恶气淤积腹内，造成胎大难产，过了孕期，肚里的孩儿迟迟未出，我可怜的母后气闷难当，不觉昏死过去。面对如此情状，父王一筹莫展，心痛如割，接生的宫中稳婆也是无计可施，眼看我可怜的母后一点点断了气，胎中孩儿恐怕也保不住了。

"这时候，王后带人赶来，说是请巫师行法，取出胎中孩儿。父王无法，只好准了。当日，巫师剖腹取出胎儿，婴儿瘦弱，也是奄奄一息。巫师言道这孩子生得怪异，一出生便死了亲娘，是扫把星降世，便问我父王，要不要留下孩子。我父王当然不信他们，坚持留下，而王后和六位王妃却极力反对。那王后说生下的如是男孩，可继承王位，她也无话可说，但偏偏是个女孩，留也无用，于是便要将胎儿扼死遗弃，父王极力阻止。

"就在他们争执不下的时候，内室忽然刮起一阵怪风，将婴儿卷走。父王急切之间，在婴儿的襁褓之下，发现一只玉玦，遂留在身上，但对孩子的离失却一直耿耿于怀。妻儿一死一失，父王在深深的怀念伤感之下，决意不再迎娶妃子，一心治国图志。

"十多年之后，忽有海上异客来访王宫，独自面见父王，言道昔日被怪风刮走的小公主即将回宫。父王十几年来一直以为遗腹的小女儿凶多吉少，不期尚在人间，一时又喜又惊。一日，父王带兵前往御苑狩猎，忽有猎户来报，说是有斑斓猛虎闯入御苑之境，叼走国人。父王闻言立即率领卫队，追至猛虎逃去的巢穴，来到一处平谷山岗之下，只见正有一个女孩，将国人救下，与那只猛虎展开肉搏。父王在女孩与猛虎恶战之时，忽然发现在她胸前挂着一块玉玦，正和自己随身留存的玉玦一模一样，是为一对。父王想起前日那位海上异客所言，顿时便知眼前这个女孩，正是当年被风刮走遗失在外十多年的女儿。当即弯弓射箭，将那猛虎射杀，上前同女儿相认，一时泪流满面，喜不自胜。于是父王便将女孩带回宫中，传召分封瑶兮公主，那个女孩便是我……"

汪昭陵听到此处，不禁一阵唏嘘，怜惜之情大增。

瑶兮公主接着讲述道："父王领我进宫，很快被王后得知，于是面见父王，说我十几年前克死生母，又无缘无故被一场怪风刮走，如今突然回来，非妖即孽，一定要求父王将我处死，以绝后患。父王当然不肯，并很快传诏宫中，破天荒决意立我为未来的储君。父王一直无有子嗣，也无兄弟，做出这样的安排，名义乃是诏立储君，实则是为了保护于我，以免为王后所害。即便如此，后来我还是被王后陷害。

"当日，在我进宫不久，宫中接二连三发生多起离奇死亡的怪案，起先是几个王妃，后来至朝臣大夫，相继有人离奇死去，查不出半点死因。于是王后启奏父王，决定在宫中大作法事，请来一个大巢巫师作法祭天，扫除孽障。父王听信了王后奏言，准许在内宫大兴巫事。那大巢巫师装模作样地手执桃木剑，分各宫作法，及至到了我的闺阁，桃木剑忽然大放豪光，硬指着我说我是扫把星降世，祸害宫里。为此，父王当然不相信，可是后来不知王后命人从哪里借来一面迷惑镜，当着父王的面，对照父王及宫中嫔室，均无异状，可是到我这里，父王亲眼所见，镜子里的我居然变作一个面目狰狞的扫把星丑女。父王大惊之下，坐倒在床榻上，开始有了几分相信。于是王后一声令下，命守卫前来将我羁押，任凭我怎么辩解，都无济于事。我知道父王为王后的巫术所迷惑，相信了她的一番言语。

"在入宫的那阵子，我接二连三遭到王后的刁难，而父王在这十年来似乎对那个女人颇为依恃，纵有心保护，但毕竟不能天天守在我的身边。那次被守卫押出宫室外，我想到在宫中的那些日子里的钩心斗角、尔虞我诈，厌烦之心大起，于是挣脱守卫的押解，逃出王宫，随后被王后派出的亲信卫兵提拿，逃到孔雀湖边，眼看追兵将至，而周边道路又不易甩脱追拿，于是我跳进湖里，潜到水底，后来就遇到了你。"

汪昭陵听到此处，舒了口气，道："谢天谢地，你终于得脱出来。听你所言，前番你力搏猛虎，又能轻易逃脱守卫的羁押，潜入湖中憋气这么许久方出，不知跟哪位神人学艺？当日的怪风又是怎么回事？"

瑶兮公主道："救我的人是甬山的一位老叟，至于名姓他也未告诉我。在救我之后将我寄养在一农户大娘家，也就是我的乳母，直到我长大之时，他才将我接到山中，教了些降龙伏虎、闭气引诀的本事。不过在王后和请来的大巢巫师面前，我这点能耐还是差得很远。"

他二人划舟轻荡之间，已日落西山，到了对岸汪昭陵所在的部落族群，夜幕降临，她身上的衣服早已干尽。两人相视一笑，汪昭陵带着瑶兮公主，避开族人群集之处，借着夜色，于古木苍柏盘山分布搭建的茅草屋舍掩护下，悄悄来到汪昭陵的族舍。尽管他们一路谨慎，还是被守哨的族人发觉，悄悄报告族长去了。

汪昭陵自幼父母早丧，是在族人的照拂下逐渐长大的。在防风族，族人都是群策群力，集体经营渔猎农桑，按劳分配。当日汪昭陵外出下游打鱼，其实乃违反族规，私自出渔的。因为风渚湖上游湖水涨退，鱼类稀少，皆随湖水进入下游。而下游又由防风国的天子湖管辖，防风族虽独自群聚，但一直受防风国的统治，乃藩属族裔，常年纳贡。

当晚，汪昭陵让瑶兮公主睡在床榻之上，自己则在茅屋的外间卷席而卧。次日一早，瑶兮公主和汪昭陵刚刚晨起，族长便带人闯进茅屋，见到两人孤男寡女，同处一室，一脸义愤道："好啊，你个汪昭陵，居然私带外族女子，同寝族舍，你该当何罪！来人，给我拿下，按族规论处。"

汪昭陵大急之下便欲出言辩解，忽有族人疾步进来，禀报道："报族长，大事不好了，有天子派来的卫兵，在湖对岸鸣鼓叫喊，命我们交出公主。"

族长大吃一惊，上下看看瑶兮公主，道："你是当朝的公主？"

瑶兮公主闻言也是大吃一惊，不知王后如何得知自己逃到此间的，眼见行藏败露，不禁悲从中来，转头对汪昭陵道："陵郎，看来我们已被王后追摄到此，不能连累你和你的族人，我该回宫去了。"

汪昭陵大急，道："你若回宫，王后岂能放过你！"

瑶兮公主凄然一笑，只道："陵……陵郎，你多保重。"说罢含泪走出，汪昭陵欲待拦阻，早被族人上前搋住。瑶兮公主站在茅舍门口，回头再次凝望了汪昭陵一眼，大步离去。

族长命人将汪昭陵看押起来，自己则带人划船送瑶兮公主上岸，来见王宫的侍卫长，并将此间族人和瑶兮公主同居族舍之事，如实上告。那侍卫长一声令下，有守卫押着瑶兮公主，复回宫中。王后一听侍卫长的禀奏，道："什么，公主同下族族人夜宿一室？"

侍卫长道："是那族长亲口转告卑职的。"

王后假装震惊，道："这还了得，身为堂堂公主，居然跟下族之人苟且同居，真是无法无天，道德沦丧。侍卫长，你速去将那与公主同寝一室的下族之人拿来，不得有误。"

侍卫长道："卑职遵王后懿旨！"说罢带人出去。王后脸上露出一丝奸诈的笑意，对手下的宫娥道："来人，随我去见国君。"

王后带领随侍宫女前往寝宫，面见天子，躬拜道，"参见国君！"

防风国国王见王后前来，忙快步迎上，道："平身，王后，瑶兮怎么样了？"

王后道："公主逃出宫去，侍卫长带人追到孔雀湖，不见公主的身影，回来禀报公主不慎坠湖淹死了。"

国王闻言大吃一惊，叫道："什么？"

王后忙又道："不过后来臣妾一想，公主乃是扫把星降世，怎么可能轻易淹死？好歹活要见人，死要见尸，需给公主一个体面的安顿和厚葬，于是又派人潜入孔雀湖，尸首没找到，倒是通过湖岸遗留的渔网，获知公主并没有死，而是跟随一渔夫逃往上游的防风族。后来，侍卫长带人前往上游风渚湖的族舍一探查，发现公主果然逃到了那里，并且……同下族之人同居一夜，可能还有了奸情。以臣妾之见，王室公主私下同下族卑微之人，有了苟且之事，按防风国的法纪，理应将这对苟且的男女沉湖处死，以儆效尤！"

国王踌躇道："这……可探查清楚了？"

王后道："千真万确，带队的侍卫长亲眼所见，何况前番已经定罪，公主自回宫以来，便相继有人死去，这在之前却是从来没有的事！何况国君是亲眼目睹，镜子里的公主乃是扫把星降世，借当年七王妃腹中胎儿降世，来祸害朝纲的。可怜死去的那些嫔妃和内臣大夫。如今又跟下族人私通，败坏伦常，如不尽快将他们沉湖处死，恐怕会有更多的人死去，甚至祸及朝纲！当断不断，势必会有大祸降临，请国君降旨吧！"

防风国国王闻言长叹一声，道："可怜我那爱妃，好不容易怀胎，竟难产而死，腹中的孩子竟然是……扫把星转世！就……就依你所奏去办吧！"说罢不禁潸然泪下。

王后冷冷一笑，道："遵旨！"

汪昭陵对东柳氏众人讲到此处，接着道："后来，王后命人将我押回防风国王宫，同公主一起押上囚车，来到孔雀湖沉湖处死，幸得两位相救，请再受我二人一拜！"说罢同瑶兮公主又向青鸾鸣凤躬身叩拜。

东柳氏闻悉汪昭陵的一番讲述，道："没想到你二人是因同处一室而被沉湖处死，人世的国法纲纪委实不可理喻，不知害得多少人枉死！公主乃王室贵胄，竟也难免！既然让你们二人遇见我们，也是命不该绝。倘若愿意离开防风国，与我们前往东海桃源洲，另寻王道乐土，便可随我等一同前往。"

汪昭陵和瑶兮公主环视众人，然后对视一眼，同时叩拜道："愿追随各位。"

东柳氏微笑点头。于是众人整装队伍，明辨方向，带着汪昭陵和防风国公主，朝东南方向而去。

第二十六行　乞巧盗霞衣

　　东柳氏相救并收容防风国汪昭陵和瑶兮公主这对一见钟情的恋人，使有情人终成眷属。而再行多日，来到南寻国，遇到另外一对恋人，其命运和走向却大不相同。

　　这南寻国已近东海，地处深山密林之中，建国不到百年，但国丰民富，不受他国管制，不朝臣纳贡，自给自足。南寻王继任之初，娶国中大户望族之女为后，不久生下一女，后来立为南寻公主。这南寻公主自幼生在富贵温柔之都，养尊处优、无忧无虑，到了及笄之年，更是备受南寻王及王后的宠爱，很快到了婚配的年纪。

　　南寻王本意为公主择配国中的望族名门之后为婿，但南寻公主却喜标新立异，厌倦富贵的生活，一意寻求自己的婚事自己做主，欲骑鸵撞天婚。所谓骑鸵撞天婚乃是她坐于鸵背，不问贫富出身，鸵入其家则嫁，全凭天意。

　　早在数年前，海外异国进献一只鹝鴼鸟，雁身鸵蹄，举头高七八尺，张翅丈余。这南寻公主一见之下颇为喜欢，千央万求从父王那里引至后花园独自饲养，感情甚笃。当她提出骑鸵撞天婚这一世所罕见的择婿之礼，南寻王及王后便极力反对，但抵不过公主不吃不喝软磨硬泡，最后只好勉强答应。

　　公主的择婿之礼，并没有告示全国，而是任由公主悄无声息地骑鸵出宫，直奔外间而去。南寻王不放心，派人策马扬鞭远远跟出。南寻公主骑鸵奔行半日，来到一个叫辘角庄的地方。那鸟鸵驮着公主径直来到一巷陌之中。有庄上的乡民见状大感惊异，纷纷围观。

　　南寻公主任由鸟鸵大摇大摆经过巷陌，眼看行了里许，最后在一家蓬户柴门前停下。那鸟鸵一声叫，载着南寻公主，撞开柴门，进入院子。有一老头正在菜畦前松土栽种，见一身穿琳琅紫衣华服的少女，骑着一个庞然大物进来，大为惊诧，忙起身躲到一旁，怯懦地道："请……请问姑娘，你这是？"

南寻公主一见那老头，心下暗叫不好，忖道："糟糕，莫非我撞天婚撞到的却是这老头？倘真是如此，那可如何是好？"想到此处，一颗心不觉凉了半截。她目光转处，看到院落的晾衣架上搭着壮年人的衣服，立时转悲为喜，道："请问老人家，你家中可有壮年男子居家？"

那老头迟疑道："有倒是有，不过我儿前往山中狩猎去了，多时未归。不知姑娘有何事？"

南寻公主喜道："还真有壮年男子，请问他年长几何，相貌如何？"

老头闻言更是摸不着头脑，道："我儿今年二十有一，相貌嘛还算过得去。姑娘，你一个女儿家，问这作甚？"

南寻公主欣喜道："这真是天意！"说着话，下得鸟鸵来，敛衽一礼。老头瞧得一头雾水，正不知如何是好，却听院外门口，有骑兵守在外面，为首一人骑在高头大马上，高喝道："大胆村夫，此乃当朝公主，怎可受公主大礼！"

那老头闻言，大惊失色，一头跪倒在地，道："小民不知公主降临寒舍，有失远迎，还请恕罪！"便在这时，门外一少年，猎叉上挑着几只山鸡，疾步走近，将猎叉插在一旁，上前搀扶起那老头道："爹，你这是干什么？怎么给一个小姑娘下拜！"

南寻公主把眼仔细瞧向来人，只见他身强体壮，浓眉大眼，相貌堂堂，先有几分喜欢，再听他说自己是小姑娘，却不禁柳眉一竖，一脸骄横道："好啊！居然敢称本公主为小姑娘，你也就二十有一，竟敢小瞧人！来人，把他给我带回宫去，我要奏明父皇，准许我撞天婚得来的夫婿。"

少年大惊，正惊诧间，门外已有卫兵冲撞进来，便要带他离开。

少年忙退后几步，急道："等等！怎么，我何时成了当朝公主的夫婿了，这究竟是怎么回事？"

南寻公主一笑，道："本公主是奉旨撞天婚来的。前几年宫中得海外异域之国进献鹈鹈鸟，乃吉祥之物，善通灵性，深得本公主的喜爱。前日，父王见我已过及笄之年，欲为我择婿婚配，是我执意不允，一意要自己选婿，故而以骑鸵撞天婚之礼，来到此处，端巧我的坐骑撞到你家，实乃是天意使然！我身为一国的公主，不在乎你出于寒门之家，倘若能应下这桩天婚，就请随我入宫面见父王。"

少年迟疑道："这……"

南寻公主道："怎么，你不愿意？"

少年摇头道："这似乎有些太过草率了吧！虽然公主贵为天之骄子，但仅凭鸟禽之物，便能私订终身，是不是……咦，你的坐骑呢？"

南寻公主闻言，这才发现那鸟鸵已然不见，四下张望时，却见它正守在菜畦前，大口嚼食菜地里的苜蓿菜。

少年恍然道："是了，定是公主的鸟鸵到我家门前，闻到菜味，故而进入我家院子。"

南寻公主笑道："这可岂不更是天意吗？快随我进宫去啦！"

少年还待迟疑，已有卫兵上前，道："请吧！"

少年无法，遂转身来到老头身前，道："爹，我去去就回，不会有事的。"

老头叮嘱道："儿啊，你去吧！既然上天赐给你这桩姻缘，你不妨好生对待。说真的，爹做梦都盼着你能娶一房妻室哩！"

少年苦笑道："爹，你就别操心了！这婚事来得太过离奇蹊跷，等孩儿去了再说。"说罢辞别父亲，随南寻公主一干人等前往南寻国国都而去。

南寻公主带着那少年直来王宫内殿面见南寻王和王后。南寻王见女儿还真带回一夫婿，不觉眉头紧皱，坐在内殿龙榻之上，向那少年上下打量道："你叫什么名字？家住哪里？"

少年跪拜道："小民姓王名乔，字乞巧，家住辘角庄，乃一庄户人家。今日幸蒙公主下降，以骑鸵撞天婚之礼，欲择小民为婿，不知是真是假？"

南寻王赫然站起，大怒道："简直一派胡言，从来没有的事。来人，把这个痴心妄想的乡野村夫押下去！"不由分说，有卫兵上前，押着王乔便走。

王乔一脸惊悔，叫道："果然有蹊跷，公主，你为何诓骗于我？放开我！"他喊叫之中，被卫兵押出内殿。

南寻公主大急道："父王，你这是做什么？身为一国之君，岂能出尔反尔？"

南寻王道："女儿，你挑谁不好，偏要挑一个贫苦出生的乡野村夫？倘若你真的嫁给他，可有的苦头吃啊！你自小长在富贵安逸的王宫，此番出去，下嫁村野之家，怎么能消受得了。父王不能任由你的性子，毁了你一生的幸福！"

王后也道："是啊！女儿，你父王和母后都是为你的幸福着想！这王乔出身贫贱，你又贸然莽撞，同他全无半点情分可言，往后如生活在一起，如何过得下去？听父王母后一句劝，让我们好好给你物色一家名门望族的公子，岂不是好事？"

南寻公主自幼骄横任性，哪里听得进这些言语，不管不顾道："反正女儿不管，既然女儿碰上了这户人家，那便是天意，何况撞天婚之前，我是许诺过的，不管他出身贫贱还是富贵，女儿都要嫁给他！"说罢扭身出殿。

南寻王和王后对这个女儿骄纵惯了，见她如此任性，一时也是焦头烂额，不知所措。

王乔被卫兵带走，押往后殿大牢，关了起来。王乔叫道："你们凭什么抓我，我到底犯了哪条国法？快快放我出去。"任他喊破喉咙，牢外的守卫均充耳不闻，不予理睬。

也不知过了多久，忽闻牢外守卫的声音传来："公主！"

南寻公主现身牢门之外，沉声道："把牢门打开！"

一守卫迟疑道："这……"

南寻公主道："他又没有犯罪，这样看押着总不是办法。放了他，有什么事本公主担着。"

守卫躬身道："是，公主！"当即打开牢门。

南寻公主道："你们退下！"

守卫微微迟疑，退出牢外。

南寻公主见守卫退出，立时神色一喜，进得牢内，兴奋道："夫君，我来迟了，让你受委屈了。"

王乔闻言却板着脸道："公主，休要说那调笑人的话！我一介草民，身份卑贱，如何做得了一朝公主的夫君？是我听信人言，本不该随来朝都，赴什么撞天婚之礼。请公主开恩，放小人回去吧！"

南寻公主娇声娇气道："怎么，你生气了？别这样小家子气嘛！撞天婚是真，本公主欲委身下嫁也是真，只是父王和母后一直反对。不过你放心，他们最是宠爱我的，本公主既认定的事，就一定会实现，父王和母后是不会拿我怎样的。"

王乔道："是，你身为一国的公主，国君是不会拿你怎样的，可是我却是山野鄙夫，倘若要治小民的罪，纵是有一万个理由，也会定罪杀我的。"

南寻公主道："怎么，你怕了？"

王乔道："死又何惧！但我总不能无缘无故，做个枉死鬼吧！"

南寻公主笑道："这就对了，看来本公主没看错人，我就喜欢你这样视死如归，无惧无畏的真男子。父王和母后既然不同意你我的姻缘，那我们就逃离王宫，去一个没有人认得我们的地方，然后长相厮守，岂不妙哉？"

王乔道："逃离王宫？你贵为公主，就真的甘愿舍弃荣华富贵，同我逃往别处生活？"

南寻公主道："怎么，不信？好，本公主现下就和你在这里叩拜成婚之礼！"说罢跪拜在地。

王乔连连皱眉道："在这牢狱叩拜？这也太过草率了些！何况你贵为公主，怎么可以受此委屈？"忙扶起南寻公主。

南寻公主喜道："你是信本公主了，事不宜迟，我们赶紧走吧！倘若被父王母后发觉，那可就麻烦了！"说着拖拽王乔，出了牢狱，前往玉殿闺阁之内，草草带了些衣物金银，出得宫室，径直领王乔来到后花园的禽圃之中。先前那只鸟鸵看见主人进来，引颈高叫，拍拍双翅近得前来。

南寻公主拍拍那只鸟鸵，翻身上背，伸出一手到王乔面前。王乔惊诧道："我们乘坐它一起逃走？"

南寻公主笑道："还有其他法子吗？"

王乔迟疑中，轻轻跃上鸵背，南寻公主一笑，伸手在鸟鸵颈上拍拍，那鸟鸵一声鸣叫，两只鸵脚交叉奔跳，沿着花园小径驰向宫门之外。

沿途有把守的卫兵，见公主骑着鸟鸵急速奔驰，尚未反应过来，鸟鸵已然载着二人飞奔出宫。立时有人上奏国王，南寻王惊道："快命骁骑营随孤王追拿！"

　　奏请之人领旨，飞速报告骁骑营卫队长。卫队长接到旨意，立即率领一营，来到殿外。南寻王一身戎装，挎弓背箭，乘一匹乌骓马，亲自率领骁骑营追出宫去。

　　那鸟鸵奔行甚速，南寻王带人刚刚追近，公主在鸟鸵背上，闻得追兵追来，又再拍拍鸟鸵，鸟鸵忽忽悠悠奔跑如飞，将南寻王和骁骑营骑兵骑着的高头大马远远甩脱。

　　南寻王马鞭急笞，策马飞奔，堪堪看到前方鸟鸵背后坐着的王乔，当即双胯夹紧，双足挂蹬，一伸手从背后取出一丛箭镞，取下背上大弓，弯弓搭箭，"嗖嗖"几声响，一排箭镞夹着疾啸之声射向王乔后背。箭未飞至，王乔听闻身后弓箭呼啸之声，不慌不忙，身子一挫，一伸手居然将射来之箭尽数兜在手里，随即甩手掷出。那一丛箭镞齐刷刷钉在南寻王马前的数丈开外，阻住骁骑营人众的追路。只闻一连声马嘶鸣叫，南寻王及众人同时勒马站定。公主一回头，发现身后的南寻王，忙一拉那鸟鸵的脖颈，调转头来，叫道："父王！"

　　南寻王独自乘乌骓马上前，一脸怒气道："姣儿，你好大的胆子，居然敢带着这村夫私奔？眼里还有我这个父王吗？"

　　公主道："父王，请放我们二人走吧！女儿既已撞天婚择婿，就不会回头！"

　　南寻王道："放肆，难道父王的话你也不听了吗？快快断绝这个念头，随父王回宫！"

　　公主道："父王，如要女儿回宫，就必须答应这桩天婚，否则女儿绝不回宫！"

　　南寻王气极道："你……好，好！倘若你真要父王答应，也不是不可以，除非……"

　　公主大喜道："除非什么？"

　　南寻王眉头一挑，计上心来，道："这件事只要那穷小子能办到，父王这就准旨完婚；如果他办不到，你就要乖乖随父王回宫，从此当没有那撞天婚的事，你能答应父王吗？"

　　公主道："究竟是什么事嘛？女儿答应父王就是。不管什么事，就是再难，我希望我未来的夫君都能做到，倘若办不到，那也是天意，女儿就认命了！"

南寻王笑道："好好好！有你这句话，父王就放心了。"

王乔听到这里，不禁急道："国君到底有什么要求？公主答允得这般爽快，恐怕小民能力有限，无法办到！"

南寻王哈哈大笑，道："那可怪不得孤王了。谁叫你癞蛤蟆想吃天鹅肉，痴心妄想！听好了，只要你能答应孤王，迎娶公主当日，在通往国都半道上的断水河搭金桥、铺银路，迎娶公主，孤王便准了这桩婚事。限你三日之内办到，办不到的话，不但娶不了公主，孤王也要定你个满门抄斩的罪。来人，回宫！"

南寻王说罢，率领骁骑营的队伍，扬长而去。

王乔见南寻王率兵远去，一时间神情忧虑，默不作声。南寻公主盯着他道："夫君，父王提出的要求，相信你能办到是吧！我的夫君不会让我失望的，对吧？"

王乔苦笑一声，和南寻公主乘坐鸟鸵，漫无目的地往前行去。他们去的方向，乃是大雪山空泠峡。二人驰到山下，顿感一阵寒气自一道狭窄的峡谷之中，散发而出。南寻公主身着紫衣长裙，身子单薄，不觉打了一个寒战。驰入峡谷半里地，寒意更甚，南寻公主不禁蜷缩着身子，回头道："这里怎么这般冷啊！"

王乔身子强壮，正值壮年，平日又惯经风雨寒霜，倒不觉什么，而南寻公主自幼长在夏凉冬暖的深宫里，娇生惯养，哪里禁受得住外间的寒苦！还有那只鸟鸵在进入空泠峡不久，亦停止不前，连连后退。王乔无法，当即随鸟鸵返回，在一处长草林立的树丛间，翻身下来，将南寻公主抱下。她兀自瑟缩着身子，一言不发。眼看天色渐晚，寒气越发强盛，当即道："公主，追兵既已退去，你要回去，我这就送你回宫，以免在此受苦！"

南寻公主闻言，好胜心顿起，振作精神道："这会儿怎么能回宫去，你我既已私订终身，又应承了父王的请求，焉有返回之礼？"

王乔道："可是不回宫，你又能抵御得住这里的寒冷吗？"

南寻公主笑道："本公主既然跟随你出王宫，以后何去何从，就全凭夫君做主！你一个堂堂七尺男儿，难道要让你这位公主妻子遭受寒冷？"说着，在鸟鸵身上轻轻拍打，道："回去吧！这里不需要你啦！"

那鸟鸵甚通灵性，拍打着翅膀，飞身往山外奔去。

王乔一时对这位任性的公主无计可施，抬头看看四周，道："我知道这里有个山洞，我带你去那里。我以前有一次打猎跑得远了，曾在那山洞住了一宿，勉强可以御寒。"

二人沿着崎岖的山道攀援而上，约莫行了一里地，在半山腰发现一山洞，开口处甚窄，但入内却颇为开阔，比之外间确实温暖了许多。南寻公主怯生生地坐在一块大石上，王乔进进出出，捡拾柴草，并钻木取火，将其引燃，架起篝火，洞内顿时红彤彤的，各个角落都被照亮。

这山洞别无长物，除了钟乳石笋处有山泉滴淌，就剩下寥廓冰冷了。南寻公主有了篝火的照拂，逐渐不感到寒冷了，但想着自己和王乔晚上将要在这里度过，不觉有些悔意和失望，闷闷不乐。

王乔道："公主，你如果现在后悔，还来得及，我这就可以送你回去！倘若再过些时候，天一黑透，就无法出山了。"

南寻公主强辩道："谁后悔了？你这家伙，不知前世修了什么福分，偏让我这一朝公主给撞上了。本公主不管，你一定要把我照顾好，要给我一个很好的生活，别给父王瞧扁了！"

王乔道："那是自然，公主既然肯委屈相嫁，我王乔福缘非浅，一定拼尽全力，让你过上很好的生活。可是你贵为公主，一生下来就在天堂一样的王宫待着，外面的生活再好，恐怕也不及王宫的万分之一，这可就难办了。"

南寻公主淡淡笑道："我要求不高，每日有好吃好喝，山珍海味，夜夜不求笙歌齐鸣，但求舒心惬意，有温床暖被，锦衣玉食即可。"

王乔皱眉道："可是现在，只能让公主委屈一晚了。我听说在此空冷峡之上的九圣山九宫圣人处有一件七宝霞衣，可以御寒，穿上的人还能光彩照人，明日我就取了来，给公主穿上！这可是王宫贵族永远也没有的东西！"

南寻公主闻言大喜，道："这是真的吗？那太好了。夫君果然会疼惜人！只是这七宝霞衣如此神异，夫君若前去讨取，不会有什么凶险吧？"

王乔道："既然公主肯委身下嫁，便是再难办的事，我也会拼尽全力，只要公主开心就好！"

南寻公主喜不自胜，不禁将娇躯依靠在王乔身上，一脸美滋滋的。当晚，二人互相依偎，借着篝火的余温，坐着睡了一夜。次日，南寻公主从睡梦中一觉醒来，发现身上盖着王乔的衣袍，环顾四周，山洞竟是变了一个样子。有柴草满室，木床橱窗，甚至锦榻绣帐，日用之物应有尽有。鼻端传来一阵饭菜的清香，只见王乔端着一木盘，上有木碗玉箸，碗内清汤鹿肉菜品颜色鲜美。南寻公主大感惊异，道："这些都是从哪里得来的？"

王乔一笑，将木盘递给公主道："快吃吧！吃完了我还要前往九圣山取那七宝霞衣，好给你御寒。在正式迎娶公主之前，只能委屈你暂居此洞了。"

南寻公主喜道："这么说，你真有办法满足父王提出的要求了？你不会骗本公主吧！"

王乔道："我说过再难办的事，我也会拼尽全力的。这三天公主一定要在此等候，我办完这两件事，会争取早日赶回的。这里我准备了三日的吃食和水，并有床榻可以歇息，我离开这三日，公主独自一人，一定要耐住性子，等我回来正大光明地迎娶公主！"

南寻公主点头，吃罢早膳，王乔已准备停当，同公主出得山洞，依依拜别。公主目送王乔走远，复回洞中。这南寻公主自幼在宫中衣来伸手，饭来张口，衣食住行都有宫女侍奉左右，片时不离。刚来此间，有王乔的陪伴，吃食用度如宫中侍候一般。如今王乔一离开，她孤身一人独居这荒山洞穴之内，刹那间有被整个世界抛弃的感觉。前日的骑驼撞天婚，亦如同一个久远而又荒诞的噩梦，瞬间惊醒。第一天饭食也不会做，整整饿了一天，到了晚上，越发感觉寒冷逼人，一个人窝在帐幔床榻上，孤单凄冷，夜半更是听闻山间清亮恐怖的狼嚎声，不寒而栗。好不容易消磨了一夜，次日一早，南寻公主再已忍受不住山洞中的凄冷孤独，晃晃悠悠，如浮草飘萍般出得洞去，沿山道趔趔趄趄下得山来，径朝空冷峡外走去，浑然忘却前日王乔的嘱咐。什么三日之约天婚之配，一股脑抛之脑后。没走多久，早有南寻王派出蹲守的守卫，见公主独自一人走回，忙策马奔至，接迎身体虚弱的公主回宫。

这边公主毁弃前盟，而那端王乔为了盗取七宝霞衣，同九宫圣人正展开一场生死较量。王乔虽是农户出身，又以打猎为生，但在数年前，曾拜一位异人学了些道术，擅长玄一无为之术，能隐身变形，可坐致行厨，会咒枣之术，有降龙伏虎之力。他偷偷潜到九圣山栖霞观，施展隐身术，转遍了整个庄观，终于找到放置七宝霞衣的旋室。室内有机关之门，王乔好不容易盗出七宝霞衣，在出旋室时，却被守宫的弟子发觉。王乔逃出旋室刚到了观院，便已被九宫圣人带领弟子团团围住。

九宫圣人一摆手中拂尘，叫道："哪里的狂徒，胆敢盗取本观的七宝霞衣！给我拿下！"他话音刚落，四名弟子同时飞扑而上，齐力扭住王乔的双臂。王乔大喝一声，将四人抢在半空，一发力，四名弟子同时被甩飞而出。

九宫圣人道："原来是只会些蛮力的凡尘武夫，拿我的缚龙索来！"说话间，有四名弟子自观内奔出，分四个方位，同时扔出缚龙索，王乔正要躲闪，却早已被四条缚龙索缠住四肢，四名弟子往外一拉，他顿时被缚住，身体悬在半空，挣脱不得。

九宫圣人道："说，为什么盗取我的七宝霞衣？"

王乔怒视不答。

九宫圣人道："把他给我吊起来，直到他回答为止！"说罢，四名弟子分将缚龙索绑在院落的巨松树上，随九宫圣人扬长而去。可怜王乔被缚龙索绑缚悬吊了一夜，又逢天降大雨，风吹雨淋直到次日。

九宫圣人在观中打坐，有弟子来报，道："师父，那人被悬吊了一夜，看来已气息微弱，挺不过今日了。问他也不回答，这可如何是好！师父不妨算上一算，看他是何来头？为何来盗取我们的七宝霞衣？"

九宫圣人颔首沉眉，伸指掐算，半晌不禁"哦"的一声，道："原来如此！"

弟子道："怎么？"

九宫圣人道："此人居然乃故交之友的徒弟，盗取七宝霞衣也是事出有因！徒儿，七宝霞衣可以暂借于他，这就放他下山。"

那弟子躬身道："是，师父！"

王乔被放下在地，一脸诧异，又有弟子将七宝霞衣捧上，道："壮士，多有冒犯，原来你的师父跟我的师父乃是故交！奉师父之命，着我借你七宝霞衣送你下山，请！"

　　王乔被送出山门，本欲回空泠峡山洞，将七宝霞衣给南寻公主穿上，但后来一想，南寻王提出的架金桥铺银路之事还没有办，当即前往数十里之外的枣林，打得一些枣果，用七宝霞衣装上，奔到断水河时，已是最后一天。这断水河横亘于繁华的南寻国国都和穷乡僻壤的下族寒门之地，阻隔着皇族贵戚和乡野贫民，辘角庄正是在国都的对面方向。河水潺潺，水流虽不甚大，但宽约数丈，要想从容而过，确需搭架一桥，供人通行。

　　当日，王乔从邻人处借来斧凿，伐树锯木，勉强在断水河搭了一座低矮的木桥，行人载物通行已是无阻，但距离南寻王所言的架金桥、铺银路，却还差得很远。在王乔所学的道法之中，隐身术和降龙伏虎之术，他在九圣山偷盗七宝霞衣时，已经用到过。还有坐致行厨，他在山洞中给南寻公主所备的吃食等物，便是用的此异术。而咒枣术，乃是以食枣吞核时，念动咒语，即可变出金砖之物。垒砌铺设这金桥银路，虽然神异，但是虚耗元神，并且吞吐缓慢。王乔费了整整大半天才勉强按南寻王之意，架好了金桥，铺好了银路，使其金灿灿银闪闪铺设于断水河桥上和两岸。

　　王乔满头大汗，坐地休息一会儿，随即带着七宝霞衣兴冲冲赶往空泠峡山洞，岂知到了洞内，却不见南寻公主的身影。他大急之下，立即前往南寻国国都的都城外，见有守卫阻拦，忙道："请通传国君，小民王乔有急事求见！"

　　那守卫颐指气使道："你是什么东西，居然敢求见当朝国君，快快退下，否则格杀勿论！"王乔见被守卫阻拦，情急之下，冲闯宫门，有一队守卫手执兵器，冲杀而来。王乔拳起脚落，将众守卫打得七零八落，溃败不堪。这时，自宫门内飞身而出一个长髯齐胸的中年道士，手执宝剑，迎前道："山野小子，休得逞强，我罗荃道人来会会你！"说罢，手中宝剑迎上，发出幽幽绿光。王乔不敢怠慢，左避右闪，同道士罗荃走了几个回合，身上衣服被对方的宝剑砍到，一时千疮百孔，狼狈不堪。

　　王乔灰头土脸之下，急叫道："且住，我是来见公主的，况且同国君有约在先，求道长放行！"

　　正在这时，猛听头顶城楼上，南寻王的声音传来，道："王乔，你还是回去吧！"

王乔抬头，看见城楼上的南寻王，忙道："国君，小民已在断水河搭了金桥、铺了银路，这下可以准许我和公主的婚事了吧！"

南寻王哈哈大笑道："王乔，你还在做梦啊！即便是你架金桥铺银路，公主也不会下嫁于你了。"

王乔大急道："这是为何？"

南寻王冷笑道："哼哼，为何？你根本给不了她想要的生活，因为你不配！再不退下，孤王一声令下，叫你立刻死于万箭之下！"说话间，城楼城下已布满弓箭手。

王乔叫道："我不信，请公主出来说话！"

南寻王大叫道："放箭！"正在这时，忽闻有人道："慢着！"就见南寻公主走到城楼边。

王乔大喜道："公主，我已经取回了七宝霞衣，按你父皇所言，也已在断水河架起金桥、铺了银路，这下你我可以名正言顺缔结美满姻缘了吧。"

南寻公主冷冷一笑，道："美满姻缘？父王说得对，不管你怎么努力，根子里还是贫苦的下贱之人，你给我的生活，我一点也过不下去，这里才是我想要的。你给不了我美满的姻缘，更给不了我荣华富贵，能给我的只有寒冷、孤独和绝望。是我一意孤行、一厢情愿偏信什么天婚，那都是不切实际虚幻无边的假想罢了。你也不要再痴心妄想了，之前的事就当作是本公主开了一个玩笑，你还是从哪里来回哪里去吧。"说着话，她脸上不禁露出一丝讥笑，头也不回地转身而去，城下随即宫门紧闭，只留下王乔独自一人，呆若木鸡。

王乔心灰意冷，神情落寞地往回走，经过断水河时，之前架的金桥和铺的银路，早已被附近闻讯而来的百姓抢掠一空。王乔神情呆滞，蹚水而过，对于自己先前费心费力搭建的金桥和银路被抢掠一空而置若罔闻。他回到辘角庄家门口，却见家中屋舍已被付之一炬，院中的菜园纷乱杂陈，有一具尸体横躺着，满身血污，竟是王乔的父亲。

王乔惊叫道："爹！你怎么了？爹！"顿时不禁悲从中来，号啕大哭。

原来那日，南寻王提出要求之后，在回程的半道，率领守卫前往辘角庄，将王乔家放了一把火烧了，并杀了王乔之父，以泄心中这几日的怒火。南寻王回到宫中，命人前往公主所去的方向蹲守，想到王乔空手接箭的本事，又传来飞霄宫的罗荃道长，以防不测。

因为王乔的执迷和痴妄，害得自己家破人亡，他在一片悲伤之下葬了父亲，带上七宝霞衣，前往九圣山归还，并央求九宫圣人能收容出家。经此一事，他已经对凡尘之事再无留恋。九宫圣人观他面相眉宇，摇头道："你不属于这里，贫道不能收容！"

王乔诧异道："那我该去哪里？"

九宫圣人道："你下山西去，半道会遇到一群东行桃源洲的人，其中有一位圣公，人称东柳氏，你投靠于他，今后自会成就大道。"说罢又言语一番。

王乔随即辞别九宫圣人，果然在回程的路上，同东柳氏众人不期而遇。王乔快步上前，翻身便拜，道："王乔拜见圣公！"

东柳氏奇道："你是何人？为何拜我？"

王乔于是将自己所遇之事讲给东柳氏，并道："圣公一路广纳贤士，更设有招贤榜，王乔虽一介武夫，愿追随圣公东行桃源洲，还请收容则个！"

东柳氏点头道："既如此，那你就跟随我等，东行之路，路途坎坷，也好有个自知。"又介绍了青鸾鸣凤等人，旋即上路。行至断水河时，猛闻远处喊杀声大作，有数万百姓组成的民兵，手执长矛锄刀，大举围攻一座都城，却是南寻国发生起义叛乱。

原来断水河对岸备受欺压的贫苦民众，自从得了王乔架金桥铺银路换得的金银，很快募集到民兵及武器，聚众攻打南寻国都城。南寻王率领骁骑营及步兵卫士奋力抵挡，终因寡不敌众，都城很快被民兵攻破，南寻国从此灭亡。南寻公主亦不知所踪。

第二十七行　花姑射化龙

东柳氏率众一路行去，已近东海，依照《桃源入行图》所示，估摸不出月余便可抵达海岸，众人不觉士气高涨，不几日来到一地，却满是荒凉。迎面正有一群当地的百姓，衣衫褴褛，扶老携幼，乱哄哄而来。

东柳氏深感诧异，一挥手，命众人停止前行，随青鸾鸣凤上前拦住为首的一位长者，道："老人家，你们这是从哪里来？要到哪里去？前方发生了什么？"

那长者目视东柳氏一眼，连连摆手道："前方通行不得了！我乃族老耿长生，我等皆是此地莲花乡的乡民，近些时日，此一带出现了一只孽龙，四处为害乡里，呼风唤雨，毁物伤人，我们可是被害苦了！若不离开此地，前往他处另谋生路，恐怕一个个就被那孽龙给吃掉了。"

东柳氏颔首道："小小一龙精，你们为何不找些奇人异士，降服于它呢？"

耿长生道："谁说没有请过！当时，我们莲花乡曾派了些乡勇和募集的壮汉，前去寻找那孽龙，谁知他们被派出去之后，便再也没回来，一定是凶多吉少了！"

东柳氏正待言语，忽闻身后马蹄声响，回头看时，但见远处尘土飞扬之下，一名少女身披紫霓云裳，骑一匹黄牧马，背挎赤弓短箭，手里倒持一杆红绫枪，疾驰而来。只见她蛾眉螓首，面若桃花，浑身透着一股英姿飒爽之气。

耿长生及众人一见之下，均皆大喜，有人齐声叫道："花姑来了，这下我们有救了！"话音未落，那少女已策马从众人身边飞速掠过。耿长生发一声喊，带领众人随即跟去。

东柳氏见众人跟随花姑远去，当即命令队伍继续前行，约莫行了一里地，来到一座大山之下，忽然间彤云密布，黑压压笼罩着整个山脉。只见山下之前所见的那些百姓一齐抬头，有人大叫道："不好啦！那孽龙就要出来作恶啦！"话音刚落，就见凄云惨雾之中，一只蛟龙盘旋而下，朝底下奔逃的众百姓俯冲而至。蓦然间东南方天崩地裂地巨响，漫天洪水自一道高坡处奔腾而下。那蛟龙调转龙首，便见滔滔洪水呼啸逼近。只见它龙须振动，张颌一声长啸，巨大的洪流被一股强大的力量逼退，呼啦啦卷袭向西北，径直朝东柳氏众人的所在处，飞卷而去。

东柳氏大吃一惊，慌忙叫道："不好，洪水朝我们这边来了，快退！"正要折头回转，便见人群中，秦飞连提着五色笔上前，道："圣公莫慌！瞧我的！"他说话间便奔上前去，迎着洪水而来的方向，笔走龙蛇，迅速在地上画出一道巨大的鸿沟，笔落退走之际，忽然间光芒闪耀，就见眼前出现一道宽约三丈、深达五米的沟渠，遥遥伸向远方。洪流飞坠进鸿沟，遂奔腾而去。

洪水虽被引流向一旁，但尚有几小股水浪打来，将耿长生所带领的那些百姓冲得七零八落，一个个如落汤鸡，蹚水浮游而出。半空，那蛟龙刚刚转回，突然间，从大山底下的一株茂密的大树之间，飞出两支短箭，正射中那蛟龙的双目。蛟龙吃痛，一声惨叫，掉转头盘旋振尾，飞落在地，变作一个男子，捂着流血不止的双目，忍痛飞跃而去。

只见大树丛中，一个红色的身影翻身而下，却是先前众人称作花姑的那少女，正手举弯弓，轻斥道："孽龙，哪里走！"奔前几步，见孽龙化身的男子急速远去，连忙伸手在嘴边一个呼哨，她的坐骑黄牧马从树木掩映中，飞驰而出，奔到那少女面前。只见她翻身上马，脆生生喊了声，"驾！"黄牧马四蹄翻飞，风驰电掣追出。

这位被称作花姑的少女，名叫花柳莲，原本是莲花乡北山南麓一平常人家的女儿，生逢乱世，有幸拜得名师，刻苦练得一杆红绫枪，可开山破石，又弓马娴熟，巾帼不让须眉。有一日前往莲花乡赶集，听闻当地近日出现一只孽龙，四处兴风作浪、伤人毁物、坑害百姓，已成为莲花乡一大害。乡吏派乡勇壮丁前去追剿孽龙，均有去无回，生死未卜。不得已，乡吏又发下榜文，招募异士。花柳莲听闻，立志为民除害，剿灭孽龙，于是自动请缨，前去面见乡吏。乡吏见她一介女流之辈，又看似手无缚鸡之力，甚是轻慢。花柳莲心中不忿，决计一显身手，也好让其不敢小瞧自己。

当日，乡吏遍告莲花乡众百姓，在乡间广场摆下演武场。花柳莲以赤弓短箭十发十中，博得在场百姓的一致叫好。如此一来，那乡吏再不敢小瞧花柳莲，只得正式任命她追拿蛟龙。不料自此以后，那蛟龙却一直未现身。花柳莲无法，只好回转家中随时候命。终于有一天，乡吏派人传告花柳莲，言道在南山发现蛟龙的踪迹。花柳莲闻讯，当即披挂齐整，骑上黄牧马，急速赶往，正从东柳氏众人身旁掠过，随后在南山脚下箭射蛟龙双目，乘胜追击。

东柳氏见花柳莲虽然箭法了得，但终是凡人，蛟龙为害一方，使莲花乡百姓被迫背井离乡，不觉侠义之心顿起，遂道："青鸾、鸣凤，你俩跟上前去瞧瞧，如有必要，可助那花姑一臂之力。正好我们在此宿营修整。"

青鸾鸣凤一路跟随东柳氏，知他仁心侠义，阻挡亦无用，当下躬身道："是，先生！"双双追去。

先前那蛟龙化作的男子，双目被短箭射伤，强忍剧痛，双足在地上一点，整个人晃晃悠悠飞过丛林，越过大山，直奔山上人迹罕至的一个深涧坠落。底下有一座楼台连云的仙馆，名曰"金庭宫"，两扇高大金门之前一对石狮雄峙相守，见那男子入内，石狮转动，一齐朝那男子点头行礼。

花柳莲一路策马狂追，仰头看到那男子飞上一座陡峭的山巅，于是在山下将黄牧马绑在树桩上，径直攀爬上山，来到山巅，见悬崖峭壁之下的云雾和楼台，稍稍迟疑，当下手脚并用，徒手攀岩而下。青鸾鸣凤飞身追至，悬在半空，见涧下的楼台宫馆，遂对视一眼。青鸾道："师兄，没想到此处还有这样的地方，想是那蛟龙的藏身之所！"

鸣凤点头道："下去看看！"他二人飞身坠落，很快到得金庭宫外，远远只闻狮吼之声传来，循声望去，只见花柳莲手中一杆红绫枪，上下攒动，正自力斗两只雄狮。那两只雄狮非是凡物，腾挪起跳，甚是灵敏，张牙舞爪，行动迅捷。花柳莲毕竟是凡人，直累得气喘吁吁，兀自难以取胜。

青鸾鸣凤正要上前，却见金门之内，有人叫道："何人在外间喧哗？"声随人影，但见一位青衣长袍，腰系紫蟒带，眉目冷峻，步履沉稳的老者走出，屏退雄狮。两只雄狮停止扑袭，复蹲守在大门口，变作石狮。

那老者朝花柳莲打量一眼，看到她身上背负的赤弓短箭，眉头一挑，道："敢情我徒儿的双眼是为你这丫头所伤！"

花柳莲道："你是何人？快将那孽龙交出来！"

那老者道："我乃此间上神金庭宫主！你一介凡流，居然敢来进犯冲闯我仙宫，该当何罪？"

花柳莲毫不畏惧，柳眉倒竖道："你身为上神，竟包藏行凶为恶的孽龙！我一路追寻至此，为的就是将他擒了，带回交由地方惩处！亦不算冲闯贵地。"

金庭宫主不怒反笑道："你口口声声说他行凶为恶，怎样的为恶法，倒说来听听？"

花柳莲道："好，听我道来，此孽龙在莲花乡兴风作浪，先是毁物伤人，侵害乡民，逼迫他们背井离乡，而后又掀起洪涛巨浪，冲淹无辜乡民，制造无尽杀戮。乡间派出的民兵乡勇，为追拿于他，都为其所害，至今下落不明。如此祸害民众的孽龙，倘若不就地正法，怎么可以告慰那些落难死伤的乡民？"

金庭宫主道："你倒说得理直气壮，怎不问问那些莲花乡的恶民都干了些什么？我乃此地惩恶扬善的上神，最能明辨是非，秉公行事。实不相瞒，莲花乡民众之所以遭此劫难，实是因他们往昔的所作所为而起！日间那场洪水乃是本宫主所兴，如非我徒儿阻止，恐怕此刻那些乡民早被洪水淹死了。至于先前你们派出的那些勇士，是本宫主请来受训的，倘若他们能明辨是非，我自会放他们回去。"

花柳莲听得一头雾水，只管叫喝道："休要狡辩！如不交出孽龙，我花柳莲绝不会善罢甘休！"

金庭宫主道："懒得理你，本宫主要给我徒儿治眼伤了，速速退去！休要再搅扰！"说罢拂袖而入，花柳莲正要冲进，却见金门合上，人冲到门首，顿感金光灼人，忍不住连连后退。

远处的鸣凤看到此处，道："这里面果然有蹊跷！"

青鸾道："师兄，我们要不要过去帮忙？"

鸣凤摇头道："先看看再说！"

花柳莲站在金门之外，无法入内，正自焦急，忽闻一侧传来鼎沸的人声，立时屏住气息，循声往一侧山石沟壑中而去。她约莫走了十余步，来到一处玉石莹碧的洞穴前。洞外一只恶犬蹲守当地，见花柳莲走近，咆哮不止。

花柳莲启玉唇，咻咻几下呼哨，那恶犬顿时温顺起来，附耳贴在地上。花柳莲一笑，入洞而去。这洞穴外窄内宽，声音乃是自洞中传出。花柳莲进得洞内，只见青绿玉石、波光粼粼的清泉水涧的中央，正有二十余名人众闹哄哄地，对着石壁上刻的篆体小字默念不已。有的神情愉悦，有的眉头紧皱，有的拊掌拍足，有的来回踱步。花柳莲见他们着装打扮，显然是莲花乡的乡勇，心下大奇道："他们怎么在这里呢？"她不识字，亦不知道墙壁上刻的什么，不过既然寻得他们的下落，也好营救他们出去。

有人见花柳莲走进，忙道："快瞧，有人进来了！"众人闻言同时转身，对着花柳莲议论纷纷，一人猜度道："她莫非是派来救我们出去的？"其余人相顾点头，同时躬身道："女英雄，你是来救我们的吗？"

花柳莲道："你们可是乡间前几日派出寻找剿杀那只孽龙的乡勇吗？"

众人齐声道："正是，女英雄，快救我们出去！"

花柳莲诧异道："你们怎么会在此处？"

一人道："我们奉命寻找孽龙，不料孽龙没有寻到，却被一位上神刮了一阵风卷到此间，说我们不辨是非，只会愚忠听命，欲以心经教化我等。这墙壁上的字迹歪歪扭扭，我等识字者没有几个，怎么能看懂！倒是有先生每日前来，教我们识字，可我们哪里听得进去！"

又有一人道："是啊！我们是来捉拿孽龙的，学什么心经啊！出又出不去，洞口那只恶犬好生凶恶，求女英雄带我们出去！"

众人齐声道："带我们出去吧！"

花柳莲点头道："我正是乡长派来的花姑花柳莲，既如此，我这就带大家出去。出去后，一切听我吩咐！"

众人一齐点头，在花柳莲的带领下，排成一条纵队，来到洞穴口。那只恶犬听到声响，起身转头，对着出来的花柳莲及众人龇牙咧嘴，低声闷吼。花柳莲"咻咻"几声叫，说也奇怪，那恶犬随即俯身爬下。

花柳莲当年除了学习棍棒之外，还经常驯养家禽犬类，那恶犬一见花柳莲，便俯首帖耳，但一见其他人出洞，则又目露凶光。花柳莲守在恶犬之前，命众人依次出行。当先一人刚越过花柳莲，正要逃出洞去，那恶犬突然一声吼叫，腾身跃起。花柳莲急忙攒身上前，伸手一把抓住恶犬的两只前腿，叫道："大家快走！"恶犬疯狂扑腾，却被花柳莲牢牢摁住。众人鱼贯冲出，尽数逃出洞去。

花柳莲见机一撒手，退后数步。那恶犬四肢伏地，后足攒动，冲着花柳莲低声咆哮。花柳莲举起红绫枪，严阵以待。那恶犬腾身跃起，扑向花柳莲，眼睛里冒着红光。

花柳莲红绫枪一个攒刺，顿时将那恶犬洞穿，扎在山壁之上。花柳莲收了红绫枪，见恶犬倒毙在地，随后赶上众人，来到金门之前。

青鸾鸣凤见花柳莲带众人出洞，一脸惊诧，遂飞身立于一山石之上，在树木掩映之下，只见花柳莲众人在金门前站定。突然间金门打开，一男子倒提一柄梢鳞棒，冲出来叫道："你这丫头委实不分青红皂白，胆大妄为，前番射我双目，今又杀我师门咆地犬，不给你点厉害，还真不知道天高地厚！看棒！"手中梢鳞棒呼啸而出，劈头盖脸砸向花柳莲。

花柳莲红绫枪连忙横将迎上，对方的梢鳞棒劈到枪杆之上，顿时有千钧之力，排山倒海般压制过来。花柳莲只感虎口震裂，整个身子被劈飞，重重撞在一棵松树之上，松叶簌簌而落。对方力大无穷，花柳莲不敢直刺其锋，连出几记花枪，迎战那男子。

双方交手不到十余回合，花柳莲四下游走，虽身形灵巧，却占不到对方半点便宜，于是跳出圈外，叫道："你这孽龙，敢接我的短箭吗？"

那男子笑道："有何不敢！前番我不曾防备，着了你的道，这次要想伤我恐怕没那么容易！"

花柳莲道："这次你若输了，就随我回莲花乡，听候我们乡长发落，如何？"

那男子点头道："你若伤我不得，以后请不要再插手此事！人心的险恶岂是你一个不经世面的小姑娘可以知晓的？"

花柳莲道："废话少说！看箭！"手中弯弓搭箭，"唰唰"十连发短箭，自她指间连续发出。那男子不慌不忙，翻滚避让，九只短箭均被他灵巧避过，到了最后第十只箭，那男子一个翻身落地，又自轻易躲过。他正自得意，岂知第十只箭擦身而过，忽然又倒转回来，"噗"的一声响，短箭洞穿过那男子肩头，他一个趔趄，身子晃了一晃，不禁捂住肩膀，一脸惊诧。一旁的花柳莲亦是大出意料之外，愣怔怔地看着手中的弓箭，不明所以。

原来她最后一箭被那男子避过，却被高处的青鸾暗中施法，箭身调转头，趁其不备，伤到那男子。一旁的鸣凤正带阻拦，已然不及。

那男子肩膀被最后一支箭射中，不禁垂头丧气道："我刘刈子输了，愿凭发落！"这时，金门打开，金庭宫主走出，笑道："我看未必！"说着环顾高处，叫道："两位仙童既然莅临鄙宫，何不现身相见！"话音刚落，青鸾鸣凤同时飞身而下，落在众人面前。

鸣凤躬身道："东华帝君座下守宫童子见过宫主！我二人奉王父之命，护送我家先生前往东海桃源洲，寻访真道乐土，途经此地，见这位花姑追拿蛟龙，故跟随前来。这是我师妹青鸾，方才多有冒犯！"

金庭宫主道："原来是王公座下童子，幸会幸会！青鸾童子方才暗中相助，想必也是认定我徒儿乃为孽龙，为祸一方了。"

青鸾正要回答，鸣凤却先开口道："不然，不然！今日洪水袭来，如非蛟龙翻江倒海之力，阻住洪水，恐怕那些人早已葬身洪流之中了。想必个中另有隐情。"

金庭宫主道："仙童果然见识非凡，目光如炬。这其中之原委，还需一一道明，好让大家知晓。徒儿，你将你的遭遇讲给众人听！"

刘刈子道："是，师父！"

这刘刈子原本乃莲花乡一贫苦之士，由于此地穷山恶水，自来多出刁民，独他出污泥而不染，宅心仁厚，虽贫困不堪，但常省吃俭用，吃穿用度多有节点出来的，也都拿给邻人乡里。因此，受到上神金庭宫主的垂顾。金庭宫主居于莲花乡西面的金庭仙境之山，闻得刘刈子秉性高洁，赐他一株龙珠草。刘刈子得之颇为欢喜，栽种于院落，日日松土施肥，眼见枝叶繁茂，于是修茸整剪，谁知越是修剪，龙珠草越是茂密。刘刈子大奇之下，更见沃土之下有白光闪耀，当即掘土从龙珠草的根须之下，摘得一颗白光闪闪的大珠，通体透彻，耀人眼目。

刘刈子得了大珠，把玩凝视良久，将其藏在米椟之内。该年庄稼欠收，他家的米椟已然见底。次日，刘刈子去拿大珠，打开盖子，却见米椟之中居然满是大米，他惊异之下，又将大珠放于钱箱之内，择日再看，竟又满是铜贝金银。他此刻方知金庭宫主赐给自己的乃是一颗宝珠，爱不释手。从此刘刈子的家一改往日的贫困，他欣喜之下，将家中的钱粮尽数散发给莲花乡的乡亲们。刘刈子突然多出的钱粮，很快引起莲花乡族老耿长生的怀疑。他为了探查明白，派身边的一名小厮偷偷潜入刘刈子家院子的柴草垛，蛰伏窥视，终于让他知晓刘刈子家中藏着的宝珠。

耿长生由此心生贪念，合着全乡的壮丁，于当晚潜到刘刈子家中，放了一把火将刘刈子家后院房屋点燃。刘刈子夜半惊醒，前去救火。耿长生趁机带人潜入刘刈子内室，四处搜寻宝珠。刘刈子见火势凶猛，救无可救，遂反身打算叫人帮忙，却见房间内灯火幢幢之下，有人影闪动，忙回到卧室，看到耿长生几人正翻箱倒柜地乱搜一通，霎时明白其用心，当即抢到水缸之下，取出宝珠便要离开，却早已被埋伏在外的壮汉围住。

耿长生冲出屋子，冷笑道："刘刈子，快将宝珠交出来，否则老夫今晚便要了你的命！"

刘刈子见自己孤身一人，被平日和颜悦色受自己周济的乡亲们挑着火把、一脸凶相地围在中间，心知逃也无用，一仰脖子将宝珠吞进嘴里。耿长生大急，命人一齐冲上，将刘刈子倒提起来，企图将他嘴中的宝珠抖落出来。却见刘刈子翻转身，哈哈大笑，道："宝珠已被我吞进肚中，看你们如何取得！"

耿长生忙令人拿过短刀，将刘刈子摁在墙头，叫道："给我开膛破肚，一定要将宝珠拿出来！"执刀之人毫不含糊，立即上前便要动手，却见刘刈子突然满脸通红，神情乖张，双臂一发力，将摁持他的两壮汉甩将出去，重重摔在院墙之外。

刘刈子双目喷火，发疯似的叫嚷道："渴死我了，渴死我了！"说着横冲直撞，径直脱开人群，进入房内，双臂竟举起巨大的水缸，一边大口喝水，一边冲出。众人见他如此凶猛，大骇之下纷纷后退。

耿长生叫道："给我一起上！"众人壮壮胆，一齐涌上，却被刘刈子呼喝之间，击出院外。他口渴难耐，一直冲出家门，身子忽然飞将起来，一蹦一跳地在空中旋转翻腾，很快来到莲花乡外的一条小河边，大口张开，水流一股脑引入他口中。刘刈子将整条河河水吸干，人顿时腾空翻转，慢慢变成一只蛟龙，麟角灿灿，双目电闪。耿长生带领全乡老幼，携带棍棒锄刀一窝蜂涌出，看见头顶的蛟龙，俱皆惊骇。

那蛟龙一转身，龙嘴张开，顿时乌云四合，雷鸣闪电，一道巨大的水柱漫卷而下，将耿长生及整个莲花乡全部淹在水中，房屋倒塌，一片狼藉。其后耿长生不得已只好带领众人背井离乡，逃往他处避祸。

刘刈子接着道："后来我被师父带回宫中，并行叩拜之礼。师父言道，莲花乡乡民心术不正，需降灾惩处，以儆效尤。我亦心中不忿，怎么也想不明白，平日我对待乡亲如同自己的亲人，为何为了一颗宝珠，他们便心性大变，丧尽天良，置我于死地。于是，我不间断地变化蛟龙，惩治他们。后来乡吏派人出来追拿于我，被师父刮了一阵风，卷到此间的悔过崖玉洞，以心经感化。可惜这些人愚顽不化，难以深谙师父的良苦用心！"

金庭宫主接着道："这莲花乡的民众既然如此顽劣，我便降下滔滔洪水，决计将他们和整个莲花乡漫淹，谁知徒儿顾念乡亲之情，又将洪水阻断，救了那些人，却不幸为这位花姑娘所袭，射伤他双目，是我用五彩囊承柏叶上的露水，治好了徒儿的双目。如此，这事情的前前后后便是这样，是非功过，自在人心！"

花柳莲听到此处，方知自己原来是受莲花乡众人的蒙蔽，错伤了好人，当即跪拜在地，道："花姑错怪刘壮士，这里请罪了！"

刘刈子见她如此，忙搀扶起，道："快快请起，不知者无罪！"

在场的乡勇见机亦同时跪倒，道："我等错怪刘壮士了，请放我们回去吧！"

刘刈子道："大家都起来吧！我们同属一乡之民，今后多行善事，天神自会保佑我等平安。"

金庭宫主叹道："一切因缘，皆因贪念而起，只有去除贪婪恶念，方能诸事和谐，安居乐业。你们都去吧！"一挥手，花柳莲连同众人同时飞起，如升云雾之中，不大工夫已降落在山下。青鸾鸣凤随后亦飞身而下。花柳莲看见忙迎上前，躬拜道："多谢两位仙童相助！适才听你们言道，乃是前往东海桃源洲寻访真道乐土，不知可否带上花某？"随后又是一声叹息，道："世人太过复杂，原本以为恶人的却是好人，而看起来是好人的，却是恶人，委实让人无法分辨明白！今日既有寻访真道乐土的高人，花某愿委身追随，离开这善恶难辨的是非之地，还请两位仙童成全。"

青鸾鸣凤互望一眼，鸣凤道："这个还需我们先生示下，我们可带你前去。"花柳莲称谢中随青鸾鸣凤来见东柳氏。东柳氏闻说，慨然应允。花柳莲大喜之下，当即将黄牧马舍于乡邻，追随而去。

第二十八行　二度桃源行

东柳氏率领众人，越往前行，水路越发多了起来，不几日为一辽阔的水湾所阻。但见湾口宽约十余里，浪涛汹涌，遥遥通向东方的天际，一眼望不到边。东柳氏从怀中取出《桃源入行图》，仔细探查，指着图上的一地，叫道："看，这里乃是余杭的海岸口，我们终于到了东海之畔！沿着这里一路往东航行，便是东海所在，距离我们抵达桃源洲也就不远啦！"他这么一说，众人均露出兴奋喜悦的神色，一齐奔到岸口，眺望远海，啧啧连声。

东柳氏大为欢喜，对身后青鸾鸣凤道："童儿，分头沿河岸瞧瞧，看看有无渡行的船只。"

青鸾点头分往两边眺望。鸣凤走出一步，回头道："先生，我看这海岸雾气弥漫，想找船只，恐怕不太容易！还是找当地人打听一下，看看能否打造些船只。"

东柳氏摇头道："造船难度极大，还是去沿岸寻找现成的为好。去吧！你们脚程快，往远处看看！快去快回！"

青鸾鸣凤见东柳氏身旁有西河少女、李义众人守护，叫道："大家照看点先生，我和师兄去去就回！"西河少女、李义等人垂首点头，见青鸾鸣凤飞身而走，目光又转回到海面之上。众人大多数都是首次见到大海，不禁一脸惊奇和喜悦。

东柳氏回身往回走，朝来路巡视，思索渡海之法。不知何时，岸边陆地外，渐渐飘过来一团白雾，雾里影影绰绰似有人影晃动。东柳氏神色一喜，踏步上前，走出十余步，却见人影突然消失，眼前已伸手不见五指，随后一声如雷鸣般的鼾声响彻海岸。

海边，西河少女、李义众人闻声一齐回头，却发现东柳氏已消失在白雾里。

西河少女大叫道："先生！"飞步和李义众人一起跟出，尽皆进入白茫茫的一片浓雾之中。

彼时，青鸾鸣凤飞在空中，分往下方远眺，不但未见海岸有任何船只，就是连当地之人也未见到一个。两人立即反身飞回，在空中碰头，相顾摇头。转眼之间，猛见下方蒸腾的白雾边缘，正有一个高约百丈，身形魁梧的巨人，此刻手中正拽着一面巨大的渔网。只见他两颗巨大的眼瞳紧盯脚下的白雾，数丈长的双臂猛地拉扯，顿时将陷入白雾之中的东柳氏众人，捕进硕大无朋的渔网之中，随即两只巨掌迅速合拢，拧紧手中的渔网，一使力提将起来，往右肩上一背，转身撒腿就逃。

青鸾鸣凤看得真切，负在那巨人后背网中的，正是东柳氏以及随来的众人。两人惊骇无比，同时叫道："先生！"急忙飞身去追。

那巨人巨足宽大，奔跑之下，快如闪电，一瞬间已奔出数十里远。青鸾鸣凤施展浑身解数，逐飙飞轮车和千羽衣极速发力，始终离那巨人有百丈之遥。

那巨人背负大网，发足狂奔，一路跃过山川大泽，荒原平地，也不知过了多久，他开始有些气喘吁吁，力不可支。鸣凤仗着有逐飙飞轮车相助，倒还不觉得什么，但青鸾的千羽衣极速振动，开始有些跟不上，满头大汗。鸣凤察觉，一回手拉住青鸾的手，叫道："鸾妹，快追！千万别让这巨人逃了！"

两人并肩去追，前面那巨人明显速度放缓，豆大的汗珠如雨点般往后溅落。鸣凤携青鸾全身被前方那巨人的汗水打湿，狼狈至极！在追到一条大河的河岸时，那巨人猛地起跳，从河上凌空跨过，落地后没跑多久，终于被鸣凤和青鸾截住。

与此同时，那巨人背负的大网之内，隔着缝隙和缺口，正有西河少女夹持最先救出的东柳氏，逃将出来，飞身落地。随后徐守真逃出大网，手上施法，背后的诛神剑、伏妖剑、斩鬼剑一齐飞出，绕到那巨人面前，就是一通乱扎乱刺。那巨人嗷嗷大叫中，一只巨掌拍打攒刺而来的飞剑。尤凭亦逃出，一道符令飞出，径直贴上那巨人的耳垂，红光闪烁之间，突然火起，顿时将巨人的耳垂灼烧得焦黑一片。

那巨人吃痛，飞身落地。

鸣凤大叫："哪里来的妖神，快放了他们！"

那巨人气喘吁吁，在一处沙地停住，大汗淋漓，道："哎哟妈呀，可痛死我了！"一把将巨大的渔网从背上拿下，朝青鸾鸣凤道，"不跑了，他们都还给你们！"打开网口，倒提巨网将众人抖落下去，众人纷纷如七零八落的肉团般掉落在地。那巨人跟着一收网，叫道，"不玩了，回去复命！走也！"一闪之间，人已奔出数十里开外，不见踪影。

青鸾鸣凤顾不得那巨人，忙一起飞下，迎上被西河少女救出的东柳氏。

只见众人晕晕乎乎，站立不稳，先后有张垩子、王乔、花柳莲等人奔至，再后面是李义众人走来。青鸾鸣凤大喜道："先生，你没事吧？"

东柳氏摇摇头，看看众人，再环顾四周，惊诧万分道："我们这是到了哪里？这是怎么回事？"

鸣凤道："大家是被一个巨人用大网捕了去，我和青鸾一路追来，也不知飞了多久，才赶上那巨人，将大家伙拦下。也不知此地是何地！"

青鸾道："是啊！先生，那巨人奔跑之速，实是世所罕见，也不知道是什么来头，为何要引我们到此？"

东柳氏四下快步走动，急道："我们不是已经到了东海岸了吗？现下怎么又回来了呢？快去四周看看，问问路人这里是哪里？"

鸣凤道："鸾妹，你照看先生，我去找人打听打听。"说罢驾起逐飙飞轮车急速飞出，片刻工夫，便飞到有人烟的地方，一打听，才知此刻已身在黄河之北十里外的地方，于是飞身返还，告知东柳氏众人。

东柳氏闻言首先委顿在地，一脸惊慌，颤声道："什么，黄河之北？这，这……"他心情激荡之下，不禁再度站起，快步踱来踱去，连声道，"不可能，我们一路艰辛走了这么多时日，眼看已经到了东海岸边，竟……竟然又回到了黄河岸？天啊！这……这叫我如何是好！"

众人闻言惊诧之余，亦是群情汹涌，你一言，我一语，议论纷纷。

东柳氏垂头丧气，再次坐倒在地，朝东南方向呆呆凝视着，一言不发。青鸾鸣凤对视一眼，也是一脸哀伤。其余人众纷纷躺坐在地上，面若死灰。

烟岚笼罩之下，显现一群苍凉的身影。

夜半时分，东柳氏躺在席子上，一言不发。

黑暗中燃起篝火，有人影走动忙碌着，步履迟缓。西河少女从一旁端过一碗清汤，到了东柳氏身旁。她一同随东柳氏东行以来，每每青鸾、鸣凤不在的时候，都是西河少女主动照顾东柳氏的起居。青鸾和鸣凤守在一边，见西河少女走来，心中一动，笑道："仙姑，你劝导劝导先生啦！"当即含笑着一拉鸣凤，远远走开。鸣凤诧异道："鸾妹，你拉我做什么？"

青鸾笑道："师兄，你难道看不出仙姑对先生的情意吗？"

鸣凤大奇道："你说仙姑喜欢先生？"

青鸾忙"嘘"了一声，道："小点声！你还记得之前在幽明界，仙姑死了儿子，心灰意冷，决定要回去，无论我们怎么规劝，都无法挽留她，是先生，不惜跪下求她，这才将仙姑留下。后来，我们一路东行，每次我俩冲锋在前之时，仙姑总会主动上前照顾先生，这难道还看不出吗？"

鸣凤双目圆睁道："可是，仙姑已经有了儿子，怎么可以……"

青鸾笑着凑近道："我告诉你一个秘密，白头公并不是她的亲生儿子，而是义子。仙姑虽然已有百岁，不过一直没有成过婚，何况现在还是少女之身，和先生也是岁数相当，听仙姑给我说起过，先生曾服了返老回颜的仙药，年轻而不显老，岂不是绝配？普天之下，再也找不到这么合适的了。"

鸣凤摇头道："先生有重任在身，不会顾念儿女情长的。"

青鸾嗔道："就你们男人深明大义，我们女儿家就儿女情长了？你有没有想过，我们到了桃源洲，完成王父交给我们的使命，之后要怎么安排吗？"

鸣凤道："鸾妹，我们从小到大，自从井仙公、师父、王父一路开始，一直就是一对童子，好不容易有升为上仙的机缘，就要加倍努力和珍惜。至于之后的事，我没想过！"

青鸾道："等成了上仙，我们便有了自由之身，就可以快快乐乐在一起。师兄，你说是吗？"鸣凤见她语音转柔，一脸柔情蜜意地看着自己，想起这么多年来跟她的点点滴滴，不觉心头一暖，轻轻点头。

另一边，西河少女将清汤捧到东柳氏面前，道："别想太多了，先喝点汤！"

东柳氏哀叹一声，背转身坐起，凝望天边的一抹晚霞，沉默不语。

西河少女放下碗，和他并肩坐下，道："怎么，被打回原地，就开始一蹶不振了吗？这可不是我眼里的，一路带大家与天斗与地斗东行桃源洲的圣公！"

东柳氏不言，只是凝视着远处的天际。

西河少女道："平心而论，一开始我多少有些瞧不上你，一遇事就畏首畏尾，并且还有些任性和不识大体，只是仰仗金母娘娘的指引和王公的垂青，机缘巧合，做了东行桃源洲的领头人而已。直到后来，你虔诚叩拜木龙王，忍辱负重，只为能使随来的人顺利过得瓠子河，在幽明界你不顾自己安危，顾念大局，坚持让大家全部通过，舍生忘我，以及后来你的礼贤下士大张招贤榜，救苦扶难，除魔卫道等，开始让我对你有了新的认知。"

东柳氏转头怔怔地看向西河少女，只见西河少女接着道："说真的，在我义子白头公横死之后，我瞬间万念俱灰，什么东行桃源洲，什么被封作上仙，这些对我来讲，都显得微不足道了。我自从服了仙药，身体容貌停留在妙龄芳华的年纪，一直这样了一百年，就从来没有一天享受过人间欢乐，也一直找寻不到可以相伴百年，而又年纪相仿、真心喜欢的人。在茫茫人世之中，感觉自己就像一个异类，没有亲人，没有朋友，没有欢乐，也没有悲伤，一切身而为人的天伦之乐，好像从来就没有眷顾到我。直到收养了白头公，才使我有了一丝慰藉，从此便将所有的精力，所有的对于亲人的爱，全部投注在他身上，所以我就想让他也服了仙药，永生不死，这样就可以陪伴在我身边了。然而在我遇到你，同你一起东行桃源洲，期望在异域他地成就上仙，与儿子同享欢乐盛世之时，他却在幽明界横死，彻底打破了我所有美好的希望。我本来是真的想离开的，世人都向往长生不老、容颜永驻，可是当有一天真正实现这个愿望了，反又觉得异常痛苦和悲哀！甚至我曾想过，与其在这世上不开心、不快乐却得以永生，还不如趁早找个没人的地方死了算了，一了百了。"

西河少女转头看向东柳氏，道："直到我对你转变看法，在你极力挽留的时候，我的心又一下子似乎有了些温暖和希望。当在这世上走了一百年，回头才发现，原来一直守护着的人，才是我所喜欢的、有动力活下去的人！你我年龄相当，际遇又何其的相似，在这世上再也没有人能和我有这样的机缘了，你说是吗？你现在应该知道我为什么要留下来了吧？"

东柳氏闻言，连连摇头，道："不，我现下有东行桃源洲的重任在身，老了这么多年，怎么可以谈及儿女之情呢？"说罢站起身来，西河少女忙从一边拿过拐杖，递给他，道："你放心，去桃源洲的路上我会一如既往地陪着你，保护你，相信到了那里以后，我们会有很好的机缘生活在一起，生儿育女，相伴永生，从此在这世间就终于可以有一个最亲的人了。"

东柳氏不答，一脸愁苦地望着东方的天际。

西河少女道："哪怕你不想去东行了，我也陪着你，我们可以一起回到西河，找一个没有战乱没有人烟的地方，盖一间茅屋，你砍柴，我做饭，相依相伴，永生百年千年，岂不是生而为人的最大乐事吗？"

东柳氏忙道："仙姑，你不要说了。让我放弃东行，是断然不会的！我很感激你对我的深情厚意，也很感谢你留下来陪着我，陪着大家，一路施展法力，扫平一切障碍，倘能……倘能顺利抵达桃源洲，我一定，一定不负……不负众望，可是此刻，我只一心东行，至于其他的想都没想过！你回去休息吧，让我独自待一会儿！"

西河少女还待言语，却见胡中走近，朝东柳氏深深一躬，道："圣公，我……我是来辞行的。"

东柳氏惊疑道："辞行？"

胡中点头道："是的，我准备离开了。自从当日同你一起前往桃源洲，原本的目的是能获得长生不老的仙药，哪怕是仙药的制作之法，然而一路随行下来，除了为大家诊治一些疾病以外，这仙药从来就没有获得！白白辛劳了一路，今番再度回转，前往桃源洲也是遥遥无期，仙药无处可取，故此辞行！"

东柳氏忙道："之前的仙药是仙姑的师父所赐，我并无传授之法！胡郎中一路同行，为随来的乡亲百姓诊治疾病，功不可没，他日抵达桃源洲，一定向王公奏请，得仙药以谢你的功绩。"

胡中一笑道："到那时不知猴年马月了！恐怕未到桃源洲，路上再次遭遇大难，便小命不保，仙药更无从谈起，胡某还是告辞回去了。"

西河少女在旁忍不住道："胡中，当初是你死乞白赖，求先生带上你的，如今却出尔反尔，半途而废，岂非小人的行径？怪道当日在先师洞外，你属四不舍之列，原来是心思不正，图的仙药来着！"

胡中皮笑肉不笑，道："随你怎么说，我胡某只求仙药仙方，不能白白付出而不图回报！"

西河少女大怒，正要训斥，却被东柳氏拦住道："胡郎中，你既有私心，也属人之常情，一路亏你为大家诊治，方能使众人祛病除疾，安然到此，但仙药难求，也不能让你白跟我一场。"说着从身上取出之前甫山翁赐予的九曲明珠，递给胡中，接着道："这串九曲明珠你收着，虽不是仙药，但同仙药有异曲同工之妙。还恳求你能留下来，继续为大家诊治疾病。"

西河少女急道："先生，九曲明珠不能轻易许人，它关乎你的寿体和命数，是维持仙药功效的良方宝物！"

东柳氏笑笑道："我之寿体和命数皆为天定，早生早死由他去。只要大家能平安抵达桃源洲，区区一串珠子又何足道！"说罢毅然决然将九曲明珠递给胡中。胡中迟疑中，羞赧地接过，躬身道："多谢圣公！"说罢自去。

西河少女气愤之下，亦是无可奈何，当地一顿足，愤愤离开。东柳氏为留住胡中，将随身保护寿体的九曲明珠转赠对方，此前虽因服食甫山翁的仙药，精力兀自充沛，但之后形貌却开始显现老态，沧桑更甚！

胡中前脚刚走，随后又有一群人，神情迟疑地一起上前，齐声道："圣公！"

东柳氏回头道："各位乡亲有什么事吗？"

几人互看一眼，有人开口道："圣公，我们好不容易到了东海，眼看桃源洲胜利在望，谁知，转眼之间又被带回到原点，这一路上遭了那么多罪，受了那么多苦，竟白白走了一遭，所以，我们商量着，想要回家了，桃源洲看来我们是无缘亲至了，所以特地前来请辞的！"

东柳氏惊愕道："什么，你们也要回去？"

几人一齐点头。又有一人道："圣公，我们可以看出，这次重回原点，对大家打击都很大，你不也是很消沉吗？此番再二度东行，还不知道有多少灾难在等着我们，未准还没到桃源洲，小命就先不保了！"

东柳氏忙道："乡亲们，请你们放心，我东柳氏此行再度出发，一定保证大家的周全，早日到达桃源洲，便可以永远过着无忧无虑、丰衣足食的日子。你们想过没有，虽然我们此行异常艰危险恶，但路上好歹有吃有喝，又有这么多奇人异士护卫大家，不会再有什么事。假如你们此刻回去，先不说有没有吃喝，就是当世的那些恶官霸吏会给你们好日子过？乱世兵危，战乱不断，在这样的世道里，你们还能平安幸福地度过余生吗？"

所来之人一齐沉默不语。

东柳氏道："你们都回去早点休息，有我东柳氏在，一定会再次带领大家，早到桃源洲的。"经东柳氏的一番言语开导，想半途而废、折身返回的人，终究留下，化解了一场危机。

青鸾见西河少女走来，远远看看东柳氏，又再看看西河少女，不禁莞尔一笑。西河少女显得异常平静，方才跟东柳氏的谈话就像没有发生过，但青鸾从她的眼里还是看出一丝希望来，只见西河少女说道："两位童子，不知日间那巨人是什么来头？我等在白雾之中，目难视物，突然间便被一面大网罩在其中，纵是有些手段，也是无法施展！不明不白的，就都给带到这里来了。"

鸣凤道："那巨人奇大无比，手段高强，我们又毫无提防，以至……被引到这里，此人来头定然不小。"

青鸾道："如今看来，那巨人有可能是……"她说到此处，鸣凤和西河少女同时叫道："天帝？！"

青鸾点头道："不然又会是谁？还有谁会处处设法阻拦我等东行桃源洲呢？"

三人所猜不错，这巨人正是天帝所派。当日最后一战是在石侯府，天帝使者献策，以石玉燕为诱饵，妄图诱使鸣凤身陷情网，从而留下来与石玉燕结百年之好，削弱东柳氏身边的有生力量，进一步逐个蚕食，瓦解东王公的桃源之行，不料最终功败垂成。天帝一时间无计可施，于是跟帝使商议后，不再贸然兴兵，而是改变策略，从长计议，决定在最后关头，将东柳氏一行人阻挡在东海之畔。

在此期间，东柳氏一路相安无事，并无天帝派遣神将前来拦阻。直到有一次，帝使奉天帝之命出访三山五岳，笼络九天四方的各路神仙，途经北海，见神人竖亥正以渔网在海中捕鱼，见其身形高巨，健硕有力，突然心中一动，巧言令色，将竖亥带回中天面见天帝，并将紧盯东柳氏一行人行进动向的值守功曹叫来，一询问才知东柳氏已然到了东海之畔，忙奏明天帝。天帝遂命竖亥前往东海岸，暗布天罗地网，以白雾遮掩，将东柳氏众人引入网中。竖亥一路背逃，直到被青鸾鸣凤赶上，才弃了众人，返回复命。

这竖亥乃上古之正神，身形巨大，健步如飞。昔日，自北极飞步至南极，足二亿三万三千五百里七十五步。虞舜后期，常奉伯禹之命，丈量神州大地，国土疆场，神异无匹。今特奉天帝之命，将东柳氏众人自东海畔，掳回黄河北岸。从此，东柳氏众人不得不二度东行桃源洲。

第二十九行　仇儺黄沙洞

东柳氏众人在当地消沉停留多日后，开始重整旗鼓，列队东去。不几日来到一座秃山之下，沿崎岖的山道蜿蜒行去，渐闻"呜呜"声响，如鬼哭狼嚎，夹杂着尖锐的呼啸之声。西北风漫卷而来，黄沙阵阵，遮天蔽日。

东柳氏众人不辨方向，艰难行进。鸣凤在风沙咆哮中，大声道："先生，咱们找地方躲避一下。这沙尘来得甚是怪异，可需格外当心！"

东柳氏道："此处空旷开阔，毫无遮挡，吩咐大家分成两队，前后照应，互相拉拽着，等冲过风头再作打算。"

众人在鸣凤的指令之下，依言结成两条长长的人墙，在东柳氏带头下，向前冲刺。岂料越是往前，风沙越大，沙粒吹打在身上和脸上，火辣辣地生疼。

突然之间，就见一个以蜿蜒飞旋的沙粒结成龙形之状的怪物，怒吼着咆哮而来。风沙劲疾，整个人墙再也禁不住狂沙的袭卷，登时一连串离地而起。前方鸣凤、青鸾一边拉紧东柳氏，一边回身各拉拽一队人众。鸣凤拖拽身后的李义、河上公、费无长、凤陵长、胡中、柳僮、佟伯雄、余迁、范瑾一众人等；青鸾拉拽西河少女、许灵凤、花柳莲、瑶兮公主、汪昭陵、卢起、蒋辛以及徐守真、尤凭、秦飞连、张堃子、陈抟、王乔等人，在狂风怒吼中拼命力撑。拉拽李义的河上公终于坚持不住，一脱手，后列整个人墙顿时被卷飞上半空。与此同时，另一队许灵凤亦拉扯不住，连同后面的人一齐飞向空中。

两条长串队列，在半空盘旋打转，宛如断了线的纸鸢，散作一团，尽数飘向高空。徐守真、尤凭、张堃子、王乔等术士异能者，分别从风团中飞跃而出。其他人在大喊大叫、四肢乱舞中，飞离风沙肆虐的沙地，轻飘飘飞上云端。当飞过风沙卷袭的极限高度之时，众人顿时身形疾坠，同时朝大地俯冲。眼看这一摔落下去，众人势必粉身碎骨，就见风沙盘旋飞卷之中，鸣凤、青鸾夹带东柳氏、李义和西河少女同时飞出。青鸾看到众人直直摔下，急忙从腰间掏出五彩蚕丝网，叫道："大！"就见丝网蓦然变得硕大无比，平铺开去，约有数十丈见方，从底下将众人悉数接在网中。

青鸾飞在空中，正欲接过丝网，救大家下去，突见一股巨大的旋风沙柱从下界飞腾而上，一溜烟将众人连同五彩蚕丝网卷走，朝下方山头而去。

青鸾大叫："不好！"同鸣凤、东柳氏、李义、西河少女一齐从半空坠下，落在一座山头上。但见对面山巅之上，一个头长龙角，面色青黄的巨人，手中提着蚕丝网里兜装的众人，哈哈大笑。丝网之中，众人没命地挣扎，始终无法逃脱蚕丝网。

东柳氏大急道："快去救大家伙。"

鸣凤领命，脚踏逐飘飞轮车，起身飞到半空，手执分光血刃剑道："你是何方神圣？"

那巨人大笑道："我乃元帅吕麟，奉命前来缉拿尔等，前往中天服罪！"

鸣凤道："原来是天帝那老小子，之前屡次派那些毛神毛帅前来阻挡我等！哪次成功过！奉劝你快快将他们放了！"

吕麟冷笑一声，将兜装在丝网中的众人提起，含笑打量道："本帅最近少食荤腥，今日正好拿他们开胃！等将你四人尽数拿了，交与天帝，再来享用！"

鸣凤大叫道："你这个吃人的妖怪。"掣起分光血刃剑，冲上前去。

吕麟巨大的一只手掌抬起，掌心乌云凝聚，横向挥出，叫道："着！"就见一道闪电击打而来，"噼啪"一声巨响，登时将鸣凤击落，连人带车坠下云头。青鸾在底下看得仔细，大叫道："师兄！"飞身上去，将鸣凤接在怀中，放落在地。只见鸣凤脸面乌黑，头发燎焦，气喘不已。

青鸾急叫："师兄，你怎么了？"

鸣凤脸色惨白道："这……妖怪好生厉害！我猝不及防，也没能念避雷诀，为他的雷电所伤！浑身如燥火烤燎一般，难受至极！"

那巨神吕麟大笑着，拎着丝网里的众人，正要离开，猛见一条巨大的蒲鞭从后挥舞而来，周身登时被紧紧缠住，却是西河少女从下飞身赶来，以弱柳鞭营救。

吕麟一愣，一鼓气，身体再度变大，意欲将身上的蒲鞭绷断。不料西河少女的弱柳鞭亦随之变粗。

吕麟大感意外，一把将身上的蒲鞭扯落，一扬手，西河少女连人带鞭被甩出数里之外。徐守真、尤凭等人飞身赶到，正待出手，巨神吕麟拎着丝网中的众人，裹挟着一团黄沙旋风，早已遁去，身形没入一座高岭之间。

东柳氏一脸焦躁，上前急问："仙姑，众乡亲怎样了？"

西河少女叹气道："都被那妖神掳走了。"

东柳氏"啊"地惊叫一声，一跤坐倒在地，神色低落，陷入巨大的恐慌和忧虑之中。

西河少女近前看了鸣凤一眼，道："仙童没事吧！"

鸣凤勉强坐起摇头。

西河少女道："那妖神好生厉害！我的弱柳鞭也奈何不了他！"

鸣凤哀叹道："是啊！我现在也身受重伤，需要炼气调理。此番东行以来，是我们损失最严重的一次，没想到会碰到这样一个硬茬！天帝那老小子手下还是有精兵强将的。"

西河少女道："不知道这吕元帅吕麟究竟是什么来头！"

鸣凤道："以我们三人目前的法力，恐怕要想救回众乡亲不太容易！为今之计，只有探查清楚这妖神的来历，再定对策！"

东柳氏垂首点头道："青鸾，你速去前往寻找那妖神落脚之地！暗中摸清他的底细，切记不要败露行迹，探查清楚，回来再从长计议！可惜鸣凤身受雷击之伤，不能陪你一起前去。"

青鸾躬身道："是，先生！"随即宽慰道，"先生，切勿担心，我现在就去打探那妖怪的下落，好设法及早救出大家。"

东柳氏颔首道："青鸾，务必小心！"

青鸾点头，身上千羽衣轻轻一振，飞身而去。

鸣凤对西河少女道："仙姑，我要闭气疗伤，烦劳你和大家留在此处保护先生。"

西河少女微笑点头，目视青鸾所去的方向。

青鸾飞身到了吕麟隐去的山头，为防行迹显露，一攒身，变成蜜蜂大小，在山中飞翔巡查，最终在一处黄雾飞腾中的山岭之下，发现一洞府，有两名妖兵把守，洞口上方镌刻有"黄沙洞"三个大字。

青鸾千羽衣振动，贴着洞底飞身而入。

黄沙洞洞穴之内，幽深而曲折。昏暗的小径一路蜿蜒，直通洞内，深入数十丈开外的一处宽敞的洞穴。青鸾悄然落地，但见火把耀目，洞壁怪石嶙峋之间，巨大的五彩蚕丝网紧紧绑缚着被掳回的众百姓。人人死气沉沉，垂首低额，神情空洞。有左右挣扎者，均被丝网缠绕，脱身不得。

在洞穴正北方的大壑之上，一座雕龙刻凤的巨榻上，吕麟正得意扬扬，环视被抓回的众人。

底下十二小妖喜滋滋地扫视打量，一妖道："元帅，我说咱们早点将黄风岭外剩下的那几人拿了，给天帝交差。这些凡人百姓就赏给我们哥几个！"

另一妖道："对对对！这里面不乏颇有姿色的女眷，尽皆留给我们。咱们也来尝尝这人间男欢女爱的滋味！"

吕麟眉头一皱，道："先不要着急！等拿了他们再说！"他说完话，不觉环视洞府，叹道，"真难想象，此间洞府曾经是我父母的藏身之地。可恨那慈济老道，害我父母至斯，不报此仇，誓不为人！"说到此处，昔日的往事不觉历历在目，浮上心头。

这吕麟乃是东海苍龙精之子。数十年前其母沈氏（名碧云，小名月娘）于黄风岭郁郁葱葱的翠竹林下，正自砍柴，忽闻天空吟啸悲嘶之声远远传来，震彻山谷。

沈碧云打眼巡视，就见一个庞然大物自上空急速俯冲坠落，隔着密密匝匝的树林，看不甚清。随即听得大地一声震颤，一切归于平静。她心下好奇，拿柴刀循声而去，在一处低谷的田埂之上，发现一个年轻俊秀的公子，正匍匐在地，低声喘息。

沈碧云看到这公子一张俊美的脸庞，心下不觉生出爱慕之情，近前细看。

那公子奋力挣扎道："姑娘……救我！我被恶人追杀，还请相救！"说着一边爬起，一边不断朝后空回望，抬腿就走。

沈碧云见状忙搀扶那公子道："我知道附近有个山洞，咱们去那躲躲。"当下扶那公子来到山下一处隐秘的山洞，拨开杂草钻了进去。两人刚刚进洞，便有一个道人手执巨阙剑，飞身落到山头之上，双目炯炯有神，环视四周！

这道人乃西蜀青城山慈济道人，近日因有一条恶龙为祸人间，遂仗剑来寻，欲铲除此害。当日终于在黄风岭追摄前来，与之大战一百回合，那恶龙不敌，被慈济道人的巨阙剑砍杀，坠下云头。

慈济道人飞身而下，不见恶龙的下落，立即飞在高处查看，硬是没能发现其踪迹，于是站在山巅之上，气愤恼怒之下，大声叫道："出来，给我出来！"只见他双足抖动，踏在山巅之上，登时如天崩地裂一般。

洞内，沈碧云刚扶那公子倚在山壁之间，便觉得黑暗中山体震动、乱石飞坠，心中害怕，不觉将身子依偎进那公子怀里，满脸惊恐之色。

半响，震动之声渐息，一切归于平静。沈碧云直起身，在黑暗中呼喊道："公子，公子！"半天不闻动静，连忙拖拽那公子来到洞口，只见他双目紧闭，竟昏厥过去。

沈碧云当即将其背负在身，愣是颤颤巍巍地背他回到家宅。

沈家原乃此地之望族，以经营盐米谷物为生，后来因被间中富商逼迫，无路可走，而远走黄风岭人迹罕至之地躲避行藏。虽然从此清贫孤苦，但终是赋闲安逸，不被外人欺扰。但是日复一日，二老岁数渐长，家中无以为业，沈碧云遂挺身而出，成日砍柴去间市上变卖，换些生活日用，勉强过活。

沈碧云背负那公子至家，二老见状甚是诧异，父亲沈山道："这人是从哪里来的？"

沈碧云道："是我砍柴时救的。"

沈山道："这不明不白的怎么就带回宅中，还是小心为妙！"

沈妻庞氏却道："他既身上有伤，应赶紧进屋治疗才是！救人要紧。"

沈山还要说什么，沈碧云已将那公子背进闺中，悉心查看，见其左胸及臂膀间似有剑伤，当即在父母的帮衬下，不顾羞涩，帮其清理伤口并包扎好，守在屋外。

那公子醒转，自不免对沈碧云及其父母的救命之恩感激一番。在沈家歇养多日，那公子见沈家家徒四壁、度日艰难，于是当面告辞。沈碧云虽有不舍，但还是送出家门。本想着再无相见之日，孰料未过几日，那公子复回转，却带回几箱金银细软之物，自言报答救命之恩。

沈山夫妇见这公子相貌非凡，又能知恩图报，自觉膝下无有子嗣，遂有纳婿之意，并打问其身家来历。沈碧云更是娇羞万分，对这公子颇甚中意。那公子自言乃西山人氏，姓吕名望，以经营水族渔产为业，当日运送水货前往县市，途遇歹人，货物被抢，随来家丁亦被杀害，唯自己死里逃生，言语悲切。沈碧云及二老不觉感伤涕零，当即提出欲纳其为婿之请。那公子见沈碧云端庄秀丽、姿色动人，慨然应允。从此夫妻相亲，如此数年，沈碧云自感有孕，怀妊一年有余，产下一男胎，起名吕麟。这吕麟一生下来，但见额头饱满、浓眉大目，到了4岁时，头角峥嵘越发明显。家人虽感奇异，但一意认为此乃孩子之异象，必将大富大贵。

忽忽数年，自打孩子出生，家中开销与日俱增，四年下来，当初带来的金银已然花销殆尽，月娘便将家中缺少接济的境况告之吕望。吕望心有迟疑，还是慨然应允，自言金银日用不日即有。当天，吕望离家而去。月娘居家带孩子，苦等数日，并不见夫君回来，于是每日背着吕麟，在家门外的田垄守望。

终于有一日，吕望怀抱箱银归来，月娘正自欣喜，却见一名道人飞身而来，大叫道："孽龙，哪里走？"

原来，这吕望为给养家中，飞往间市乡镇变身恶龙，在空中双爪伸展，劫掠了许多金银箱箧之物，化作一阵风逃走，正被慈济道人撞见，悄然尾随，意图一举歼灭恶龙。

吕望见慈济追至，大吃一惊，叫道："月娘，快带麟儿走！"说着话，慈济已祭起巨阙剑，杀将过来。几个回合下来，吕望便显不敌。危急之中，只见他大吼一声，变作一条巨龙，迎空飞舞，龙躯盘缠，将慈济紧紧箍住。月娘在底下看得真切，顿时晕厥过去。吕麟遭受惊吓，趴在母亲身上哇哇大哭。

吕望在空中听闻，不觉悲伤愤怒至极，巨大的身躯强力收紧，将慈济勒得喘不过气。慈济奋力挣扎中，突然大喝一声，口中捻诀，腰身的巨阙剑飞起，剑头调转，只见他面红耳赤，奋力嘶喊道："着！"话音未落，巨阙剑急速扎下，刺中吕望的躯体。

吕望悲嘶一声，松开慈济，长啸中回望地上的妻儿，不觉龙睛泪落，慢慢转过头，盘绕而去。

慈济飞身落地，正待继续追拿吕望，却见吕麟趴在母亲身上放声号哭，叹息一声，上前抱起吕麟，看了一眼地上昏迷的月娘，道："孩子我带走了，不然等他长大，龙形既显，恐怕会再造大祸。"

这时，月娘的父母沈山、庞氏远远奔来。慈济抱着吕麟已然飞身而走，不知所踪。

慈济将吕麟带回青城山，自觉这孩子及父母同自己的仇雠渊源，稳妥之下，将吕麟托付道友南田山刘真人门下，代为抚养。吕麟在刘真人的教导之下，日渐长大，并且聪慧过人，刘真人不觉心下喜欢。弱冠之年，开始教其天雷令、喷风噀雾及变身异形之法。

学成当日，刘真人遣吕麟下山寻母，并将其身世一一告之，叮嘱他不要步其父之后尘，多做善事。吕麟归乡心切，再找回生身之家时，沈山庞氏夫妇已然去世。母亲月娘当日醒转，闻说儿子被一名道人抱走，不觉又是大哭一场，成天以泪洗面。吕麟回到家中，但见屋舍寥落，草木横生，竟不见月娘的身影。随后，吕麟在昔日父母初识躲避的山洞里，终于见到生母。母子相见自是不免抱头痛哭一番。

吕麟见到母亲，同回家中，从母亲口中闻知昔日的种种情由，日思夜想，其父吕望虽有祸害乡民之过，但慈济道人逼父隔母，致使一家离散，实是可恨，如不报此仇，实乃不孝，当即不顾母亲反对，遍寻慈济的下落。当日路遇十二小妖，并收其麾下，遂在黄风岭黄沙洞立杆而起，声名大振。某日，天帝派帝使出访三山五岳路过时，将吕麟招安，并许以中天吕元帅之职，委以重任，命其将东行之人尽数缉拿。吕麟利令智昏，将刘真人的叮嘱浑然抛之脑后，于黄风岭首挫鸣凤、西河少女等人，并掳掠了众人。

青鸾身形变小，未被众妖发现，听闻吕麟言说慈济之名，当即飞出洞府，稍一迟疑，即行恢复原样大小，千羽衣一抖，径直飞往青城山面见慈济道人。

慈济道人闻知大惊："什么？吕麟占山为妖、伤民害命？这个畜生！"当下慈济道人随青鸾来到黄风洞外。小妖急进洞内禀报。未几，吕麟带领十二小妖冲出。正是仇人见面，分外眼红。

慈济道人喝道："畜生！快将那些百姓放了，和我见刘真人请罪！"

吕麟叫道："无耻贼道，你逼我父，隔我母，令我们一家人不能团聚！我要为父报仇，拿命来！"手舞板斧，迎慈济而来。

慈济道人架起巨阙剑，这厢迎上。

这边青鸾挥舞日月宝莲钩，同十二小妖杀在一起。

双方各自为战，大战一百回合，不分胜负。

吕麟突然摇身一抖，施展变身异形之术，顿时长了数十丈高，横斧削向慈济道人。慈济道人蹦将起来，飞身躲过。板斧削到一座大山之上，整个山体顿时被拦腰削断，发出天崩地裂的声响。

远处，东柳氏、李义、西河少女、徐守真、尤凭、张垩子、王乔和鸣凤闻声大吃一惊，赫然可见远方山脉之间，吕麟巨大的身躯起伏晃动。此刻，鸣凤已然全身运气一周天，将身上的伤治疗了一番，不觉精神抖擞，站起身道："看！鸾妹似乎跟那妖怪战在一处了。我去帮忙！"

西河少女道："你身上的伤尚未全好，姑且在此照看圣公！我去看看！"

鸣凤道："那仙姑可要小心，切记不可恋战！"徐守真、尤凭、张垩子、王乔一齐道："我们也去！"

西河少女点头，众人几个起跳，来到黄沙洞外。

吕麟变身后，身躯庞大，力量排山倒海、摧天坼地。青鸾和慈济犹如蚍蜉撼树，上蹿下跳，半点奈何不了他。十二小妖守在外围，不断擂鼓助威，不时飞刺突袭。徐守真、尤凭、张垩子、王乔一齐对战十二小妖。

西河少女飞身甫至，弱柳鞭暴长三十丈，粗壮如椽，缠向吕麟巨长无比的脖子。

吕麟伸手抓住慢慢收紧的鞭头，面红耳赤，盛怒之下，抬起巨足，狠狠在山头踹了一脚，顿时天地震动、山头碎裂，无数巨石被震裂，一同离地而起，连同山石之上的西河少女、青鸾、慈济道人均不由自主地被震飞。

吕麟扯下脖子上的巨绳，硕大的双臂隔空挥舞，将青鸾、西河少女、慈济道人三人直击出数十里之外，伴随石裂翻飞之声"砰砰"落地。

青鸾道："道长，那妖怪着实厉害，我们该怎么办？"

慈济道人道："没想到刘真人将变身异形之术都教给他了。看来只能请刘真人来降服于他了。"

正在这时，忽闻半空声响，有人道："真君勿急，老道来矣！"正是刘真人。

慈济道人大喜："刘真人！"

青鸾、西河少女一齐参拜："拜见刘真人！"

刘真人点头道："随我前去！"

黄沙洞外，吕麟正自得意，刘真人已然到了跟前，悬在半空道："畜生，还不快现了原身，放了洞中之人！"

吕麟忙道："师父！"

刘真人道："你下山前我再三叮嘱你，不要妄动干戈，更不要伤民害命，你难道都当作耳边风了吗？"

吕麟道："师父，慈济逼我父隔我母，使得我们一家人无法团圆。我就是要替父雪耻！今我拜天帝之赐，得以吕元帅之职，行使中天之命，何错之有？"

刘真人道："东柳氏行使东行桃源洲之大任，乃是顺天应人、造福苍生之举。如今你为了一点点虚职和所谓的孝心，便要大开杀戒吗？快快住手，放了他们。"

吕麟冷笑道："放了他们可以，除非能打赢我！"

刘真人道："你学得法术皆为师所授，休得逞强！"说着话，从袖袍之中扔出一个九宫阴阳图的方印，兜头从吕麟头顶压下。

吕麟大叫中，顿时被方印压回原形，身形变小，一如平常。

这时，月娘从山下跑来道："道长，勿伤我儿性命！"

吕麟看见母亲，忙道："母亲救我！"

月娘径直上前，叩身下拜，道："求道长发发慈悲！"

慈济在旁也求情道："刘真人，就饶恕他吧！"

刘真人道："麟儿，你起来吧！你父吕望被救，如今在东海受海神禺虢的管束，并拜在为师门下。你可随东柳氏及你母亲一同前往东海，到时自可一家团聚，共享天伦之乐。"

吕麟、月娘母子闻言大喜，一起拜谢道："多谢刘真人！"

吕麟又对青鸾、西河少女稽首道："近日多有得罪！还请仙童、仙姑不要怪罪！"

众人大喜，当下刘真人和慈济道人飞身离去，青鸾救出众人，带母子二人前去叩见东柳氏和鸣凤。

东柳氏见不但救回大家，尚自多了两名随行之人，不禁喜出望外，互相认识一番，便重整队伍，再次出发。而十二小妖则一溜烟散去，前往中天上报天帝去了。

第三十行　计破三门阵

东柳氏众人离开黄风岭，沿路前行，不日又到黄河。黄河边，有两石岛横生矗立对峙，并分流成三条大峡，均水势湍急，暗流汹涌。

鸣凤道："先生，我们又来到黄河渡口了。"

东柳氏皱眉道："上次渡河，我请出《桃源入行图》，以其神异助大家渡过，可惜只能用一次，此次要再横渡黄河，却不知如何是好！此河口水势凶猛，口岸遥不可及，这次要想安然渡过，只有打造大船通行了。"

青鸾道："先生，即使有船只，带乡亲们一齐渡河也是不易！你看这水流，回旋打转、潜流翻涌，哪个船只能经得起如此大的涛浪？！"

东柳氏愁眉苦脸道："说的是！这可如何是好？"话音未了，就听有人哈哈大笑道："谁说舟船就过不得河去？"

三人循声望去，但见波涛翻涌之中，一个佝偻着身躯，留有两撇胡须作船夫打扮的老者，在浪涛中从容划舟，逆水而来。

东柳氏大喜，道："这，这不是有船可以通行吗？"

鸣凤和青鸾却感诧异，一起望向那船夫，对视一眼，一同露出戒备之色。

青鸾笑道："老人家，似你这点小船渡河，如一苇过江，行不得长久的。"

那船夫手把船桨，止舟于河中央，竟不被水流冲袭，稳稳浮在水上，笑道："即使我这一苇小舟，能渡得河岸，恐怕也不敢渡你们过河！"

鸣凤冷冷道："这是为何？"

船夫哈哈大笑，道："因为这里就是你们的葬身之地！"那船夫说着话，突然凌空而起，脚下的小舟蓦然化作一片苇叶，瞬间沉没水中。顿时半空多出数名皂衣黑袍的河神小吏来。

只见半空居中一神吏笑道："东柳氏、鸣凤青鸾两位童子，我们等你们多时了。"

东柳氏大吃一惊，鸣凤青鸾急忙一前一后守卫在他身前。只听鸣凤冷笑道："想必几位又是天帝派来的吧！"

居中那神吏道："不错，我乃天帝委派巡守此间的巡河大王！旁边左右乃是乌龙大王、河精使者！"

鸣凤笑道："似你等这些虾兵蟹将，就能拦住我等吗？"

巡河大王道："凭我们当然拦不住两位仙童，不过你们要想带那些凡人过得此处，恐怕也是万难。不用我们出手，天宫自有高人相助！你们就束手就擒吧！哈哈哈！"说罢，于大笑中隐去。

原来那日，天帝派吕麟前去收拿东柳氏众人，却被东柳氏反笼络过去，随后十二小妖（在天为神，在地为妖）上报实情，天帝更是龙颜大怒，恼羞异常，当日在金殿上来回踱步，气呼呼道："他们简直是嘲笑我中天无人了，真是是可忍孰不可忍！传令下去，命当地的山神河神严加看防！随后天宫自会派神将前往。"

有神差应声领命而去。

天帝随即提高声音道："神霄元帅何在？"

殿下一手执金鞭、头戴金冠，脸面黧黑的神将列班而出，躬身道："臣在！"

天帝道："命你速检率天地各路仙吏神差，不惜一切代价，此番定要将东行之人拦下。如若再不克，你这个神霄元帅就不用再回中天见驾了。"

神霄元帅忙俯首道："请天帝放心！臣定当不辱使命，将那些东行之人尽数拿下，交予天帝处置！"

当即神霄元帅率朱副元帅，点齐八王猛将、六毒大神、天合地合二将、水营火营副将及五方猖兵，离开中天山钧天台，径朝下地而去。

神霄元帅率领众天将神兵来到黄河两石岛上空，巡河大王、乌龙大王飞身迎上，齐来拜见道："巡河大王、乌龙大王参见神霄元帅。"

神霄元帅点头："东行之人如今怎样？"

巡河大王道："他们正在下地河畔三里地外安营休息。"

神霄元帅道："领我下去看看！"

巡河大王躬身道："是，元帅！"

神霄元帅众神将随巡河大王、乌龙大王降下云头，来到黄河岸口。神霄元帅看到两石岛的地理位置，忽然计上心来，冷笑道："我要在此地给他们摆设一个三门大阵！朱副元帅，你在此次守着，我去前往先师梵气天尊那里，借他老人家的鸿炉金斗来！还有，乌龙大王，你去太山幽都一趟，请太山府君集齐各路厉鬼前来助阵！"

乌龙大王躬身领命而去。

神霄元帅离开两石岛，准备集合各方力量摆设三门阵之际，东柳氏众人正自在一平坦的坡底草地上休息。当晚他们早早睡下，准备次日一早前往两石岛河畔计议渡河之法。岂知这一觉睡得昏天黑地，也不知道睡了多久，天竟兀自未明。东柳氏对鸣凤道："鸣凤，夜怎的如此漫长？按往日天应该早就亮了，不知道是何缘故？"

鸣凤道："先生，我也觉得！且让我瞧瞧！"说罢，驾起逐飙飞轮车，冲天而起，不一会儿，眼前顿时大亮。往下看去，但见方圆数十里地黑雾惨惨，笼罩着这一方天地。

鸣凤急忙驱动逐飙飞轮车降落在地，快步来到东柳氏身边道："先生，果然有古怪，不知哪路神灵用黑雾遮住了这一片，故而不见天光！"

这时，青鸾亦从女眷营帐走近，道："莫非又是天帝派来的天神在捣鬼？"鸣凤点头不语。

东柳氏道："走，我们去河畔看看！李中枢，你留在此处照看大家！"

李义躬身应是。

东柳氏拄着拐杖，带领青鸾鸣凤，尚未走到河畔，远远就见阴气森森，黑雾惨惨中透射出一点点氤氲缭绕的光亮。青鸾鸣凤同时警觉起来，一前一后随着东柳氏走近。却见东南方三道水峡的入口，不知何时多出三道玄门来。三门依次纵列，蜿蜒曲折，分东、南、西方位而列，各阵连接处各架有悬桥，摇摇欲坠，奇险异常。桥下洪涛翻涌，轰隆鸣响，稍有不慎便会葬身河中。三阵队列一曲一拐直通河岸。首阵乃是人门，人门后是鬼门，鬼门最后是神门，神门之后即是河岸，与对岸则隔着滔滔洪流。

三人正自惊诧之间，忽见巡河大王、乌龙大王、河精使者现身而出。巡河大王哈哈大笑道："看见了吗？此乃奇绝古今、斩神戮仙、杀伐凡士的三门大阵，你等要东行，就只能破阵方能渡河了。"

乌龙大王道："还有，提醒你等，此刻你们的后路也已堵死，烛龙大神正施法布下极寒极热的天气，凡人经过必死无疑。所以你等已无退路可走了。"

巡河大王笑道："怎样，来阵内瞧瞧吧！"

鸣凤和青鸾对视一眼，道："先生，你和鸾妹在阵外守候，我进去看看！"

东柳氏道："不，我随你一起进阵。"

鸣凤无法，只好一同走入人门。只见居中法坛之上，坐着朱副元帅，只见他通体青蓝，蚕眉大眼，手持有一水袋，左右两边肃立六杀神。阵中两列分别贴水道飘着三尸神彭裾、彭质、彭矫，状如小儿大小，或似角马形状，时大时小，时男时女，不断变化，神情喜怒哀乐不定。

出得人门，经悬桥，鸣凤、青鸾一前一后晃悠悠地搀扶东柳氏过桥，来到鬼门之外。只见鬼门内阴气逼人，正中法坛之上，太山府君居中而坐，左右分别是九天游奕使和南海小虞山鬼母。阵中两旁分列站着五道将军、护界五郎和野仲、游光二恶鬼。半空有飞天夜叉并一众僵尸浮游飘荡，情形可怖。

通过鬼门，鸣凤青鸾又自搀护东柳氏越过悬桥至神门。甫进神门，就见神光闪耀，正中设一法坛，法坛之上神霄元帅高高在座，居后有天合地合二将守护，以象天门地户闭合；右边以八卦方位驻守八王猛将，左边驻守天煞、地煞、年煞、月煞、日煞、时煞六毒大神。三人往后看时，水火二营将驻守神门两侧。神霄元帅口中念诀，身后天幡震动，居空飞旋而至一顶如一环抱大小的金光闪闪的金斗，金斗严丝合缝，斗中闪耀着红彤彤的火光。三人只觉燎人体肤，忍不住退到神门口。

只听神霄元帅哈哈笑道："怎样，东柳氏、鸣凤青鸾二位童子，奉劝你们还是赶紧投降，随我前往天宫服罪，以免牵连无辜民众葬身在三门阵内。"

东柳氏不忿道："我等究竟犯了什么十恶不赦的大罪，以至天帝如此兴师动众来对付我等？"

神霄元帅一愣，随即道："这个你还是当面问天帝吧！本帅只管听命行事！"

东柳氏愤愤不平，离阵而去。青鸾鸣凤连忙跟出。东柳氏走出神门，背身而立，一时间不禁气血上涌，怒火中烧，眼眸内迸发出愤懑之色。他激怒之下，越想越气，忽将手中拐杖扔出，在当地来回踱步，叫道："我一定要跟天帝拼斗到底，势破此阵。青鸾鸣凤，随我来！"说罢大步走出，青鸾鸣凤见他扔了拐杖，瘸了的左腿竟恢复如初，阔步行走，一如常人，同时惊喜道："先生，你腿好了！"

东柳氏停步一愣，这才觉察，不禁亦喜极道："啊呀！我的瘸腿终于彻底好了。"于是又将那日在梯仙国被巨蜂追袭，情急奔逃中，瘸腿短暂恢复的情状告诉青鸾鸣凤。两人听闻之下，齐为赞叹。

东柳氏生性懦弱，逢难便往回缩，直到此次为天帝摆设的三门大阵所阻，激发斗志，一时间气冲牛斗，竟冲开他当日被杖击左腿所阻的经脉，终于不再拐瘸。

东柳氏一边走一边说道："这三门阵一个比一个凶险，我们还是回营从长计议，筹谋破阵之法。"

青鸾鸣凤点头，随东柳氏离开三门阵，回到营地。东柳氏立时召集西河少女、吕麟、徐守真、尤凭、秦飞连、张垩子、王乔、花柳莲、柳僮等异士商议对策。鸣凤简要将三门阵各阵位及布设讲与众人。东柳氏道："三门阵乃是我等此行遇到的最为凶险的关隘，每门均杀机重重，稍有不慎，便会送命，尤其是众乡亲。故而我召集大家在一起，仔细研究每一门的应对之法，确保万无一失，全力保障大家的周全。鸣凤，你先讲讲人门，大家集思广益，一同参详万全之法。"

鸣凤道："人门主阵的是一个手持水袋的蓝大个儿，他手中的水袋虽不知是何物，但其中定有玄机。故而我们几位，倘使入阵，要特别提防这主阵之人。还有他手下的六杀神，务必以最快的速度将其制伏或诛杀，以保众乡亲能安然过阵。重点要提的是阵中的三尸神，他三人主要攻击的便是众乡亲。身为凡人，去三尸乃是最大的劫数！不知众位可有高招应对？"

鸣凤、青鸾、西河少女、吕麟、徐守真、尤凭、王乔等人均是受仙师传授仙家法术，无有历经去三尸一关，唯有柳僮乃是服化丹石自行修道，对三尸神自是比较熟稔，当即道："去三尸通常有三法，分别是服药、吞符和节欲。三尸神彭裾，乃攻击人之命门，中者常令人陷于昏危之中；彭质善攻击人腹，常令人丧失意识，受其迷惑；彭矫常以男女美色迷人，稍有无自持定力之人最易中招，而至癫狂而死。所谓爱欲、色欲、贪欲，最是凡人无法经受得住的。如今，服药、吞服显见是不可能了。此行我所带的八石神丹前次在幽明界已给大家服下了。符令之物，我们随行更未能带及，故而过这人门，应对三尸神只能依靠众人的修为和定力了。"

东柳氏点头道："那么鬼门呢？"

鸣凤道："鬼门主阵的乃是幽都太山府君，以指令身旁的鬼母诸鬼行法攻击。此阵，我等几人均所不惧，故而我等要做的就是击杀众鬼，保护先生、柳僮等其他人的安危。尤其是要提防半空中游走不定、专门袭人的飞天夜叉及行夜僵尸。切记不可恋战，只需护送众人快速过阵便是。"

众人一齐点头称是。

鸣凤道："最后是神门，此阵主阵的是中天宫天帝殿下的神霄元帅，法力高强，厉害非常，是我最为担心的。属下八王猛将、六毒大神等其勇猛均不在我们之下，最为厉害的应该是头顶的那只金斗，不知道他们是从何处借来的大杀器，受神霄元帅策动，一念咒语即行杀人，实不知是何宝物，各位进阵，千万要加倍小心，倘有不妙一定要设法离阵，保住性命要紧，不可逞强恋战！"

众人点头不语。

东柳氏道："我还要提醒一下，三门阵各阵之间的悬桥，也是马虎不得。我和众乡亲都是凡夫俗子，那仅有三根绳索相牵拉的悬桥，在通过时定要安排神人护持，稍有不慎，便会有跌落洪涛之虞。"

吕麟道："这个不难，由我来守护大家，一定将所有人安全送达。"

东柳氏点头称善。

于是东柳氏众人又自将所有人召集一起，将通行三门阵的安排布置一一说与大家，并命令将随行所有无法亲身携带之物尽数舍弃，诸事准备布防完毕，埋锅造饭，饱食之后，即行率领众人整队，有序前往三门阵外。

巡河大王、乌龙大王及河精使者闪身而出。只见巡河大王笑道："各位要破阵了吗？很好，那就看各位的造化了。我等在神门之后的河口，等候大驾啦！"说罢隐身而去。

当先的鸣凤和青鸾对视一眼，手中掣开兵器，护持在东柳氏身旁。其后是徐守真、尤凭、张堊子、王乔等人，最后是李义、卢起、许灵凤、陈抟、蒋辛、汪昭陵、瑶兮公主、柳僮、河上公、费无长、凤陵长、胡中。再后是看粮使范董、灶管佟伯雄、行路使余迁等人。队伍四人为一排，各自执手相接。后排最两边的人各伸手抓扶前排之人的肩头，结队连营。老弱妇孺居中而立，外围皆是身形彪悍的壮汉。吕麟居队伍中间位置之外，手执大斧，队列中有他的母亲月娘。最尾端由西河少女手执弱柳鞭断后。一队人迤逦行去，在青鸾鸣凤带头下，慢慢步入人门阵。

甫进阵内，猛见正中法坛白烟起处，四下立时有众多杀神现身而出，朱元帅现身法坛之上，两侧六杀神列队而立，逼视着进阵的众人。

头阵中，朱元帅手中一道白色令旗挥出，六杀神手执鬼头刀冲杀而至。鸣凤舞动分光血刃剑迎战右边三杀神，青鸾祭起日月宝莲钩，兜削左边三杀神。朱副元帅觑见东柳氏落单失防，举起手中水袋，叫了声："着！"东柳氏大叫一声，人顿时离地而起，头前脚后被吸向朱副元帅手中的水袋。

鸣凤在旁看见，大吃一惊，左手的一柄分光血刃剑疾掷而出，剑刃闪光飞舞，将一名杀神斩于剑下，同时伸右手一把拽住东柳氏的左脚，东柳氏顿时悬在半空。右边三杀神死了一神，其他两名杀神大怒，鬼头刀齐来砍削鸣凤。鸣凤左手剑飞舞，左击右挡，堪堪抵挡得住。另一边青鸾日月宝莲钩上下盘打翻飞，瞅中时机，双钩横向绞杀过去，两条锋利的钩刃顿时将两名杀神的头颅绞将下来，鲜血喷涌。另一杀神见状，咆哮着扑杀而来，青鸾身子一低，双钩朝上引诀一挥，那杀神登时被削成两半，跌入阵列最边的河沟之中，血水飞溅。

青鸾一出手，连杀三名杀神，正自得意，却见法坛之上的朱副元帅怒不可遏，一发狠，手中水袋吸力大涨，将东柳氏加速往袋中吸去。这水袋名唤胎元袋，人如被吸入，立时便会化作血水，最是凶险不过。青鸾飞身上前，拉住东柳氏右脚，在这当口，鸣凤一手舞剑，登时将另两名杀神斩杀。青鸾鸣凤同时齐力拉扯横在空中的东柳氏，一时竟相持不下。

中阵间，各路杀神从两面袭来，擅长异术和武艺的人一起迎上抵御。徐守真诛神剑上下翻飞，不断诛斩各杀神；尤凭连用禁术，将来袭的杀神禁在当地；秦飞连以五龙飞漆壶，壶口吐射黑漆抹杀众杀神；张垩子变身龙躯，离地盘旋，龙口吞云吐雾，众杀神一遇浓雾，便昏沉倒地；王乔施展降龙伏虎之力，连摔众杀神于拳掌脚下。

尾阵中，众人列阵冲进，三尸神浮在半空，发号施令，变化出无数俊男美女扑袭而下。衣衫暴露的丽人满脸媚笑，抖动着妖娆的身姿，吹气如兰，和身贴向外围的壮汉及年轻男子。

李义、柳憧、费无长、卢起、陈抟、蒋辛、汪昭陵、瑶兮公主、许灵凤、花柳莲等人，胸有定力，见俊男美女近前，不为所动，凝住心神，往前摸索，带队分两侧出阵。队列中尚有没有自持之能者，为丽人所惑，顿时迷迷瞪瞪，随之起舞，神情癫狂已然心智全失，脸上荡漾着淫逸飘然之色，随丽人脱离队伍。有自持之力者见同伴走出队伍，想要拉拽，眼前忽然金光闪闪，有人手捧金银及琳琅宝物奉上，有见钱眼开者双目闪耀着贪婪之色，双手伸出去拿，被一步步引向阵边的滔滔河水之中，但听"扑通扑通"之声不绝于耳，不断有人跌入河中，瞬息之间被洪涛卷走。

王乔身在其间，眼前忽然出现南寻公主的款款倩影，只见她一脸媚笑，朝王乔走来。王乔乍见之下，怒火中烧，上前一把掐住南寻公主的脖子，愤怒道："贱人！害我父亲被杀，欺骗我王乔感情，我要杀了你！"南寻公主被掐之下，立时消失不见。三尸神一怔，其中彭裾、彭质同时戟指施法，两道白光分别向王乔小腹、眼睛命门激射而来。王乔闪身避过，一低头，嘴巴大张，连运咒枣术，两只枣核飞出击中彭裾、彭质，周边献宝之人，瞬时不见。而彭矫施法指令，一大群丽人又凭空而出，诱使众人。

队列中间的吕麟见状大叫道："大家凝住心神，不要被幻觉迷惑！"说着话，却见母亲月娘双目发直，满是爱意地凝望着眼前，慢慢走出队伍。吕麟大惊，忙一把拉住母亲，叫道，"娘，你怎么了？"

月娘望着前方，喃喃道："夫君，别走，我来了，我终于见到你了。"只见在她眼前，吕望正在不断朝月娘招手。一时间，月娘爱欲横生，向着眼前久未相见的吕望，一步一步走向滔滔河水。

吕麟知母亲中了三尸神彭矫的色欲迷惑大法，抬头见其飘在半空，施法迷惑底下人众，怒火中烧，一手伸出，瞬间陡长，手直抓向三尸神中的彭矫。不料这彭矫灵巧得很，一时半会竟抓之不住。但他被吕麟这么一干扰，底下俊男美女又同时消失。西河少女从后面大声催促道："大家快随队伍往阵后走！"

多数人从虚幻中惊醒，同时归队，一起快速向前冲去，很快冲出人门阵。阵前法坛之下，朱副元帅手持胎元袋，欲吸东柳氏入袋，一直被青鸾鸣凤拉拽着相持不下。

东柳氏人横在半空，忽想起东王公临行之前交给自己的五行旗，言说危急之中可以防命保身，当即挣扎着伸手从怀中取出五行旗。瞬时间五道光芒急速飞入朱元帅所持的胎元袋中，吸力顿消，东柳氏人眼看便要跌落，却被眼疾手快的鸣凤上前稳稳托住放下。

东柳氏叫道："我的五行旗！"

就见五行旗没入胎元袋中，五道光芒在胎元袋内绽放豪光，并慢慢变大，五道光芒向外翻涌冲挤。朱元帅手里托着胎元袋，一脸诧异地目视不断膨胀的袋子，猛然间"砰"的一声响，胎元袋炸裂，五行旗闪烁着五道光芒破袋而出。半晌，光芒消失，五行旗复又飞回到东柳氏手中，而朱副元帅的胎元袋就此毁坏。

朱副元帅见人门阵已破，慌忙隐身而逃。

第三十一行　起死阳生符

东柳氏收了五行旗，西河少女从后赶上，道："先生，你没事吧？人门阵已破，大家都已安然离阵。"

东柳氏大喜，忙道："快走！"便同青鸾鸣凤出了人门阵。只见众人乌泱泱对着一道悬桥，驻足不前。东柳氏越过人群，来到桥口。吕麟走出道："大家莫慌，按顺序过桥！放心，有我接着呢，不会坠河的。"他说着话忽然摇身变大，径直蹲守在一旁，一只巨掌横在波涛翻滚的桥下。

东柳氏大喜，在前领头，双脚走上一条细如手指的绳索之上，双手抓扶两条横空悬着的锁链，稳步过桥。众人随后有序跟上，有妇孺和老人稍有不慎，跌入桥下，均被吕麟的巨手接住，托上桥岸。

少时，众人悉数来到鬼门之外。东柳氏命众人仍按方才队列，在青鸾鸣凤的护持下，首先进入鬼门。鬼门泰山府君手执一面黑旗，见东柳氏带众人步入，立即挥舞黑旗，一股股黑烟立时从四面八方的地底喷涌而出，随即鬼哭厉嚎之声响彻周遭。九天游奕使祭起一长条黑幡，幡上一鬼怪眼如铜铃，瞬间迸发出无数小眼，射出万道光点分向众人袭去。

鸣凤叫道："先生，快祭五行旗！"

东柳氏早有防备，从怀中取出五行旗，径直扔向半空。五行旗闪烁着五道光芒，在空中飞快旋转，将射来的光点尽数吞没。一道黄光从一旗中迸射而出，击中九天游奕使的黑幡。只听"砰"的一声巨响，黑幡着火，在空中燃烧着化为灰烬。

九天游奕使见状，大吃一惊，手执一柄方天戟，刺向东柳氏，鸣凤大叫一声，道："休得放肆！"分光血刃剑迎上，同九天游奕使战在一起。

另一边，南海小虞山鬼母，手执鬼母棒，就地指处，地下顿时冒出一排排独角鬼、狰狞鬼、獝狂无头恶鬼，个个张牙舞爪，齐来进击，源源不绝。青鸾日月宝莲钩挥舞着砍杀众恶鬼。周围两边野仲、游光恶鬼，五道将军众凶神恶鬼一同扑袭外围守护的众汉子。他们哪里见到过这个，顿时有几人死在五道将军的长柄斧和野仲、游光的黑楣棍中。

队伍中间的吕麟见阵内情势危急，飞身前去，叫道："你们这些凶神恶鬼，杀戮凡人算什么本事！来来来，吃本帅一斧！"说着话抢起手中板斧迎战五道将军。另一边西河少女亦飞身前来，将弱柳鞭收在掌心，拳脚并用，力战野仲、游光恶鬼。徐守真诛神剑、伏妖剑、斩鬼剑三剑并用，斩杀恶鬼，尤凭手中桃木剑绽放豪光，众恶鬼未触及剑光，便灰飞烟灭；秦飞连五色笔隔空挥舞，有八卦符应笔而出，偕光击去，众鬼自退。但众术士异人斩杀恶鬼，却杀之不尽，众恶鬼前赴后继，鬼母棒就地点处，恶鬼不断应运而生。

这下双方力量显现均衡之状，只见太山府君，念动咒语，阵内飞下十二丧门鬼和骷髅神来。只见骷髅神自胸前取下骷髅串，立于半空，手中摇荡震动，底下众人顿觉头晕脚软，身体摇晃不前。十二丧门鬼挥舞狼牙棒，击杀两边的汉子。头顶有飞天夜叉率行夜僵尸，劫掠杀戮众人。

东柳氏有五行旗保护，未敢有凶神恶鬼进犯，回头见阵中乱哄哄杀作一团，不断有人死伤，一时间痛心疾首，正自急恼之间，却见半空祥光缭绕，有四神从天而降。最先的一位乃是赤黄父食邪尺郭，身长七丈，腹围粗壮，头戴鸡父魌头面具，朱衣缟带，一只赤蛇绕于额顶，尾合于头。只见他甫一落地，便显出法身，头颅突然变得如斗大，阔口张开竟有一尺见方，对着鬼母变出的恶鬼就是一顿狂吞。

第二位乃是西方山雷使者华文通，粉面如玉，头围黄头巾，黄抹额，身披白袍金甲，脚踏绿靴，两手各执双槌，槌过之处，凶神避道，众恶鬼惨叫中立化成烟。

第三位为东方风雷使者，头裹青巾，身披金甲青袍，脚踏青靴，右手仗剑，左手执风轮。但见他剑舞轮削，行夜僵尸纷纷散架一旁，消失不见。

第四位为北方水雷使者雷压，面色黧黑，身披黑袍金甲，脚踏乌靴，左手执水轮，右手执剑，助吕麟来战五道将军，并有吃鬼神雄伯，一起加入乱斗之中。

吕麟见有帮手来助，大喜之下，跳到阵旁，叫了声："长！"施展变身异形之术，蹲守在一旁，两只巨掌扑杀半空里众飞天夜叉。每捉住一个，巨手合拢，便将其捏得粉碎。

这一场神鬼大乱斗直杀得血光飞溅，愁云惨雾。很快太山府君见己方招架不住，忙一收黑旗，连同鬼母、九天游奕使、五道将军、野仲、游光众凶神恶鬼仓皇逃去。

赤黄父食邪尺郭等四人见鬼门已破，齐来拜见。尺郭道："我等奉王公之请，前来助阵。如今此阵已破，我等也要告辞了。"说罢，四人向东柳氏一揖，随即飞身不见。

东柳氏见己方虽打败太山府君，破了鬼门阵，但所来之众，死伤不少，一时间不禁悲伤涕零。鸣凤道："先生，不要太伤悲。人之于世，去生转远，去死转近，生死乃常数，这也是他们东行路上的劫数！"

东柳氏喟叹一声，修整队伍，沿悬索绳桥来到神门之外。

鸣凤道："先生，这神门是专门为我们神仙术士所设，你和乡亲们不用担心，在外守候便是。待得我们破除神门大阵，自可和大伙一起到达河岸。鸾妹，你守护先生和大家在外面。我进去瞧瞧！"

青鸾忙道："师兄，这样太危险了，我和你同去！"

吕麟和西河少女等人亦道："仙童，不如我们一同进阵，也好有个照应！"

鸣凤道："大家不必担心，我只是进阵探探虚实，再出来商议破阵之法！"

东柳氏叮嘱道："千万小心！"

青鸾兀自不放心，道："师兄，我随你一起，在阵门外守着！"

鸣凤点头，掣开分光血刃剑，走进神门阵。青鸾随后跟上，守在阵外，见鸣凤走进光雾缭绕的战阵之中，全神戒备。

法坛阵中的神霄元帅见鸣凤走进，冷笑一声，手上掐诀念咒，头顶鸿炉金斗立时悬在半空。鸣凤抬头看时，就见金斗内突然闪耀出一团火光，心下暗叫不妙，刚要准备飞身逃离，就见一道火光从上飞蹿而下，鸣凤急忙念动避火诀，火团却已燎到他身上，只听得他惨叫一声，跌倒在地。

在外守候的青鸾听到鸣凤的叫声，身上千羽衣一抖，极速飞进阵中，近前见鸣凤全身焦黑，俯伏在地，惊骇之间，飞身抱着鸣凤就走。神霄元帅见有人救阵，再次驱动鸿炉金斗，一团火苗喷射而出，飞在半空的青鸾千羽衣右翼瞬间着火。青鸾抱紧鸣凤，惊叫一声，在空中一个盘旋，极力稳住飞行之势，裹挟着火苗逃出神门。

青鸾的千羽衣右翼火势未灭，只见她飞在空中，斜翼飞向黄河，贴着水面，令千羽衣着火的地方没入水中。青鸾奋力振动千羽衣，再度拉起身来，晃晃悠悠飞到神门外的大岩石上，右翼之火已然熄灭。

青鸾双脚着地，慌忙将昏迷不醒的鸣凤放在地上，哭叫道："师兄，你别吓我，你醒醒啊！"这时东柳氏人等已同时扑上前来。只见鸣凤双目紧闭，满身焦黑，身上衣衫破败，几乎无法蔽体，裸露处的肌肤亦是灼伤了大半。幸亏他临机念了避火诀，不然早就被鸿炉金斗散射的火团烧为焦炭了。

东柳氏从身上脱下长袍给鸣凤盖在身上，回身急道："胡郎中，胡郎中！"胡中应声而出，近前蹲下，面色低沉，看了一眼地上平躺的鸣凤，伸手翻开眼皮，又探了探鼻息，暗暗摇头叹息道："仙童被烧得如此之重，恐怕已无生还之机。"

东柳氏闻言一个趔趄，身子晃了晃，一跤坐倒。

青鸾跪在鸣凤的身旁已是泪眼婆娑，抬头哭叫道："不可能，师兄有万劫不伤的道行，不可能没救的。"一抹眼泪，站起身道："先生，我要去见他的师父无英君，求他老人家来救！"千羽衣一抖，人顿时离地而起，岂知刚飞上半空，突然一个翻转，身子失去平衡，径直坠落而下。

青鸾回身看千羽衣时，只见右翼翼幅缺了好大一块，当即振作精神，又待再飞。西河少女赶上来道："妹妹，不知无英君在哪座仙山？我替你去求救。"

青鸾神情坚毅，摇头道："姐姐！烦劳你在这里守护师兄和先生，我去寻求解救之法，尽快赶回！"一咬牙，便再度飞起。这次在空中只是晃了一晃，随即稳住身形，往无英君所居的登空山飞去。

青鸾振翼飞出黑雾笼罩的三门阵上空，眼前豁然大亮。她千羽衣受损，不敢飞高，只是沿着树梢山川飞翔西去。空中一路阴晴不定，风雨飘摇，她不顾一切，忽高忽低地躲避激流暗云，也不知过了多久，终于抵达登空山，大喜之下，身子一个趔趄，顿时禁受不住，自茂密的树梢枝叶间摔落而下，落地时已满身伤痕。她顾不得这一切，挣扎着爬起，沿山道跌跌撞撞来到一条长长的台阶之下。

青鸾脸露喜色，连滚带爬吃力地上得台阶，来到无英君的紫庭洞府之外，有仙童站在洞外看见，忙上前道："是青鸾师姐！这，这是怎么了？"

青鸾急道："带我去见师伯！"

仙童搀扶青鸾进洞，来见无英君。但见无英君顶戴翠上紫龙冠，身披朱碧玉绫袍，面色红润饱满，神采焕发，坐在一张蒲团之上打坐，见仙童搀扶青鸾走近，微微睁开双目，道："青鸾，如何这般慌张来见于我？"

青鸾忙道："师伯，求你老人家快救救鸣凤师兄！"

无英君道："鸣凤怎么了？"

青鸾道："师兄进神霄元帅所布的神门阵，也不知阵中的金斗是何杀器，一眨眼的工夫便为火光所伤，如今全身焦黑，生死危殆，求师伯救命！"

无英君掐指道："那神门内摆设的乃是鸿炉金斗，如为此物所伤，只有老君的阳生符可救！"

青鸾闻言一惊，随即又是一喜，道："既知有解救之法，就好办了！师伯，我这就前去太上师尊那里，求阳生符救师兄！"

无英君点头道："难得你对鸣凤如此上心，师伯送你一程。"

无英君带青鸾来到洞口，一挥玉绫袍，青鸾顿时凭空而起，一眨眼降落在大罗山玄都洞外，刚刚落地，就见一位麻衣椎髻的道人走出，笑脸相迎道："是青鸾童子到了。来得正好，快随我一同前去救你师兄吧！"

青鸾大喜，顾不得端问详情，只见那麻衣椎髻道人顺手在地上扔出一只小玉毯，玉毯慢慢变大，在容两人可以下脚站立的大小停住。

麻衣椎髻道人笑道："仙童，请了。"

青鸾当即随麻衣道人站上玉毯，顿时飞将起来，穿云破雾，直奔三门阵方向而去。

彼时，西河少女正盘膝坐在鸣凤头顶，施法以三只红烛天灯，为其守护。东柳氏众人坐到一边，焦急等候。这时，巡河大王带着乌龙大王和河精使者嬉皮笑脸地现身而出，看着地上昏睡不醒的鸣凤笑着挖苦道："怎么，不破阵了？我说怎么突然这么安静！哎哟，打先锋的仙童为金斗所伤，恐怕是万难活命喽。我劝你们别瞎折腾了，赶紧向神霄元帅降了吧！你们是破不了这神门大阵的！"

乌龙大王道："咱别废话了，来，给他们拱一拱火！"说着手执钢叉，刺向西河少女所守的三根红烛。

一边的吕麟飞身近前，大喝道："三个河精鳖怪！休要无理！"板斧一挥，同巡河大王、乌龙大王、河精使者斗在一起。西河少女守着鸣凤身前的天灯，生怕蜡烛熄灭，不禁额头冒汗。倘若天灯熄灭，鸣凤三魂七魄，少了一魂一魄，便是大罗神仙前来，也无法救活。

吕麟板斧挥舞，将三怪逼到外围，东柳氏携李义带领十几人近前道："大家拉着手快围成一圈，一定要守住，千万别让蜡烛熄灭喽。"

众人领命，立时将鸣凤和西河少女连同身前的天灯围得密不透风。

与此同时，徐守真、尤凭、王乔、张垩子等异人从人群中一跃而出。忽然间号角齐鸣，自河中亦飞身跳出一些虾兵蟹将，齐来围攻众人。东柳氏这边术士异人皆法力高强，河中的精怪哪里是之敌手！

吕麟见状松了口气，这时巡河大王三怪又从后掩杀而至。吕麟背腹受敌，肩头顿时被乌龙大王的三叉戟刺伤。

吕麟大怒，一回身，叫道："长！"一足立时变得巨大无比，一脚踹向三怪。两边的乌龙大王和河精使者未曾提防，被吕麟的巨足直踢出百十丈远，"砰砰"跌入河中，而巡河大王却滑溜得很，乘势抱住吕麟的巨足，张开大嘴，狠命咬下。

吕麟吃痛，一扬脚收回巨足，恢复原样，但脚上的齿痕却是清晰可见。只见他咆哮道："气煞我也！"抢起板斧将巡河大王逼出数丈开外。三怪见无法偷袭取胜，巡河大王忙道："咱们先且退下，横竖这神门大阵他们是破不了的，就让他们再多活一时。"说罢摇身不见。

吕麟母亲月娘在人群中，见儿子受伤，忙奔上前关切道："麟儿，你没事吧？"

吕麟笑道："娘，没事！被那只螃蟹咬了一口！无甚大碍！"

正说着话，就见青鸾带着一位麻衣椎髻的道人，踩踏飞毯落下。飞毯触地，顿时变小，飞向麻衣椎髻道人宽大的袖袍中。

众人大喜，东柳氏急忙迎上。

麻衣椎髻道人笑呵呵看了一眼东柳氏，道："想必这位就是师父多年前收的东柳氏师弟吧？"

东柳氏深感诧异，道："师兄是？"

麻衣椎髻道人笑道："贫道蔡伯瑶，乃奉太上先师之命，前来助师弟一助！"

东柳氏大喜道："多谢师父、师兄！"

蔡伯瑶踱步走到鸣凤身旁，上下查看了鸣凤一眼，道："幸得骨肉尚存！师弟，你将童儿身上的衣服褪去！我要施法救他一救！"

只见东柳氏走近前去，揭开盖在他身上的衣袍，褪除鸣凤身上破败的衣服，将整个身体显露在外。

蔡伯瑶自道袍内取出一道起死回生的阳生符来，放在手心，口中念动咒语，阳生符顿时飘起，飞到鸣凤躯体上空，一道光柱缓缓倾泻而下，笼罩着躺在地上的鸣凤。须臾之间，鸣凤全身上下的肌肤逐渐恢复如初，只见他猛吸口气，慢慢醒转过来。

东柳氏众人大喜，齐声道："鸣凤醒了，鸣凤醒了！"

青鸾大喜，看到鸣凤一如从前，登时露出喜悦之色，双眸满含泪花。

东柳氏拿来衣袍给鸣凤披上。鸣凤忙穿好站起，道："先生，这……"

东柳氏笑道："是我的这位师兄救了你！"

鸣凤忙朝蔡伯瑶深深一躬道："多谢师伯救命之恩！"

蔡伯瑶笑道："仙童不必客气！"说罢，迎着神门阵走去，端详片刻，转回身道，"这神门阵与一般阵列无异，就是阵中的鸿炉金斗厉害非常。此斗乃是梵气天尊的三大宝器之一，俱是先天造化之物。早在数亿年前，大地烈火熊熊，无有生灵，也不知经历几世几劫之后，大火才逐渐熄灭，然后有生灵繁衍，清气上扬，浊气下沉。开始麟虫草木繁盛，飞禽走兽日多。渐至后来，有一黑猿经历几世劫难，慢慢修成人身，那就是盘古老祖，造就了人神众生，而另一位就是梵气天尊。梵气天尊借天火地火之力，锻造了三只金斗，分别是鸿炉金斗、摇光金斗和绝地金斗。其中以绝地金斗最为厉害，斗内以有限的天火散放无限的地火之精，能毁天灭地。摇光金斗，散射万道金光，可尽杀千里之内的生灵万物。而这鸿炉金斗虽是最弱的一个，但诛仙戮神，没有几位神仙可以破除得了，故而这神门阵几乎是无法可破。阵内神霄元帅乃是梵气天尊最宠爱的高徒，倘要破阵，首先得将他制伏。然而即便是拿下他和阵中的鸿炉金斗，后面再有摇光金斗、绝地金斗，就万难再破了。"

东柳氏道："那可如何是好，莫非就真的没人对付得了这三只金斗？"

蔡伯瑶道："盘古仙祖既首生于天地，虽有收服金斗之能，但终是两败俱伤的下下之策。实不相瞒，为应对这神门大阵，王公委派金母和先师所差的黄盖童儿已经为避免生灵涂炭，前往中天山钧天台讲和去了。"

东柳氏道："讲和？"一时不禁陷入惊诧和沉思之中。诧异者，以东华帝君的实力还要跟天帝讲和？沉思者，倘若双方商议罢，东行桃源洲会不会因此作罢？那么他们一众人将何去何从？

第三十二行　协定钧天台

原来在东柳氏众人攻破鬼门阵、鸣凤入神门阵被鸿炉金斗所伤之际，东王公已委任金母九光元女，在老君差派的黄盖童子的说和下，同天帝昊天于中天山钧天台展开一场针锋相对的商谈。

宝华馆内，天帝和九光元女相对高高在座，底下黄盖童子作陪下首。

天帝道："怎么，王妹和老君使童一齐莅临钧天台，有何要事？"

九光元女不答，底下黄盖童子道："我是奉太上之命，前来帮你们劝和的。"

天帝故作诧异道："劝和，这事从何说起？"

黄盖童子道："近日下地神霄元帅奉旨摆下三门大阵，调集三界各路仙神幽司，阻止东柳氏东行桃源洲，已然惊动蓬莱、昆仑及我大罗宫各界。其间三门阵之神门阵，更是引来梵气天尊的大杀器鸿炉金斗，眼看一场人神杀戮之劫已在所难免，故而太上命我前来调和，以免三界大乱，仙神遭诛，引起一场天地之浩劫！"

天帝眯着眼睛，笑道："哦，神霄元帅连天尊的鸿炉金斗都借来了，你看看这不免有些小题大做了吧！不错，神霄元帅是奉我的旨意，前去拦截东行桃源洲的东柳氏。不过我只命他拦阻，并未让他请来鸿炉金斗大开杀戒！怎么，现下未有神仙遭诛杀吧？"

黄盖童子摇头道："现今只有王公的鸣凤童子为金斗所伤，尚还没有造成不可挽回的局面。所以呢，我建议双方先不要大动干戈，以免伤了你们之间的和气！"

天帝假惺惺道："你看看，这神霄元帅怎么把王公的童儿也伤了。怎么，不要紧吧！要不要孤王请神医代为医治呢？毕竟是我臣下伤的王公的仙童。"

黄盖童子道："不必了，太上已命蔡伯瑶师兄前往，以阳生符相救了。"

天帝神情一顿，连声道："这就好，这就好！孤王这就下旨，让神霄元帅千万不要再伤及无辜。"说着便要假意让身后的使者传旨。

一旁一直未曾开口的九光元女，道："王兄，咱们还是先好好谈一谈吧！我此来是代王公同王兄商榷的。在此先多谢太上能派使童从中调解。此事乃蓬莱都和中天宫两方的误会所致，当然我昆仑墟又和蓬莱都同气连枝，有着无法分割的联系，所以算是三方的会谈了。想我盘古仙师自创建人神两界以来，神界各方一直相安无事。其间下地虽有争斗，但最终均妥善收场。今蓬莱与中天纠斗又起，实乃是因桃源行所引起的。我知道，王公委任下地东柳氏，携百千之众东行桃源洲，看似侵扰了中天的辖地，实则是造福黎民苍生，于两方之间并无太大的牵扯！王兄细想，带着这百八千的下地凡民有什么举足轻重的影响呢？中天天神兵将众多，普天之下，又均属中天的管辖。虽似我等蓬莱、昆仑居处荒远之地，自为而治，偏安一隅，但终究无法跟中天相提并论。故此王兄不必担心，王公只是见桃源一洲无人管制，引来一些凡人过去，填充一下空需而已，何致中天如此兴师动众，从中阻拦？今居然派神霄元帅请来梵气天尊的鸿炉金斗，意图诛杀仙神！所以小妹在此请王兄撤了此阵，以免伤了大家和气！"

黄盖童子在旁道："正是！娘娘说的极是，不可因为一点点小事，伤了你们两家的和气！"

天帝冷笑一声，道："小事？这里面岂是一点点小事！东柳氏带着那几百凡民，本王自是不会放在心上。带着他们东行桃源洲本王也没太大的意见，充其量都是些凡夫俗子而已。只是东行途中，起立招贤榜，收罗的那些法力高深的神人异士，不免令本王有别处之想！"

九光元女道："别处之想？他们只是助东柳氏一路扫除障碍的。王兄也知道，下地神州距东海有万里之遥，如没有神人相助，怎么可以安全抵达东海呢？王兄真是多虑了。"

天帝惊疑道："这一路收罗归附的这些异士，前往蓬莱桃源洲，就真的只是护送东柳氏东行的？然则，前日本王派部下吕麟元帅，在被青鸾童子请来的慈济和刘真人打败后，不知回天宫复命，竟然归附反叛！如此下去，天宫还有多少神员大将会归附东柳氏，归附蓬莱都？这一路前往东行，还会有多少奇人异士归随东柳氏，加入蓬莱都？这岂不是增强了王公一派的力量，而削弱了我中天的实力？凡此种种，不得不引起本王的警觉，不是吗？"

九光元女道："王兄真的是多虑了。即使所去的神人异士有些法力，终归有限，怎么可以跟中天分庭抗礼呢？还希望王兄三思，命神霄元帅撤去神门阵和鸿炉金斗，放东柳氏继续东行吧！"

天帝一脸沉定道："要让本王收了神门阵，也容易，除非王公能应允我一件事！"

九光元女道："何事？"

天帝笑道："一则呢，王妹既然充当王公的说客，想见蓬莱、昆仑确属一理同脉，干系甚密，本王亦无话可说。不过王兄在王妹前次来钧天台相见时，曾提到过的事，还希望王妹能再考虑一下！"

九光元女忽记起天帝当时说要同自己联姻，霍然起身道："这种事今后休要再提！既然不允，那就先行告辞！不过神门阵里的金斗虽然厉害，也不至于就完全没有破除之法！王兄倘若一意孤行，逆势而为，届时两败俱伤，亦非中天可以承受的！"说完便要离去，天帝忙起身道："王妹息怒，这事可以容后再议。如要本王撤回神霄元帅所设的神门阵，只需王公答应我一件事，本王立即传旨。"

九光元女诧异道："何事？"

天帝道："只需东柳氏带着那些奇人异士抵达桃源洲，封受仙箓之后，接受中天宫的差遣，如此才放心，准许东柳氏东行。"①

九光元女听罢点头道："此事倒可以商量！依我之见，当无不允之理。这样，王兄现在就派人撤阵，给东柳氏放行，我回苍龙宫自会转告王公！"

天帝喜道："那好，本王这就传旨！"随即召来使者，命其前往两石岛传旨给神霄元帅。

---

① 作者按：因天帝这一条件，后来东柳氏在抵达桃源洲后，所有的神人异士全部被东王公召走，分封仙箓，最后竟皆被天帝收编，从此导致蓬莱都走向败亡之路。九光元女最后亦被天帝几番追求，成为后来玉皇大帝身边的王母娘娘，续作《桃源洲》中将有赘述。

当日，天帝使者降临两石岛神门阵外，神霄元帅带众神迎出，一齐参拜道："恭迎帝使！"

天帝使者道："传天帝旨意，即日撤除神门阵，放东柳氏渡河东行，不得有误！"

神霄元帅神情一愣，随即躬身道："遵旨！"一摆手，进神门阵撤阵去了。

此刻，鸣凤已完全康复，同东柳氏闻说，齐声大拜道："多谢天帝开恩！"

天帝使者同神霄元帅同回中天复命。一时之间，三门阵同时消失不见，方圆的黑云惨雾也尽散去，天光大亮，风和日丽。

河中央，悬空站着巡河大王，正带着两名小吏目睹这一切，愤愤道："天帝怎的撤去神门阵，放他们渡河了？真是岂有此理，昨日我的两位兄弟，被那黑大个儿打伤，至今尚未好转，我岂能容忍尔等渡过河去！决不能善罢甘休喽！"

旁边一吏道："可是天帝已经下旨放行了，我们还要抗旨不遵吗？"

巡河大王道："本大王实心不甘！我要让他们付出代价！"愤然瞧着河岸的众人，转身隐去。

东柳氏带领青鸾鸣凤众人来到渡口，立时又发愁起来，道："此处河宽渡险，这次可怎么过得去？！"

吕麟从后面走上前道："圣公不必担心，我有办法助大家渡河！"

东柳氏大喜道："哦，有何办法？"

吕麟道："圣公，你在大伙当中挑些木工巧匠，打造20余只船桨来。我有变化异形之术，可以变作一条龙舟，大家分几批上船！然后挑些壮汉，一同划动船桨，就可以渡到对岸。"

东柳氏喜道："吕元帅真乃奇人异能也！"当即命令行路使于迁在众人中挑选木工巧匠，分各处砍伐树木，打造船桨去了。

一边鸣凤低声道："吕帅，待会儿渡河要提防小心！方才那巡河大王鬼鬼祟祟，在河中似乎盘算着什么，需提防他们这些河精水怪的侵扰！"

吕麟道："仙童不提我倒忘了，确实要小心！你不知道，前日你受伤昏迷，仙姑为你守护之时，那巡河大王带人趁机侵扰我等，还被我打伤了。他们定心生不忿而私图报复，不可不防！"

鸣凤咬牙切齿道："可恶之至！此番他要敢再次趁火打劫，看我怎么收拾他！"

西河少女在旁道："我说仙童，此次你能捡回条命，可多亏青鸾妹子了。是她不顾一切，请来了蔡伯瑶道兄，方才救了你。"

鸣凤道："鸾妹，这几日辛苦你了。让你和大家替我担心了。"

青鸾笑道："师兄，你别听仙姑的！是你师父无英君给我指的路子，方才救的你！我俩从小一起长大，又均属同门，常在王父身边当差，救你那是应该的。可惜我的千羽衣受损，等过得河去，我需去天孙那里，请她用五色纫针缝补好才是！不然这样老是缺着那么一角，可丑死了。"

鸣凤道："可否让师兄替你走一趟，也算回报师妹的救命之恩！"

青鸾嗔道："谁叫你回报了！师兄还是守护好先生吧！"

东柳氏笑道："你们师兄妹就不要互相道谢了，一路上亏你俩保护，等抵达桃源洲，我一定要向王公上报，好生嘉奖你俩！"

青鸾一笑走开。

很快，众人打造好 20 余柄船桨，着手准备渡河。

只见吕麟站在河岸，施展法术，顿时长高了数十丈，两只巨足站立在湍急的河流中，摇身一变，就见一条宽阔巨长的龙舟出现在河岸口，竟与一般的舟船无异。龙舟之首，吕麟所变的龙首，嘴巴翕张，只听吕麟浑厚的嗓音道："大家快上船，等会儿记得看水流之势，用力划舟，大家齐心协力，一同渡河！"

东柳氏连忙吩咐众人，按顺序依次分批上船，堪堪坐满数十人之后，两边壮汉抄起船桨，发一声喊，齐力划桨。吕麟所变的龙舟登时破流而出，驰向河对岸。鸣凤脚踏逐飙飞轮车，飞在半空护防。东柳氏站在河岸在青鸾、西河少女的陪护下，远眺着龙舟到了对岸，悬着的一颗心才放了下来。

不大工夫，多数人已经渡到河对岸，剩下的只有东柳氏和其他二三十人了。当下，东柳氏在青鸾、西河少女的搀扶下，同剩余的所有人上得船去。两旁有人举桨划舟，到了河中央时，吕麟变作的龙舟突然左右倾斜抖动起来。只见龙舟最前的吕麟的龙首不停颤抖，吕麟的笑声传出道："哎哟，痒死我啦！哈哈哈！谁……谁在挠本帅的痒痒，哎哟，痒死我了。"吕麟的笑声不断，随之舟身抖动得越发厉害，舟上的众人不禁随着船身颠簸不已。

鸣凤跟在半空，察觉有异，立即贴低河面，手中变出分光血刃剑，径直朝龙首之下的河水撩将下去，叫道："何人在水下捣鬼！"剑光扫过，登时水花飞溅，只听"砰"的一声响，巡河大王从河中蹦将出来，手执三叉戟，叫道："本大王要叫你们这龙舟渡不过去！"说罢，手中三叉戟插向龙舟。

鸣凤叫道："休得无理！"手执双剑来战巡河大王。与此同时，河中虾兵蟹将齐来围攻龙舟及船上的东柳氏众人。舟上青鸾掣开日月宝莲钩，左右互防迎敌。西河少女飞身而起，弱柳鞭灵动飞舞，将前来围攻龙舟的虾兵蟹将纷纷抽打下河中。众划桨的壮汉在东柳氏的催促下，奋力划船朝对岸而去。

很快，巡河大王招架不住，便要逃进河底，却被鸣凤从水下拦住。巡河大王见入水无望，立即朝河岸的村落飞逃而去。

鸣凤气恼之前巡河大王趁自己昏迷之时带人偷袭，心中不忿，奋力去追。

那巡河大王逃到一村庄，摇身一变，化为一个衣衫褴褛、孤苦无依的少年，直奔一贫苦之家而去。院落，一对老迈的夫妇正在晾晒渔网，巡河大王狼狈不堪，扑上前去哭诉道："老人家救我！"

夫妇两人一怔，看巡河大王如此光景，当即带其进屋，道："孩子，你这是怎的？"

巡河大王哭道："我是被洪水冲散的孤儿，父母早亡，今遇洪水，死里逃生到得此处。又被恶人追赶，要拿去做奴仆，故而逃到这里，求两位收留！定当感激二老的大恩大德！"

妇人怜惜道："怪可怜见的，孩子，你尽管在我家里。看你这样子，定是多日不曾吃食了吧！老身给你做碗面条吃。"说罢进灶间做饭去了。

鸣凤从后追到村庄，不见巡河大王的身影，大感惊异，居高四处查看，唯见村外一渔家棚户大开，心道："想是藏身到这家去了。"当即收了分光血刃剑。这时，屋内飘过来一股面条的香味。

鸣凤心下一凛，来到农户家内宅门口，只听屋内人声响动，推门走进。客厅一张大桌之上，巡河大王变身的少年，正对着桌上的一大碗宽面准备就食，猛见鸣凤追了进来，大吃一惊，心下无法镇定，登时被鸣凤察觉出来，笑道："巡河大王，看你往哪里逃！"

巡河大王陡然站起，现了原身，便要逃走。鸣凤眼疾手快，戟指对着桌上碗里的面条叫了声："变!"顿见碗里的面条飞将起来，变成一道宽大的绳索，将巡河大王捆了个结结实实。

鸣凤拉住一端绳头，叫道："巡河大王，跟我走吧!"便一把将巡河大王拉扯到屋外，带着他飞身而起。屋内的一对老夫妇大叫一声，道："我的妈呀!这是大白天的遇见妖怪了。"

鸣凤捉拿巡河大王飞回两石岛河对岸，刚刚站定，就听半空有人叫道："鸣凤仙童!我来也!"

鸣凤抬头看时，惊叫道："紫庭真人?"

只见紫庭真人飞身降落，来到鸣凤身前，笑微微点头，对着被绳索绑缚的巡河大王喝道："孽障!天帝既已放行，你为何还要从中生事，再度阻挠他们渡河?"

巡河大王哀求道："伯禹救我，实是他们欺人太甚!前日那吕麟中伤我两位兄弟，几乎命丧其手，我岂能善罢甘休，轻易放他们走，故而发难。如今我知错了，求伯禹救我一救!"

鸣凤诧异道："你们?"

紫庭真人笑道："这巡河大王原本是我收服的一只大龟。早年此处乃是一片汪洋大湖，湖中常有妖物作祟，首先以这只大龟为首，底下还有一条乌贼精，及此河的河精。当年我为了制服他们，曾挥巨斧在此处连砍三下，劈开三道豁口，放水东流，就成了此地的三门两石岛了。因放水之后，水浅无法容身，他便纠集妖众在此兴风作浪，被我挥剑刺伤，正待逃跑之时，我将手中剑化作一根通天柱，倒插于下河中，剑柄化为一只雄狮，蹲在河口。前有通天柱，后有雄狮截后，他无处可遁，就求我饶恕于他!于是我就赐他巡河大王之职，在此镇守。原是希望他能多造福此一方百姓，多行善事。谁承想这孽障不思悔改，归附天帝以行杀戮也就罢了，竟还借机偷袭重伤仙童，再次兴风作浪，以阻你们行舟渡河。此番前来，我就是来带他回去，严加管教的。仙童，这孽障就交给我吧!"

鸣凤听紫庭真人一番讲述，当下解了绳索，将巡河大王推到紫庭真人身边。紫庭真人微微一笑，对巡河大王道："孽障，走吧!"说罢同巡河大王一齐飞身而去。

东柳氏众人走上前来，看到巡河大王被紫庭真人带走，均喜不自胜。此番终于渡得河来，并扫除一切障碍，终圆满告一段落。青鸾走到东柳氏身前道："先生，既已渡河，我也就放心了。我要去天孙那里缝补我的千羽衣，让师兄先护送你东行，我不出几日便会返回。"

东柳氏道："既如此，那就早去早回，路上小心！"

鸣凤近前道："鸾妹，你放心去吧！师兄盼你早些回来！"

青鸾点头，朝众人一一辞行，抖动千羽衣，飞身远去。

第三十三行　扬帆风神庙

　　东柳氏众人二渡黄河，朝东海进发，一路又不知经历多少磨难和坎坷，终于再度抵达东海岸。东柳氏凝望着东海滔滔之水，欣喜之下，又陷入沉思之中，道："我们历经千辛万苦，终于再次来到东海口岸，只是接下来便要着手准备渡海的舟船了。东海茫茫，这将是我们抵达桃源洲最后的障碍，定然凶险万端，已远非往日我们所过的陆路可比。通传下去，暂行在此扎营驻守，不日准备渡海的舟船和饮水干粮等储备。重新清点所来的人众，检校花名册，一定要做一番万全的准备，方能渡海。"

　　李义领命，命人就地支起帐幄，并清点随来所有之人。

　　东柳氏道："青鸾、鸣凤，随我走走！看看附近有没有船只或者造船的地方，早日做出海的打算。"

　　青鸾鸣凤一齐躬身点头，随后跟上。

　　东柳氏沿着海岸步行，不一会儿看到远处的岸口有大船停驻，大喜之下，忙快步上前。但见岸口人丁稀疏，几十只帆船并排停泊在水边，却不见舟船忙碌的景象。

　　东柳氏大奇，回望青鸾鸣凤一眼，见有人经过，忙拦阻道："小哥，借问这些船的船主何在？"

　　那人看了东柳氏一眼，指指船头道："你过去看看，想是那鸣二还在船内睡大觉了！"说着摇头走开。

　　东柳氏忙近前，从最外首的船只挨次查看，终于在居中的一只船舱看见一人，正斜身横躺，以一顶斗笠蒙在脸上，发出一阵阵的鼾声。

　　东柳氏凑近道："船家，船家！"喊叫半天，不见回应，正要登船叫醒，却见青鸾上前道："先生！我来叫！"她说着话，嘴中吹口气，顿时水浪翻涌，那人所睡的帆船忽然剧烈摇晃起来。

那人从梦中惊醒，一骨碌翻身站起，迷迷瞪瞪道："海啸了吗？海啸了吗？"正自仓皇之下，却发现岸上嬉笑不止的青鸾，再看看海岸，立时明白过来，道，"原来是你这丫头在搞鬼，我还以为海啸了。"

东柳氏道："怎么，船家，这海岸常有海啸吗？"

那人抬头看向东柳氏道："你是何人？"

东柳氏道："我是路人经过这里，想租借小哥的船只渡海，不知可否？"

那人连连摇头道："不可不可，我这些船不出海的！更不租借，你还是前往别处看看，别打扰我睡觉！"说着又躺倒在船舱，呼呼大睡。

青鸾笑道："我让你睡！"便用力推船，那只船顿时侧翻一边，将那人直掼进海水中。那人大叫中，探出水面，爬上船舱，叫道："你这丫头真是烦死人了，偏来搅扰我睡觉。"

青鸾笑道："你要不回答我先生的问题，就别想安生睡觉！"

东柳氏忙道："青鸾，不可造次！"

青鸾一伸舌头，站回鸣凤身旁。鸣凤莞尔一笑。

那人不耐烦道："你们究竟要怎的？"

鸣凤道："当然是要借你的这些船用用！"

那人道："我说过了，这些船不租借的！"

东柳氏忍住不道："这是为何？我们不会白借用你的船的。"

那人道："近来风高浪急，此海域舟船无法平安通行，凡出行的船只，如没有海神、风神的保佑，没人敢出海的。不是我不借你，如借你们，需要到此地的风神庙孝敬那位神仙，方能求得出海的平安符。你们看这些船只早已荒废了很久了，若非如此，谁不愿意划舟出行？"

东柳氏道："怎么，如要出海，还要向海神、风神求平安符？要给他们孝敬什么，才能渡海？"

那人道："这海神、风神可不好对付，要求极高，必须是奇珍之物，一般钱财是无法入他们法眼的！倘若孝敬不周，出海必遇大险，无有可以平安回来的，故此需要求平安符，以求风平浪静，出行顺利。"

　　鸣凤皱眉道："没听说海神、风神还收受贿赂的，这可真是奇了！"

　　那人道："你还别说，我就因此遇到过一桩奇异之事！"

　　东柳氏目光炯炯，看向那人。那人坐在船沿，目视远方的海水道："那是在一年前，我扬帆出海，刚刚驶船出海岸口，便遇到一股狂涛巨浪，船只在海面不停地打转，无法行驶。当时我船上载着一个船客，他对我说：'船家，这逢船出海，如果碰到回旋浪，当是行船经过冲撞了此水域的海神，需要尽投船中贵重之物，以敬呈海神，得他老人家的宽宥放行，否则，定遭不测！'我听他这一番话，将信将疑，但还是将船舱中值钱的东西投进海里，岂知没过多久，风浪竟真的止歇下来，船儿平稳地划出。那一刻，我始知原来海神本是需要敬献礼物方能保平安的。

　　"自古礼尚往来，我敬献给海神那些礼物没多久，忽见水面回旋，自海水中钻出一个小吏，身上穿着连体鳞鲛乌丝衣，竟滴水不沾。只见他如同飘萍一般，轻轻跃上甲板，我和众人忍不住一齐后退。那小吏笑着说：'船主莫慌，我乃此一带海神的小吏，适才你献礼给我们海神大人，一会儿他老人家要现身回礼相谢，不管他给你什么宝贝，你都别要，只要他身边的如意，切记，切记！'说完话，那小吏飞身没入水里。我回想他方才叮咛的那些话，正自懵懂不解之下，果然在不久，就见自海中水里涌出十几名海神叉和一个戴抹额，穿绯红衫、大口裤的老叟，他身后的海神叉均有披金甲及铁甲者。不披甲的，以红绢抹额盖武士之首服，皆佩刀护卫。

　　"我之前有见那海神小吏，心下早已先知，知道这老叟当是海神出来回礼的，当即躬身道：'一介凡民欧冶鸣拜见海神大人！'那海神和颜悦色，笑呵呵地说：'你倒乖巧，反知晓本神上临！适才多谢你以凡间之礼物贡献给本神，特来回赠礼品。本神这里有琳琅海贝、珠宝夜明珠、流珠丹丸，都可赠予你，不知你要些什么？'我记得海神小吏的叮咛提醒，当即道：'多谢海神大人厚赐，小民这里只要你老人家身边的如意！'那海神闻言，顿时大怒，说：'你要她作甚？这恐怕不能给你！'我见海神如此珍爱此物，心想一定是什么绝世宝物，于是便一口咬定，执意要如意不可。

　　"那海神见我如此固执，始终不肯答应我。我于是就激他，说：'海神大人，你身为这一带的海中圣仙，不会出尔反尔，说话不算数吧？'海神闻言一愣，随即冷冷地说：'你既然执意要我身边的如意，我身为圣仙，不会不给你。但在此有一言在先，你倘若得了如意，若不多加珍惜，日后嫌弃，定遭本神迁怒，有生之年，再要出海行船，必然次次遭灾，日日逢难，连同这一带所有的渔船商舟，都无法再安全出海，直到你死为止！'他说完那番重话，随即向身边的一个海神叉下令说：'速传如意！'海神叉下水自去，我站在船头，心想就一个如意嘛，我又怎么会嫌弃呢。那时候还不知道海神口中的如意非是玉器宝物，而是一位天姿绝姝的美人。

"原来那海神小吏和海神口中所说的如意，是海神的宝贝女儿，乃海中的水仙，名唤玉如意。那玉如意从水面轻飘飘飞到海神跟前，道：'爹爹，唤女儿出来有何事？'海神说：'如意，请恕爹爹事先没有告知你，爹爹准备将你许配给这位船家相公，不知道你可愿意？'玉如意闻言大吃一惊，很是意外，说道：'爹，这是为何？女儿的终身大事怎么可以轻易许人？'海神叹息说道：'如意，这应该是你人间的一段凤缘，即日起，你就随这位相公吧！晚点儿爹会派人送你成婚的贺礼！我说你这小子，合该有此一缘，日后倘若不好生对待如意，小心遭逢恶报！'我自从受弱冠之礼后，一直独自生活，是个一穷二白的光棍儿，忽然间蒙海神赐婚，嫁娶的竟是一位海中的仙女，不禁大喜过望，忙叩头拜倒，说：'小婿欧冶鸣，拜见岳父大人，见过仙妻！'玉如意起先还有些拒绝推托，后经海神一番规劝，玉如意才勉强答应，挥泪拜别她父亲，在其叮嘱下，着意同我靠船上岸，行合卺之礼，并带了满满一室的珍馐宝贝。

"玉如意自从与我成婚，贤淑勤勉，日日侍奉我左右，一时间我如过上了神仙般的日子。那海神给我的贺礼，很快使我变得异常的富有，让我成了余杭一带的商贾大亨，并且我那仙妻身上还有一块宝物，乃事事遂愿的如意至宝，每每举如意在手中，念叨什么，什么都会梦想成真。家财万贯，产业丰富，底下将养着一支船队，渡客捕鱼那是红红火火，舵手船夫更是数不胜数，一家独大，连同地方的官员都开始巴结于我。很快，我天天沉醉在这无比富足的生活中，开始骄纵淫逸起来，日日笙歌，尽情享乐。除了应酬达官显贵，便是歌舞升平，常常有家不回，纸醉金迷。后来我那仙妻坐守空闺，委实气不过，有一天在歌舞场前来寻我，劝我回家，希望我不要再贪图外间的声色犬马。我那时得意忘形，意气风发，哪里听得进去我那仙妻的规劝，自顾享乐，将她冷落一边。她见劝谏我不住，愤愤离去。

"不久，有家中的侍婢急匆匆跑来见我，说少夫人收拾行礼，回娘家去了，再也不会见我。我那时正在兴头上，浑然忘记往日海神的箴言，依然观舞行乐。就在如意气愤愤离家没几天，各处渔产商行和行船码头纷纷来报，言道近几日海中大浪翻滚，渔产离奇猝死，所有经营的产业尽皆停滞下来。再后来各处的劳工雇员的饷金渐渐发不下去。我回到家中搜寻当日海神给的贺礼，连同如意竟都不翼而飞，后来宅院也不得不变卖，我的所有产业一时间均败落下来，变得一无所有，只剩下余杭码头的这些帆船，可惜再也无法经营了。海中连日大浪翻涌，日日不得平静，出海便由此禁绝。我成日无所事事，只好躲在船上睡大觉了。想到这一年的离奇遭遇，此刻方悔悟都是由于自己不珍惜这段姻缘，遗弃了我家的仙妻，而导致中了海神的谶语，受到海神的迁怒，回想起来真是后悔莫及！如今得罪海神，日间又出来一风神作祟，搞得余杭水湾及陆地多有狂风海啸，此一带所有民众，如要过安稳的日子，均要前往风神庙进献珍品宝物，以贿赂风神，得享片刻的安宁！"

东柳氏听他一番讲述，道："原来如此，看来我们若欲渡东海，除了打造和准备船只以外，首先要去面见那位风神，然后再拜谒海神，只有风平海静，方能安全出海！"

鸣凤道："先生，这海神属王父的管治，倒好应对，就是这风神嘛，地处东海岸，不属于苍龙宫管辖，而是属于中天宫天帝的管治，毕竟不是自己人，可能得费些周章了。"

东柳氏道："无论如何，我也要先拜见风神，将我们的诉求告之于他，求得我们的一帆风顺。我说欧相公，你看这些船只能不能租借给我们，倘若应许，我一定以厚礼相谢！"

欧冶鸣连连摇头道："我方才不是讲过了吗？我背弃了海神之女，得罪了海神，倘若将船借于你，岂不未能入海，便会被海神施狂涛巨浪，将我的这些船只全卷沉海底！这万万使不得！"说着头摇得像拨浪鼓似的，径直走到船艄，背对着东柳氏。

东柳氏见他言辞决绝，正自愁眉不展，鸣凤却笑着上前道："先生，我知道他此刻想着什么，我倒有一法，管保他就范，乖乖将这些船献出来。"

东柳氏大奇，一脸诧异地望着鸣凤。青鸾也上前，笑道："师兄，你是想让他跟他之前的仙妻复合来着，不知我说的可对？"

鸣凤笑着点头，道："要让海神及玉如意满足他的心愿，就要先生以王父苍龙宫的名义，再行主婚，方为上策。先生，你瞧我的。"他转而对欧冶鸣道："我说那欧相公，倘若我能让你那仙妻复回你的身边，你可愿将你的这些船只借于我们？"

欧冶鸣闻言一脸诧异和兴奋道："怎么，还可以跟我那仙妻复合？"

鸣凤笑着点头道："正是！"

欧冶鸣先是一阵喜悦，随后又一脸鄙弃道："看你年岁不大，该是吹牛的吧！人家好歹乃是此方的海神，我那仙妻又非寻常人家之女，怎么会听信你们，反回来同我这个负心汉复合？"

鸣凤笑道："怎么，你不信？"

欧冶鸣摇头道："不信，打死都不信！"

鸣凤道："好，我若将此事办到了，你可否将这些船借给我们？"

欧冶鸣道："倘若真能跟我家仙妻复合，莫说借船了，就是将它们尽数赠予你们也心甘情愿！"

鸣凤道："好，那就一言为定！"说完又对东柳氏道，"先生，我们先回去，看看李中枢将花名册的人数检校清楚了吗？究竟随来的有多少人，然后核对这里的船只数量和载核情况。我说欧相公，你的手底一共有多少船只呢？"

欧冶鸣道："总共二十只，每船可以载三十个人吧！"

鸣凤点头，随后同东柳氏回到驻营之地。李义见东柳氏回来，将花名册人数报了，足有六百人之众。东柳氏闻言依照欧冶鸣所言的二十艘船只，单艘容纳三十人，正好可将所有人装下，不觉长长舒了口气。船只解决了，下一步怎么求见海神及玉如意，给她和欧冶鸣复合，便成为最先要做的事。东柳氏叫来青鸾鸣凤，一番计议，鸣凤纵身跃入海中，口中念动避水诀，分水路潜入海底，不一会儿，海神便带着众海神叉及玉如意在鸣凤的带领下，前来岸边拜见东柳氏。

海神揖手拜道："此域海神龙广携部下拜见圣公，不知圣公一路多历艰险，竟已抵达海岸，有失远迎，还请恕罪！"

东柳氏忙回礼道："海神快快请起！"众人相互礼见罢，东柳氏目光朝一旁的玉如意看了一眼，道，"这位就是贵千金如意女仙了，我方才倒闻得女仙同此间欧相公的一段情缘，只可惜他不知珍惜，错失了这段佳缘。不过在此，我有一事相求，还希望海神和女仙能答允。"

海神道："圣公有何事，尽管说来！"

东柳氏迟疑了一下，道："那就是希望女仙能和欧相公重归旧好，破镜重圆！世间之人俱非圣贤，不能经受各种诱惑也在情理之中！那欧相公经历一番际遇，已然悔不当初，希望女仙能再给他一个悔过的机会。海神应该也知道，我此番历经千辛万苦，终于到了东海海岸，眼下正需要船只渡海，正巧那欧相公有渡海之船。他呢别无他求，只求和女仙复合，便答应将他的那些船借给我们，故此相求。"

海神闻言有些为难道："这……"不禁看向玉如意，玉如意抿嘴不言，一时陷入当日的回忆之中。过了半晌，玉如意才开口道："圣公，请你告诉他，倘若他真的有悔过之意，当可护送你们一起东渡，多加历练，只有经历更多的风雨世故，他才会珍惜我们的这段姻缘。假如他在经历风雨之后还能全身而回，我就答应和他复合。"

东柳氏大喜道："真是太好了，多谢女仙和海神的体恤！"说着深深一躬，海神忙道："圣公莫要施以大礼，王公亲自指派你行驶东行桃源洲的大任，乃是造福苍生、关乎东海之域的千秋大业，小神既属臣下，理应尽力为之。圣公此番如出海，小神自会平波收澜，管保此海域波平浪静。就是行船渡海，还需有风神推波助澜，就非我能力管束之内了。实不相瞒，自东海和神州大地分由王公与中天宫天帝各自管治，此边境沿海我等海神和风神多有争斗。那风神有各处风伯、风轮使等相助，不断犯界，兴风作浪，一直跟我这海神之属斗得难分难解。此番圣公如要顺利起航，当平息了风神，方能有备无患。还需万加小心！"

东柳氏道："多谢提醒！"

海神道："如无他事，小神便告辞了。"当下再次和众海神叉及玉如意一礼，径直飞身降到水面。这时，欧冶鸣从一边跑来，看到海上最后面的玉如意，大叫道："夫人、夫人！"

玉如意悬停在海面，慢慢回头，看到站在岸边的欧冶鸣，神色凄楚道："你好生跟随护送圣公东渡，倘若哪日抵达终点，我自会前来见你，到时尚有重合之机，望你诚心悔悟，多自珍重！"说罢，没入海水之中。

欧冶鸣站在海岸，听到玉如意的一番话，不觉痴了，脸上慢慢露出欣喜的笑容。

东柳氏见船只解决，于是随欧冶鸣前往海岸口的风神庙，前去拜谒，并命李义召人集齐一些随身携带之物，作为进献之礼。只见东柳氏对着风神的塑像，连连三拜，道："下地之民东柳氏拜见风神上仙，尚请此番出海东行，能顺风顺水，平安抵达，在此多谢神灵的照拂之恩！我等行旅途中，无有宝物敬献，仅微薄之礼，聊表我等对上神的敬意！"说罢献上礼物，不过是些铜贝丝束之物。

东柳氏拜献完毕，退出风神庙。

青鸾道："先生，你拜就拜了，干吗还要给他们送礼？"

东柳氏道："此间送礼已蔚然成风，我们要平安行船出海，就不得不遵从此处的规矩。再者，我们以礼在先，虽然礼品微薄，但我们的礼节和心意却是敬到了。倘若蒙上神福佑，也属必然之举！怕就怕他们不受！"正说着话，忽然东柳氏几人面前风沙大作，方才献上的礼品被风沙卷起，跌落在沙地之上。风声止歇，就见风神带着风轮使和一个眇目道士一齐降落。在风神肩上盘着一只青色如貂的风生兽，双目闪着森森的红光。

只见风神瞪视东柳氏一眼，道："东柳氏，你也太寒酸了吧！敬献如此不堪的礼物，岂不是有意怠慢本神，还指望本神能让你们行船渡海，顺风顺水？天帝曾言道，你手底下有众多奇人异士，难道就不能叫他们献出些宝物，以敬呈本神？或许本神一满意，就兴起些和缓之风，好让你等安全出海！"

东柳氏道："上神见谅，我等自东行以来，实无宝物敬献，还请见谅！"

风神冷哼一声，道："谁信哩！倘若有诚意，就请献上宝物，本神自会亲自相送，倘若没有，那咱们就海上见真章！"

鸣凤在一旁早已忍耐不住，叫道："你这收受贿赂的小神，居然敢仰仗神职，敲我们的竹杠！我们献物品乃是出于礼节，你可别得寸进尺。别人怕你，我鸣凤童子却不怕你，倘若助我们行船东渡也就罢了，否则我定要拆了你们的庙宇，将你们销魂挫骨，让你这压榨人的买卖做不长久！"

风神斜眼瞅瞅鸣凤道："你这娃娃到底有何本领，敢说这样的大话？也好，你们若能胜了我们，本神即刻列队相送，保管风雨不兴，让你们顺风而去；倘若斗不过我们，那就乖乖回去准备宝物，献于本神，再作道理。"

双方一言不合，便斗将起来。东柳氏待阻止，却是箭在弦上不得不发，当即同欧冶鸣远远退到一边。青鸾鸣凤分别战那风神和眇目道士。

鸣凤跟那风神相斗，风神使的乃是迎风斩无形风刀，鸣凤手中分光血刃剑倒还可以应付，就是他肩上的风生兽乖巧滑溜至极，不时在风神的攻击下，偷袭鸣凤。鸣凤手中的分光血刃剑有几次削中风生兽，岂知它身如坚铁，竟然毫发无损。一时间，同风神斗得难分上下。

那边，那与青鸾交手的道人，名唤尸罗，乃申屠国异士，一直追从风神左右，惯能喷水为雾，手持一锡杖，借助口中不断喷出的雾水，大开大阖，飘忽不定，神出鬼没，不断偷袭青鸾。青鸾日月宝莲钩战到酣处，忽自宝莲剑柄之处飞出三朵莲花，登时将飞雾吸入，眼前豁然清晰可见。青鸾随手扔出五彩蚕丝网将尸罗收于网中，委地动弹不得。

青鸾收了尸罗，来战风神，一旁风轮使迎上，几个回合下来，又为青鸾宝莲钩所伤，不敢再冒进。青鸾增援鸣凤，二人齐战风神，苦于风生兽的厉害，二人一时之间竟难以取胜。

这时，忽闻海上异响，只见东海神使从天而降，手中扔出一菖蒲叶，正中那风生兽的鼻中。那风生兽一个趔趄，自风神肩头跌落在地，登时僵硬倒毙。风神见状大惊，一转身同风轮使化作一阵风而去。

东柳氏大喜，上前迎上，道："原来是神使降临，多谢相助！"

东海神使笑道："圣公久违了，自从当日为你送行，不觉时日，竟已濒临东海岸，看来抵达桃源洲指日可待！此处风神既已退去，那就请圣公早日出海启程，本使去也。"说罢飞身远去。

东柳氏躬身垂拜，当即在欧冶鸣的帮助下，于沿海州乡募集了出海的干粮和食用水以及五谷种子等储备之物，即组织船只齐集于海神庙前方的海岸。

行船的船队按一、二、三、四、五、六序列分排排列。东柳氏、青鸾、鸣凤和向导欧冶鸣携三十乡民在前领航，其后并排两艘，分别是李义家人和胡中、河上公、佟伯雄、范瑾、余迁各带三十乡民；第三排三艘，乃凤陵长、费无长和柳僮各携带三十乡民；第四排四艘分别是徐守真、蒋辛、卢起、吕麟及母亲各带三十乡民；第五排许灵凤、尤凭、秦飞连、陈抟、张垩子及父母七人各携三十乡民，掌舵各一船舰；最后四艘乃是西河少女、汪昭陵、瑶兮公主、王乔各领三十乡民。所有船只共 19 艘，将近六百人，各路会法术异能者均在各船外围两侧，守护船队的安危。

当日，船队浩浩荡荡，驰离海岸，朝东海深水中扬帆启程。

第三十四行　试履陀汗国

　　东柳氏偕同青鸾鸣凤及欧冶鸣，伫立于领航的头船上，乘风破浪，驰向东海，渐渐远离陆地海岸。众人多数都是首次乘船入海，刚开始均兴奋异常，行得一会儿，尽皆头昏眼花，呕吐不止。在海中行了几日，方逐渐适应海上的大风大浪和晕船反应。所有船只白天在惯经海上航行的欧冶鸣的指挥下，保持同一航向前行。夜里，各船首领安排精干的人充当船夫舵手，借着月光和随来携带的长明灯，操作桅杆，依照序列有条不紊地行驶。船只外围均有异能之士守护，整个船队分排聚在一处，无有掉队的船舰。平时的饮水干粮，均有专人看管分发，不过是些熟透的果蔬和干饼卤肉。每隔几日，途经荒岛孤屿，东柳氏便停船靠岸，进行修整，并捕捉鱼类烧烤，做以熟食用补。

　　这日，东柳氏带领船队，正行驶间，忽见不远处有一巨型岛屿，岛上远远矗立有宫殿楼阁，异常宏伟。他当即下令，命船队缓缓靠岸，岂知未近岛上，海防岸口有巡逻的卫兵，见海上有船队逼近，慌忙吹响号角，"呜呜"之声大作，在辽阔的海岸急促传开。随即便见数千卫兵手执大戟斧钺，列队前来，到得海岸口，便将队形排开，中间留出一道来。旗幢飞扬之下，一个年轻的国王骑着一匹高头白驹，逶迤前来，目光如炬，盯着渐渐靠岸的船队。

　　东柳氏的头船刚刚靠岸，就见一名护卫长奔上前，叫道："你等何人？此处乃是陀汗国国界，你等海外船队，如非邀请，请速速退去！"

　　东柳氏站在船头，忙揖手道："请报你们国王，就说神州之地东柳氏，远行东海，前往桃源洲，因多日海上航行，今番意欲借贵岛修整半日，即行离去。还请贵国国王能行个方便，在此感激不尽！"

　　那护卫长闻言，道："既如此，请稍待！"说罢反身奔回，到得那国王坐骑前，躬身将东柳氏众人的来意禀奏国王。那国王闻禀，点点头，远远眺望东柳氏众人一眼，最后将目光落在船上的女眷身上，当即轻声耳语。那护卫长倾听之下，不住点头，躬身拜退。

那国王交代完毕，即行调转白驹，返回国城。护卫长复奔上前，道："我们国王有旨，请各位停泊船只，下船随我上岛休憩。船队首领东柳氏可面见我们国王，行朝见之礼。"

东柳氏大喜，吩咐众人依次靠岸下船，并在李义的组织下，整肃队伍，有序跟随陀汗国的侍臣入国城安置。随后带上青鸾鸣凤，跟护卫长前去王室，觐见陀汗国国王。

这陀汗国虽在岛上，但宫城颇为宏伟，与中土建筑一般无异，只是城内城外均有贝螺鳞属和棕榈椰树为绿植装饰。岛民着装亦是单薄轻衣，女子白绫轻纱、碧衫罗裙，男子均华服着身，飘逸洒脱。

东柳氏随护卫长进得王宫大殿，但见各班文武朝臣侍立左右，一齐注视东柳氏这位异客的造访。

东柳氏来到大殿，见陀汗国国王顶戴黄冠，身披龙纹绿袍，脸面白净，星眉朗目，颇具英武之气。当即躬身拜道："神州东柳氏，拜见国君！"

国王轻声点头道："先生不远千里，不知前来东海所为何事？"

东柳氏道："我等远来东海，携六百男女之众，乃是至桃源洲建世立业，寻取王道乐土。途经贵国，多谢国王能行方便之门，东柳氏在此拜谢了。"

国王道："原来如此，先生不远千里跋山涉水，负重前行至此，实是令本王钦佩。来人，命膳夫御厨和外饔的灶事上，款待他们随来之人。"立即有传旨官应命而去。东柳氏再三感谢，那国王道："你等既然要在这东海安身立国，往后当属友谊之邦，还需多通声气才是！"

东柳氏道："如此甚好！"

国王道："来人，摆驾迎宾馆，本王要款待这位桃源洲的未来之主。"护卫长应命而去，吩咐司几筵及当值官员去办。东柳氏和青鸾鸣凤在陀汗国国王及陪臣的引领下，来到迎宾馆大厅，各自分主宾坐定。陀汗国国王敬酒之下，说道："冒昧问一下，先生携这六百人中，可有多少年轻的女眷？"

东柳氏一愣，心想："这国王问我所带的女眷作甚？"但脸上却不动声色，笑道："随来的男女，均是自神州各地自愿加入而来的，约莫有一半女子，年轻者也在两百人左右。"

国王点头道："如此甚好！实不相瞒，本王这里有一桩事相请，不知先生可否答允？"

东柳氏越发诧异道："不知国王所请何事？在下既然蒙国王的厚遇，当请之事无不应允。"

国王笑道："如此甚好，且听本王讲于你听。不久之前，本王在巡游外邦出行之时，无意间捡到一只金履鞋，小巧玲珑，煞是好看，如获至宝一般，因此带回国中。闲暇之时，每当看到这只精巧别致的金履鞋，本王就浮想联翩，猜想是怎样的女子会穿戴这般奇特的鞋子？又是怎样的奇女子会配得上这只金履鞋呢？由鞋思人，本王便经常幻想着这位金履鞋的主人，一定是一位绝代佳人奇女子。从那刻起，本王便发下诏令，愿以一国之力，寻得这金履鞋的女主人，并立誓娶她为未来陀汗国的王后。但人海茫茫，要找到这金履鞋的主人，无异于大海捞针！在朝上，有臣下献策，并请来国中一位会卜卦推算的先生，他看到金履鞋，卜了一卦，言道在朔望之日，这位金履鞋的主人会在此现身。据他推算的时辰，可正不是今日的初一十五之期吗？正巧老丈率领船队经过此间，本王见船上有女眷，故此有此不情之请！还请老丈应许，让船上年轻女子一齐前来试穿金履鞋可好？"

东柳氏闻言迟疑道："这个，我得回去征询一下她们的意见，再作决定。"

国王忙道："如此有劳了！老丈一路辛苦，本王特备薄宴，请三位享用。"

当下，东柳氏一番言谢，同青鸾鸣凤用膳罢，辞别国王，随差官来到外间的歇宿宫馆。鸣凤见东柳氏一直愁眉不展、面有隐忧，不禁问道："先生，你可有什么顾虑吗？"

东柳氏道："我一路带领大家好不容易，即将到得桃源洲，真心不希望有一人掉队或者停留他处。那国王据卦术推断，一口认定在我们所来的女眷之中，有那位金履鞋的主人，并要娶她为后。倘若未应验也还罢了，如真的应验，又岂能将她独自留在此处。她们一路跟随，每一个都如同我亲生女儿一般，实不忍弃她而去！"

青鸾笑道："先生，留在这里做一国的王后，一人之下，母仪一方，岂不是也挺好嘛！"

鸣凤闻言，皱眉道："鸾妹，你又说玩笑话了。跟随大家在一起，自由自在可有多好，倘若做了什么一国的王后，有了等级之分，那宫中的生活可有多无趣！"

青鸾道："可是我们既已上岛，又吃人嘴短，倘若随来的女眷当中，真有能穿上那国王金履鞋的女子，恐怕我们即使不想留，也不太容易吧！"

东柳氏摇头道："但愿咱们随来的人里面没有能穿得这鞋子的！青鸾，你去将所有女眷叫到这里，我将此事通晓她们得知。"

青鸾点头而去，不一会儿，所有年轻的女眷齐来面见东柳氏。东柳氏简略将陀汗国国王所诏，试穿金履鞋之事讲罢，见周遭没有国中使臣卫兵，接着道："倘若在场之人，之前有遗失金履鞋的，可以及早站出来。我一向视大家如我的亲生女儿，不希望有任何人羁留在此！"

东柳氏连问三遍，见无人应声，不禁脸露微笑，道，"既然没有遗失金履鞋的，我这就放心了！大家等会儿随我去见国王，试穿之后我们及早离岛。"

陀汗国的后宫闺闱之内，国王屏退所有男侍之臣，同东柳氏守于幕帘之外。国王见西河少女年轻貌美，欲让她亦入内换试。西河少女闻言大怒，身上弱柳鞭应手甩出，登时将外间的一根石柱击得粉碎。那国王见状大吃一惊，哪里还敢让她试穿。东柳氏连忙将西河少女的真实年岁，因服食驻颜的仙丹而容颜未改的秘密，告之国王，那国王闻言啧啧称奇不已。倒是青鸾天性调皮，对着鸣凤笑道："师兄，我也进去试试，说不定我脚合适，可以当当这陀什么国的王后哩！"鸣凤笑笑不语，青鸾进到里间，有宫内女官及宫娥一一巡守，全神贯注盯视每一个人试穿金履鞋。青鸾早早地试穿了金履鞋，结果并不合脚。其他人一一试罢，不是脚大穿不上，就是穿上脚太小，好不容意轮到最后一名姑娘试穿之时，青鸾却见她神色起伏、踌躇不定，心下暗忖："莫非是这位姑娘遗失的金履鞋？"

想到此处，青鸾飞快打量了那姑娘的双足和那只金履鞋，神色犹疑，眼见那姑娘在宫女的催促下，一脚踏进金履鞋内，竟严丝合缝。青鸾见机，趁那宫女未近前细看，忙暗下伸手一指，那金履鞋无声无息之间，微微变大。宫女蹲下查看，见那姑娘穿上脚，略显脚小。

女官在旁见最后一位女孩试穿未能合履，一脸气馁，出得帘幕之外，垂首道："启奏吾王，这些女孩之中，没有一人合脚的！"

国王闻奏大失所望，随即强颜欢笑，道："看来金履鞋的主人不在这些女子当中！多谢各位玉成此事，虽未如愿，不过还是深表谢意！本王这就命人赠予各位一些薄礼，即日送大家离岛，希望诸位能早达桃源洲！"

东柳氏忙道："多谢国王！"

陀汗国国王泱泱而去，试穿完的女眷一一走出，随西河少女回到下处。青鸾却独独带着最后的那位姑娘，来见东柳氏，见四下无人，遂将试穿之事讲给东柳氏。东柳氏闻言大吃一惊，怔怔地凝望那姑娘，低声道："你叫什么名字？是从何地何时加入队伍的？怎么看你如此眼生？"

那姑娘一听便跪了下来，道："求圣公留我，我不愿在这里做什么王后！"

东柳氏忙将这姑娘扶起，道："姑娘莫怕，有什么事慢慢道来，我不会责怪你的。既然你遗失了那金履鞋，为何方才不站出来呢？我们也好想办法应对！"

那姑娘道："我是穷苦之家的女儿，我怕圣公知道会责怪我，赶我走。其实我是在余杭海岸时，遇到咱们的队伍的。那时，我原本是投海自尽去的，不想被方才那位带队的姐姐救下了。"

东柳氏奇道："什么时候的事，我怎么不知道呢？"

那姑娘道："圣公当是同两位仙童去筹借船只去了。"

东柳氏沉吟点头。

青鸾道："你说的带队的姐姐，是仙姑吧！"

那姑娘点头。原来那日正是西河少女眼疾手快，救她下来的。后来将其领到驻营之地，报于中枢令李义，李义见她可怜，也就安置于女眷之中，但一时忙于统计人数、检校花名册，竟忘了禀告东柳氏。

东柳氏道："姑娘好端端的为何投海自尽呢？"

那姑娘这才一五一十将她的遭遇娓娓道出。

这姑娘名叫木叶，长于海滨叶家村，自幼生母早死，亲父续弦不久亦病亡，便随继母潘氏生活。这潘氏生性刻薄，心如蛇蝎，对待木叶姑娘极为苛刻，百般刁难折磨。吃食用度如同施舍，残渣剩菜，粗布麻衣，一应均是最差的，权当牲畜将养着。潘氏膝下尚有一亲生之女，亦随母姓，名叫潘嬛，对待木叶更是冷眼相加，肆意欺侮，偏生木叶姑娘又生来卑怯，弱不禁风，因此平日常遭受这对母女的恶毒坑害。

有一日，风雨大作，潘氏言道："木叶，咱家的鱼谷还没有上交镇司大人那里，镇司大人今天便要我们上交，否则便要拿咱家的一人下大狱。你现在就去海岸，赶紧打些鱼回来！"

木叶见外间大雨倾盆，迟疑不决，潘氏沉着脸道："怎么，你不愿意去？倘若今日未能交上鱼谷，打不回鱼来，咱家只有将你送到镇司大人那里，他可是一直就喜欢你，愿意纳你为妾，你要不去，可不正中了镇司大人的下怀吗？娘是为你好，还是快去打鱼吧！咱们家交了鱼谷，就什么事也没有了，你也就不用到镇司大人那里去了。"

木叶无奈，只好披上斗笠斗篷，带上渔网和鱼篓，冒雨出海捕鱼。说也奇怪，木叶到了海岸，雨竟然停了。岸边停泊着一叶小舟，船身破烂，乃是她平时打鱼用的。木叶划舟入海，撒网下去，很快捕得一些鳞鱼虾属之物。木叶将捕获的鱼虾分类装进鱼篓内，却意外捡到一只蠕动不止的海星。木叶见海星样貌奇特，煞是好看，当即划舟靠岸，将其连同鱼篓一齐飞跑着带回家中，并偷偷将养在院落的小木盆内，然后带着满载而归的鱼篓，交到继母手上。

潘氏见她冒雨出去，不一会儿却雨住风歇，并打回满满的一篓鱼来，诧异之外，却也无可奈何，只得另寻时机捉弄为难。

木叶自从偷偷饲养海星，便常常私自下海，捉来海贝螃蟹之类，悉心喂养。那海星经木叶喂食，一日比一日渐长，木盆竟已无法盛下。木叶于是又将其投于后院的水池内，一有余暇便喂它吃食。如此数日，孤苦无依的木叶便将其当作最为亲密的朋友一般，有了深厚的感情。每至夜深人静月光皎洁之下，木叶便来到池边，屈膝盘腿，坐在大石上，对着池中游弋的海星，倾诉着自己悲惨的身世和遭遇。

有一年，陀汗国国王率领使臣访问木叶所在国都，两国在海岸举行盛大的邦交礼，适逢当地每年一届的寻郎配，年轻男女身着盛服，寻求配偶。木叶有心参加，但苦于自己衣陋衫破，当晚来到池畔苦诉衷肠，正自凄切之间，忽听耳边传来苍老而又雄洪的笑声。木叶循声望去，只见月光下站着一个面相慈蔼的老妪，正笑呵呵地对着木叶笑。

木叶吃了一惊，嗫嚅道："老奶奶，你是？"

那老妪笑道："你不认识我了？我是海婆婆，是你带我回来的！"

木叶惊诧万分道："我带你回来的？"

海婆婆道："可不是吗？我本来好端端在海里，却被你捕上岸，并养在木盆里，然后到得这里，你不记得了吗？"

木叶这才醒觉，回头看水池时，已无海星的踪迹。木叶惊诧万分道："你……你是那海星变的？"

海婆婆点头道："亏你这些时日对我的厚待，把我喂养得肥肥胖胖的。我也时常听到你倾诉着你的身世和遭遇，真是个可怜的孩子！"

木叶闻言顿时一脸通红，道："我说的话，你都听到了！哎呀，怎么会……会有如此神异的事！"

海婆婆笑道："我虽是一只海星，但善通人性，能解世人的烦恼，你遇到我，也算是你的造化！我方才听到你说话，要去参加明日的寻郎配，婆婆可以助你！"说罢，手一伸，掌间已多出一件金丝衣和一对金履鞋，海婆婆笑道，"你明日披上它，再穿上这对金履鞋，一定会寻得你未来的郎君的。"说着将鞋衣交到木叶手里。

木叶接过，正自一脸欣喜，爱不释手，忽听院中潘嬛的声音道："木叶，你死哪去了，快点回来了。"说着话，潘嬛已从后门开门走出，木叶大惊之下，转头却已不见海婆婆的身影。回望池中，那只海星正好端端地慢慢沉降池底。

木叶匆忙之下，连忙转头，将手中的衣鞋藏在身后。潘嬛见她目光闪烁，诧异道："你在这干吗？手里拿的什么？"

木叶忙掩饰道："没……没什么！"

潘嬛斜了木叶一眼，恶狠狠道："赶紧回来睡觉！"说着走进屋。木叶见她走远，这才舒了口气，遮遮掩掩带着鞋衣入内。

木叶回到简陋的居室，忍不住打开金缕衣和金履鞋，借着烛光，端视良久，这才将其收起，安心睡下。不料这些全被窗外的潘嬛窥见。她方才见木叶躲躲闪闪，背后似乎藏着什么，当下也不说破，趁木叶回屋之后，悄悄潜到外间，隔着缝隙往里瞧去，在见到那金缕衣和金履鞋之下，惊羡万分，实不明白木叶怎么会有如此好看的鞋衣，一时间贪婪之念涌上心头。当晚她趁木叶睡熟之际，偷偷盗走了金缕衣和金履鞋，回到屋中，将金缕衣穿在身上，虽然略显衣紧，但勉强上得身，就是那金履鞋，怎么穿都无法合脚。

潘嬛气愤之下，一伸手将金履鞋扔出窗外，却穿上金缕衣对着铜镜，沾沾自喜。这时，潘氏走进，看见她身上穿的金缕衣，不禁啧啧称赞道："嬛儿，你怎么会有如此好看的衣服，快让娘仔细瞧瞧！"

潘嬛道："娘，说出来你可能不信，这衣服是那贱丫头木叶的，被我偷来的。"

潘氏道："怎么可能，她怎么会有这样的衣服？"

潘嬛于是将后院外所见的情形讲给潘氏。潘氏纳罕之下，亦猜想不透，却对着潘嬛身上的金缕衣，大加赞赏：笑道："有这样漂亮的衣服，明日嬛儿大可穿上它，参加邦交会，前去寻郎配，说不定会引来哪位富家公子的注意哩！"

次日，潘嬛身穿金缕衣，同潘氏一齐奔赴邦交会，独留木叶在家中。木叶一觉醒来，发现金缕衣不翼而飞，急得在屋内团团转，搜寻金履鞋，亦找寻不到。木叶一直找到潘嬛所住的屋外，才发现那对金履鞋。

木叶捧起金履鞋，稍加思索，立时明白一定是潘嬛偷盗而去，不禁泪流满面。当日，耳闻外间丝竹鼓乐之音，远远传来。木叶穿上金履鞋，竟严丝合缝，颇为得脚。她走出庭院，来到邦交会的外围，栅栏外驻守的卫兵见她身上衣裙褴褛破旧，将其挥戈拦下。木叶眼巴巴目视着场中欢快跳舞的男女，无声流着泪。

邦交会场中的男女正自欢歌起舞，寻双配对，忽然狂风大作，有几股龙卷风急速飞旋，径直划开了跳舞的人群。众人发一声喊，四散飞逃，有一拨人没命往木叶这边奔来。木叶见状，连忙转身飞逃，身后龙卷风已然卷袭过来。木叶仓皇奔逃之下，脚上一扭，一只金履鞋脱脚，被龙卷风卷上半空。木叶好不容易摆脱龙卷风的追袭，眼见场中众人东倒西歪，摔了一地，而自已则裸着一只脚，立刻狼狈回屋，换上旧鞋，将遗留的一只金履鞋藏好，若无其事地做活儿，眼见潘氏、潘嬛母女灰头土脸地走来。

这母女俩看到木叶好端端在家未出，胸中怒火不打一处来。当晚，木叶又来到后院门外的水池边，诉说日间发生的事情。池中的海星破水而出，在半空变作海婆婆，降落在木叶面前。

木叶大喜道："海婆婆！"随即一脸委屈道，"对不起，我把金缕衣和一只金履鞋弄丢了。"说着忍不住垂涕落泪。

海婆婆笑道："不妨事，不妨事！"说着话将木叶轻轻搂在怀里，一股久违的亲情瞬间在木叶的心怀里，荡漾开来。那一晚，木叶抱着海婆婆，将多年的委屈和心酸，尽情释放。海婆婆慈蔼地爱抚着木叶，道，"金缕衣不在了，但金履鞋还在，虽然只有一只，却注定着你后半生的幸福和快乐，你好好珍藏。婆婆老了，恐怕不能再陪你了。你坚强一些，熬过这些时日，一定会苦尽甘来！婆婆走了！"

海婆婆说罢，闪身入水，又自变回海星。木叶近前，蹲下身凝望池中游弋的海星，恋恋不舍，转身回去。她刚进了后院，前往一侧的居室而去，从院落墙角偷偷探出一人，却是潘嬛。方才海星出水变作海婆婆，又复变回水中的情景，全被潘嬛看在眼里。潘嬛望着木叶走出的背影，冷笑道："好啊！死丫头居然跟水怪为伍，难怪她会有那金缕衣！"她不由想起海婆婆方才说的话，心道："后半生的幸福和快乐？本姑娘叫你幸福不起来！"

潘嬛于是转回，将所见告之母亲，潘氏闻言大为惊异，沉思不决。

潘嬛道："母亲，不如我将她那只金履鞋偷去，看她怎么还会有幸福！"

潘氏却阻止道："先别去，这死丫头既然跟后院水池的妖怪为伍，我们不可轻举妄动，着了水怪的妖法。先设法除妖，那死丫头没了保护，我们再慢慢收拾她！"

次日，潘氏携带家中的琳琅珠宝，独自来到海岸口的风神庙，径直入内献宝。不大工夫，风神携风轮使和申屠道人一齐显了真身，潘氏忙跪下参拜道："民女潘氏参见上神！"

风神看了潘氏一眼，再打开宝匣看看，点头微笑道："你带着这些宝贝见本神，当是有什么事相求吧！"

潘氏道："正是，近来吾家后院水池中出现一水怪，搅扰得我们无法安宁，故求上神能派人将其除去，以平复宅后的妖患！"

风神道："那是什么水怪呢？"

潘氏道："那水怪好生厉害，小民未敢亲见，故不知其来历！"

风神点头道："你先出去等候，一会儿带本神前往。"

潘氏跪拜退出。申罗道人道："我们真要去助她降伏水怪？"

风神看向庙外，道："我方才观她形神，头顶黑气，乃是煞星转世为人，这个忙还是需要帮的。再者为民除去妖患，亦属分内之事！"

申罗领命，当即和风神随潘氏来到后院池边，见到池中的海星，风神一笑道："我道什么水怪了，原来是只成了气候的海中之物。潘氏，你去把它捉上来！"

潘氏稍稍迟疑，俯身去捉，却见池中水星飞溅，海婆婆变化人身，凌空飞逃。申罗道人早有准备，大叫道："哪里逃！"手中锡杖飞出，正中海婆婆后背。海婆婆惨叫一声，从空中跌落。

海婆婆飞逃，被申罗道人击死的情景，全被步出后院门的木叶看见，她不禁嘶声喊叫道："婆婆！"没命奔上。海婆婆被打回原形，身体和触角不住挣扎，潘嬛拿着一把剪刀，飞奔近前道："母亲，给你剪刀！"潘氏接过剪刀，蹿步近前，将地上的海星剪成数段。木叶哭叫中冲上，却被潘嬛死死拽住。

风神道："潘氏，将它的肢体拿到不同地方掩埋，让它再无复生的机会！"

潘氏点头，捡起海星的碎段，分各处去掩埋。

木叶在一旁哭成泪人一般，那潘嬛却在旁沾沾自喜，冷笑道："这下看谁还能来助你！"

木叶梨花带雨的哭啼之状，却给一旁的风神看在眼里，潘氏转回时，风神将其叫到一旁道："潘氏，那姑娘是你什么人？"

潘氏道："是我的女儿，不过不是亲生的！"

风神笑吟吟道："过几日，我的风神庙要举行大祭，正缺一位陪侍玉女，你就送她过来，伺候本神。"说罢盯着木叶看。

潘氏会意，笑道："那敢情好，我正愁不知道将她往哪安置了。"

风神大笑一声，同申罗道人闪身而去。

木叶伤心欲绝，回到屋中，潘氏走进笑道："木叶，你说你前世修了什么福，居然被当地的风神爷给瞧上了，要你过几日前去伺候他！"

木叶闻言大怒，道："你去伺候那恶神好了，你们合伙同谋，杀害了海婆婆，我不会去侍奉这个害死婆婆的仇人！"

潘氏见她一向柔弱，今日反倒刚烈起来，不禁叫喝道："哎哟，你这是要造反不成，你要不去，我就把你赶出这个家！你同妖怪为伍，老娘岂能容你？可不是我潘氏无情无义，纵是传将出去，我也有说辞！你可想好了！"说罢气愤愤而去。

就这样，一边将要被赶出家门，一边要被送给风神为侍妾，而木叶唯一的亲人海婆婆也被潘氏与潘嬛合谋害死。木叶生无可恋，独自来到海边，准备投海自尽，却为经过海岸的西河少女所救，便跟随东柳氏的船队来到陀汗国。

东柳氏、青鸾、鸣凤听完木叶的悲惨身世，不觉甚是怜惜。亏得青鸾机敏，在试履时，施法做了手脚。以防夜长梦多，东柳氏当即告别陀汗国国王，同李义众人列队离开国城。陀汗国国王只派守卫长前来相送。

东柳氏众人离开国都，到得海岸，正要上船出海，却听马蹄声响，陀汗国国王乘白驹，一名卜师策马跟随而至。

国王远远道："且慢！"

东柳氏回头，只见国王带着卜师近前，一脸怒气道："来人啊！将他们围起来！"一声令下，海岸沿线分别涌上众多弓箭手和虎贲勇士手执斧钺，将众人团团包围。

东柳氏大吃一惊道："这是为何？"

国王冷笑道："险些被你蒙骗了。金履鞋的主人就在你们女眷当中，如非本王卜师卜了一卦，险些同我那王后错失良缘。"

鸣凤在一旁叫道："我说那国王，就算你派兵包围了我们，就凭这点兵力，便想留住我们吗？"

国王笑道："你们能千里至此，如非有法术高强的异人辅佐，怎会到此？本王知道你们的人里面有的是能人，就是以举国之力，恐怕也拦你们不住！不过本王已事先在海岸水中布排了水兵，只需本王一声令下，他们就会将你们所有的船只凿沉。没了渡船，看你们怎么离开此岛，前往桃源洲？"

东柳氏众人大惊，正自不知如何是好，却见人群中，木叶慢慢走出，到了东柳氏面前，跪倒在地，道："圣公，我不能连累大家，就让我留在这里吧！我从小就丧父丧母，在潘家多遭欺侮，如今又身陷此地，看来是我的劫难！躲也躲不过，只好认命了！请受小女一拜！"她磕头拜谢罢，径直转身走向陀汗国国王那边。

那国王一脸喜悦地凝望着木叶，她那凄美的绝世容颜真如他此前想象的那样，那样的洁白无瑕，美艳不可方物。

东柳氏叫道："木叶姑娘！"

木叶身子一顿，停在当地。

青鸾叫道："木叶姑娘，别过去！请相信我，我一定会带你安全离开的。"

木叶凄然一笑，慢慢转身。

陀汗国国王正声道："有道是宁拆十座庙，不毁一桩婚。本王相信和这位木叶姑娘是有前世缘分的。请你们放心，本王一定好生对待她。从即日起，娶她为后，如有辜负，天打五雷轰！"他情真意切，又当着臣下和卫兵许下重诺，东柳氏一时竟也不知所措，良久不觉轻叹一声。青鸾见此，知道东柳氏心中有所动摇，心想事已至此，留也无用，当下道："你身为一国之君，一言九鼎，希望说话算话，好好对待她！否则我青鸾第一个不饶你！"

陀汗国国王大喜，道："来人，欢送他们离岛！"

东柳氏无奈，只得率领众人一一登船。木叶眺目远送，陀汗国国王走近她身旁，一齐并肩送行，眼见东柳氏的船队，浩浩荡荡，乘风破浪，逐渐远去。

第三十五行　斗法积翠岛

　　船队离开陀汗国，在茫茫大海航行多日，各船干粮用水均已告罄，急需补给。东柳氏取出《桃源入行图》，见距离陀汗国就近的海域显示有一小岛，名唤积翠岛，当即依照日出日落的方向和夜间的北斗星确定方位，率领船队朝积翠岛方向进发。

　　也不知航行多久，果然在海天交接的地方，出现一座小岛，远远地洇出一点点绿。驰到近岸，风平浪静，海水清澈如一面镜子，映衬着一片绿茵茵苍翠欲滴的孤岛。

　　帆船无风不起，东柳氏在欧冶鸣的建议下，分别让各船水手分两边举大桨划行，船队缓缓抵近积翠岛海岸，触礁停靠。

　　但见积翠岛绿树成荫，礁石林立，沉浸在一片寂静之中，鸟雀走兽踪迹全无，情状怪异而肃穆。青鸾奇道："先生，这岛上怎么什么都没有？该不是一座死岛吧！"

　　东柳氏诧异摇头，道："还是上岛走走，看看有什么能补给的。大家都小心些！"说罢首先下船，和欧冶鸣在青鸾鸣凤的护持下，走向小岛。其他船只上众人纷纷下船，有序踏上岛岸，仅留两名壮汉看守。

　　这积翠岛方圆大约十几里地，但岛上景致清幽，暖风和煦，却无比惬意。东柳氏啧啧称赞道："好一座天然小岛！"他正惊叹之下，陡闻四下喊杀声大作，有一百余名手执长矛剑戟、弓弩短箭，全身兽皮披挂，彩纹抹额的男女一齐从山石丛林之中呼喝着冲出，将东柳氏众人团团包围。

　　东柳氏众人大吃一惊，立时分排站定，全神戒备。但闻半空轻叱一声，一位白衣飘飘，长发披肩，手执一柄莲花宝剑的女仙，轻飘飘横身降落在一众男女之前，一双清澈的眸子朝东柳氏众人打量一眼，随即收起宝剑，道："你们是什么人？"

东柳氏忙道："在下东柳氏，携船队途经贵岛，意欲借此修整半日，完了即行离去，还请女仙能收容！"

那女仙道："岛上最近有事，不太平，还请先生稍事休息，即刻离去，以免无辜遭受牵连！"

东柳氏道："多谢女仙，我等给船只补给了，就离开贵岛。"

那女仙朝身后的一名老妪道："姥姥，将咱们岛上的吃食和水给他们些，然后送他们离岛。一会儿敌人攻来，就无法顾及了。"

天姥躬身道："是，仙子！"说罢带几名女侍转回。

那女仙高声道："大家分头散开，严守以待，一会儿强敌来犯，听我的指令！"

众男女齐声应命，四散而去，同时埋伏藏身于隐蔽之地。

那女仙更不言语，飞身而走。

须臾，天姥带人抬着装有吃食的布袋和水囊，来到东柳氏身前道："这些吃食淡水你们带走，赶快离开此处，恕我们岛主不能相留了。"她说罢，命人放下布袋水囊，正要转身离开，东柳氏却迎上前道："多谢你们岛主，冒昧问一下，岛上有什么强敌，竟至你们如此惊惧慎防？"

天姥眉头一皱，正要说话，忽见头顶上方不远处，乌云蔽日，雷声滚滚，一大团乌云逐渐将整个积翠岛笼罩住。

天姥惊叫道："不好，他们从东边攻来了，快赶去支援！"她一声令下，藏在隐蔽之处的男女纷纷现身，在天姥的带领下，往积翠岛东面奔去。

众人见状面面相觑。东柳氏看到地上装有吃食的布袋，正声道："难得他们如此慷慨盛情，既然此处有难，让我们遇上了，说什么也得助他们一助！青鸾、鸣凤，你俩速去察看！如有必要，也好助他们一臂之力！"

青鸾鸣凤躬身道："是，先生！"

二人飞在半空，远远只见另一边岛岸上方，天光昏暗，云端上悬空站着一众盔甲锃亮的天兵天将，来势汹汹；下方海岸海水潜涌翻滚之中，有无数奇形怪状的螺舟，呈椭圆蚕蛹之状，一半沉浸在水中，一半浮游在海面。半透明的螺舱内，有手执短刃刀及飞叉的海卒，个个五短身材，身着玄皂乌丝衣，佝偻着腰身，神情戒备，在为首螺舟内的海龙王大太子敖放的率领下，纷纷靠岸。螺舱分两边朝舱内缩回打开，众海卒一齐跳上海岛，冲杀而去，同岛上那女仙率领手执兵器的众男女，斗在一起。天姥手执风俚杖奋勇当先，风俚杖扫过之处，众海卒纷纷被击飞，远远跌入海中。

敖放手中倒提一柄方天戟，迎战天姥的风俚杖。两人杖戟相交，劲风大作，双方部下纷纷退后，自两边绕开，冲杀在一起。

云端上，为首的乃是猛烈元帅铁琼，副帅亢金大神温良玉，巨灵神秦洪海，以及刑神蓐收等天神天将。

铁琼手持蒺藜槌，叫道："谁人下去收服这积翠仙子？"

秦洪海躬身道："末将愿往！"

铁琼挥舞蒺藜槌，秦洪海领命，飞身而下，左手擎着一座锥山，叫喝道："积翠仙子，快快受降！"说着话，手中的锥山法宝脱手而出，逐渐变大，径朝积翠仙子迎头压下。

巨大的山体铺天盖地、泰山压顶般扣下，两边的人纷纷躲闪，积翠仙子毫不惧怕，口中念动真诀，双手间飞出两朵金莲，一同在半空顶住石山的重压。石山晃晃悠悠，被莲花之力推上天空。

秦洪海大吃一惊，手上施法，只见石山中，突然分形变化出无数的大山，分上下左右四面八方向积翠仙子一齐挤压过来。积翠仙子再度变化无数金莲，四下飞出，抵住来袭的山石。双方各施法力，拼力相斗，一时间相持不下。

秦洪海见积翠仙子金莲之力，竟能阻挡自己太华之阿的重压，当即身子摇晃，双足突然拔高变巨。他一个起跳，跃到最顶的山石之上，一股巨大的力量如万山压顶，朝地上苦力支撑的积翠仙子压下。

昔日太一未分，山连太行、王屋、白鹿，水患浩荡，秦洪海左掌托太华，右脚踏中条，太一为之震裂，其脚踏力量之巨，可见一斑。积翠仙子哪里禁得住，万石齐压而下，她急忙摇身一变，变作一朵金莲，堪堪从扣压的巨石间隙中，脱身而出。

铁琼在云端见积翠仙子脱逃，大感意外。身旁的亢金大神温良玉，按捺不住，叫道："元帅，末将请战！"

铁琼点头，再次挥动蒺藜槌，温良玉应命而下，秦洪海一脸颓然，飞身返回。这温良玉生得勇武至极，青面赤发，肤色靛蓝，有琼花、玉环两法宝，腰身挂着一金牌，上书：无拘霄汉。他见积翠仙子金莲厉害，心下有意以琼花斗她金莲，一较高下。人一落地，便祭起琼花，飞在半空立时变大，有万道光芒和花气散射而出。积翠仙子众人顿时直觉头昏眼花，摇摇欲坠。

积翠仙子不敢怠慢，金莲脱手而出，化作无数花影朝琼花缠绕而去，一时间飞花乱坠迷人眼，两厢在半空胶着冲袭。温良玉见自己的琼花和金莲在半空相持不下，无法取胜，便觑准时机，甩手扔出手中玉环，玉环瞬息变大，径朝积翠仙子扣下。积翠仙子正自施法催动金莲，冷不丁对方的玉环飞至，令她猝不及防，登时被套中腰身，挣扎中，玉环收紧，将她的纤腰勒得更加细了。

积翠仙子惊怒道："你耍诈偷袭！"正要双足腾挪，飞身起跳。

温良玉哈哈大笑，半空中琼花将金莲尽数吸走，随即在温良玉的驱动下，飞到积翠仙子头顶。一道花气彩光倾注而下，积翠仙子惊叫中，被彩光笼罩着脱身不得。

一旁正跟敖放斗得难分难解的天姥，见积翠仙子被收服，忙来相救。温良玉眼疾手快，手中举出腰间的无拘霄汉金牌，一道光芒飞至，天姥连人带风俚杖同时被吸走。有两名天兵飞身而下，将天姥五花大绑起来，羁押在一边。

敖放见积翠仙子和天姥皆被制伏，不禁大笑上前，朝云端的铁元帅和温良玉道："多蒙铁元帅和亢金大神的相助，终于将她们收服，敖放在此多谢了。"

铁元帅道："按天帝旨意，积翠仙子大胆忤逆，盗取云锦，在此间又多行杀戮，今既已被擒，就由刑神在此将首犯五雷击死，已正法纪。司秋蓐收，行刑！"

积翠仙子被擒，部下千人之众，待拼力相救，那温良玉手中琼花抖动，顿时有千道彩光飞出，将所有人迷倒在地。积翠仙子见刑神飞身而下，慢慢走近，不禁柳眉倒竖，愤然叫道："天帝不分青红皂白，受那敖放蛊惑，前来剿灭我积翠岛，为恶人所趁，今番居然治我之罪，冤枉好人，纵然告到帝君那里，也要还积翠岛一个公道！"

原来积翠岛地处近海，有渔民百姓成群结队，渡海迁移至积翠岛，休养生息，安居乐业。一开始虽有岛外的水族神吏和山石精怪的侵扰，幸而岛内有一金莲所化的女仙积翠仙子，修成人身，并寻得海外名师，学得一些法术，回到积翠岛，保护着岛上居民的安危，并在岛中筑建神女宫。后来又有岛外修炼的天姥，归附积翠仙子，一起驻守。景致清幽的积翠岛起先相安无事，直到不久，巡游而至的海龙王大太子敖放，见此岛得天独厚、浑自天成，于是霸占积翠岛，抢掠岛民的谷物钱财，残杀生灵。岛民急报到神女宫，奏请积翠仙子出面，慑服龙太子敖放。

积翠仙子闻奏，怒不可遏，当即和天姥一同前往。出得神女宫，但见狂风大作，大雨如注，敖放正带着几名虾兵蟹将，呼风唤雨。岛上的民宅几欲被风吹折，民众窝缩在茅屋房舍中，担惊受怕，瑟瑟发抖。

积翠仙子见状口吐莲花，千百金莲飞入乌云之中，回旋飞舞，将半空的行雨之云尽数收去，雨歇风止。岛民察觉外间没了动静，纷纷走出屋舍，天气初霁，有人看见云端站着的积翠仙子，惊喜叫道："看，是仙子来助我们了！"

众人欢呼着跪倒在地，叩拜积翠仙子施法相救之恩。

敖放见积翠仙子现身，破了自己呼风唤雨之术，大为恼怒，带人飞到跟前，朝积翠仙子打量一眼，叫道："你是何方神圣？敢来破我法术？"

积翠仙子看他额头生角，又一身玄素白袍着身，腰束紫蟒玉带，脚蹬皂靴，手里倒持一柄方天戟，当即道："想必你乃龙王之子了。既然身为龙族之长，为何入侵犯地，无缘无故来我积翠岛兴风作浪？"

敖放觍着脸面，笑道："这里风景幽美，本太子一眼就看中了，快快让岛上的凡民尽数离开，本太子要将此处征收为海上的前庭花园，及时享乐！嘻嘻，看你也是修道的女仙，容貌出众，何不留下侍奉本太子左右，也赐你个一官半职的，可好？"

积翠仙子闻言大怒，叱道："你这妖龙端的厚颜无耻至极！强行霸占海岛也就罢了，还出言不逊，戏弄于我。此岛乃在飘云世界当中，隶属帝君的治地，你居然敢言征用，委实无法无天，不让你吃点苦头，尚不知道我积翠仙子的厉害！"正要抽出腰间的莲花宝剑，却见一旁的天姥叫道："仙子，这孽龙交给我，看老身怎么惩治于他！"手中风俚杖横空指出，一道光芒激射而出，敖放大惊之下，身形一个翻滚，坠下云头，降落在积翠岛上，堪堪避过风俚杖的一击，但身上袍袖却已被刺破，显得狼狈至极。积翠仙子和天姥同时飞身而下。

敖放大怒道："给我上！"他身后的虾兵蟹将挥舞大刀钢叉，齐来攻袭。天姥风俚杖隔空攒刺，扑上前来的虾兵蟹将还未近身，便被天姥的风俚杖击出数十丈开外，"砰砰"坠地。

敖放前番刺探积翠岛，见岛上除了乡民，并无其他的防卫力量，疏忽大意，未能探查到万树丛间的神女宫积翠仙子的所在，匆忙带着一些虾兵蟹将，威吓岛民，呼风唤雨，原想可以轻易将这些岛民赶走，不料却遭遇法术高强的积翠仙子和天姥的阻拦。眼见部下无人能敌过天姥，盛怒之下，挥舞方天戟横搠而至。天姥风俚杖左右盘缠，将敖放的攻袭尽数化解。

敖放举起方天戟，将戟头往地上一扎，叫声："长！"他连同方天戟同时变得高大无比。敖放居高临下，手中方天戟如同一座山柱，挥霍而下，砍向天姥。

天姥大吃一惊，见巨戟砍落，就地一个急打滚，避开一击。只见她飞身而起，瘦小的身形灵巧异常，在敖放巨大的身躯和头肩前后，上蹿下跳。手中风俚杖极速挥打，敖放身材巨大，拍打不及，身上脸上很快遭受天姥的突袭。敖放吃痛，大叫中飞在半空，化作一只独龙，两只巨爪凌空一击，一道闪电劈向天姥。天姥急切之间，挺身而立，高举风俚杖迎接电光。闪电自她的风俚杖间迅速穿过，天姥只是一个震颤，电光已被她的风俚杖抵消，引入大地之中。

敖放变身独龙，见雷电无法取胜，当即吸来海水，龙颔大张，一道巨大的水柱自半空倾泻奔涌而下。天姥连忙飞身躲开水流，一旁的积翠仙子叫道："姥姥，让我来！"手中宝剑就地一下砍削，海岛顿时破出一道鸿沟，敖放喷出的海水尽数引入鸿沟之中。

积翠仙子大叫一声："合！"鸿沟又自合上，水流激射，有几道水柱直奔半空的敖放而去，正打在敖放的双目里，他直觉双目火辣辣生疼，闭眼之下，积翠仙子已然飞扑而上，手中宝剑疾削而去。敖放龙眼刚刚睁开，宝剑已至，他的一只龙角顿时被削去一截，血流如注。

敖放大叫中半空化作人身，捂着断去的一角，忍痛疾飞而去，逃进东海之中。

敖放大败而回，心有不甘，不久，率领鲤鱼大将及三千水卒，卷土重来。积翠仙子闻讯，深知对方人多势众，不好对付，遂上得天孙之处盗得云锦和田婆针回来，连夜绣出千朵巨大的金莲花，围成一道防御工事。坚如铜铁的藤蔓连缀相接，宛如一道铜墙铁壁，将积翠岛海岸团团围守。

鲤鱼大将率领三千水卒，破水而出，准备大举进攻，为金莲所阻。鲤鱼大将哈哈大笑，道："这妖仙结成这些金莲，就想拦住本将吗？"说罢，举起钢刀砍向藤蔓，岂知一刀下去，藤蔓只是轻轻一荡，毫无损伤。第二刀又起，径直砍向金莲花，立时便见金光闪耀，鲤鱼大将大叫一声，被金光弹出数丈开外，重重跌进海中。

鲤鱼大将从水中浮出，腾空而起，站在半空，叫道："这金莲居然还有些门道！本将还不信了。"他大喝一声，以法力使出翻江倒海之术，立时有滔天巨浪拍打向海岸周围的金莲。不料那些金莲见风就长，海水倒灌而去，那些金莲亦膨胀变大，同藤蔓相连，一齐围成一道高墙，密密匝匝，将积翠岛守得严严实实。海浪拍打到金莲，纷纷反涌回来，底下的三千水族顿时被冲得七零八落。

鲤鱼大将大叫道："真是邪门了，这些金莲竟如此厉害！积翠仙子，快快现身出来，以金莲相守算什么本事？有种跟本将大战三百回合！"他正自骂阵，积翠仙子已脚踏祥云，飞到海岸上空，道："你是何人？在此骂骂咧咧作甚？"

鲤鱼大将道："我乃海龙王大太子敖放麾下鲤鱼大将是也！你既已现身，那就手底下见真章了！"说罢飞身前来，挥舞大刀，砍向积翠仙子。积翠仙子秀眉一皱，掣出宝剑，同鲤鱼大将战在一起。

这鲤鱼大将孔武有力，但法力平平，几十个回合下来，便显败象。积翠仙子见敖放前次被伤逃回，今次又派部下及三千水卒再度进犯，不觉气愤难平，宝剑一发力，顿时将鲤鱼大将诛于剑下，化作一条巨大的鲤鱼跌入海中。

敖放惊闻鲤鱼大将被积翠仙子诛杀，狂怒之下，将此事禀告天帝所属的铁元帅，谎称积翠仙子雄霸积翠岛，以金莲大阵相围，诛杀其部下鲤鱼大将，滥杀无辜，请求铁元帅代为做主。铁元帅听信敖放的一面之词，奏于天帝。天帝不分青红皂白，即命铁元帅带人前去剿杀。当日又有天孙官署奏道，宫中的云锦丢失大半，据卜算探知，正乃积翠仙子所为，用以织就千朵金莲围岛。天帝盛怒之下，又委派副帅亢金大神温良玉，巨灵神秦洪海以及刑神蓐收，前去收服正法。

积翠仙子的千朵金莲被天孙得知乃以自己的云锦所绣，遂被收回。没了金莲的保护，铁元帅率领天兵天将赶来，同积翠仙子、天姥一番斗法大战，终将积翠仙子以温良玉的金环所缚，挣脱不得。

铁元帅一声令下，便要命刑神蓐收将积翠仙子就地正法，却听远处有人叫道："且慢！"随即就见青鸾鸣凤同时飞身而来，同铁元帅众天兵天将相对而立。

铁元帅打量二人一眼，叫道："你等又是何人？"

鸣凤道："我们乃东华帝君座下守宫童子，此处既属东海之辖地，看你等乃是天帝差派，为何却来我们东海大动干戈，私自用刑？这位仙子纵有什么过错，也该押解前往苍龙宫受审！你们是不是有些越界犯境之嫌？快快放了她们。"

铁元帅道："她们私自盗取天孙之云锦，在此大行杀戮，本帅奉命缉拿，请仙童勿要插手！"

青鸾道："此地乃是苍龙宫的管辖之地，决不允许天帝越界捉拿我们岛上之人。我同天孙素有交好，她既然偷盗云锦，我自会前去求天孙姐姐宽宥。至于大行杀戮，没有真凭实据，岂可轻易治罪用刑？快放了她们！"

铁元帅冷笑道："本帅知道两位仙童的本事，昔日苟元帅无能，败在你二人手上，我铁元帅今日倒要领教。倘若你们能取胜，本帅这就放了她们；倘若不能，那就全凭本帅发落了。"

鸣凤叫道："一言为定，请了！"说罢掣开分光血刃剑，青鸾抽出日月宝莲钩，严阵以待。

一旁的温良玉道："元帅，让我来！"一招手，手中的琼花夹着闪光，极速飞出。青鸾日月宝莲钩交叉挥舞，钩身之中莲花飞出，同对方的琼花相交之际，青鸾大叫道："着！"莲花顿时将飞袭而来的琼花尽数吞掉。温良玉大吃一惊，慌忙取出腰间的无拘霄汉金牌，扔向青鸾。鸣凤在一旁祭起分光血刃剑，瞄准飞来的金牌，一剑劈下，正将那金牌劈成两段，跌落在地。

刑神蓐收在旁看见，飞身上前，一声咆哮，化作一只白虎，龇牙咧嘴，两只锋利的前爪在山石地上，抓出一道深深的抓痕，一个起身飞跃，扑向鸣凤和青鸾。

鸣凤见白虎来势汹汹，不敢直击其锋，连忙叫道："鸾妹小心！"闪身避过，那白虎身在半空，突然一个甩尾，尾巴如一道铁索，扫向青鸾。青鸾急抖千羽衣，急速躲开。鸣凤瞅准时机，收了分光血刃剑，从后面一把拽住白虎的尾巴，一声大喝，双臂发力，顿时将白虎远远扔出，重重摔在十余丈开外。白虎在飞坠之下，变回人身，只见他鼻青眼肿，显得颇为狼狈。

铁元帅见青鸾、鸣凤二人显然比积翠仙子、天姥二人法力高出太多，当下低喝一声，手中的蒺藜槌突然暴涨，硕大无朋。他手中之力甚巨，槌柄细长，但蒺藜槌头却如一面巨鼓，飞速朝青鸾鸣凤不断拍打，如打地鼠一般。他下槌之势轻松而极快，青鸾、鸣凤二人不住闪转腾挪，仓促躲避铁元帅蒺藜槌的敲打。

正仓皇间，铁元帅的蒺藜槌拍打之下，忽然没了青鸾的踪影，他手上稍稍迟滞，却见青鸾变身苍蝇大小，突然现身到了面前，瞬间摇身变回原样，横钩削了过来，将铁元帅手中的槌柄削断，槌头一声大响，重重砸落在山石之上。铁元帅大吃一惊，气急败坏叫道："众天兵听令，将他二人给本帅拿下！"

霎时之间，众天兵天将挥舞兵器蜂拥而来，青鸾、鸣凤双双迎战。敖放在旁见铁元帅失手，以群攻之策，对付青鸾、鸣凤二人，当即却不战而退，到一旁观战。温良玉瞅准时机，一伸手，将束在积翠仙子腰身上的玉环撤下，一使法力，玉环飞向青鸾，正将青鸾的腰身箍紧，被两名天兵一左一右围拢过来拿住。

积翠仙子大叫不好，要去营救青鸾，却被两名天兵拦下，战在一起。鸣凤混战之中，冲杀向青鸾这边，却见青鸾嘻嘻一笑，身子一抖，顿时不见了踪影。原来她又以变身术变小，摆脱玉环的箍拿。玉环掉落在地，青鸾变回原身，捡起地上的玉环，笑道："这只玉环煞是好看，正好给我玩玩！"

温良玉叫嚷道："快还我宝物！"便冲上前拼命厮杀。

就在双方乱斗之下，陡闻风声异响，西河少女、吕麟、尤凭、徐守真众人一齐赶到，加入战团。铁元帅见有法力高强的异士增援，连忙仓皇收兵，率领众天兵天将大败而逃。

一旁敖放率领海卒，见铁元帅众天兵天将突然率兵撤离，眼见情势不妙，急忙撤退。积翠仙子娇喝一声，道："别让他跑了！"率领天姥一众男女，将敖放团团围住。其他海卒见对方奇能异士前来相助，一同舍了敖放，钻进螺舟内逃命去了。

敖放大叫一声，正要负隅顽抗，青鸾将从温良玉手中夺来的玉环扔出，顿时将敖放拿住，动弹不得。

积翠仙子近前，杏眼圆睁道："你这龙族败类，一心想霸占我们积翠岛，伤害岛上民众，还反倒打一耙，去天帝处诬告于我，今日本仙子倘若不除了你，恐积翠岛还无安宁之日！姥姥，按岛上的规矩处置！"

敖放忙跪倒在地，道："求仙子开恩，饶恕于我！是我鬼迷心窍，诬告了好人，我知罪了！"说罢匍匐在地。

青鸾上前道："仙子，既然他认错了，就放过他吧！有什么罪责，可以带往苍龙宫，严加惩治！"

积翠仙子道："多谢两位仙童及众位异士相助！只是这龙太子太过可恶，连番侵犯我积翠岛，害我险些被天兵天将所拿，不治其罪，实不心甘！天姥，将他带回神女宫，听候发落！"

天姥应声上前，正要动手，却闻海中有人叫道："仙子且慢！"话音未了，就见海龙王驾着祥云，飞落而下。

海龙王转眼看到地上跪拜的敖放，喝道："畜生，你真是丢尽了我们龙族的脸！居然背着我私下出海，为非作歹，不加以惩戒，不知我龙宫法纪的厉害！"说着话，又一脸赔笑道，"仙子，看在本王的面子上就放了他，我带他回去，自当严加管教，重重责罚！"

积翠仙子见海龙王出面，又有青鸾说话，只得点头准许。那敖放被海龙王一扯衣袖，飞身离去，没入海中。青鸾鸣凤和西河少女等人返还西海岸，将此间之事一一讲述，积翠仙子携天姥众男女一齐拜谢，送东柳氏众人扬帆离岛。东柳氏的船队又自起航，向更远的深海驰去。

第三十六行　平定龙伯国

东柳氏带领船队，也不知航行了多少时日，但见海面波浪翻涌，天昏地暗，各个船只在惊涛骇浪之间剧烈起伏，船上的乡民无不战栗变色，一个个把扶着船舷船舱，怔忡不定。

众人所驰去的方向渐渐显现出一座巨大的海上山川，远远山势巍峨峻秀，直插云际。一座矮山山巅黑烟滚滚，有火山口不断喷发岩浆焰火，盘桓缭绕。在高山大泽之间有一道峡谷，狭窄深邃，仅可容一船通过，一侧有滚烫火热的岩浆从山顶喷发流下，顺着山体，直流到峡口，浮在水面，咕咕冒着灼人的热气，赤色的岩浆透出大片的红光。

东柳氏一挥手，远远命船队停下，仔细观察。

欧冶鸣道："圣公，前方通行不得了，我们还是带船队绕行吧！"

鸣凤道："为何要绕行？在这海上，这一绕就要多行好多时日。只有端直走航道，方能事半功倍，能省却我们许多时日！"

青鸾附和道："是啊！我们带领船队直接从两山的峡谷穿过去，就能越过这道障碍，既节省了时间，也缩短了距离，何乐而不为呢？"

欧冶鸣道："可是这道峡谷甚窄，其上又有火石喷发，船要想通过，恐怕一触即燃，如何过得去呢？"

正在三人争执不下之际，猛听得眼前海川之外，传来一声巨大的咆哮之声，声震云天。众人循声望去，只闻低吼之声，却未见是何物发出的声响。唯见峡谷隘口一侧的矮山火山口端，火焰沸腾，直往外喷射，想见那巨大的吼声是从火山背后传来，且叫声越来越响。渐渐地，但见山海震动之下，慢慢显示出一个庞然大物来，竟是一个赤裸上身，高约数十丈的巨人。只见他头如一座山丘大小，张着血盆大口，两只巨长的手臂间，把持着一只巨大的足有十余丈长的丹木巨叉，巨叉柄赤纹而黑底，叉尖插着一只体长数丈大小的蛟错鱼海鲨。海鲨悲鸣挣扎中，被那巨人用丹木叉挑着放在火山口喷射的火焰中灼烤。那海鲨被火焰烤燎没几下，便停止挣扎，很快"滋滋"地冒着烟气。

众人看到这里，均皆惊骇无比，东柳氏、欧冶鸣等人更是一跤坐倒在船舱，战栗连连，他们几时见过这个！鸣凤和青鸾却面不改色，一同注目凝望，见东柳氏跌倒，忙去搀扶。鸣凤道："先生，莫怕！我们应该到了大人国了！这巨人一般只吃海鲨鲸鱼，人在他眼里如同蚂蚁一样，轻易是不会危及大家的。"

那巨人咧嘴大笑，见木叉上的海鲨已然烤熟，当即毛手毛脚地扯下鲨肉，放进口中一边大嚼，一边啧啧有声。他风卷残云一般很快将海鲨肉吞食，举手之间将剩下的软骨随手掷出，径直朝东柳氏所领的船队飞来。

青鸾鸣凤和各船相守的身怀异能之士，纷纷出手，将袭来的软骨击进大海。一时间，船上的众人不禁一阵骚动。

那巨人吃罢海鲨，身形晃动，手执巨叉，两只如橡柱的双腿径直跨过火山口，来到东柳氏众人所在的海域。东柳氏大骇之下，正要命令众人急速撤退，却见身后有人叫道："大家莫慌！我来对付这巨人！"话音刚落，就见吕麟纵身从船上一跃而起，人在半空，身形晃了一晃，顿时亦变成身高数十丈的巨型身躯，踏着海水迎上前去。

那巨人本待横跨过来，找寻海鲨继续捕食，浑未发现海中一边的船队，忽见一个跟自己一般大小的巨人，手执巨斧，迎上前来，不禁大吃一惊，连忙举起丹木巨叉，正自疑惑，吕麟的巨斧已然砍削而至。

那巨人慌忙闪身避让，脚下一个牵绊，一屁股坐到身后的矮山之上。他复又站起，声如洪钟道："你是何人？为何无来由砍削于我？"

吕麟道："你又是哪里来的巨人，敢来伤害我们的船队？"

那巨人道："我乃龙伯国国君龙伯鳌，此处乃是本国国界，我在自家海中捕食，如何伤害到你们的船队？"他说话之间，这才发现海边停泊的东柳氏所领的船队，随即道，"我国并无船道可以通行，识相的速速退去，否则惹得我发起火来，定要将你们这些船上的侏儒尽数投进海里喂鱼！"

吕麟眉头一挑，道："那我若不退呢？"

龙伯鳌大叫一声，道："看叉！"丹木叉疾刺而来，吕麟闪身避过，径直飞身跳到山川另一面，引龙伯鳌过去，展开一场惊天动地的大战。

东柳氏皱眉道："吕帅怎么反来招惹麻烦，跟那巨人纠斗起来了？青鸾鸣凤，你俩速前去将吕帅喊回，让他别节外生枝！"

二人领命，鸣凤驱动逐飙飞轮车、青鸾一抖千羽衣双双而去。

龙伯鳌虽身形庞大，看着凶恶，但除了力大之外，武艺却是稀松平常，几个回合下来，哪里是吕麟的敌手，一转身，往回奔去。他身形高大，在海中如蹚浅滩，几下飞奔，径朝不远处一座连绵巍峨的海上山脉而去。吕麟正要去追，鸣凤已然飞身到得吕麟一张巨脸之前，大声叫道："吕帅，先生让你回去！"

吕麟闻言，便要变身返回，却听不远处，一阵咆哮巨响，只见自山脉当中，大步前来数百名巨人，有高约十余丈的，也有高三五丈的，均赤着上身，胯下束着一丛树藤，蹚海水奔来。这群人以龙伯鳌为首，身躯亦是最高。他身旁随来的还有一个身形巨大，头生龙角的老龙，全身披挂齐整，华服着身，一同陪同前来。

那老龙一边随来，一边道："国君，你又私下出来捕食蛟错鱼了。海神禺猇不是三令五申，严令龙伯国国人不能再四处为害，捕食鱼类吗？你此番出海捕杀，那些鲸怪鲨精又岂能善罢甘休？还不找上门来？说不好也是我这国师督导不严之过！"

龙伯鳌嘻嘻一笑道："我不是嘴馋嘛，一时没忍住！不过这次可不是那些鲨怪前来报复，而是有异客来访，大家随我过去就知晓了。"他们说话之间，已然到得吕麟、青鸾、鸣凤所在之地。

龙伯鳌叫道："兀那巨人，且休走！我国师前来会你一会！看到底谁厉害！"

吕麟闻言，不觉把眼瞧向那龙伯国的国师，两人双目乍一对视，同时打了一个冷战，他们身形和模样居然一般无异。

龙伯国国师迟疑道："你这后生，想必也是我龙鳞之属吧！方才是你跟我们国君交上手了，本国师不才，倒要会你一会！"

吕麟叫道："休要多言！咱们手底下见真章！不过有言在先，倘若本帅得胜，你们龙伯国就需放行，准许我们的船队过去，如何？"

龙伯国国师一愣，看向龙伯鳌。龙伯鳌点头道："倘若你能胜了我们国师，本王就传令下去，放你们过去。倘若胜不了，那就要听凭本王发落！"

吕麟天不怕地不怕，当即叫道："一言为定！龙伯国国师，请了！"

他们这一交上手，鸣凤青鸾亦不好拦阻。其余跟随前来的大小巨人，远远退开，围成一圈，一同鼓掌呐喊助威，声震海天。

吕麟手中使的乃是板斧，而龙伯国国师使的是一把降魔杵，皆粗壮如椽，仗着身高体巨，挥舞起来，娴熟轻巧。双方在大海之中斧杵相交，每每撞击之下，便会发出震天动地的巨响。

龙伯国国师的降魔杵，乃是坚木所制，不比吕麟的铜斧，他不敢硬拼，只是虚晃相搏，所强之处是他杵法老道，手法娴熟，略略跟吕麟拼了个平手。他心知对方正值壮年，精力旺盛，倘若斗久了自不免落于下风，何况身形庞大，最是消耗体力，两人心下均暗自谋划，意欲速战速决。

龙伯鳌见国师一向勇武，今日面对这年轻的巨人，实堪劲敌，在旁观战之下，不觉焦躁起来。

就在双方斗得难分难解之时，忽见周遭海涛翻滚起伏，随即自海底一跃而出百十来个全身赤黑的鲸鱼怪来，一同朝围在四周的龙伯国巨人冲袭而至。其中有一为首的鲸鱼怪，大叫道："龙伯鳌，你又捕食我们族类，委实是恶性不改！今日我们势要一决生死！好偿还我鲸儿的命来！"说着身子腾身一跃，灵动异常，朝龙伯鳌扑击啃咬而来。

龙伯鳌大叫一声，闪身避过，同时抡起右臂一巴掌抽打在那鲸鱼怪的身上，鲸鱼怪扑腾入海，却不见其身影。龙伯鳌双目紧盯海底，只见海水朝外飞速翻涌，一声空灵的哀号之声自龙伯鳌身下响起，紧跟着就见海浪激射出数十丈高，一只巨鲸巨大的身躯从海中顶起，将龙伯鳌顶向半空，飞出数十丈高，随即坠落。那巨鲸嘴巴大张，颔中露出两排硕大无朋的利齿，朝龙伯鳌吞咬而去，眼见龙伯鳌飞身坠落，便要被吞食进去，一旁的龙伯国国师正跟吕麟斗得难分难解，已然斗过了活火山另一边，正待回救，已然不及，却见东方祥云缭绕，海神禺猇率领南田山刘真人飞身前来。

海神禺猇人在空中，身形暴涨，足足比龙伯鳌大了一倍，只见他双臂瞬间变长变巨，一伸手将龙伯鳌从空中揽下，龙伯鳌稳稳落下，心有余悸地站立海中央。

禺猇洪朗的声音叫道："大家都住手！"

为首的鲸鱼怪已化作巨人，前来拜谒道："海神大人，龙伯鳌身为一国之主，又来戕害我们族类，吞食其肉，求你为我们做主，替我那鲸儿报仇！"

禺猇叹道："龙伯鳌，你的老毛病怎么又犯了？我不是给你派了国师前来督导吗？可惜你还是屡教不改，又犯杀戒，如不惩处，如何显示我们太帝宫的法度？"他说着话，随即叫了一声"刘真人"，就见刘真人自手中祭出九宫阴阳图方印，那方印瞬间飞到龙伯鳌的头顶，但见方印飞速旋转，朝下压去，龙伯鳌巨大的身躯顿时慢慢缩小，仅剩下两三丈开外，便停住不减了。

刘真人收了方印，禺猇道："这下看你以后如何再来伤害他们！龙伯鳌，你可服罪？"

龙伯鳌被刘真人用法宝缩了身躯，一时羞愧难当，道："龙伯鳌知错了！"

禺猇点头，对为首的鲸鱼怪道："龙伯鳌已受惩处，你们也就退下吧！往后只要你们双方不去相互伤害无辜生灵，本神是不会轻易出手惩戒的，望你们都好自为之！"

为首的鲸鱼怪见海神禺猇既已治龙伯鳌之罪，当下无话可说，带领手下的其他鲸怪变回原身，潜入海底。

这边平息了龙鲸之争，那端龙伯国国师和吕麟兀自大战不休。青鸾鸣凤不便出手阻止，齐来回到东柳氏身旁。东柳氏见吕麟跟那巨人翻翻滚滚，斗得难分难解，距离船队越来越近，生怕遭受牵连，见青鸾鸣凤返回，忙道："这究竟是怎么回事？吕麟怎么又跟另一巨人斗在一起了？"

青鸾道："先生，他们是决斗论输赢，如果吕帅胜了，那些巨人就会放我们通行的。"

东柳氏沉吟不语，却听身后有一妇人叫道："快让我过去，我要见圣公！"说话间，西河少女飞身送来一妇人到东柳氏所在的船头，却是吕麟的母亲月娘。只见她神情激动，凝望不远处吕麟和龙伯国国师相斗的身影，颤声道：

"圣公！快，快叫他们住手！"

东柳氏众人一齐诧异地凝视月娘。

月娘急得哭叫道："那个人，那个人是我之前的夫君，也就是我儿吕麟的亲生父亲！"

东柳氏众人大吃一惊，面面相觑。

青鸾叫道："师兄，我们上去将他二人拦下！"鸣凤一点头，同时和青鸾飞到半空，分别对着吕麟和龙伯国国师喝叫道："两位都住手！"

吕麟一愣，还待继续同对方一决雌雄，而那边龙伯国国师已有些气喘道："不打了，不打了，果然后生可畏！我认输了。"

底下船头，月娘放声叫喊："麟儿，快回来！娘有话要对你说！"

吕麟听到母亲的呼唤，当即一缩身，变回原样大小，来到月娘身前，道："娘，你怎么过来了呢？我正跟那老龙较量，眼看就要取胜，却被仙童喊住！真是扫兴！"

月娘急切间不知如何告诉儿子真相，眼中不禁涌动着点点泪花。

吕麟诧异道："娘，你怎么哭了？"

月娘强忍伤痛，道："麟儿，跟你打斗的人……是，是你的亲生父亲！"

吕麟本来脸上满是轻松的笑意，突然听到月娘的话，顿时愣住了。

月娘满脸充满期待的神情，凝望头顶上方的龙伯国国师，再次泪流满面。

这老龙正是吕麟的生父，月娘的夫君吕望。那日，吕望跟慈济道人相斗中身受重伤，眼睁睁同妻子和年幼的吕麟生生分开，逃到东海，后被海神禺猇收容，疗养好伤，并告诉吕望其妻月娘和生子吕麟将会随东行的圣主来到东海，届时尚有一家重聚之日。

吕望心知与妻儿有暂时的离分，当即留在东海，随刘真人学些变身异形之术，不久龙伯国龙伯鳌仗着国人身巨，胡作非为，四处侵害捕杀周遭海域的鲸鲨之属，引得龙鲸大战，祸乱一方。海神禺猇奉东王公之命，前来围剿龙伯鳌，龙伯鳌不敌，最终臣服。海神禺猇同刘真人在一次会友当中，不放心龙伯鳌，见吕望身怀异术，又和龙伯国乃为同类，当即请求刘真人，命吕望前往龙伯国，以国师的身份，督导龙伯鳌，避免他再次胡作非为。

吕望被安插在龙伯鳌身边，龙伯鳌的野性稍微收敛了些，不过不久他却背着吕望，独自出海，再次捕杀海鲨而食，却正与东柳氏众人的船队不期而遇。吕望虽在东海，却一直苦等妻儿能早日到来，好一家团聚。终于在这天，让他等到了，他自幼跟儿子分开，没见过吕麟，在吕麟退下之后，他这才发现脚下的船队，而船头上隐隐站着一妇人，恰似当日分别之时的妻子。他当即变回原样，飞到船头，真真切切看到妻子月娘，正一身素衣，裙摆迎风飞舞，神色凄楚，脉脉含情地凝望着自己，顿时脑袋一热，颤声叫道："月……月娘！"

月娘哭道："夫君！"合身扑上，吕望一把将妻子揽在怀里，双眼湿润道："夫人，终于让我等到你们了！"

两人伤感悲戚之间，一旁的吕麟愣怔怔盯着吕望，期期艾艾叫道："爹，你……你真是我的生父？"

吕望与月娘分开，双目含泪凝望着吕麟。月娘在旁道："夫君，他就是咱们的儿子！当年我们分开时，他才 4 岁大！"

吕麟大叫一声："爹！"父子俩又抱头痛哭一番。半晌，吕望笑着含泪道："我的孩儿都这么大了，方才真乃好本事！爹爹差点就败在我儿手里！"

吕麟满脸惭愧道："方才不认得爹爹！真是该死！"

他们一家久别重聚，一旁的东柳氏和青鸾鸣凤见状，均感宽怀欣慰。

海神禺猇同刘真人悬在半空，见吕麟一家相认，刘真人不禁颔首微笑，禺猇却把眼瞧向底下东柳氏众人的船队，一脸喜色道："东行的圣主，终于来到东海了，真是可喜可贺！"

二位上神端立空中，光芒照耀，底下青鸾鸣凤看到，对视一眼，飞身上前，互相见礼。青鸾鸣凤同声道："见过海神、刘真人！"

二人连忙回礼。禺猇笑道："两位仙童路途辛苦，眼见距离桃源洲已然不远，真是大功一件，可喜可贺！"

鸣凤道："多谢海神前来相助！"

禺猇一笑，目视船上的众人，道："我虽则是前来相助你们平息龙伯国的，实则却是奉王公之命，前来探视。不知你们这些随来之人当中，有多少身怀法力异术的？两位仙童可否报上一报，好让本神知晓！"

青鸾鸣凤一下迟疑，分别禀报。青鸾报了随来的西河少女，而鸣凤则报上尤凭、徐守真等，并一一指给禺猇看。

禺猇点头道："我已知悉，自会如实上报王公知晓！"说罢同刘真人驾起祥云而去。

青鸾鸣凤则飞回东柳氏所在的头船，扬帆起航，渡到龙伯国的水道隘口。吕麟父子见峡口海水之上岩浆流淌，当即身形变大，用一双巨掌依次托起所有船只，安稳放到另一端龙伯国所在的海域，这才收了神通，变回原样大小。

吕望亲见龙伯鳌，希望能引众人停船靠岸，在龙伯国的波谷山岛上修养半日，再送他们离开。

龙伯鳌慨然应许，命国中的巨人臣民人等严加约束，引领东柳氏众人离船上岛，沿大人市街列队而行。有大人国的男女巨人守在开阔宽敞的街市两侧围观调笑。他们也无衣服，只是围上树藤遮挡私密的部位。众人行走在林立高大的街市大道上，显得异常渺小，个个心惊胆战地快步疾行，进到高大宏伟的寝宫之内。有巨人礼官安排歇脚之地，果蔬佳肴伺候，均奇大无比，世所罕见。当日东柳氏众人饱食一顿，有序地找地方休息。龙伯鳌却私下背着国师吕望，径直转到岛上后山，前往一个巨大的山洞而去。日间他被刘真人的方印强行变小，表面虽唯唯诺诺，但心中却十分忌恨，正暗暗酝酿着一场更为巨大的灾祸。

彼时，吕望沉浸在一家团聚的喜悦之中，同儿子吕麟、妻子月娘有诉不完的衷肠。东柳氏等人连日海上漂泊，终于着陆休养，均困乏不已，分男女眷安歇。独青鸾鸣凤没半分安生，一同出得宫殿之外，在岛上巡视。

青鸾眼尖，忽见后山巨大的黑影晃动，察觉有异，忙道："师兄，你看那边！"鸣凤举目瞧去，只见巍峨的山体遮挡之下，探出五个身材同高山一般魁伟的力士来，吃了一惊道："走，过去看看！"

青鸾鸣凤飞身绕到后山，就见五大力士，在为首一个较矮的巨人引领之下，径朝东方飞腾而去，却是龙伯鳌。青鸾和鸣凤飞在半空，叫道："师兄，这龙伯鳌带着这五个巨人要去干吗？"

鸣凤道："这龙伯鳌生性好恶，定是又去做什么坏事去了。快跟上！"

龙伯鳌和五大力士奔行甚速，青鸾鸣凤加速急追，也不知过了多久，眼前显现出五座仙山来，分别是蓬莱、方壶、瀛洲、岱舆、员峤，赫然呈现在面前，分四方散落雄峙。这五座仙山乃是东海蓬莱都太帝宫的命脉所在，山势奇谲巍峨，仙雾缭绕，无边无际，高耸入云，同金母的昆仑山并为神山，多有群仙执掌坐守。

龙伯螯带领五大力士同时在五山之中的海域停住。龙伯螯一声令下，叫道："五位力士，给我将这五座山推走，本王要让它们彻底流于西极，永不复回！"他日间被禺猇海神指令刘真人将自己变小，心中恶气难平，想到这些年遭受太帝宫派海神的处处为难，龙伯国虽是太帝宫藩属国，却尽遭怀柔之策，处处受制，于是复调出波谷山后山魔子洞的五大力士出洞，意图报复。

这五大力士乃是龙伯国开国先祖所遗留的五大侍从，会坤元之道，有移山之神力，在世已有一万三千岁。在人道神道复始之初，便已存在。当年五座仙山之根无有相连，常浮于东海之上，居所无定，东王公命禺猇使五只巨龟潜入海底，背驮五座仙山，五山方始停住。不料后来龙伯国五大力士在垂钓之下，却将五龟一连钓起，五山遂又不稳，眼看将流于西极。东王公闻讯之下，立令禺猇将五龟抢回，复驮五山，不致沉沦。五大力士因为冒失，受到株连，禺猇接王公旨意，前往龙伯国问责。龙伯国国君龙伯螯惧于压力，不得不将五大力士囚进后山魔子洞，命人看押。今番为雪前耻，意图报复，又将五大力士放出，命五人施展神力，意图推走五座仙山，以破坏太帝宫的命脉所在。

五大力士领命，分对五山展开神力强推，顿时天地震动，山崩海啸，很快惊动了五山上的仙神。当先便有蓬莱山灵海帝君、瀛洲山东城王君、方壶山龙人宫主分别前来阻止。青鸾、鸣凤二人亦同时赶到，同三位东海上仙会合。

灵海帝君叫道："谁人在此推山？"

五大力士同时停下，一旁的龙伯螯叫道："别管他们，快推！"五大力士一发力，五山又即晃动，但山底海沟有五神龟背驮相连，一时竟也无法分离。

灵海帝君见状，忙自身上取出法宝啄天环，对着正发力推蓬莱山的龙象力士，扔出法器，顿时击在龙象力士的头顶。那龙象力士身子一震，只觉头昏眼花，身形晃动，手上便停了下来。东城王君掷出手底的法宝玲珑塔，玲珑塔在空中变大，塔尖径直扎向推瀛洲山的鲲鹏力士。鲲鹏力士见宝塔飞来，金光万道，顿觉双目发酸，手上停下，两只巨掌飞扑回击攒刺而来的玲珑塔，左冲右突，一时忙于应付。龙人宫主使的法宝乃是遮天罩，一把黑烟聚拢的飞锥，被他扔出半空，慢慢变大，迅疾无比地朝方壶山前的金刚力士袭去，金刚力士只感黑烟呛鼻，剧烈咳嗽之下，停止动作，慌忙飞身躲避遮天罩的叩击。

其余的黄巾力士和般若力士被青鸾鸣凤同时飞身上前，挥舞兵器阻拦。他二人身形高大，青鸾鸣凤仗着身小灵活，又有千羽衣和飞轮车的加持，飞行甚速，黄巾力士和般若力士要想对付他们，亦是颇费周章。

龙伯鳌在一旁见五大力士为五位敌手所阻，心焦异常，这时，海神禹猇率领东海神兵一齐赶到。禹猇一见龙伯鳌，便不禁怒火中烧，喝叫道："龙伯鳌，你身为一国之主，竟然屡教不改，多次发难，这次本神决不能饶恕于你！"手中扔出绞龙索，顿时将龙伯鳌捆了个结结实实，随即对身边的神兵道，"来人，把龙伯鳌拖走，扔进归墟无底谷囚禁起来，让他好生反省，直到其彻底悔悟为止。在此期间，龙伯国的国中事务全权交由国师吕望打理。"

两名神兵同时飞身上前，将不断挣扎叫喊的龙伯鳌拖着飞身而去。龙伯鳌服罪被擒，五大力士又被青鸾、鸣凤、灵海帝君、东城王君和龙人宫主绊住，苦苦支撑，眼见龙伯鳌被海神命人拖走，当即罢手，一同俯首叩拜。

禹猇见五大力士受伏，道："你五人乃是龙伯国的老臣，被龙伯鳌唆使，按太帝宫的律法，理应治罪。但念你们无甚大错，还是命你们巡守东海四方，做个守护仙山的神差吧！也比龙伯鳌因你等在魔子洞为好！"

五大力士忙谢恩而去。

海神禹猇复对青鸾鸣凤笑道："多谢两位仙童又来相助，等你二人完成使命，我们还有相见之时！"说罢，径直带领神兵笑吟吟而去。

青鸾鸣凤又来一齐前去拜见了灵海帝君、东城王君和龙人宫主。

鸣凤道："多谢宫主当日借鸾妹的避水罩回来，否则那日我们可要被天帝差派的水神的洪水淹了。"

龙人宫主笑道："仙童乃为太帝宫行事，本宫主岂有不借之理！"几人互相寒暄罢，分各处自去。

青鸾鸣凤回到龙伯国，将海神禹猇的旨意传达给龙伯国国师吕望，吕望大惊之下，心知龙伯鳌合该有此一劫，当下也不便说什么。随后东王公太帝宫的旨意下达，龙伯国举国上下尽数拜服。而吕麟和月娘既已和吕望全家团圆，自然不再追随东柳氏众人前往桃源洲，而是留在龙伯国共享欢乐。

东柳氏率领众人上船，在吕麟、吕望和月娘一家人的目送下，扬帆起航，离开波谷山。船队行驶不久，东柳氏从身上取出《桃源入行图》，查检船队所行的地理位置和方向，突然大吃一惊。

青鸾鸣凤见他神情有异，忙问端的。

东柳氏指着《桃源入行图》，愣怔怔道："你们看，这张图在标注龙伯国的波谷山位置之后，竟然再无地图显示，这，这可如何是好？"他惊愕之下，忙命欧冶鸣传令，让所有船只放下船帆，原地待命。

东柳氏对着《桃源入行图》，百思不得其解，道："这桃源洲究竟在什么地方？坐落于何方？《桃源入行图》既已无航道指示，我们又该往哪里行去？"

青鸾鸣凤查看《桃源入行图》之下，亦是不知所措。他二人一直在东王公的苍龙宫做守宫童子，几乎很少离宫，于东海海域的三岛十洲所知有限，一时之间也不知该往哪里走。

东柳氏的船队停住在茫茫大海之中，犹如沧海一粟，显得异常渺小，但它却倾注着船上将近六百人所有的期盼和希望，十几条船上的众人陷入有史以来最大的迷惘之中。没了前进的方向，船队很快沉浸在一片死寂之中。

东柳氏手捧《桃源入行图》，颓然坐在船舷边，双目凝视着船下的海水，一筹莫展。突然间，风起云涌，一团乌云分从四面簇拥过来，悬停在众人头顶。东柳氏缓缓起身，仰头凝望着头顶的云彩，一脸惊诧。只觉怀中衣襟一动，五行旗自怀中飞出，在乌云之间一个盘旋，随后现身出五行使者的身影，一晃而过。紧跟着手中的《桃源入行图》直飞而起，飞速没入云团之中。翻滚的海面波光激滟，湛蓝的海水开始慢慢朝一个方向流淌而去，众人随即只觉脚下的船身一动，所有船只顺着水流的方向，滑行而出，渐渐越来越快！

欧冶鸣诧异叫道："奇怪，此刻我们的船又没有起帆，怎么会自己航行开去？"他正惊诧间，整个船队猛然急速滑行，直冲而出，欧冶鸣站立船头，陡见距离船队数丈开外，竟然出现一处巨大的海眼，呈漩涡状，足有数十丈见方。这下，欧冶鸣瞬间明白过来，大声喊叫道，"不好了，前方有海眼！"他话音刚落，东柳氏和他所在的头船瞬间已被卷进海眼之中。

东柳氏惊慌之间，来不及喊叫，只觉头顶海浪盘旋飞舞，他连人带船同时扎进海眼之底，瞬时海水漫淹，身体被甩出，一猛子掉进海水之中，随即只觉冰凉的海水钻入耳鼻，眼前一片漆黑，顿时人事不知。

也不知沉睡多久，当东柳氏迷迷糊糊恍恍惚惚有了知觉，首先鼻端闻到一阵咸咸的味道，只觉身子底下绵软温和，睁开眼时，映入眼帘的是湿润的海岸沙滩，有只乌龟正一扭一扭从眼前爬过。他只觉身体虚脱，强行打起精神，慢慢坐起，但见沙滩上横七竖八躺着一地的男男女女，也在同时，慢慢起身坐起，四顾茫然。

东柳氏认得海滩上的男女正是他随行带来之人，但却不见青鸾、鸣凤二人的踪迹。他不禁放声叫喊道："青鸾，鸣凤！"连叫三声，无人回应。这时却有一人冲上前，低声道："圣公，你没事吧？"却是李义。紧跟着，其他人一同起身聚集过来，齐声道："圣公！"

东柳氏环顾左右，但见沙滩上空空如也，唯有海浪不断拍打着礁石，发出轰隆隆的声响。东柳氏一脸茫然道："我们这是到了哪里？青鸾鸣凤也不见了，还有我们所来的船只，都，不见了！这究竟是怎么回事？"他一时之间迷迷瞪瞪，只感头痛欲裂。

李义倒心思沉稳，集齐众人，发现除了携带的随身之物均在以外，却少一些人，并不在其列。他逐一清点一番，然后上前禀告道："圣公，我刚才检校了一下花名册，除了青鸾鸣凤以外，还有一些人并不在此处！"

东柳氏兀自迷惘道："到底发生什么事了？我记得咱们的向导欧相公喊叫着，说船队是碰到什么海眼，然后便被飞卷进海水之中，随后就什么都不知道了。奇怪的是，青鸾鸣凤他们去了哪里，难道是被海水漫淹了不成？他二人一向冲锋在前，法力高强，连我们都好端端地在这里，他俩怎么会无端消失呢？不可能，不可能，绝对不可能！"

李义道："圣公，那欧相公此刻也不在人群之中，我适才检校了一下，所来近六百人当中，倒是一个乡亲都没有落下，唯有……青鸾和鸣凤，以及仙姑和几位身怀法术的人，均不在其列，这可就奇怪至极了！"

东柳氏闻言，越发百思不得其解，举目四顾，只见他们所在的沙滩之外，显示出一座广袤而突兀的孤岛来，足有数百里见方，但岛上除了秃山怪石，便是野草丛生，树木也是零零落落，没有几棵。斑鸠野鸭之属，纵横纠集，一片荒凉落寞的景象。

东柳氏一边走动，一边四顾，李义连忙跟上。东柳氏惊诧道："这里究竟是什么地方？我们怎么会来到此处？"

李义道："圣公，我们随来的船只尽皆被卷入海底，恐怕今后只能永驻在此，无法再出海航行了。"

东柳氏突然停住脚步，大叫道："什么？那我们的桃源洲之行呢？我们费尽千辛万苦，还没有抵达桃源洲，怎么就会被困在这荒岛？不行，我们得想办法尽快离开此处！"说着便又朝海滩走去。

李义眉头深锁，连忙跟上道："圣公！此刻无有船只，欲离岛，谈何容易！"

东柳氏忙道："那就快找些道法高深的仙人，用法术帮我们离开此地！"

李义皱眉道："可是此刻留在这里的，都是凡人百姓，没有一个会法术的！"

东柳氏一愣，顿时坐倒在沙滩上，一时间所有往事涌上心头，从金母庙接受东王公的行令，一路跋山涉水、漂洋过海的过往，霎时之间在他脑海中飞速闪过。渐渐地，他一片混沌的脑袋慢慢有些清晰起来，不禁喃喃叫道："原来这一切都是骗局，彻头彻尾的骗局！什么桃源洲，原来只不过是一座荒岛罢了！我们历经千辛万苦，难道追求的王道乐土就是这样的吗？"他说到此处，不禁痴痴傻笑，满脸自嘲之色，越想越不是滋味。

李义沉默道："圣公如此说来，此处应当便是东海的桃源洲了，看来我们已经来到了终点，无论怎样，也总算善始善终，此生无憾了！有道是事在人为，人定胜天，我们既已至此，便要从长计议，好生琢磨在这荒岛上的生存之法！"

东柳氏不答，怔怔地坐在沙滩上，一言不发。

李义则到得海滩，将众人聚集起来，一番言语，人群中顿时一阵骚动。但所来的众人大都是在神州之地无法安身立命之人，既来之则安之，虽有异议，却也无人再说什么，全听命东柳氏、李义的安排。

　　当晚，李义在海滩上，同众人架起篝火，并在岛上搜罗些吃食，勉强果腹。在这荒岛海滩带着数百人虽然艰难，但此岛甚大，海中又鱼产丰富，加上随来携带的百工五谷均有残存，要想带领大家生存下来尚不是难事。

　　东柳氏一整天皆是在浑浑噩噩、愁肠百结中度过的。夜间他在海风呼啸之下，沉沉入睡。恍恍惚惚之中，觉得自己正身处在一片混沌之地，四周什么都看不清楚，唯有白茫茫的轻烟薄雾。只见半空中天仙飞舞，彩光缭绕。先是西河少女白衣飘飘、含情脉脉地看着东柳氏道："我要去东华台受封去了，他日还有相见之期，保重！"说完飘然而去，之后依次是柳僮、徐守真、尤凭、张垩子、秦飞连、王乔一干人，均面带微笑，急速飞过。最后是青鸾、鸣凤二人轻飘飘飞身而下，一齐参拜。东柳氏大喜，正要说话，却见呼喝之声响起，有金甲神兵和九天玉女列队而来，一齐将青鸾和鸣凤押解而走。青鸾鸣凤惶恐之中，大声向东柳氏求救，东柳氏一时竟怎么也无法开口说话，眼睁睁地目视神兵玉女将二人分头押解而去。青鸾鸣凤相互挣扎中，叫喊着对方的名字，俱是深情款款，撕心裂肺，很快消失不见。

　　东柳氏大叫中，从梦中惊醒，回想梦中的情形，不禁惊出一身冷汗。他缓缓起身，见东方露出了鱼肚白。天还未亮，但初升的一轮明日必将冉冉升起，照耀这一方海天相接的海岛，愈加熠熠生辉。

（第一卷完）